最后一颗子弹留给我

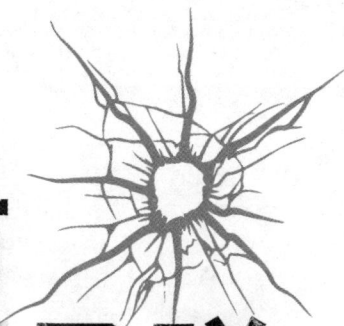

刘猛 著

军事作品

北京联合出版公司
Beijing United Publishing Co.,Ltd.

1. 压抑在心中的，我不得不说的战友重逢

从哪里开始呢？

2002 年年底，我结束了一段漂泊的生涯，刚刚在一个城市里安定下来。那个时候接连换了几个女朋友，生活也没有什么安定感，所谓的安定，不过是租了一个不到 40 平方米的简单一居室，在这个城市偏西的一个大学家属区里。

一楼的好处是有一个小院。我常常在没有工作的日子里，拿着啤酒坐在小院里发呆。那时已经是下雪的季节了，但是我感觉不到寒冷。在部队的时候，我曾经在零下 30 摄氏度的东北山区待过半个月，是所谓的寒地生存训练，早就习惯寒冷了。在西藏工作的时候，我早上起来常常光着膀子在白毛风中跑步，被同事视为神经病。

我在小院里面发呆的一个重要原因就是屋里很乱，堆满了我的许多东西。各种各样的书籍、盗版碟、装满衣服的包等，我一直没有打开，没有整理，因为每次打开整理，总是有很多事情在心里一点点浮现。我不知道 27 岁的人回避往事是一种什么心态，但是我就是不愿意去打开这些东西，或者说不敢打开。

我害怕。害怕回忆起青春时代的那些梦想。

那些关于未来、关于爱情、关于兄弟的梦想。

在我的记忆里，17 ~ 20 岁是一个严重的断层。我记得自己上幼儿园、小学、中学的许多事情，我也记得上大学以后的许多事情，它们甚至栩栩如生。但是我的 17 ~ 20 岁之间的故事呢？

忘记了，只剩下一些残片。只有在洗澡的时候，在镜子里面看到自己臃肿的身体，我才会自嘲地笑："瞧，你现在变成了什么样子？你在部队的时候……"然后就控制自己不再往下想了。

我还有很多在部队的朋友，他们经常会打电话给我，偶尔来到我居住的城市公干，也会来看看我。但是我从来不会主动和他们联系，听到他们激动的声音，那种声音里面久违

的单纯和特有的嘶哑，总是令我黯然神伤。

在我刚刚离开的时候，我不是这个样子的。但是，一切都是造化弄人啊。我不想了，继续喝啤酒。远远地，透过飘落的雪花，我听到一声嘶吼：

"一二、一二……"

我的脑子一下子僵化了。这种口号我太熟悉了。但是，听得出来那是一个人，节奏时断时续。

我一下子站起来，打开小院的门，声音是从大学图书馆方向的工地传来的。那里在盖一个香港慈善家捐献的，以其名字命名的多媒体教学楼，平时很喧闹，今天也许因为雪太大，所以没有开工。

怎么会？怎么会有这种口令？

我快步走过去。我先看见一帮民工，他们蹲在屋檐下哈哈地笑着，指指点点，好像在看西洋景。我又看见几个女大学生从图书馆出来，看也没有看一眼，就清高地走过去。我还看见了什么？

一个孤独的身影。

一根孤独的原木。

一张孤独的脸。

他穿着早已褪色的迷彩服，一双破旧不堪的迷彩军靴，光着头。雪花飘落到他的头顶就融化了，化成一团白气，升上天空。和其他民工穿的迷彩服不一样，他的迷彩服是掖在裤子里的，系着一根宽宽的绿色尼龙腰带，黑色的金属扣；花色也不是很一样，料子很厚，上面还打着几个补丁，绣着细密的针脚；裤脚整齐地掖在那双破旧的高腰迷彩帆布靴里，鞋带系得整整齐齐……

他喊着号子，在搬一根原木。他先搬原木的一端，把它扛在肩上抵着地面立起来，然后竖直，一下子再把它向前推倒，然后再搬起来……如此前进着。

周围的民工在看笑话。

他嘶吼着，眼中的杀气陡然而生："一、二……"

我愣在原地，嘴唇翕动着，眼泪在眼眶里面流动。我声嘶力竭地大喊：

"班长——"

"检查自己的武器，注意听我的口令。这是第一次小组规模的战斗实弹射击训练，一定要注意安全！哪个龟儿子不听我的口令，先开了保险让我把他从屁眼儿塞回去！"

在某型直升机的轰鸣中，我的鼻尖上渗着冷汗，抱着那支属于我的95自动步枪。枪身湿了，我的心跟着直升机的颠簸忽上忽下。

班长的迷彩脸转向我，小眼睛灼灼有神："你好了没有？"

"好。"

人在回忆的时候好像可以清楚地看到自己，我看到的自己就是迷彩脸上的一双睁得大大的眼睛。

我看着他的眼睛。

班长笑了，一嘴白牙，他伸手抹掉我脸上的汗珠："龟儿子给老子好好打！就等着你给老子争脸了！"他眼睛里的傲气和自信交织着。

我又看见了这双眼睛。

在他转身的一瞬间，那种杀气消失了，换了一个人。怎么说呢？

一个猥琐的民工。

"班长。"我又喊了一声，声音发飘。

那双眼睛笑了。

"龟儿子你小子怎么现在头发留得跟女人一样。"

我们都站在原地，看着对方。班长看着我，眼神里有一种伤感。我跑过去一把抱住他："班长……"眼泪哗啦啦地流到他的肩膀上。

没有士官军衔的肩膀上。

班长抱着我，慢慢地开始抽泣："龟儿子以为你把我忘了……"

雪花飘落在我们头顶。

在这个城市的冬季，雪花的飘落，把一切丑陋都掩盖了。

在这个城市的冬季，我和我的班长重逢了。

我是一个被人们称作自由职业者的文化流浪汉，我的班长是一个民工。他和别的民工不同，在想部队的时候自己会扛扛原木。

2. 为了爱情，参军去

回忆真的是一件很可怕的事情，你能感觉到包裹在心灵外面的那层坚固的壳一点点在破裂，心里很疼，因为这种柔弱已经很久不见阳光，藏在自己的一个阴暗的抽屉里不敢示人。

我从 9 岁开始写诗，11 岁开始写小说，屡屡地，也在报刊的小角落发一些小小的豆腐块文章。在我成长的经历里，我是个多愁善感的小男孩，小学的时候甚至可以说秀气，属于很受小女生喜欢的那种宝玉类型的小奶油。再加上写诗和小说，所以性格也是很内向的。

我小时候的体质不是很好，可是我的父亲却是我们那个小城市里的篮球教练，于是我在上小学的时候被他扔进了自己的篮球队，跟那帮 17 ~ 18 岁的大男孩一起训练。应该说，我还是很有韧性的，开始时 5 公里跑不了就跑 1 公里，半年后我就可以跑 5 公里了。篮球技术一直一般，因为我不感兴趣。

我的高中是我们市的重点中学。我的文科奇好，历史、政治、外语等基本上属于不用听讲就能在 95 分以上的那种，但是理科奇差，基本上没有及格过，尤其是数学极差，保持在 30 ~ 40 分之间。我的作文经常是全校的范文，甚至还多次参加了全国作文竞赛，拿了不少奖。基于我的情况，我的老师们很是头疼，要是我不行干脆不管就是了，关键是他们总是觉得我是一个可造之才。

我的班主任是语文老师，对我非常器重。他甚至写信给自己当时在大学的老师——现在是一个著名的师范大学的副校长，极力推荐我免试入学。我的父亲还联系了省里的体育学院和几个大学的体育系，想凭自己的关系把我送去学体育管理什么的，以后出来管理体育馆。

但是我的梦想是作家，或者是艺术家。

高三的时候我参加了一个著名的艺术院校的专业考试，以全国第一的成绩通过了。这就意味着我完全不用担心数学考试，只要不是 0 分就可以，我上大学是板上钉钉的事情。

我参加了全国高考，而且进了大学。

但是我在大学里面是不满足的。我想成名，我想写作，但是我没有生活。

于是我提出退学。

大学时的班主任，我一辈子记得他。当时流行学生创业，虽然我不可能创什么业，但是他还是给我争取了一个名额。就是说我可以暂时休学，去体验自己想体验的生活。这在当年是很难得的，因为我刚刚读大一，才上了半个月。

我回到家乡，做过盗版碟的小生意，赔得一塌糊涂，又谈了几个女友，别的就没有经营什么了。我感到空虚和无聊，在不断地更换女友之间寻找一种畸形的快乐。我不得不承认自己早熟，因为那年我才 17 岁。这是很可怕的事情，我的父亲为我很担心。

转眼到了年底，晃悠了几个月，冬季征兵开始了。

我本来不想当兵，那离我的生活十分遥远，我从来没有想过会成为军人。虽然我也喜欢看老美的战争电影，但是电影是电影，傻子才当兵。当兵是一种冲动，因为我的初恋女友，也就是初中的同桌小影参军了。她跟我打电话告别，我去见她，她穿着肥大的冬训服，头发剪短了，小脸俏丽依旧。

她是我的第一个女友，但是我从来没有碰过她，因为她在我心里是纯洁天使的化身。我们顶多是在上课的时候拉拉手，连亲都没有亲过。我上学早，她比我大两岁，一直很照顾我，在我的心里，她是姐姐和爱人的理想化身。后来我考上了大学，而她没有，就在家里待业。当兵是为了回来进银行工作，她的父母都是银行的，有这个能力。

我一直没有意识到她的重要，回家以后也只是在同学的聚会上见过几次。我问她要去哪儿，她说了一个军区的名字。我看着她，握住她的手，冲动地说："你去哪儿我就去哪儿。"我实在不敢想象我的生命里没有小影的生活，那个时候我读了太多的诗，所以容易联系到战争和灾难。而且那时确实有一些紧张的局势，譬如都在传说几年之内要解放。

我不能让她一个人去。这个时候我才知道小影对我的重要，我的初恋，我的天使的化身。于是我就报名参军了。武装部的人看了我的简历吓了一跳，但是我的学校对此是支持的。我的班主任很高兴我去经历一些磨难，他说对我有好处。兵役制度改革后，两年的时间是可以接受的，于是武装部就批准了。我父亲倒是很高兴，因为他就是部队转业的。

我领到了冬训服、胶鞋、被子、背包带等许多劳什子，然后就跟着一帮剃了头的新兵蛋子上了火车。

小影在第三车厢，我在第十车厢。我们是一个军区的。知道她在车上，我就安心了。火车带着我纯洁的天使和我，去向远方。

我那时候是个喜欢写诗的小男孩。我相信爱情，于是我参军了。

为了爱情，参军去。

3. 我超过了老炮

我们的火车在一个小小的车站停靠，那里已经是山区了。坐了一天一夜以后，谁的屁股都会疼的，开始还叽叽喳喳、很兴奋的新兵们这会儿都陷入了沉默。因为不知道等待自己的命运是什么。

我们在这个车站下来，带队干部依旧是和蔼的笑脸，但是紧张的气氛已经出来了。好像有一种说不出来的力量支配着我们这些散漫惯了的老百姓。我们自然而然地按照干部的口令站成整齐的方队，然后开始编队、叫号，叫到名字的出列，组成新的方队。

我没有看见小影，女兵在前面的车站已经下车了。我提着自己的东西来到一个写着"大功某团"的红旗下面。负责管理我们的是几个干部和士官，他们的态度就不是那么和蔼了。我是散漫惯了的人，难免有些拖拖拉拉，结果被指着鼻子骂了一句什么。那时候我的语言辨别能力没有现在那么强，后来知道是山西话。

骂我的是一个士官，后来知道他叫什么，我们暂且叫他老炮，因为他是无后座力炮兵班长。我被分到他的队伍里面。这个时候我不由得瞪了他一眼，这绝对是下意识的，在家里，父亲推我一把我也要瞪一眼的。

他看见了，但是什么都没有说。

我那个时候不知道，我和他的故事就此开始。

我们上了卡车，谁都没有说话。卡车在盘山公路上前行，从后面的车厢，可以看见地平线越来越远。渐渐地，可以看见云彩在脚下。

我这个时候开始觉得悲凉，小影呢？我为了她参军，小影在哪儿呢？我不知道，我开始怀疑自己参军的正确性，放着好好的大学不回去上，来这儿干吗？但是后悔来得及吗？

我们的新兵连在一个山沟里面的军营里。怎么形容呢？除了山还是山，然后就是一个营盘，老建筑，兵楼潮湿阴暗。我们新兵住在营盘的一个角落，是几排平房，中间空地只有一排水龙头，一个大大的厕所，里面是坑，不是马桶。

我们下车的第一个事情就是跑步，提着自己的东西。老炮带队，这个孙子简直就是个牲口，成心折腾你，他空着手跑，后面的新兵蛋子提着一大堆东西，你们想想是什么场景？

谁掉了东西，班长就上来收拾你，臭骂一顿。

渐渐地，方阵越来越稀拉，成了一条断断续续的直线。对于实在不行的人，班长上去就骂，语言相当难听，甚至会拖着他们跑，其情景之惨，难以形容。

带我们来的干部好像没有看见，在旁边抽烟。老炮跑得很带劲儿，到3000米了还没有停下的意思。我们的新兵大多数是真的不行了，拖着也跑不动了。

渐渐地，只有我在追随老炮，我还背着被子，扛着一摞绑在一起的诗集、脸盆等乱七八糟的东西。

后面的就不用再形容了。

老炮斜眼看我。

我就是一直跑。

大概到了5000米，老炮的速度慢下来了。

我则是刚刚进入状态。我别的不行，就是从小跟父亲的队员跑路，比较在行这个。

我超过了老炮。

班长们都看我，连干部都走到操场边看我。

老炮被我甩得越来越远。

我没有谦让的意思，我天生是个拧脾气。

大概我跑到7000米的时候，我们的新兵连长喊停了。我已经超了老炮一圈，老炮基本上已经被我跑废了，他不是不能跑，我后来知道他跑10000米也不是太难的事情，武装越野10000米的考核控制在50分钟上下，算是高手。他是想追上我的速度，结果把自己跑废了。

我站住了，看老炮勉强地站着。

老炮看我，我也看他。

我那时候还不知道超过老炮意味着什么，17岁，我在城市长大，没有什么挫折，只是有过失恋，你说我懂得什么？

4. 我和小影的往事

不得不回头谈谈小影，因为她在我的军旅生涯中自始至终占据了最重要的位置。当我最后脱下军装的时候，我才算彻底摆脱了对她的精神依恋，才敢面对新的生活。虽然偶然会梦见她，但是她的脸已经变得模糊。

小影是我喜欢的第一个女孩，在我的生命中，她永远成为一个梦幻的化身。很多年过去了，我穿梭于不同的女孩，很多女孩也穿梭于我在不同城市的不同居所；一直到最近，我还比较固定地周旋于两个女孩之间。一个已经结婚，一个没有结婚，一个习惯白天来，一个习惯晚上来。

这就是我现在真实的生活状态，加上繁忙的工作，我没有什么时间怀念往事，回忆青春。

但是现在出现了新的状况，就是她们一个都不会来了。

这场席卷中华的病毒使得很多人歇在家里，包括我，也包括她们。我从来不称呼她们是我的女人，因为她们不属于我，我也不属于她们。

我闲下来的时候，脑子有了很多空闲。吃饱了睡觉，睡醒了吃饭，剩下的时间就是对着电视屏幕或者电脑屏幕发呆。

我开始想起小影，如果她在的话，我的狗窝会是什么样子？

我看昆德拉是很久以后的事情，但是我看了就感到惊讶。因为他描述的生活状态和我何其相似，譬如从来不让女人在自己的家里过夜。我就是这样。

但是小影可以在我这里过夜，如果她愿意的话，我愿意依偎在她的臂弯里。

实际上，我从未碰过她。

我暗恋小影，是从小学三年级开始的。那个时候她就是我们学校的领操员，就是课间操的时候在台上领操的小女孩，除了小影还能有谁？

我们很多小男生都暗恋她。

我也是。

小影像一只蝴蝶一样飞啊飞，我写给她的诗歌像蜜蜂一样追啊追。只不过我是在心里追，她后来也没有看过。

上初中的时候，我和她终于在一个班了，还是同桌。

后来……记忆好像总是出现偏差，我们回忆往事的时候总是会不知不觉地把自己的初恋女孩美化。我也免不了这个俗套。所以，我还是避开一些描述吧，因为它是多余的。你们回忆自己的初恋女孩就够了。

后来，我们相爱了。

纯真的两小无猜，一起上学、下学、做作业，没有什么别的了，就是上课有时候会手拉手，偷偷摸摸的，但是私下里谁也不敢，尤其是单独在一起的时候。我那时候很胆怯，不像后来，对女孩那么没有顾忌。

她像姐姐一样关心我，我像弟弟一样依赖她。

后来，我上了重点高中，她去了普通高中。

再后来，我真正交了女友，也有了肌肤之亲。我就以为自己把小影忘记了。

再见面，就是我休学在家卖盗版碟的日子，开的小店就在她们家大院对面。我不知道她搬家到这里。她喜欢音乐和电影，我们就这么重逢了。没有什么尴尬，我也没有什么感觉。

但是我梦见过她，当我知道她要参军的时候。

那个时候，形势有些紧张，东南沿海演习频频，各种谣言四起。我突然意识到，我是那么依赖她的存在，其实我回头想想，我找过的所有女友都和小影是一个类型。

至今也是，我喜欢的女孩都是长发白皙、苗条温柔的。像我最近闲居在家，天天无聊得看 Channel[V]，出了一个新的女歌星叫土心凌的，我一下子就喜欢上了。虽然我这个年龄不该迷恋这种小女生，但是我还是喜欢得不行。

因为她长得像小影。

我参军了，因为小影。

而她也萦绕着我的整个军旅生涯。

心情所致，插叙一段，下面还是我和老炮的故事。

5. 我和老炮的冷战，最后我把老炮打了

该怎么形容老炮这个人呢？其实他并不坏，在部队的威望还是挺高的，军事技术过硬，为人也算朴实，出身绝对赤贫，不当兵吃不了饭的那种。他这样的士官，在很多基层部队占很大的比重，换句话说，就是现在部队的基石力量的组成部分。在我们新兵连的班长里，他也是资格最老、威望最高的，大致相当于《全金属外壳》里面的军士长的角色。

但是老炮有个弱点，或者说是缺点。就是心眼小，这是后来别的班长告诉我的。我不是一个根据地域观念划分人群的人，因为这是严重不科学的。我也认识很多山西人，很多还是特别好的朋友，但是老炮确实是传说中的那种山西人。心眼小，记仇，喜欢暗地里整人。当时有个和我同乡的班长私下开玩笑说："为什么他的班一直是全团的标兵？底下的兵被整出来的，敢不听话吗？"

他劝我向老炮道歉，而且要诚恳，要有屡战屡败、屡败屡战的思想准备。

我偏偏不信这个邪，我没错我道歉什么？又不是我要跑路的？他自己跑不过，我道歉干什么？

但是我很快发现了老炮的威力。老炮之所以被我代号老炮，不是没有理由的，绝对不明着收拾你。

先是全班新兵没人敢搭理我，都不敢跟我多说话。老炮大概看了我的档案，公然挑动农村兵跟我闹对立。我们班里还有一个城市兵，福建的，蔫得跟茄子似的，都不敢说自己是高中毕业，平时愣装没文化。

我彻底被孤立只是第一步，从此以后我的内务再也没有及格过。因为每次我收拾好，只要不注意，上个厕所或者出去跟人说句话，被子绝对被人弄一下，还弄得不是特别明显，回来根本看不出来。开始我根本想不到，等到排长检查的时候，总是不及格。如此几次我琢磨出来味道了，收拾完不敢离开，但是老炮就会叫我出去说点事儿，要不就让我替他去服务社买包烟什么的。回来我赶紧收拾，往往排长已经来了，见我还在收拾就要收拾我。我被排长收拾完不算，老炮接着收拾我，还开班务会让全班一起收拾我。后来我脾气上来了，做完自己应该做的事情，就这么着吧，爱谁谁，谁爱咋整咋整。

那个时候我真是知道什么叫人性险恶，虽然我平时不怎么跟大家说话（他们也不搭理

我啊），但是还是很尊敬的。我爸爸如果不是 16 岁参军后来提干转业，那么到现在也是农民。我对农民其实挺有感情的，我的大爷、姑姑现在还在农村。不是我想制造自己是城市兵加大学生的形象，是老炮刻意整的。

表面上还看不出来，该训练训练，该吃饭吃饭，该洗澡洗澡，该干吗干吗。但是这种敌视传染性极强，全体新兵和班长都逐渐地不搭理我，连我那个老乡也只敢在我站夜岗的时候悄悄跟我说点暖心窝子的话。

老炮简直就是个天生的活动家，我后来一直想老美打伊拉克的时候，萨达姆怎么不来找老炮活动活动阿拉伯弟兄，一定好使。

新兵连开训两个礼拜后，老炮逐渐摸清全体新兵的态度，知道没人告他，就开始明着收拾我了。

先是挑我队列的毛病，动不动让我站一步一栋，一站就起码半小时，站废了为止。接着就是各种匍匐，把我的胳膊肘子、膝盖彻底干出骨碴儿的感觉为止。然后就是各种单杠练习，中间不让休息，意思就是我动作不过关。

最神的，也是最让我佩服老炮的，是他不肯骂我一句、打我一下。

我周末从来就没有休息过，老炮总是能找出各种名目来让我松动筋骨。譬如 400 米障碍，我原先是不行，大概是 2 分才下来，他就狠练我，我从各种障碍上摔下来的次数不计其数，不过我身体底子还可以，加上就是不肯认输，最后我居然跑到了 1 分 9 秒，不仅在新兵连创下纪录，在全团也是数一数二的了。

老炮见这个不行，就增加科目。美其名曰培养新兵尖子，拉倒吧，就我那个内务成绩，不是倒数一二才怪。各种训练搞了一个遍，在老炮的亲自督导下，我的军事素质提高的不是一点半点，加上我脑子虽然拧但还是比较活的，掌握起来不慢，他再练我就属于巩固提高了。

新兵连第一次考核，军事成绩我第一，内务成绩和政治等全部倒数第一。

此事惊动了主管训练的副团长，我参军这事本身，在团领导就很关心。他专门来新兵连了解情况，没人敢说。副团长是何等人物？在部队泡出来的老油子，眼睛一眯缝，兵想什么基本上都清楚。

他跟我谈话，我直言不讳，把老炮跟我的事儿说了个底儿掉。副团长想了半天，也没有找老炮，而是直接给我们连长下了命令，把我调到我的老乡那个班。

这下子我才找到"部队是大家庭"的感觉，班长跟我是老乡，其他的弟兄都看班长的颜色行事。渐渐地，关系就融洽了。而且我在老炮的锤炼下，军事素质技术高了一大节子，所以威望渐渐就高起来了。

老炮锤我锤惯了，我也挨锤惯了。结果每次休息的时候，我就闲不住了，就去训练场跑跑障碍、练练单双杠什么的。不然我受不了。团领导的家属楼就在训练场后边，阳台正对着操场，都看得见，自然好评如潮。

我受到的表扬越来越多，有点儿成为标兵的意思了。我还是每天见得到老炮，他每次见我都不说话，我还是叫他班长。这是规矩，否则我就不理他走过去了。

在我以为一切都过去的时候，事情发生了。

一夜我正在睡觉，班里的门被一脚踹开。几个人冲进来，拿被子一捂我然后就开锤，我还在梦里就被暴打一顿，是疼醒的。等到我反应过来的时候，来人已经和来时一样迅速地撤退了。

灯一亮，干部都来了。

全班弟兄大眼瞪小眼，什么都不敢说。

干部看看我的伤口，叫我们班长带我去医务室看看。说实话外面真没啥的，他们没有打头，直接打肚子。我受的就是内伤，估计不重，他们下手还是有分寸的，但是疼啊！

我咬着牙，在班长的搀扶下去医务室。路过我们团在修的花园子工地，我被一个什么东西绊了一下，低头一看是根铁锹。我一把推开班长，拿起铁锹就往回猛跑。班长急忙在后面追。

我像疯子一样跑向新兵连，站岗的兵都傻眼了。正好我们排长巡哨，上来一下子把我踢翻在地，夺了我的铁锹。我在他按我的手上狠狠咬了一口，他叫一声放开了。

我爬起来冲向兵房，准确无误地冲到老炮的门前，一脚踢开门："老炮！我★★★！"

显然是装睡的老炮一下子爬起来，他们屋里的几个班长也都起来了，都没睡觉。

我抢起凳子上去就砸："老炮！我★★★！"

老炮头一闪，凳子砸在胳膊上。其他几个人上来按我，我抢凳子避开他们："没你们的事儿！都给我让开！"

一个班长上来抢我的凳子，另一个从后面抱我。接着我就挨打了，拳脚交加。

我像一个发狂的小兽一样连踢带咬，连端带打，还是冲到捂着胳膊的老炮跟前，揪住他的头发（部队的老兵都喜欢把下面剃短，上面留着，这样戴上帽子不违反条例又留了头发），死死地打。

我记不清为什么别人都傻眼了，可能是因为我的叫声，也可能是看出来我不要命了。不怕死的人，人人都怕，这是颠扑不破的真理。

我当时就是血流满面反复狂骂一句：

"老炮！我★★★！"

6. 打完老炮，我意想不到的后果

对老炮的臭揍绝对发泄了我两个半月以来受到的那种让你没脾气的玻璃小鞋的待遇。老炮聚众打我绝对是个严重的错误，在这以前我没有打过架，我说过我是个喜欢写诗的内向的小男孩。

但是这不是说我不敢打，是我压根儿就没有这根神经。其实没打过架的人你才惹不起，因为一旦动手就不知轻重，我后来会打架了，这个自己总结的经验就一直记着。

这回老炮是把我惹毛了，兔子急了还要咬人的，何况我还是个17岁的小伙子。

老炮住院了，轻度脑震荡，加上一些鸡零狗碎的外伤。

我住进了禁闭室的小单间，等待团里的处理。

在我被关进禁闭室的十多天里面，每天都有老炮的山西老乡们聚在外面叫唤，磨刀霍霍等羊出来的意思。警通连的兵不敢管他们，都是老兵油子，哪儿惹得起？我倒不在乎这些，我那时候已经知道了会咬的狗不叫唤的道理。而且人已经打了，顶多是把我退回原来的武装部，不当这个兵而已。况且说句实在话，野战部队的兵们对殴是太正常的事情，青春期的大小伙子关在山沟里面精力过剩，多余的力气往哪儿使？打架算是干部觉得最好办的事情了，火力壮打打泻火。很少有因为打架被劳教或者坐牢的，都是更恶劣的事情。

我在里面吃得香睡得饱，警通连的兵对我也不错，连几个连排长没事的时候都来这儿转悠转悠，看看我是何许人也。

我还每天做做俯卧撑，或者倒立，要不扒着门框子引体向上，反正闲下来难受。习惯是很难养成的，但是一旦养成你想改也难。每天不活动活动你就受不了，觉得痒痒，甚至肌肉要抽搐。后来又学了点文化，知道是长身体的缘故。

住到第14还是第15天的时候，团领导把我叫去了。

进了办公室，发现除了团部三巨头还有我们新兵连的连长，还有一个瘦高瘦高的上尉，黑得要命，我估计是师部来的参谋或者干事，专门来宣布对我的处理意见的。

先问我反省得怎么样，我说我没错。团长说："打人怎么没错？"我梗着脖子说："人不犯我，我不犯人。他要不先打我，我吃饱撑着了？"政委就乐了，说我这个倒学得挺快。

陪审的新兵连长是个小个子湖南干部，急得要命。他给我使眼色，我看见了没理他。

副团长一直就没有说话，最后说宣布对这件事情的处理决定。

我就听着，准备打包袱回家。

三个团头儿对视了一下，最后团长咳嗽咳嗽说："给你一次警告处分。"我一怔，这么轻？

政委就拿出一个公文包，黑皮革的那种，上面还写着"中国人民解放军某政治学院"，政委原先是副政委，去学院进修了一次就提正团了，所以这个包就老带着。

他哗啦啦拿出一把信，哗啦啦又拿出一把。

我傻眼了，问："这是什么？"

政委说："这都是新兵们的信，有的有名字，有的没名字，不管有名字没名字说的都是一件事情，就是老炮同志对你的各种不公平待遇；还有一个新兵指证老炮同志和那几个山西班长怎么密谋的，他们开小会的时候有个兵在一边帮他们倒水、扫烟头、收拾杂物，此人还是他们的山西小老乡，这个来自老炮老家的新兵愿意出来做证。"

我一下子就呆住了。

政委没有让我看信，我就看见了一大堆封皮，上面用歪歪扭扭的字写着"团长、政委收"，各种信皮，各种字体，各种笔迹：圆珠笔、钢笔、签字笔，甚至还有铅笔。

我的农民兵兄弟！

我的眼眶一下子湿润了，忍了忍才没有掉下来，一直在打转。

新兵连长也傻眼了，这么大的情况他居然不知道。显然是他这个连长不受新兵弟兄的信任，他本来就是老炮所在的连队的副连长，虽然跟老炮尿不到一个壶子里面去但是也不敢轻易招惹老炮。大家对他不信任是理所当然的。

我虽然只当了三个月没有领花肩章的兵，但是有一点儿我是明白的。越级报告是军队的大忌。所以现在我看到电视剧里一个小少校动不动找中将反应情况，浑身就会起鸡皮疙瘩，简直是没有一点儿当兵的常识。

但是，我可爱的农民兵兄弟，和我一句话都没有说过的农民兵兄弟啊！

我至今回忆起来，仍然眼角发湿。

最后，副团长说："这事到此为止，至于老炮那边，他们营里会出面，让他不要打击报复。你就回去吧，等待新兵连最后的考核。"

我转身要走，那个一直没有说话的上尉说话了："你站住。"

我转身立正："首长！"

上尉说："你叫那什么什么？"

我想了半天也没有想起自己该在这个小说里面叫什么，想想就叫小庄吧。

我说是。

他看我半天，一挥手："走吧。"

我跟我们连长出去了，我们连长还直擦汗。部队办事一出是一出，我的事情完了，团部就等着收拾他的管理不严了。他也不敢说我什么，知道我是个刺儿头。

不过我倒是想问他，那个上尉是谁，但是后来还是没有问。

我回到新兵连，看见那些农民兵，我本来想冲过去拥抱他们，后来发现他们还是冷冷地连看我都不看一眼。我当时就明白过来了，老炮的山西老乡们都在，新兵连这个鸟团能有多大地方？招呼一声他们就过来了，谁还敢搭理我啊。

我只能默默地看着农民兵，一句话都没有说，愣了半天。

至今我不愿意别人说农民兵不好的原因，除了后面的认识，就是因为这件事情。我们朴实的农民兄弟，用他们的汗水生产粮食蔬菜，养活了全国的人，又用他们的廉价劳动力盖起一座座立交桥和高楼大厦，我们生活在城里却鄙夷这些默默劳动的人，我不知道为什么。

而我们的八亿农民，又把自己的子弟送到部队，构成了国防力量的坚实基石。在几百万解放军中，农民出身的干部和战士占了绝对比重，我没有统计过，但是起码应该比70%还多。我不知道有什么理由要鄙视我们的农民兵，他们的文化程度低不是他们的错，为什么要嘲笑他们？而他们朴实、善良的心，是我们这些在都市里自认为小资的人比得了的吗？

转眼到了新兵连的考核，我还是军事成绩第一，综合评比应该也在前十名吧，我记不清了。

发领花、军衔、帽徽的时候我真是激动了，那种庄严和神圣是没有挺过新兵连的人难以想象的。我含着眼泪把自己的领花、帽徽、军衔装到了我新发的陆军冬季常服上，不知道是为了什么激动，是自己成功了，还是别的什么？反正面向军旗宣誓的时候，每一个字都是我心里的声音。但我还是强忍着，没有掉下眼泪。

然后，刚刚出壳的新兵蛋子被划拉到各个基层连队，有的去了步兵连，有的去了炮兵连，有的去了炊事班，有的去了警通连……顺便提一下，那个愿意为我做证的山西农民兵提前被分到了很远的一个弹药库，我想是团头儿怕老炮出院以后打击报复。

再说一下老炮，实际上，我后来再没有跟他打过交道，还是在团里的时候见过那么几面，谁也没理谁。

我去哪儿了呢？不会没人敢要我吧？

我正在屋里合计着，外面有人喊我，我答声"到"，急忙跑出去。一见是那个瘦高瘦高的黑上尉，他面无表情地看着我："收拾你的东西，跟我走。"

我一怔，不是过去了吗？怎么又来了？

上尉看我半天："怎么还不收拾东西？跟我走吧。"

我看着他："您是？"

"我姓苗，是侦察连的连长。"

7. 环境的力量是无穷的

一架把我打进了侦察连，这是我万万没有想到的。我的光荣事迹在全团都有影响，结果到了侦察连以后哪个排都不敢收我。谁都愿意要听话的兵，侦察连也不例外。

最后没办法，苗连长说你就当我的文书吧。老文书是个老资格的士官，苗连长一直惦记着把他再扔下去当班长，好好带带兵。各位别以为文书就是打打字、帮连长整理内务什么的，远远不是那么简单。我开始也这么觉得，结果到老文书给我交接工作的时候，我才知道事情的复杂性。

我一直不是很了解别的部队，反正在我们侦察连能够当文书的，都是最优秀的士官。不光是文化程度高一点儿，最关键的是军事素质要相当过硬，怎么说呢？说白了就是文武双全，文书的文咱们就不用说了吧，但是文书的武我不知道有多少人知道。

文书首先要对全年的训练计划了如指掌，要根据总参的训练大纲和本团全年的训练计划拟出相当成熟的计划表供连长参考。各种侦察兵要练的科目，从个人到连级规模最后到合成化演练都要了如指掌，你不会、不精、不懂，怎么可能做这个呢？头脑灵活都在其次了。除了操心训练还有许多其他的事情往往是超越训练之上的，这就不说了吧。还有涉及军队的体制和官僚传统的一些根子上的弊病。我要注明这不是中国军队特有的，凡是个军队的基层军官都要操心这些杂事，包括老美的。

其次是连队武器弹药的保养情况、检查等乱七八糟的一大堆。我的老天爷！我在新兵连就拆装过、打过81步枪，这会儿进了枪库见了那么多种枪，我差点没疯掉。要是不熟悉这些枪支，你行吗？光是那么多侦察器材，就不用多说什么了吧。你们也听不懂，我也不愿意说。前任的老文书是从士兵到班长干起来的，以前号称侦察连的"枪王"，你可想而知他的军事素质了。

然后是协助连长编写本连的训练计划和教学方法，我哪儿懂啊？说句实在话，我不是什么军迷，当兵是一个天大的误会，在当兵以前我对军事的理解远远逊于诸位。甚至现在也不行，我对你们都很精通的那些海空军的东京就知道得不多。这些我都没学过，我还要帮连排长总结编写训练教案！这不是逼我跳楼吗？

最后，文书并不意味着不用参加各项考核。侦察连在哪个部队都是全训连队，合格率的要求在百分之百，炊事班的还得轮流下战斗班训练呢，何况在任何人眼里都很清闲的文书。就是在部队内部，也都觉得文书清闲，也就是说侦察连的科目我一个也跑不了！

还有更多乱七八糟的东西，我自己都记不起来了。

老文书交了差，就走了，丢给我一堆事儿。这下子我是真的抓瞎了，苗连长可不管这个啊，每天我都要喊"小庄！这什么那什么的！"我后来跟苗连长开玩笑说："那会儿我是你点击率最高的网站。"结果他眨巴眨巴眼睛："什么叫点击率？"唉，孺子不可教也。

我开始跟个陀螺一样打转。

谁让哪个排长都不愿意要我呢？

每天早上我5点钟就赶紧起床，先是出去跑个10000米，省得筋骨废了。回来的时候，连长大人就起床了，我就要伺候热水、牙膏、毛巾等劳什子。紧接着，上午的训练开始，我就得跟着一排训练，一排长不是怎么待见我，但是我顾不上那么多，本来就是新兵，要再不跟着连就只会跑路和步兵的基本科目了吗？好在他也不好意思撵我。一排的三个班长和几十号兵对我倒是挺热情的，也许是因为我收拾了老炮的缘故。我那个时候开始懂得什么叫群众基础：你帮群众出了气就是群众基础，老炮在我们团是上面一套、背后一套的老手，哪个连的班长都不敢惹他。我前面说得其实都是客气的，因为不想大家对老炮的印象太坏，但是写着写着就顾不上那么多了。

然后赶在炊事班开饭前，我跑回食堂准备连长、指导员、副连长、副指导员的饭菜、碗筷、桌椅板凳，还要配合炊事班切好连长的饭后水果并且做个果盘，紧接着连长吃饭我得一桌吃，不敢自己狂吃，眼睛得机灵，哪个碗空了马上过去盛饭，哪种菜连长爱吃就赶紧下去叫炊事班再盛一盘上来。完了后，赶紧把小板凳在食堂门口一一摆好，连长饭后要侃大山。等到连长午休了，我就赶紧偷偷地去枪库，自己摸索几种枪支的拆卸保养等劳什子。下午又是这一套，训练没完就赶紧回去准备晚饭。等到连长休息了，我又进了枪库，彻夜钻研枪支和各种侦察器材。

当时我在偶然走神的时候突然想，我怎么变成了这个样子？

环境改变人的力量是无穷的。你在部队待着，再拧的性子，天天这一套军令如山倒，潜移默化地你也会转变的了。

至于诗集呢？不翻了，没工夫。我现在翻的都是各种军事器材的说明书和训练大纲，还有一堆参考书目。

我在侦察连的最初时光，既是文书，又是一排不挂名的侦察兵。每天都撑着大运动量训练之后的疲惫身躯，钻研文书的业务。现在想想当时到底是怎么挺过来的？真是不堪回首。

由此我得出一条真理——人没有没办法的时候，人说没办法，是逼得还不够。逼到份上了，就有办法了。

早上痛苦地起床时，我总会想，这种日子什么时候是个头儿呢？

8. 说说我们的苗连长

其实我在侦察连待的时间不长，也就待了几个月吧。但是在里面我遇到的有意思的人和发生的故事挺多的，三天三夜都讲不完的。

那就说说我们的苗连长吧。按照恩格斯的说法，就是"典型环境中的典型人物"，这是现实主义文艺作品创作的圭臬。其实我真是不愿意揭穿好多所谓军旅题材电视剧的弊病——太假。我们当年看的时候就笑，部队的基层干部要这个样子，我们把房子给拆了干部都没啥脾气，你们信不？点到为止，不然伤害的人太多了。

苗连长不姓苗，我叫他苗连长是因为他是苗族。

在云南的土著苗族里长这个个子的不多见。后来在别的部队进行野外生存训练的时候，我到过一次苗连长的家乡，没去那个寨子，就在附近更深的山里转悠，正好赶上寨子里的人结婚，就在山里的羊肠小道上，一个寨子送新娘，另一个寨子接新娘。我们远远地在山上看见了，我在的这支部队的直接领导是一个特别爱玩闹的中队长，就带着我们埋伏在路边，看看有没有人认出来。弟兄们一身迷彩、满脸迷彩、全枪迷彩，就这么"迷彩"地趴在小路两边。

我看见这些和苗连长同乡同族的老乡个子都很矮，实在猜不出来苗连长这个大高个子在他们中间是个什么情景。这么说吧，有一回"八一篮球队"到我们军区机关所在的省会比赛，我们连的十几个兵正好参加军区的一次侦察兵比武集训。苗连长是带队的，军区作训部的大概想让我们放松一下就搞来票，组织我们全体参加集训的各个部队的侦察兵尖子去看子弟兵队伍的比赛，我们下车的时候正好"八一队"下车，两支队伍几乎是一起进的球馆，我们跟"八一队"的人一比都跟小鸡似的，只有苗连长居然能跟打前锋（说中锋就是夸张了）的那几人一拼高低。

苗连长不光个子高，军龄也是我们团连级军官里面最长的。那时候大多数的连级干部都已经是军校毕业的了，剩下的就是当兵后考的军校，好像只有苗连长是战士提干的，所以后来一直就没有提起来，连级干部转业了，在老家那个城市的公安局当了防暴队长，扔在边境对付武装贩毒、贩枪的。

我认为地方公安的领导真是知人善任。他什么时候当的兵啊？14岁，那会儿他小学都没有读完。那会儿比他们老家更南的山里在打仗。不过这跟他没关系，他就成天遛狗、打鸟、打兔子、打山鸡，14岁时大人还没把他当正经猎户使用，属于储存的，所以他过得单纯快乐。千不该万不该，那天小苗走得有点儿远，离自己的寨子有几十公里了，加上天气好，小苗没有回去的意思，掂着猎枪跟着狗满山转悠，看能不能碰见野猪什么的，打回去省得大人总说自己还小，组织出去打野猪、山豹、老虎之类的不带自己。（要注意这是80年代中期，南边仗还没有打完，野生动物保护法的宣传者和执行者都没有能够进山，军队根本就不让，怕特工队混进来。山民打这个打了几百年，再说不会有谁是天然的动物保护者啊，后来我们去云南训练的时候，倒是发现只要有偷猎这些动物的，山民追这帮孙子追得比谁都积极，武警全靠他们。猎户不是为了那几个赏钱，而是一旦你把道理跟他们说清楚，他们执行起来毫不含糊，而且非要收拾违反国家法律的劳什子，淳朴的民风可见如此，思想单纯的人往往是很可爱的）结果小苗走到一个山谷，看见一帮穿着花花绿绿的衣服的人在爬悬崖，头上戴个钢锅子，腰里还系着绳子，动作奇丑、奇慢无比，底下还有个腰里挎个皮盒子的人在喊骂。小苗上过几天小学，老师是留下的知青，所以他听得懂普通话，就是说得不是很好。他哈哈地笑着就过去了，底下几个站岗的人都很警惕，哗啦啦拉开枪的保险（后来小苗知道这叫56冲锋枪）对着他，小苗吓了一跳，傻子也知道是枪啊！那个挎皮盒子的人看见了，打量打量他，挥手叫他过来，几个站岗的人就把他的猎枪收了，让他过去，狗也过去了。

挎皮盒子的人问他笑什么。小苗的脑子转悠半天，组织了几个可怜的普通话词汇，才磕磕巴巴地说："你们的，不行的，笨。"

挎皮盒子的人说："你行啊？"

小苗："我不行的，我们寨子的都行，我不行。"

挎皮盒子的人就没理会他。

小苗就说："我比他们行。"他指悬崖上那些花花绿绿的人。

挎皮盒子的人就说："我看看，你怎么爬，让他们也学学。"上面的兵就都停了，看小苗爬。

小苗把草鞋一脱，往手心里吐吐唾沫磨磨，有个人过来给小苗系绳子，小苗系上了，又解开了："不行不行。"

还没问怎么不行，小苗噌噌噌几米就已经出去了！

只见他光着脚身体紧贴在悬崖上，上得很快。如果当时有摄影机高速拍下来，就会知道这是"三点固定"徒手攀岩。国际上凡是学攀岩的人都要学习这招。只是苗族人不知道这些名词罢了，完全是实践出真知。

小苗上去以后，所有的人都睁大了眼睛，张大了嘴。在下面的狗看起来很奇怪，这边看看那边看看，不知道人类在琢磨什么，这在它看来是很正常的事情，小苗还不算高手。于是它得出结论：人类真是少见多怪，然后就一个狗趴，旁边睡觉去了，懒得搭理人类。

挎皮盒子的人当即就问了一句话："你想当兵不？"

小苗当兵是最好的选择了。他寨子里没有人歧视他，都很喜欢他，就是因为他天生个子高，大家都不爱带他打猎，觉得动静大。他不打猎在寨子里以后也是无所事事，不如当兵。阿妈是绝对支持的，孩子当解放军在寨子里看来是了不得的事情，挎皮盒子的人和他那些花花绿绿的兵一进寨子，大家都想把孩子送去当兵。结果挎皮盒子的人就看上小苗了，不是什么第一印象，苗连长告诉我是因为他的眼睛里面有种灵气。我以为是他在吹嘘自己，我看了那么久也没看出啥灵气，倒是很多霸气。苗连长在训练场一走，全体侦察连的弟兄都要玩命训练，完全不用喊，他连看都不用多看一眼。

过程不重要，结果最重要。

结果就是小苗当兵了，还是侦察兵。

那些穿花花绿绿衣服的人就是来前线轮战的一个军区的侦察大队，就是我们军区的，挎皮盒子的人姓何，是下面的一个中队长。后来这个何中队长和我还打过交道，留到后面说。

小苗在前线锤炼了一年，打出个二等功，随后跟着侦察大队回了军区。侦察大队要解散，小苗不知道去何处。他本来就没有老部队，虽然很多部队要他，但是小苗就认准了何中队长。山里人实诚，就认朋友。何中队长就是我们师部的侦察营长，被选拔进军区侦察大队的，就把他带回了师部，先在师部侦察营待着。因为小苗打了一个在训的时候一言不慎说他是野种的副连长，何营长又赶紧把他送到我们团侦察连来。这儿就没人敢惹他了。

接着就是班长、排长、副连长，最后是连长。连长时就不动窝了，没法子再升了，不光是文凭，除了侦察连"一根绳子一把刀"这套劳什子，他什么都不会啊。再后来，我的老部队改编为高科技化的步兵师（不是啥DA师啊，别污辱我的老部队），他就被彻底淘汰了。时势造英雄，英雄终将被时势淘汰，这是从古至今颠扑不破的真理。

我第一次伺候苗连长洗脸的时候吓了一大跳，"咣当"一声，一个眼球掉进脸盆里。我还没反应过来，他居然拿那只眼球在脸盆里的干净热水里面涮涮，然后又安进左眼里。我这才知道原来他的左眼是假眼。当时一种感动油然而生，军人是什么、硬汉是什么才开始知道点意思。

苗连长从来不小声说话，就是家属来个电话他也能喊得全连都知道。在训练场上他要是逮着哪个排练得马虎，就能当即动手打那个军校刚刚毕业的小学生官，行伍出身的也打，但是不打兵。排长就是被打了也不敢打兵，不然连长还要打排长。所以排长都怕连长，我们都爱连长。你说这样的连长在训练场一走，大家能不玩命训练吗？

连长没上过什么学，但对侦察精通得不得了。他告诉我就是死学的，没什么办法。打完仗刚刚回来的时候普通话是练得差不多了（我们一致认为他的越南话说得比普通话好得多，这是战场上逼的，普通话说得自己人听得懂就行，越南话说得不地道就要死人的），但是数理化是一窍不通。当过兵的人都知道，数理化对于侦察连的连长意味着什么。但是他学会了，一节物理化学课都没上过、数学就学过几加几乘法表的苗族猎户的后代学会了一个优秀的侦察连长要掌握的所有数理化知识。而到了我们师历史性地改编之时，再也没人能够有时间等待他学会高科技了，而且那是根本不可能的。

苗连长为什么会要我，他后来告诉我是因为我打了班长，还是全团的著名优秀班长，算是个奇人，有点儿他当年暴揍师部侦察营副连长的意思。兵们那点鸟事一般连级干部是不过问的，但不是不知道。我居然打了老炮，他就得认识我。他是老资格，团部三巨头都让他三分。先看了我的军事训练成绩，然后就从我的眼睛里面看出了一些东西，他说我和他当年很像。我后来照镜子怎么也没觉得像，恨不得挖出一只眼球装个假眼，当时就是这么真诚地热爱我的连长！

苗连长要我当文书，就是要故意锤我，让我尽快成为一个优秀的侦察兵的坯子。练出来干啥，他没想过，他这样的人想不了那么多，只要觉得你合适就要把你先练成侦察兵再说，不然看着你空手好闲，他心里就难受。后来我真的成了优秀的侦察兵，我的心里更加难受，精力过剩得没有地方使用。这个他不管，他就是要把你练成侦察兵，不让他心里难受，见不得材料被浪费。部队官大一级就压死人，何况还是个老资格的战斗功臣、上尉连长？你想不练都不成，管你以后干什么，先满足了他的愿望再说。

我后来离开了侦察连，但是苗连长对我而言，记忆犹新。

他转业回家的时候没有告诉我，那是一年以后，我那个时候已经不在我们团的侦察连了。他也没有告诉任何他带过的最好的侦察兵，他自己收拾了行礼，然后副团长派车送他到了车站。他坚持不让副团长送进车站，连司机都不能送，不然要翻脸。他一个人进了车站，走了。

我后来一直在脑子里面想这个画面。

一个14岁就从军的老兵，高瘦高瘦，左眼是一只假眼，那是战争留给他的纪念；穿着毛料子的军官制服，没有戴帽子，没有黄黄的军衔肩章，军功章和所有的奖励装在箱子的底层，那是他所有的辉煌。他孤独地走在热闹的人群中，从此成为一个老百姓。

因为他的军队不要他了，没有他的位置了。更年轻的、更有文化的连长取代了他。他被军队现代化的进程甩在了后面，远远地甩开了。

车开走了，车站上空空如也。归于平静。

9. 我离开了我在部队的第一个家，我永远想念她

时间过了不久，我这个文书就已经基本上称职了。可见"文化就是战斗力"是有一定道理的，受教育的程度越高，只要你有个好的身体底子并且肯钻研，进步之快是文化程度低的士兵难以比拟的。连苗连长也对我能够迅速掌握文书的综合业务感到惊讶。因为这就

意味着你已经在理论上掌握了侦察专业的所有科目，甚至可以说是精通了。

除此以外，我在实践中也取得了较大的突破。其实这真的要感谢老炮，如果不是他海锤，我不会有这么好的身体素质和基础军事素质，在掌握侦察兵技能的时候，这些都派上了用场。擒拿格斗、车辆驾驶、飞车捕俘、基础攀登、侦察兵多能射击、摄像和照相侦察。这得益于我在当兵前就很迷恋摄影技术，从艺术摄影转向应用摄影比一点儿原理也不懂要快得多。大多数战士根本不知道什么叫长短焦、广角镜头、曝光率、光圈大小等，何况我先后玩过美能达、佳能、尼康的多款相机和镜头，中学的时候就在杂志上发过封面——当然都是漂亮 MM。

一般我是在军事摄影的前提下，用艺术摄影的角度精雕细琢地完成这些的，所以苗连长的一个乐趣就是看我拍的照片，觉得这不光有军事价值，拍出来也好看，总是要放大挂墙上，要不就送给别的连长，最后连团部都挂了一张我拍的风景，搞得团部的宣传干事每次见了我都不高兴。有一回，苗连长还派我给他的家属照相，说是要艺术照那种。结果家属一来我就惊了，照的时候都怕镜头炸了，拍出来苗连长不满意，我也不敢说啥子，其实心里在说：底板次我也没办法啊。像手语和密语通讯、班组侦察突击战术、地图判读、攀登滑降等乱七八糟、名目繁多的侦察兵战斗技巧，我掌握得都是最快的，而且很多科目都能跟几年的老士官一拼高低。

这回，一排长对我是刮目相看了，不仅是愿意带我训练，而且老是向我传授很多军校侦察专业的本科生才会的高级技能。我也不知道什么是侦察兵，什么是侦察兵该学的，因为我什么都不会啊！我那时候就是怕掉队，真的可以说是像一块海绵一样汲取知识了。我们俩还成了不错的朋友。他搞对象的很多情书还是我帮他写的，我是多么不容易啊！

每次我替他写情书的时候都会想起小影，她现在在哪儿呢？每次想到她，我的笔下总是真情流露，写得行云流水，再读的时候都会把自己感动得流眼泪。一排长看了极其满意，说我一来就不用再去翻什么席慕容、普希金了。后来他把我当哥们儿了，就让我看她对象的照片，我一看就觉得真对不起我的情书，但是不敢说。后来再写干脆一闭眼，就当给小影写吧，就这么顶下来了。

一排长我叫他什么好呢？叫陈排吧，他倒是不姓陈，就先这么叫吧。他是某陆军学院的高才生，人特别好，对兵也好，训练水平也很高。在我们这些兵眼里，是最好的排长。长得也挺帅的，有点儿像于荣光。我当时真是不明白，排长一表人才怎么找对象这么不开眼？后来再看看部队家属们的模样，我心里就明白了，现在不是"解放军是最可爱的人"的时代了，女孩子要感情，更要房子、车子、票子，最重要的是时间。野战部队的青年军官是绝对没有的。

紧接着侦察连进行了第一次的摸底考核，重点是一年兵和刚刚分来的几个新兵。因为下个月就要进行全集团军的侦察兵业务大比武，优秀者将有资格参加军区级别的侦察业务比武，最后从这里面挑选可以进入一支高规模的司令部直属的特别部队的种子队员。

这支代号为"狼牙"的特别部队，就是军内外鼎鼎有名，却始终犹抱琵琶半遮面的特种作战大队，也就是你们说的"特种部队"。队员都是从基层的优秀侦察部队、野战部队官兵当中选拔的，淘汰率极高，挑选的程序也非常复杂，过程长达1个月。据说天天都在考核和训练，随时都有被开回老部队的可能性。

能够入选"狼牙"大队，是每一个真正野战侦察兵的梦想。

譬如我们苗连，要不是瞎了一只眼，他是不会不争取这个机会的。他倒是在刚刚组建"狼牙"大队的时候就被选中过，但是军医的一句话就给打回来了，从此绝了在"狼牙"大队做一番事业的梦想。原因再简单不过，潜水训练当中，深水的压力会把他那只假眼挤出来。这还是很轻的结果了，最重的结果就是左眼的血管被挤暴而身亡。他只能遗憾地回来，因为"狼牙"大队不是传统意义上的陆军侦察大队，而是真正的海、陆、空三栖的特种作战群，每个队员都要能够掌握三栖作战的本事，而不像传统侦察兵"一根绳子一把刀"就解决问题了。不能潜水的人想都不要想了。

苗连只得遗憾地回来，继续当自己的步兵团侦察兵。但是从此以后，他就有瘾了，而且其乐无穷，就是争取把自己的兵送进"狼牙"大队，这对于他来讲，得到的满足感是难以形容的。我觉得有点儿像咱们的高中班主任，总是想把自己的学生送进自己当年想上的大学，然后就有一种莫名的满足感。这是没办法说清楚的，就像自己的理想在自己的学生或者兵身上实现了吧。

陈排的梦想就是进"狼牙"大队，而且我们觉得他绝对行。他去年已经试过一次了，后来因为游泳考核的时候准备工作没有做好，导致开腿抽筋，只得被淘汰了。今年他志在必得。

很多士官也跃跃欲试，当了几年侦察兵了，要是能当个特种兵就好了，这辈子最大的出息就是这个了。我呢？

我根本就没有想过。这个侦察兵已经够让我郁闷的了，我干吗还要去当特种兵？而且我对现状已经习惯了。可能是在新兵连压抑太久了，我在侦察连的兄弟情感环境里真是待得依依不舍。大家都对我特别好，因为我在连里年纪比较小，又是那种不多的肯吃苦的城市兵，大家都很喜欢我。让我走？再适应一个陌生的环境？

我才不愿意！

但是考核就是考核，我当时怕自己哪个科目不及格，拖了全连的后腿，结果一下子用力过猛，全连的综合成绩下来，我不仅是新兵的第一名，就是在全连的官兵同训的科目中也是第三名。第一名是陈排，第二名是三排的一个班长。

苗连高兴得哇哇叫，到处显摆，因为这证明他没看错人。文书和连长的关系是很特殊的，如果年龄差距比较大，真把你当儿子一样看，所以苗连不是一般的高兴。

得，这回军区的侦察兵业务比武，我想不去都不成了。打了背包跟苗连、陈排他们十几个军官和老兵上了车。我再次在盘山公路上转圈。不过上一次是上山，这一次是下山。

从卡车的后车厢看，"大功某团"的大门越来越远，渐渐地看不见了。

我的眼睛湿润了，这一次是真的哭了。我不知道我哭什么。在新兵连的时候，老炮那么整治我，我也没有掉过眼泪。可是，这时候我哭了，哭得很凶。几个老兵都过来安慰我，他们不知道我在哭什么。我是在哭即将面临的残酷比赛吗？

不是，我已经习惯苦了。后来，第一次休假探亲的时候我极端地不适应，恨不得赶紧回部队。苦我已经不怕了，我是怕离开时撕心裂肺的难受。如果我知道我这一走再也不会回来，我会立即从车上跳下去，没命地跑回侦察连的连部，抱着床的铁架子再也不起来。打死我都不松手，因为我只属于这里，我不愿意离开。这里是我的家，他们都是我的兄弟。

我曾经是那么憎恨这个地方的一个人，但是半年过去了，我适应了这里的生活以后，就不愿意离开，非常不愿意离开。平时不觉得，真到了暂时离开的时候，是那么舍不得。

中国人民解放军陆军某集团军某机械化步兵师大功某团，驻守在海拔3000米的群山峻岭间，组建于井冈山时期，历经国共的两次内战、抗日战争，战功卓著，声名显赫。后来还在朝鲜战场把麦克阿瑟打得一愣一愣的，在中越边境轮战一年，歼灭小鬼子数千，出了三个战斗英雄，二百三十一个烈士。

某团，我的老部队，我的侦察连，就是我在部队的第一个家。

而这一走，我再也没有回来过。

10. 把铁从矿石里面取出来，叫作提炼（1）

我到了军区侦察业务比武的集训基地，才知道侦察兵到底是怎么回事。如果说我以前凭自己的小聪明可以糊弄一下的话，集训真不是那么回事了。先说说我们的居住环境吧。

集训基地在一个大湖泊的边上，我们都住在临时搭的步兵班帐篷里面。当时已经是五月了，初夏将至，水边的树林里蚊虫之多是不可想象的，我长这么大没见过这么多、这么大的蚊子。怎么说呢？你上厕所的时候（所谓厕所就是在林子里的空地挖个大坑，上面盖几块木板作为踩的地方，这是我从未见过的），臭就不用说了，你解手的时候蚊子就在你的屁股上猛咬，提上裤子时屁股已是奇痒难比了，总觉得被咬了一万多口。

我就是在那个时候学会抽烟的，为了熏蚊子。虽然我们受训队员是严禁抽烟的，但是还是有很多受训的干部和士官抽烟，好使不好使总是有点儿作用。这种蚊子的威力我是第一次见到，就是你穿着迷彩作训服，它们也可以咬穿。所谓的花露水之类的根本不管用。我最害怕的就是晚点名，苗连不光声音大，训人的功夫也是一流的，能变着花样骂你。这时间可长了，没个把小时你是别想解散的。这个时候蚊子就开始忙活了，你又不敢打，就听它们一窝一窝地在耳朵边上转悠。你不用"窝"这个词是不能形容的，因为它们从来就是以窝为单位活动的，而且窝的数量极多。每个弟兄都被咬得要命。蚊帐也不管用，我实在不知道它们是怎么进来的。我在家的时候从来没有睡蚊帐的传统，因为有杀蚊剂，有电蚊香。城市里的蚊子也没有这么肆无忌惮，不会仗着自己个子大、数量多就对人类进行各种各样的轰炸。这儿我每天起来整理完内务的第一件事情就是把蚊帐先掖好。

然后是训练。训练不光是强度大，难度也大。除了传统的侦察科目以外，还有许多技术性很强的技侦科目，内容就不多说了。很多士官也是第一次接触，我就更不用提了。咱们先说强度的概念。就说几个我印象最深的科目吧。

一般在部队跑武装越野，我们实际上跑的是有道路的山地，也就是说你天天跑就有路了，而且越来越平，原来的坡度也不高。我们侦察连一般的考核是5000米和10000米两种，新兵不要求跑10000米，但是我都参加了。武装越野的概念就是带着枪、弹匣、手榴弹、水壶什么的跑，没有背囊。我的个人武装越野5000米的成绩是17分15秒，在连里是第五，最快的是三排的那个班长，16分就下来；10000米的成绩是44分10秒，这在我们连是第一的，第二名是陈排，44分27秒，只比我慢一点点，我想是他的腿抽过筋的缘故，大运动量不是很舒服，而我是比较流畅的，路越长越带劲儿。

但是侦察兵集训准备比武就不是这样了，绝对的羊肠小道不说，路面之崎岖是常人无法接受的，起伏的坡度也很大，经常是60度上60度下，而且要求戴钢盔，就是那种蒙着迷彩布的80式钢盔，在团里考核我都是戴作训帽，实在不行就把帽子摘下来，掖在兜里光头跑。但是戴钢盔就不一样了，带子一会儿就勒你了，你还不敢松，一松就晃悠，更不敢摘下来，一是不知道往哪儿放，二是不知道哪儿随时埋伏着军区机关某部的长官。因为规定不许摘下来钢盔，被抓住就是事儿了。这种体力消耗可想而知。我第一次10000米山地越野，居然有了疲劳和喘不上气的感觉，跑了1个小时20分钟。当然别人也好不到哪儿去。

然后是攀登。我在团里只攀登过四层的攀登楼，成绩是7.07秒。这个成绩只比苗连当年的纪录差一点儿，他爬攀登楼是6.49秒。我的成绩在我们团的侦察营估计是最快的，师里我就不知道了，这回见了几个师部侦察营的所谓高手的攀登架势，我心里有数了，不是那么害怕。

但是集训没有楼让你爬啊，某部的机关干部开着吉普车带队，就像山谷里面找一面悬崖，爬吧。我抬头一看，乖乖，足有30米高，而且很光滑，可以作为休息支点的悬崖上长的小树什么的极少，而且有很多天花板——这是我们的行话，就是悬崖上突出来的岩石。这是非常危险的，不管是不是徒手攀岩，都要身体悬空才能过去，对臂力、腰力和身体的协调能力是极大的考验。加了保护绳也危险，因为随时有可能掉石头下来，就是戴了钢盔，砸一下也够受的。

而考核的标准是50米高的悬崖，这才是刚刚开始。真不知道是谁出的主意。我后来看电视上有什么攀岩俱乐部的画面就只想笑，如果认识我，我给他们推荐几个地方，保证放弃这个爱好，从此老老实实做人，不再说自己是什么冒险运动的爱好者。尤其是那个劳什子教练，老是教MM的时候动手脚，我更想笑了：你算个屁攀岩高手啊？解放军的习惯是只做不说，其实没有几个人知道侦察兵集训是怎么回事儿的，没人觉得有什么。你问问任何野战部队的侦察兵弟兄，攀岩是什么科目？基础科目。

我们当时集训和比武的地方，就是后来参加某著名国际军事比赛的那帮小兄弟训练攀岩的地方，连教官都一样。我们给那里起了个诗意的名字，有点儿俗气，但是非常贴切：青山峡谷。至今回想起来，笑意仍然会浮现在脸上，因为攀登上去以后，风景太美了！两边绿绿的悬崖，中间一条峡谷，石子路，路两边是齐腰深的高高的草丛，不是一般的诗情画意。我一会儿找找，看有没有留下"青山峡谷"的风光照，实在是记忆犹新。想起来就想笑，太美了！这回非常时期过去了，找个一直没有得手的漂亮 MM，开辆敞篷吉普去野游去！如此之诗情画意加上篝火浪漫，再诌几句歪诗，绝对拿下了！又没有正形了。

接着是障碍。不是传统的 400 米步兵障碍，是修在上坡的山地的特种障碍，修得极好，一个工程兵连一天一夜拿下的。我至今感叹的就是部队的令行禁止，办事效率之高，现在的人说话都没准，但是在部队，一就是一，二就是二，没有商量的余地。今天首长说这儿修个障碍，第二天早上起来就一定有。工程兵弟兄修得好啊！我们看了以后都吸冷气，坡地多少度我记不清了，但是真的是陡峭的山坡路上给你修上长达几百米、各种各样的障碍，具体有些什么我就不说了，太浪费激情，因为我已经发现自己爱跑题的毛病了。反正难度的增加是成倍数的。我要说这有多苦，苗连一定牙齿一龇，挤出俩字："扯淡！"

还有就是各种各样的小的基础科目了，繁多得我也不知道怎么下嘴。

下回说吧，有点儿累了。

11. 把铁从矿石里面取出来，叫作提炼（2）

我现在发现了一个写作的难题，就是点和面的痛苦抉择。虽然几百万军人你们看着都一样，但是如果进入他们的内心世界，你都会发现是一本很厚的书。譬如苗连，就可以写一部很畅销的小说了，陈排的故事也是很典型的。还有老炮，这种货色要是落在刘震云和阎连科的手里都是不错的揭露农民劣根性的有力中篇。这二位我非常尊敬的前辈的《新兵连》和《黄土地，黄军装》都是令我触目惊心的力作。

也就是说，人物众多，线索众多，故事众多，好像猫对着一屋子老鼠，不知道先咬哪个。我在部队前前后后认识的人不下数百，每个人都有自己的个性，都值得写一写。

但是这么写下去确实很难写完，我写一年都写不完。所以，我只能忍痛割爱，丢掉好多东西，譬如上个章节对"青山峡谷"的描述，直接进入一些人物故事的推动和发展。

我们每天 5 点钟就被叫起来，眼睛还没有睁开就要去训练。当然先是来个 10000 米武装越野开开胃口，然后赶紧划拉几口早饭，有时候我就抓着油条、兜里装着鸡蛋，跳上卡车后厢。后来就不这样了，因为训练的强度是被科学地逐步加大的。我一直很恨拟订这个计划的参谋，让你总是很难受，但是就是倒不下去，一直在极限的临界点晃悠。真是干什么的就是干什么的，但苦的就是我们这帮弟兄。后来一上车我们就把枪丢一边，四仰八又地躺下睡觉，也不分兵还是官。虽然我是唯一的列兵，再怎么颠簸照睡不误，实在是太累了。

一下车就开始今天的训练科目，有时候是射击，有时候是攀岩，有时候是爆破，有时候是一些乱七八糟的东西。侦察兵的集训科目多得不可胜数。真的不是电影上那么简单啊！你们以为特种兵就是电影里面老美拿着枪一脚踢开门喊什么"Clear！"那么简单吗？我说的还只是一个小小的例子啊！所以，那时候我老是鼓励那些参加集训的来自农村的侦察兵战友好好学习去考军校，或者回家以后再补习补习，然后考大学。我在部队的一个热衷就是鼓励大家考大学，但是总是没人能考上，因为性子野了坐不下来了，或者家里穷不敢考要去当民工。唉，辜负了这么多好脑子啊！

武装泅渡是我最害怕的科目。湖泊中间有一个小岛，在我眼里是遥不可及的，具体多少千米我忘记了，时间太久了。要我们带着枪弹、手榴弹和装满水的水壶游过去，我当时就恨不得上子弹先把那个说这个规则的少校给突突了。可惜是空包弹。对于我，空手游过去都是难事，何况背着这么多铁家伙！但是命令一下还是要在水里扑腾，当然也不是什么都不带，腰上还是用绳子拴了个游泳圈的。不过极小，能保证你不行的时候赶紧扒着，然后保障的大飞就过来救你，就是香港走私电影里的大飞。靠！他担任保障还不如不保障呢，每次一过来掀起的巨浪能让所有的弟兄大喝几口水，起伏半天找不着北，赶紧踩水怕淹下去。所以我说我们军队的胶鞋是很可爱的，别看它不起眼，你们都讨厌，但是泅渡的时候把它一脱拴在腰带上就过去了，过去再穿上快得很。过去不算完，还有科目呢！要是一双大牛皮靴子呢？你还能穿吗？胶鞋湿了没啥，一会儿就干了，但是军靴要是湿了可真的麻烦了，你的脚就在里面泡着吧！别跟我说老美的军靴怎么怎么好，我都穿过。军靴是好东西，要看什么地方用，巷战我当然用军靴，踢门格斗什么的都方便，沙漠地形也要用，因为沙子太热，但是在山地丛林、泅渡的时候，我干吗用它？找死啊！

我开始游得十分费力，这时候我们就玩点小猫腻了。陈排水性好，他是长江边长大的，大风大浪见得多了。每次一出发，我就在水底下拽着他的腰带。当然我自己也游，不过开始心里没底啊！陈排真是个好哥们儿，搞得我激动得不行，每天多累都要帮他写封情书。当然，他替我打手电赶蚊子。后来我渐渐地不害怕了，就不用他带我了。身体底子好的话，克服了恐惧心理，其实就没有做不到的。而且我渐渐发现泅渡的快乐，就是克服极限以后的舒畅，和跑路一样的感觉。回忆起来真是感慨万千，什么叫作"以苦为乐"，这就叫以苦为乐！大家都在骂中国军队这个不行、那个不行，但是你们知道他们每天在干点啥吗？那个时候的快乐就这么简单。唉！

克服了泅渡，其他的科目就不是什么太难的事情了。我也就不细讲了。

我们集训即将结束，正式开始考核的时候，我发现了陈排的一个秘密。

我和陈排是住一个帐篷的，帐篷里面七个弟兄，苗连长和另外连队的一个连长住在双人的那种帐篷里。部队是个等级森严的地方，对于这点，开始我有意见，后来就没了，习惯成自然。

那时候训练特别累，晚点名完了后都不想洗漱，赶紧放倒。但是不行啊，同志们！还有政治学习，有时候还要给我们放一场电影号称慰问。我们当时差点把中国搞电影的骂死，敢情什么烂片卖不出去就卖部队啊！片子之烂回忆起来令人不寒而栗啊！就是不让你闲着，部队这点最让人受不了。看电影对于我们不是放松，而是比训练更可怕的折磨。这是精神上的很轴实的折磨！又扯远了。我要表达的意思就是，只要一熄灯保证鼾声在10秒钟之内此起彼伏。大家的睡眠质量是绝对好的，不像现在的我夜夜失眠。

那是我们集训的最后一天，大家晚上稍微放松一下，会餐了一把。估计是红烧肉吃多了，我第一次晚上要起夜，梦里就听见什么人在呻吟，非常之痛苦，我以为是恶梦。憋得实在不行了，我才睁开眼睛，拿着手电、卫生纸起来出了蚊帐，结果这种呻吟一下子停止了。

我真以为自己做梦，就准备去厕所。结果我又听见磨牙，显然是忍受不住的磨牙声，还有粗重的鼻息声。我就开始找，最后发现声音是从陈排的蚊帐里面出来的，我就过去了，动静一下子停止了。我觉得奇怪，就打开手电。我看见蚊帐里面模模糊糊的陈排还睁着眼，那种粗重的、努力抑制的呼吸声是不可能被忽视的。

我小声地问：“陈排？”

他没有回答我。

但是我看见陈排还睁着眼睛。

我就掀开蚊帐：“陈排？”

一下子我就傻眼了。

我看见陈排咬着牙抓着自己的右膝盖，痛苦的脸扭曲着，豆大的汗珠哗啦啦地在流。

“陈排，你怎么了？”我的脸都白了，转身就走，“我去给你叫医生！”

陈排咬着牙挤出字来：“你给我回来！”

我就回来，看着他，吓坏了。那个时候我18岁的生日还没有过，没见过什么更大的世面。

陈排咬着牙：“我一会儿就好了。你回去睡觉。”

我哪儿敢离开啊，就那么傻傻地看着他。肚子一下子也不闹腾了，我是真的怕我的排长出事啊！那种恨不得自己替他疼的感情啊！眼角又开始发湿。

过了一会儿，陈排真的渐渐平静下来了：“我好了，你睡觉吧。”

我不回去。

陈排勉强着想坐起来，我赶紧搀扶他起来。

陈排笑道：“我这不好了吗？你回去睡觉。”

我就说：“不，你到底怎么了？”

陈排一直说自己没事，我就是不相信，不告诉我我就去叫医生。陈排最后被我磨得没有办法了，就起来披上外衣，说：“出去说吧，我也活动活动。”我就跟着他出去了。他走得很痛苦，我扶他，被他甩开了。

我们出去了，值勤的哨兵大喊口令，手电跟着过来，一看是个少尉就不吭气了。我们在营地的一个角落坐下来抽烟，陈排半天不说话。我也不敢问，就那么陪着他抽烟。最后过了好久，他问我："你给我保密不？"

我说保密。

他还是过了老半天，才说："我病了，上次探家的时候查出来的。"

我问什么病。

他想想，说："小庄，你不是一般的兵，我想你能理解我的。"

我着急了："到底什么病啊。"

最后，他叹了口气。我永远忘记不了他的这一声叹息，那种绝望，那种悲凉，那种说不出来的、让我心碎的感觉。

陈排最后说："强直性脊柱炎。"

我还是不明白，不知道什么意思。

陈排苦笑，显然这个他藏得很深的秘密告诉我完全是对牛弹琴。

他起身："走，不说了，回去睡觉。"

我就这么跟他回去了，心里还在嘀咕，什么是强直性脊柱炎啊。我只知道侦察兵的老毛病是关节炎，但是什么是脊柱炎，还是强直性的？

如果当时我知道，我一定会赶紧把苗连长叫起来的，我一定会的！

请相信我！

写到此处，眼泪唰唰地掉落在我的键盘上，我不得不擦拭我的键盘和我的眼泪。

重新开始写的时候，我又点燃了一支烟。

顺便说一下，陈排的绝技是腾空以后连踢四脚，就是你们在电视上经常见到的踢坛子的侦察兵表演。能够做这个表演的人很多，但是连踢四脚的，我至今没有见过。

我们那时候都开玩笑叫陈排"佛山无影脚"。

眼泪唰唰地流，我只能等等了。抱歉。

12. 把铁从矿石里面取出来，叫作提炼（3）

陈排说过要我保密的。我们在军队学的第一项纪律就是保密，以及泄密的各种严重后果。我对保密的原则和后果是记忆犹新的。譬如这么多年了，我的女友里面只有一个知道我当过"狼牙"特种大队的特战队员，那还是我在非常激动的情况下，向她倾诉衷肠的时候说的。结果她根本就不乐意听我说那些劳什子特种部队，坐那儿就说："咱们还是谈谈时尚吧。"搞得我真是哭笑不得，一脑袋想去撞墙。我把这么重要的事情告诉她，足以证明我对她的信任不是一般的，想和她共度终生，但是她的态度居然很不屑。所以我后来交了女友就不乐意说，就说当过兵而已，不仅仅是要保密了，说实话，全世界都知道特种部队是干什么的。多少年过去了，事情总是在发展变化着，我脑子里面那点东西估计早就不值得自己那么看重了。更主要的是，我估计现在的女孩子根本不爱听。又扯远了，还是说陈排的事情，我最终也没有说。

第二天正式的比赛开始了，一共有七天，分成四大项，二十多个科目。担任评委的是军区某部的部长和他的参谋干事们，军区副司令亲自坐镇观摩，所以少将、大校也来了一大堆。

这是我第一次见识到这么大的场面，心里的激动不是一点半点的。武装直升机和运输直升机在天上飞，大飞和小炮艇在水里跑，陆地上是一长串各种各样的车子：先是三轮摩托载着戴白钢盔的纠察"突突突"地进来，接着出现了红旗奥迪、桑塔纳、三菱吉普、北京吉普，还有换了个中国马甲改了名字的猎豹吉普。

会场的纠察集体185cm以上，又高又帅。他们穿着毛料军装、黑皮鞋，戴着红色肩章、白手套，面无表情，傲气冲天，活像一条条高贵的德国大狼犬俯视着我们这群穿着破旧迷彩服的小杂种犬（不是发不起新的迷彩服，我们宁愿穿旧的布料。穿软的好活动，新的太硬，进水以后领口和袖口如刀子一样磨人而且会很沉）。会场的气氛是：口号震天地，热情泣鬼神。虽然还是"首战用我，全程用我，用我必胜"之类的口号，但是我们还是喊得喉咙嘶哑。会场的阵势东望不到边，西看不见岸。浩浩荡荡的水面，郁郁葱葱的群山就是我们弟兄的舞台。会场的组织井然有序，首长讲话时纹丝不动的弟兄们站在那里，跟一根根花花绿绿的钉子一样。钢盔下面是一张张黝黑的脸、消瘦的脸、庄严的脸，还有年轻的脸。

我就站在陈排旁边，我可以看见我们苗连长的方阵就在主席台侧面，都站得笔直，穿得整洁一片。少校以下级别基层部队带队长官眼巴巴地望着自己的队伍，希望能够给自己争脸。

我看不见陈排的脸，但是我可以听见他的喘息声。

国歌奏完，国旗升完，首长讲完话，然后全体观战者坐下，"唰"的一片小马扎的声音居然也是整齐划一，我还从来没有见过这帮侦察部队的主官这么规矩过。人有两面性这个概念我真是第一次看到了实例，当然这是调侃，不是贬义。

然后比赛开始，上来就是武装泅渡。

我们哗啦啦地鸭子一样被裁判的发令枪赶下水，游向对面的小岛。虽然我已经无数次地游过。但是还是紧张得要命，因为后面有好几个将军，虽然我知道他们看见的就是几百只迷彩鸭子。我那个时候已经被锤成了一个彻头彻尾的列兵，虽然性子还是桀骜不逊但是已然老实多了，尤其做了文书之后，伺候连长的时间一长，对上级要尊重的感觉倍增。

这个过程是比较轻松的，因为大家都知道什么时候该使劲儿，什么时候该冲刺。更何况刚刚开始，费劲的还在后头呢。上岸不算完，有科目等着你呢。这些劳什子科目一旦串起来比铁人三项还要难得多，我一直不明白为什么我们不去参加铁人三项。真的，从各个军区的侦察尖子比武的集训队随便划拉几个，我估计拿不了冠军也得是前五名。也许是政策不允许或者什么别的道理，不过我真的不明白了，也不是我这个层次的兵该考虑的事情。

上岸的科目就不详细说了，都是技术性很强的小科目，反正第一天就在紧张状态中这么过来了。我发挥得中等偏上，名次是第三十名吧，这个成绩我还是比较满意的。因为我最拿手的科目还没有出来呢，就是 10000 米武装越野和自动步枪速射。这两个科目我是集训队的绝对高手，如果拿了第一或者第二的话，再加上攀登我得到了苗连的悉心真传，估计能在前三名，其他的科目只要发挥现在这个程度，综合成绩就能保证在前二十名。因为谁都不是样样精通，而进了前二十名就有资格入选"狼牙"大队的集训，当然是在自愿的基础上。可是我不愿意，我只是不想给苗连丢人，就是拿了第一我也要回我的侦察连，做我的文书。和所有比赛一样，我们也有教练，苗连他给我们拟订了详细的比赛方案，并且时不时去别的代表队摸底侦察，苗连这一套是驾轻就熟的。不过一到这个时候，各个侦察连的连长们就都互相打哈哈，虽然平时集训在一起，成绩大家都知道，但是用谁对付谁、用谁压制谁这可是绝密军事计划。部队的好胜心理极强，就是拉歌、喊号子也要争一争，何况这是军事比赛。

第一天过去，陈排的发挥不是很好，但是还在三十五名，也就是说以后还有机会。据说他去年更惨，泅渡的时候腿就不行了，以前我以为是抽筋，这回我自己分析是那腿病的缘故。明天是 10000 米越野的开场赛。鉴于我已经知道了陈排的腿有毛病（我当时一直以为是腿），我决定明天跟陈排一起跑，在前面给他领跑，关键时候不行就拉兄弟一把，我就是争不来第一第二，也要让陈排的成绩别拉下来。因为我知道他的梦想就是进"狼牙"大队，我就算进不了前二十名能帮陈排的话就帮一把。

第二天一大早我们先热身，做准备活动。这回不是 5 点钟，上来就跑 10000 米，首长也得起来看啊。我们就先跑个 1000 米慢跑，压压腿、拉拉肩把身体活动开，我给陈排压肩时觉得他脸色不好看，我就问他："没事吧？"

他摇摇头，苦笑："没事。"

我当时不敢说让他别跑了，如果我说了我相信这个耳光一定要挨上了。我了解陈排，虽然他不打兵，但是他扇我这个耳光的时候，不是看我是兵，是看我是兄弟。

然后就开始了。

开始我和陈排在第二梯队中间，我们都没跑第一梯队。我们都知道第一梯队里面有不少是那些使坏的连长安排的，故意想把种子选手跑废的，照那个速度 5000 米以后就彻底废了，那是诱饵。我们的计划是在 5000 米开始加速，争取到第一梯队的中间，最后 3000 米再脱颖而出。一到了最后 1000 米的距离就拉得有点儿大了，我和陈排估计都能是前三名，实在不行前五名是跑不掉的。

我跟陈排在一起，他跑在我后面，只听见一片胶鞋踢踏的脚步声和粗重均匀的喘息声，还有枪支等金属零件和枪带撞击的声音。

到了 5000 米的时候我开始加速，但是跑了没多远我就发现陈排没跟上来。这跟别的没关系，完全是气场，他在我后面跑久了我不用回头就知道他在不在。我边跑边回头，看见陈排的速度还是没有提起来，就喊："陈排！跟上！"

我也没有加速，这时候某师侦察营的另一个高手已经从我身边过去了。我们赛前作战会议的时候，最害怕的 10000 米对手就是他，但是我现在顾不得了，因为陈排没有跟上来。

我再喊，谁知道陈排不仅没有跟上来，反而把速度降了下来。

我急了，连喊几声。

陈排的速度提了提，但是又慢下来了。

又有几个人过去了。

陈排冲我摆摆手，意思是顾不了那么多了，你赶紧走。

我虽然已经可以算是个兵，但是我对部队的荣誉感没有那么强烈，在我眼里，兄弟的感情是第一位的。我后来能做到令行禁止，不完全是因为苗连是我的连长，更因为我真的佩服他。

我怎么可以丢下自己的兄弟呢？

我快步跑回去，陈排大吼："你回来干什么？！赶紧跟上！"

我一把抓住他的弹匣袋子："我带你跑！"

陈排："浑蛋！赶紧走！"

我不管他，拉着他往前猛跑。

结果在上一个 60 度的坡的时候，我一下子被拉倒了。我起来看看，陈排捂着右腿倒下了。

我当时就傻了，陈排会倒下？！

我们的陈排会倒下？！

不可能啊？！

我跑过去拉他，这回他没有拒绝我，把手伸给我。我用力一拉他，他刚刚起来又倒下了。

这回是怎么拉都起不来了。

我急忙要把他背起来，结果被陈排用枪推开了："赶紧走！你已经落下不少了！把时间追回来！"

我都急哭了："我背你去医护队！"

陈排："你赶紧走！别管我！成绩！全连的成绩！"

我不走，陈排怒了，用枪砸我："滚！赶紧滚！"

我近不了他的身，只能哭着绕着他转。

陈排大吼："这要是在战场上，我一枪毙了你！"说着就有拉枪栓的动作，枪口对准了我。

我这回傻眼了，因为我知道里面压满了实弹，紧接的一个项目就是多能射击。这是那帮劳什子参谋搞的鬼，不把我们练得枪都端不稳就不让打枪，因为平常打没什么区别，都是高手。

陈排的眼睛告诉我，他是认真的，我在任何地方也没有见过那种怒火，电视上也没有见过。

我没办法，一步三回头地往前跑，结果他瞪着眼睛："赶紧滚蛋！"

我不敢犹豫了，举步就冲。

陈排被我远远地丢在了后面。

这个科目我是第二十三名，我到了终点就没时间犹豫了，因为马上就有新的科目等着我，而且苗连怒气冲天地瞪着我呢！

多能射击我稳扎稳打，打了第一名，算是挽回一点儿分数。

我们在操舟通过复杂水域考核的时候，我看见天上一架迷彩色的、机身上有醒目的红十字标志的米8-直升机从头顶掠过，去往省城的方向。

我知道，那不会是别人，只有陈排。

13. 把铁从矿石里面取出来，叫作提炼（4）

我的身边没有了陈排，总是觉得空落落的，少了很多依靠。在以前的集训当中，我们俩是一直在一起的，在很多人眼里，一个少尉和一个小列兵怎么可能成为搭档呢？我想不是什么军衔的原因，是因为我们都是年轻人，也就是大家所说的"兄弟"情谊在里面起作用。那个时候我还没有18岁，他像哥哥一样关心我，爱护我。我对他也真的跟亲兄弟一样。

陈排的消失对我的影响是很大的，但是随着比赛的逐步深入，脑子里的杂念也就没有了。争强好胜的冲劲使我不顾一切，想要在随后的比赛中把分数争回来。

比赛结束的时候，我得了第二十一名，离第二十名只差一点点分数，具体多少记不清了，好像总分在5分之内。我的三个单项科目成绩是第一的，这就多少挽回了我们苗连的一点儿面子。

苗连的遗憾和失望不是一点半点的，在他的眼里，他最好的两个成果就是陈排和我，先是陈排进了军区总医院，再是我的成绩不是特别理想，连前二十名都没有进。这就意味着我以一名之差失去了入选"狼牙"特种部队的资格。

我却不关心这些，因为即便我是第一名，也铁定不会去什么劳什子"狼牙"大队，我就是死也不愿意离开我的侦察连，离开我的苗连，离开我的陈排，还有我在侦察连的好多弟兄。我那时候不懂得什么叫真情可贵，但是和他们在一起我很开心，就是吃苦也是苦到了一起。我一直就是个很重感情的人，一直到现在都是，尤其是兄弟情谊，我对女孩反而不是特别看重的。说句掏心窝子的话，女孩天底下有的是，但是真正的兄弟，你能找到几个？我后来回到社会上，再也没有像在部队一样，一下子就是几十个甚至上百个兄弟的那种感觉了。所以，我看《兄弟连》的时候哭得稀里哗啦，因为我们虽然没有经历过什么世界大战，但是战士之间的情谊是一样的。我不由得感叹："兄弟连"这个名字起得好啊！以后如果有条件了，我也写一部自己的《兄弟连》，写写我那帮兄弟，我日夜想念的兄弟们。

写现在这个东西是我最费劲的时候，因为我不得不一再停下让自己的情绪稳定下来，很多事情是我不敢回忆的，也是不忍回忆的。我常常想，如果我不去参军，我应该是什么样子？也许和很多刚刚毕业几年的大学生一样，没心没肺地快乐着、游戏着。但是我当了这个兵，我的快乐背后总是藏着这些沉甸甸的隐痛。

比赛结束以后，我才有机会问苗连："陈排的情况怎么样？"苗连的脸色不是太好，最后说："我给你准假，你明天一早搭基地后勤买菜的车，进省城去总医院看看陈排吧，晚饭以前回来。"他没有说什么情况，但是我已经从他的眼睛里面看出来不是很好，具体怎么不好，他不说，我也不敢问。因为我知道他还在为我们连的比赛成绩恼火，哪怕有一个进了前二十名也好啊！

但是后来我知道，他已经不再为我们的比赛难过了。

我当天晚上一夜未眠，心情激动得不行。我赶紧加班替陈排给对象写情书，因为快一个礼拜了，本来一天一封的，现在这么多天都没有。这可是一件不得了的事情。虽然那个时候我离 18 岁还差一个多月，但是在我们连，对女孩心理的了解绝对是舍我其谁的。

第二天一大早，我就进了省城。我就不再说说进城市的感觉了，只要在野战部队当过兵的都会有一样的感觉。以前我在连里总觉得自己的气质好得不行，这回我真意识到，自己和当代都市文明之间已经出现差距了。军人的牺牲往往不是战场上的，很多小地方的牺牲也是很严重的，如果我不是这个身份，就不会有这个感慨。因为大多数的军人都觉得这是和他们没关系的两个世界，他们只有部队和老家两个世界，我呢？我本来就是大城市的大学生啊。

我到了菜市场，跟炊事班长道了别，就去找陈排。我买了一张城市交通图，给钱的时候，那个大妈笑眯眯地说："解放军同志，走好啊！"我当时眼里一热，真的有了一种人民子弟兵的感觉。我在最短的时间内找到了自己和总医院的位置，然后标出了最近的路线。结果一看，没有直达的公车，只有环线的，要绕一个大圈子。我再看看街上的公车慢得跟老牛似的，心里想，这要什么时候才能见到陈排啊？

我想见陈排想得不行，就把大檐帽一摘，将里面的压簧取出来，然后把帽子塞进那个挎包，把袖子一挽，常服的风纪扣打开，裤脚卷到膝盖以上，然后开始向着那个方向猛跑。

我向着军区总医院猛跑。

我向着我的陈排猛跑。

省城是个很大的城市，军区总医院在城市的另外一段。中间的直线距离我估算是 20 公里左右，只是不知道这种旅游交通图的比例尺准不准。因为是平坦得不得了的公路和人行道，我估计一个半小时足够跑完了。而坐公车的话，如果堵车（因为我来自大城市，所以我知道繁华的城市一般都会堵车），时间就不一定了。而我必须尽早见到我的排长。

那个城市的朋友，如果在那年的那天，正好在我经过的街上走，不会注意不到有一个黝黑消瘦的小列兵光着头、挽着裤腿在狂奔。

那个小兵，就是我。

结果，跑了大概 15 公里的时候，我被军区散布在街上的纠察拦住了。

两个纠察一伸手，我赶紧放慢速度停住，把自己的士兵证给他们看。

一个纠察就问我："你跑什么？军装怎么穿成这样？"

我上气不接下气："我……我要去看我们……我们排长……"

他们看看士兵证，知道我是哪个军的，再看看我胸前别着的"某军区侦察兵大比武某某年度纪念"的胸徽，上面是一个经美术处理过的矫捷豹子的侧面剪影。多说一句，我一直对设计这种部队小东西的人员意见很大，譬如这个胸徽的图案设计，跟 PUMA 似的。弟兄们吃了这么多苦，结果最后的纪念就是个 PUMA 的自动复印板。我不知道这是什么原因，是缺乏审美吗？

一个纠察就问我："你是来参加侦察兵比武的？"

我这时候稍微缓过神来，点头说是。

另一个纠察就说："你们排长怎么了？你去哪儿看他？"

我就赶紧说："他受伤了，我……去军区总医院看他。"

俩纠察对视一眼，又说："去军区总医院你往这儿跑什么？"

我一怔："地图上不是写着吗？"我赶紧拿出来，我不相信自己会看错。

侦察兵会看错旅游地图？

一个纠察看看："你也不看看哪年的？这是前年的了，你在哪儿买的？"

我一下子就说不出话了。

另一个纠察就说："总医院去年就搬了，在这个位置。"他在地图上一点，我脑子一下子就炸了。在另外一端，离我跑过来的位置只有 3 公里的地方就是总医院。我不知道怎么说才好，当时急得要掉眼泪。★★★！那个卖地图的老太太为什么对我笑眯眯的？原来是把前年的积压货卖给我了？！

眼泪吧嗒吧嗒，我正要往回跑。

"哎！你站住！"

我回头："班长？"

一个纠察就说："别跑了，你这么跑影响军人形象。"

我着急地说："我要见我们排长，我要见我们排长……我晚饭前就得回去！"这时候已经是上午十一点半了，要知道从省城到我们集训的湖泊足足有 30 公里的山路啊！

俩纠察看看我，然后就说："你把军装穿好了。"

我穿好后，一个纠察发动三轮摩托，另外一个坐在他的后面。我还在傻着。

一个纠察："上来啊！"

我反应过来，赶紧上了侧面的挎斗。

三轮摩托起动了。警灯开始转，警笛开始响。我搭着纠察弟兄的摩托风驰电掣地冲向总医院。

我那个时候终于明白了，什么叫"天下当兵的是一家"。

虽然我知道街上的人都会误会我是被他们抓住的违纪小兵，但是我顾不了了。

因为，我离我的陈排越来越近。

14. 把铁从矿石里面取出来，叫作提炼（5）

很多年以前，在一个离我很远的城市，一个小列兵，坐在纠察弟兄的挎斗摩托里。

很多年以前，在一个离我很远的世界，曾经有那么一种情感在我的心里流动着。

一路上飑风撕扯脸的感觉，一路上红灯径直闯过的画面，一路上市民们好奇的目光，一路上纠察弟兄默默无言的神态，一路上由于堵车我们冲上路边的人行道，还有一路上耳边掠过的高楼大厦，像一股久违的泉水一样一点点渗入我那如黄河滩一样干涸的、四分五裂的心。

然后我的心就一点点被这股泉水侵蚀，如果说回忆真的这么痛苦的话，那么我不要回忆。但是我的陈排，我的陈排的故事，又有谁知道呢？

他不过是一个小小的少尉排长，在人民解放军中这样的少尉不下十万。如果我不说，那么永远没有人知道了。他的故事就和很多平凡的军人一样，在这个变得浮躁势利的城市消失得无影无踪，只有在梦里，曾经和他在一起的战友会梦见他的笑脸，还有那嘶哑的笑声。

但是我想，谁都不敢再提起他，因为每一次提起，都会让我们每一个人心中如刀割一样难受。

但是我想，我必须提起他，我要告诉大家，在我们的军队里，有那么一个平凡的少尉排长，是不应该被忘记的。

哪怕自己的心被撕碎，流出鲜红的血，我也是要这样做的。我已经是个害怕受伤的人了，但是为了我的陈排，我的弟兄，我宁愿再次受伤，哪怕伤口不会再次愈合。

我们半个多小时就冲到了军区总医院的门口，我下车跟纠察弟兄道谢，他们摆摆手就走了。我至今不知道他们的名字，我当时忘记了问他们的名字，后来就没有机会去问了。他们现在应该已经脱下了军装，可能天各一方，如果他们有幸能够看到我的小说，请一定要给我留言，我想和你们一起喝酒。大醉一场，然后高唱一曲最俗的、几百万军人都会唱的歌：《咱当兵的人》。

我冲进总医院，这时候我遇到了另外一个人，另外一个在我的小说里面占据重要地位的人。但是我现在不能说，不是故弄玄虚，因为这会冲淡大家对陈排的关注，我现在还不想让大家从这种情绪中摆脱出来，因为，陈排值得大家现在集中所有的注意力。

我冲进了陈排的病房。

我再次见到了我的陈排。

他在一个向南的三人病房，窗子开着，阳光洒进来。他的同屋是两个地方的病人，周围都有亲属陪床，有的在削水果，有的在读报纸。

但是我们的陈排在最里面的一张病床上，孤零零的。

我们的陈排没有人照顾。

我的泪水一下子出来了。

陈排一转脸看见了我：“小庄？你怎么来了？”

我跑过去扑在陈排的窗前，眼泪哗啦啦的：“陈排，我来看你……”然后，所有的语言都是多余的了，只有我的眼泪哗啦啦地流着。以前，我一直以为自己很坚强，但是那个时候我知道，一切坚硬的心在真挚的感情面前，都是脆弱的。

陈排笑了，眼中隐约也有泪花闪动，但是他没有哭。

这时候我才能认真打量我的陈排，他的胡子长出来了，脸依然英俊，但是神色黯淡。他穿着病号服，躺在床上，痛苦地转着身，摸着我的光头。

什么都没有说，只有含泪的微笑。

我缓过神来以后，陈排的第一句话就是：“成绩怎么样？”

我说第二十一名。陈排遗憾地叹了口气。

我问他病情怎么样，他说没关系，过几天就好了。我知道他心里很伤心，除了因为我的成绩没有进前二十名，还有一个原因是他自己再次失去了冲刺特种部队的机会，那是他一直的梦想；但是我就是不明白，看起来这个病并不是很轻，他为什么还要参加比武呢？

我问了他这个问题，他半天没说话。

最后，他问我：“你怎么看待军人这个职业？”

我想了半天，一片茫然，因为我确实没有这个概念，我不是一个想把军人当作职业的人，我当兵是为了爱情的冲动，后来被老炮锤得不练不行，然后因为环境被逼得不能不当文书，最后为了我热爱的苗连、陈排和我热爱的弟兄们，我愿意和他们在一起，吃苦也愿意，所以我成为优秀的侦察兵是一个绝大的误会。

陈排笑笑，说：“你的理想是什么？”

我说是作家，是艺术家。

他说：“我没你那么高深的思想，我从小就喜欢看人民子弟兵，喜欢看《地道战》、《地雷战》、《渡江侦察记》这些老电影，我的理想就是当兵。那时候老玩打仗游戏，后来上了中学就看《兵器知识》、《世界军事》这些杂志，知道什么叫特种部队，什么叫职业军人。再后来我就上了军校，家里不富裕是一个方面，更重要的原因是我想当兵，就是想当侦察兵，想进特种部队。到了咱们军区，我就知道‘狼牙’大队，就一直想进去，想得不行。”

我说：“那你也不至于不注意自己的身体啊，身体是革命的本钱，今年你养一年养好了，明年再来啊，‘狼牙’大队又不会明年就撤编。”

陈排苦笑，我后来才琢磨过来这种苦笑的含义。

他最后说一句：“如果我一定要倒下，我宁愿自己以特战队员的身份倒下。”

说这句话的时候他很认真。我不知道该怎么写他说过的这句话，虽然大家觉得这好像是很俗的国产电影里面的对白之一，但是陈排真的是这么说的。

我当时一蒙，不知道他说的是什么，又不打仗什么倒下不倒下的？

他就不说这个了，我就给他讲了好多我们比赛时候的趣事，譬如操舟的时候哪条船打转啊什么的。他笑得很开心，我尽量讲得详细点，我知道他想听这个。

我当时坐在一个小马扎上，位置很低，一边说一边悄悄地把自己胸前的胸徽摘下来握在手里。最后我不得不告辞的时候就把这个胸徽塞在了他的枕头下面，我知道这个可能只值几毛钱的胸徽对他的意义，因为上一次他就没有得到。只有全部比武完成的侦察兵才有这个。虽然我知道一些官把这个当作小纪念品送给很多无关的人，譬如地方干部、大款、小蜜，虽然我知道他们手里成把抓而接受的人也不会多珍惜，但是，我不认识那些官，我只有一个；我的苗连也不认识，他也只有一个；我的弟兄都不认识，我们都只有一个，而我的这个是属于陈排的。

我知道，这个胸徽对于他，是什么意义。

后来我到了"狼牙"特战大队，虽然上面明令所有的臂章和特种部队标识要严格保管，不得丢失，否则要记过处分，但是我还是得说自己丢了一套。我把这套保管得很好，宁愿挨一个记过我也要把它给我的陈排。结果等到我打电话给苗连的时候，才知道陈排已经转业了。我拿着电话愣了半天，从此我再也没有见过我的陈排。此一别直到今天，我不敢见他，因为我害怕让他回忆起这些往事。

后来我到了"狼牙"大队跟军医打听，才知道"强直性脊柱炎"大致是什么。我不懂这些医学，除了野战救护，我对别的什么都不懂。我印象当中，就是陈排的症状当时还不是很严重，他的身体底子好，所以一般的大运动量训练还挨得过去，但是军区的侦察兵集训就是两回事了。因为侦察兵集训不是大运动量的观念，是超负荷、不断逼你突破极限的观念，这就顶不住了，而且好像就是在训练结束的时候是一个极限点，所以连着两次，陈排都是在最后比赛的时候不行了。

"强直性脊柱炎"的医学原理我不懂，有的朋友告诉我说原因不明。但是我要谈一点儿自己的看法：长期大运动量的结果，练出来的毛病。陈排的训练量是很大的，中学时期就是体校田径队的，而且为了特种部队的梦想，他一直在进行大运动量训练，上了军校更是如此。到了野战部队侦察连，他除了带兵训练就是自己给自己加码；为了侦察兵比武拿个好成绩，最后能够得到"狼牙"大队的入选资格，我经常看见他晚上一直训练到熄灯。人天生的身体和骨骼就是有区别的，有的人就是不能进行这种太厉害的训练，我想陈排天生就是这种人，虽然他可以腾空连踢四个酒坛子，但是不证明他的身体天然就健康。于是他就积劳成疾，为了一个特战队员、一个职业军人的梦想。

最后还是没有做到。

后来我要走的时候，陈排突然抓住我的手说："小庄，你答应我一件事情。"

我问是什么。

他说："你明年一定要来！你一定要进'狼牙'大队！"

看着他的眼睛，我再次泪如雨下。这是多么大的一个误会！我为什么要当兵，为什么要当侦察兵，为什么要参加侦察兵比武？我为什么要走入军人的行列，来体验这种撕心裂肺的痛楚？我为什么要看着自己的弟兄为了这样一个在我看来没什么意思的梦想把自己练废？

但是看着他的眼睛，我不能拒绝。我捂住自己的脸，泪水从指缝流出来，流在我已经变得粗糙的手心里、手背上。

在那个瞬间，我一只手被陈排抓着，一只手捂着自己的脸。泪水哗啦啦，心情哗啦啦。我感觉自己的心底有一种东西在变硬，它慢慢钻出我的血液，慢慢渗透我的全身。

我不能不答应陈排，我怎么能够拒绝陈排？换了你，你怎么拒绝？你能告诉他自己其实不应该当兵吗，还是告诉他自己觉得特种部队是个没意思的劳什子？

他是我的兄弟，我的生死兄弟，他的欢乐就是我的欢乐，他的痛苦就是我的痛苦，他的梦想就是我的梦想。我们其实是一个人，因为我们是战友，我们是兄弟，我们生生死死在一起，永远不能分离，就像树根盘根错节地长在一起，拿刀也砍不断，拿火也烧不烂。

我必须答应陈排。

那时候我真的开始明白，什么是军人，什么是真正的职业军人。我为有这样的兄弟而自豪，而在无数个突然惊醒的夜里，我都泪流满面，恨不得撞得头破血流，然后再大哭一场。

那时候我知道，我的生命和我的心已经不属于我自己。它们属于我的战友，我的兄弟。就是把这条命送出去，我也要做那个劳什子特种部队的队员。因为这是我的战友的嘱托，我的兄弟的嘱托。为了他，我愿意去死。

于是铁从矿石里面取了出来，这个过程就叫作提炼。

关于陈排最后的下落，我一直不忍心告诉大家。我知道一点儿事实，我不能不说。如果我不说的话，就对不起我的陈排，我的战友，我的兄弟。

陈排，中国人民解放军陆军某集团军某机械化步兵师大功某团侦察连一排长，中共党员，排级转业，特等伤残军人，无立功记录，曾受过团级嘉奖一次。江苏南京人，出身普通工人家庭，18岁考入中国人民解放军某陆军学院侦察指挥专业本科，21岁到基层担任排长，历时两年。后因身体伤残转业回家，地方安置在一个残疾人企业担任什么我就不知道了。

这是文字上的记录。

眼睛能看见的呢？

由于病情发现过晚，他逐渐由下肢瘫痪转向腰部瘫痪，最后全身瘫痪，只有两只手还可以正常活动。

我最后得到他的消息是，他还没有结婚，我想我的情书没有起什么作用。

顺便再说一下，他以前的绰号是"佛山无影脚"，也就是说腾空以后在空中可以连踢四脚，准确地踢碎四个酒坛子，以一个英武的姿势落地，然后首长们掌声不断，感叹我们侦察兵的神武。

陈排的这个经典画面在当时的电视新闻和电视专题片曾经被反复使用。我不知道你们看过没有。

15.吻过我的光头的你的唇

其实，我冲进总医院的时候，见到的第一个认识的人，就是小影。

我从纠察的摩托上跳下来，玩命地往里跑，结果没有走旁边的人走的小门，而是从车走的大门进去了（你们要是去过部队的话都会有这个经验吧），门口站岗的哨兵不乐意了，赶紧喊我。我哪儿顾得了他啊，使劲儿地往里跑，结果在还没进大厅的时候，就被一个陪大肚子的老婆来检查的黑脸少校拦住了。

我不敢不停下来，气喘吁吁地说："首长！"还赶紧敬礼。

少校一脸严肃："瞧你什么样子？跑什么？把军帽给我戴好了！"

我赶紧把歪了的帽子戴好。

少校眯眼看我的胸徽："侦察兵啊，了不起啊？跟这儿撒野？"

我急忙解释："不是首长，我来看我们排长，我们排长……"

少校眼睛一瞪："就是天大的事情，你也不能违反规定！你是哪个部队的？是不是觉得收拾不了你了？"他老婆挺着大肚子，直拽他："没你的事儿，你瞎管什么？"

我不知道怎么辩解，但是官大一级压死人，何况人家是少校我是列兵。

少校一背手，喉结一骨碌，我知道要坏菜——这位大爷要训人了！你们没有领教过基层主官训人的本事，那是长期带兵培养出来的，没有个把小时你别想走人。

我心急如焚，眼看距离陈排咫尺之遥，结果碰见这么个铁门神。

还没想出什么办法，就听见那面有人喊："十五号！过来，结果出来了！"原来是个女护士，声音清脆，但是霸气十足，有点儿指手画脚的意思。

我哪儿顾得了看她啊，一直低头想自己的办法。结果，我没有想到那个少校立即干净利索地转身跑步过去，到了那个小护士面前，就差一个立定敬礼了，他一脸笑容："护士同志，情况怎么样？"我当即就感叹什么叫一物降一物啊，你臭 NB 什么啊你！

小护士爱理不理："胎位不正，你们去趟妇产科找找大夫！"她甩手把检查结果给他，转身就要走，一副公事繁忙、日理万机的样子。少校急忙拉住她。

可是就在她转身的瞬间，我看见了她的侧面，那个我日思夜想的侧面。我是一定不会看错的！在最艰难的时候，最痛苦的时候，最寂寞的时候，最失落的时候，她就在我的身边、在我的脑子里、在我的心坎里温柔地陪着我，快乐地陪着我，义无反顾地陪着我。

我脱口喊了一句："哎！"

那个少校一回头："喊什么？现在没你的事儿！"

护士疑惑地看我，但是随即惊讶起来。

我跑过去，冲着护士："小影！是我啊！你不认识我了！"我一把拉住她的手，千言万语不知道从何处说起。那手之温暖之柔弱之芬芳，我终生难忘。你们知不知道我回去后三天没有洗手，直到擦拭完我的 81 自动步枪留下满手枪油后不得不洗。如果你也有半年没有和异性有过任何接触，哪怕是语言上的，你就会知道这是什么感觉。在我们那个鸟团，我们老说"养只猪都是公的"这种蛋话，但是确实是真的。在大山里半年、在集训队一个月加起来七个月，我没有和异性有任何哪怕是语言上的接触，只有和小影，那是精神上的接触。

那个少校一把把我的手打开："你干 ★★★ 什么！越来越没德行了！你哪个军的？你们带队连长是谁？"

小影张着嘴看了我半天，那种惊讶是我一生难忘的。

我激动得说不出话来，又握住了小影的手。

那个少校这回不客气了，一把把我推开，我的帽子从光头上掉到地上。

小影这时候说话了，嘴还张大着，但是眼睛已经笑了："小庄！哎呀，小庄真的是你！你死到哪儿去了！我都没想到在这儿能见你！你怎么跑这儿来了？"

我傻呵呵地笑："是我是我！"说完把帽子从地上捡起来要戴上。

小影欢呼着，像一只小鸟："别戴别戴！我看看，我看看！你怎么剃了个秃瓢啊？"

这回轮到那个少校傻眼了。

少校张大嘴："你们认识啊？"

小影："认识啊！他是我的……"她眼珠一转，"我的老乡，一块儿参军的！"

少校看看我们俩，明白了点什么，旁边老婆就拉他："走走，赶紧走！别跟这儿丢人现眼了，找大夫去！"

少校很明显怕老婆，赶紧扶着老婆往电梯走了。

大厅里的人很多，但是在我的回忆里好像只有我和小影面对面地站着，互相看着对方不说话。因为不知道怎么说话，我不知道怎么跟我日思夜想的天使说话，她不知道怎么跟这个又黑又瘦的小庄说话，我们就这么傻乐着。我们都不知道该说什么，因为再多的语言都是多余的。

小影变了，好像跟我想象的不一样了，因为人的想象是会有误差的，但是她依旧俏丽，依旧明媚，依旧让我想得不行。到现在为止，我找的女友其实都是她的影子。

小影傻笑半天，泪花出来了，她在脸上那么一抹："你怎么变成了这个样子？"

我当时还没反应过来，我天天在镜子里面看自己看习惯了，我都不知道自己有什么天翻地覆的变化啊，不就是剃了个光头吗？

小影擦着泪花，看看我的胸徽："哎哟！跟哪儿捡的？"

小影不愧是小影，第一句正经说的话就差点把我顶个跟头。思维如此敏捷、语言如此锐利的女孩我怎么能不爱她呢？而且要爱就爱到不行。

我还挺不好意思："我……自己得的。"好像我犯了什么天大的错误而不是去参加了值得一生纪念的硬汉的比武。

小影下一句话照样把我顶得一愣一愣的："就你？你还军区侦察兵比武啊？我问你，

你见过侦察兵吗你？跟我这儿吹吧就！我估摸着你顶多就是炊事班打下手的，还是在哪个农场养猪？你那性子、那个懒样儿我还不知道你！剃个光头跟我这儿装彪悍啊？切！"

我不好意思地笑，从此不敢跟任何女孩提及这段当时觉得可以炫耀一世的侦察兵比武往事。这个教训我是不会记不住的。

小影踩咕我够了，才说："你跑这儿干吗？"

我说我找我们排长。她问我知不知道在哪科哪床，我一想傻眼了。其实苗连当时说了，我光顾着激动竟然给忘了，可见我这个侦察兵极端不合格！这么重要的情报居然没有刻在脑子里。

我只能说我忘记了，只知道叫陈排。

小影说："你这个糊涂蛋，还敢跟我这儿装侦察兵。走，跟我走。我给你查出来。"

我就跟在她后面走，她脚步轻盈如猫咪，我心情忐忑如老鼠；她气味芬芳如茉莉，我黝黑消瘦如煤块；她像一只蝴蝶飞啊飞，我像一只蜜蜂追啊追。

然后我就到了陈排的楼层，她跟值班护士说了一声，我就进去了。她说在外面等我出来。我就进去了，顾不上再跟她多说什么。我的心又飞向了我的战友，我的兄弟。

从陈排病房里红着眼睛抹着眼泪出来的时候，我看见小影靠在门边流眼泪。我急忙让自己平静下来，问道："你都听见了？"她说听见了，我就不说话了。她问："你真的明年还要参加比武？"我点点头，不知道说什么，我没有选择，我已经别无选择。

她说："来，你跟我来。"

我看看墙上的表知道自己还有时间，就跟她去了。我不知道她带我去哪儿，但是我知道无论她带我去哪儿，我都会毫不犹豫，绝不徘徊。

我跟着她左转又转，走来走去，走到了她们的宿舍。宿舍里还有一个女兵在照镜子，一看我们进来，先是诧异一下然后什么都没说就出去了。

小影在我身后把门关上，随着门的咔嗒反锁声，我当时的心差点从喉咙里面跳出来。半年来，我没有和异性单独相处过。

小影拉我在椅子上坐下，愣愣地看着我的光头、我瘦削的脸和冒光的眼。小影洁白如藕的手在我的光头上滑过，触摸着刚刚长出来的青青的头发，泪水吧嗒吧嗒地掉落在我的光头上。我闭上眼睛，她把我抱到自己的胸前，我的脸一下子被柔软包围，被芬芳包围，被女性的温柔包围。我贪婪地吮吸着芬芳，感觉到血液中一种异样的冲动席卷自己，好像什么东西在发生着裂变。

"我给了你吧。"小影淡淡地说。

我的脑子"轰"的一下。

"我给了你吧。"小影抽泣地说，"你是为了我吃这个苦的，我给了你吧。"

然后她把我抱得更紧，但是我的身体僵化了，我不知道该怎么办才好。是的，我不止和一个女孩发生过肌肤之亲，但是我和小影绝对没有过，我甚至没有想过。我就是因为不能让她一个人上战场才去当兵，当然当侦察兵是我自己也没有想到的。

小影流着眼泪，轻轻地吻着我的光头。

我的头皮一阵一阵地跳动，我感觉到她柔软的唇。

这是她第一次吻我。

我闭着眼睛，承受着她的唇。

女孩的、柔软的唇。

陌生的感觉。

我闭着眼睛，我听见她在脱自己的护士服。

我一把抱住她，她仰起头等待着，但是我就是埋在她的胸前不让她脱衣服。我拼命克制着冲动，半年多我没有和女孩肌肤之亲，但是我不能，我绝对不能，我万万不能，我就是不能。

因为她是小影，我不能亲手破坏自己的天使！

"我是为了他，为了我的兄弟要去特种部队的。不是为了你。"我听见自己的喉咙沙哑地说。

"就是为了你，我也不能碰你，因为你是小影。"

我起身推开小影，她的脸红扑扑的，双眼泪花闪闪。

我愣愣地看着她。

她愣愣地看着我。

然后，我转身出去了。

最后，我听见小影的哭声。

我戴上我的士兵军帽大步地走着，我不敢回头，我也不能回头，我的眼中还有着泪水。

那时候接近 21 世纪的来临，一个 17 岁的男孩和一个 19 岁的女孩。他们在一个屋子里，他们彼此相爱，完全是精神上的。

那时候我大步走着，军徽在我的头上，领花在我的脖颈，列兵肩章在我的肩上。我第一次意识到，自己已经是一个军人了。不仅仅从表面看起来我是个优秀的侦察兵，而且在内心深处，我已经发生了本质的变化，我有了一颗军人的心。

不是说和小影发生性关系就不再是军人，我自己也不是这么保守的人，而是我认为军人的心由这三部分组成：有自己的理想——我的理想就是用我的一切包括生命保卫我的祖国和亲人，有自己的责任——我的责任就是完成陈排的心愿，也要有自己的梦想——我的梦想就是小影。她是我的天使，我可以碰任何人，但是我不能碰小影，起码现在不能碰。我会和她结婚，然后拥有她的一切，但是现在不可以，因为我爱她。我不知道有多少人能够理解，但是那时候我是这么想的。

而这些，都是一个军人最神圣的，一个也不能破坏。

我大步走在总医院的走廊。我听着自己的脚步声，走向我的明天。

第二章
锻造

1. 无论风从哪面来，我都闭着眼睛，装作看不见

回到集训基地，苗连也没有问我陈排的情况，我也不敢说。其实那个时候还是小，苗连怎么会不知道呢？其实苗连知道的比我多得多，他恐怕当时已经被告知了陈排以后的命运，他当然不会跟我交流自己的难过。

很多年以后，我回忆起苗连的眼睛，才发觉其实他的眼睛里面是有一丝内疚的。

但是，这也不是他的错，是谁的错？其实都没有错，但却有了这么一个不可挽回的结果。

我当时最恨谁呢？

我最恨的是"特种大队"这个劳什子。

因为这四个字，断送了我的陈排的腿（我当时还以为是腿，因为谁也不会告诉还不到18岁的我这么个残酷的结果）；我一定要狠狠地报复这四个字，我要做最好的、最出色的特种兵，然后抛弃这个所谓的荣誉。这是当时真实的想法，那种恨是骨子里的，是一种可以把我的心烧成铁、熔成钢的火焰。

我们比赛结束后，军区组织者给我们这些山沟里的侦察部队的尖子们安排了一系列活动以示慰问，除了军区文工团的演出，还有游览这个旅游胜地的名胜古迹、和地方联合等一系列的劳什子。我一次也没有去，苗连知道我心里不好受，就没有强迫我。

我把心中的恨都发泄在了那些比赛设施上。每天从早上开始，我就没命地跑，没命地练。一直到筋疲力尽，我才躺在湖泊的沙滩上放声大哭。我在哭什么，我自己也不知道。然后又起来跑，又起来练。

后来苗连不得不出面阻止我，因为收尾的工程兵连看我的劲头，谁也不敢上来说要我别练了，让他们拆东西恢复往昔，因为他们知道我们一个排长出了事，也隐约听说了我和他的兄弟关系。在苗连的劝阻下，我才站在湖泊岸边的高处，看着这些临时的建筑在一天之内全部消失了，好像根本就没有存在过。

那么我的陈排，是在哪里倒下的呢？还有谁能够找得到？还有谁能够记得？那么我们

流过的那些汗水，都洒在哪里了呢？

　　紧接着小影来看我了，那是个周末，大多数来集训的部队都进城玩了。我没有告诉她我住在什么地方，但是军区总医院的护士想找人，实在是太容易的事情，我正靠在树上倒立，然后就倒着看见小影从我们炊事班的卡车上跳下来，冲炊事班长摆摆手。她清脆地道声"谢谢"，然后深一脚浅一脚冲我们住的帐篷跑来。

　　值勤的武装哨兵想拦，但是又不拦了。女兵本身就是免检的，何况比武已经结束，这里无秘密可言。

　　那几天刚刚下了雨，林子里积水很深，我们用沙袋垒成的道路由于集训基地逐渐被拆除而无人管理,因为这几天部队陆续开拔了。路上很泥泞,我急忙一个翻身下来上去扶小影。

　　小影白了我一眼："你还知道扶我啊？"

　　我憨憨一乐。很多东西是传染的，譬如口音，我后来班里有个东北兵一直跟我不错，最后搞得我有时候也有东北口音，至今还有人以为我是东北人，我也懒得解释；部队战士的表情也是，待久了都差不多了。同化是很厉害的。

　　小影就笑了："看看你还真认不出来了啊？穿个迷彩马甲不算，好像连脑壳都换了一个。"

　　我都不会和女孩说话了，就是乐。

　　小影眨巴眨巴眼睛："走！去看看你的狗窝！"

　　我就带她过去看了我们的帐篷，有一个兵在里面睡觉，我们就出来了。刚刚出了帐篷，她就拉起我的手，我跟过电一样被电了一下，急忙放开。

　　小影："干吗啊？你上中学的时候不是死乞白赖地非拉着我的手上课吗？"

　　我紧张地说："这儿有人！"

　　小影："有人怎么了？我们怎么了？"她大大方方地挎住我的胳膊。

　　值勤的几个哨兵看着嘿嘿傻乐，也有点儿忌妒，不知道这个小列兵怎么这么有艳福。好在那天苗连不在，进城去了，不然我有的是麻烦。

　　我赶紧掰开她，说："条例上说，战士不能谈恋爱！这会让人看见！"

　　小影拿着自己的军帽晃悠着，乐不可支："这都什么年代了，我们总军区医院都不讲这个，你还讲这个？这还是你吗？天啦！部队是个什么鬼地方？这太阳从西边出来了啊？"

　　我苦笑，其实心里还是在惦记陈排。

　　小影跟着我走到湖泊的芦苇丛边，我脱下迷彩服的上衣给她垫在河滩上，她不客气地一屁股坐下，然后拿军帽给自己扇风："这地方还真热啊！你不热吗？"

　　"水蒸气搞的，我们习惯了。"我淡淡地说。

　　她看着我的胳膊，上面有累累伤痕，腱子肉粗壮有力，感叹地说："你真是不一样了啊！以前别人跟我说部队是个大熔炉，我还真不相信，就是自己当了兵我也不相信——现在我相信了，你还真变了。"

　　我淡淡一笑，不敢多说什么，我知道她的语锋的威力。

　　小影摘下我的作训帽，看着我的脸："你真的变了好多，以前光觉得你是个小男孩，现在真是个男人了！侦察兵，你怎么不说话？"

我嘿嘿一乐："你不是一直在说吗？"

小影："我正经跟你说件事情——你知道你们这次比武的前二十名在我们医院体检吗？"

我说知道。小影淡淡地说："有一个不合格。"

我一怔："真的？！"

小影点头："对，我同屋的有一个胸外科的，她知道怎么回事。"

我问她怎么回事。她说："心脏病，但是不严重，也是练出来的毛病，他自己说是去年集团军侦察兵业务比武的时候开始的，自己一直在吃药。唉，真不知道你们侦察兵都是怎么搞的，身体上的伤太多了！我也算当兵的，但是这才知道当兵是怎么回事。大多数的伤和病是不影响训练的，但是这个兵的病不一样，会影响训练。譬如跳伞和潜水，这些他绝对不能碰。"

我问小影："他自己知道吗？"

小影点头："知道，他求医生和护士不要给他不合格。"

我一怔："为什么？这不是拿自己的命开玩笑吗？"

小影黯然地说："他说他已经准备了三年，就为了这一次机会，就是死也要死在特种大队的训练场上。"

我浑身一震，和陈排何其相似啊！

我又问小影："你们医院准备怎么办？"

小影："我们要瞒的话，特种大队的医务所是查不出来的，他们没有胸外检查的设备，还是要到我们这儿查。胸外的主任要说实话，那个兵已经求了他好几天了，不过不知道最后怎么处理。那个兵挺可怜的，我们那个屋的姐妹都挺感动的，胸外的主任也很为难。"

我心里有数了。

我认真地问小影："你能不能帮我个忙？"

小影默默地从兜里掏出一张叠得很好的纸，我拿过来，就是胸外检查的复印件，但是上面盖了总医院胸外的红章。

小影淡淡地说："我既然来，就知道你想要什么。这个章是我托胸外那个姐妹盖的，盖了章的复印件也是有效的，上面还有序列号和医生的复印签字，一查就出来。"

我感动地望着她："我该怎么谢你？"

小影："其实我也不是为了你，就算你不是第二十一名，这件事情也是我应该做的。我和我的姐妹们是为了那个战友，我不想他最后真的出事，那我们都会内疚一辈子的。"

我点头，就像我对陈排的事情很后悔一样。

小影的眼中含着泪水，转向我："你答应我一件事情好吗？"

我问她："什么？你说。"

小影默默地看着我，把右手放到我的心口上："你答应我——去了特种大队，一定要好好地回来见我！"

我一把把她搂在怀里，紧紧地抱着。她的泪水流在我的迷彩短袖衫上，然后流在我的胸肌上。我低头吻了她的唇，第一次，甜甜的。

我们就这么抱着，偎依着，看着湖泊上的野鸭子飞来游去，看着远处打鱼的人家摇着橹悠然自得，看着天上的云彩变幻莫测，一会儿像马，一会儿像鹰。我们看着夕阳西下，一直到天色擦黑。她在我怀里睡着了，我没有动一下。

我宁愿就这么坐着抱着她，一直到老。

这张检查报告我当然交给了苗连，苗连交给了上面，那个兵三年的心血就这么被毁掉了。我忘记不了他最后离开的时候看我的幽怨眼神。我的心被狠狠地刺了一下，但是我不后悔，因为陈排的事情让我终生后悔，所以我不会再让自己后悔。

那么，该我去了。去我该去的地方，为了所有的人，也为我自己。

2. 第二个新兵连，而且我又被锤了（1）

我是怀着恨意登上直升飞机的。苗连站在河滩上的那些连长们中间，眼巴巴地望着我；那些连长也眼巴巴地望着他们的兵，都跟看自己的孩子赴京赶考一样。因为，这是他们的骄傲，他们的荣誉。某种程度上也是他们自己的化身。

我不知道大家怎么看待特种部队，反正在军队内部并没有觉得有什么了不起，只是一个有重要价值附庸的兵种而已——全世界都一样。大家是否还记得《现代启示录》里面，当那个要暗杀上校的特种部队上尉看了这个上校，居然自愿到特种部队任职的时候，感叹一句："天啦！他放弃了做将军的机会！"据我所知，在美国当特种部队最出息的就是做个少将，那已经是联合特战司令部的头儿了。特战军官到了那个份上已经到顶了。

其实都一样，对于我们这些小兵没什么，跟哪儿当兵都差不多，就是苦点儿而已；而军官一旦从事侦察或者特战专业，基本上他在部队的前途就比较短了。步兵出身的可以做将军，装甲兵出身的可以做将军，炮兵出身的可以做将军，后勤出身的可以做将军，但是侦察或者特战专业的呢？我估计一般在仕途上不会有什么太大的出息——侦察和特战虽然重要，但是不是军队的绝对主力啊。

这些也扯远了，我想说的是，其实基层的侦察连营主官的仕途并不是那么广阔的，因为步兵团可以有很多，侦察团有吗？尤其是侦察兵的业务面比较独特，你能去坦克团当什么参谋长和团长吗？肯定是有的，但是我至今没有听说。我说过了，我不是军友，对军队的上级领导任免并没有什么热情，我也不关心咱们国家的国防建设。我只关心我这帮兄弟和我的老部队，因为我对那里有感情，那里有我的汗、我的血、我的泪、我的梦想、我的青春，还有我刚刚萌芽的真正爱情。我对那里只有感情，没有爱好。别的我一概不关心，因为我不喜欢军事、战争、武器和杀戮，我爱好和平、红塔山、漂亮美眉和盗版碟片，我爱好穿白色袜子、阿迪篮球鞋和牛仔裤、耐克的 T 恤，我爱好吃面条、喝绿茶，可我就是不爱好战争。

我当兵就是一个误会，当特种兵更是一个天大的误会。虽然我热爱我的兄弟们，热爱我的老部队，我也不后悔这段经历，但是我不热爱战争。一句话，我是个彻头彻尾的和平主义者。虽然如果我们国家发生了战争，作为预备役的特战队员我会第一批被征召，我会毫不犹豫地拿起我的枪走上战场，但是不代表我每天没事就在 BBS 前面发表好战言论。（又扯远了，继续刚才的话题）这就跟拿匕首切排骨是一个道理——虽然锋利但是力不从心啊！在部队这种鸟地方，一个位置恨不得十个人抢，能轮到这些侦察分队的基层主官吗？你们真的来做个职业军官试试？仕途的艰难不是一点半点的。我的一个战友的父亲最后熬成了一个省军区的政治部主任，我见过他两次：一次是当兵的时候，那时他是一个军区小部的正师级部长；第二次是退伍以后，路过他当政治部主任的省会城市，顺便去看看战友——我没那么势利，我不做生意，卖文为生，没什么事情求他——我想说的是，第一次跟他见面的时候满头黑发，短短几年，他的头顶已经是亮晶晶、光闪闪了。这就是我亲眼目睹的大校到少将的最直观的变化。我对仕途的理解就是这样，所以在大学毕业的时候，我毅然决然地放弃了去做老家省委书记秘书的好事，成为自由职业者、文化流浪汉，甚至和我老子翻脸也在所不惜。我倒不是担心自己头上那几根毛，在部队我一直是极短的、类似于秃顶的造型，也没觉得有什么难看，我是操不起那个心。虽然我当过兵，但是就因为当过兵我才不要当官。那是个什么道路——华山天险。就此打住。

大多数我那时见到的送行的连长们都转业了。他们不是职业军人吗？他们当然是，侦察连的连长都不是吹出来的，绝对是在火里、泥里滚出来的，但是他们的职业军人的生涯是很短暂的。虽然他们其中很多人想一辈子做一个职业军人，但是军队是不会给他们这个机会的。因为确实不需要，这是一个残酷的现实。所以，这往往是他们最大的出息了。而进入特种部队当特战军官当然是他们的梦想，对于他们大多数人是不太可能的，年龄、知识层面、文化程度等都是限制。即便有机会，他们走得了吗？他们丢得下自己这些兵吗？侦察连的各个部队都是比较有个性的部队，其实部队的个性就是主官的个性——对侦察连的这些老兵油子连长来说，尤其如此。所以，他们就把自己的希望寄托在我们这些兵上。所以，他们一直站到看不见我们的直升飞机为止。他们希望我们给他们争脸，别被发回来，希望我们做出一点儿成绩满足一下他们很简单的虚荣心理。当然，更大程度上是实现他们的梦想。

我是满腔仇恨登上直升机的，一直到看不见我的连长，我的恨不但没有消失，反而倍增。我是唯一的列兵，其他的少尉和士官们都激动得不行。因为大家都是第一次坐直升机，跟麻雀一样东张西望、左顾右盼，脖子伸得比身子都长，争着看云彩、湖泊、山脉、城市，看所有可以看见的一切，乐此不疲。但是，我孤独地坐在角落里，咬着牙，心里就念叨这么一句："狗日的特种大队，我来了！"

下飞机的时候，我已经彻底趴下了。我们都是被捏着鼻子扔下飞机的，不管少尉、士官还是我这个列兵，都被无情地扔在一起。我们相互搀扶着爬起来，半天找不着北，满眼流星雨，好像挨了天马流星拳。我们被整了个下马威，而且全体趴下了，然后就看见穿迷彩服的军官、士官快步走来，一个个笑眯眯地站在我们面前。我们都知道，这叫笑面虎，大家都是各个侦察部队的老油子了，这点道理还是懂得的。

我后来知道，这个狗日的"狼牙"大队的准确坐标，才知道它距离我们上飞机的地方不超过20公里！直升飞机在天上转了一个多小时，而且起飞的时候急速直上，降落的时候急速直下，然后在空中不断地上下左右，就是故意整治我们的。后来，驾驶员跟我熟悉了，还说是留了一手，但是当时我们全体都趴下了。

我不知道有多少人第一次坐直升机的时候就是急速直上直下的，陆航的哥们儿和飞行员大哥别跟我叫板，我相信如果你们第一次上来就是这样，不会比我们强多少。我们也算是整个军区侦察部队精英中的精英，体检标准不一定比你们要低，但是我们还是全体趴下了，根本受不了这样一个半小时的颠簸。

我们都是第一次。

虽然我坐过飞机，但是那是舒服的波音客舱，可不是这种劳什子运输直升机的后舱。趴下了就是趴下了，我们没什么话好说，我在心里还是骂："狗日的特种大队我来了！"

我一抬头就愣住了，他也愣住了。

狗日的世界就是这么巧！

3. 第二个新兵连，而且我又被锤了（2）

很多年后，那个我在特种大队基地一抬头就遇见的人携妻带子到我居住的城市，给他智障的儿子看病，我再次见到了他。他还在军队，而且肩膀上又多了一颗星星。但是，那家全国著名的医院根本不待见他，一排给他排到了差不多一个月以后。他没办法，只好尝试着给我打了个电话，我立即开车冲到他所在的小旅馆。

看到那个居住环境，我鼻头发酸，就算我们是吃惯了苦的，但是老婆孩子呢？然后我把他们带到了我的一个做生意的朋友的别墅，我这个朋友常驻国外，一年也不回来一次，所以别墅基本上是我在用。至于用作什么，我还用交代吗？我也有我的私生活，当然先说明不是什么乱七八糟的鸟事。我是部队出来的，基本的道德观念是有的，就是有时候跟大学里的漂亮美眉来这里度度周末而已——一不留神又说多了。

然后我开车到劳务市场上，拉回一个安徽来的小保姆，我在车上甩给她一个信封，告诉她顶多一个月，伺候好了我再给这么多；要是伺候不好，我让她从此不要在这个城市混。我找警察弟兄把她关在收容所，让她在里面慢慢享受。她开始以为我是黑道上的，一打开信封就激动得不行，连连点头，好像那意思是说就算是萨达姆也伺候了。然后我就上街买菜、买熟食、买饮料、买可乐、买孩子衣服，买一切我觉得应该买的东西，然后拉到那个别墅。我拿起电话本打了所有我在这个城市认识的、哪怕是一面之交的朋友，包括医院方面的、政府方面的，甚至是新闻方面的。我问他们那个医院的院长或者书记谁能接上关系。

最后这个问题的解决并不是因为这些朋友，是我在家为这事发愁的时候，当时我几个相对固定的女朋友当中的一个。开始我也就当个烦心事随便这么一说，她就不屑地笑了，说这算什么事情。因为她老爷子和那个医院的书记都是部队出来的老兄弟，而且还是她的干爹。

我当时激动得不行，抱着她就说："这事完了我就跟你登记。"结果她就笑着说："你凭什么娶我？"我当时一怔，但是想想也是，混混就得了，人家凭什么嫁我。后来她出国留学的时候，我去机场送她，我难受得不行，因为那么多女孩就她当时帮了我这个大忙。在机场的海关通道口，我们当着她的老子、老妈的面久久地吻别，泪水流在了一起。不是我要吻她的，是她扑过来，咬住我的嘴，直到咬出了血……她最后推开我转身进了通道，我就看见她苗条的身影、飘动的长发。在转弯的时候，她好像故意把领子一解，通道里的风一吹，她掖在衣服里的脖子上的迷彩色汗巾一下子飘出来——那上面有我的汗、我的血、我的泪、我的青春、我全部的痛楚和悲哀。我不知道她什么时候拿走的，因为我对自己的东西也不整理。我真的不知道她拿走了，而且系在脖子上很好看，像一只迷彩色的蝴蝶，不像我当年窝窝囊囊地随便一系，日头太毒就裹在头上，路过小溪就沾湿了再系在脖子上，以此补充流汗太多失去的水分。上面甚至有我受伤的时候流下的鲜血——那是我最痛苦的青春。她把这条迷彩色的汗巾系了脖子上，傻子都知道是说明了什么。她主动上来吻我，吻得那么久是想让我看见那条汗巾；她咬我的嘴唇一直到出血，是因为我没有看见它——这个前侦察兵比武尖子、前特战队员居然没有看见她白皙修长的脖子上系着的迷彩汗巾。她相信我没有看见。因为，她知道我一看见部队的这些东西就是个什么德性，所以她不会恨我残忍，只会恨我糊涂。

我在那一瞬间意识到，其实我当时再争取哪怕那么一小下，然后她就答应我——她是那么盼望我再争取那么一小下。她对特种大队没什么兴趣，她喜欢时尚。但是，她爱我，因为她爱我所以我的痛就是她的痛，她愿意承担，可我为什么没有看出来。她最后这一下就是要让我后悔一辈子，让她在我心里占据一个重要的位置，让我永远不要忘记她。哎呀，我算个什么东西，我怎么居然这么笨？怎么好意思告诉人家我是前特战队员？我一下子就疯了，往通道里面冲，结果海关官员和值勤武警上来拦我，我掀翻好几个，还差点动手打人。结果我被电棍电了一下，哆嗦一下就被狠狠一棍子抡在头上。我的脑袋流着血被武警按到地上，我的脸贴着地面，我努力去看那远去的飞机，张开的嘴已经失声。最后，我被关了起来。我的一个战友现在是机场特警队的队长，他把我保了出来。最后我开车到了机场外面的高坡上，像个恐怖分子侦察目标一样看着机场起降的飞机，泪水哗啦啦地流。那条蝴蝶一样的迷彩汗巾永远留在了我的心里。

哎呀，又扯远了。我还是说医院的事情吧。我安排那个孩子赶紧看了专家，那个父亲激动得不行，一直要请我吃饭，我不同意。最后还是请了我一次，然后他上了五粮液，我知道这是他一个月工资的五分之一，但是我不能不喝。然后我们喝了两瓶五粮液，这是他一个月工资的三分之一，最后我们一共喝了三瓶五粮液，这比他一个月工资的两分之一还要多……然后我们都醉了，高唱着"向前向前向前，我们的队伍向太阳"这首经典的军歌，还有"疾如电快如风，来无影去无踪，所向无敌保和平，我们是英勇的特种兵"这首难听得不行的队歌。我们在马路上歪歪扭扭踢正步，还大声议论着两边的楼哪个最好爬，害得巡逻的小警察一愣一愣地开着车跟在我们后面，但是不敢上来管——我们一直不断地唱那些军歌，间或谈论各种攀登格斗的技巧，还不时地比画两下——他们又不傻，知道这是当年的干部和退伍的老兵喝多了，管也管不得，挨了打还不会轻，最后不会有啥结果。最重要的是，他们知道我们不会干坏事，他们怕坏人招惹我们，我们失手打出人命不好收场，于是就像保镖一样跟着。直到我们在别墅前面找不着门，他们才上来扶我们，拿着我们的钥匙开门。刚把我们送进客厅，我们就倒了——我还不忘爬起来敬个军礼。他们赶紧拦着说："天下军警原来也是一家。"我感动得不行，然后他们就走了。迷糊中，我听见他感叹一句："走到哪儿还是自己带过的兵最亲啊，别管以前训得多么凶，但是越凶越亲。倒是那些一直对他们不错的兵，现在根本就不搭理我啊。"我当时一下子就哭了，我说："你现在才知道？"他也哇哇大哭，完全没有在部队收拾我的时候那种严肃，他说："小庄，小庄你是我最好的兵。"我说："不是最好的，你那时候老收拾我。"他说："那是因为你老不服，其实我心里最喜欢你。"我说："别跟我扯这个，我现在已经无所谓了。"后来我就睡着了。

第二天我醒过来的时候，小保姆告诉我，他和老婆孩子已经走了，留给我一个信封。里面差不多是他一个月的工资……我当时懊恼得不行，给我钱干什么？跟我扯这个干什么？但是我找不到他了。那个信封和钱现在还放在我的抽屉里，我连动也没有动一下。一直到现在，我才知道他已经转业了，当了一个小城市的武装部副部长。

在特种大队我一抬头看见的第一张脸就是那个少校。那个陪着大肚子老婆去总医院检查的少校。

4. 第二个新兵连，而且我又被锤了（3）

那个少校一见我，跟我见他一样傻眼了，他没想到我会是他的兵，我也没想到从此以后他就是我的上级。那个时候我已经有了在部队生存的经验，知道直接上级是万万得罪不起的，现在我要当兵就是老炮要我给他打洗脚水我都干得出来，所谓的成熟就是这么历练出来的。

少校看着我，依照我在部队半年多的列兵经验，我就知道要坏菜。但凡当过小兵的人都知道，部队的干部一定要在你的面前维护自己的绝对权威性的。部队不是学校，所以没有自由可言，要有绝对的强制性；部队又不是监狱，所以还不能拿对待犯人的一套来对付，要有理有利有节，要善于循循善诱，善于和颜悦色，但是绝对少不了关键时刻给你一大棒子，大家都是小伙子，你三天不打是要上房揭瓦的——前提是直接上级的绝对权威性，纪律倒还是其次。十八九岁的兵不会比我们成熟，他们不知道什么是人性，因为大多数的文化程度确实没有那么高，所以干部要有绝对的权威，要在战士眼里就是爷爷，不然你怎么管？也就是说，自己最好不要有任何一点儿可以让战士们议论的臭事，虽然我们都议论这个干部、那个干部，但是大多数的笑话是找不到出处的。一旦发现了这种议论的苗头，就要防患于未然，狠狠收拾，这样才能杀鸡给猴看，别人才消停下来，不敢随便议论。

这些笑话包括什么呢？很多。譬如干部怕老婆。

譬如我看见的，一个堂堂的特战少校不仅怕老婆，而且还对那个小列兵护士一脸堆笑。而那个小护士还跟我不明不白，有那么点儿老乡和某种亲密关系。也就是说，他每次陪老婆上医院的那点鸟事我可能都知道，虽然我确实不知道，我也没心情知道这些，但是他不管那么多。这就跟卡断泄密源、隔离非典源一个道理，格杀勿论先收拾了再说。尤其是我还是在他直接管辖的部队，我要跟他不是一个系统的，他也不怕我说什么，反正自己的兵不知道就行。现在麻烦了，这个小列兵还真的来了，而且还在自己的手下。

我相信他看过我的档案，但是我也相信他认不出我，因为那张傻不拉几的一寸大头照是在刚刚参军的时候照的，而我的变化连小影都要半天才认出来，更何况他。

我看他的眼睛就知道，自己这回绝对要坏菜了。他不仅会狠狠收拾我，还要千方百计地把我撵走，维护自己的绝对权威。我知道他会这么做，而且我估计老炮跟他相比就好像小巫见大巫，小鬼见阎王。很简单的道理，老炮算个屁啊？他不过是个步兵团的无后座力炮兵班长。这个大爷呢？能在特种大队混到少校级别的干部是个什么货色呢？你不用想也能明白过来。

我不用想都一身鸡皮疙瘩。

他看着我，我看着他。直到我们二十个野战部队侦察分队的尖子、特种大队的菜鸟站好队，我们的眼睛也没有分开。我们像两个对弈的围棋国手一样看着对方，心里盘算着对方下一步要出什么局。我更没底。我知道他要想收拾我易如反掌，我死也不敢说那点儿破事，而且我也不是那种三八啊。但是，他不知道。他就是怕我说，不管我说不说，先把我整走心里才清净，不然早晚是个祸害。

虽然我在苗连和陈排眼里是尖子、是侦察兵的天才、是兄弟。但是在他眼里呢？狗屁不是，这里的全部队员都是历届侦察兵比赛的尖子筛选下来的，我一个小列兵算个屁啊。我知道这回难办了，看来要折在他手里了。

我们站好队，他还在看我，但是什么也没说。眼神里的光全然没有在我的小影面前那么讨好。

那是杀人的目光。我不由得打了个寒战。他在警告我，在威胁我，在暗示我服输，这样他手下会留情。但是，我不能输，我不能让他看扁我们的小山沟鸟团里那个小小的侦察连，人间处处有英雄，不见得你们特种大队就比我们强。

为了我的苗连，为了我的……陈排。我发誓，当我拿到他们珍视得不行的狗屁臂章和胸条后，就把这些全部丢掉。特种大队的新训队来之容易，但是随时都有走的自由。我走，就在结业考核那天。

我要给这个劳什子"狼牙"大队一个狠狠的下马威，让他清醒清醒，自己到底是个什么东西。不是因为你们叫什么"特种大队"，就有多么牛，就比我们山沟里的小侦察连高好几头，我们都该求着进来、打破头进来！

不是说你们戴上个张嘴露白牙的狼头、上面再写个"特种部队"的汉语拼音的那个难看得要死的臂章，就是天兵了。你是兵，我也是兵，而且我不比你们弱！你们能做到的，我们山沟里的小侦察兵一样能够做到，而且比所有人还要好！

我要给这个自组建以来就傲气冲天的"狼牙"特种大队一个结结实实的教训！为此，我的勇气渐渐地升起来，甚至到了义愤填膺的地步，大有"壮士一去兮不复返"的意思！我的眼睛中间开始有了杀气。他看见了。我们的眼睛里面都有杀气。

一个特战少校和一个侦察兵列兵就这么对视着。半天没有动静。大家都等待着。那几个特种大队来接我们的中尉、少尉、士官都注意到了。我们一起来的弟兄也注意到了。大家都屏息不敢说话，保持缄默是最好的方式，在哪儿说多了都不好，部队也一样。我知道，所有的人都希望我能退缩，这样好给少校一个台阶，不然真不好收场，但是我偏偏不！我有我的苗连，我的陈排，我在山沟里那个小侦察连的弟兄，我还有我的小影！我就不服输！

我们就这么看着，一直这么看着。少校终于淡淡地说了一句："带走吧。"然后转身走了，连应该有的开场白都没有。

我看着他的背影，心里开始发毛，我不知道这第一回合是赢了，还是输了。

5. 第二个新兵连，而且我又被锤了（4）

我们自然是背着自己的背囊一路越野，被开着那种我从来也没有见过的小王八一样的迷彩吉普车（后来我知道这是什么劳什子突击车）的两个士官带到了一个偏僻的山窝，这是我们新训队的驻地。看上去距离特种大队的驻地还有十几公里远，很明显，我们还没有资格进入那个重重把守、狼狗吐着舌头、卫兵上着实弹、铁丝网通着电流的大山里面。说实话，琢磨了一个礼拜以后，我才从地形、地貌和星座变换上猜出我们的大致位置。直到我们进入技术科目的学习，接触了那个什么劳什子 GPS，我才知道这里到底是哪里。我跑路时候的恨意越来越重，心里就想：你们臭牛什么啊，不就是胳膊上多个露着白牙的狗头吗？你们是部队，我们也是部队。都是解放军，都是陆军，都是兵，怎么你们就那么保密，我们部队就那么不值钱？我早晚有一天搞你们个七荤八素，让你们尝尝你们的老祖宗侦察兵也不是泥捏的！

我正合计着，那辆长得像小王八似的小吉普已经七拐八拐地把我们带进了一个废弃的营盘。我一眼就看出来，这里原来应该是一个坦克团的驻地，大概因为部队撤编了，所以营盘空了。但是兵房、步兵、基本科目训练场等应该都还有，看来是专门收拾这些他们眼中的菜鸟的。

我们跑进这个营盘才知道，根本就没有啥像样的楼房了，全是残垣断壁，估计是他们狗头大队废物利用了。看来全军都一样啊，南泥湾精神永垂不朽。我正合计着，我们住在啥地方，不会又睡班用帐篷吧。结果那辆门上漆着狗头的小王八吉普啊拐，我们在后面追啊追，最后在原来的坦克车库停下了。

然后我们就气喘吁吁地站队，俩小士官下来啥也不跟我们说，就打开一个坦克车库的门让我们进去。进去后一看，我就毛了，这是住人的地方吗？虽然还算干净整齐，有那么十几个双层的铁架子床，但是一车库的柴油味道确实够可以的。

我跟着那帮弟兄进去了，把背囊放到写着各自名字的床上。弟兄们都皱着眉头尽量不去呼吸，我想大概都在合计这以后怎么住啊。没想到后来习惯了，换了兵房以后，看见柴油发动的车子什么的就想去闻闻，不然总是浑身不舒服。我跟大家说实在的，这种东西也上瘾。就像老坦克兵闻惯了柴油味道，筋骨颠簸惯了，开汽车总是觉得跟玩具一样是一个道理。

我们刚刚把背囊放好，还没有开始收拾床，外面的哨子就响了，我们赶紧出去列队。那个狗日的少校跟几个尉官、士官来了，还背手跨立，站得跟电影里面的品字队形一样，等着我们弟兄。这回我们都清醒了，才看清楚这帮狗头教官的迷彩和我们的花色略有不同，布料严重不同，腰带根本不同，鞋子更加不同，而且还配了个黑色的贝雷帽（那个时候，这种帽子全军都没有配发，所以看上去挺稀罕的，也没几个人知道那是贝雷帽。我以前卖盗版碟知道啥是贝雷帽，后来这个帽子发下来后，我们的几个农民兵弟兄还有几种"经典"的戴法，这些我以后再讲），显得自己高人一等似的。

我们一句话也不敢说，就这么站着。

他还看我，我也看他。反正来都来了，爱怎么办怎么办吧，菩萨是泥捏的，我是肉做的，不过就这一百多斤。活着干死了算我，就不信你能把我怎么办。

这个狗日的少校把眼睛挪开了，然后是开场白。我想他在机场就憋得够呛，他一口山东普通话："我谨代表'狼牙'大队全体官兵队，向你们表示热烈的欢迎！"没人鼓掌，因为傻子也知道这个时候不需要鼓掌。然后，他看着我们说自己叫什么之类的，我心里想：你爱叫什么就叫什么。结果我就记住他姓高，是一个中队长，我们今年新来的兵就分到他们中队挨收拾。他说宁缺毋滥，我心里想：是不是那把刷子咱们训练场见？不就是"一根绳子一把刀"吗？他还说了一些什么劳什子，我记不住。部队干部的老一套也不值得写。他大概被我看得不是特别自在，所以话音多少有点儿不自信，开场白就草草收场。然后就说我们弟兄刚才跑路不好，就让我们弟兄在饭前运动运动。这个我倒不怕，侦察兵集训比武下来，跑路算个鸟？

我们换了迷彩作训服，跟着那辆小王八吉普跑路，七拐八拐上了山。高中队就在后面开着另一辆小王八吉普跟着，我们弟兄跑路上山。谁都不傻，知道杀威棒刚刚开始，还不到卖命的时候，所以都留着劲头。

然后带路的小王八吉普一加马力，就拐到一片泥潭子边上。快跑到跟前的时候，我们都有点儿犹豫，不知道该跑路过去还是跟车一起停下。然后，第一辆小王八吉普上的一个士官就说："下去！"我们就下去了，当兵的死都不怕还会怕泥？

然后就按照命令在里面串得跟糖葫芦一样做仰卧起坐。说实话，我们在老部队都是高手，所以仰卧起坐简直就是小儿科，但是在这个泥潭子里面做还是第一次，所以多少有点儿不适应。那个滋味确实不好受，不是累，是你起来落下的时候，泥浆子满身、满脸、满耳朵乱流乱溅，睁不开眼睛，也不敢大口呼吸。那个狗头士官还要我们喊号子"一二、一二"，喊的声音不够响还要骂人。骂人我们不怕，因为我们都是被连长骂出来的，连长比他们骂人的花样多得多。但是一直这样，我们真的不好受。不过后来就习惯了，再后来我们去野外驻训的时候帮老乡割麦子，见了个猪圈大家身上就痒痒，恨不得蹭两下才过瘾——有时候人的习惯就是这么怪，关于这些奇怪的习惯我后面慢慢给你介绍几个神人，我至今没见过这么神的人物。特种大队真是藏龙卧虎，什么鸟人都有，所以我叫他们狗头大队是有道理的，后来这个外号搞得大队长知道了，他很不高兴，因为臂章是他亲自设计的，花了好几个晚上的心血，结果弟兄们都开玩笑说是狗头。

我们做了一百个仰卧起坐以后，又翻过来做俯卧撑。这下子更加难受了，因为脸一定要在泥里反复扎，耳朵都流泥浆子。做完之后，弟兄们已经都是泥人张老先生的泥胎子了。

这样的体力消耗是一般的两倍左右，因为呼吸是受到限制的，因为泥浆子是有阻力和重量的，也因为我们不适应。后来弟兄们渐渐摸索出了在泥浆子里面练体能的方法，就不再那么难受了，再后来就都发展到见了个猪圈恨不得滚滚的状态。因为野外驻训没有泥浆子，滚当然只是个想法。再后来他妈的狗头高中队就让我们滚比猪圈更恶心的了，我以后再讲。后来退伍以后，我看电视才知道，国外有钱人流行这种东西，还叫作什么"泥浴"，说是有保健作用。我当时觉得，看来狗头大队是未卜先知啊，还知道给我们保养身体。

弟兄们满身泥浆子，但是还不让起来，要按照士官的口令做一些侧滚翻、后滚翻、前滚翻，头都得栽进泥里。当时在那种状态，我基本上没有什么思想了，因为你不能思想着提防泥浆子进嘴里。当然最后我们都精疲力竭，然后还让我们在里面保持一个俯卧撑的姿势悬空，但是胳膊不能直着，就这么一直待着。时间多久我记不得了，开始还数数，但是后来就操心自己的胸肌和肱三（如果我没记错的话，很久没接触这种名词了），因为它们越来越酸了，毕竟侦察兵尖子也不是铁打的，也知道什么是累。

我就这么悬着，看着鼻尖上的汗水和泥浆子滴答滴答地落到下面的泥浆子里面，好像无数只小蚂蚁在胳膊的肉里面爬，后来是咬，再后来是狂咬。我真的越来越难受，但还是梗着脖子坚持着，最后连脖子都酸疼了，脸也恨不得抽筋。

我在最前面的一排坚持着。一双擦得很亮的大牛皮靴子慢慢走到我的面前，就这么站着。我坚持着、忍耐着，尽力去想一些美好的事情。我的思想已经魂游天外，譬如我想我的小影，我想她的笑脸、她的小手、她的芬芳、她的伶牙俐齿，我想她的一切。

然后，一只军靴踩在了我的肩上，并没有用力。我就下去了，一脸栽在泥浆子里，满嘴是泥，动也动不了。我从泥浆子里面慢慢转过身子，大吐几口才能喘气，我看见高中队的眼睛没有表情。他摇摇头叹气说："把它们洗洗，吃晚饭。"

他转身走的时候，我好像听到了他不屑的笑声。很多年后，我问过他，他坚持说没有，因为他也是那么过来的——我也不知道自己是不是记错了，因为记忆总是出现偏差。

这是我来这个狗头大队的第一个下午，我们用了两个小时在泥浆子里面洗澡，然后被赶进山下的河里洗澡，最后就这么湿湿地跑路去那个废弃的营盘，在一个角落里的野战炊事车里吃饭，没有吃饱，饿着肚子，穿着半湿的衣服跑了10000米武装越野，又做了传统的五个100的体能，训练才算结束。然后，政治学习开始，反正就是不让你休息。我们穿着混杂着汗水和泥浆子的迷彩服，傻不拉几地学习文件，学习精神，好像没有学习"三个代表"，因为那个时候还没有，我都记不清了，反正都是学习。

熄灯的时候，我们开始知道，这个狗日的狗头大队看来还真不是纸糊的。我说过我不是军迷，其实我在特种大队的很多战友也不是。我们对特种部队的了解很少，就是会跑路、会攀登、会打枪什么的，至于那些你们整天特别感兴趣的，基本上都是后来进入战术理论学习的时候才接触的。

6. 第二个新兵连，而且我又被锤了（5）

说句心里话，我现在再次发现了一个写作上的难题，就是如何进行整合。那些日日夜夜，一旦回忆起来是没完没了的，搞得我脑子乱七八糟的。穿越泥潭只不过是特种大队训练大纲上最基本的科目，还算不上啥子特种兵体能训练，因为只不过是让你习惯一下满身泥泞、浑身潮湿是怎么回事而已。在以后的岁月中，我们最喜欢的就是在泥浆子里面泡着打滚，因为不用跑路、不用爬山、不用对锤，在泥浆子里面滚来滚去还挺惬意的。照我现在这么写，我真是一年也写不完，因为特种兵的基础训练花样之繁多超过你们的想象，譬如还有什么鸭子步、小推车等乱七八糟的东西，很多都是我在侦察连没有接触过的。当时没有时间反思，但现在想起来却有很深的印象。

我不是写科普文章而是小说，所以我觉得我还是一定要写故事，写人物，写我那帮新认识的弟兄们，包括狗头大队的军官和士官。

我得先说说我们新训队这帮鸟人，他们都是各个侦察连鸟得不行的货色，当然也包括我。大家觉得我当年还不够鸟吗？如果我现在还在部队当班长，我手底下有这么一个新兵，我也是绝对要收拾他的。鸟人一个不收拾不行，不收拾绝对心情不爽，所以大家应该理解老炮，理解那个狗头高中队，这是应该的。从小我的性子就比较拧，我妈说我跟蒙古牛一样。后来，我发现部队的苦与折磨都没让我彻底改变性子，反而是到了社会上，没过一年我就换了个人，可见真正改变性子的不是军队，而是社会上你看不见的这些劳什子。哎呀，又扯远了，我们回去说正题。

一个老实巴交的兵可以成为一个优秀的甚至是最好的步兵，也可以成为最好的炮兵、装甲兵、汽车兵、炊事员，但是永远成不了最好的侦察兵。我就不说什么原因了，因为又要扯远，我就说说我看见的这帮侦察兵比武的尖子是个什么德性吧。

我们那年的新训队有二十个人：三个少尉、十六个士官、一个列兵。除了这个小尾巴让人觉得特别意外，其余的官兵比例大致在那个狗头高中队理想的范围内。特战军官和特战队员都是从这样的少尉和士官中间一步步产生的——特种大队是有名的吃现成的，就爱挑别的部队培养好的尖子，所以别的部队侦察连的连长在送自己的战士走的时候，既是自豪也心里疼得不行，跟挖了心尖一样一样的。

特种大队其实是愿意要列兵的，但是当年没有明文规定，后来有没有我就不知道了，但是一般的两年义务兵混进来还是不可能的，军事素质就在那儿放着呢。我也不是说我是天才，我真不是；我就是个刺儿头，在部队到哪儿都是，刺得主官不行，若不收拾我心情就会极度不爽。由于我是刺儿头加韧性，所以我混进了新训队，在里面继续刺儿头，专刺那个狗头高中队和他引以为豪的狗头特种大队。

但是，在新训队我一下子明白了自己的劣势——第一，我不是士官，是两年的义务兵，在他们眼里是很快就会走的，我是城市兵不算还是大学生，所以根本不可能在这里长混，培养我也是浪费人力和物力资源；第二，虽然我的侦察兵比武的成绩还算不错，但是我确实是补漏进来的第二十一名，因为有一个身体不合适我才来的，所以在狗头大队的人和新训队的弟兄眼里我还是二流角色，这个第一印象是很成问题的，因为分数就在那些狗头军官和士官的圆珠笔和纸夹子上；第三，侦察兵比武是死科目，说白了集训属于应试教育，我就是为了比武练出来的，就会那么几项，综合军事素质远远不能和这些真正的老油子相比，而一个月的新训队可不是就那么几项的，我也没有真正的野外拉练、奔袭演习等一系列的经验，说白了我还是个新兵蛋子，这我不承认都不行，他们讨论的问题我一个也听不懂。

我那时候躺在自己的床上，在昏暗的灯光下给小影写信，听着身边这帮老油子谈论哪年哪年的演习、哪年哪年的驻训、哪年哪年的集训，心情真是悲凉啊！

我能挺过去吗？当时真的很怀疑。苦我不怕，当兵的生来就是吃苦的，但是分数不是因为你吃苦就可以上去的，因为综合评比不看你侦察兵比武那几项。要淘汰，第一个就是淘汰我。而我又不能被淘汰，这就意外着我必须在新训队有绝对的优势才可以。我们不是说有什么淘汰的比例，要是全部合格，这个狗头大队就都留下，但是不合格就给你发回去，不留什么情面。我给小影写着信，写着写着鼻头就开始发酸，想起了我的陈排。

我闭上眼让泪水流了一小会儿，然后擦擦，探出头看自己的下铺：

"班长，我跟你聊会儿成吗？"

7. 第二个新兵连，而且我又被锤了（6）

我下铺的那个就是跑10000米越野的时候超过我的高手，一个五年的老士官，外号是"马达"。你可以想想他多能跑路了。本来我在集训基地是不和他说话的，因为我们两个都知道对方就是这个项目的绝对对手，如果说真的有什么"华山论剑"的话，那么10000米武装越野的独孤求败就是我和他两个人。所以我们不说话，但是对对方的印象绝对都很深，因为在训练的时候我们每天都在互相试探、互相观察、互相琢磨。我知道他的攀登科目比较一般，其他的都是上游，但是不像10000米那么出色；我想他也应该知道我泅渡比较一般。我们的连长是不会闲着的，每天在脖子上挎个望远镜往山上一站，你以为他们是在看风景啊？就是在盯着我们的训练，看看谁是种子选手，弱点在哪里，该在哪个科目怎么压制他的优势。全世界但凡竞赛性质的都有比赛间谍这一说，只是我们侦察兵比武比较公开，比较专业。大家都是心照不宣，山上一见面，相互打个招呼就各忙各的，因为没啥可以讨论的，因为都不说实话。虚假情报反而容易干扰自己的判断，这些都是老侦察把式，大家心里明白着呢。

我和他在10000米训练的时候天天较劲，有时候也互相欺骗，速度放慢搞些烟雾弹，但是心里都十分清楚，最后的决赛其实就是我和他两个人。但是，我最后消失在10000米武装越野的前三名，如果我在这个成绩上正常发挥的话，总分应该在前十名的。这个我清楚，我相信大家都清楚，但是就是没人理我，因为我是个小列兵，由于不是一个部队过来的，大家还不熟悉，不收拾我算是我的幸运了，还搭理我干吗啊？

但是我实在是心里难受，想跟人说说话，那时候我快过18岁的生日，其实还是个孩子气很重的人。

马达班长躺在床上在看武侠小说，一听这个愣了半天，因为我们来新训队几天了，虽然上下铺但是没有说过话。他肯定觉得我挺鸟的，不是那种可以说话的人，所以也不主动跟我说话。我是不敢，但是憋了好几天不说实在难受得不行。

马达看我半天，大概是看出来我刚刚哭过，就笑了："你小子哭啥子啊？龟儿子赶紧下来。"

我的泪水吧嗒吧嗒就下来了。马达班长真好！马达班长是四川人，所以四川兵真好，难怪布莱希特要写个话剧叫《四川好人》！

我一下子翻身下来，马达班长往里让让坐起来，我就坐在他的床上，我们面对面。我泪水哗啦啦，他把手纸递给我，可我的鼻涕一直流个不停，于是我就擤鼻涕。

马达笑得不行："哭啥子吗？你小子不是挺鸟的吗？"

这时候我回想起来当时真的还是个孩子，虽然我能跑路，能攀岩，能这能那，但是我确实还是个孩子。

我哭舒服了就不哭了。马达用他粗糙的手给我擦擦眼角残留的眼泪，他也觉得我是个孩子了。我就笑了，我其实真的还是个孩子，所以我那么依恋我的陈排，因为他就像我的亲哥哥一样。

马达给我一根烟，我就抽，他也抽，然后我们就聊天。我这才知道马达班长是四川绵阳人，就是出彩电的地方，但是他不是城市里面的。在县里读完初中后，家里供不起了，他就当了两年民工，挣钱让弟弟上学。后来，弟弟上完初中了，马达就当兵了，因为没有别的出路，当民工实在不是个出路，马达文化不高，但绝对是个脑瓜子机灵的人。但是，兵役制度改革以后，农村兵当了士官就有工资拿了，算是干部待遇，不像以前转个志愿兵天难一样。如果熬了十几年士官还能拿干部专业待遇，这算是个不错的出路了。马达当侦察兵也是因为能跑路，身体底子好，又是山区出身，所以爬山也快，再当过民工所以苦也是能吃的。种种原因他就当了侦察兵，他参加比武，参加特种大队就是想以后能够有个好出路，这个和陈排不一样，他不是职业军官想不了那么多。

我和马达先是对手，又成了很好的朋友，最后成为一个锅子里面吃饭的战友，然后就是生死相依的兄弟，最后他长留在我的记忆里面，成为我的军旅生涯的又一个不敢提及的伤口。

因为马达和我聊天，所以他们师里来的生子也就不拿我当外人了，生子是三年的士官，湖北赤壁人，家是县城的高中毕业，当兵既是因为喜欢也是为了回家好找工作，当侦察兵是因为从小在体校学习体操，柔韧度极好。新兵连的时候单杠的练习把全团都震了，他不当都不行了。他和陈排有点儿相似，就是想当特种兵，因为他觉得好，至于怎么好他也说不出来，只是憨憨地笑着说："就是好呗。"

我们聊得很投机，然后其余的人就和我说话了，我和所有的兵都成了朋友。大家虽然不认识，但是彼此的名字是不会不知道的，来集训的高手大家都清楚得不得了。我们开始聊天，他们把我当小弟弟、当自己班里的列兵一样看了。他们原来都是班长，不像我是个列兵。我一下子有了这么多班长，开心得不得了，他们也觉得我挺好的，不像看上去那么鸟。他们的名字和故事我以后慢慢讲。

实际上被孤立的、自己也刻意孤立自己的是那三个少尉，因为他们是干部，以后要当的是特战军官。三个都是侦察连的排长，但是不是一个部队的，他们不像陈排跟我那么亲密。他们虽然也跟兵侃大山、打牌，一起训练一起吃饭，但是他们看的不是武侠小说，都是军事文献、外语教材诸如此类。他们也经常聊天，但是聊的都是我们不愿意听的，譬如"蓝光突击队在伊朗人质事件中的失败原因"、"英阿马岛海战中特种部队的作用"什么劳什子的。我们兵不聊这个，就聊家乡、聊趣闻、聊战友、聊干部的臭事。当然，那个狗头高中队的臭事我一直没有敢说，不光是不敢，我到现在也不是胡说八道的人。但是说笑话我是喜欢的，不过在当时的情况下我还是没有说。

我没有告诉他们我有小影，因为当时我觉得这还是我心中的秘密，应该是我自己独享的快乐。

好了暂时到这里，我要慢慢写，先休息一下。

8. 第二个新兵连，而且我又被锤了（7）

我们一个月的选拔是官兵同训的，也就是说那三个年轻的少尉跟我们在一起混。但是如果他们混到考核合格，就可以不跟我们混了，要单独受锤，学习怎么当特战军官。我们是兵，他们是官，这一点是很明白的，他们要操心的跟我们要操心的还是不一样的，虽然现在在一起混。后来我们混完了这一个月，三个小伙子不错还都合格了，虽然我跟他们待了一个月也很熟悉，但是由于以后没有打过交道所以就不在这里赘述了。当官的那点儿破事我也不操心，我就说说我们自己这帮小兵、这帮弟兄。虽然那个狗头高中队不仅是军官，还是中队级别的少校军官，但是我退伍以后跟我成了兄弟，所以我就把他划拉进来了。我的标准就是这样，不是兄弟的我就没什么可以说的了。以后说大队长的鸟事是因为他跟我也是兄弟，我们不仅仅是上下级的关系。虽然年龄差距大了点，他当我爸爸都够格，但是没办法,战友就是兄弟。我后来冒着危险救他，除了因为他是大队长，更因为他把我当兄弟。哎呀，包袱抖出来了，我要留着以后讲。

还是说我跟那个狗头高中队之间的鸟事，没办法写着写着，当兵的习惯出来了。嘴里有点儿精神污染嫌疑，但是我觉得大家还是可以接受的。

狗头高中队一直不露声色，也没有对我有什么特别的，但是我知道一句话，叫"不是不报，时候未到"。老炮都可以那样，一个堂堂的特战少校难道不比他高明吗？我现在不是新兵蛋子了，所以这根神经一直就没有松。

我们的体能训练基本上就跟电影电视、报纸杂志、网络上说的劳什子差不多，你们看着好玩，跟过夏令营似的，但是要真的来试试就知道好歹了。以前我们在侦察连里注重的是速度和技巧的训练，我们在特战大队受训的体能基础就是补上力量训练这一课，当然速度和技巧是不会放松的。天天就是五个100加上泥潭子，再加上死沉的原木、山地负重越野、折返跑、特种障碍等劳什子。我们原来都可以说是尖子中的尖子，但是这一次真的是知道厉害了。如果说比武集训使得我们的身体素质提高一截子，那么新训队又是一截子，而且不是一小截子而是一大截子。举杠铃、玩哑铃最后搞得弟兄们两眼冒光，原来就很结实的肌肉又开始冒油，其实这一套劳什子我们原来就练过，但是没有这么集中，因为还有别的乱七八糟的科目。我后来反应过来，为啥子特种大队要挑培养好的尖子了，因为不用在基本军人素质培养上面花费什么功夫，上来就直接开锤。亚洲人天生瘦削，所以体能是需要大大加强的，但是瘦削也是优势，后来我知道洋人特种兵兄弟人高马大，看上去厉害得不行，但是真的跟你一起训练就歇了，因为身体负荷也大，不光在越野攀登技巧这些科目不行，对锤的时候胳膊、身体、腿的反应也都慢半拍。我一个腾空边踢，踢到他们脖子上的时候，他们的胳膊也没有能挡住我。他们抓我也不是很容易，因为我瘦削灵活。至于在战场上怎么样，我的体会就是人高马大动静大，拿着装着激光模拟器的枪冲着那个地方一阵猛搂，一般都跑不了，那里要冒烟……

还是说狗日的高中队。我没想到他真的锤我，而且在众目睽睽之下锤我，锤得我还不轻。我还没办法告他是干部打兵，就是白挨打。

我们打了一个礼拜体能基础后开始练基本科目。一开始就是侦察兵的老一套，爬爬楼什么的，我们都是轻车熟路。还有对锤什么的，戴着散打手套和护具，穿着胶鞋（后来我进了那个狗头大队，对锤还是规定穿胶鞋，不然这一脚上去可不得了）。我们都是灵活形的选手，所以打起来很好看，我在底下看大家都快得不得了。

那个狗头高中队就一直在底下看着，什么话也不说，几个少尉和士官忙着记下各自的特点和动作。

然后该我上去了，我就上了散打垫子，对面是马达。

我们俩笑笑，我还眨巴眨巴眼，然后我们开始对锤。熟归熟但是锤起来还是不留情面的。马达的腿功没有我好（他当过民工，负重太多，小腿比较粗），但是他的拳头狠，每次挨在脑袋上都跟中了"庐山升龙霸"似的，眼前就黑一片。紧接着，他就出了一套组合拳，我赶紧低头靠近他，不让他挥拳，然后我就腿下使绊子或者用胳膊肘给他顶开。我刚刚到侦察连的时候就跟陈排学踢，开始劈叉都下不去，每次被他按得我哭爹喊娘的，他也不心软。后来就好了，从竖叉到横叉都差不多下得去了，不敢说什么一抬腿到哪儿，但是边踢、侧踢和腾空踢都是没问题的，我的弱点就是胳膊的力量不够。一般我就用快速的各种踢对付马达，还是能捞到不少点数的。

马达连着被我踢了好几次跟头，最后一次踢到头上的护具上，倒下半天没起来。我赶紧去拽他，他眼冒金星，但还是笑着用戴着散打手套的右手拍拍我的肩膀。

我刚刚把马达拽起来，那个狗日的高中队上来了，他还穿着那双大牛皮靴子。高中队一伸手，一个士官就甩给他一套散打护具。他把贝雷帽、迷彩外衣和宽腰带解下来扔给那个士官，慢吞吞地戴护具。我当时就知道坏菜了，他要收拾我了！马达还不知道怎么回事，愣愣地站着。

高中队戴好护具和手套，两个拳头顶着碰碰，我看见他迷彩短袖衫上居然也有个狗头，看来狗头大队的人不是一般的虚荣。我们的迷彩短袖衫上就没有。但是我看的重点不是这个，我看见了他粗壮的胳膊和胸肌。

还有，我看见了他的腿。穿着大牛皮靴子的右脚若无其事地活动着腕子，然后脚尖点点地，站了个位置。我一看他站的位置就知道，他也是玩腿的。我的妈啊！我就跟陈排学过半年散打，就会玩几下腿，仗着自己个子小、身体活，还能忽悠忽悠，也很难说马达是不是让着我。狗头高中队呢？一看就是练了多少年的老油子！能在特种大队混中队长的，是一般人吗？我当时还不知道他的底细，我要是知道的话，估计当时就晕过去了。

高中队活动完了，再转转脖子，就冲马达说："你下去。"马达不敢不下去，马达怎能不下去？马达最后下去的时候，眼巴巴地看着我，不知道该说什么。周围的弟兄们也不知道怎么办，那几个狗头大队的军官、士官都无所谓，估计他们是见得多了。

高中队跳两下，就对我摆出姿势："来。"

他的眼睛就那么看着我。

我的眼睛就那么看着他。

我就那么站着，没有摆姿势。他的护具里的嘴角露出不屑的笑意。很多年后，他再次否认，我也不知道是不是记错了，但是我一直记得很深。

就在他笑我的一瞬间我出腿了！我突然一个腾空边踢，速度极快，在我的记忆里面我都能听到风声。啪！一下子踢到狗头高中队的太阳穴。咣！狗头高中队一下子倒了，不动了。

我傻了。不会吧？这么不经打？大家都傻眼了。

狗头高中队闭着眼睛，动也不动。我再看看那几个狗头军官和士官，都傻眼了，张着嘴不知道怎么办，可能是还没有反应过来。我再看狗头高中队，还是没有动静。我不是踢出事儿了吧？

说实话，我也踢坛子，但是一次就两个，不过我觉得狗头高中队的头应该比坛子硬啊，但是他真的是不动了。这可怎么办好？我不敢再迟疑了，上去扶他："高中队……"

"长"字没有出来，我的鼻子就一酸，眼前一黑，然后觉得自己腾空飞起，我在记忆里面看到自己在空中划了一道标准的弧线，摔在垫子上，然后眼前就五颜六色的，满脸红高粱了。

高中队一个鲤鱼打挺起来了。狗日的是装的！他一个直拳打在我的鼻子上！出拳之快我居然没有看见！

我挣扎地看他，透过自己的血看他。他冲我挥挥拳，意思是起来。我★★★！结果我还没有完全站起来，他就一个腾空转身后踹，踹在我穿着护具的肚子上。我捂着肚子飞出去了，被散打垫子的护栏拦住，然后就栽倒在垫子上。

高中队不等我起来，上来变着花样、有条不紊地锤我，组合拳、组合腿、直拳、勾拳、摆拳、边踢、侧踢、腾空踢、正蹬、后蹬、兔子蹬鹰样样都有，反正是变着法子玩我，直到他玩爽了才满意地看着我口吐唾沫的熊样子（后来他还是说没有）。他站直了，摘下护具手套又笑笑（这个狗日的多少年以后都不认账，就是说没有笑），一边穿外衣，扎腰带，戴帽子，一边说："下次记着，不要去扶你的对手，冬眠的蛇是最危险的。"然后他就跳下去，上了那辆王八小吉普走了。

我浑身疼痛，满脸鲜血，最后还吐出半颗门牙。我在垫子上面挣扎着要起来，但是跪起来了眼前一黑又倒下了。这回是真的晕倒了。

我就模模糊糊地记得，马达最后把我抱起来，着急地喊我的名字。我就记得大家七手八脚地抱我，然后给我脸上泼水，拍我的脸。然后我就什么都不知道了。结果第二天起来，除了浑身疼一点儿，内伤也没有，我知道遇到了绝对的高手。

很久以后我才知道，狗头高中队是山东青岛人，曾经是嵩山少林寺的俗家弟子，是有名号的，什么字辈的我不知道，现在最著名的一个武校的校长就是他的师弟。

他是因为跟流氓打架失手伤人，家里不得不让他当兵避祸的。谁也没想到，他一当就是十几年，还上了军校，成了特种大队的特战军官。你们可能觉得太有传奇性了，但是这个人是真实的。

我被他锤了，第二个新兵连的时候。

9. 高中队这个鸟人和他的一些鸟事

我不得不停留下故事的叙述线来讲讲这个狗日的高中队这个鸟人，还有他的一些鸟事。这些事情我当时是不知道的，以后随着在狗头大队待的时间久了自然而然知道的，也忘了谁说的了，好像很多人都在说他那点鸟事，因为他确实太鸟了。我也不怕这个狗日的高中队知道我现在在写他那点儿鸟事，他收拾我那么多次，我把他这点破事儿曝光不算什么。我想他也不会生气，因为我们现在是兄弟，而且我估计他现在没法子跟我生气，因为他这点鸟事全大队都知道，现在退伍转业的弟兄们说起狗头大队，不拿他这个鸟人鸟事当作下酒菜，喝酒的时候岂不是十分不爽？我只是写出来而已。

狗头高中队小学时候就是个鸟人，揪小女孩辫子、偷鸡摸狗、打架闹事、砸教室玻璃、上房揭瓦、捅马蜂窝什么没干过？据说，他 9 岁的时候还尿床，你说他是不是个鸟人？怕老婆的事情我以后再讲，不然现在讲了我觉得十分不爽。我先说他小时候这点鸟事，我说的可不是编的，因为后来我跟他喝酒的时候喝多了，就拿这点鸟事数落他。他也喝多了就都说了实话，还证实部队传言的"他 13 岁还尿床"是错误的，因为那个时候他已经在少林寺祸害了，天天挨锤，精力发泄得极好，所以没办法尿床。我在这儿写也是给他辟辟谣。老部队的同志们、兄弟们看见了，高中队 13 岁的时候不尿床，他是一直尿床到 9 岁！

狗头高中队从小打架，大人觉得没有办法管了。这孩子怎么办啊？结果他家有个河南登封的远亲住在少林寺门口，那时候还没有《少林寺》那个电影，所以大家对少林寺没有什么概念。远亲是俗家弟子，虽然练武术但是更是修身养性的一把好手，据说还有法号但是没有出家，是居士。那时候高中队家长也不知道少林寺是个武术起源地之一啊，因为那个时候没有那些电影啊，就想让高中队去跟远亲修身养性，就把他送到登封交给远亲。谁知道这是一个绝大的错误。

高中队跑到登封住在远亲家里，上了登封的一个小学。远亲生性和蔼，对其谆谆教导，但是这个鸟孩子没事就在山上到处祸害，终于惹出事来，被寺里的和尚抓住了。他居然敢在少林武僧练武的地方撒尿！远亲知道了没有说他，带着他去给寺里的师兄弟道歉，还要他清洁那个地方。

其实高中队这个鸟孩子生性野蛮，但是被寺里的方丈看上了，收入山门成了俗家弟子。那时候少林寺还没有武校什么的，就是和和尚一起练武。高中队这个鸟孩子就在里面挨锤。怎么锤的大家看电影就知道，具体的我也不清楚。他在部队锤我们跟他在少林寺学的不一样，不教我们套路，不教我们武学，上来就是一招制敌，弄不死也是残废，还老拿我当作示范。那时候我刚刚 18 岁，瘦削得跟一只蚂蚱一样。你说他是不是个鸟人？！

狗头高中队在少林寺除了拳打得好，腿踢得好，其他什么都不学好，照样出去到处打架。后来他在那一带的山里的角色大概类似于什么小镇关西，倒是不抢女色，不抢钱财，不偷东西，就是喜欢锤人。随着年纪的增长，这个鸟人继续锤人，最后发展到连少林寺正经的武僧也锤，但是输多胜少，总是要被师兄先以武术后以武德进行教育。我们战友兄弟在部队最喜欢的事情就是说高中队如何在少林寺被暴打，因为我们白天都刚刚被他锤过，晚上过过嘴瘾发泄一下。后来我退伍的时候，这个版本居然传成被少林和尚们吊起来打。唉，还是理解一下我们的弟兄们吧，因为这个鸟人真的是不留情面。我们都怕上格斗课程，他的示范很有分寸但是那个滋味……我至今回想起来脖子都疼。不，不是疼，是喘不上来气。

后来这个鸟孩子终于打出事情了，他跟地方流氓斗殴出手伤人，而且一伤就是四个那么多。这下子，警察要管了。以前他是鸟孩子也就算了，现在都 16 岁了还这么鸟功夫，这不能不管啊！但是他那个远亲在当地又是个名流，大致相当于今天的文化界名人吧，我老是想怎么不教这个鸟孩子学画画啊，干吗让他学武术？最后他那远亲还是给他走了个后门，赶紧给他塞进武装部，穿上军装当兵了。

这一当这个鸟人就真的对了胃口了，因为生性就是个鸟人，所以在侦察连这种鸟地方简直是鸟归山林、一飞千里，但是还是到处锤人，在老部队也是打架成性，这种鸟人为什么没有送去劳教我现在也不知道。后来这个鸟人就参加侦察大队上了前线，我一算跟我们苗连还真是一块儿的。但是我没跟他提及苗连，因为我跟狗头高中队那时候刚刚互鸟到一起了，我提苗连好像我认输似的。他也不可能不知道我是苗连的兵，因为档案上白纸黑字写得很清楚，但是他也不手下留情啊！

在前线他还是锤人，不过这回锤的是小鬼子，所以我觉得他虽然鸟但还是个好军人。一是一二是二，我得分清楚。他是一等功，比我们苗连还厉害，但是我就是不服他，因为我觉得他不如苗连对我好。

回来以后这个鸟人就在部队当侦察兵，后来干到排长，再后来就组建这个狗头大队。他是第一批队员，后来就当了二中队的中队长。

在他当中队长之前还办了件鸟事，但是我们都觉得鸟得很是地方，很给我们狗头大队争脸，所以这件事情是正面的。当时我们狗头大队刚刚组建没有经验，就到一个当时很NB 的单位受训（现在那个单位还是很著名的，曝光率很高，属于另外一个系统），那个单位因为组建得早，参加过国际比赛还拿了好的名次，也经常在媒体曝光，所以队员和干部都比较 NB，看不起山沟里来的野战军。

狗头高中队和我们的老前辈在那个地方备受歧视，最后就都憋着劲收拾这帮看不起我们狗头大队的队员和干部。理论学习没啥子说的，因为我们没有啊，就死学吧。一个月理论学习完了大家都比较郁闷，因为憋得要命没有动过，然后就该实践课程了，结果首先在体能课程上，我们狗头大队就让那帮家伙吃了一惊。

狗头高中队和我们的老前辈们上了他们的体育场，哭的心都有。长这么大没见过塑胶跑道，当时的军校也没有啊！然后就看见那个单位的队员都是穿着运动服、球鞋在训练，顿时傻眼了。这不跟业余体校一样吗？狗头高中队和我们的老前辈都没有运动服、运动鞋，就只有迷彩作训服和胶鞋，他们也没有跑过塑胶的，都是丛林山地。结果 10000 米塑胶跑道一下来，那帮教官就傻眼了——这不是飞毛腿吗？

然后就是攀岩训练，狗头高中队和我们的老前辈一看攀岩那种墙（你们在很多照片上见的那种），恨不得一头撞死在墙上。老侦察兵是打过仗的，还要在墙上练吗？这说出去不是丢死人吗？可不练不行，这是上课啊。结果等他们下来，教官的嘴已经合不拢了。攀登楼都是跟飞上去一样，最后教官说可以了，这个项目你们免修。

然后就是多能射击，进了地下射击场大家都觉得很诡异，这么安静干净，这是洗澡的地方吧？不打不行啊，结果来什么靶子，打什么靶子，完全没有犹豫的，毕竟都是各个侦察部队挑上来的连排级高手啊！有一半左右是打仗打出来的！你说 50 米的地下靶场给他们用不是糟蹋了吗？

基本科目都免检了，最后是格斗。这回兄弟单位重视了，上来的就是格斗教研室最好的教官。然后我们狗头大队就让他们挑人对锤，随便选。那个教官选来选去，选了看上去脸最嫩的一个。我不知道是他中了头奖，还是我们狗头大队的高中队中了头奖。那时候他才 21 岁，在这个地方学了一个月理论，憋得要命，就等着锤人呢！

结果呢？狗头高中队把所有的教官锤了一个遍。我们其他的老前辈都不乐意了，说："小高你不能这样，给我们留两个好不好？就顾着自己玩，我们也要活动活动！"小高锤得正开心呢，你说他肯吗？

当天晚上我们狗头大队的大队长（那个更鸟的人）知道了这个消息，他在电话里面说："都给我回来吧！还有啥学的啊？"于是就都回去了，从此那个单位再也不敢号称天下第一。

说起狗头高中队的鸟人鸟事，我一天一夜也说不完。这里说的都是我们小兵的演义啊，我再说一遍，大家就当是个乐子。这是我们小兵的传说，不是经过验证的事实，除了高中队 9 岁的时候还尿床。哎呀，真是太快乐了！狗头高中队你也有今天！

上面说的是我听说的，我再说我看见的。

我当兵后来的两年半都在狗头大队这个狗日的高中队手底下，你们想想我受的什么鸟气！且不说他收拾我了——这个你们想都想得到，一到格斗课程绝对我是示范教材，这是没有跑的。连狗头大队的军官们都觉得不合适，但是这个鸟人就是不放过我，所以我总是很难受，但是没有外伤也没有内伤。这个狗头高中队是高手，他才不会给我弄出伤，要不然我就能到大队长那里告他，因为后来大队长跟我也很熟，不是一般的熟。但是，他就是不给我伤，只给我罪受，后来喝酒的时候还说当时是为了我好！那我收拾收拾你试试？当然我最后也打不过他，这是事实，我估计能打过他的人不会很多，当然像什么欧阳锋、黄药师之类的收拾他那是一愣一愣的，但是我不认识啊！

我就说一件鸟事，是我亲眼看见的，然后连我这个小鸟人也觉得鸟，简直是没有天理的事情！这个狗日的堂堂的解放军少校特战军官居然玩鹰！

那时我们到内蒙古驻训，住在草原上绝对是天苍苍，野茫茫，风吹草低见牛羊。我们弟兄住在野战帐篷，每天训练完心情爽得不得了。那是夏天，正是草原上最爽的季节，我的诗性大发，常常一个人在营地外面的小山上给小影写信，还写一些关于草原的小酸诗。看着远处的牧人白羊，心情真的是舒畅得不得了，于是拼命给小影写信。小影后来宿舍里面的女兵都说吃饺子不用放醋了。在部队，原来连女兵都分享情书，这是我当时没有想到的事情！

我写着写着就听见马蹄声，我知道是那个狗日的高中队又玩马回来了。训练一完高中队就去跟老乡借马玩，这个不算什么，因为我们训练完了也玩，但是我不喜欢玩。高中队就好这个，喜欢得不得了，所以后来就是他自己玩。大队长也玩马，但是由于年纪大了玩得少，主要还是看高中队玩。而高中队也确实玩得好，玩得花哨，他玩这些东西有一套。后来我们到云南驻训的时候，他老惦记着逮只豹子玩，把我们吓得不行，好在后来还是没有找到，因为豹子在山里看见也不容易了。

我一直不明白怎么还有人有玩动物的天性呢？我那时候常常想，要是咱们国家允许养猴，高中队不就是猴王，他们家不就是猴山了吗？后来我们在四川驻训，他果然抓了一只猴子养在自己中队指挥所的帐篷里面。最后大队长发现了，眼一瞪，一句"看我不收拾你"就让高中队把猴子放了。高中队心里还遗憾得不行。他谁都不怕，就怕两个人：第一是老婆，第二是大队长，因为大队长比他还鸟。

这回高中队溜达完打着马回来，我听见这孙子激动地喊："小庄，小庄你看我买了什么好东西？"

我抬头一看，发现他的右胳膊悬着一个棉袄的袖子。我正在纳闷儿，仔细一看，好家伙！我差点没从小山上栽下去。一只黑老鹰抓着他胳膊上的棉套子对我虎视眈眈，羽毛光滑，爪子锋利，嘴巴坚硬，简直比老美 101 空降师臂章上的那只白头鹰还要酷，那是一只绝对漂亮的大黑鹰！

"500 块钱！500 块钱就卖给我了！"高中队高兴得跟孩子一样，都忘了平常是怎么收拾我的了。人一兴奋就这样，不管对面谁都要炫耀一下，这就叫得意忘形。

他正跟那儿美呢，我就听见有人拿着高音喇叭喊："兔崽子，你从那匹驴上给我下来！"

他一听马上就不美了，赶紧掉转马头。紧接着，我看见大队长站在突击车后面，怒不可遏地拿着高音喇叭，他的司机开着车一溜烟冲过来。看我们大队长的架势，绝对是要把狗日的高中队给活剥了。

高中队急忙下马，我说了他不怕别人，就怕大队长。军衔比他高的他也不怕，但是上级的命令还是听的，不是怕，是服从命令的天职。

我们大队长的突击车像坦克一样甩着烟就过来了。我就知道，大队长肯定是看完训练场地刚刚回来，因为远处副大队长和参谋长的车子都在营地门口，他们就在下面看笑话？我没有看见高中队的脸，但是我知道他的脸绝对白了。

大队长的车还没有刹住，人就跟着跳下来了。40多岁的人了还这么敏捷，这不是很多见的。他没事还真的跑跑特种障碍呢，虽然速度没有我们快，但看得出来年轻的时候的一把好手不是吹的。

大队长把高音喇叭往车上一甩，指着高中队的鼻子就骂："你是什么？我问你是什么？"

高中队："我是小高……"

大队长指着他的鼻子就暴骂："妈拉个巴子！找我收拾你是吧？你是什么？你是你自己吗？你是军人！你是少校！你是我的兵！玩鹰？你是八旗吗？你是解放军少校！你把这玩意儿给我放了！"

高中队显然依依不舍，不光是500块钱的事情，关键是我了解这孙子，他确实喜欢得不得了。

大队长转身就走："成，你不放就别放。"说着就上车了。

"放，放，我放！"

大队长的话音未落，那只鹰已经出去了。然后我就看见真正的鹰击长空！好漂亮！我一生都忘记不了！然后我就看见高中队可怜巴巴地站在那儿，可怜巴巴地看着天上的鹰。

大队长看都不看，转身就上车，对司机说："走！回去开会！"

突击车像兔子一样掉头走了。

高中队可怜巴巴地在那儿站了半天，毫无怨言。这个鸟人在我们大队谁都不怕，就是怕大队长。因为是大队长把他从敌人的狼嘴里面救出来，他们不光是上下级，也是兄弟。所以在他面前大队长绝对有地位，让一个鸟人服气的人不是更鸟的人是什么？！

我忘了说了，大队长姓何。就是那个挑中苗连的侦察大队的何中队长；一等功臣，战斗英雄。就是他给我们起个名字叫"狼牙"，我们都是他的兵。如果要我用一句话来形容就是——一个真正的老爷们儿。

何大队的故事绝对值得说，我以后再讲。刚才就是想说，这个狗头高中队是怎么鸟的，这是我亲眼见到的。要不是有我们的何大队在，不知道他要鸟成什么样子。要不是何大队爱护他、栽培他，就这个狗头高中队能够成气候？何大队绝对是一个真汉子，真男人，世间少有。没有人不佩服他，连我们的军区副司令没事也喜欢跟他打打枪、聊聊天。我要告诉你们，他跟军区副司令说话也是一口一个"妈拉个巴子"，跟兄弟似的。你们可能不相信，但是这是真的，因为是我亲眼见到的！我当时是打靶的保障。

你们不知道，部队就是这样，主官的个性就是部队的个性，我们狗头大队为什么那么鸟，而且鸟得不可一世？因为我们的大队长是真鸟！

说乱了，怎么何大队这么早就出场了？哎呀，这不算正式出场，就是给大家提个醒，我们的大队长是个什么鸟人。这一节还是说高中队鸟，但是他确实鸟不过何大队，他差得远呢！

10. 是男人就给我跳下去！

我其实很少回忆往事，但是一旦回忆起来真的是感慨得不得了。暂时忘却悲剧的成分，那段绿色的迷彩岁月真的是一生最宝贵的财富。在那么鸟的部队当兵，在那么鸟的爷们儿手底下当兵，甚至你还被他们看成一个小鸟人，你还有什么可以遗憾的呢？毕竟，你是真汉子！

我们那个时候天天在那个鸟部队，后来有那么多关于特种大队的电视剧、电影，但是我们怎么从来没有看见有谁来体验生活呢？当然也许来的不是我们大队，这我就不知道了。

但是，我们确实是那么鸟地生活过！

那时候的爷们儿是真爷们儿！

我为那段岁月而自豪，我无悔迷彩色的特战青春！虽然当时我那么恨那个狗头大队，但是很多事情你是失去了才知道珍惜的。

我被狗头高中队暴锤以后，第二天浑身没有不疼的地方，但是还是要坚持训练，因为我们没有病假的权利。我到现在还不知道那个狗头高中队是不是成心撵我走，我说了我后来问什么他都不承认，也许是我记错了，也许是他不好意思，但是那不重要，重要的是我第二天继续训练了。高中队这个孙子在自己的兵跟前一向这样充当大尾巴狼，虽然这样，但我想当时他的心里多少是有些惊讶的。

我们接着训练，我还是和我的弟兄们一起吃苦。每天都有新的科目，也有老的科目；每天都有新的痛苦，也有老的痛苦。但是，那个时候我已经习惯了，因为我知道当兵就是吃苦。真的，要是不把自己看成一个训练机器，你就不要来当特种兵的，特种兵不是比别人强壮或者真的是超人，是比别人更能吃苦。

每天狗头高中队都在盯着我，从他的脸上我就能看出来，训练士官给我打的成绩好不好，因为他看我的眼光越来越阴郁。我就知道我的成绩是不错的，有上升的趋势。训练士官不是一个人，是三个人，每个人打的分数平均起来是我们的基础分数。训练军官的分数要和他们相加，再有一个什么系数的乘法。我最后也不知道这个系数，因为我最后也没有成为训练士官，我退伍的时候不是士官，只是个上等兵，这个该死的狗头大队的一线队员里面唯一的上等兵。总之这个成绩还是比较公平的。我知道，除了他，别人对我的表现还是比较满意的。

我们每天都跟一根弹簧似的，被疲惫和痛苦压倒，一夜休息后早上5点就一下子弹起来，然后又是一天，周而复始。但是，这个弹簧的韧性绝对是越来越强的，我自己都体会得到。

我跟狗头高中队的另外一次交锋就是蹦极。但是这是小的交锋，不过我还是没有输。

那个时候国内还没有几个地方有这种运动，我们狗头大队就自己组建了。一是可以练习胆量，克服恐惧心理，二是为伞降训练时的自由坠落开伞做一个小铺垫，简单体会一下。后来我退伍以后到什么劳什子自然公园蹦极居然要200元一次，我一看那个高度就没有什么兴趣了。我们每蹦一次按200元钱计算的话，几年下来狗头大队居然给我们付了万把块钱的蹦极费用了。这是调侃，但是扯多一点儿，如果算上伞降、潜水等乱七八糟的科目（现在这些有钱人玩的所谓冒险运动），在我们这里都是训练。其实，培养一个特种兵真的是需要很大的人力和物力投入的。

话说回来，那次蹦极的地点是约50米远的两个悬崖中间的一座废弃的公路桥，大概以前也属于这个坦克团的专用战备公路的一部分。从桥头的承重我就可以算出来，我说了我已经算是个合格的侦察兵，虽然距离特种兵还有一点儿距离。我们跟在那两辆小王八迷彩吉普后面，喊着号子跑路到了桥头，狗头高中队就让我们做准备活动，我还以为是在桥上折返跑，也没太当回事儿。

过了一会儿，我们就被带到桥中央，然后知道今天的科目是蹦极，属于特种兵胆量训练的一部分。我当时隐约知道蹦极是什么东西，但是听狗头高中队仔细介绍完，我们才明白过来，就是让我们从这里跳下去，而且腿上只系一根松紧带！

我们趴到栏杆往下看了一眼，出了一身冷汗。这回我真的知道什么是黑风萧瑟了，底下的丛林在风中呼啦啦地摇摆着，树枝晃动着树叶子，我的头开始晕了，虽然我爬过悬崖而且是50米的悬崖，但是并不是跳悬崖啊，而且那时腰上还有铁扣，扣上有攀登绳，所以我也不害怕。但是这次我害怕了。我偷看那些老油子，脸色比我强不了多少。

狗头高中队又要酷："这里距离地面是100米，特种兵跳伞初级圆伞科目的高度是多少米？"

旁边一个狗头士官跟得很紧："1500米。"

高中队就看着大家，最后看我（我就不说他笑了，因为他也不承认）："连这个都不敢，你们还要当特种兵吗？"

还是干部有表率作用，一个少尉脸色也挺白的，但是还是说："我先来吧。"他在腿上绑上松紧带。我们都看着他。他深呼吸一次，眼睛一闭，腿一蹬，跟个鱼雷一样把自己扔出去了！

"我操你姥姥。"

这一声骂后，他就消失了。我们急忙趴到栏杆边上看，他在下面晃悠着，慢慢地停止了。

然后他就上来了，腿还有点儿软，但是还是站着的。他什么也没说，摆摆手走到边上坐下，靠着栏杆喘着气。

那两个少尉就跟着跳，然后就是士官。

生子的叫声最有个性："啊——呀呀——啊——"

最后是我，我的腿上绑了松紧带，嘴唇打着哆嗦，心里在打鼓，虽然我知道不会有事，但是我还是怕。我确实很怕，我不想隐瞒自己的害怕，因为我知道自己的脸已经白了。

　　我慢慢翻过栏杆，马达看着我："没事，一下子就好了。跳吧。"

　　我深呼吸着，看见下面哗啦啦的黑风丛，我的心情也哗啦啦的。

　　我还是在犹豫，在下着决心。

　　狗头高中队看也不看我，只是看着远方："是男人就给我跳下去！"

　　我操你大爷，狗日的高中队！

　　我心里骂了一句，我是不是男人跟你有蛋关系？

　　我咬着自己的嘴唇，我清楚地知道自己在发抖。

　　高中队一点儿都不意外，然后看着大家："走吧，集合，我们回去。"

　　一个士官来扶我进栏杆。

　　我突然一把推开他，一跃而出：

　　"高中队！我是个男人——"

　　我闭着眼睛下去了，呼吸一下子停止，重心一下子晃悠上去了。很难有什么具体的词语描写我当时的感觉，我如一颗深水炸弹一样坠入峡谷。

　　我以为我要死，因为我清楚地感觉到地面跟我越来越近。

　　我知道我要死，因为我明白地听到黑风丛林哗啦啦的声音越来越近。

　　然后我就一下子被拽上去了！

　　我在空中晃悠着，我忘记我当时是否叫喊，但是我应该是在不断地叫喊"我是个男人"。

　　然后我被拽上去，腿软绵绵的，站在桥上还是不敢相信自己已经上来了。我知道自己的脸白了，血都不知道到哪儿去了。

　　我急促地呼吸着。高中队什么都没说，转身走了。我看着他的背影，也什么都没说。只是在心里狠狠地骂道：狗日的高中队！我一定要告诉你我是个男人！

11. 孤独流浪在丛林（1）

　　昨夜写完一个劳什子剧本后，我梦见了那只大黑鹰，真的，然后我哭了。

　　我梦见它在天上飞，我在下面追。

　　我问："老鹰老鹰，你去哪儿？"

　　大黑鹰一声长啸，在天上舒展自己的双翼，搏击长空。

　　我再问："老鹰老鹰，你要把我带到什么地方？"

　　大黑鹰还是不说话，只是在空中指引着我的路程。

　　我跟着它跑过草原，跑过沙漠，跑过草原，又跑过沙漠，最后老鹰降落下来。

我看见了我熟悉的很多面孔，他们在笑着等我："小庄，小庄你怎么才来啊？"

我的陈排，我的苗连，狗日的高中队，鸟人何大队，马达班长，生子……我在老部队的很多兄弟在等着我。

鸟人何大队指着我的鼻子："妈拉个巴子，给我站好了！你瞧瞧你那个熊样子！你也好意思说是我的兵，看我不收拾你！"

然后我就站好，泪水哗啦啦地流。

陈排跑过来，他真的跑过来，还在空中跳跃一下，做了个极端漂亮的腾空飞踹。后来我怎么也做不出来，电影里也没几个人做得到。他拍了我一下："走！还有 10000 米武装越野没有跑呢！"

我们就跑，然后大家都跑。

何大队开着一辆特种摩托，油箱上面也有个狗头。他在前面带我们，拿着高音喇叭喊番号："一二三四！咱当兵的人，有啥不一样？预备——唱！"

我们就喊起来："一二三四！咱当兵的人，有啥不一样？只因为我们都穿着朴实的军装！咱当兵的人，有啥不一样？自从离开家乡就没有见过爹娘！说不一样，其实也一样，都是青春年华，都是热血儿郎！说不一样，其实也一样，一样的青春在共和国的旗帜上闪光……"

然后我们跑过很多地方，风景在我耳边一闪而过。

然后我们跑到一个城市里面，一个没人的街道。

然后我被丢下了，他们摆摆手："小庄，我们走了你多保重。没事多来看看我们弟兄，注意身体，好好学习，天天向上。吃好喝好，不要满地乱跑，搞好男女关系，不要管不好自己的小脑袋。好了，记住你是个当兵的人。我们走了！一二三四！你坐你的车啊，我爬我的坡，你走你的路，我蹚我的河，既然是来从军啊，既然是来报国，当兵的吃苦流汗怕什么！什么也不说，祖国理解我，一颗滚烫的心哟，暖得钢枪热！什么也不说，祖国知道我……再唱个歌儿！学习雷锋好榜样，忠于革命忠于党……"

然后又喊着番号，唱着歌走了。何大队还是开着那辆摩托在前面带路。他年纪大了，虽然 10000 米也能跑，但是不能跟我们比。没事的时候我们早上越野，他就喜欢开着那辆宝贝迷彩特种越野摩托带着我们跑。他看得很开心，不时像孩子一样大笑，让我们这些小狗头跟上他这只大狗头。他把摩托也开得很野蛮，车技 NB 得不得了。我见过他玩那辆狗日的摩托，他从离地两米、悬停的直升机上直接开下来，快 50 岁的人了玩成这样实在不得了。为此，他还反复叮嘱我们：一不准告诉大队常委，否则会开会批评他还要没收他的摩托；二不许告诉他爱人，否则回家会挨收拾。我们都知道他有心脏病，谁都不会喜欢看大队长玩车。他在前面带，我们就在后面撒丫子，恨不得在何大队这个鸟人面前把所有的本事都使出来，因为我们热爱何大队这只大狗头，我们为是他的鸟兵小狗头而自豪。而在别的部队前面，我们鸟得不可一世，让一起演习的兄弟部队恨得牙根痒痒，老想锤我们（实际上他们都不敢）……

他们就这么离开我。

我傻傻地站在城市的街道上，然后很多面孔模糊的人来来去去，没有人搭理我。

我喊，但是没有人回答我。

我在城市里面走，好像独自流浪在钢筋水泥的丛林。

那只大黑鹰不见了。

泪水哗啦啦地流下，我身上的军装开始破碎，我被换了很多时髦的马甲，然后我的脸开始变得模糊，最后我醒了。

我发现自己哭得不行。

我梦见了那只大黑鹰。

其实从蹦极开始，我们就进入特种兵的基础科目的学习阶段了，当然其他的体能、格斗、攀登什么的都没有放松。那个时候我还真明白了，狗头大队还真的跟传统的侦察兵不一样。但我只是心里明白，嘴上还是不承认。

于是就学，我鸟归鸟，但是脑子比较好使，技术科目的学习仅仅次于那三个少尉。人家毕竟是正经军校出来的，他们的淘汰比我们严得多，要是这些成绩有一项没有我们兵好，马上就走人。不过我没有让着他们，确实是比不过。人家毕竟是军校的正经本科毕业生，见多识广，没吃过猪肉也见过猪跑啊！

狗头大队变着花样给我们设置各种严格的情境让我们体验恐惧、孤独、寂寞，还有失落。一日，先让我们在那个狗日的特种障碍场跑了一栋，然后又给赶进泥潭子滚了几趟，就这么泥花花地被赶上东风平头柴的后车厢。车篷子盖得严严实实的，最后面还坐着个训练士官，这个狗日的不让我们往外看。

然后就带着我们在山上转圈，开始我还在心算速度多少、开了多长时间、距离我们的新训队驻地有多远。傻子都知道，这个阵势很明显是要考我们地图判读、摸方位角、在山里跑路的本事。先给你累累，累得有点儿意思，但是又不至于跑不动路，然后再给你转圈，搞晕你，再让你回去。但是，算着算着什么都算不了了，因为车子转圈转得厉害，还很没有章法，好几次都是原地转圈，再找个方向又来回转。这样开了两个多小时，谁也不知道给带到哪里了，然后车停了，车篷子打开，狗头高中队就喊我们下来。

我们晕头转向地下去了，但还是赶紧站好队。然后我才观察到四周的环境，这个鸟大山哪里都差不多，我也不知道这里是哪儿，也许新训队就在山底下，也许在几十公里以外。这帮鸟军官、鸟士官就是干这个鸟事的，菜鸟那一点心思瞒不住他们。

然后我们每人领了一个指北针、一张手绘的地图，我们互相一看，居然都不是一样的，当时就蒙了，怎么会不一样呢？

最后狗头高中队说这是找干部家属甚至还有孩子，按照他们的描述画的，画图的都是外行而且根本没有来过这个地方，更不会在山里跑路。反正就是这个地图了，我们走对走错不关他们的鸟事。

我们当时已经学了 GPS，但是不给我们 GPS。狗头高中队说要是打起仗来，GPS 没有电池或者摔坏了怎么办，还是要靠侦察兵的老一套——一个指北针加上一张地图跑路。有了 GPS 不是太容易了吗？关于地图，他的解释是："在战争中我们可以有卫星侦察的照片，但是很多时候我们来不及有这个照片，那么就要依靠人力侦察，而往往干这个的都不是专家。什么叫人民战争你们懂吗？这还是有文化的人画的，打仗的时候很可能是个不认字的老太太、老大爷画的，那你怎么办？准也得走，不准也得走，因为你是军人，要完成任务，这没什么可以说的。"

我心里暗暗叫苦。

按照我的地图，目标也就是我们新训队的驻地是在 70 公里以外，这个距离狗屁都不算，但是地图不准的话就要多跑路，想都不用想比例尺肯定也是不准的，而这一带我们根本就没有来过，也没有什么地形地貌或者突出的标志物作为参考。这一带是绝对的山脉丛林，是绝对原始的。按照公路走也是不可能的，因为傻子都明白，狗头高中队不知道在哪儿给我们安排了监视哨等着我们，抓住就得走人。

然后让我们选择是带一个水壶，还是带一把开山刀（你们在老美的电影里面见过的那种大砍刀）。军用的刀都差不多，我们后来到了狗头大队，在炊事班帮厨时都用这个砍排骨，觉得比菜刀好使多了。

我们都没有选择水壶，而是开山刀。因为在林子里，刀比水更重要。

我们就穿着自己的迷彩服和胶鞋，戴着作训帽，肩上挎着开山刀，兜里装着指北针和那张狗日的手绘的二十张基本找不到太多共同点的地图，傻不拉几地站成一排。

然后高中队就说这个科目叫"丛林流浪"。特种兵在敌后很可能会和分队失散，失散的原因很多，譬如你留下阻击追兵，任务完成后撤回；你不慎被俘虏而且来不及拉光荣弹，后来又脱逃出来。总之，当被扔在野外的时候，就得靠这个本事。狗头高中队还说这算对我们不错了，因为大多数情况下，连这个地图都没有，我们只能自己看星星跑路。

我们的时间是一天半加一夜，现在是中午 11 点，也就是说明天天黑以前必须都回来，回不来的就淘汰。后来我跟洋人特种兵哥们儿交流，他们说也这么被收拾过，虽然形式不一样，但是换汤不换药。再后来我退伍以后，接触了一些资料，原来这是基础科目，还被一个美国人写进了专栏小说。但是我还是要写一次，因为印象太深了。如果你觉得重复，可以跳过去。

然后我们分别上了四辆小王八迷彩吉普车，眼睛还被蒙得严严实实的，被他们带往四个不同的方向，再次在山里转圈，开一会儿丢下一个，开一会儿再丢下一个。从路面的颠簸情况，我知道自己已经离开了公路。

我实在记不起来当时多久丢下一个了，因为我的心里忐忑不安，我相信大多数人也记不住。大家都是第一次接触这个，在老部队没有把你单独往人生地不熟的丛林里扔过，毕竟安全第一，战友情谊重，不敢让你出一点儿劳什子事情。

我心里开始悲凉，怀念起我们山沟里那个鸟步兵团的小侦察连，怀念我的苗连和陈排，还有我的弟兄们，他们是不会把我单独一个丢在山里的原始丛林里的。我要是没有了，他们会全体出动，把方圆几十里的大山翻个遍，拿个高音喇叭不断地喊"小庄，小庄你在哪儿"，还会不时拿空包弹往天上打，给我指引方向。

我的眼泪悄悄地出来，浸湿了蒙在眼睛上的黑布。

马达坐在我身边，他抓紧我的手："龟儿子，别害怕，你没问题的！"

我也不知道自己有没有问题。

黑风在耳边呼啸着山林，我知道里面危机四伏。

我知道里面有狼，因为我们在夜晚听过狼在互相打招呼，当时我就怕得不行。

弟兄们都下去了，然后轮到我了。

我被丢下来，等到我摘下蒙眼布，那辆小王八吉普车已经走了。

我看看四周，我在一个空地上。黑风、丛林、山谷、蓝天、白云，还有什么？

还是一个不到18岁的小列兵。

你知道什么叫渺小吗？我当时就意识到了。我以前看过《第一滴血》，但是从来没有想过自己会被丢在一片大山里面。我不敢喊，因为怕招来狼。只剩下我自己了，现在没有人帮助我了。

要是有一支81自动步枪我就不害怕了，我说过我是自动步枪速射的高手，我估计狼不会有我的速射快。35秒内，我可以准确地打出30发子弹，而且全部命中100米到50米距离，从前面60度角范围内刚刚跳出来的钢板靶。我更换弹匣的速度也很快，最后一发子弹打完的时候，我的左手已经从胸前拔出了备用弹匣，然后空枪挂机的同时，备用弹匣已经撬掉了空弹匣，直接装上，然后就拉栓射击拉栓，不超过2秒钟子弹就续上了。我相信狼没有那么多，因为我会带150发子弹，但是我现在只有一把开山刀。

泪水流下来。我的腿在发软。我就操这个狗头大队！但是这没有什么意义，因为时间在一分一秒地过去。我拿出了指北针，拿出了那张狗日的地图。

我还流着眼泪，我还没有18岁，我被狗头高中队扔到了遮天避日的丛林，还是最后一个被丢下来的，也就是说距离最远。我一个人孤零零的。

你们说他是不是个鸟人？我还在流着眼泪。

12. 孤独流浪在丛林（2）

很多年后，想起当时的情景我依然不寒而栗。你想象一下，一个17岁半的孩子，被丢在一个有狼出没的原始森林里面会是什么情景？不过日后我习惯了这样的训练，而且狗日的高中队也真的经常这样操练我们。难度也越来越大，最后不仅动用老队员当假想敌，围追堵截抓住就扣分，不投降就真的锤你，绝对不留情面，还动用直升机天上搜索，发现动静就组织搜索分队垂降下来抓你，不投降还是真的锤你，还是不留情面，甚至还发展到跟警通中队借来了几条乌黑锃亮的德国原装进口大狼狗，追上就咬我们的胳膊。这帮狗爷的训练极好，不会死咬，只要你不跑就只是叼着你，但是也不留情面，搞得我们一路狂奔，恨不得把整个身子藏在水里不出来。不过那时候，我已经不害怕了，因为狗毕竟是狗，不是狼。

人的第一次经验，往往会记一辈子。什么事情都是这样，何况是这种特殊的回忆。

我流着眼泪，拿着指北针和地图辨别自己的位置，然后决定朝着地图指引的方向走，也不知道对不对，只能走走再说了。错了就再走，没有法子。这就是我自己找的鸟罪！

我把地图和指北针装好，从背上的刀鞘拔出开山刀。当时我还在空地上，但是拔刀不是为了砍树枝子什么的，是为了给自己壮壮胆子——有个家伙在手比没有强啊！

丛林在前面等着我。

我就走进树林，向着那个方向过去，然后开山刀就派上用场了。但是不到半个小时手就开始起泡了，因为我没有在山地丛林行军的经验，我刚刚当了半年侦察兵啊，只参加过比武，连野营拉练都没有参加过啊！我疼得吱吱地直抽冷气，就换了左手。一看自己的右手手心已经血泡破裂，一片模糊了。虽然我的手已经全是老茧，但是开山刀是个什么概念只有用过才知道。我身上也没有带什么急救包，但是必须得包扎。不包扎不行啊，这种亚热带丛林气候如此适宜细菌生长，感染是跑不了的！我看看四周，也没有什么办法，就脱掉外衣，用刀割下自己的迷彩短袖衫上的半截袖子，给自己包了起来。然后我就不敢用这种开山刀开路了，只能用手使劲儿拨开这些挡住我的枝蔓，实在不行我宁愿绕道走。要知道除了刀之外，手是我现在最珍贵的武器和工具了！

我虽然在大山里面当过兵，但是这样的原始森林真的是第一次走。我们一般训练都在部队附近的山上，那儿已经有固定的训练场了；侦察兵比武也不会是人迹罕至的地方，因为要评分、要观摩、要这要那，所以只要有个意思就行了。脚走在堆积满了不知道多少年的落叶上面，软绵绵的没有声音，还不时踩断枯树枝，"咔嚓"一声。开始时我还吓一跳，后来就无所谓了。阳光像剑一样从茂密的枝叶间射进来，把我目光所及之处全部分割成不规则的方格。

我在电脑前面写的时候，那种潮湿的味道再次在我的鼻子前面围绕。腐烂的枝叶和动物尸体、粪便的味道，亚热带丛林谷底里面低气压的味道，雾气的味道，还有什么味道？对了，还有兰花的味道。

是的，我看见了兰花。

我不知道是什么兰花，至今也不知道，后来在野外生存课程上面学的植物谱上也没有。人类对大自然的了解是有限的，但是我真的看见了。

就在一棵几个人都抱不住的大树的中间，有一束小小的兰花。白色的，在微风中轻轻摇摆。阳光洒在它的身上，如同冰山雪莲一样纯净。

我要把它摘下来！我要送给小影！

我把刀插进自己的刀鞘，然后往手里吐两口唾沫，抓住粗粗的藤条爬树。这些藤条如群蛇般缠绕着大树，树干潮湿，藤条潮湿，一切都很潮湿，但是我还是要爬上去，因为我要摘给小影！

我往上爬，一手露水和植物分泌的黏液，但是我顾不上了。缠着迷彩短袖衫布的右手终于快要够着这束小小的兰花了！我拼命伸手够着。胶鞋紧紧扣死藤条的缝隙，左手紧紧抓住藤条。我不能再往上爬了，因为上面有突出的粗树干挡住了我的道路。要是爬到这个树干上，我就耗费太多的力气了！我还要去爬上那座山！这个狗日的高中队！

终于够着了兰花的根茎。我使劲儿一拽，结果脚底下一滑，在藤条里面一别，"啊"的叫了一声，手里也一滑，就这么滑下去，由于太滑，手就松开了！然后，我就一头栽下去，但是我手里还紧紧抓着兰花！

我从3米左右的树上重重地摔到了地上，但是腐败的层层落叶太厚了，所以我没有晕过去，就是脚腕子一阵一阵生疼。我就要站起来，结果起来的时候左脚腕子疼得不能着地。我急忙坐下把裤子卷起来，然后把袜子往下推。我看见了自己发肿的脚腕子。我忍着疼摸了摸，只是肿了，按照我学的战场救护知识，并没有骨折。

我的泪水吧嗒吧嗒地下来了，我知道这就意味着，我绝对不可能及格了！我倒不怕回不去，因为要是时间到了我回不去的话，狗日的高中队就得把全中队拉出来找我，直升机也会在天上团团转。狗头大队也是解放军，不能草菅战士的性命，不然狗头高中队绝对要扒掉这身军装！我有把握坚持到明天晚上，然后再过一晚上甚至几天，毕竟经过侦察兵比武集训而且又在狗头大队被锤了半个月了。那时候我根本想不到自己的疼，不像现在切菜的时候手指头划了个口子都觉得疼。唉！什么叫时过境迁啊！

但是我的成绩不会及格了！一想到这个，我就想起了我的苗连和陈排。要是及格了我不留下是我NB，但要是不及格被发回去，我怎么见我的苗连和陈排啊？我的泪水吧嗒吧嗒地落下。

好在兰花还在！

小影！我又想起了小影。我把兰花握在手里看着，闻着它的芬芳，和小影的身上、脸上、手上一样一样的。我知道小影在想着我。我的心里有点儿勇气。这种勇气随着芬芳增加着。

就是爬，我也要在规定的时间爬回去！我咬着牙站起来，左手拿着开山刀砍下一根坚硬的树枝子，削掉上面的树叶和小树枝，当作拐杖撑着自己，右手拿着那束兰花一步一步向丛林深处走去。

兰花就像小影一样陪着我。我顶不住的时候就闻闻，然后就有勇气了。

疼吗？我好像真的不记得了。多少年后我回想起来，在逆境中最重要的是什么？真的是精神的力量。譬如我现在看关于非典治愈的报道，很多人不相信，但是我相信。因为我知道，人在逆境中的精神力量比什么都重要。你相信你会挺过去，你就能挺过去；你自己要是绝望了，就什么都完了。很多年后我翻看佛学的书。当时在写一个关于弘一法师的小文章，我就看看。虽然我不喜欢佛学，但是有句话让我愣了半天："佛祖有云，不是旗动，不是风动，是你的心在动。"

你自己绝望了就什么都没有了。你自己有信心，就什么都可以挺过去，哪怕挺不过去，但你是在和命运的抗争中失败的！虽败犹荣！

我不是费半天劲说什么非典，实话说，那不干我这个小说蛋子的事。我只是想说，在很多年前，一个18岁不到的小兵咬着牙，左手撑着拐杖，血肉模糊的右手拿着一束小小的兰花，在原始森林里面艰难地走着。他穿着被露水和潮气完全浸湿的迷彩服，忍着崴了脚腕子的疼痛，虽然不时停下来看看地图和指北针，或者喝一口树叶上的露水或是雨水，但他一直走向目标，没有停止前进！目标是70公里外的一个叫特种大队新训队的地方。走得到要走，走不到也要走，就是爬也要爬回去，就是死也要死在前进的道路上。

因为他的手里有兰花，因为他的心里有爱情。

很多年后，这个小兵想起来仍然泪花汪汪。

那是个什么年代啊！

13. 孤独流浪在丛林（3）

在真正的亚热带山地丛林行军10000米的话，体力的消耗是日常10000米武装越野的好几倍。道路谈不上崎岖，因为根本就没有道路，几十年甚至上百年没有人来过的地方，你说有什么道路？关键是气压低，本身就潮湿，再加上又是谷底，空气的流通不好，很快就觉得喘气比较困难了，而且空气里面那种湿乎乎的动植物腐烂味道实在是不好受，开始不觉得有什么，但是走得久了，好像整个肺里面都是这种味道。枝叶真的太密集了，风只能在树林上面的部分流通，底下呢？你想想就知道，我都怀疑几百年没有流通的空气了。所以，每次经过长满低矮灌木的林间小空地的时候，我赶紧停下来大口呼吸着新鲜空气，换换肺里的味道，然后再继续前进，没有别的办法。

脱水自然是很严重的，走不了多远就会是一身汗。在这种亚热带低气压、酷热的丛林里面走，身体总是湿漉漉的，但是嘴唇干得要命，我不时地舔着自己的嘴唇，但是很快就觉得没有什么用了，因为连舌头都没有水分了。

这个时候不得不舔食大的树叶上的积水或者露水。当然这绝对会滋生细菌，不过当兵的时候命贱，什么都喝，什么都吃，胃跟铁打的一样。我现在只喝纯净水，觉得烧开的自来水味道都令人不舒服；但是那个时候有活水就可以，管它是什么味道呢。不过那时候是没有经验的，以后连这个也不敢随便喝了。

不用几个小时迷彩服就会半干半湿，干是因为身体热量的蒸发，湿是因为环境和自己出的汗，甚至可以清楚地看见上面的汗一点点变成白色的斑点。这叫什么名词呢？好像是汗碱吧？我记不清楚了。

气压低得要命，搞得心脏都不是很舒服，慌慌地跟揣了一只兔子一样，里面七端八蹬的。

后来习惯了在这种地方训练和生活以后，我回到城市里面反而心脏更不舒服了，要适应更长的时间，尤其是城市空气里面的废气，我适应了很久才可以忍受。

然后就是疼，吱吱地疼，每点一下地，就会疼。但是我不敢随便停下来，我给自己订的计划是两个小时休息十分钟（最多十分钟），不然我就真的起不来了。这种经验是一点点长起来的，后来我渐渐明白，在山里跑路和在越野的训练场上跑路是不同的，后者只能说是锻炼身体素质，跟田径队的训练没有什么区别；而前者是作战的需要，不是猛跑就可以的，关键要耐着性子，因为每一次的路都很长，每一次都是危机四伏。要在保证速度的前提下，每一秒钟都耐着性子，仔细、谨慎、再仔细、再谨慎，那种火暴性子除了给自己找麻烦，没有别的用处。要对每一片树叶都保持充足的耐心，因为危险往往就是在失去耐心的那一瞬间发生，就在最被忽视的地方掩藏。

实际上，我很快发现，所谓的两小时休息一次也是不现实的，因为真的走得很艰难。疼是一个方面，但也不是克服不了的，毕竟我不是骨折，崴了一下不是什么大不了的事情。而我说的是自己身体的感觉，气压低，潮湿闷热，喘不上来气。空气的密度实在太大了，呼吸一口气，大半口会有那种说不出来的杂质。后来我跟参加过越战的洋人特种兵老前辈交流过（我们的交流没有任何政治色彩，就是个人从军体会的交流），他们的体会也是很深的，比我深得多。毕竟我是训练和演习占了绝大多数，而他们基本都是在作战。他们的体会就是，在林子里面跑路，千万千万要有个特别好的肺活量，不然绝对顶不住。

所以你们真的不要以为一个普通步兵就直接可以来当特种兵，甚至还能在里面出类拔萃，基本上没有这个可能性。什么叫肺活量？每天早晚的10000米负重武装越野是在干什么？这种行军不是坐惯了汽车、装甲车和步兵战车，没有经过大运动量体能基础训练的步兵受得了的。

还有什么？就是你们在小说里面经常看见的蚂蟥。这个真的是很可怕的东西，因为它们会贪婪地吸食你的血液，直到把你吸成一具干尸。对付它们，我当时没有太有效的方法，就是拿刀子割掉它们还在外面的身体，然后等它们慢慢死掉，自己掉出来，或者是拿烟头烫。如果你能在林子里面生存下来，我告诉你，有一半原因是你还不该死，除了这个解释没有什么别的了，这就是命。不过在我们狗头基地的纬度，蚂蟥还不是特别多，再南一点儿的热带丛林就很猖獗了，我后来的体会就留到以后讲。

总之一句话，这种原始的丛林就不是人类该来的地方。又扯远了，你知道当时我最关键的感受是什么？

渴。

脱水严重。

后来我们每次综合演练前后，都要只穿着我们称之为"八一大衩"的短裤过过秤，以便简单掌握自己的脱水情况，回来以后在可能的情况下增加一些辅助的措施，补充自己需要的维生素、蛋白质和营养，当然主要是补充水分。特种兵的伙食费比普通步兵和装甲兵的三倍还多，和潜艇部队大致在一个档次上吧，海军那点事儿我不懂，但是在陆军里面，除了陆航的飞行员，我们应该是最高的。实际上和洋人特种兵哥儿们比起来，我们还是低的，我后来证实过。其实也没有什么更好的措施，就是水果和一些含水量比较大的蔬菜。我告诉你们，那种连续一个礼拜以上甚至更长时间的丛林综合训练或者沙漠综合训练以后，每个人都会瘦很多，就是脱水脱的。再后来我养成一个习惯，就是每次出发前我让别的班的战士给我们班合影，回来再合影一次，两次的区别之大你是想象不到的。还有极限山地和沙漠行军，人的消瘦之快也是罕见的。说句题外话，减肥不用花那么多钱吃药，你自己跟自己较劲就什么都解决了，关键还是你自己吃不起苦的原因。

出汗严重，造成了脱水。身体外面是潮湿的，不代表身体里面也是潮湿的。身体里面的各个内脏都跟火烧一样，虽然我的身上在流汗，但是却不知道这个汗是从什么地方来的。我能清楚地感觉到身体里面的水分在一点一点流失，好像生命在一点一点地离开自己。

你知道那是一种什么感觉吗？

恐惧。

死亡的恐惧。

我必须大量补充水分，不然我一定会撑不住的。

我是后来才学会怎么在林子里面取水和找水的，但当时完全是一种本能，还有侥幸的成分。因为在我恐惧的时候，我听见了流水的声音。

哗啦啦清澈无比的声音。

哗啦啦生命流动的声音。

我一下子兴奋起来，好像脚腕也不疼了，赶紧往那个方向走。

这个时候天色已经将近黄昏，我估计当时大概走了10公里的山路吧？我记得我慢得像老牛，心里急得不行。地图上有一条河，但我不知道居然距离我这么近（地图不是行家画的）。这不仅是重要的地形参照物，更关键的是，我可以得到水分的补充。

生命的补充。

我拨开眼前的枝蔓。

我看见了一条河流。

哗啦啦不算大的河流，哗啦啦清澈的河流。

水流过河床的鹅卵石，流向远方，汇入群山，汇入大自然。

我撑着自己的拐杖，快步走了过去，然后把拐杖和开山刀一丢，当然右手的兰花是没有丢的，一下子跪了下来把自己的脸和肩膀彻底扔进河里。

清凉的河水覆盖了我的脑袋和肩膀。那种感觉真的难以形容，我大口地喝着，不喘气地喝着，一直到自己不得不呼吸，才"哗"的一声把自己的头抬起来，甩出一片水花。然后内脏就彻底舒服了，我的脸上、身上都是清澈的水，湿漉漉的感觉真好。

我仰天高喊："啊——"声音被亚热带丛林的低气压和闷热吃掉了，显得发闷。那已经不再是人类的叫声，而是胸腔竭力发出的最原始的叫声，动物的叫声，因为我首先要像一个动物一样生存！在这种狗日的"丛林流浪"科目里面生存！并且，找到自己回去的路，才能说得上是个士兵，是个中国士兵，是个中国人民解放军陆军侦察兵！最后才能说自己还是个人类。

然后我就听见有什么在回应我："嗷呜——"那种声音很近，好像就在我的身边！我脑子一激灵，一下子从狂喜当中清醒过来，左手一把抓住被我丢在一边的开山刀。

然后，我看见河流里面的倒影。它伸着脖子叫着，叫完了继续喝水，根本不理会我。这个时候我才用眼角的余光看见，一个灰色的身躯在我右侧不到一米的地方，我看见灰色的毛、四条瘦削的腿、瘦削的身子、瘦削的尾巴耷拉着，一点儿也不精神，一点儿也不彪悍。

但是我知道是什么。我的脑子一下子就蒙了，就那么看着它喝水，一动也不敢动。它喝得心满意足了，抬起头用舌头舔舔自己的鼻子，准备转头回林子。

然后它看见了我。

灰色的瘦削的长脸上，两只黑黑的眼睛一动不动地看着我。

灰色的瘦削的长脸上，两只黑黑的眼睛目不转睛地看着我。

四只眼睛就那么看着。谁都不动。因为，都蒙了。

很多年前，在一片大山里面，一个18岁不到的中国士兵和一匹瘦瘦的大灰狼就这么看着对方，好像两个许久不见的老友重逢一样惊讶，脑子都停止了转动，不知道怎么办是好。那个瞬间很短，但在我的记忆里却有一万年那么长。

这好像故事，但我告诉你们，它是真的。

14. 孤独流浪在丛林（4）

很多年后，我在动物园再次看见了狼这个东西。笼子里面的狼暴躁地来回穿梭着，好像很凶猛。但是一看它油光水滑的灰毛和肥壮的身躯，我就知道，若现在把它丢回林子里面，几天不到就能给饿死。跟人长得胖一样，狼长得胖也跑不动。

在有限的关于中国特种兵的公开图片和电视报道中，我总是听到有人抱怨咱们国家的特种兵太瘦，不如老美电影里面的威风。我的意见就是，看上去很美是没有用的，拉到山里跑跑路或者对锤你们就都知道了——施瓦辛格和史泰龙威风吗？我保证三脚踢翻他们俩，从此老老实实说自己就是练腱子肉、做人体展览的，从此再也不敢穿迷彩马甲、端着M60，用很业余的动作冒充特种兵军官。

我真正见到的洋人特种兵弟兄也没有电影里面那么壮、那么宽的，当然比我壮、比我宽，不过那是人种的差异，他们在洋人里面绝对是苗条形的——包括一向以肌肉发达著称的黑人特种兵兄弟，胳膊一伸也都是条状的腱子肉，我没有见过腱子肉往横里长的。同样因为人种差异，天生人高马大的海豹不是天生像小猴子一样机灵的越南人民军特工队的对手——越战以后老美再也不敢在亚洲复杂山地耀武扬威就是这个道理。再多的战斧、再多的 M1 坦克、再多的 F22、再多的 B52 轰炸机，加上带隐形作用 B2 的小老弟都没有用处。

在我个人看来，再先进的单兵装备，包括什么"未来战士系统"之类的，在复杂山地和干燥沙漠等恶劣的地形地貌气候环境中也没有用，林子里面那种要命的潮湿和沙漠地形那种要命的干燥对人类的电子科技是一个致命的伤害。如果这个问题不解决，"未来战士系统"也是看上去很美的东西，生产出来的大批装备部队打打伊拉克这种地形可能还是好使的，若来林子里面试试？爬山过河的，能坚持多久不受潮？我一直表示怀疑。当然我不是越南人民军特工队的代言人，我对他们没有什么感情，要我锤他们我也不留情面，海锤不误——为了苗连那一只眼我也不会手软。

虽然我不是职业军人，而且极端厌战，平时也不关注什么世界格局、国家大事、局部战争，用我的话讲，特种兵就是"精锐炮灰"，但是该我上的时候我不会含糊。我不是只说不练的人，不是为了什么劳什子看不见的东西，是因为我的兄弟在前面，我不能让他们自己去，哪怕就是死我们也要死在一起，哪怕只有一口气，我也要死在自己兄弟的怀里——我想说的就是，对于特种兵，头脑身体灵活，单兵素质高，应变能力强是第一位的。在特种部队，什么劳什子东西都是假的，只有人是真的，人的因素是第一位的。

又扯远了，还是回来说那匹大灰狼。那匹瘦削的、一看就是林子里面的跑路和捕食高手的大灰狼就那么愣愣地看着我。我也愣愣地看着它。我们的距离不到一米，都能感觉到对方的呼吸声，眼睛里面也能看见对方的影子。

人类的智慧毕竟是比较发达的，所以我最先反应过来，我在思考对付它的方法。毕竟我不是那种自以为是、其实狗屁不是的大学生了，被锤了这么久再胆小的兵也多少有点儿勇气和胆识了。后来我知道，我们部队只身在林子里训练的时候遇见狼的兵中，我不是第一个，但是这么近距离的，我绝对是第一个。

我肯定不能主动攻击，跟这种动物相比，我绝对不是徒手格斗的对手。就算拿着开山刀也不是对手，还不如拿一把匕首呢——就是我们俗称的"攮子"，老侦察兵都知道，寒光闪闪，短小精悍，锋利无比。和攮子相比，开山刀太笨重了，我的胳膊一抡出去，要是没有砍中它，这狼绝对要一跃而上，攻击我的要害的，是脖子是头还是胸口我就很难说了，要看它平时的习惯和当时的心情了。如果是一把攮子，我的反应速度还是有点儿自信的，回手就是一下，绝对能给还在空中的它一个厉害，然后就看情况对峙，反正不能那么简单就死；但是开山刀就不一样了啊！我没有可能把这么长的大砍刀在那么短的瞬间抽回来给它一下。开山刀只有一面有刃，我不可能保证回手的准确性，保证绝对能够把刃那边对准它而且能割到它，它的皮肯定也是千锤百炼出来的，不是那么容易割破的，顶多是把它顶一下，然后再次激怒它，接着它就会上来袭击我。这种情况下开山刀不就是一根棍子吗？还不如棍子好使。更关键的是，如果我一砍未中，绝对来不及抽手回来的！不可能有这个速度的！

那我怎么办？我感觉到恐惧真的开始在心里升腾，然后在全身蔓延。我的身子都发麻了，后脖颈子一阵一阵发凉。

它就那么看着我，然后喉咙里有一种奇怪的声音低沉地吼着。我知道它在警告我。然后它开始转向我，后退几步，前腿立后腿弓，整个就是一个标准的、我们跑特种障碍的时候刚刚爬过低桩铁丝网准备鱼跃过齐胸火墙的姿势。

它一定跳得比我高、比我远，扑得比我狠、比我快、比我准，不然它就不叫狼了。它一定会在空中张开它的血盆大口，露出真正的狼牙，准确地咬向我的喉咙，然后那锐利无比的白牙会咬断我的喉咙，我的血会一下子冒出来甚至会喷出来，就算这样那牙也坚决不松开，它在我的肉里越咬越深，直到我的腿都不蹬了，不然那牙就不叫狼牙了。

完了完了！它要收拾我了！和被它收拾相比，我更愿意被狗头高中队收拾。

绝对绝望，绝对恐惧，绝对悲凉！一句话，就是死。

我左手握紧我的开山刀，右手握紧我的兰花。左手是暴力，右手是爱情，完全就是现在老美最流行的卖座电影的标准元素，但是这不是拍电影。因为它不是切割画面，不是三维画面，不是电脑画面。我面前不到两米的地方有一匹真正的狼。

我等待着狼扑过来收拾我。狼在酝酿着这致命的一击。跟熊不一样，狼属于那种吃没吃饱都要袭击看得见的活物的物种，不然它就觉得不爽，一定要咬死了才爽。何谓狼子野心？就是这个道理。

我只有一次机会，就是它在空中的时候，我的开山刀的刀刃正好能够对准它的肚子，我再用力一顶争取能够划拉开它的肚皮——我知道肚皮是任何动物最柔弱的地方，绝对不像它的身上那么糙。

但是这是有难度的，而且很大。狼在我的右侧，刀在我的左手，而我是头正面对着它，身体侧面对着它。我的右手只有兰花，爱情是挡不住狼的。

我没有猎枪，我只有一把刃不是特别锋利的厚背开山刀，再有的就是野兰花，还有我这一百多斤肉，不知道够它老人家吃几天。或者它根本不吃人肉，就是想咬死我，见不得我活着。

如果它扑上来，我的左手能不能把刀抽过来砍它？当时我还跪着，这是很不舒服的姿势，从力学角度不是最佳的打狼姿势。当然从任何角度讲，我跪着都不是打狼的姿势，我这简直就是专门来喂狼的。

狼的前腿在收缩，我知道它在积蓄最后的力气。

我握紧我的开山刀，我是个士兵，是个中国陆军侦察兵，不是泥捏的！解放军战士是钢铁铸就的！红军前辈不怕远征难，解放军战士不怕打狼险，我就是死也要死在跟狼搏击的动作上！

我握紧我的野兰花，我爱小影！她是我的梦，野兰花有她的芬芳，这束小小的白色兰花就是她。真爱无敌，爱情就是力量，我就是死也要和她在一起！

我没有恐惧了。来吧，咬我。

狼的眼睛绝对是狼光四射，狼的身躯绝对是狼劲十足，狼的动作绝对是狼性大发，狼的心情绝对是狼得不行，狼见了活物就是这个狼德行。

狼要扑我了。

我的呼吸停止了，准备抽手出刀，紧接着是后滚翻、前滚翻、侧滚翻，还是怎么滚翻都没有决定，看我到时候还能不能滚翻吧。我也说不好，苗连教育我对敌要随机应变，陈排教导我格斗要一往无前，我都记着，你们说我是不是个好兵？

在狼即将出击的一瞬间我听到几声嚎叫。

这是遇上狼群了！

我都能想象出来群狼扑我是个什么情景，肯定咬死不算还要碎尸万断，抢着我胳膊的还不高兴，因为抢走大腿的得到的肉更多。

然后，我看见身边的草丛在动。

然后，我看见身边的草丛有几处在动。

我的心里连骂的勇气都没有了。

等死吧，没想到我小庄一条英雄好汉，没有死在杀敌的战场上而是喂狼了。

然后，我看见三匹狼在离我不到半米的地方出现了，毛茸茸的，跟小灰毛线球一样。

三个小狼崽子。它们嬉闹着，嚎叫着，这个咬这个的尾巴，那个咬那个的耳朵，跟小狼狗一样滚来滚去。它们不知道自己闯进了解放军战士打狼或者是喂狼的现场，不知道战争气氛的来临、血腥气息的升温，只知道嬉闹、喝水。

在我一伸手就能抓着的位置，有的甚至走到我膝盖边，就差跟狗崽子一样往我身上扑了。它们还不知道我是什么东西，因为它们还不会捕食。

我先看小狼，再看大狼。大狼先看小狼，再看我。我要是出手，收拾一个狼崽子是没有问题的。狼崽子就跟两个月的小狗崽子一样大。一脚一个，一手一个，我一把大砍刀下去起码俩没有犹豫的。收拾不了大灰狼，收拾几个小灰狼我也不算亏了！我的眼睛对着小狼崽子露出凶光，慢慢举起了开山刀。

大狼那种威胁的吼叫声消失了，狼再没有脑子也知道小狼崽子的危险。然后，大灰狼嗓子里面的声音变了，不是威胁，是哀求。嗷嗷的，声音很小，但是傻子都知道是哀求。它的目光也没有狼性，是母性，这是所有的动物都有的。小时候爸爸打我时，我妈妈就是这么看我爸爸的。我也傻眼了，小狼崽子我打还是不打？大狼可怜巴巴地看我，然后四脚趴下了，跟狗一样低着头。

这回我看懂了：来吧，打死我，放过我的孩子。

小狼崽子不知道危险啊，在我跟前来回地滚来滚去，嬉戏打闹，喝水玩乐，有一只跑到大灰狼的鼻子上舔着。我看见了大灰狼眼中的泪水。

狼的眼泪。

一滴，特别大，混浊的，落了下来，滴到它瘦削的脸颊上。

它的眼睛可怜巴巴地望着我，嗓子里面也是可怜巴巴的、低沉的哀求，嗷嗷的，断断续续，好像生怕惹我生气。

我举着刀的左手僵化在空中。我打还是不打？

它继续看我，甚至还往前爬了爬，跟受过训练的狼狗动作一样。它的意思是：我离你近点，你打我的头方便点。

我看着它的眼睛。一个母亲的眼睛，在哀求我。

我的刀很慢很慢地放下了。

它一下子起来，我的刀又举起来，它赶紧趴下，跟训练有素质的警通中队的狼狗一样。它嗷嗷地哀求着，意思好像是：你别误会，我把孩子带走。

我的刀又放下了。

它慢慢地看着我站起来，眼睛里面没有凶光，我这回仔细看着，也就没有举刀。

它对着小狼崽子低沉地呼唤几句，仨小狼崽子跟灰毛球一样滚过去，在它的腿边滚来滚去，还往它身上爬却老掉下来，笨拙得跟小狗熊一样。毕竟才两个月啊！

我忍不住笑了一下。

狼警觉地看我，我赶紧举刀。

它看出来我没有恶意，轻声呼唤着小狼崽子，一边慢慢后退，一边看着我。仨小狼崽子滚来滚去，一直跟着它。然后，我看见它转身带着仨小狼崽子走了，消失在丛林深处。

我举刀的手一下子软下来，"哐啷"一声，刀掉在身边的河滩上。我也倒了，四仰八叉，全身松软。这会儿我感觉到后怕，浑身发抖，跟打摆子一样，连光头的头皮都哆嗦着，脸上流着眼泪，鼻子流着鼻涕。

然后我就这么哆嗦地躺着，右手还紧紧握着兰花。我把兰花放在鼻子前面，闻着芬芳。我的手还在哆嗦，兰花也跟着哆嗦。

小影的芬芳。

天色黑下来了。

这一天，对于我来说，比一个世纪还要漫长。

15. 孤独流浪在丛林（5）

记不清过了多久，我才慢慢地坐起来。那个时候，天色已经全都黑了，四周不至于伸手不见五指，但也是一种恐怖的漆黑。这么晚了我真的没有一个人在山里待过，步兵团的侦察连不会这样做，军区侦察兵比武也不会这样做，但是这个狗日的狗头大队是会这样做的。

这种孤独的感觉，我是不会忘记的。虽然以后我习惯了这样的孤身训练，但是我说过了，第一次的经历会很深刻的。

我的眼睛已经看不见指北针和地图了，我就看天上的星星和周围的地形地物，凭着自己对地图的记忆辨别自己的位置和目标的路程。按照那张地图，我现在应该是在那条叫作小清河的河边，往前面走 10 公里左右有一条四号公路桥，我要穿过这条公路桥才能继续前进——我已经可以肯定这一点了。我当然不能沿着公路走，那是傻子才干的事情，但是我可以按照公路上的里程路标确定自己的准确位置，下面的路就好走多了。如果我天亮前到达那条公路桥，那么我就可以在桥边的树丛中间休息一个小时。公路两侧的树林是有风的，山里的公路相当于整个大森林的一个通风口，再加上河的通风所以是一个十字通风口，风力很足，又有早上的阳光，我可以晒晒湿透的衣服，干燥点跑路，虽然很快就会潮湿，但是总比一直潮湿好得多。

这个时候我的哆嗦没有停止，不是因为害怕，而是寒冷。山里的气温下降极快，本来是潮湿又炎热，但是太阳一下去就变成潮湿又寒冷，几乎没有什么过渡，好像就是一下子变成这样的。这到底是个什么原理我至今也不明白，这不是我们小兵操心的事情，我们只操心怎么对付寒冷，原理留给那些坐办公室的科学家。关键是现在我怎么对付？

我浑身潮湿，风一吹那种寒意冷飕飕的，连骨头都开始打战，我哆嗦着把开山刀插进背后的刀鞘，然后撑着拐杖，拿着兰花站起来。我再次感到脚腕的疼痛，因为寒冷，疼痛加剧了，但还是在我可以忍受的范围内。不过我知道走路是比较麻烦的事情了，尤其我的目标是沿着河滩上的鹅卵石走 10 公里，到达四号公路桥才可以休息。不然怎么办？在这种野狼出没的劳什子山里睡觉？虽然公路上也会出现狼，但毕竟有人类的文明痕迹，心里踏实一点儿。

当时还有一个悲凉的想法，要是在公路附近被狼吃了，残骸还有机会被人发现。要是在这片大山里面，谁知道有没有下一个弟兄从这里路过呢？这个概率太小了。死了还是有个什么东西留下好，不然怎么给老爸老妈交代？怎么给小影—— 一想起小影我的心又开始疼。

走！解放军战士死都不怕，我还怕疼怕走路？

我当时真的是拿这句话来激励自己，因为我那时候已经彻底是一个军人，一个合格的士兵，虽然还不是一个合格的特种兵。

我迈一步疼一下，迈两步就疼两下，迈三步就钻心地疼，然后这种疼连环起来，不间断地疼。

我在阴风中一直打着哆嗦，但是必须坚持。因为我若隐若现地听见狼叫，我实在没有勇气再次面对那张灰色的瘦削的脸了，我真的知道什么是阴森森的狼牙了，所以我必须赶紧走。

如果走到四号公路桥，明天天亮我再开始走，走到天黑 50 公里怎么也能走完——要是脚腕没有受伤的话我有这个自信，但是现在没有。

但是也得走！

我哆嗦着嘴唇，轻声唱歌给自己壮胆，不敢大声唱因为怕招来狼："过得硬的连队过……过得硬的兵……过得硬的战士……战士红彤彤……过得硬的连队过得硬……过得硬的兵……过得硬的战士样样红……"唱着唱着泪水再次滑落。

现在不缺水了，因为河就在旁边。但是我冷，我饿，我疼。但是，还是得走。

狗日的高中队！狗日的狗头大队！

我在心里骂着，嘴里唱着队列歌曲，想象着苗连和陈排笑容满面地走在我的身边："小庄小庄，坚持就是胜利，革命军人要有老红军的传统精神，要发扬南泥湾精神，自力更生，丰衣足食。"我还想着小影在前面连跑带跳，不时往河里扔个石头，打水漂玩，一下子在水里跳四下，一飞好远。她在中学打这个有一套："小庄，你看我打得好不好看？说啊，我打得好不好看？"

"好看。"

我哆嗦着答应，脸上的泪水一流下来就被风吹得稀里哗啦。风一吹更冷了，但是我不敢离开河滩进入丛林。我只能在风口这么走，一步一步忍着疼痛，踩着鹅卵石坚持往前走，不敢停留更不敢回头，不敢东张西望，就这么坚持着、蹒跚着往前走。因为，我知道林子里面有狼。它们不知道在哪儿看着我。

和死亡比起来，寒冷、饥饿、孤独、疼痛算得了什么呢？我反复低声哆嗦着，唱着那首《过得硬的连队过得硬的兵》，那首全军战士都会唱的队列歌曲。有时候我还跟小影说几句话，小影连蹦带跳一直在我的前面带着我。

她的身影带着我。她的芬芳伴着我。

很多年前，那个离18岁生日还有十六天的小列兵就是这么走在那条叫小清河的河岸。

他的脚腕崴了，生疼生疼的，全身湿透，浑身哆嗦，但是一直在唱着革命军歌，心里想着一个女孩，他就这么蹒跚地走着。而这，跟他真正的特战军旅生涯里那些孤独、寂寞、恐惧、寒冷等相比，只是一个开始。

路，其实不在脚下，在你的心里。我不到18岁的时候，就知道了这个道理。

16. 孤独在丛林流浪（6）

我远远看见四号公路桥的时候不知道是几点了。其实我看见的是桥的剪影，青色的天幕下面一道黑色的直线，没有车来车往。这一带除了我受训的那个狗头鸟大队，还有其他的一些部队单位，老百姓很少，是所谓的军事重地。据说山里也是空的，不过直到退伍我也没有去过。

我的全身都是冰凉的汗，倒没有结冰，但也冷得够呛。我打着哆嗦，已经走了几个钟头，歌也不唱了脑子也麻木了，什么都不想了。

就一个念头——走。

疼吗？绝对的，记忆中那种疼是到骨子里的，因为时间太长了，而且我一直在走。

我的右手还是握着那束兰花。后来送给小影的时候它已经是标本了，但是小影还是收下了。她没有问我从哪儿摘的，我也没有告诉她自己为了这束花吃了什么苦头——我送给她这束兰花的标本的时候，已经吃了比这个多得多的苦，基本无苦可说了。苦到今天就不知道苦了，舒服了反而不习惯，物极必反就是这个道理。

关于这束风干的野兰花，芬芳依旧存留，还有一个继续的故事。我以后再讲。

我向着那个公路大桥前进，这是我见到的第一个人类文明的痕迹，心情的激动不是一点半点。在原始森林崴着脚脖子走了20公里，你们想想看我见到这个大桥会激动成什么德性？

我好像脚也不疼了，肚子也不饿了，身上也不冷了，赶紧拄着拐杖走啊走，一直走。

我看见了大桥，它离我那么近。

我看见了大桥，它在等我来临。

我恨不得扑在桥柱子上大哭一场，而我确实再次流出眼泪。

然后我就停下了。因为我的脚不知什么时候离开了鹅卵石的河滩，踩进了泥里，而且是很软的泥。我在往下陷。我一激灵就赶紧往后退，幸亏脚陷得不深，然后我倒下了，看见自己在一片开阔地之间，前面是一片泥泞，后面是一片河滩，我躺的位置是中间过渡的部分，也就是说，我的命还真大，没有忘乎所以一直走进沼泽。

我赶紧后退，拐杖丢了但是兰花没有丢。我的上半身接触了略为坚硬的地面，往后退就是更坚硬的地面，再往后退我的脑袋就碰在了鹅卵石上。我疼得倒吸一口冷气，这才知道我的命大。我爬起来跪在鹅卵石上面看着前面，远远的都是一片看不到边的泥泞，一直到那个大桥。这是在我的地图上没有标识的沼泽。

这么大一片沼泽没有标识出来是要我的小命啊！我的心开始悲凉。现在怎么办？我不能回头，因为回头就会越来越远，而且离狼的地盘越来越近；我又不能前进，因为黑灯瞎火一片，而且进入沼泽我就是去送死。我看过《这里的黎明静悄悄》，所以我知道陷入沼泽是什么概念，但是我不能不前进！我要绕过沼泽的可能性没有，我要游到河的那面去也不可能，因为我的脚腕崴了，而且过去未必不是沼泽。

我该怎么办？

我大声骂着，用尽全身的力气大吼，然后大声哭着。渐渐地，声音小了，成了呜咽。那桥离我越来越近，顶多还有1公里，但是我就是过不去。我哭着哭着，困意上来了，但是我不能睡觉。渐渐地，我睡着了，就在那个河滩上……在梦里，我梦见了小影，她抱着我，但她跟一个冰美人一样坚硬冰凉。

我回去以后才知道，不是狗头高中队整治我，他还没有这个胆量。所有的地图，无论民用、军用、手绘、机绘都没有这个沼泽。这片沼泽是一条老的支流后来干涸了。我们训练的时候雨季刚刚来临，就成了一片新的沼泽。沼泽并不宽，但是我在黑夜里看不见对岸。在我们基地附近，这甚至算不上什么沼泽，因为它是临时的，常年的会大得多，我以后也没有少去。那年的雨季来得早，没有什么道理就是早。如果你们一定要一个解释的话，就去问搞天文的，我不懂。

但是我就赶上了，人算不如天算就是这个道理。

17. 联合起来作弊，骗他娘的高中队（1）

小影在吻我的额头，吻我的鼻子，一点一点的。

冰凉的嘴唇。

冰凉的手臂。

冰凉的怀抱。

还有冰凉的芬芳。

她穿着白色的护士服，不，是白色的仙女服。她抱着我在云彩上飞，轻轻地吻我的嘴唇。然后我感到她把琼浆一样美味的液体注入我的嘴唇。我张不开嘴，感觉到液体往下流，从我的牙齿缝隙流进去的是一小部分，从我的牙齿缝隙流出去的是一大部分，那一大部分从我的嘴唇外面流到了脖子上、胸脯上、心窝上。那种液体在我的心窝上流动着，火辣辣的，流进我牙齿缝隙里，进了嗓子的液体也是火辣辣的……

我慢慢睁开眼睛。小影慢慢地消失了。我模模糊糊看见的是一张黝黑、憨厚、惊喜的脸，一嘴广东普通话跟电影里面一样："醒了，醒了！"

小影彻底消失了。我睁开眼的时候看见自己躺在一个士官的怀里。这个士官我不认识，他穿着狗头大队的迷彩服，光着头没有戴贝雷帽。那帽子叠得很整齐，别在肩章里面。

他憨憨地笑着："你醒了啊？把我们吓坏了！"

我感到自己好像在云里面晃悠一样。

这个士官拿着水壶给我灌水——不是水，水没有这么辣，我一下子咳嗽出来，吐出一口酒，然后就彻底醒了。

我一看天色已经大亮，下意识地问："几点了？"

一个粗犷的声音说："11点。"

"啊？！"

我一下子坐起来，脑子都蒙了。这可怎么办好啊？这不是彻底坏菜了吗？我离目标至少还有50公里，我还得过沼泽、穿丛林，那么远的路我现在的时间绝对是不够了！这个狗头高中队一定会跟踢皮球一样一脚把我踢到新训队！

我想站起来，但是身子底下一晃我又坐下了，我这才发现自己在一个橡皮艇上。

我的脚腕又开始疼，但是和先前疼得不一样，低头一看，我的鞋子已经脱了，袜子也脱了，裹着从干净的迷彩短袖衫上撕下来的布。那种火辣辣的疼和嗓子里面的一样。

我再一看自己的上衣已经脱了，心口湿湿的，但是不是水也是火辣辣地疼。

我知道这是酒。

我知道那个士官救了我。

"妈拉个巴子，你干啥去？"

一个粗犷的声音在我后面响起。我回头一看，是个宽广的背影。他穿着老头汗衫、迷彩裤，戴着一顶农民用的草帽，头都不回就那么鸟气冲天地跟我说话。

狗头大队的？这个士官肯定是，但是他不像啊？狗头大队有这么肥壮的吗？所以我说前面的包袱抖早了，你们不用猜都知道是谁了，我也就不说了。哎呀，这个教训我要一直记着！

"我天黑前就得赶回去！不然狗日的高……"我意识到这里都是狗头大队的人，就改口说，"高中队就要淘汰我！"

"你骂得对！他妈拉个巴子的绝对是个狗日的！"

那个背影把没有钓上鱼的钓竿拿起来："饵又被吃光了！这是什么河啊，河里的鱼怎么都光吃饵不上钩啊？尽是赔本买卖！"

我以为他是狗头大队炊事班的老后勤士官，赶紧说："班长，谢谢你们救我，我得走了，麻烦你把我送回原来的地方。"

那个士官刚刚想说话，戴草帽的人回头了。我看见了一张黑得不能再黑的脸，简直就是我在狗头大队见过的第一黑！狗头高中队跟他比起来简直是白人了——后来我这个判断得到了证实——日后我们狗头大队有着名的三大黑脸——第一黑就是我见到的这个，第二黑是高中队，第三黑是我。我后来激动得不行，跟狗头高中队在一起是耻辱，但是跟眼前这个人相提并论简直是莫大的荣誉！因为我们无比热爱他，只要他一句话我们赴汤蹈火，在所不辞！

"你干啥去？"那个大黑脸问我。

"我得回原来的地方，我得自己走，我不能作弊，要不高中队要把我开回去，我不能回去！"我急得眼泪都要出来了，起身一看四周茫茫一片，两边都是芦苇。

我赶紧又说："趁现在没人，班长你把我送回去吧，我从原来的地方走！"那个广东士官瞪我，但是我没有反应过来自己有什么不妥。

大黑脸就问我："我带你一段不好吗？瞧你那个脚腕子，怎么在规定的时间内走回去？"

我说不好。

大黑脸有点儿意外："为啥不好？"

我说："当兵的丢分不丢人，大不了明年再来。现在作弊就是赢了也不光彩。"我当时说的是真心话，上天为证，我一直就觉得我的兄弟们、我的小影在看着我，是个爷们儿就不能作弊，不然我算个什么爷们儿！我怎么见他们？

大黑脸看我半天，看看我稚气未脱但严肃认真的脸。

那个士官就赶紧说："那我们把你放下去，你自己走吧。"

我一梗脖子："不！我就要从我原来倒下的地方走！"

士官有点儿不高兴："那我们白救你了？"

"我又没有让你救我！"我对他说，反正都是狗头大队的鸟人，我也不吝什么了，已经准备明年再来了。

大黑脸乐了："妈拉个巴子，看不出来你小子还挺鸟的！"

我虽然不服气他说我鸟，但是我不敢说什么，因为他的语言沉稳，明显不是一般人，不过当时我就觉得他是老士官、老兵油子。看他那一身肉，绝对是大厨的好手！

不知道为什么，我对他就有一种敬畏、一种尊敬、一种说不出来的亲近。他的年纪和我爸爸一样，那目光里面的感觉是一样一样的，当时就把我感动得不行。

我想起我爸爸了，他多疼我啊，就是打我也舍不得打头，就是打屁股也不像这个狗日的高中队逮哪儿锤哪儿，哪儿疼锤哪儿。我吧嗒吧嗒地掉眼泪了。

"妈拉个巴子还掉金豆了！"大黑脸就笑，"多大了？"

"18。"

大黑脸再看看我："有吗？"

"差半个月。"

大黑脸看我半天才低沉地说："还是个娃子啊！"

我就急了："我不是娃子！"

那个士官拽我，我不理他，我对大黑脸说："我不是娃子了，我18了！"

大黑脸就笑："成成，你不是娃子，是汉子，成了吧？"

我这回满意了，不说话了。

"你怎么说话呢你！"那个士官对我吼。

"妈拉个巴子给我滚一边去！我说话什么时候轮到你插嘴？"大黑脸瞪着那个士官，我被他的余光扫到就一激灵，这凶光比狗头高中队还狠。当时我就觉得狗头大队真是不得了啊，炊事班长都这么鸟，真跟少林寺似的，烧火和尚也是武林高手！

那个士官不敢说话了，赶紧躲到一边去划船。这时候我看见他的腰上露出手枪套子，狗头大队真是富裕得不得了，也是鸟得不得了啊！连炊事班出来钓鱼还带手枪！那个手枪跟我打过的77不一样，好像大一点儿。我极其贪婪地看着，侦察兵见了好枪就是这个鸟样。

大黑脸看见了就跟士官说："把你的王八盒子拿过来！"

士官赶紧摘下手枪要递给大黑脸。大黑脸就对我一努嘴。士官犹豫一下，还是给我了，还不忘记右手拇指一按，卸下弹匣。

我拿着没有弹匣的空枪还是喜欢得不得了。它比我们的大，比我们的沉，比我们的手感好，因为手柄是工程塑料的，跟电影里面的外国枪一样漂亮，不像我们的77，小里小气得跟女士用品一样！而且，它的弹膛也比我们的粗，口径明显要大！这个枪真是太鸟了！

整个狗头大队的东西，我当时就喜欢上了俩：一个是大黑脸，他对我不错；再一个就是这把乌黑的大手枪。枪上刻着"GQ92"还有枪号。

"国产92？"我都没有听说过，"我还以为是美国枪呢！"

"咱们自己的。"大黑脸笑，"别看别的不行，枪还是有几把好的，还能凑合用！"

我太喜欢这把枪了！

我拿着空枪，"哗"的一声拉开空栓，空枪马上就挂机了。我不知道怎么整，因为以前的77不这样。这枪的设计太先进了，没了子弹连栓都拉不开。哎呀，拿这枪打多能射击啊，我一定是威风得不得了啊！

大黑脸拿过来熟练地整一下，然后给我。

这样空枪的保险就开了，我瞄向天上飞的一只鸟。

那鸟飞呀飞呀，一下子滑过大黑脸的身后。

我没注意枪就这样跟着走，然后快要滑到大黑脸的身上。

就在这一瞬间，那个士官一下子扑上来，锁住我的喉咙。我当时光顾着玩枪了，什么都没有注意，结果被他锁喉然后按到船上——他绝对是一把好手而且手下不留情面，不是训练是给我来真的！

我一下子被扼住了喉咙，枪掉在船上，然后就在船上蹬腿、翻白眼。

那个士官恶狠狠的，完全是对敌，不是跟我开玩笑！

大黑脸一脚踹过来，那个士官就掉到河里了："妈拉个巴子，没子弹你紧张什么？"

士官就在河里可怜巴巴地看着大黑脸不敢上来。那目光绝对是忠实得不得了的狼狗的目光。

我摸着自己的脖子咳嗽着。

大黑脸："上来！"

士官就翻身上来，我靠！动作之敏捷完全不是一般的炊事员能做到的！我们连的炊事员再怎么练也不能到这个程度啊？这也得是多少年的高手啊！狗头大队不愧是特种大队啊，连炊事员都是特种炊事员——后来我进了狗头大队见到了真正的特种大队炊事班，还是吃了一大惊的，觉得真的是牛得不得了！

士官不敢过来，警惕性十足地看着我，像一只警惕的大狼狗一样随时准备过来扑我。

大黑脸看都不看他就问我："咋样？"

我咳嗽着摇头："没事，班长。"

我还是看那枪，我知道它不是我的，不能随便碰，不然又要挨锤。

大黑脸就看士官："子弹？"

士官犹豫着。

大黑脸一瞪眼。

士官不敢犹豫，拿出一个弹匣递给大黑脸。

大黑脸把枪和弹匣递到我面前："会玩吗？"

士官有些紧张，但是大黑脸都不用瞪眼就那么一看，他马上就坐在那儿了，不过他双拳紧握，紧张兮兮地死盯着我。我看出来他怕，大黑脸根本就不搭理他。

"开玩笑我也是侦察兵比武上来的！"

大黑脸就笑："不简单啊汉子！这么多年，你还是第一个通过侦察兵比武到这个狗日的地方的列兵！"

我立即就有了认同感，绝对是狗日的地方。

大黑脸递给我："玩玩，我看看？"

我不敢接，看向那个士官。

大黑脸："别搭理他，他自个儿跟那儿凉快呢！"

我就乐了，一下子夺过大黑脸手中的枪和弹匣，马上装上，随即一个利落的侦察兵多能射击的出枪——右胳膊伸直，左手在枪上，套筒一滑，子弹已经上膛，手枪已经准备射击！动作之麻利完全不受右手伤势的影响！

我据枪瞄准远处，余光看见士官已经站起来，随时准备过来扑我。

但是什么目标都没有。

"样子挺花哨的啊！"大黑脸就笑，"水平怎么样？"

"那还用说？"

我自信地说，这个绝对没问题！我的优势就是路跑快、枪法准！

我的右手剧烈地呼唤着火药味道，甚至已经开始微微颤抖！在这个狗头大队半个月，我就没有打过枪，甚至都没有摸过！你知道我的心情吗？现在这么好的一把枪在手上，我多么盼望打两枪啊，但是我不敢！因为我知道部队的规定，子弹是要登记注册的，我打一枪这个大黑脸班长都不好回去交差。所以我只是据枪不敢射击，食指在扳机上微微扣着。

大黑脸看得很仔细，然后点点头："打两枪我看看。"

我就看那个士官："班长可以吗？"

大黑脸就说："你别管他，他那个班长说了不算，我这个班长说了算！"

我就高兴得不行，太爽了！打两枪这么鸟的枪也不枉今年来狗头大队一遭！

我看大黑脸："班长，我打什么啊？"

大黑脸说："打啥啊？刚才的鸟儿干吗去了？该用的时候就撂挑子，不见鸟影了，跟他妈的那个狗日的高……一样！"

他把狗头高中队的名字说得极其溜嘴，但是我光顾着体会枪，不顾着听这个。

他四周看看，没啥打的，都是茫茫一片水。

他就摘下草帽，举起来问我："我扔出去你打得准吗？"

我点头，太容易了，他能扔多高多远啊。

大黑脸就说："咱俩打个赌怎么样？"

我就问："怎么赌法？我刚刚领了这个月的津贴，你说咱们去哪儿喝酒？"

大黑脸："我不喝酒，你最好也别喝，这个狗日的地方禁酒。"

我说："不是，我怕你想喝。"

大黑脸就舔舔嘴唇："我是想喝，但是我更不能喝。"

我说："那咱们就偷偷喝？我到服务社买了然后到炊事班找你？"

大黑脸就笑："那就算了，我不喝酒了，说了不喝就不喝。"

我就问："那怎么办？你说赌什么？"

大黑脸就说："一个弹匣里面有 15 发子弹。"

我一怔："这么多啊？"

大黑脸："重点不是这个——我这个草帽丢出去，你要是全打上了，我就送你回原来的地方；要是打不上，你就跟我走，我带你回去，不告诉你们那狗日的高中队。怎么样？"

我犹豫起来，这怎么行呢？解放军战士一是一，二是二，大不了我明年再来，怎么能作弊呢？ 15 发子弹打完可要点时间啊！这草帽能飞多久啊？

大黑脸说："那行，这个枪你就别打了，我送你回去。"说着就过来拿枪。

我赶紧说："我赌我赌！"

大黑脸笑："愿赌服输？"

我点头据枪准备："愿赌服输！"

枪的诱惑力太大了！尤其是这么鸟的枪！妈的就是作弊也认了，人民解放军说一是一，说二是二，但是骗那狗日的高中队不算作弊！

我认真地等着。

大黑脸摘下草帽，露出寸头，这时候我看见他耳际的点点白发，跟我爸爸一样，心里就一热。

我还没来得及回想，爸爸那顶草帽已经飞出去了。草帽丢得很高很远。

我据枪速射。

锵锵锵锵锵……

这枪声震耳欲聋，真是太鸟了，鸟得不得了啊！

我的枪口追着这顶草帽，草帽在空中被子弹打得千疮百孔，变换着自己的身子和姿势。

但是它还是落下去了！

我急了，连连扣动扳机。

但是，最后一发子弹打进了水面，没有打中已经落水的草帽残骸。

枪口还冒着清烟。

我睁着眼睛傻愣着。

大黑脸拿过枪拉了一下，枪的套筒已经空枪挂机了，是没有子弹了。

他把手枪丢给士官："王八盒子还你！开船！"

我还在那儿傻着。

士官接过枪，利落地更换了一个新的满的弹匣，插进腰里，接着就启动橡皮艇上的小马达，嘟嘟嘟地开船。

橡皮艇开始在河道中间乘风破浪，两岸鸟声停不住，轻舟已过桥下面。

我还傻在那儿。

大黑脸就笑："妈拉个巴子，后悔了？"

我就梗着脖子说："当兵的说出去的话泼出去的水！不后悔！不就是咱俩联合起来骗这个狗日的高中队吗？这事我干！"

大黑脸就笑："对对！咱们联合起来作弊，骗这个狗日的高中队！"

橡皮舟就在河里走，风景美得一塌糊涂，我的心情快乐得不得了，孩子的本性出来了。

大黑脸看着我，陷入了沉思："还是个娃子啊！"

我就说："我不是娃子，我 18 了，是列兵！"

大黑脸就苦笑："对对，是列兵！去年刚刚入伍的？"

我点头："对！班长，你当兵多久了？"

大黑脸就苦笑，那笑的含义丰富极了，我可以看见他眼中隐约的泪花。他看着两处的风景，迎面的风掠过他饱经沧桑的脸，许久之后，他说：

"二十一年。"

我一怔："啊？那你是几级士官啊？"

"没级。"他苦笑，"我当兵的时候，跟你一样大，后来就不是兵了。"

我就点头："哦，那你是老军工了？"

大黑脸笑："对，老军工。"

我们一路聊着，河岸在两边掠过。我第一次有闲心看这个狗头大队附近的风景，真的是美得不得了，后来我在任何风景旅游区都没有见到过。

那一天，是我来这个狗日的狗头大队最开心的一天。因为我跟这个和我爸爸差不多大的大黑脸老军工一起联合作弊，骗他狗日的高中队！

而他看我的目光，也真的跟爸爸看儿子一样。

不到 18 岁，其实，还是个需要爱的年纪啊。

18. 联合起来作弊，骗他娘的高中队（2）

很多年以前，一个大黑脸和一个小黑脸相遇了，他们坐在一条我们叫作冲锋舟的橡皮艇上，沿河而下，一路欢歌笑语。大黑、小黑两张黑脸笑得都不行了。沉默寡言的广东士官操着橡皮艇的小马达嘟嘟嘟地走，一句话也不敢多说，但是经常被大黑和小黑逗得乐不可支，总是有些诧异也有些欣慰地看着大黑，好像在想这个大黑有多久没有这么开怀大笑了。

很多年以后，这个小黑再次见到了这个大黑，不过小黑是在电视新闻里面见着大黑的。那时罗马尼亚国防部的军事代表团访华他们国防部长，带队规格很高，我们的解放军总长和一群上中少将在人民大会堂迎接他们，宾主进行了友好的交谈，对两国两军的友好交往表示了充分的信心。小黑开始并没有注意，因为将军的事情他并不关心，正准备换台时，镜头切到会场的全景，他就吓了一跳——在泰然自若、谈笑风生的解放军的将军中有一个局促不安的大黑脸，好像连手都不知道往哪儿放才好。他那张黑脸真的是太出众了，即便是坐在总长身后好几排后面的一群少将中间也是那么夺目，黑得跟木炭一样——说木炭都是轻的。

后来小黑在新闻重新播出的时候把这条录了下来反复看，然后就定格在那个全景上，看见那个大黑眼神乱飘、全身都不自在，不知道怎么办才好，在衣冠楚楚、绝对职业将军风度的年轻少将中间显得那么不合群，就像跟谁借了一套衣服混进来的一样，说他是老军工真的不委屈他——他那德性也真的就是老军工的感觉，没有那个笔挺的陆军少将的马甲，走在街上你能以为他是什么？就是一个山里的土包子，跟你问路可能你还不愿意多搭理他，而且头发已经花白了，小黑看着就心酸得想掉泪。

然后小黑看见了那个广东士官，现在还是个士官，不过是个二级士官了，跟一只忠心耿耿的大狼狗一样站在这些将军的座位后面，正对着大黑的位置，不因为大黑是少将就对他的态度有什么献媚的成分，还是那么冷冰冰的眼神，像一只真正的大狼狗一样保护着自己的主人——只是换了一个笔挺的毛料陆军马甲而已。他跟周围散布的那些眼神里面都有忠心耿耿、一往无前的狼狗精神的十几个尉官一样，背手跨立、纹丝不动，但是大家的眼睛都没有闲着，看的不是一个方向——虽然无论从哪个角度说确实是没有必要，但是职业习惯你是可以改掉的吗？在那些忠心耿耿的狼狗中间，他是唯一的士官。

小黑就翻当时的很多报纸，在里面找大黑的名字。跟很多年前还是个列兵的时候一样虔诚和急切，小黑在图书馆堆积如山的报纸和战史里面找大黑的名字——虽然是两次相差很多年的寻找，得到的答案是不一样的，但是名字是一样的。

当时小黑找到的关于这次外军友好来访的地方报纸报道，在一长串出席首长的名单的最后是大黑的名字；在当时关于这次外军友好来访的军报系列报道，其中有一篇就是大黑陪同罗马尼亚友军高级军官们参观解放军陆军特种部队的小纪实，只配了一张题图照片——大黑拿着一把小黑非常熟悉的95自动步枪在靶场对外军的将军们讲解什么，那种神态全然没有在人民大会堂的局促不安，而是像一个老军工站在自己的车间里一样跟客人夸耀着什么，极端的自信和骄傲。他宽广的身子后面可以看见几个戴着凯芙拉防弹头盔、一身迷彩、满脸迷彩、像迷彩钉子一样钉在地上沉默的尉官和士官们，当然他们的眼睛和臂章是用Photoshop做过处理的——标题是《总参某部何副部长陪同罗马尼亚国防部访华代表团参观我某部基地》。下面的文章我就没有看，因为是千篇一律的八股文。

很多年前小黑还是个列兵的时候，也在一堆80年代中后期的报纸和战史中翻阅到了大黑的名字，当时照片上的大黑还没有这么宽广，但是眼睛里面的鸟样是一样的。

当年小黑列兵做了笔记，就记在自己的日记本上，是一张1988年的《解放军报》的一个系列报道《两山轮战侦察英雄人物志》的题图小介绍：

"何某某，32岁，中国人民解放军陆军某集团军某机械化步兵师侦察营少校营长，毕业于中国人民解放军某陆军学院侦察指挥专业，两山轮战时期某军区侦察大队三中队长，一等功臣，中央军委授予'战斗英雄'称号。此人作战勇敢，多次亲自率领侦察分队完成重大任务，无一次失手，越军特工队对其心惊胆寒。他曾经带领一个15人侦察分队在敌后与具有绝对优势的越军围剿兵力周旋一个月，歼敌40人。而分队无一伤亡，完成任务后顺利撤出，成为两山轮战时期侦察作战的一个典型战例。何某某对敌人造成很大威慑，越军特工队悬赏十万人民币要他的人头……"

　　小黑翻出自己当年的日记本，看了之后不禁哑然失笑。就大黑那个鸟样，当了将军肯定也是老本行，这倒也罢了；关键是他现在在总参大院里面混，是不是还是一口一个"妈拉个巴子"？总部的首长是怎么忍受的？还是跟军区副司令一样不仅不介意还愿意被他喷？接见外宾的时候翻译怎么给他翻啊？那些驻华武官都是懂中国话的，肯定听得懂，不知道他们心里是个什么滋味？真想不出来大黑坐在总部机关是个什么德性。不过依照他的个性，是不会改口的，就是泰山被大海淹了、黄河被高原填了，他绝对还是这个德性！那这帮他手底下的小白脸参谋干事可就有好日子过了，绝对天天被骂得狗血淋头的——就是不知道是不是被他组织起来早上先跑个10公里越野再说，那辆宝贝迷彩摩托在总参大院里还让不让开得跟黑风怪出山一样？据我所知部队大院限速是非常严格的，摩托也不会让少将级别的干部碰的，肯定出门就是奥迪，真不知道他怎么受得了。不过有他干这个，总是让中国人民可以放心——这是个真爷们儿、真汉子，真的是干特战这个行当干了一辈子的，而且在巴顿面前他也能叫上一板的，虽然他不开坦克，开突击车，但绝对是敢跟巴顿开的坦克相撞并且眉头都不眨一下的主儿！
　　还有什么呢？
　　小黑在发黄的军报上面剪下来的简介和照片旁边还看到当年自己写的一句话，绝对力透纸背：

　　为了他，我们愿意去死！

　　这句话写穿了几张纸，字也很大，显然当时的心情激动得不行。
　　小黑的鼻子一酸，很多事情浮现出来。当时小兵们就传说大黑脸的故事，都说那个时候最好看的关于侦察大队的电视剧《黑豹突击队》就是以大黑脸他们中队为原型的。
　　还有什么呢？
　　还有就是小黑用红笔在那个剪报上反复画出来的一句话：

　　越军都敬畏地称之为——狼牙。

　　还是回到小清河。
　　依稀中，我又见到那条哗啦啦流着水的河流一泻千里，不知道绵延到哪里。
　　这一路走了两个多小时，但是我谈兴正浓，因为很久没有这么跟长辈说话了，所以话就不停。倒是大黑脸在我讲完陈排的故事以后久久不说话，他看着两岸掠过的芦苇沉默着，不知道为什么叹了一口气：

"真汉子啊！"

然后又不说话了。

我不觉得意外，因为所有的人都会觉得我的陈排是真汉子。

这一路下来那个士官就不看我了，虽然他一直没有跟我说话，但是我知道他明白过来我也是个小鸟人，估计是不敢搭理我了。我心想这才好，让你们狗头大队见识见识我们小山沟里的小侦察连也不是善类！

然后大黑脸一伸手，士官赶紧把那个水壶递给他。

大黑脸拧开水壶，无言地往河里面倒酒。

我诧异了："你这是干什么啊？"

大黑脸低沉地说道："我跟你们陈排不认识，但是我敬他一壶酒！下辈子我就跟他做兄弟！"

我反过来问："你不是不喝酒吗？那带酒干吗？"

大黑脸还在倒酒："我是不喝。"

"我不信！"我说着，然后鬼笑，"我明白了，你自己偷偷喝的！还不敢跟我说，你怕我给你反映出去！放心吧，我小庄不是这种人！"

大黑脸不说话，沉浸在自己那种悲凉的情绪中："最可怕的事情，就是无可奈何啊……"

我还想说笑，那个一直不说话的士官开口了：

"我们大……"他觉得说得不对，赶紧改口，"他是不喝酒，他的左腿受过伤，里面还有小鬼子的地雷弹片，一有潮气就疼。这酒是医务所特批的，顶不住的时候擦擦腿驱驱寒气。"我后来回味过来，天底下的警卫员都是一样的，虽然沉默寡言但是脑子好使得不得了，知道该说什么不该说什么，也知道首长是难得高兴的，这个时候要是搅了首长的性子挨收拾倒是次要的，自己心里就是太难受了，干吗让首长不高兴？首长操心的事情还不多吗？警卫员跟首长的关系，尤其是时间久了，就跟首长肚子里面的虫子一样，不然怎么可能在首长身边待很久呢？我后来看《激情燃烧的岁月》，让我感触最深的是小伍子这个警卫员的角色，很真实的人物塑造，唯一的遗憾是太机灵了——因为我见过的真正的警卫员都是看上去木讷讷的，但是内心机智得不得了。

我就笑："我不信！看你的样子就是馋酒的，带着酒怎么会不喝呢？你跟我说，我不告诉别人！"

大黑脸倒完酒就那么一甩，那个士官赶紧接住，熟练得跟狼狗借飞盘似的。

大黑脸脸上的表情渐渐缓和了，笑道："我说不喝就是不喝——咱是个爷们儿，要说话算数是不是？你知道什么叫特种部队？什么叫快速反应部队？——就是24小时随时待命——在这个地方喝酒，抓住了是要狠狠收拾的！"

我就纳闷儿："军工大哥……"

广东士官这回没有管我，因为他这一路看出来我不仅没有威胁还能让大黑脸开心，就顾着操舟加上观察两边的动静。

"嗯？"大黑脸就笑，"我这年纪当你爹都够格，怎么叫我大哥？叫我大叔才对。"

"那不行！"我认真起来，"战友就是兄弟，哪儿有战友是叔侄的？"

大黑脸笑得哈哈乐："成成！你小子还真是鸟啊！就叫大哥吧。"

"军工大哥，你们军工还上那么前的前线啊？"我因为听苗连讲过前线的故事，所以多少有点儿了解。

大黑脸就不说话了，好像很多事情压在心底了，眼睛半天没有缓过神来。

"是开车还是抬伤员？"我开始卖弄自己知道的那点儿知识。

大黑脸想了半天，才低沉地说："抬伤员。"

我点头，怪不得，踩了地雷呢！

他看着我，黑脸上有种很神圣的东西："你有你的兄弟，我也有我的兄弟。我回头讲给你听吧。"

我点点头，我知道当年在前线，军工的伤亡也是很大的。然后我就把话题岔开了，以弥补我给他带来的伤心。

我就跟他讲了小影，讲了我为什么参军。他听得津津有味，还说："好好好，护士配侦察兵是最好的组合！你就跟她别换了，年轻人换来换去等到没有了就后悔了，那就晚了。"（这句话我至今认为经典得不得了）后来我知道他的爱人就是当年在前线的护士，他受伤住进野战医院，一来二去伤养好了，媳妇也娶到手了。大家都说他两不耽误。然后他就上前线冲杀，丢下那个才21岁的小护士在后面提心吊胆，但是每次一回来都亲得不行，晚上不敢睡觉就盯着他的大黑脸看，生怕他早上一起来又去冲杀了而不告诉自己——确实是不能告诉的，当年的军区侦察大队地位相当于今天的军区特种大队，连出去植个树、帮老乡割割麦子都带密级，何况是战争状态下的军事行动？

然后我们就靠岸了，那个士官就给橡皮艇放气。我和大黑脸上岸时，他还扶着我，他的手好大好厚，好温暖，好有力！真的跟我爸爸一样。走上来时，我看见河边的树林里停着一辆漆着狗头的小王八迷彩吉普车，没有车牌子，上面还有个警报灯，车窗户上还贴着个通行证，上面有一个写着"001"字样的狗头。我再傻也知道这是大队长的车啊！我呆住了，这下玩完了，大队长那个狗日的虽然不认识我，但是肯定知道我就是来挨收拾的菜鸟！车在这儿人肯定就在附近，要是知道我作弊，别说明年再来了，100年也别想再来，总之彻底不要在狗头大队出现！

我站在那儿不动了，不知道怎么办。

大黑脸看着我："怎么了？"

我说："大队长要看见我作弊，我不就完了吗？"

大黑脸左右看看："哪儿有什么大队长？"

我说："那不是他的小王八吉普吗？人肯定在附近，军工大哥我得自己走了。你这么扶我，要是被看见，我就彻底歇菜了，这辈子都别想再来！"

大黑脸恍然大悟："哦！你说这车啊！我是车辆维修所的，那个狗日的大队长的这辆小王八吉普坏了，送我这儿修。我修好了就开出来钓鱼了！"

我感叹道："你胆子真够大的！狗日的大队长的车都敢开出来玩！"

大黑脸挤挤眼："我不是老军工吗？妈拉个巴子的狗日的大队长算个鸟？"

我附和道："就是就是，那个狗日的大队长算个鸟！军工老大哥比他鸟！"

那个士官正在折叠放了气的橡皮艇，一听这个忍不住扑哧乐了。他抬头看大黑脸，大黑脸跟他挤挤眼，他就忍住笑，低头折叠那个橡皮艇。

"走！"大黑脸扶我走，"我带你坐坐大队长的小王八吉普！"

我正跟他走，突然停下来："不行不行，我得回去！"

大黑脸有点儿意外："怎么了？不是说好了吗？"

我急得面红耳赤："兰花丢了！"

大黑脸："什么兰花？"

我赶紧解释。

大黑脸点头说道："哦，这个啊？那种野兰花这个狗日的地方多的是！我让人给摘一筐子来！走！"

"不行不行，这是我给小影摘的！我就要我自己摘！军工大哥谢谢你！就是明年再来我也得把兰花找回来！"我推开他的手，坚持着要自己走。

大黑脸怅然若失："哎！你站住！你走了我怎么办？"

"什么怎么办？"我站住回头，纳闷儿地说，"该怎么办怎么办啊。"

大黑脸有点儿着急："我跟谁说话去？好不容易今天礼拜天，我有个人说话，你这走了我跟谁说话去？"

我一指那个士官："他啊！"

"他会说个鸟儿啊他！他要会说话我能成天闷得要命！他就跟个影子一样，只会跟着不会说话！"大黑脸急了，"你不能走！"

"那不行！"我梗着脖子，"花儿是我给小影摘的！我一定要找回来！"

那个士官想说话，但是大黑脸一瞪他就不敢说了，赶紧低头把橡皮艇叠好，往自己肩上扛。

"反正你不能走！"大黑脸叉着腰，一副命令的姿态。

我还就不吃这套！别看你对我好，但是我就不能让人命令我。我是军人，被上级命令那是应该的，但你是个军工我怕你个鸟！再说那是我给小影摘的，就是大灰狼来了我都肯丢命不肯丢花儿，我干吗要因为你不去找花儿？

我还是要走。

"哎哎！"大黑脸在后面无奈地喊我，"你怎么去啊？"

"走！"我咬牙走着。

"你这不要走到明天去吗？"

"走到明年我也要走！"我心一横，"我不能把花儿丢下，那是我给小影的！"

"好好，你回来，我给你想个办法！"大黑脸叫我。

我回头："你有什么办法？"

大黑脸："反正就是有办法，你这个样子不能走回去！"

"那你开车送我回去啊？"

"我也不回去了，咱俩开车要去！这边林子可漂亮了，保证你没有见过！"大黑脸跟哄小孩一样哄我。

"我不要，我去找花儿。"我掉头就走。

"那行我给你找！"他喊我。

我回头："怎么找？你也不肯开车送，我自己走又不让走，你到底想怎么样啊？"

大黑脸一指那个士官："他去找！"

那个士官刚刚扛着橡皮艇往车上放，听见了吓了一跳。

我看看他："不合适，干吗要人家跑那么远啊？"

大黑脸就说："他最近闲着发毛想运动运动，业余爱好就是操舟，今天为了救你没有玩爽。让他回去玩玩吧。"他看着那个士官，"你说是不是？"

士官为难的："……是。"

大黑脸眼一瞪："怎么的？你不乐意啊？"

士官："不是，这我去了谁开车啊？"

大黑脸手一叉腰："我不会开啊？"

士官忙解释："不是，这……阿姨专门叮嘱我你不能开车，最近你心脏不是又不好了吗？"

大黑脸急得指着他的鼻子骂："你是个死脑筋啊你？我好不容易开心一次，你还跟我过不去啊？"

士官忙立正："我错了！"

大黑脸："知道错就好，说你也跟说木头似的！钥匙给我！"

士官："不行！我答应过阿姨的！"

大黑脸急得不知道怎么办好："我就没见过你什么时候通融我一下！摩托你给我收了不算，还说表现不好不还我，现在连车都不能开了？啊？我还是不是大……大黑脸了？我鼎鼎有名的大黑老是要听你的鸟指示！钥匙给我！"

士官紧绷着脸："不给！你打我骂我都成，车不能开！"

大黑脸急了："这还有没有自由了我？"

士官："你就是枪毙了我，我也不给你！"

大黑脸没办法了，看见在那儿傻看的我："你你你——你会开车吗？"

我急忙点头，我早想过车瘾了，在侦察连的时候我没事就去车库开我们侦察连的大屁股班用侦察吉普车满操场晃悠。那儿没人训我，都疼我，连里车管干部让我随便开，不出院就行。来了这个鸟地方什么游戏都没有了。

大黑脸就冲着士官指我："钥匙给他，不给我成了吗？我最后在路上抓个兵给我开回去成不成？"

士官还在犹豫。

大黑脸怒了："人家是军区侦察兵比武出来的你还信不过啊，怕啥啊？你没考过复杂地形车辆驾驶这一项吗？"

士官想想："是！"他跑步过来，钥匙塞到我手上，还用力地握握。千言万语尽在这一握，半天没松开，他看着我的眼睛说："小心点儿！出了事儿我一定要收拾你！"

我被吓坏了，拿着钥匙不敢接。

"妈拉个巴子，看你把人家孩子吓得！我是纸糊的吗？"大黑脸怒了，"赶紧滚！去把那什么花儿给我找回来！找不回来你就别回了，去山里喂狼崽子！去！"

士官敬礼："是！"然后他利落地从车上取下橡皮艇、气管、船桨等开始吭哧吭哧地打气。

大黑脸过来扶我："咱们走！开车要去！"

我犹豫地看向士官："这合适吗？这个班长……"

"他就想运动运动，操舟玩。"大黑脸挤挤眼问士官，"你说是不是？"

士官立正说道："是！"

居然没有任何不愿意！

我纳闷儿了，操舟两个多小时可不是一件让人享受的事情！且不说屁股坐得疼，来回换地方都没有用，一路还没人说话呢！

大黑脸拉着我："这狗日的地方从那个狗日的大队长到下面没一个不是鸟人！走！开车要去！"

士官突然起身："等等！"

大黑脸回头："还想干啥？"

士官摘下腰间的手枪和枪套，甩给大黑脸："你带着用，你不在我拿着也没有用。"

大黑脸接过来："这还差不多！走！汉子，我带你打兔子去！这山里兔子可多了！"

我就跟他走了。

我开动车子——这车真是太鸟了！一下子四轮就驱动出去了！别看长得像小王八，但是绝对不是小王八的速度，是野兔子的速度！我们在林间穿行大声笑着、叫着。大黑脸不时地喊"快点，再快点"，跟孩子一样开心，我本来就是孩子所以更加开心！

我们拐上公路，一路的检查哨远远看见那辆车连拦都不拦，赶紧把红白相间的栏杆升起来，我们一路畅通无阻！那些狗日的检查哨戴着跟"二战"电影里德国鬼子一样的大头盔，戴着狗头臂章吗，一身迷彩，穿着大皮靴子，还挎着我从来没有见过的那种弹匣子在后面的自动步枪——那时候驻港部队刚刚组建啊！谁见过？杂志上都没有解密——看上去耀武扬威的，但是一看到"001"就赶紧站得跟钉子一样，早早地在路边敬礼。我那时候就感叹，这个狗头大队真是训练有素啊，对大队长的车都这么尊敬，可见对上级的命令绝对是不打折扣完成的。

不过我当时也纳闷儿，纪律这么严明的部队，怎么军工就把大队长的车开出来了呢，而且还随便拿士官的手枪和子弹上山带我打兔子？不过就是那么一想而已。我毕竟是个孩子，玩的心态占了上风，我光顾着飞车什么都不问了。

一路上所有的车辆一看到"001"就赶紧靠边，所有的司机和带车干部都远远地跳下来敬礼。我看得很开心，一股捉弄狗头大队的狗头军官和士官的快感。但是如果我注意的话，不会看不见他们疑惑的眼神。但我怎么可能注意呢？你不到18岁的时候操心的是什么呢？不是玩吗？

我跟大黑脸一直混到天黑，打了兔子、山鸡后还游山玩水，他对这一带简直是熟悉得不得了，到哪儿都知道地方，枪也打得好，跟我算有一拼。我就觉得真鸟啊！连军工的军事素质都这么鸟，以前真是小看了这个狗头大队啊！

然后他就送我到距离新训队不到2公里的地方，还找了一条河沟子让我下去滚了一身泥水，接着他说："好了，差不多了，赶紧回去吧，不然你就被淘汰了！那花儿我回头让他给你送来！"

我点点头然后就走，走了几步我回头，"001"还在，大黑脸站在车上依依不舍地看着我。

我跟他摆手笑道："军工老大哥，我回头去车辆维修所找你玩去！"

他笑了，然后摆手让我赶紧走。

我心里觉得特别舒畅，不仅作弊瞒了狗日的高中队，狠狠地报复了他一次，还认识了这么好的军工老大哥！我在狗头大队就不会觉得孤独了，虽然马达他们对我很好，但是不像这个军工老大哥能带我玩儿啊！

我走了好远，那个大黑脸还坐在车里，默默地看我，还摆着手，真的是依依不舍。

我成年以后，才慢慢知道一个道理，叫作高处不胜寒。

我当然及格了，而且狗头高中队也没有看出来，我及格不是什么了不起的事情，大家都觉得我一定及格。但是，我心里在狂喜——高中队，我真是给你和你的狗头大队上了一次眼药啊！我觉得我赢了一个回合。

然后那个广东士官悄悄来找我，把那束花儿还我了。我看着花儿特别高兴，他就笑，什么也没说就走了。

我后来一直就没觉得有什么奇怪，因为我知道，在部队那些老资格的军工就是主官还要让他三分的，何况是这么鸟、敢把"001"狗头车开出来的上过前线的老军工？

19. 你为什么不当我的兵

很多年以后，我的一个女友在收拾我的一堆乱七八糟的东西的时候，在大柜子的最底下翻出了一个破旧的91迷彩大背囊，上面还缝了很多补丁。她知道我当过兵，所以不是很奇怪，但是打开这个背囊后很纳闷儿——我那个乱七八糟的性子，怎么能够把这些东西收拾得这么整齐呢？她翻出东西来看，都是叠得整整齐齐的衣服，甚至连洗白了的"八一大衩"都有。

我当时在电脑前面码字，也没注意她在干什么。最后她出来了，拿着一个已经发黄的大信封，上面还写着部队番号什么的，是我在军人服务社买的。她把大信封打开，把里面的东西放到我面前，疑惑地问：

"这是什么？"

我抬眼一看。

她把东西拿出来，一个一个放在桌子上。

一只对着我张开血盆大口、露出阴森白牙的大灰狼的狼头，狼的头顶有一个八一红色五角星，两侧分别是 TZ 和 BD 四个大写的字母；狼头下面交叉着一把雪亮匕首和一道黑色闪电，还用中国军队传统的黄色麦穗装饰着。

我的臂章。

两个一套，一个彩色的，是我们日常佩戴的；一个暗绿色的，是我们训练和演习佩戴的。

两套胸条，一条彩色的，一条暗绿色的。

图案是一样的，都写着"中国人民解放军陆军狼牙特种作战大队"。

我的黑色贝雷帽和迷彩色的大汗巾，已经压出了褶皱。

再有，就是一顶同样折出褶皱的蓝色贝雷帽和配套的蓝色汗巾，还有盾形的国旗臂章和圆形的联合国 UN 臂章。

还有，就是我的迷彩布封面的相册和几个日记本，有两个是雷锋同志的封面，我记得那年我们服务社进了一年这种日记本，把我郁闷得不行；还有一个是蓝色的封面，上面有中英文的口号：赴某维和，无上光荣。

一个三等功的勋章和勋带。

我的红色封面的党证。

已经作废的绿色封皮的中国人民解放军士兵证。

还有什么？

一束风干的野兰花标本，从那个蓝色封面的日记本中掉了出来，滑在了我的桌子上。

久违的芬芳一下子散发出来，上面还隐约有血迹。

我的鼻子一下子酸了。泪水吧嗒吧嗒掉下来。

直升机的轰鸣声，密集的枪声，洪水的波涛声，热带丛林的眼镜蛇吐信子的嘶嘶声，叫声，电台的呼叫声——还有什么？

还有，电话里面小影的笑声："小庄，小庄你看见我了吗？我在电视里面的最左面，我们班的女孩都上新闻联播了……"

还有火。

还有呢？

血。

……

哐！我一拳打碎了电脑的键盘怒吼："谁让你打开我的东西的？"

女孩的脸吓白了，因为我的脾气一向都是不慌不忙、懒洋洋的，很少发怒——我印象当中自从她是我的几个女友之一以后也没有过，她认识我的时候我已经是一个不鸟的小庄了。

但是我发怒了。我就那么一拳，电脑键盘变成一堆碎片在空中飞扬，然后片片落下。我看见她的泪水也下来了。

我就那么坐在那儿。她掉头进卧室哭去了。

我就那么坐在那儿，看着一桌子的青春，看了一下午，一句话也没有说，一点儿表情也没有，一滴眼泪也没有。

我还能坐在哪儿？这个不鸟的城市连一个可以让我鸟一把的地方都没有，而且我现在也确实不会鸟了。我已经是个不鸟的小庄了。

我就那么坐在哪儿，一直到黄昏。她哭累了，拿着装好衣服和化妆品的蓝色阿迪背包出来，经过我的身后。我一把拉住她的胳膊，把她抱过来："别走——"

她吓了一跳，然后温柔地抚摩着我埋在她怀里的头："你怎么了？"

我的泪水开始无声地流。

"你怎么了？你说话啊？"

我不说话我就是哭，无声地哭，泪水浸湿了她的胸口，但是我还是哭。

她不再问我，就那么抱着我，抚摩着我的脑袋上杂乱的长毛。

我哭够的时候，天色已经全黑。屋里没有开灯。月光下，我抬起脸："我告诉你一件事情。"

"什么？你说。"她等了好久了。

我看着她的脸，酷似小影的脸："我喜欢过一个女孩。"

她笑了："这有什么啊？我还以为你喜欢过一个男孩呢！"

我看着她："我认真地跟你说件事情。"

她坐在我对面的椅子上认真地看我："你说。"

我思索半天，但是我还是要告诉她，我必须告诉她，因为她是最像小影的一个人："我曾经是中国陆军狼牙特种大队的特战队员。"

她听完愣了半天。

我说："是真的，我一直没有告诉过你。"

她笑笑："不就是当兵吗？我眼里都一样。"

我不知道说什么好了。

她笑着在我怀里撒娇："你不撵我走了？"

我更不知道说什么好了。

她拉着我的手坐好："好了好了！咱们还是谈谈时尚吧！我昨天刚刚买的一件毛衣，

我穿给你看，你看好不好看？"她小鸟一样飞进里面换衣服。

我傻傻地坐在那儿。我还能坐在哪儿？

你们说呢，我还能坐在哪儿？

那个狗头臂章和胸条发到我手里的时候我一点儿激动都没有。我身边的弟兄们激动得不行。我们挨了一个月的暴锤，最后１６个人通过了最后一个礼拜的综合演练。那三个少尉全都合格了——这没有偏袒的成分，他们基础科目的记分是和我们一样的，而且确实很出众，技术科目的分数高了我们一大节子，所以是前三名；马达班长是士官的第一名，整个新训队的第四名；生子是全体的第五名。而我呢？不是兵里面最好的，但是分数也不是低的，是新训队的第十名。这个成绩已经是我卖了那条小命才得来的了！我后来慢慢发现这个狗头大队真不是吹出来的，是锤出来的。但我心里还是不喜欢这儿，我是个性情中人，我喜欢就是喜欢，不喜欢就是不喜欢。

我们那年的新训队淘汰了四个士官。一个是空手夺器械的训练中起跳慢了不到一秒钟，被贴地面横扫的棍子打中了脚踝骨造成粉碎性骨折，彻底歇了，当时我出了一身冷汗——这人一辈子不就歇了吗？但是歇了归歇了，我们该练也得练，标准也不含糊。

第二个是综合考核的时候作弊被抓了（我还是出了一身冷汗，怕东窗事发），脱逃训练中居然租了一辆当地建筑包工队的三马子，换了便装试图一路闯过检查哨而不在山里走路——聪明反被聪明误，以为是农民出身化装了就可以躲过，但毕竟是兵不是职业特务啊！检查哨一看他两眼放光、炯炯有神、浑身精气神十足，二话不说先扣下来再说——在这一带山里，要是有必要狗头大队连警车都敢先扣下来再说，何况一辆破三马子？结果他被扣了还想逃跑，就算再有本事，警通中队的兵也是侦察兵比武出来的啊！谁比谁差多少啊？几个人一下子就给他按住了，先捆住放到一边凉快，等到干部一来当即就给开除了。后来狗头高中队说，要是他真能这么蒙过警通中队的检查哨还真要了他，但问题就是玩不好，玩漏了，这不是胆子大，是胡闹！真打仗的时候，像这样就会有一个分队的弟兄被几百人在山上撵。所以后来我就记住，能做到就做到，做不到就想办法，但是不能勉强，更不能冒险——你们说部队学的东西有用吗？

第三个被淘汰的弟兄是因为偷偷喝酒。一般的部队虽然也禁酒，但是喝了酒不算什么，只要不是训练日，只要不是闹事，只要不多喝，总之一句话只要是合适的时间、合适的地点，就没人管你这点淡事。但是狗头大队的规定严得要人命，就是不能喝酒。老队员喝酒要关禁闭，再喝就直接开回原来的部队，何况我们这些新来的菜鸟？连臂章都没有领呢居然敢喝酒？那就连禁闭的余地都没有了，直接走人。于是这个侦察兵比武的第三名就走了！狗头大队连犹豫都没有，直接让他收拾背囊回去——其实就是偷偷喝了那么一小口，被狗头高中队闻出来了，叫他狗头真是不亏了他啊，鼻子真是灵啊！

第四个就没有什么说的了，跟地方女青年有点儿说不清楚的关系。这事情说了不好听，但是在各个部队都有，也没什么不能说的。这里管那么严，我至今不知道怎么勾搭上的，所以我说这个地方发生的事情都是那么鸟！他什么时候出去的啊？半夜吗？怎么通过我们的哨兵的？怎么跑了20多公里山路就为了那么一下（我用词不当，但是是真的，我只能实话实说），然后5点前再跑回来，再摸进我们住的坦克车库？不仅是有那么大瘾头，简直就是飞毛腿啊——军区侦察兵比武尖子的军事素质你看得出来了吧。关键是地方女青年订婚了的，人家男的找上门来——开，不犹豫，此事打回老部队处理，因为我们的军人关系都还没有正式转过来呢，要等到最后拿到臂章的那天才会办这个事情。后来狗头高中队专门给我们开了一次会，没说什么革命战士要克服腐蚀什么的，就问我们："跟这么一个人到敌后作战心里有底吗？他要是万一被俘虏了呢？胸口的光荣弹来不及拉呢？给个女的不就是王连举了吗？这样的战士在一般部队的侦察连没有什么的，因为他在敌后活动的时间短、距离短、任务也比较单纯，就是被俘虏了成了王连举，也不会有太大祸害。但是特种部队成吗？战士若不坚决，连最基本的女色都过不了，那还要他干吗？等着他出卖自己人吗？让你们在山里被敌人满山撵兔子一样？更不要说战略情报上的损失了。"

这话说得不好听，但是道理我们都明白了——不过我就纳闷儿，特种兵不就意味着我要当和尚了吗？说实话我就比较喜欢那什么，现在也是。狗头高中队最后的一句话是有点儿含糊，不过就算是农民兵也明白了——你们谈个对象我管不着，但就是不能瞎勾搭，尤其跟地方女青年要慎重。特种部队是什么？是战略利器！是首长直接掌握的非核常规武装打击手段的尖刀的刀尖子！从这个概念上讲是和战略导弹部队一样的，而且只能更保密，不能更放松——你知道核战争哪年打起来的吗？不知道吧，但是常规的局部战争呢？随时都有可能的，所以不能和地方女青年勾搭——你知道她是什么背景吗？

这个意思再明白不过了，不光是条例上的事情，士官就是想谈也得回家去谈或者找个部队的。这个道理我可是想得很明白的，好在小影是军区总医院的护士，绝对是受到信任的单位，而且就小影那个性格也不会有什么目的啊。说实话，当时开会的时候我还真想了一下——不可能不想啊，原来我在团里的时候没有干部专门开会说你搞对象的问题，所以我就得想了——你们说我是不是好兵？

我们剩下的人跟担任假想敌的二中队老队员和警通中队（含德国原装进口大狼狗）的人在山里周旋了一个礼拜，又让我们在水闸上安炸药，然后又到规定的地方抓捕（说白了就是绑票）假想敌的要人，搞得跟美国大片似的。我们成天就在方圆百里的山里团团转，被那些狗爷追得满地乱跑。本来准备了火腿肠，狗爷根本不吃——不光是训练有素的原因，你知道它们吃得多好吗？我后来进了狗头大队，就喜欢到警通中队的狗房玩狗。那是一个大院子，两边都是狗爷住的单身公寓，然后我一抬头看见对面一条大标语撞进我的眼睛，吓了我一大跳，你们猜猜是什么——在我们通常写什么"团结、紧张、严肃、活泼"的墙上，用特大的红色黑体美术字赫然写着一句口号（估计你们猜100年也猜不出来)：同志们，狗粮要吃到狗嘴里！！！没错，是三个惊叹号，我吓了一大跳，就问警通中队狗班的班长："你们真吃狗粮？"那个外号叫狗子的班长嘿嘿一乐不说啥，我就知道是真吃了。后来狗爷开饭，我一看，我靠！我们特种兵的伙食都说已经是陆军最高的士兵伙食标准了，但是很明显，解放军陆军养的德国原装进口大狼狗享受的是最高的士兵伙食待遇。狗爷吃的倒也不是山珍海味，但绝对比现在看帖子的人日常吃的好得多，比我现在吃的也好。所以我现在告诉大家一个不是秘密的秘密，因为大家都不知道中国陆军谁的伙食最好——德国原装进口大狼狗！我估计跟陆航飞行员小灶是一个档次的，而且只高不低，所以我们常常开玩笑说狗比人金贵。你们恐怕不知道吧？部队的狗爷是有军籍的，我们通常说的300万人民子弟兵里面至少有几千个子弟兵是这帮狗爷，这不是夸张是真的，不信你们去问那些养正经军犬的单位是不是这样（自己养的杂种狼青之类的一些单位不算，那不是正经军犬，就是自己养的狗）。正经的军犬，不仅都是有户口的，就连军籍都和我们同等待遇，牺牲了或者老死了是要好好埋葬的，完全按照战士牺牲的标准。

所以我说当兵真是长见识啊。以前在别的帖子上看到有人吹牛，说单位来了防弹衣，要狗披着，然后打两枪试试，我根本就不相信。部队的花名册上都是有名字的士兵，让一个战士这么穿着防弹衣，你来两枪试？更何况狗爷是真的比一般的小兵金贵得多，所以我看了帖子笑个不停。这个帖子的出炉就两种可能：第一，那个单位不是正经军犬或者警犬，但是我还是有疑问，因为凡是狼狗就比战士金贵，连杂种的都是几千一条，正经原装进口德国大狼狗的价值一般都在20万人民币以上，而且是有军籍的战士，跟人的概念是一样的，你打打试试？马上你就得关禁闭！要是打死了，你起码要劳教，而且任何单位对枪械弹药的管理都是很严格的，不像在美国搞子弹那么容易。在众目睽睽之下滥用枪械弹药（起码不是正常用途），这辈子你就别想再摸枪了，不然我这个兵就白当了；第二，这个帖子的发布者根本就没见过防弹衣，不知道从哪儿找了张图片吹牛玩呢。任何单位都不敢自己随便开枪检验防弹衣的，那是装备，不是迷彩服，是要登记注册使用年限、效能保障的，你打一回就是一回，钢板就要换，汽车你敢打吗？防弹衣和汽车是一个概念，都是装备！我怎么到现在都没见过哪个单位敢自己开枪检验防弹衣的呢？一句话，这个帖子就是瞎掰。

哎呀，又扯远了，这种小见闻随处可见，本来没什么可说，但我觉得，不懂就是不懂，干吗跟这儿混事啊？扯远了，咱们回来吧。

我接着说我们领臂章吧。我们在车库门口列队领那个狗头臂章、胸条、贝雷帽、迷彩服、大牛皮靴子、宽腰带等劳什子。一人抱了一大堆，然后傻呵呵地在门口站队。狗头高中队还是冷冰冰地玩酷，我根本就不搭理他，看我怎么收拾你跟这个狗头大队！训练军官和士官都挺高兴的，因为今年我们留下的人是最多的，以前最可怜的时候就一个，一般也就七八个。

我们进去了，然后大家就换衣服、靴子，系腰带，换帽子，戴臂章、胸条，兴奋得跟鸟儿一样。我一看就忍不住冷笑，那种冷笑不是一个后天就要过18岁生日的小孩笑出来的。

几个训练士官满面笑容地纠正几个不会戴贝雷帽的弟兄的经典农民兵戴法，狗头高中队站在门口，看我们像鸟儿一样换毛。

只有我没动，我把东西往床上一扔，就那么站着。那个姿势绝对鸟得不行！高中队看见了，是个人都看见了，大家都看见了。

高中队盯着我。我很鸟很鸟地看他。

马达班长赶紧问："你怎么不换衣服？授枪入队仪式一个半小时以后就开始了！"

我盯着狗头高中队的眼睛，缓慢地说道："我退出。"

大家一怔。狗头高中队也一怔。

马达班长急了，拉着我说："好好的你说什么胡话啊？"

我挣脱开他："不是胡话，来的时候我就想好了，我要回老部队。"

马达班长："那你来干啥子啊？你个龟儿子是中了什么邪了？"

我还是盯着狗头高中队："我来就是为了今天退出。"

大家鸦雀无声。

狗头高中队还是面无表情，他是打过仗的人加上他自己确实也是个鸟货，所以一般都是这个德性："说说你的理由。"

我很鸟很鸟地说："我根本不稀罕你们这个什么'狼牙'特种大队，我来就是要告诉你们，我能做到但是我不稀罕！我要回我们团！"

可怕的沉默。

谁都不敢说话。

狗头高中队像被打了一样，他的脸抽搐了一下，过了半天才慢慢地说："你说什么？"

我继续说道："我不稀罕！我来就是要告诉你们，你们没有什么了不起的！"

这回就是傻子也明白了。

然后就都是傻子了。

只有我和狗头高中队是清醒的。

我知道这场战争我赢了。因为狗头高中队被彻底地伤害了！他的脸本来是黑的，但是现在变得黑红。我知道他被伤害了。这件让很多侦察兵视为至上荣誉的事情，我不稀罕，所以就证明你个狗头高中队所做的是一件没有意义的事情！

我赢了，我知道。

狗头高中队慢慢走向我。我知道他要锤我，锤吧，我打不过就告你，反正天天被你锤也锤习惯了。我看见他的眼睛，他的眼睛恨不得吃了我。然后他走近我："你再说一遍！"

我不如他高，我仰着头，盯着他的眼睛："我不稀罕，我不稀罕，我不稀罕！"然后我就闭上眼睛，等待他锤我。随便锤吧，反正我豁出去了，打不死我，我就咬死你！

但是没有。我疑惑地睁眼。

狗头高中队被污辱了，但是他没有锤我。他还是在控制自己，虽然我知道他恨不得掐死我。然后他突然过来了，我急忙摆姿势，但是他没有理我，只是抱起我床上的新衣服、新靴子、新臂章等所有的一切径直出去了，他什么都没有说。

我很纳闷儿。

高中队又回头怒吼："收拾你的东西，马上滚蛋！"然后他就上了自己的王八小吉普走了。

我知道我赢了。因为我看见他第一次不再摆那个鸟架子，他急了。

我就径直收拾自己的东西。谁也不敢跟我说话，都默默地做自己的事情。

那几个训练军官和士官也不说话，只是在门口咬牙切齿，我知道他们绝对想锤我，但是连狗头高中队都没有锤我，他们也不敢随便锤——主官不说话，你随便锤是要自己担责任的；主官说话了你就真的可以随便锤，当然不能锤成重伤，锤死了更不行，若是轻伤主官就担责任。真正的野战部队不拿互锤和群锤太当回事情的，我进了狗头大队还是锤了几架的，也没有什么大的处分。

我收拾好自己的东西就坐在床上等人把我送走。半个多小时后，我的弟兄们被带出去了，他们谁都不敢多看我一眼。我还穿着我的陆军制式丛林迷彩作训服，穿着胶鞋，一个人坐在车库里。

但是我不害怕。因为我是为了我的陈排！我要报复这个鸟大队！

然后车响，狗头高中队进来了。我立刻起立，毕竟他是少校，部队的规矩我要遵守。狗头高中队看我半天："跟我走。"

我拿起自己的东西。

"不用拿你的东西，有人要见你。"

我很纳闷儿，谁啊？

狗头高中队一句话都不说就出去了。

去就去！怕个鸟！顶多是找人锤我又不敢锤死我！

于是我就出去了，一屁股坐到副驾驶的位置上。高中队一言不发地开车。车子经过了我的兄弟坐的卡车。马达着急地看我。弟兄们都着急地看我，连那三个少尉都着急地看我。大家全都站了起来，但是我不害怕，我当时的神态牛得不可一世。我把这个自从成立以来就鸟气冲天的特种大队狠狠地玩了一把！虽然我自己也付出了很多代价，但是我不后悔！因为我为我的陈排报仇了！

车子进了自动的铁门。一个崭新的世界打开了。其实打开的也是解放军营房，只是人不一样。我看见兵楼门口，各个中队、分队的老鸟都穿着配着彩色臂章和胸条的迷彩服和贝雷帽，大牛皮靴子擦得锃亮，抱着那种弹匣子在后面的自动步枪，准备列队点名，显然是在准备即将开始的新队员授枪入队仪式。

他们的脸和我们连的弟兄一样，都很黝黑、消瘦、朴实。他们憨憨地笑着，互相说着话，也跟兄弟一样。带队的干部也和蔼地和弟兄们说话，不时地看表，等到差不多了就吹响了哨子。

马上全都安静了。

队伍横成行，竖成线，显示出良好的军人素质。

军姿站如松，挺胸脯，显示出优良的军人作风。

报数一二三四，直到最后一个喊得山响，显示出勇猛的军人气质。

然后在各自的兵楼前唱个曲子："过得硬的连队，过得硬的兵，预备——起！"

过得硬的连队，过得硬的兵，过得硬的战士样样红……

把歌子唱得跟狼嚎一样，这是我熟悉的军人队列合唱艺术。

我有些诧异。不像想象中那么操蛋？都是跟我们一样的兵？

但是我知道我不属于这里。我属于我的小步兵团里面的侦察连，属于我的苗连，我的陈排，还有我的小影。总之我不属于这个鸟特种大队！他们再好也是鸟大队，不属于我，我也不属于他！我心一横什么都不看，就坐车进去了。

我们过了特种障碍场，过了停在角落的那架破民航客机壳子，过了用来滑降训练的高铁塔，还过了好多我没有见过的劳什子，但是我不为所动。高中队一言不发，脸色铁青，但是我知道他气得够呛。

我是不是做得过分了？我心里有点儿内疚，但一想起陈排的腿……不！陈排的腿就是为了这个鸟大队而残废的！要是没有这个鸟大队，陈排就不会残废！我的心就硬了，爱谁谁吧，反正只有一百多斤了，想怎么锤就怎么锤吧。

车开到了一个僻静的角落，松柏成行，路边有花圃，种着白色的兰花，我没有想到这个鸟大队还有这种有情调的地方。我正诧异，车在一个穿着毛料制服的卫兵门口停下了。

高中队下车："下来！"

我下来了，他不理我，往前面走。我在后面跟着。

卫兵给他敬礼，但我一过来就放下了。我还得给他们敬礼，因为他们是班长。然后我走上了一个很长的台阶，迎面的一个小小的广场上有一堵墙，墙上刻满了字。最上面是三个大字:荣誉墙。墙前面有一个长明灯，两边都有穿着毛料制服的卫兵站岗，他们一动不动，表情严肃。我再怎么是新兵也知道这是部队老祖宗安息的地方，但是我不知道这个狗头大队会有这么多安息的烈士吗？

我们没有在这堵墙前面停留，直接绕过去到了一个大厅前面。我诧异地发现，除了卫兵，那个广东士官也站在门口，一身迷彩，挎着手枪。我高兴了，碰见熟人起码不会挨锤了，我向他笑。他根本不理会我。

我就纳闷儿了，怎么几天就不认识我了呢？送花儿给我的时候多热情啊！我来不及多想，就跟在高中队后面。不过高中队没有进去，他就在门口站着："有人等你。"

我一怔，但是一想，进就进大不了一阵锤而已。卫兵就在后面把门关上了。

满墙的照片，都是军人，都是年轻的脸孔，有黑白的，有彩色的，有战争环境的，有和平环境的。我来不及细看，因为我看见了一个熟悉的背影。

一个宽广的背影。

军工老大哥！原来你想见我？我想喊但又停住了。

这个背影站在墙上的照片前面看着，什么都不说。他也穿着迷彩服，戴着黑色贝雷帽，穿着大牛皮靴子，我开始诧异了——军工有这么牛吗？一个少校中队长来接我？

那个背影站在那儿一动不动。我看见他的旁边丢着新的、叠得好好的迷彩服、贝雷帽、臂章和胸条还有宽腰带都放在上面，那双跟我脚一样大的牛皮军靴整齐地摆在旁边。

我站在那儿一动不动。军工老大哥慢慢转过身。我看见了黑色贝雷帽下面的大黑脸，但是没有笑容，是……伤心！是的，深深被刺痛以后的伤心。然后我看见了他的军官绿色软肩章……

两个黄色杠杠，三颗黄色星星……

上校！

我傻眼了。大黑脸就那么严肃地看着我，但是掩饰不住内心的伤心。那种伤心我一辈子也忘记不了。我一下子失语了，我知道在狗头大队只有大队长和政委是上校，但是政委去北京开会了所以面前的只能是大队长。

我脑子怎么也没反应过来——军工老大哥等于特种大队上校大队长？！

大黑脸看我半天，终于开口了，声音还是那么浑厚低沉，但却夹带着被深深刺痛后的伤心：

"你为什么不当我的兵？"

20. "你们是谁？" —— "狼牙！"

很多年以后，当我回想起来这段往事，已然会感到那种难以言表的震惊。我坐在电脑面前想了很久也想不出来我应该用什么词语来形容那种震惊，只能用"晴天霹雳"这种被很多人用滥了的成语——开车带我打兔子满山乱跑的军工老大哥和这个鸟得不行的部队的最高指挥官，我怎么也统一不起来。后来我又多读了几本书，才明白"人性"这个词语的复杂含义。

如果你是"狼牙"特种大队的大队长，你的兵见了你都是立正敬礼：首长好，为人民服务！你的下级军官见了你都是立正敬礼：何大队好，一中队照常训练，一切正常，没有发生训练事故，枪弹保管好，器材维护好！二中队也是这样：一切正常，没有发生训练事故……你的平级军官见了你都是哈哈笑：老何吃了吗？走，到我家吃去，你嫂子或者你弟妹做了几个菜！咱们一块儿坐坐。结果一去就是：老何，我觉得三中队长不错，这回提副参谋长咱们得给他使把劲头！你看咱们这个军区某部跟某部的首长工作怎么样？你是老人你熟悉，你多出出主意……你的上级首长见了你都是：老何最近怎么样啊？部队有什么新的难处没有？缺经费啊？我们开会研究一下看看怎么解决现在的难题啊！全军在节俭开支，搞高科技装备都难！不过你们大队是要优先考虑的，但是要给我们一点儿时间啊……或者上级首长还会这样：你这个同志怎么这样？说了我们现在有很多难处，我们要优先考虑某师某师跟某师的高科技改造或者是某集团军陆航大队的家属楼老难题等乱七八糟的东西，你们大队的训练经费就先等等啊……军区管银子的部长就说：老何，你们不是说明年盖好新兵楼吗？那个建筑费用你就先欠着，明年我们想办法！结果明年还是紧张啊……然后因为你有新枪，军区各个部门的一帮首长和家属朋友，甚至还有家属朋友的朋友来打靶，你让不让打？当然不能不让打，你不想办事了吗？那就开造，崭新的95步枪拿过来就是可劲打连发，一下30发又一下30发，基层干部和战士看着都心疼——那是枪啊，是战士的生命啊！你作为这个部队的军事主官看着心就不疼吗？还有，你在大队强调戒酒，可是你出去呢？首长在你敢说不喝吗？就是平级的兄弟部队的主官你敢说不喝吗？地方的领导和干部呢？你喝不喝？你请不请？别看你是特种大队号称"大灰狼的尖牙"，但是你的干部家属不随军吗？随军后的户口工作怎么安置？你逢年过节真的不去请市政府、区政府、劳动局、工商局、公安局这些单位的头头吃饭喝酒？他们说打几枪95步枪、92步枪你能不让打？结果每次一来就是一个代表团，你是什么感觉？你的干部孩子不上学吗？你不请附近的小学和重点中学的领导喝酒成吗？他们要打新式步枪、新式手枪你敢不答应吗？来了又是造可劲打连发，你还得看着子弹管，心疼地想，这批枪运回来还没有一年啊！然后还有很多你没有办法拒绝的要求，譬如学生军训要你特种大队出人，都是侦察兵尖子啊，花了那么大精力挑出来的去教小学生和中学生踢正步、站军姿，这不是资源浪费是什么？你该怎么看待这些……

你们真的以为特种大队的大队长就是天兵天将的大队长了吗？因为他是一等功臣、战斗英雄就是一路绿灯吗？你们也是社会人，觉得可能吗？一个这样的老爷们儿，你说说他是怎么耐着性子去做这些的？他闲得蛋疼啊，早上没事就骑个摩托带战士们跑路？当然和基层战士在一起他会觉得开心，但是他为什么以这个方式开心呢？他一个40多岁的有心脏病的人早上干点什么不好啊？跟爱人遛遛大院，养养花，种种草，养鸟什么的不是更好？但是这样他能够快乐吗？所以后来我回想起来，他那么喜欢骑着摩托带我们跑路，让我们嗷嗷叫，其实是在发泄。

一个正团级别的独立大队的大队长，在军队中不算什么鸟干部，正师的都成把抓了，更何况正团。但是在这样一个独立大队，他就是天！就是地！不要以为我搞个人崇拜，我确实崇拜他，为了他去死也愿意——你们知道那个跟他那么多年的广东士官放弃了多少进修提干的机会吗？任何解决不了的问题他都要解决，任何难题最后还是要放在他那儿。他不累吗？不烦吗？不窝着性子吗？你们觉得，这个大队长你当得了吗？

但是，他不当谁当呢？

他是这支部队的创建者，他能放得了手吗？

其实我知道他有一个唯一的好朋友，就是我们军区当时的副司令。所以，他们俩喜欢在一起打靶，大队长打着打着就喷人，骂"妈拉个巴子"。我戳在旁边，不由得触目惊心，他骂的人都是各个部门的实权人物啊！但他就是骂，不骂不爽，不骂不行，不骂不能发泄。副司令是个很有涵养的将军，就笑着听他骂，等他骂完了就跟他说别的——不同级别的干部操心的事情和考虑问题的层面不一样啊！一个狗头大队的大队长能骂随便骂，骂破天也就是个大队长而已，但一个军区副司令，解放军上将，60岁的老干部能随便附和着骂人吗？什么叫宦海沉浮？你们以为军区副司令就没有解决不了的事情了吗？他不想骂人吗？他肯定也骂人，不发泄就不是人了，但是他不能在狗头大队的大队长跟前骂，因为他是军区副司令，他就要找自己的老上级骂人发泄。他喜欢狗头大队的大队长，器重狗头大队的大队长，听他骂人是因为要替自己的下级发泄，也为自己的兄弟排除心里的积郁，但是他不会解决任何实际问题，什么叫按照规定办事？部队永远是这样，就是你再有理，也要有个程序，不然部队就是菜市场了。军区副司令即便跟狗头大队的大队长关系再好，他能越俎代庖去解决他的训练经费问题吗？狗屁，他一样没辙。

我没有见过你们说的那种贪污的首长，可能是我孤陋寡闻，但是我确实没有见过。我听见很多人说这个司令贪污多少千万，那个司令受贿多少亿，甚至贩车贩毒走私，可我是真的没有见过，我问你你见过吗？你了解部队高级干部的监督和检查程序的复杂性吗？我还真不相信你们说的一个警备区的司令就敢因为分赃不均跟野战军发生枪战，说真的，我从来没有见过，所以我看军旅题材的电视剧的时候总是觉得假得不行——一个中将甚至是少将有那么牛？我亲眼见到的堂堂的中央委员军区副司令每天都要为很多事情制肘，他们能一马平川吗？我曾经给上将当过半年的警卫员，你们觉得我的发言有分量吗？

这个话题不宜展开，倒也不是什么秘密，他们现在都已经脱下军装养老了，八百年前的那点儿事谁不知道啊？因为涉及很多我很尊重的老上级、老前辈的形象，我就不能多嘴。我只是想说，其实没有人没有烦恼和郁闷的，越是级别高的人，越是地位高的人，他们的心情往往就越郁闷，烦恼也更多。

狗头大队的何大队就是一个烦恼多的人。虽然他位置不高、地位不高、军衔不高，但是因为他是独立的狗头大队的大队长，很多问题他不能推给主管上级。他没有师长、军长，只有他自己一个狗头大队的大队长而已。于是他就得自己扛着烦恼，跟谁都不敢说。一个部队的大队长，看起来有很多部下，但他却是这个部队最孤独的人。

尤其是随着年龄的增长，儿子又在外地的军校读书，身边没有可以让他体会父爱的地方。特种大队的大队长也是人，不是铁打的啊！他有儿子，但是儿子不在身边，他不难受吗？你们觉得呢？你们在外地当兵或者上大学的时候，你们的父亲不难受吗？我在部队的时候很少给家里写信、打电话，可是我的妈妈告诉我，每次我一打电话和来信，拿着电话的时候我爸爸很严肃："儿子在部队好好干，做个钢铁战士！"放下电话，他就老泪纵横啊！拿到信就别提了，我回家探亲的时候翻出父亲抽屉里面几封不多的我的来信，哪一封不是泪迹斑斑啊。那你们说我们的何大队呢？有了儿子就没见过多少面，一直在野战军扎着，随着年龄的增长，他会有什么感受呢？

所以，他会对一个不到18岁的小黑脸列兵特别慈爱。后来他的警卫员告诉我，他带兵一向很严，唯独对我是个例外。在狗头大队的一线队员里，我来的时候是最小的兵，在他的眼睛里，你们说会是个什么角色呢？

一个从来都把"带兵要严格"视为圭臬的大黑脸上校，他也是一个父亲啊！他见到这个小兵，他会怎么样呢？他会违反自己订下的规矩，跟这个小兵一起作弊。为什么？只有两个字——父爱。

你们想象一下，当这个像父亲一样的大黑脸，知道跟自己虽然只有一面之交但是喜欢得不得了的小列兵不稀罕自己引以为豪的特种大队，而这个特种大队是他一生的骄傲和心血的时候，他会是多么伤心呢？

他既是一个职业的特战军官，也是一个父亲。从职业上说，这个大队是他一生为之努力的事业；从感情上说，哪个父亲不愿意子承父业呢？所以，我既污辱了他的事业，也污辱了他的感情。所以，我给他的打击，是任何人不曾有过的。关于这个，我很多年以后才回味过来。

大黑脸军工老大哥——大黑脸特种大队大队长。

这两个角色在我的脑子里面来回变换，我不知道自己该怎么说话了。

大黑脸——我只能叫他大黑脸，因为我当时不知道怎么称呼他——他看着我的眼睛，语气变得严肃——这就是成熟，成熟的人不会把自己的心事和盘托出的，你们要是以为他只会骂"妈拉个巴子"就大错特错了——他慢慢地说，字字掷地有声：

"自我军区特种大队组建以来，你是第一个以列兵身份来受训并通过全部考核而获得入队资格的！但是——你也是第一个在通过考核以后，自愿放弃特种大队的队员资格的！"

这种语气和语调，绝对不是那个和我一起游山玩水的大黑脸，而是一个善于在绿色的方阵前不加麦克风就进行训话的铁血上校！一个统率真正的精悍战士的铁血部队长！

我不敢说话，在他的面前我鸟不起来，我们大队所有的人都鸟不起来。

大黑脸在我面前慢慢地踱步："告诉我为了什么？"

我张开嘴，但是没有声音。

大黑脸转向我："为了你的兄弟，是吗？"

我木然地点头，眼睛还注视着他，他有一种莫名的威慑力使得我不敢正视但是更不敢回避。

大黑脸说道："为了你的陈排？苗连？还是你自己的报复心理？"

我不知道该怎么说。

大黑脸看着我："你知道你的苗连、你的陈排他们是为了什么？"

我摇头。

我是真的不知道，真的，我怎么会知道？

大黑脸的语气缓下来："上回你给我讲了你的兄弟，我说以后我给你讲讲我的兄弟。我当时以为还有时间，但是现在你要走，我只能现在给你讲——你听吗？"

我能不点头吗？！

大黑脸转向墙上那一排年轻的脸："左手第一排第一张照片是我的老班长张某，牺牲的时候44岁，是我们军区轮战的侦察大队的副大队长，上校军衔，也是两山轮战时期各个军区侦察大队牺牲的最高军衔军官。他为了带增援分队迎接我，和埋伏的敌人火力进行了激烈的交火！一颗流弹击中了他的心脏，他牺牲的时候孩子刚刚14岁，妻子常年患病在家，留下一个将近60岁的老母亲，靠糊火柴盒和他牺牲后的抚恤金度日，一直到今天！"

那张笑容满面的脸看着我，那双眼睛看着我。

大黑脸像在战区司令部讲解战情似的掷地有声："左数第二排第三张照片是我的老部下梁某，牺牲的时候26岁，是我的警卫员，为了在撤退的时候吸引敌人的追兵，主动要求留下阻击敌人，把将近200名追剿的敌军吸引到另外的方向。他完成任务后被包围，子弹打光了，就用刺刀；冲锋枪被夺走，就用匕首。最后有三个敌人把他按在地上，他拉响了胸前的光荣弹，和敌人同归于尽。他上前线之前刚刚结婚半年，是在新婚蜜月的时候接到参加军区侦察大队的命令的！牺牲之后留下了妻子和一个遗腹子，他的妻子至今未婚，含辛茹苦养育着烈士的后代！"

　　那双更年轻的眼睛在看着我，目光清澈如水。

　　我的眼泪在打转。

　　大黑脸转向另外一面："你看这个，右数第四排第一个，他叫王某，军区侦察大队的战士，我的兵！在我们被追捕通过一个河道的时候，为了排除前方的地雷，用他自己的血肉之躯给我们开辟了一条前进的道路！你知道他牺牲的时候多大？只有17岁，比你还小将近一年！他的父亲是一个朴实的农村老人，把他养育成人，送到部队，然后又义无反顾地送上战场！他牺牲以后，当地民政部门问老人有什么要求？你知道老人唯一的要求是什么吗？把儿子的骨灰给自己一半，让他也能天天陪着自己！睡觉的时候，骨灰盒就在他的枕头边；干活的时候，骨灰盒就在他喝水的地方。为什么？他想儿子的时候就跟骨灰盒说话！"

　　那双孩子气十足的朴实的脸笑容满面，眼睛朴素无华。

　　大黑脸的手指向满屋子的照片："你看看我的兄弟！这满屋子都是我的兄弟！这是牺牲在战场上的，这是因为跳伞训练不慎出现险情牺牲的，这是抗洪抢险的时候为了抢出老百姓的一只小绵羊而被洪峰卷走的！就是为了一只小绵羊，我的一个战士牺牲了！他才21岁，连对象都没有谈过！你看看他们！你好好看看他们！"

　　我的眼泪哗啦啦地流下来，哭出了声。

　　大黑脸看着我："你知道你的苗连为了什么瞎了一只眼，你的陈排为了什么残疾了，还有他们是为了什么而牺牲的？你知道吗？！"

　　我哭着摇头，我怎么可能知道？我离18岁还有两天啊！

　　大黑脸冷笑着看我："你连这个都不知道，还好意思跟我说你是一个汉子？好意思说你是一个侦察兵？好意思说你是一个人民解放军的列兵？"

　　我只知道哭。

　　"我告诉你他们为了什么。"大黑脸"唰"的一声指着大厅中间一面弹痕累累、硝烟点点的五星红旗，"就是为了这个！他们全是为了这面旗帜！你认识吗？认识吗？！"

　　我点头哭着说："我认识……"

　　大黑脸大怒："你不认识！你认识个屁！这是什么？这是军人的信仰！你连这个都不认识，你还好意思说你跟你的苗连、你的陈排是兄弟？！"

　　我大声地哭出来。

　　大黑脸指着满屋子的照片："现在你告诉他们！告诉他们你不愿意跟他们当兄弟！你

告诉他们你脑子里只有你那个侦察连的几十个兄弟！你说！你告诉他们——你告诉他们除了那个侦察连，没有人配得上做你的兄弟！你说！"

我大声哭着："大队长……"

大黑脸断然打断我："你不配叫我大队长！你不是我的兵！你不是我的兄弟！你甚至根本不配是一个军人——你就是一个浑蛋！你知道你刺伤的是什么？是我吗？不是！是他们！是军人的信仰！军人的荣誉！是他们这些老前辈，这些我的好兄弟！我们为什么叫'狼牙'？这个称号怎么来的？是敌人叫出来的！敌人为什么叫我们这个？！是因为我们准，我们狠，我们的弟兄不怕死，我们的弟兄敢去死！你知道什么是兄弟吗？你也配叫你的苗连、你的陈排这些真正的军人是兄弟？！"

我号啕大哭。

大黑脸："你现在就告诉这满屋子的英魂，他们不配当你的兄弟！"

我一下子跪下来号啕大哭。

大黑脸的眼中也含着泪花，他缓缓神，看看表："现在距离授枪入队仪式还有半小时！你记住半小时！说实话我现在就想把你一脚踢出我的大队！但是我给你这个还没满18岁的小浑蛋、小杂种一次机会！半小时后，或者你穿好我们'狼牙'的'狼皮'给我站到操场上；或者你给我滚出去！我的司机会送你去车站。为什么他送你？因为别人送的话你的车会被拦住，你会被这成千兄弟的唾沫星子淹死！"

他转身出去，一下子推开门。我听见外面的卫兵齐刷刷地行持枪礼，然后是他大步走开的靴子声。

门再次关上了。

我跪在这满屋子年轻的面孔中间号啕大哭。

他们还是那么笑容满面地看着我。

我哭得鼻涕眼泪一块儿流下来，恨不得把自己一把掐死在这些英魂面前。

我哭着抽动着肩膀，抬起头看见了那面弹痕累累、血迹斑斑的五星红旗。我流着眼泪看着这面我从来没有仔细观察过的红旗。我不知道那些弹痕和血迹发生过怎样的故事。那些离去的英魂默默地看着我这个浑蛋小列兵。

我泪花闪闪，给这面国旗，给这些英魂磕了三个响头。起来的时候，我的额头已经开始流血。我顾不上那么多，起身拿起大队长丢给我的野狼大队的迷彩服和臂章。我把那顶黑色贝雷帽戴在了头上，我的额头还流着血，脸上还淌着泪……

我没命地跑着，以平生最快的速度。虽然那双崭新的牛皮军靴硬硬的，还卡着我的脚，虽然那崭新的咔叽布的迷彩服领子划着我的脖子……但是，我手里抓着那顶黑色贝雷帽，光着头拼命地跑。

大院里静寂无声。

我冲进操场，警通中队显然得到大队长的招呼，都没有拦我。值班的班长还给我指了指台上，我看见我们新训队的十几个弟兄在列队上台。

大队长站在几乎占据了整个主席台背面的那面军旗下面。

我赶紧跑过去。

操场已经鸦雀无声。

成千的特战队员胸前持枪，如迷彩色的钉子一样扎在操场上，鸦雀无声。你再也见不到这么多优秀的士兵，这些历年最好的侦察兵，能够组成这样一个迷彩色方阵的精锐士兵。他们黝黑消瘦的脸上是神圣的表情。我从他们的队伍前面跑过去，他们的脖子没有动，但是目光在追随我。

大队长一言不发，那张大黑脸上面无表情。

我跑到队尾，赶紧戴好黑色贝雷帽。

我们上台了，在国旗下站成一排。

大队长浑厚的声音响起来："某军区狼牙特种大队某年度新队员授枪入队仪式开始——奏国歌——升国旗！"

国歌声中，警通中队的中队长跟两个中尉穿着毛料军装，戴着白手套，升起了那面鲜艳的、我从来没有觉得这么美丽的红旗。

我们高唱国歌，粗犷的声音响彻天宇。

我们一个一个接过崭新的95自动步枪。

我接枪的时候都不敢抬头看大队长。

我不知道大队长是不是看我了，我不敢看所以不知道。

我们在台下最前面单独列队，面向主席台，背对我成千的新的兄弟。

大队长往前站，看看我们的方阵。

我们都挺直了胸膛。

大队长突然对着自己的队伍吼道："你们是什么？！"

我们都一愣，随即听见身后的方阵齐声怒吼：

"狼牙！！！"

地动山摇。

大队长再次问："你们是什么？！"

"狼牙！！！"

我们身后的方阵再次吼道，同样是地动山摇。

大队长："你们的名字谁给的？！"

"敌人！！！"

大队长："敌人为什么叫你们狼牙？！"

"因为我们准！！！因为我们狠！！！因为我们不怕死！！！因为我们敢去死！！！"

方阵的声音跟一个人一样齐，又跟一万个人一样有阵势。

大队长扫视着我们这些新训队的队员："你们记住了吗？！"

"记住了！！！"

我们十几个人齐声吼道。

大队长再次面向自己的整个方阵："你们是什么？！"

"狼牙！！！"

我扯破了嗓子用自己生平所有的力气吼道。

"你们的名字谁给的？！"

"敌人！！！"

"敌人为什么叫你们狼牙？！"

"因为我们准！！！因为我们狠！！！因为我们不怕死！！！因为我们敢去死！！！"

声音，在整个山脉中，回响。

久久地，一直在回响。

……

那时候，如果你从月球上看，我们只是一个个微不足道的小点的集合。

但是对于我来讲，这个小点就是——整个世界！

第三章
磨砺

1. 小影来了

很多年以前，我们弟兄们就在狗头大队的群山包围的山沟子里自己锤自己，或者是大家对锤。那时候为了什么这么锤自己？这么狠的对锤为了什么？为了谁？

是为了自己是一个什么劳什子特种兵，劳什子电影上面的那种英雄吗？

狗屁。

不是没有，绝对是有的。

我认识一中队的一个兵，从小就爱军事、爱看老美的电影，后来这小子还真的能够从军区侦察兵比武中脱颖而出，来到了特种大队。但是在他真的戴上臂章在这个地方受训一个礼拜以后，你问他还记得什么电影什么劳什子军事发烧刊物吗？

他连苦笑都做不出来了。

因为，真正的特种兵训练，永远是艰苦和枯燥的。

艰苦是你可以想象出来的，但是枯燥是你难以想象的。

真的像电影上那么有意思吗？

我到现在也没有觉得有意思，不仅仅是我，你问我从前的那些战友，谁也不会觉得是一件趣味十足的事情。

就是枯燥。

在人民解放军的任何野战部队，最难以忍受的不是艰苦，不是劳累，更不是危险，而是日复一日的枯燥，年复一年的枯燥。

因为，把一块生铁打成钢牙，是一个来回重复的过程。

你知道战争在哪一年打吗？

你不知道。

但是你知道什么时候要准备打仗吗？

随时准备，24 小时待命。

一声令下，我们就全副武装，毫不犹豫。我们不知道什么时候到战场，什么时候开练，但是我们能够马上开练。

早年我在部队看过朱苏进的好多小说，不是激动得不行，而是理解得不行。真正的特种大队的职业特战军官就是这个德性，极端盼望战争的来临，对战争的渴望甚至超过周末回家见老婆的渴望。那么好的身体好不容易一礼拜见一次，一出去演习驻训就是大半年就更不容易见了，不过还是盼望打仗超过见老婆。但是我们小兵呢？

你觉得我们盼望打仗吗？

尤其是除了我，都是几年士官的这样一支部队，你们真的觉得他们天天合计着打仗的时候如何勇猛吗？大家都是血肉之躯啊！很多都是有老婆、有孩子的老士官，你觉得他们像一般的小兵那么冲动吗？

当然没有，但是一旦战争真的来临，他们就不会再合计什么自己不自己了。我以为这才是真正的军人，军人是有血有肉的，不是天天没事都在合计打仗；虽然我们训练的时候是合计这些劳什子事情，但是下来后我们还琢磨这个吗？我觉得除了职业军官们以外，下来后还一起合计这个的小兵不多。

我觉得这就是真正的特战队员和军事发烧友的根本区别。

训练是单调而枯燥的，一个滑降就有那么多劳什子方法，往往为了提高0.1秒的时间，就得练1个小时；开门的各种方法就更不用提了，左开、右开、技巧开、炸药开、撞击开……一个上午练下来，还能有什么新鲜感？更不要说那么多队形的变换和那么多技术性的数据了。我的很多农民兵兄弟都是初中水平文化，不睡着算是好的了，你能指望他们听得聚精会神吗？眼睛倒是睁得挺大，但我估计当场就能接受的没有几个。那只有反复讲，军官也不是傻子，都是真正带兵带出来的，知道战士是怎么回事，一次听不懂，就反复讲、掰碎了讲——这不枯燥吗？那么多的炸药数据、电子数据，有大学文化的发烧友同志，你们能听得懂几个？我相信你们来上过一次这种课程，从此就高高兴兴地去打保龄球、玩狗养猫什么的了，再也不会觉得特种部队有什么劳什子意思。

我们都觉得枯燥，那种枯燥是难以忍受的，反倒不觉得艰苦。我们都是侦察兵比武下来的，往往感觉没有集训的时候艰苦，毕竟训练又不是集训，不能拔苗助长。功夫又不是一天练出的，特种兵不是一天造就的，循序渐进是根本原理。后来我当副班长带过的一个小兄弟，前段时间参加了叫嚣甚响的某国际侦察兵比赛，他就告诉我国际比赛也没有我们侦察兵比武的把式艰苦。国内部队的比赛比国际的还要艰苦，我不知道大家怎么认识这个。我的认识就是，咱们自己国内比赛的时候牵涉到的是一个核子里面的东西——战斗力的提高，你飞机不行、舰船不行，这也不行那也不行，你就几个鸟人、几条鸟枪，你还整不明白那还穿这个军装干吗？——那些军官们明白着呢！他们也使不上什么鸟劲啊！那点闷气就全发在锤我们这些小兵身上了。于是大家都比较艰苦，艰苦惯了再去国外比赛，觉得就跟过年一样了。

当然我们也有自己的乐趣。特种大队也是解放军，不是不食人间烟火的天兵天将，部队传统的政治教育、文化活动是少不了的，有时候还要玩得更花哨。我觉得最鸟的比赛就是比搬原木，就是在小说一开头我的班长玩的那个把式，让我们这些菜鸟从体能训练场抬回来十好几根原木，老鸟们就开搬——训练完了都那个德性了，结果休息日大家还玩这个，你说我们是不是精力过剩得没地方使？练出来干啥呢？我们自己没有想过，因为没有战争，我估计军官想过但是他们也顾不了那么多——管你退伍是上大学还是当民工，你当一天和尚撞一天钟，穿一天军装练一天兵。你待在特种大队一天，就要算作一个战斗员，战斗力就得在这个水平线上，要不还要部队干什么？要特种大队干什么？——那么退伍以后这些锤了好几年的生瓜蛋子到了社会怎么办？那些杀人的技巧是不会给他们找来什么出路的，他们做什么呢？文化程度也不高，外语倒是可以诌两句但是军事术语有个屁用啊！大多数的士官都是农民，退伍以后的工作也没法子安置，只能回家种地。于是，就有很多干民工的，换个地方继续搬原木。能给有钱人当个司机兼保镖是最好的出路了——在世界各国的军队，退伍军人的善后安置、工作安置都是老大难，尤其是国内——有的朋友说不能去公安这些单位吗？开玩笑，那是干部指标，要有文凭，他们初中毕业能有什么？我们的训练那么紧张就是函授也没时间读啊！制度就是制度，不是你们想象的那么简单，要真是那么简单很多悲剧就不会发生了。特种大队的退伍安置跟任何部队是一样的，农民兵回家种地然后就成了民工，不会有什么优待的。

　　这种枯燥的训练结束以后我们只能自己在业余活动时间找点乐子。警通中队的城市兵多，还组织了一个摇滚乐队叫"极限空间"。一到休息日那帮弟兄的架子鼓、电贝斯就开锤喊番号，张嘴就是"梦里回到唐朝"。大队长听得津津有味，说这个歌不错，有气魄，看看能不能改成咱们"狼牙"大队的队歌，原来那个总部给的歌太难听，跟鸟叫一样不像狼嚎。这帮对摇滚还有点儿兴趣的小兄弟高兴得不行，赶紧把歌词给大队部送去，然后就没下文了。但那些架子鼓、电贝斯还在，有时候也来点什么《加州旅店》之类的软摇滚，还有甲克虫什么的。那个时候我才知道约翰·列侬，真是林子大了什么鸟都有啊！我对摇滚的了解就是在特种大队完成的，回来以后还发现不落伍！我能分辨重金属和软摇滚就是在特种大队给普及的！我的一个哥们儿现在就是一个乐队的主唱，就是在酒吧里唱的那种，去年我还在他家乡城市的一个酒吧偶然遇见他，整个就是摇滚的感觉了——你们说当兵长不长见识？——顺便说一句，我们干部不仅不反对而且还挺喜欢重金属的，因为日常训练听不见金戈铁马就听重金属摇滚最过瘾了，歌词听不清楚所以就随便唱了。唯一的一次处分是因为在我们大队的联欢会上有人模仿砸电贝斯，但不是在舞台地板上砸，而是往自己头上砸，结果大队领导不乐意了，人民军队演出就得好好演，不能有情绪——他们估计是觉得砸电贝斯是对训练的情绪——然后政委就要他们以后不要再唱了，没过俩礼拜大队长不乐意了，我们都不乐意了，训练完了侃山的时候本来就只有听那帮家伙狼嚎这点儿乐趣，现在还不让嚎了，这叫什么事情啊？大队长一拍桌子：妈拉个巴子，给我唱！然后就唱了，政委也没脾气，他也是大队长的兵，虽然是政工干部，现在还和大队长平级，但毕竟是一起从战场出来的。唱摇滚也不是军纪不允许的，那电贝斯也不是公物，是那个哥们儿自己的，而且也砸不出事情来，下回不砸就是了吗？政委就自己给自己找个台阶下，说下回注意，歌还是要唱的，就这样打个哈哈过去了。这个摇滚乐队，一直到我退伍也没有解散。他们写了很多我们自己的歌，曾经传唱一时，走调也唱，因为是我们自己的。只是，不知道他们现在在哪儿了，这些歌词和谱子还留着吗？天各一方的兄弟们啊，你们可知道那种撕心裂肺的思念的滋味？我现在才知道泪如雨下是什么意思。我一直以为自己已经是个没心没肺的人了，只有在提起我的这帮兄弟的时候，还有一种感觉涌上心头，这种感觉就是——疼。

我当时还写了一首歌词，他们谱成了曲子，然后我们就唱。

我在日记里面找出了这个歌词。歌的名字叫《誓言》，我抄在下面，只是一个淡淡的纪念。

《誓言》

作词：小庄

作曲：极限空间乐队

天地之间危机只是在一瞬间

时空飞旋生死只是在一转眼

为了什么我们在一起

为了什么我们不分离

因为我们是战友，我们是兄弟

这就是我们的誓言

风雨雷电扑不灭心中的火焰

冰雪高山改不了我们的信念

为了什么我们在一起

为了什么我们不分离

因为我们是战友，我们是兄弟

这就是我们的誓言

沉默是我们的誓言

奉献是我们的誓言

孤独是我们的誓言

牺牲是我们的誓言

不要问我们还要走多远

只要你记住心中的誓言

不要问我们还要爬多高

只要你记住心中的誓言

我翻开日记的时候愣了半天，因为我不相信这是我写的。

但是我知道它就是我写的，因为那个狗笔迹不会是别人。

然后我哭了。那个时候大队长别管什么场合最喜欢先来的一段话就是："什么叫无名英雄？什么叫默默奉献？你们就是无名英雄！你们就是默默奉献！你们选择了这个行当，就是要注定被人遗忘，注定被人冷落！为什么？因为你们是插在鞘子里面的利剑！是随时要拔出来的利剑！所以就要默默无闻！一把剑，老是随便拔出来给人看成吗？再好的钢也会风化，也会生锈！所以不要问为什么没有理解和关心，不要问为什么没有那么多的地方慰问、军民联欢，更不要问为什么你们那么苦没有人知道！因为你们是特种部队！是要打仗的不是拿来展览的！你们是特种大队的战士！不是给全世界看的驻港部队！你们是什么？是二十四小时待命，一有命令就要给我开练的'狼牙'特种大队的特战队员！记住了吗？"然后下面就山吼："记住了。"

我们当时真的是那么想的。

我们当时真的就是在那么辛苦地锤自己，为了我们的国家，我们的主权，我们的荣誉，我们的信仰。

我们立志这一生默默无闻，把这段经历埋在我们的肚子里，带到我们的骨灰盒。

我已经准备在这个岗位长期抗战了，为了我的兄弟们，也为了你们。

说到我们的业余生活，我当时最大的乐趣就是在训练完的短暂自由活动的时间，给我的小影写信。那时候我真是文思泉涌啊！这辈子没有写过那么多情书，后来就更没有写了。

我进了特种大队以后，那束野兰花就插在我们班宿舍的窗户上的一个玻璃罐里。我准备每天换水，直到我去看小影的时候，我亲手给她。

我要告诉你们女兵在部队的地位你们可能根本不相信。我听过一个传言，某次三军联合演习的时候，某号首长莅临视察观摩。戒备之森严你们是可以想象的，恨不得连天上都加个防弹盖子。但就有一个普通的女兵，既不是文艺兵也不是高干子弟，由于一个问题跟部队上级没搞明白，一气之下就去找某号首长要解决问题。她径直就闯进演习导演部，站岗的有好几个单位，但是都不知道这是何许人也，对于女兵都不敢随便拦或者说不好意思拦。毕竟是和平年代了，大家也都没有那么紧张，她就真的进去了！一屋子首长在开会，这个女兵进门就说！某号首长还真听了半天，但是最后也没有给她解决什么实质性的问题。在军队越级报告是大忌，军队是个铁的纪律部队，上级的一句话绝对不可能就能轻易地解决问题，否则下面的还办事不办事了？——你是首长不证明你什么都说了算，地位越高越不自由。地方可能这样，但是军队绝对不可能，尤其是真正打仗的部队，它是一部严密到极致的战争机器，你随便给换个部件试试？你是搞战略指导的，战术上的事情你就要慎重，下面的部下怎么办事是有考虑的，即便你看不下去也不要胡乱掺和，等结果出来再说。

所以我说很多军旅题材的电视剧不真实，将军随便发话就能解决一个少校的问题，那些大校、上校、中校还怎么办事？说句不好听的，除非这个少校准备转业或者不在这个部队混事，不然他那么做的后果就是挨整，而且全是玻璃小鞋，绝对不露痕迹；也除非那个将军除了干军区副司令以外还想把军长、师长、团长全兼职了，不然不敢随便干涉部下正常职能范围的事情，什么叫官僚管理体制？你们在大学的时候，校长随便干涉你们系的工作吗？你见过哪个学生敢去找校长书记反映情况的？他不想在学校混了？系头不整死他？大学是这样，更何况是以铁的纪律、严格的上下级关系为基石的军队！

所以，某号首长没有解决任何问题，只是听她说了。这个小女兵最后有没有挨整我不知道，但我说的重点不是这个，是说女兵在部队有那么大的地位！某号首长的警戒线有十几个单位，但是她就那么进去了。当然，负责警戒的指挥官绝对要挨收拾了。

说这么多，就是想告诉你们一件事——小影来看我了。

所以说，她能找到特种大队并且进来就不是特别稀奇的事情。

特种大队的戒备再严，有演习时候的导演部戒备严吗？

于是，她穿着当时中国女兵的夏季常服，戴着大檐帽和列兵军衔进来了。我至今觉得，中国女兵穿那时候的夏季常服是最好看的：陆军女兵脸白、手白、胳膊白、头发黑，戴上绿色大檐帽，穿上浅绿色军装，整个一小葱，上白下绿。她们常常嘎巴嘎巴地踏着小黑皮鞋，弟兄们看到后心里痒得不行，就想叫唤；海军女兵的夏季常服就更漂亮了！那蓝色裙子一穿，小藕一样的白色小腿配上黑皮鞋，加上白色上衣里的胸脯那么一挺，我们在掠过的直升机上就开始叫唤，连军官也跟着一块儿叫唤，都骂狗日的海军水兵太幸福了，在军舰上有这么漂亮的女兵，后来知道那是文工团；空军的弟兄们别生气啊，你们女兵的军装是最难看的，不是一般的难看，夏季常服全戴贝雷帽，穿衬衣，什么特点都没有了。其实如果不是有了小影，我倒是真的想找个海军女兵啊。哎呀，又暴露自己的制服情结了，不好意思——嘿嘿，我也是男人嘛。

小影就那么嘎巴嘎巴地穿着小黑皮鞋进来了，一走就走到特种大队的综合训练场上，就是我们训练场中间的那条唯一的水泥路上，而且，她没有按照部队规定走在右手边。

小皮鞋嘎巴嘎巴地踩在那条水泥路面的中线上，如果一定要用什么词语形容，就是——亭亭玉立。

我们几百的弟兄在各个科目的训练场打滚翻腾，一个白皙的小女兵在一群精悍、黝黑、消瘦的战士的地盘大摇大摆，旁若无人，悠然自得。说实话，如果给她一把伞，那场景跟周末逛公园没有什么区别了。

可她的身边没有风景，没有假山啊，是一群黝黑的、精悍的战士。弟兄们都傻了，所有的训练慢慢停止下来。

我当时正在泥潭子里面跟人对锤，"啊"的大叫一声，刚刚腾空，结果那个弟兄生子没有拦我的意思，我就不敢踢上去，于是在空中转身，难受得不行，一下子栽倒在泥潭子里面。

然后我发现，我那一声在我们平时很平常的"啊"，当时是多么不合时宜啊，因为训练场已经鸦雀无声。

怎么回事？我看见我对面的生子的脸往一侧扭，我看见所有兄弟的脸往一个方向扭，比向右看齐还要齐，看着同一个方向。我看过去，然后就看见了小影。

我也傻了，因为我知道她是来找我的。

我能不傻吗？这是我来特种大队的第三天啊！

我们大队长在观礼台上，他早就看见了。但他没有看小影，否则就不是大队长了。然后他一挥手，底下的那个广东士官就跑步过去，先是立定敬礼。

面前是个士官啊，但是小影没有还礼，就是看着他，还拿军帽扇风："我找人。"

我心里直叫苦。这是一般的士官吗？这是我们大队相当于军士长级别的士官啊！就是《我们是战士》里的那种士官长，虽然他年龄没有那么大，但作为大队长的影子，他的地位特别独特。

小影啊，小影，你给我捅了多么大的一个娄子啊！我恨不得钻进泥潭子里面去。

广东士官一怔，显然没有见过这样的列兵。我看向大队长，他还是不露声色："叫她过来！"然后我发现我们高中队站在泥潭边有点儿不自然——你们说他能自然吗？小影就嘎巴嘎巴地跟着广东士官过去了。

我们弟兄都看着，我们弟兄在山里一年也见不到一个年轻的女人，军官家属是很难看的你们不想也知道，何况现在是一个漂亮又很鸟的小女兵。我们弟兄就这样不眨眼地看着她走到大队长面前的台子底下。

小影仰面看着大队长，居然还拿军帽扇风，根本不拿面前这个上校当一回事儿。你们现在知道小影是个什么性格了吧！

大队长问："你的单位？怎么进来的？你找谁？"

小影还是没有在乎，依然拿军帽扇风，居然还把身子转向了我们，在我们当中寻找我，然后来了一句：

"我是军区总医院的，你们哨兵没拦我。我找小庄。"

哎呀，我当时就一个感觉，死了得了！我的小影，你知道你背对着谁吗？！

上千中国陆军最精锐、最彪悍的战士的最高指挥官，我们的上帝！

但是小影一点儿都不管这些，她不可能不知道大队长是上校，但是她训大校都一愣一愣的——大校还得跟我堆笑呢，你一个上校又怎么样？军区总医院每天来的将军都一堆，你一个山沟里的上校算个鸟啊！无论多大的军官都有家属，都要生孩子，所以军区总医院的妇产科护士就是这个鸟样！如果你们不相信的话，去问各个军区总医院的护士。

一个女列兵就这么背对着我们的大黑脸上校大队长——一等功战斗英雄，在几百张黝黑、消瘦的面孔里面找我。

我当时在泥潭子里面，离她很近，但是我不敢说话。

她也认不出来。我又被海锤了一个月，而且还满脸泥浆子，你们说她认得出来吗？

我不敢说话，不知道怎么办，只能看大队长。大队长的黑脸没有表情，但是松了一下，有种笑意——日后他对我说："小庄，妈拉个巴子不愧是你的媳妇，真他妈的鸟。我一看进来那个鸟样，就知道是你小子说的那个小女兵，找媳妇就要找这样的，听见没有？别跟那儿瞎合计了，就这么定了，我主婚！哎呀，真是一个鸟得不得了的媳妇，配你正合适，你还没有她鸟……"——大队长居然有笑意，我更傻了。

小影还在找我。

大队长咳嗽两声："高中队！"

"到！"

狗头高中队急忙立正跑步过去，不过去也不行啊。

小影一见狗头高中队就笑了，然后又来了一句话，让我死两次的心都有了："你老婆老说你戴这个黑帽子跟扫烟筒的似的，我今天算见着了！说得真对啊！"

诸位，你们说狗头高中队能不锤我吗？！我不当格斗示范教材谁当？！

狗头高中队不敢说什么，只是向大队长敬礼。

大队长居然也乐了，他不能不乐——日后他告诉我，其实自己的老婆也老这么说自己，所以他极力鼓动我跟小影不要换人，因为小影的鸟样跟他老婆当年一样。

大队长就说："去！把小庄叫过来！"

"是——"狗头高中队跑步过来。

我傻站着，这时候明白过来，特种大队的位置对小影而言完全没有秘密可保——狗头高中队的老婆就在她手底下住院，你说她能不知道吗？

我后来估计警通中队的弟兄拿不准这是什么人物，不过这不算什么，因为即便是副司令的车子他们也拦，一切按照规定办事——但是女兵，都是第一次遇见，怎么办？还没想好呢，这个女兵什么都不说，直接就进大门了，你说说怎么办？干部都不在谁知道怎么办？

小影就这么大摇大摆地以中国陆军女兵的身份闯入了世界上最精悍的陆军战士的禁区。

而一身泥浆子的我就这么傻乎乎地被狗头高中队带过去了，怎么立正、敬礼的我都忘记了。

小影诧异地看我，然后哈哈大笑。

整个操场都是她的笑声。

然后大队长笑了，声音不大。

然后我听见几百个弟兄笑了，声音也不大，是部队战士那种特有的憨笑。我更不知道该怎么办了。

小影笑得眼泪都出来了，她捂着肚子："哎呀，哎呀，笑死我了！"

我一身泥浆子，不知道怎么办，只有傻乐："嘿嘿，嘿嘿。"

小影笑够了，擦干眼泪站直了。

大队长就不笑了。

然后大家都不笑了。

我就更不敢笑了。

大队长就说："高中队，今天的科目是什么？"

狗头高中队："格斗基础！"

大队长："小庄的成绩怎么样？"

狗头高中队："良好！"

大队长："我准他一天的假，你有什么意见没有？"

狗头高中队丝毫不含糊："没有——"

我就傻了。

大队长一指我："去！妈拉个巴子的把你那身泥巴给我洗洗！然后跟你这个，这个——女——你这个女兵同志——你陪她玩一天，晚饭前归队！"

我傻了，不会吧？

大队长就说："还不去？"他眼睛一瞪，就是要吃了我的意思。

我急忙立正："是——"

小影在前面嘎巴嘎巴地走。

我就在后面泥浆子满身地跟着。

然后大队长就笑："妈拉个巴子的，看你小子那个德性！"

然后大家都哄笑。

小葱一样的背影在我前面，黑色的短发在军帽下面，然后是白皙的脖子。

嘎巴嘎巴。

我在后面稀里哗啦。

我们就这样经过那条长长的水泥路面。

我们就这样走过数百最精锐的中国陆军战士黝黑消瘦的脸。

那些脸上都是笑容。

还有哄笑。

我们就这么出了综合训练场。

女列兵小影就这么闯进我们军区特种大队的训练场，从几百精悍战士面前带走了一个叫小庄的男列兵。

所以我说，小影不愧是小影。

这才是真正的女人。

以后再没有见过这样的女孩，至今没有。

2. 你的生日，让我想起一个很久以前的朋友（1）

很多年以后，小庄在换了很多女孩以后又交了一个相对固定的女友——我不知道你们怎么理解这个相对固定，我的理解就是虽然还是不断有女孩闯入我的生活搅和一下，不过她们很快就走了或者联系不紧密，只是互相需要的时候再搅和一下，但是这个不是——这个女友是一个大学生。她吸引小庄的，不是年轻，不是漂亮，不是什么别的，就是因为她长得像小影。小庄至今没有见过这么像小影的女孩。

这个女孩就成了小影的影子，连声音、脾气、秉性都像。

但是她不是小影。

于是，她最后还是离开了，去了一个叫大不列颠的岛屿，继续学她的钢琴。临走的时候带走了小庄洗得发白的迷彩大汗巾。

小庄又是孑然一身，流浪在不同的女孩之间，像一个打出去的台球一样随便撞击着生活和感情的边缘。小庄不知道自己算不算边缘人，虽然他是一个活得很开心的人，喜欢喝酒，喜欢侃山，喜欢在酒吧里面跟漂亮女孩眉来眼去。这么多年过去了，陆军特种大队唯一留给他的就是不怕被别人的男朋友锤。

但是，这种开心后面，是什么呢？

就像刚才他哭了好一会儿，才敢打开这个 DELL 的笔记本电脑码字。

但这已经不是指头敲出来的，是心里流出来的。

不再是字。

是血。

小影是什么？

是小庄永远的梦。

我跟着小影走到训练场的门口，带着几个纠察巡逻的警通中队班长——我后来也不知道他叫什么，因为再也没见过，我想他当年冬天就退伍了吧——瞅着我们，脸都笑烂了。滚泥潭子的多了，但是这样一棵俏丽干净的小葱后面跟着一个浑身稀里哗啦的泥蛋子确实不是很多见，这还是比较珍稀的景观。

我更不好意思了，只有嘿嘿乐。

小影白了他一眼。她跟我在一起读中学的时候就这样，见不得别人耻笑我，见不得别人欺负我，她跟我的姐姐一样。

恰在这时，训练场里面大队长一声山吼："继续训练"，然后震天的杀喊声一片。

小影吓了一跳，直拍心窝子："我的妈妈呀，吓死我了。"

那个班长笑出声来了。

那些纠察见班长笑出声了，一下子也笑了，声音简直就是整齐划一到了极点——部队就是这个德性。

小影就不乐意了。小影一向就是这个鸟性格，谁让她在军区总医院当兵呢？我敢说，她要是在哪个野战部队的医护所，两天就被整治老实了——我不就是吗？鸟归鸟，但是不敢这么鸟了。

小影冲着他来了一句："笑什么笑？"

那个班长就不乐了。

那些纠察也不乐了。

我当时就害怕了，我是真的害怕了。这些是街上到处能见到的高个子纠察吗？一个个敦实得跟黑木桩子似的！那时候我已经知道这个大队都是鸟得不行的货色，甚至个个赛着鸟。

小影倒是满不在乎，头也不回地说："走！"

我不知道怎么办，只有一身泥浆子跟着走。

"哎！你们干吗去？"那个班长说话了。

"报告班长！"我不敢让小影说话了，自己抢着说，"我的老乡来了，大队长和中队长准我的假！"

"嘛老乡啊？"班长跟自己的纠察挤挤眼。

那几个纠察兄弟就嘿嘿乐。在大山里面关久了，觉得这个景观比较好看是正常的，想跟小葱说几句话也是正常的，不然还是20岁的大小伙子吗？

结果小葱不乐意搭理他们："你管得着吗？你们大队长准假了，你还多管闲事？"

我头都大了，小影你知道你是在什么地方吗？这不是你们军区总医院的大院，你跟师级的主治医师随便发脾气没有问题——级别越高的部队大院越有这个特点，就是兵比干部鸟，我有一个战友后来提干调到一个总部机关大院，他的感触就是这个。大院的战士觉得伙食不好，马上就敢当众给扣到食堂的桌子上，一食堂校官甚至大校就跟没看见一样，机关干部的涵养都好得不行，绝对不会跟野战军的干部一样会动手——但是在野战军，官大一级、兵龄长一年，你见面不叫首长、班长试试？暴骂是免不了的，暴锤基本上也是免不了的。那么全是优秀士官的特种大队呢？你觉得能怎么样呢？

但是那个班长先是愣了一下，然后就不乐了。

那些纠察的动作表情跟班长简直是一个模子出来的。

我还不知道说什么，那个班长就开口了。

"看不出来啊，这个小兵还不简单嘛！你多跟你这个小女——老乡学着点啊！这要不是女兵，我觉得当特种兵比你强！"他大笑。

然后纠察弟兄们也大笑。

"切！"小影白了他们一眼，掉头就走。

我就"嘿嘿"地跟着。

"等等！"

小影站住，模仿那个班长的天津腔："嘛事儿？"

那个班长一乐："就这样出去？不被哨兵扣住才怪！你有新的迷彩服吗？"

我摇头说没有，我只有一套新的，还来不及多发，我只有旧的制式的迷彩作训服还有常服。平时我们菜鸟训练就两套迷彩作训服换着穿，一看是制式迷彩的小队伍就知道是菜鸟队，即便换了新的也是菜鸟队，一眼认得出来。不光是我的列兵军衔扎眼，那是一种说不出来的气质。

"我换常服出去吧。"我说。

"那还不给你抓了？"那个班长说，"你又不是干部，俩小列兵在山里晃悠，换了谁当班你过得去检查哨？"

我不知道怎么办好了。

班长想想："这么着吧！你们俩等会儿——小孙！"

"到！"一个纠察立正。

"你跑步！到我柜子里面拿一套迷彩服来，柜子最下面是新的，我看他跟我身材差不多！"

"是！"那个纠察转身就跑，白色钢盔、毛料军装、大牛皮靴子、腰带上的警棍跟长在侧面的尾巴一样晃悠着。

小影不说话了，她也知道好歹。

那个班长挥挥手："到那边等会儿吧。"

我们就跟纠察们一起站到花圃边上。

我傻乎乎地满身流着泥浆子站在那儿，不知道怎么办才好，面前基本上都是二级士官。部队的纠察不是老兵的话比较难办事情，我们的干部和一些技术士官在军校进修学习的时候都打过不识趣的军校警通连的纠察，我们的一个乐子就是训练完后坐在篮球场上听干部和老技术士官讲当年锤军校小白脸纠察的故事。要是军校谱子大、级别高就不敢白天锤，晚上几个来进修的弟兄在花圃里面一潜伏，迷彩服、迷彩脸谁都看不出来。那几个小白脸纠察一过花圃子或者一过草坪的路灯，马上就被典型的捕俘动作拖到路灯以外的黑暗角落开锤，喊都喊不出来，因为喉咙被一招制敌锁好。我们当时进修的好多军官和士官都是战场下来的，他们打完就跑，比兔子还快。据说狗头高中队有一次在军校进修干了一件这样的鸟事，开会的时候他来晚了但是领导还没有来，那个小纠察不让他从椅子上面跨越到前面的方阵，必须走通道。这个狗头高中队也没说什么就走通道，但是这个小纠察随后说了一句有点儿过激的语言，好像在我们狗头大队的名字上加了点不干不净的内容，当即被狗头高中队现场暴锤，其他的纠察包括警通连长都不敢上来拦，只是说："老高，算了算了。何必呢？小孩子不懂事，回头给你赔礼，打得差不多就得了，别打那么狠。"要知道在场的几千学员和干部包括各个野战部队过来培训的干部老鸟、军校自己的教官队长、教研室主任，还有几个是文职的将军，但是现场没人说什么。要不说狗头高中队怎么不是傻子呢，军校领导的车子在礼堂门口一停，他马上就不锤了。要知道军校校长和政委可都是副大区级别，狗头高中队再鸟，鸟得过副大区的干部吗？于是他就坐好开会。领导进来以前，一切都跟没发生过一样。当然这个事情不算完，狗头高中队一样要关禁闭，还要写检查，还要当众给那个兵赔礼道歉。结果警通连一集合，狗头高中队还没有说话，那个小兵已经跪下了："叔叔，叔叔我错了。"一把鼻涕一把泪的，搞得狗头高中队都不敢跟别人说这个事情，因为锤了这么个人，说出来太丢人了。这还是和我们一起去的几个士官说的。

哎呀，又扯远了。我想说的是，狗头大队的纠察不是一般人，不然你想想怎么纠察，不是老挨锤吗？纠察们在别的特战科目练得少，但有两点是特别鸟的，就是对锤功夫高、手枪打得好。手枪打得好是警卫工作的需要，对锤功夫高就是对付我们弟兄的需要，当然也是警卫工作的需要。尤其是老资格的士官，绝对是大鸟，不然这纠察工作怎么做？

所以我当时就害怕了，被他们锤真的是白锤——纠察找个碴儿收拾你不是易如反掌的事情？就算现在不锤我反正以后有的是时间，院子就这么大，你能天天跟着干部？找个理由就可以收拾你，还报告说你态度不好。即便被打了，你也没处告状，除非你真的跟警通中队的中队长熟悉得不得了，不过那也顶多是赔礼道歉。你就是找大队长也屁用不顶，大队长能操心你个小兵挨锤的那点淡事吗？他说得出口吗？

所以我在狗头大队的经验就是，哪怕你锤班长也不要锤纠察，当然班长我也不敢锤，就是这么一说，显示后果的严重性。

我就那么提心吊胆地站着，但是小影满不在乎——她后来告诉我，在军区总院那帮女兵上街都不戴帽子，因为跟傻冒一样，纠察也从来没管过——我说了，女兵在军队有特殊地位，在总院更是如此，大家都不遵守，你遵守不是傻冒是什么？军队机关单位一般就是这样，兵比干部鸟。

然后那个班长想跟小影多说几句话。这个很正常，换了我也这样，如果职权有这个条件就更这样。你在大山关半年试试？何况这帮老士官明显不是关了半年。

但是小影就不搭理，她就是这个鸟性格——你得罪了她她能一直不搭理你，怎么做都没有用，直到她自己想通了，就跟没事人一样，该说就说，该笑就笑了——我的体会就是这个。

于是就问什么答什么，一句多余的话都不说。你问哪儿人就说哪儿人，你问哪单位的就说哪单位的，你再问什么就说什么。

那个班长的脾气特好，不过我相信他平时的脾气一定没有这么好，不然纠察班长怎么当？我们不把房子给拆了？但是，在一个这样的野战部队，突然闯进来的女兵就有这个待遇，上到大队长，下到纠察，没人跟她说半个不。

因为她是一个年轻的女兵。就这么简单。

其余的纠察不敢那么频繁地跟小影说话，和我们一个省份的纠察拉了两句老乡关系，班长不乐意了，就不敢多说了。

小影就那么站着，左顾右盼，觉得特别没劲——这是个什么鬼地方？一点儿不如省会的游乐场好玩，也没有省会的大商场值得逛逛——对于女孩哪怕女兵，特种大队就是这个地位，她要是激动得不行，我倒不敢要她了，那不是母老虎是什么？女孩就得有个女孩样，女兵首先是女孩，要喜欢漂亮衣服，要喜欢偷偷化妆（当然小影想化就化，军区总院没那么多鸟规定，但是她不化妆，除了在学校演出主持节目的时候），要喜欢听张信哲（虽然我很讨厌他，但是小影喜欢），喜欢一切女孩喜欢的东西，然后才是个女兵。军人首先是人，然后才是军人，不然天生就是山里的命，那还有什么牺牲可言呢？

没劲地扯了一会儿后，那个纠察跑步过来了。他不仅带来了新的迷彩服，还有新的帽子、新的彩色臂章和胸条，就差一个新的军衔和靴子了。不过这个我都有干净的，我们滚泥潭子的时候不戴不穿这些的。

班长挥挥手："去吧。"

小影抬腿就走，我赶紧说："谢谢！"

班长笑着说："去吧去吧，注意点儿，别随便找个山头说话，有些弟兄在潜伏训练，你们要是一屁股坐在他们身上或头上亲热，他们根本就不会起来，就等着看呢……到某山某山去，那里没有训练场，都是荒山，风景也不错。好了，赶紧去吧，时间紧张，训练的时候你不会这么觉得，但是一会儿你就知道了。"

我赶紧走，追着嘎巴嘎巴的小影。

班长跟那些纠察乐了好一会儿，才整队喊着番号走了。

从此我再没有见过那个班长。一直到今天，他的那些东西还在我的背囊里面。岁月如逝，很多小事沉淀出来以后，也许能够真的知道，在山里的军人们，那些青春年华的小伙子们，他们失去的都有些什么。

这些不一定是能够说得出来的。

3. 你的生日，让我想起一个很久以前的朋友（2）

坐在电脑前，我想起了去年夏天的一件往事。很多故事发生在夏天，好像这个季节比较容易滋生爱情。我也不知道为什么，难道是因为夏天的男孩女孩都比较火热吗？跟天气一样动不动就 40 摄氏度？生活还在继续，孩子还在成长，于是爱情不断发生，虽然最后都是一个不再相信爱情的结果，但是爱恨还是在绵延不断。因为，总是有男孩女孩情窦初开。

去年夏天我就遇到了这么一次爱情的危险。

还是那个和小影长得很像的女孩。

那一夜她死活缠着我，不让我睡觉，而我下午刚刚接待过另外一个女孩，你们可以想象我是多么疲惫了。虽然我身体底子好，但也挡不住这样啊。我真的困了，但还是想不出什么办法。我跟她急不起来，她才 21 岁，是音乐学院四年级的学生，还是一个没有完全长大的孩子，更关键的是她长得太像小影了，我在错觉中总是会搞混，心总是在她不知道的时候颤抖，但又说不出口。一说就要说那些更早的往事，我真的没有这个勇气去触碰。

所以我只能跟她耗着，说话、看电视、玩扑克，甚至下象棋。我玩这些一向不灵，可能是没有这根脑筋的缘故吧，眼皮打架恨不得一头栽在床上，但她不睡觉我也别想倒下。

我后来不留女孩过夜也有这个考虑，虽然只是很小的成分，但我的理论就是，感觉归感觉，天天住在一块就有的腻歪了。我相信结婚的朋友一定有类似的感触，所以我立志单身，当然也是被逼无奈，或者直接说我就是咎由自取。我不可能再跟什么女孩结婚的。我没有勇气去触碰自己当初对小影的誓言。

然后我们就这么晃悠到了 12 点，零点新闻刚刚开始，她突然说："哎！你闭上眼睛。"

她曾经叫过我一次老公，但我的脸色不对，她马上就换了。其实我是喜欢她叫我老公的，因为她真的很像小影，但是我不好意思说，她也就不敢叫。现在想想我那是什么德性，何德何能啊？凭什么跟一个那么单纯的女孩摆臭架子。

但是很多事情明白过来的时候已经晚了。

我明白的时候就是被机场武警按倒在通道口的时候。

她脖子上的那只迷彩色蝴蝶一下子飘到了大不列颠。

我不知道她在大不列颠的街上走的时候是不是还系着那只蝴蝶。

我想，应该不会。

很多事情，不光是我，我估计很多人都不敢再触碰。

譬如爱情。

好了，还是接着说12点的时候，我不得不闭上眼睛。然后她就把灯关上了，我就纳闷儿：干吗啊？然后，我听见打火机响。

"你睁开眼睛。"她轻柔地说，这种轻柔跟我很多年前听见的一模一样。

我这辈子都忘不了这句话。

在那一瞬间我真的蒙了，以为自己是在做梦。

在我还没有睁开眼睛的时候，泪水已经出来了。

泪花模糊中，我看到了小影俏丽温柔的笑脸，她面对我的时候一点儿都不会有那种鸟样子，极其温柔，像姐姐，又像情人。

"小影……"我的嘴唇翕动了一下。

"什么？"小影诧异地问我。

我醒了过来，泪水也停止了，只是已经流出来的滑落下来。

然后我看见我们之间的茶几上放着一个小小的心形生日蛋糕。

一根蜡烛，默默地燃烧着自己。

"你怎么了？你哭了？"她小心地问我。

不是短发，不是军装，是直直的长发，是 ONLY 的白色 T 恤，是 ESPRIT 的军绿色七分裤——她知道我喜欢这条裤子，所以我见她老穿着，后来我才知道，其实她买了三条。

我平静下来："没什么。"

她给我擦脸上的泪水。

"今天是你26岁的生日，你不高兴吗？"她小心地问我，"我以为你会高兴的，我想你那个性格是不会记住自己的生日的。"

我苦涩一笑："我是忘了，你知道我没有过生日的习惯。"

"你到底怎么了？"她还是小心翼翼地问我。

你知道什么是值得一生去珍惜的女孩吗？就是知道在你面前什么时候可以翻脸，什么时候应该哄着你的女孩。不过当你明白这些道理的时候，往往已经无可挽回了——你们说，不是吗？

"小影是谁呢？"她问我，没有半点醋意或者成心找事的意思。她知道我是个什么德性，因为我在跟她交往的同时还在和别的女孩交往，这也不瞒着她。有时候她还会给我收拾一片狼藉的床单，换个干净的。有时候她会偷偷哭，但不会在我跟前哭。我就见她哭过一次，还是躲在洗手间小声地捂着嘴哭。我憋得不行了要上厕所，她不得不出来，红着眼睛装作若无其事。我又不傻，我看见了，而且清清楚楚，但是我没有改变自己的任何态度。

你们说我是不是个浑蛋？

我没有回答她的这个问题，擦擦眼泪："我只是突然想起来，一个很久以前的朋友……"

"你睁开眼睛。"

我就看见了小影的笑脸……

我和小影离开那些纠察弟兄以后，赶紧去我们班的宿舍清洗自己、换衣服。小影要闯进我们的兵楼，这回值班的班长是坚决不干了，这毕竟是男兵的兵楼，又不是操场。这个班长做得确实对——我们弟兄在女兵面前也要有隐私对不对？何况全军的兵楼都一样，没什么可进的。

特种大队又不是少林寺，要我们睡晃悠的绳子或者在房梁上住。真要想看在电视上面看就得了，七套那个军事节目不是要把我们各个单位的男兵楼宿舍内部曝光吗？除了我们用牙刷刷出来的厕所至今我在电视上没有见过（好像所有野战部队都有用牙刷刷尿池子的传统），别的我都见了。其实都是豆腐块，没什么大区别，和普通部队唯一的区别不过是我们的凯芙拉防弹头盔和91迷彩大背囊都整齐地塞在各个宿舍的一个空铺上而已，背囊里面有单兵帐篷睡袋、压缩干粮、自热干粮、各种维生素药片、急救包、冬用雪地迷彩和夏用丛林迷彩两套备用作战服，以及迷彩高腰特制伞兵战斗靴等战备物资，当然还有换洗的"八一大衩"和袜子若干。

顺便提一句，这种投入也是很大的，干粮药片到时间之前就要更换，然后我们就连着几天早饭吃这些压缩干粮和自热干粮——不吃浪费啊。我们弟兄吃完了就涨肚子，军姿不用挺都极为标准，吃剩的粮食还有过期的急救包就只能扔掉。你们包括现在的我交上来的税有相当一部分就是用作这个，但是你们觉得不应该？难道我们弟兄的背囊里面的干粮、药片和急救包不更换？要是真有战争发生了怎么办？我们吃着过期的压缩干粮、自热干粮，装着过期的急救包深入敌后打仗吗？我想谁也不会觉得这种浪费不应该，你们能安然地在这儿看小说，就是因为这种浪费的存在。一有警报，我们弟兄掂上背囊，到枪库抄起自己的枪，穿上作战背心就走上直升机，各种标准数量的备份弹药匣就发到手里，保证我们一下飞机就能"突突突"。什么叫快速反应部队？不光是跑路快，这种措施也是一种快速反应的内容，不然还得打背包、领子弹、压弹匣等，上飞机的时候都不知道是球年了。这不是什么军事秘密，就是一点儿军事常识，全世界快速反应部队都这个德性，我说这些既算普及也算交代一部分军费的用途。你们再骂，部队就是部队，总是有人干正经事情的。

小影噘着嘴在兵楼前面的阴影乘凉，她也没脾气，虽然在中学的时候我的宿舍都是她给收拾的，但是现在不行了，兵楼不是中学男生宿舍，真不让她进，她也没法子进。我知道在她的概念中，我的床还是乱得一塌糊涂，所以想帮我收拾。

印象就是印象，你有什么办法？很多小事你不知道，但是你的亲人、你的情人就喜欢享受这些小事，他们甚至不在乎你是不是跟他们说过我爱你之类的誓言。

譬如我唯一一次探亲回家，早上起床的时候，我妈妈一进我房间的门，哭的心都有了，盼着叫我起床，掀我的被子，再给我叠被子、收拾床，同时数落我几句。这种享受盼了一年多，结果进来就是一个豆腐块，床单干净得跟镜子似的，苍蝇上去都恨不得滑个跟头，摔个骨折什么的，你说她能不想哭吗？我后来也纳闷儿，我怎么能把鸭绒被子叠成豆腐块的？真是不可思议的年代，不可思议的青春。

又扯远了，接着说我当年吧。我赶紧泥呼呼地上去，先把新衣服好好放在桌子上面，然后就拿着脸盆香皂之类的去水房把自己扒光了，哗啦啦地冲干净，再把泥衣服和泥胶鞋泡好，赶紧跑回宿舍换衣服、换鞋子，最后把野兰花装进胸口的兜里，就这么焕然一新地下去了。

小影一看到我，吓了一跳。

后来我看自己当年的照片，我想她不能不吓一跳。

你们知道什么叫精悍吗？我当年真的是这样。我在基地兵楼的留影就是一身野战迷彩、黑色贝雷帽、黑色大牛皮靴子、彩色狼牙臂章，胸前一个"中国人民解放军陆军狼牙特种大队"的彩色胸条，配上一双我们日常穿的擦得锃亮的高腰大牛皮靴子，黝黑消瘦，两眼冒光，虽然不像史泰龙一样满身田鸡腿似的腱子肉，但是那种凶狠彪悍是骨子里面的。我自己当时没有这种感觉，因为身边的弟兄都这个德性，直到退伍多年以后翻到那时的照片，才发现那个小庄真的消失了。

小影看我半天，我还嘿嘿乐，不知道哪点不对劲。

这回她的笑没有那种好玩的感觉了，是一种没有想到的惊讶。

那个值日的班长看着腕子上的迷彩潜水表——这种表后来我也有一个，但是丢失在一次搬家当中了。特种部队的虚荣不是一般的，潜水表的迷彩表带上居然也有个小狗头！为什么虚荣呢？因为我们得来不易啊！虽然你们觉得可笑，但是我们恨不得在头上都刺个狗头标志——他说：

"快10点了还不抓紧时间啊？"

我们知道时间宝贵。

我再也没见过大队长亲自准一个队员尤其是新队员的假，他对我真的是个特例。后来他告诉我，真的是看小影的面子："一个小女兵不到5点起来，坐那么久的公车，晃悠了那么久下车，之后再走那么远的盘山公路，还要一路闯那么多的岗哨来看你，是多不容易啊，而且，真的是一个可爱的、很鸟的小女兵，不能不准假，不然太不像话了。"当然，警通中队的中队长因此被处分过一次，这种事情是前无古人，后无来者的。下回别说一个女兵，就是一个女兵连也没人敢放进来了。不过那个中队长并不记恨我，因为大家都佩服小影。当时有一首著名的歌叫《漂洋过海来看你》。小影没有用半年的积蓄，也没有走那么远，但是我想，如果要制作成一个MV的话，就是这首歌了。

爱情。

是的，这就是爱情。

爱情不是地位，不是金钱，不是门当户对，不是结婚的彩礼，不是房子，不是车，甚至不是那张毫无意义的贴着合影照片、盖着红章的红色卡片。你想见一个人的时候，哪怕把屁股坐疼，哪怕把脚走出泡都无所谓，这就是爱情了。

爱情就这么简单。

我们并排在右边走，大院里面只要有人过来就会看一眼。当时我想，这回我成了大院的神人了，而且还不是因为自己，是因为小影。这件事情比在军校打纠察还流传得广，因为女兵来了。后来我退伍很久后，我当年的一个战友（现在还在大队当军官），有一回打电话胡诌的时候，突然问："你知道吗？现在小兵都在传说当年咱们那批兵有个神事，一个军校女学员从省城一路狂奔到咱们大队看咱们那批兵中的一个，鞋子都跑丢了一只，进来就抱着那个兵哇哇大哭。我想了半天也不知道是谁，真有这么神的事吗？我怎么不记得了呢？"

我当时拿着电话愣了半天，然后就呆了。

我们出营房大门的时候，小影还没说话，那个站岗的班长已经从岗亭子里面把一个牛皮纸包着的、特别好的小圆盒子抱出来平着给小影，还说："按照你的要求就平放着，都没敢碰。"我当时真是惊讶小影的厉害，在我们大队一路平蹚啊！连警通中队这几个有名的铁门神都替她办事，还特听话。

小影满不在乎地接过来，小心地抱在怀里，连"谢谢"都不说一声，就点点头——她们女兵，尤其是漂亮的小女兵真的是习惯战士对她们这样了，极少碰壁。即便碰壁，那些战士主要是想刁难她们，趁机多说几句话——然后回头跟我说："走！"

说完她就大摇大摆地出去了。

我赶紧谢谢班长，跟着她出去了。

然后警通中队那几个站门岗的抱着95自动步枪，挎着特战匕首，全副武装站得跟钉子一样，但是我路过他们的时候感觉到他们的眼睛在动，跟着我们动，先跟小影，小影走出他们的余光后再看我——他们的军姿站得真是好啊！虽然干部不在，但是脖子就不动，要不说铁的纪律就是铁的纪律呢！

特种部队的纪律比任何部队要严上加严，一个平时不严的军队是不能打仗的，严从哪儿来？还是说小事，军队为什么站军姿、踢正步、叠豆腐块、拿旧牙刷刷尿池子、拿刮胡刀片刮尿碱？这些对打仗有用吗？当然没有用，但从另一方面绝对是至关重要的作用——就是严，严格才会服从命令，才会形成整体的战斗力。我在野战军步兵团新兵连的时候觉得严，那是和家里比；进了侦察连觉得更严；进了集训基地比团里、连里都严；到了特种部队才知道，什么是真★★★严啊！其实人也一样，对自己很放松的人是成不了大器的，譬如现在的我。

我们就出去了，走在盘山公路上。一直到看不见纠察了，我才问小影："你抱的是什么啊？"

"不告诉你！"

小皮鞋还是嘎巴嘎巴。

我就不问了，不该问的不问，这种意识真的是潜移默化到脑子里面了。不该说的不说呢？我现在都不敢忘记！什么德性都不敢忘记这点，因为各种教训太深刻了。

过了一会儿小影见我不吭气，就不乐意了：“你连猜也不猜啊？"

我就嘿嘿乐。

我是真猜不出来，我现在一脑子都是军事技术、各种队形、各种数据，别的筋根本就没有了——我写诗是几个月以后（适应了这种生活）的事情了。

小影一噘嘴，我就不敢说话了。

"木头一样！"她不高兴地说。

然后我们就上山了。

我谨记纠察班长的教导，没有去有训练场的山头。那儿说实话也进不去，警戒哨恨不得放到 5 公里开外，虽然当地老百姓少，但也不是没有啊。这不是为了保密，全世界特种部队练的都是这几套把式，是怕哪个放羊的老百姓把羊放进地雷或者爆破训练场，那个麻烦就大了。有一回还是出事了，那也是神事，我们打 95 自动步枪对空中飞靶速射，就跟奥运会比赛差不多，结果一发弹头不知道怎么回事居然飞了十几公里。一个刚刚下地干活的老百姓被一家伙打在肚子上，当时就挂了。我估计这样的小事故各个野战军单位都有过，也怨不得谁，这就是命。我们那会儿天天打小组战斗射击，就在枪林弹雨来回折腾，也真没见哪个被子弹撂倒的，倒是我的靴子的跟被一发子弹打掉一回，但是我也不敢犹豫啊，子弹就跟在后面打你的穿插空子，只有一个选择就是继续变换各种战斗姿势，不然就真的打在身上了。

我们上了某山，风景确实不错，树林翠绿。那个地方是我们植树种出来的荒山，底下还植了草坪，下面还有条小河，那水真干净啊！我至今回忆起来都是一种享受。部队植树确实有一套，特种部队也植树，是解放军就要绿化祖国，这也是爱国主义教育的一部分。我们植树不光是植树，最后味道一变成竞赛了，结果每个人挖的坑那真是又多又好又标准啊！一起来植树的地方区委的干部都惊了，怀疑我们不是人类。我们弟兄居然还跟没事人一样洗洗手就集合跑步吃饭去了，番号喊得山响。这没什么可说的，我们弟兄的精力比较过剩而已。

然后我们到了两个山包之间的小河边，坐在草坪上。

小影一见水就乐了，她从小就喜欢玩水。小皮鞋一脱，白色小熊袜子一脱，小脚就伸进水里了。

然后她长叹一声躺倒不说话了，真的累了。

我看见了她的脚上有泡，还被皮鞋磨破了。

我当时真应该把她的脚抱在怀里哭一场，但是我没有，我为什么没有呢！我至今都后悔，其实真的应该那样。一个从来没有走过这种狗日的盘山公里的小女孩这么远来看我，我至今不能忘记。可是我当时就是没有，因为纪律，因为铁打的各种纪律把我锤成了兵，我不再是那个自由自在的小男孩。

她让冰凉的流水好好冲了一会儿脚，才睁开眼："真舒服啊，想不出来你们这儿的景色还挺美的！"

我就笑，心想这算什么，九牛一毛而已。

她看了一会儿蓝天白云、青山绿水，然后坐起来："你知道今天为什么我来吗？"

我说："想我了呗！"

"切！我才不想你呢！"她白我一眼。

我是从小被小影呲叨习惯的，所以不敢还嘴。

"你闭上眼睛！"

我听话地闭眼睛，然后听见牛皮纸的哗哗声，然后是火柴的声音。

她轻柔地说："你睁开眼睛。"

我睁开了。

一个心状的生日蛋糕。一根小小的蜡烛。

我这才想起来，今天是我 18 岁的生日！

小影一个人拍着手："祝你生日快乐……小庄生日快乐！"

我傻乎乎地看着。脑子想了什么我都记不住。

小影说："好了！许个愿吧！"

我就闭上眼睛，双手交叉许愿，泪水滑了下来。

睁开眼睛的时候，我在泪花中看见了小影的笑脸。

她不奇怪我会哭，我从小就多愁善感。

我把蜡烛吹了，她就问我："你许了什么愿？说给我听听。"

我不说，只是心里暗暗发誓。她非要我说，我没办法。她就是这样，不告诉她的事，她就一定要知道；你主动跟她说的事，她还不乐意听——那时候的女孩，真 ★★★ 是女孩！

我看着她的眼睛，跟在军旗前面一样发誓说：

"我小庄这辈子除了小影，谁都不娶！"

小影呆了半天，显然她没有想到我会说这个。

我认真地看她，然后蛋糕就糊我脸上了："看你美的！谁要嫁你！"

然后我们就在小河边的草坪上追逐打闹，她还光着脚。但是这里的草坪不是野草，是我们种的。

一只小鸟在枝头上纳闷儿地看，觉得人类比较操蛋，看了一会儿觉得没意思就自己抓虫子去了。然后，她靠在我怀里跟我说话，脚还放在清澈的小河里搓着。我知道她是真的疼，因为我的脚起过无数的泡。

我把野兰花给了她，但是那些故事没有说。

我觉得很多事情不要说，自己做了就行，知道自己的心是真的就行了。

后来我知道我应该说的，应该让她高兴的。对于我们短暂的绿色爱情来说，对于我们两个不能左右自己命运的小兵来说，应该说的；但是那个时候我没有意识到，我18，她19，我们都觉得我们在一起的时间长着呢。

她玩着那花儿："这什么花儿啊？难看死了，都要干了！"

我心里一疼，但还是没说。

本来就是给小影的，她喜欢不喜欢是她的自由。

但小影还是拿在手里闻闻："哟！还挺香的啊！这花儿干了还这么香啊，真少见！"

其实那个时候我们都不知道，这花儿不仅是干了香，而且越久越香，很多年之后我得到了证实。

小影拿在手里一直闻着，和所有的女孩一样，小影喜欢香味。

难道女兵应该喜欢火药味道吗？

我们说了好多话，但基本上都是她在说。于是她们医院上到院长政委，下到扫楼道的阿姨的各种臭事我没有不知道的。半年后我见到了她们屋的女兵，虽然之前我没见过她们，但是谁是谁我就没说错过。她们都很惊讶，当然她们对我也熟悉得不得了，我的情书在她们宿舍被列为十大酸之首，超过了当时红极一时的一个小白脸歌星，我就不说他叫什么了，你们自己回想吧。

我没有说什么，不是为了保密，我刚刚入队，确实也不知道什么。而且我真的不知道说什么，因为这些苦我都习惯了。

你习惯了就不知道有什么说的了。你去问驻守边防譬如海拔4000米青藏兵站的兄弟："你们苦吗？"他们会觉得你有病："是兵就得这么过啊，有什么苦不苦的。我们不是挺好的吗？"

我也是这么觉得的，当然我不知道别的单位譬如大院的兵是不是比我们舒服，不过就算知道了也不羡慕。当兵就那么几年，苦就苦了，既是为国为军做贡献，也算是个人的宝贵财富，图舒服我们还当兵干吗？

我们就这么一直说话，我不时地亲她一下，她跟猫一样闭着眼睛。

她也不时亲我一下，然后还感叹道："跟黑木炭似的！这怎么带得出去啊？走在街上还以为我跟个烧锅炉的在一起呢！"

我就嘿嘿乐。

我的18岁生日，就是和小影一起度过的。

我生命中最甜蜜的一天。

然后，我就再没有过生日了。

一直到去年，我不得不过，但是过得不开心。我一句高兴的话都没有说，我想起了小影，一直想着。她还长得像小影。

你们说我高兴得起来吗？

其实想想，我不应该对不起她的。但关键是小影的故事，我告诉她的时候已经太晚了。

我的 26 岁生日和 18 岁生日，是我成人以后唯一过的两次生日。

两个长得一样的女孩给我过的。

你们说，我能忘记哪一个呢？

4. 狗头大队的十八般武艺和七种武器（1）

爱情故事总是令人心碎，我们转换一个话题，放松一下心情。说点儿当时我们基础训练的事情吧，只是有点儿枯燥，我尽量说得有意思一点儿，女孩可以跳过去。

我想了半天也不知道该怎么讲述那些复杂枯燥的基础训练科目，虽然当时我们都是在枯燥中找乐趣，但写出来还是太枯燥了，那样你们还不如自己找本科普读物来看呢！写出来就是科普文章，何必在这里教你们用什么技巧开门、怎么去抓捕（绑票）别人、事先怎么侦察、怎么埋伏、怎么动手、怎么结束收场，还有在山里怎么躲避军（警）犬的追踪呢？知识都是双刃剑，好的学好，坏的学坏，于是我就算了吧，真的没有什么可说的。

我还是写我的小说吧，但还是要简单介绍一下，不然不明白的朋友以后阅读起来有困难，所以我还是说一下狗头大队的十八般武艺和七种武器。我没有分个次序，就拣自己感受深刻的说吧。

我们新训队的菜鸟进了大队并不算完，还要先集体挨锤再分开单锤。这个过程是不一样的，譬如狙击手和突击手之间的培养时间、培养方式就是完全不一样的，虽然早上还在一起跑 10000 米，体能基础训练还在一起，也有一些共同的科目譬如手语、队形、格斗、攀登等，但是专业学习的内容就大不一样了。在我的印象当中，狗头高中队唯一说过的一句文绉绉的话就是："所谓特种作战小分队，其实就是不同专业的专家级战士组成的一个整合，其发挥的整体作战效能远远大于一般的步兵和侦察兵班组战斗力的组合。"当时我听得云山雾绕的，何况我们那些农村来的士官了。顺便说一下，那三个少尉不跟我们在一起了，他们有自己的专业学习课程。后来也不在一个中队，见得很少了，就是一次演习的时候遇见一个，他已经当了分队长，我们聊得挺热乎的，不过总是隔了点什么。我打交道最多的干部是狗头高中队，每次中队的菜鸟都是他主训，不然他不放心。再后来我居然被狗头高中队挑进他的直属特勤分队里，我估计他是考虑锤我比较方便。在军营的最后两年半里，我就一直跟这个鸟人在一起，受他的鸟气。你们说我怎么过来的！

我们没听特别明白，就要被他们锤成"专家级的战士"——部队的训练就是填鸭子，哪儿那么多道理可以讲啊？——我还在莫名其妙，就当了第一突击手了！第一突击手是什么概念？就是尖兵确定目标位置之后第一个上去当炮灰的，每次就第一个冲进去！要是打仗，弟兄们看着第一突击手就行了，都不用说话，看他是不是挂了就知道里面是否安全。

新海湾战争里一个最经典的画面是夜视仪拍下来的，一个特战小组（好像是海豹特战队吧）在一个屋子前面围着，然后一个哥们儿就被燃烧弹烧出来了，直在地上滚——这就是第一突击手。

我跟马达、生子被挑进了他的直属分队受锤。这里是全中队最鸟的老鸟，对我们极端不友好。他们也有这个资格，毕竟我们什么都不会啊！马达安了一个火力支援手的马甲，天天背着个40火满山跑——谁让他小腿粗、承重好呢？除了40火和规定的几枚火箭弹，加上自己的步枪、规定的弹药，还有手枪、匕首、水壶、背囊等，你可以想象他的承重是多少了吧！马达同志任劳任怨，满山跑得跟野兔子一样——农民战士真朴实啊！我就从来没有见他抱怨一句啊！只是在我们洗澡的时候，我看见他黝黑的肩膀上，勒出来的红印慢慢变成伤口，又慢慢结疤，然后肩膀上多出了两块看上去很奇怪的老茧。刚刚磨破的时候，他疼得钻心啊！晚上我给他上药，然后泪水就吧嗒吧嗒地往下掉，但是他顾不上感动，常常在上药的时候就呼噜震天了。

真的累啊！谁让那个时候咱们国家只有40火呢？几十年前是这个，几十年后还是这个。现在可能那帮小兄弟有点好家伙了吧，我也不知道了。打40火是我一生难忘的经历，因为每个队员都要会使用所有的轻武器，所以我每年也打。"轰"的一声脑子一下子就蒙了，然后耳朵就听不见了。一团热浪就从后面出去了，所以我们都是侧趴着。有一年冬天，一个兵就因为趴得正了一点儿，干部也没注意，结果尾部出来的气浪一下子就把他的棉裤喷掉了一半——就是一条腿侧面的半个棉裤加上棉军靴的一半，半个大腿肉一下子露出来——不过，人各有命啊，他就损失了一条腿的半个棉裤，还有一只军靴的半个，然后就是几根腿毛，居然连一点儿烧伤都没有！

生子当了狙击手。其实我本来想做这个的，多酷啊！拿杆88狙击步枪，浑身稻草人的感觉。但是狗头高中队不让我当，理由就是我好动。这倒是真的，我确实闲不住，狙击手的潜伏是比较辛苦的事情，要有耐心和耐性，射击成绩要突出，这个生子都有。这小子一天趴在那儿都可以，但我做不到。后来他告诉我，有几次潜伏训练他是真的睡着了，还特香。他合计着狙击手这专业不错，不用像马达一样背那么沉的东西满山跑，也不用像我一样满地乱跑，动不动就来回窜。狙击手给他的最初回忆就是在日头底下睡大觉。那些兵满山咋呼："我看见你了，出来！"可找来找去就是找不着，原因是他在睡大觉，所以走近了也没感觉，也不慌张——当然若是碰到狼狗，他就没办法了。

不过生子也遇到过自己比较难办的事情，就是羊群。狙击手的潜伏训练到了最后不是在训练场，而是自己选择一个1000~2000米以内的山头，然后一堆狗头大队的人去找。这一出训练场没有警戒圈就有羊群的问题了。那地方的人种粮食不容易，就在山区放山羊。我在城市里面光知道山羊的名字但不知它的神奇，有一回一出大院的门，抬头看见对面大概70度的悬崖上有一堆白点。不知道你们信不信，半个悬崖都是山羊在跳来跳去。★★★！我算知道什么叫山羊了！真是爬山的羊儿啊！

老大爷赶着满山的白点羊群咩咩咩一过，潜伏了大半天的生子彻底暴露了，一身被群羊吃剩下的碎草就跟没蜕好毛的麻雀似的，丑得不行。羊群一过，山头一片光秃秃的，他就给露出来了。然后他就嘿嘿笑，迷彩脸上露出一嘴白牙。我们跟底下看都觉得像喜剧片似的，笑得直不起腰来。狗头高中队也发不起火来，也跟那儿乐，只不过这个孙子伪装着不乐罢了，搞得脸上半笑不笑的，难看得要命——这狗日的一向这样。后来退伍了，看了周星驰的电影，我就想，他是不找我写本子，不然我就把这个用上，绝对符合他的路子。我能保证电影院的现场爆笑。

谈到狙击手的训练，我就不得不提一个人，就是我们的狙击教官。这是个打死过人的狠角色，广西人，叫什么我忘记了。他是个少校，也是大队长的兵，当年侦察大队的狙击手，一等功臣。这个人我不熟悉，因为只在共同科目学了一阵子，但生子跟他单练过很久。

我对真正的狙击手的第一印象怎么说呢？好像他也是少数民族吧，第一次见的时候就没觉得他特别起眼，精瘦的身子穿着一件印着"中国陆军特种部队"和狗头标志的迷彩短袖衫跟深蓝色大裤头（我们洗澡的时候都穿这个，别的地方没有这种印字的短袖衫，好像很稀罕，所以都想保留一个），拿着脸盆子、拖拉板子晃悠进澡堂了。对了，肩膀上还耷拉着一个毛巾——你能看出来这是杀过人的狙击手吗？——他眼睛是偏黄色的，不是正经的黑色，头发不多，比较稀疏，但不是我们留的寸头，而是分头。后来知道这是大队长特批的，就他可以留分头，原因我下面解释。

我们弟兄正在澡堂子洗澡，谁也没注意他进来了，都以为他是哪个维修所的技术干部或者是维修保养枪支的那种军工。等到他脱了衣服，我们就都傻眼了。

一身的腱子肉，不是波兰那种，是亚洲那种，类似于李小龙的那种精肉。

然后就是，点点块块的伤疤，枪伤烧伤烫伤各种乱七八糟的伤。

他也不说话，只是洗澡，也不看我们这些兵。后来才知道他跟谁都不特别说话。

我们傻眼了，这些伤疤就是一个个饱含着血和热泪的故事。但他的眼睛呢？能看出什么呢？

就是那样，不冷不热。

他看也不看我们一眼，洗完就走，一句话也不多说，衣服穿上的时候人就拖拉拖拉地走了。

我们都愣在澡堂，不知道这是个什么角色。

后来我们学习狙击战术，他主讲，但还是不多说话，一开口就是广西普通话，比较难听懂，但是我们弟兄都不敢多问他。他的眼神不凶，指导完了动作就让我们自己体会，然后就是再指导。战术课上他把狙击手的阵地怎么布置路线、怎么选择等讲完，不会再讲第二次，但是弟兄们没有敢提问的。不懂也没关系，实践的时候他会再给你讲，一点儿也不着急，讲几遍也没关系，不热情也没有不耐烦，就是不紧不慢地讲。

他的习惯就是在我们弟兄练习的时候，坐在山头上眯着眼睛看着远处出神。

后来我们才知道，他是在看不同方向和距离的人头，他在目测距离，在算风速，在算计怎么打过去就一枪命中头部，不用补枪。

我们都出了一身冷汗。

他唯一一次笑是因为看一个叫《双狙人》的美国电影，就是讲狙击手的。我们也不知道他笑什么，但是他真的就笑了那么一下，没有任何评语。我们部队搜集了很多这种老美的电影放给我们看，我们都觉得它们比侦察兵比武看的国产片子好看。后来再学了点东西就真的拿这些当电影娱乐了，其实没多少是真正的行家拍的，都比较业余。

他唯一一次骂脏话是看了一个国内翻译的以色列狙击手训练资料。资料里头说以色列狙击手训练的时候打稻草人，会在草人的头部放西红柿酱瓶子，一打就变红色，以此培养狙击手不惧怕血的心理。

他就那么淡淡的一句："扯淡。"

他还让我们打靶子，就是各种各样、不同距离的小钢板靶。

后来他唯一一次跟我说了一句多余的话：

"几百米外的人头，从瞄准镜里面看就是一个小点，一枪过去就倒了，看得见血吗？"

那种神态好像是在回味什么。

我就脑门发冷，有种被瞄准镜窥视的感觉。

生子这个孙子潜伏训练的时候还真干这个事情，拿瞄准镜瞄我们兄弟玩。后来他也养成了眯眼坐着瞄人头的习惯，本来他就不好说话，后来更不好了，连眼神都越来越像那个教官了。我当时就知道什么叫职业习惯了，就像我没事就想踹门一脚，闪进去一样。狙击手的职业习惯就是没事瞄人头玩。

那个狙击教官还是老样子，每天下操后就穿着迷彩短袖衫和蓝色短裤去洗澡，见了我们也没有话，我们敬礼他就点头，也不还礼。

他就这么在大院来来去去，谁见了也不理，就和大队长还多说两句，但是也没敬礼。

大队长不生气，也不跟他多说什么。

他就自己走。

他除了操课，从来不穿狗头大队引以为豪的特制迷彩，也不戴臂章，最多的时候，他就是端着脸盆子，穿着短袖衫、短裤去洗澡，每天都洗。

后来我们知道，他是鼎鼎有名的、被中央军委命名的"某山第一杀手"，唯一一个以这种带有武侠小说色彩命名的战斗英雄。他的纪录是151颗子弹，150.5个敌人——那半个打在脑袋上了，没死，回去是植物人。

他一直没有结婚。

孑然一身，就这么在大院里面来来去去，没有笑容，没有生气，不紧不慢。

对了，他的习惯是没事瞄人头玩。

你们知道什么是战争对人性的摧残吗？

我18岁的时候就知道了。

5. 狗头大队的十八般武艺和七种武器（2）

狗头大队基础训练虽然枯燥，但我们的鸟事还是挺多的。

很多鸟事我们喝酒的时候回忆起来，先是笑得不行，然后是哭得不行——那是个什么样的青春时代啊！

警通中队一直对我们二中队有意见：你们训练就训练，干吗跟我们警通中队过不去？因为我们的训练是不分时间地点场合的，有时候的做法简直就是胡来，当然不是捅什么太大的篓子，但肯定会违反部队的管理制度，搞得警通中队的中队长对狗头高中队恨之入骨：他狗头高中队练兵练爽了，可我就得被大队长收拾，你们是怎么搞的？！但是防不胜防啊，警通中队就那么几个人、几条狗，不能天天全都叫起来上夜岗吧，正常的训练还搞不搞？正常的勤务还执行不执行？

狗头高中队是打仗下来的，搞侦察有一套，对警通中队那点事情门儿清；而且他除了大队长谁都不怕。对这种事情大队长也不怎么批评他，就是老收拾警通中队的中队长。何大队也是个鸟人啊！他是有自己的考虑的——作战单位和警卫单位一把是剑，一个是盾，互相考验考验不挺好吗？就是要防不胜防才有意思！在他这种思想指导下，狗头高中队愈加猖獗，不可一世地鸟起来了！警通中队的中队长也不敢惹他，惹不起啊！这孙子是个有名的鸟人！这点小事跟他翻脸，他不知道怎么给你来厉害的呢，只能忍让！要不我有时候看警通中队那个中队长特可怜呢，狗头特种大队的纠察工作真那么好做吗？关于锤人和群锤，我回头单独介绍一点儿有特色的锤法。

全怪狗头高中队这个鸟人，他大晚上吹直属特勤分队的紧急集合哨子，把我们拉起来上来就一句："你们今天的科目就是把各个炊事班的三轮车都给我弄到楼前面来！"

我们这些新来的一听就傻，什么意思啊？怎么个弄法啊？大半夜两点多了我们去敲炊事班的门或者窗户，问："班长，三轮车借着使一下？"那还不被那帮特种炊事员当即按到菜板上举刀就剁了："你们居然敢搅爷爷狗头特种炊事兵的好梦？！第二天4点就得起来给你们狗日的蒸馒头、做稀饭。伺候你们狗日的吃喝不算，还敢不让爷爷睡觉？"

顺便说一下，这些炊事员虽然不是侦察兵比武出来的，但也都是各个野战军上来的尖子厨师员。他们大多是班长、二级以上厨师。就算是三级或者没级的，但炒菜、做馒头相当有一套。我至今没吃过那么好的菜和馒头，包括在大饭店。我说过了，野战军的炊事员也要训练的，只是没有一线队员的整体素质高而已。连修理所的军工都被我们何大队逼着每天早上先跑个3000米热身再说，何况正经的陆军士官狗头大队编制上的兵？炊事员也有枪，也有头盔，也有背囊，一样是战斗员，何大队能放过他们吗？跟我们这些菜鸟比，这些老士官可都是身手不凡。他们炊事班揉面不是坐着揉，是俯卧撑特种揉面法，还捎带练练体能；闲着没事就跟那儿比画几下子，因为大队要整体考核，他们必须及格。而且，10000 米和体能也是一定要跑的。你想想他们再自己补充补充营养（我在炊事班帮厨也这样），那身子骨能弱吗？对于这些特种炊事员爷爷我见过一次狠的，俩炊爷不知道怎么顶起牛来了，一个比一个牛，然后就比赛砸啤酒瓶子（我们不喝酒，但是打靶还有表演要用这些，所以每次都是炊事班出去买菜的时候捎带买回来的，堆在食堂后面跟小山一样，哪个单位用就过来领）。他们砸酒瓶子不是在地上砸，是在自己头上砸，看他们砸啊砸啊，我恨不得跪下来啊！我一看没办法了，赶紧去叫干部，结果就把后勤部长叫来了。我们进食堂的时候就听见后面说："妈的！那个死脑筋小庄怎么不早点去叫干部？他走了咱们哥俩还跟这儿砸啥啊？""就是，怎么城市兵也有这么不开眼的！你红花油放哪儿了？一会儿我抹抹！"原来他们是不愿意在菜鸟面前收手啊，其实自己都受不了了。（我特别注明一下，里面有液体的酒瓶千万不要砸，一定会出事的）

你们现在知道这帮特种炊事兵们是什么鸟性格了吗？

我们这些菜鸟能不害怕吗？但是老队员根本不当回事儿，回去一换迷彩服、轻便战靴、抹上迷彩脸，就带着我们三个菜鸟走了。

我们一路上躲避纠察夜巡的路线和高塔上的探照灯，还有地面上的路灯，那时候我的心跳得不行啊！真是跟潜入敌后进行渗透破坏似的，只是手里没有武器而已。大院里面的纠察倒是不会随便开枪，因为知道我们二中队这帮孙子好来这，要是发现了顶多是把探照灯全打开，警告我们赶紧回去老实睡觉而已。

但是狗爷呢？

我那时候还不知道狗爷训练有素，只是刁着你的胳膊，不挣扎就不真咬，光看白天哈着舌头的那口牙就够意思了！一口二斤肉是跑不掉的。

心里忐忑不安的兄弟们走队形，贴墙根，手语联络，搞得跟真事儿似的。

摸过检查哨尖兵，侦察后卫殿后。生子没有狙击枪就只能跟在里面，但是这个小子的眼神不是弱的，绝对是狙击手的眼神，一看就知道哪儿怎么回事，岗哨怎么布的，视线是怎么交叉的，探照灯多久一个来回。

然后我们就摸到食堂后面。看了一眼，我们菜鸟都惊了！看来狗头高中队这么干不是第一回啊！炊爷们都有防范了！那个破三轮搞了多少道铁丝钢丝，挂着多少铁皮罐头盒啊！每天都这样吗，也不嫌麻烦？除了没有定向地雷阵，这整个是一个圆形步兵班防御阵地啊！居然就为了一个破三轮！还用铁链子紧紧锁在树上！

我们都发蒙了，但是老鸟们习惯了。只见他们拿起野战多功能特战匕首开始多功能切割渗透，铁丝钢丝上的铁皮罐头盒子一个没有响。真是神了啊！还真有个孙子拿着探雷针跟那儿探啊！

我还纳闷儿呢，一会儿后他一伸手我们全卧倒了。然后他就轻轻刨开地面的浮土，一个标准的筒子陷阱就出来了，里面是什么？炊爷的陷阱能放什么？剩菜啊！

他再探，探出周围三个陷阱，都是围绕三轮点状分布。我的奶奶啊！我真是知道什么是"狼牙"特种大队的炊爷了！军事素质不是一般好啊！一般部队的侦察连都不学这个，因为用不着，但是狗头大队人人学——谁让你 24 小时战备呢？

然后终于接近三轮了，但是危机就在后头。

三轮也有机关，是吊在树上那些茂密的叶子里面的剩饭筒子，我开始没看见，放下来才知道。

它用一根极细的钢丝吊着，肉眼真的是看不见。

要不说狗头高中队的直属特勤分队也是狗头兵呢？他们就看见了。日后我也看见了，不是看见，是直觉吗？也不是，是谨慎小心的习惯，这都是偷食堂破三轮的多次经验教训养成的。

后面的锁、铁链子真是易如反掌啊！他们一鼓捣就开了，然后不骑不推。这帮炊爷晚上把破三轮的车轴松开，轮子一动就吱吱响，棍子就备在床边。要是有声音出来就打。我不知道这帮老鸟被炊爷暴锤过几次才有这个经验。后来我被锤过一次，还不敢还手——你敢惹炊爷吗？第二天他就放多点盐或者放少点盐，你还说不出什么来。

你们说狗头高中队给我们这种任务是不是鸟人！明摆着我们被发现了就会白挨锤！一个破三轮有什么好偷的啊！

老鸟把破三轮抬起来，跟抬伤员似的前一个后两个——破三轮屁股大啊！

然后我们脚步轻盈地走了，简直是落地无声。

我们排成队形通过检查岗楼后就回去了。

这就是狗日的高中队给我们的训练任务之一！

第二天炊爷什么也不说就来推三轮，没骂没说什么，因为知道自己技不如人。

后来我们还是被锤过几次，一次是炊爷把破三轮的螺丝拧下来几个，我们一抬，哗啦啦地掉了一个轱辘出来。炊爷也是快速反应部队的啊，穿着短袖衫、短裤、拖鞋，拿着棍子就追着我们打啊！然后纠察追，狗咬，被扣进小黑屋。第二天狗头高中队睡醒了才领我们回去，还臭训我们没用，罚我们跑特种障碍。你们说他是不是个鸟人！

我们就经常跟食堂炊爷的那辆破得不能再破的三轮较劲。

我们的渗透功夫和炊爷的反渗透功夫就这么交替上升着。

谁也不服谁。

不知道现在狗头大队还有没有那种破三轮了，我也不知道现在的小兄弟跟炊爷还是不是为一辆破三轮较劲了。那天我在大街上看见一辆运纯净水的破三轮，跟我们盗窃的破三轮居然一模一样，刹那间我以为自己回到了狗头大队。

我居然站在那儿看了半天，还迎风落下了眼泪。

就为了一辆绿色的破三轮。

6.狗头大队的十八般武艺和七种武器（3）

关于劈砖这点事我犹豫了半天不知道写不写，写了好像揭了我们老部队的底子——但是我相信是有真练的，在此注明我们狗头大队的特种兵就没有练过。所以我下面的内容局限于我们的狗头大队。我们平时的训练就非常紧张，也知道练那个东西没什么用处——敌人等你运好气再上来锤你啊？一般他们先是用自动步枪，自动步枪完了还有手枪，手枪完了还有匕首呢。我们练习的对锤往往在实战中用得不会很多，除了捕俘（那也就一下子），用得着上拳脚吗？敌人夺枪有那么容易吗？小组编组是干什么吃的？交叉火力掩护是干什么用的？那真的是电影里面胡拍的，就是为了好看、过瘾、血腥。但是我们还是锤，锤得特别狠，一是万一出现不能开枪的情况（也不多啊，还有微声冲锋枪呢），也好有个准备；再一个就是磨炼队员的对抗和求胜精神，激发战士的坚决性和韧性。

其实真的很少用到对锤的功夫，你想象一下实战的环境，特种兵在什么情况下会单独作战？概率有多大？硬气功就更没什么用了，真练吗？砸瓶子、踢坛子不是硬气功，不怕疼就行——但是某电视台那帮孙子一来就要我们劈砖，别的都不看，觉得这个比较过瘾。我们没有办法，只好凑合练了几天——狗头高中队是真功夫，但我们都是假功夫。那个狗日的导演还要我们站成一个横排劈砖。你真的以为野战军正经的科目是天天劈砖？要我说这都是某电视台的孙子惹的祸害，好像我们就会劈砖胸口碎大石似的——那是战士吗？！真正的战士是什么？！就是"快、准、狠"！上来一下子就弄死对方——力量够，方法对，还用什么硬气功啊？

但是没办法，任务来了也得劈啊！

狗头高中队也生气这种劳什子事情，虽然他还是少林俗家弟子，但是他毕竟是战场上下来的，他知道实战中万一真的要徒手格斗了用什么——就是狠啊！就是一招制敌啊！哪儿有什么运气的功夫啊？敌人给你这个时间吗？一枪就给你放倒了！

狗头高中队就骂狗日的某电视台孙子在这儿搅和，弟兄们路跑那么快、枪打那么好、悬崖爬那么高、散手这么灵活，一句话，懂行的人都知道什么是实际的战斗力，怎么就★★★要看劈砖呢？我以为观众也有责任，尤其是被香港的武侠电影整治的，好像我们就必须头开酒瓶、胸口碎大石、手要一下子就劈砖才行。其实说实话，我们的力量和速度一掌出去两块砖真的没有问题，但是干吗要专门练劈四块、六块甚至电视上面还逼着你劈七块、我劈八块呢？真的用得着吗？人有两块砖那么硬吗？我们一拳上去绝对就放倒了。武警练这个是因为他们徒手格斗的机会确实比较多，他们是治安不是野战，通常不能随便开枪，战争管这个球事啊？上来就突突突干死，谈到徒手格斗我们的散手对锤绝对够用，我们还是打了很扎实的基本功的，而且还有狗头高中队这个少林弟子自己编的一整套上来就死不然残废的"一招制敌"。武警练练是真的管用，他们也有这个时间，他们不像我们还有那么多难度很大、耗时很长的野外特战科目啊。我们队员一睁眼就是各种综合科目，谁给我们时间练气功？

野战军练这个是最没有用处的，捕俘格斗根本没时间运气，完全靠机动灵活方法加上力量！我们军队自己也不傻啊，但还得练啊！

我们就练吧。

两块，都没问题。

三块，都没问题。

我就手疼了，是真疼啊！

劈开后我才知道有块黑心砖——红砖里面是黑心的，那种砖极硬。

四块，我没开，因为怕了，要开也能开，但是我有抵触情绪。不就是一个市级电视台啊，你臭牛什么啊？干吗要我们放着正经的科目不练，玩这个最没有用处的东西。

马达是最后一个能开到五块的，他没有硬气功，就是拳头硬不怕疼。

看看大多数在四块左右。

可以了吧？

电视台来了我还是劈了四块的。没有硬气功，都是真功夫，下手真劈。

真 ★★★ 疼啊！

我倒吸着冷气但是咬牙不敢动。

某电视台那帮孙子不满意——特种兵怎么才劈四块啊？还不如电影里面的呢！这观众怎么满意啊？

我当时就想急了。

狗头高中队想想，集合我们说再练练。

然后我们就跑步到正在盖的游泳馆工地——你们以为这个游泳馆是让我们消遣啊？深4米的水池子你消遣试试？绑着你的脚腕子、手腕子还是反绑着给你扔下去你试试？这个事情回头再说——狗头高中队拿起一块砖敲敲，听听，再拿起一块砖敲敲，再听听，然后点头："都过来。"

我们就过去听。

狗头高中队说："这个声音的，找出来若干块！"

我们就找，战士是最听话的。

找出来了，摆在那儿。

狗头高中队劈开手里那块："这个声音的就不是黑心砖。"

我们就明白了。我不敢说少林有猫腻，但是狗头高中队在以前的表演中要是没有猫腻我就把小庄倒过来写！

狗头高中队再拿起半截砖，在一块整砖上的中间慢慢绕着来回敲："看见没有？"

这种轻微的敲击，砖内部的结构开始松动，沙沙地掉红色的砖尘。

我当时就彻底明白了！狗头高中队这个号称武林高手的少林俗家弟子在以前的表演中一直在玩这种小猫腻，还不告诉我们以维护自己的武林高手的形象！我们弟兄的手都生疼啊！早说不就完了吗？！这回是某电视台那帮孙子逼得没有办法了才告诉我们的！

狗日的鸟人！

不一会儿我们练好回去了。

电视画面上，每人八块摆在面前的椅子上。

运气——狗头高中队现场教的几下假把式。

哈——

一个连一个。

全是八块。

红色砖尘飞扬。

半截砖块全面落地。

居然都是面不改色气不喘。

什么叫被逼无奈？——"狼牙"特种大队的特种兵表演，所谓的硬气功真的是被逼无奈。

谁逼的？——谣言。

关于劈砖，狗头高中队还有件鸟事。那是军区副司令一干人等来看表演，某电视台那孙子又来了，要求拍一个军区副司令近距离看战士劈砖的画面，最后握手。部队最讲政治，宣传就是政治的内容之一，所以部队绝对配合电视台——你们要是电视台的，到部队祸害过不会不知道。

还是得劈砖。

时间来不及找那么多砖，狗头高中队无奈："我上吧。"

我们就找砖敲敲搬过去。

十一块摆在那儿。

狗头高中队"哈——"的一声。

军区副司令就心疼地看见自己的少校劈开三块，咬牙忍疼继续又劈。

我们都蒙了——怎么可能呢？这孙子一下子六块是绝对没有问题的啊？

军区副司令又心疼地看见自己的少校还是劈不开那一块，忍疼要劈。

电视台那孙子高兴坏了，因为这么激情刺激的画面不多见啊。

狗头高中队被逼无奈大叫一声"呀——"，拿起剩下的砖一块一块在自己的头上全部拍碎了。

当时我就发现，第四块、五块、七块、十块和十一块不是黑心砖，可以听出来，那是砌游泳池的特制钢心砖，声音和红砖一样。

狗头高中队真的不愧是少林俗家弟子啊！

这是真功夫啊！

军区副司令张大嘴，看见自己的少校坚持着站在那儿，忍疼站着军姿。

某电视台的那孙子还在拍，小声提示我们军区副司令："握手啊！握手啊！"

然后，我们的军区副司令指着电视台那孙子的鼻子暴骂：

"这是我的部队！这是我的兵！以后不准你们这帮狗日的王八蛋到我的部队祸害我的兵！"

电视台那孙子张大嘴，然后警卫参谋就把带子没收了。其实，真的应该播出来的。

后来，军区副司令的警卫参谋和秘书们周末到我们这儿打枪玩，大队长派我保障。他们聊起那天就告诉我，从来没有见过那个60岁的老上将发火，这个老干部的涵养极好。

为了这样的将军，我们愿意战死沙场，无怨无悔。

从此，狗头特种大队谢绝一切新闻报道，除了军报和军方的新闻部门。

注明：劈砖一事只特指狗头大队，与别的部队无关。

7. 狗头上天（1）

本来觉得自动步枪和手枪的特种战斗射击训练还是比较有特色的，但是想想还是不说了吧。专业性比较强，危险系数也高，一般部队不敢那么练习，而且各个大队的方法也不一定一样，各自都有各自的特点，战区和任务形态不一样，自然很多训练也不一定一样，在标准化的基础上根据自身的特点总结自己的训练体系是世界上任何一个特种作战单位都干的那点鸟事。

我那就说说狗头上天吧，全世界的特种部队和空降部队都要干这个鸟事，《兄弟连》大家都看过，各种媒体、电影、电视剧也很多，还有很多跳伞俱乐部。跳伞谁不知道？又有谁没见过呢？狗头上天有什么可以讲的呢？但我们这些小兵跳伞的故事呢？你们知道吗？所以，我就说说我们弟兄的故事。

我们狗头大队跳伞，就叫狗头上天。我以为这个当年小弟兄们的称谓是饱含了革命乐观主义精神的。

和《兄弟连》里面的场景一样，我们也在机场集合。不一样的有以下这么几点：第一，没有诺曼底的人那么多，就是我们大队的狗头兵们，也没有那么紧张的战前气氛，没有吹哨子，都是嘻嘻哈哈的。除了我们这些新鸟们，老鸟们是真的不在乎，都是老油子了；第二，我们的狗头高中队也没有那个美军中尉那么和蔼文明，不是板着脸看我们弟兄的伞包走来走去，就是不知道骂了谁一句，这个鸟人对我们就是这样，甚至还真的会动手打兵；第三，我们的飞机不一样，人家是C46还是什么，我是真的不知道型号，我说了我不是军迷，我们的飞机是四个翅膀的小飞机，跟小苍蝇一样，我想军迷朋友应该知道是什么型号的。国家穷，军队就穷，这个道理我们明白，有就凑合着练吧，打仗的时候总不至于让我们弟兄坐这种四个翅膀的小苍蝇去打仗吧。呵呵，现在的小兄弟们应该有大的漂亮的飞机坐了吧；

还有，就是我们在早上进行。

检查是严格细致的，一个一个过检查线，伞训骨干黑着脸一个一个检查。他们大多数都是从空降部队过来的老士官，跳过各种伞型，经验真是多得不得了，他们的技术也鸟得不得了，我看了真是知道什么是狗头大队的伞训骨干了。

我们胸前一个备份伞，上面插着伞刀（伞刀是工具刀，不是野战匕首，在我们眼里跟螺丝刀的概念一样，它的用途就是在出现险情的时候割断缠绕在一起的主伞的伞绳，好给你打开备份伞的机会），背后一个主伞。我们就一排排地过那些黝黑面孔、沉默寡言的老士官的检查线。这是最基础的圆伞，就是《兄弟连》他们跳的那种伞，现在的空降部队也是这种伞。

我们身后还有等待的弟兄，有老鸟也有新鸟。狗班和炊事班的也在，只要是狗头兵都要上天。我们何大队也跳，但在去年他的腿因为跳伞骨折了，所以大队常委就坚决不让他跳了。军队讲党的领导，所以何大队不高兴也没有办法，但是他会在这里看着，从第一个架次看到最后一个架次，从早上看到黄昏。参谋长拿着高音喇叭站在他旁边。每一架次的伞降，当那一朵朵像白色云母一样的伞一个一个打开的时候，何大队总是紧张得不得了。虽然他嘴上不说什么，但我知道他心里确实在担心。

说到军靴的问题，我开始真的穿不惯，因为觉得沉。我们都喜欢胶鞋，因为轻巧方便，穿习惯了。但是在狗头大队，除了一些格斗和别的特殊需要的科目，这双迷彩色帆布高腰的牛皮伞兵靴必须在任何科目的时候穿着。开始真的不习惯，但是不习惯也不行，因为打仗的时候，极有可能要伞降敌后，怎么可能不穿伞鞋呢？再加上还有其余的作战上的考虑，于是弟兄们就穿着，久而久之也习惯了。

我们就这么走向四个翅膀的小苍蝇飞机，一个架次十个。我坐过飞机，但是马达和生子都没有，所以还是比较新鲜的。我们到了1500米高空，这是伞降基础训练的高度。舱门一开，我就看见下面，不过真的没什么害怕。我不知道多少读者有过伞降的经验，1500米和800米看地面是两个概念。其实高度越高越不害怕，因为看不清下面；越低心里就越怕，因为下面看得越清楚。

圆伞的跳伞过程大家可以去看《兄弟连》，虽然时间过去很多年，但是这种基础的伞降没有什么区别的。其实第一次跳伞真的没有可以写的，往往是不知道怎么回事你就已经到地面了。

整个狗头大队我记得当时就一个人始终在伞训科目不合格。虽然这个人不主要，但是事迹还是值得说一下，他就是狗班的班长狗子同志。

狗子同志是老士官，老资格的养狗兵，在这儿混了两年了。他们不是侦察兵比武出来的，那不是人员资源的浪费吗？不过狗班也要跳伞，我们当时开玩笑说，整个狗头大队除了德国原装进口大狼狗就没有没上过天的了。狗子自然也少不了上天。

狗子年年上天，但是年年不合格。这个事情说起来也真邪性了。第一次跳，狗子就来了个大家熟悉的《第一滴血》第二集的兰波动作，把自己挂在飞机外面了。里面的兄弟都急了，赶紧想办法拽他回来。那年就没敢让他跳。

这个事情我没有见，是别人跟我说的。在我跳的那年，狗子在前面几个架次。他一出来我们底下就惊了。伞没开，真的没开！狗子就跟个小黑点一样一直往下落，我们都张大嘴在地面看，何大队也张大嘴在地面看着。只有救护车在赶紧启动——其实去有个屁用啊！

一直到大概500米，我们都以为这回狗子完了的时候，那白色的云母一下子打开了。狗子那小黑点一样的身躯就被一下子拽上去。等到他落地以后我们就围上去，狗子居然还没有睁眼，紧张得蜷着腿抱在胸前，保持着一个跳伞出舱的姿势。

我们就笑了，狗子睁开眼问我们笑什么。我们笑得更开心了。何大队当时一口气吃了十颗救心丸，并当即指示：

"狗子以后不要跳伞了！"

狗子就成为后来唯一就没有上过天的狗头兵。

你们听着是不是个乐子？还是没劲？还是你们觉得特种大队的就应该跳伞及格？不跳伞就不叫特种兵，就没有资格在你们心里的特战精英里面占据一个小小的位置？

呵呵，要我说的话，这是狗子的命，他就没跳伞的命。

你们说不跳伞是好事还是坏事？

还是你们觉得不满意，一定要我们这帮小兵跳？

8. 狗头上天（2）

圆伞完了就是翼伞。据我可怜的军事知识，这是连一般空降兵都不会跳的，就是在空降部队也只有老油子才会跳。翼伞是那种长方形的伞，可以根据风向和风速进行方向的调整和操纵，而且，是自己开伞，不是挂个钩子在钢索上面，一跳出去"嘣"的一下就拉开。有的朋友说是"方伞"，我们叫"翼伞"，我也不知道自己是不是记错了，或者它有不同的学名。我不是什么军迷，知道的也就是在部队学会的这点劳什子，还忘记得差不多了。

我再强调一遍，一般的空降兵都不会跳翼伞，除了他们自己的精锐类似于执行特战任务的分队。你们在电视里面见到的老美82空降师大批量跳的都是圆伞，要是他们部队都能跳翼伞，我觉得可能性极小。翼伞的操纵不是一件简单的事情，但是我又不想写科普文章，因为我最腻歪的就是这件事情。我还是说人物和故事。

虽然新队员可以第二年跳翼伞，第一年只是进行圆伞的体验，但是狗头高中队的直属特勤队是非跳不可的，而且是全员满编制跳。如果说我们的狗头大队是大灰狼的狼牙，那么很明显我们狗头高中队亲自指挥的直属特勤队就是狼牙上的牙尖子，这个就不用再解释了吧。我们三个就跟老鸟一起跳翼伞了。

当时我们跳的翼伞是红白相间的运动翼伞，现在有没有专门军用的我就不知道了。国家穷，军队就穷，翼伞的需求量也不是特别大，能用我们就凑合着用，这个我绝对理解，当战士的时候就理解。

我们跳之前，来自空降部队的老鸟先过瘾。你们知道什么是真牛吗？就是不戴头盔光着头，不穿伞靴穿胶鞋跳伞。

一队来自空降部队的伞训骨干嘻嘻哈哈地来了，要上飞机。更过分的是，还有一个老鸟不戴头盔就罢了，居然脑袋上戴了一个彩色的游泳帽，上面还写着"北戴河留念"——把跳伞当成游泳！

这帮老鸟是真牛！对自己的技术信任到什么程度啊？！我们出发之前早早背着伞包，哪儿都不敢碰，生怕碰一下造成里面打好的伞怎么样了。这帮老油子呢？拿着伞包往地下一搁，围个圈就一屁股坐上去打牌，一点儿都不在乎会不会坐出什么事情来。哨子一吹，背上就走，边走边整理，到了检查线跟前就差不多都整理好了。

真鸟啊！我至今回忆起来还要感叹。我不知道别的大队或者空降部队有没有这样的，但这是我亲眼见到的。然后他们就上天了，空中时不时绽开一朵鲜花，全部绽开后就组成一个大雁队形，那是真漂亮！这个画面深深地印到我的脑子里面，即便后来自己可以这么做了，也还是对第一次亲眼目睹的美丽的三色降落伞组成的大雁记忆犹新。他们居然不会散掉队形，一直在空中往地面目标过来。我在心里感叹是真的牛啊！

虽然参谋长在底下拿着高音喇叭在喊："注意编队啊，同志们！注意编队！"但是谁都知道他喊是多余的。这个队形不会散开。

地面是草坪中间的一个正方形的水泥地面，我记忆中是 5 米长，中心是一个红色的一米见方的圆心。他们就要逐次落在这个上面。然后我就睁大眼睛，一双胶鞋轻盈地落在红心上犹如蜻蜓点水，接着又是一个蜻蜓点水……

头盔和伞靴的作用还用我复述吗？你们应该比我清楚得多啊！但是我第一次亲眼见到翼伞的降落，就是光头和胶鞋。对了，还有一个戴着上面写着"北戴河留念"的游泳帽。不穿伞靴、不戴头盔从 800 米高空下来，我知道是违反规定的。但是我说了这是小说，不能成为指责我们狗头大队违反训练规定的证据。

关于这个靶子我还要多说一句，我们狗头大队有个规定，除了这些老油子伞训骨干，谁要是在这个 800 米日间训练中踩到靶心，就有 500 块钱的奖励——好像解放军不该搞这个，但是我说了这是小说，大家就当是个乐子。

我第一次跳 800 米翼伞训练那天，白天的风比较邪性，除了那些老鸟和后来的不多的军官和老士官，落在靶心的极少。大多数队员毕竟不是空降部队出来的骨干啊，都是陆军过来的，伞降训练日也没有空降部队那么多，所以这个是正常的。后勤股长发奖金也很爽快。

第二年的同一天，风极好。不用说跳得怎么样，看后勤股长的表情就知道了。他张大了嘴，脸上的肌肉不时地抽搐一下，最后干脆闭上眼不看了！

我不知道最后别人发了没有，反正我给小影买的第一件高档的礼物用的就是这 500 块钱。

9. 狗头上天（3）

我不知道大家怎么理解传奇的含义，我自己就没有什么理解。因为我觉得这个世界上没有什么传奇，该着了就是该着了。你们都佩服那些战场上的传奇英雄人物，但是要我说句实在话，我觉得他们自己都未必佩服自己。因为他们的脑子里、心坎里总是会想起那些牺牲的战友兄弟，在那个瞬间是怎么样在枪林弹雨中抖动着身躯？在那个瞬间是怎么一秒种前还笑眯眯开玩笑，但是一发炮弹就消失得无影无踪，连个胳膊都剩不下一只？在那个瞬间是怎么咽下最后一口气，脸上的血污中还有孩子一样的微笑或者恐惧？在那个瞬间是怎么为了更多的弟兄毫不犹豫地扑向地雷阵然后成为一个红色的血和黑色的泥包裹的小肉蛋？在那个瞬间是怎么被敌人的狼狗、敌人的搜索队打兔子一样撵得满山跑，无助地喊着救命？

当你穿着笔挺的军装，满胸的军功章被记者打着闪光灯，周围被一礼堂的鲜花、掌声、笑脸包围的时候，你会觉得自己有这个资格吗？你难道不会想起他们——永远默默无闻地离开这个操蛋的世界的战友？你还会觉得自己传奇吗？

和平是要付出代价的。这个代价就是小兵的生命。你在报纸上看到的可能是数字，冷冰冰的小铅字或者根本就没有数字（东方国家都没有报道自己战争伤亡数字的传统，所以一般看不到）；但是这些数字代表的是什么呢？

所以何大队对自己的战斗故事闭口不谈，他一生最后悔的事情就是参加英模报告团到处去展览。每次报告一完，这个硬汉就躲在不同礼堂的洗手间里面放声哭泣。

所以何大队每次到了类似于跳伞这样的高危险性的科目的时候，都会站在高处从头看到尾，一直到最后一个战士收好自己的伞包上了东风平头柴为止，第二天又是这样。他是想尽可能地避免战士的牺牲啊！

所以你们也不要觉得我要讲的故事有多么传奇，虽然主角是我，但是我说过了，这就是我的命，该着了就是该着了。

我们上了四个翅膀的小苍蝇就嗡嗡地起飞了，目标是 800 米高空，我们要搞第一次翼伞定点跳。当时我们都不紧张，那些老鸟的试跳其实除了让他们过干瘾，大队常委的考虑就是给我们后面非空降部队出身的战士一个信心上的鼓舞。虽然在授课的时候反复讲各种险情的原因、症状、处理方法，手把手掰碎了教我们，干部的嗓子都说哑了，连我们都觉得唠叨得跟老太婆一样，但是看见他们严厉的眼神中有种跟以前训练不一样的光，我们的心一动。那种光是我们在以前的训练中很少见到的，就是哥哥一样的担心的目光，我们就仔细听、反复听、反复练、不怕麻烦。

此前我们已经跳了圆伞若干次，我也得到了伞徽，确实跟电影上老美的小兵一样缀在胸前舍不得摘下来，见了镜子就要照一下。小兵们吃了这么多苦，虚荣一下都不可以吗？所以你在街上见到戴着某种纪念标志的小兵请不要嘲笑他们，哪怕可能是野战炊事比赛的纪念徽。这种小小的虚荣就满足他们吧。要是真的是战争的军功章，那些经过战火历练、亲眼目睹兄弟阵亡的小兵绝对不会戴着它满处招摇的，除非是命令或者要做报告不得不戴。其实，小兵们是真的不成熟，你嘲笑他们有什么意义呢？你没有从十七八岁的时候过过吗？为什么要用要求一个成人的眼光去要求他们呢？就因为他们是小兵？可是你知道这些小兵吃了多少苦吗？是个兵就要吃苦，享福只是部队内部军兵种分工不同相对的，大院里面的兵也比我现在苦，起码我不用再去门口站军姿。用看待一个弟弟的眼光去看待这些小兵吧，他们还没有完全成年就离开了爹娘，是真的不容易。对他们小小的不自信的虚荣，请报之以理解的微笑，别让他们脸红得恨不得赶紧找个厕所摘下来。毕竟，他们真的还是孩子。孩子有犯错误的时候，有衣服故意穿不整齐、帽子故意戴不好的时候，有青春期叛逆要骂人、要打架的时候。这种时候，其实真的和军人的身份没有关系的。我相信绝大多数小兵是好的，就算是那些操蛋小兵，战争来临的时候他们不也要上战场吗？当然，逃兵和叛徒不在我叙述的行列，因为他们配不上小兵这个称号，连个汉子都算不上。呵呵，又扯远了，话匣子一开就收不住了。

然后我们上了天，准备跳。狗头高中队自然是第一个，这孙子对"极限冒险运动"的一切事务有着极大的瘾头。常常是我们跳完了就蹭别的单位的架次跳，挨白眼也愿意，不让跳就眼巴巴地看着，没见过他那个可怜样，最后别的中队领导不忍心了："好好你跳吧。"他就高兴得跟玩鹰的时候一样。这个面子其实真的不是谁都给的，国家穷，军队穷，所以航空汽油要珍惜，也就那么多架次，你想跳就跳啊？所以我说狗头高中队是我在接触"人性"这个词语以后第一个反馈的对象，除了对他的印象太深之外，就是这孙子绝对是人性多面的一个典型分析案例。

狗头高中队站在舱门两眼冒光，然后就出去了。他在空中伸开四肢，姿势绝对标准，然后"嘣"的一下拉开伞绳，先是一个带着绳子的小包出来，接着那个小包一下子打开，从上面看绝对是红白相间的鲜花在绽放的感觉。然后接有人下去，我是第七个，马达是第六个，生子是第八个，后面还有两个老鸟。

我真的是极其兴奋，因为我当时也对这种狗日的运动喜欢得不得了。我在空中伸开四肢，空气一下子把我托起来然后就放下。我体验着那种自由的感觉，真舒服啊！绝对是天地之间唯我独尊，鸟得不行。然后，我心里数到规定的数字就拉伞绳。

伞绳拉了，我没有等到动静。背后的主伞没有开。★★！我脑子一下子就蒙了，知道出现险情了。然后我再拉还是没有开。我就这么自由坠落，跟一颗炸弹一样扑向越来越近的地面。不一样的是，炸弹这种东西下去就是弹片飞溅，地动山摇；我下去就是血肉飞溅，地面安静得跟什么都没发生一样。

我的老天爷啊！我拉了好几次都没有什么反应。我看着地面越来越近，不知道具体是多高，也不知道我在空中自由坠落了多久。但是，我确实清醒过来了，赶紧拉备份伞的伞绳，备份伞没有故障，"嘣"的一下打开了，我心里稍微轻松点了。这下子下去不至于五颜六色哪儿都是，连个全尸都没有了。

但是马上我又听见"嘣"的一声，我一抬头就惊了。狗日的主伞又开了！我就眼睁睁看着一个主伞和一个备份伞，一个背后、一个胸前，跟夹心饼干一样把我这个肉馅夹在了一起。然后两个伞的伞绳在空中搅拌在了一起。

白色的伞绳在天空就那么缠绕在一起，越来越紧，就跟原来就长在一起的一样！哪个都没有绽开，因为它们长到了一起。这是在任何教材上我都没有见过的险情！我就赶上了，你们说不是命还有什么解释？风飕飕地从耳边过，我就那么自由地从800米高空坠落。你们见过吗？我自己都没见过，因为我是当事人，我不知道我从地面看是个什么德性。我只能看见头顶的那两张长在一起的伞。

我确实当时比较鸟，第一个反应就是把伞赶紧拽下来，拽下来后接着怎么办我没想过。反正我就拽啊拽啊，把两个伞都抱在胸前，然后我就准备着陆了。我不记得自己距离地面有多少米了，大概50米，甚至更低。问题是我他奶奶的这样下来是个什么德性？我们原来规定的着陆动作是双腿微弯，这样会有一个缓冲。但当时我要是这样，腰一下子就会坐断。

我当时的判断就是奶奶的腿不要了也罢，但上半身不要残废！总不能全身残废吧？！我就心一横，把腿在空中蹬直了。奶奶的！老子不要这双腿了！但是老子保住上身成吗？！这个要求对于一个18岁的小兵来说过分吗？！然后我就感觉到自己的脚真的接触地面了。等我清醒过来已经在救护车上，我发现自己居然没有四分五裂，胳膊、腿居然都能动！就是两只脚后跟子生疼。

马达他们告诉我，地面有一块农民刚刚翻过的下坡的麦地，我正好落在这个麦地里面堆成垛子的麦秸上。我落下来然后弹起来，但是下坡的麦地是个缓冲，我弹着身子在翻好的松动的土壤上面滚，一直滚到平地上。救护队开车冲过来的时候，我居然还站起来跟他们笑笑，然后我就晕倒了——这些我自己都不记得了。

我只有脚蹾了一下，身上真的什么事情都没有。我不知道你们相不相信，但这是真的。第三天我就重新跳了，那时候脚后跟子还疼着呢。你们知道狗头高中队是个什么鸟人了吧！

不过我那时候确实不知道什么是害怕。我脑子里就一个念头——作为狗头大队的特勤分队，大灰狼尖牙上牙尖的一个组成部分，我不能让这颗狼牙失去锐利。因为我是其中的一个战斗员，这没什么可以说的。当兵不就练武吗？这点劳什子我都整不明白，我还当什么兵呢？

传奇吗？我真的不觉得，因为这就是我的命。我这个小兵的命好。

只有命这种解释，还能有什么呢？

10. 狗头上天（4）

　　很多年以来我最拒绝看的就是跳伞运动的节目，到现在都是。我确实没有觉得跳伞有什么新鲜的，跳得多了，你也会这样。最关键的就是，我不愿意再看见那种云母或者红白颜色相间的鲜花似的东西。虽然那天以后我还是时常在天上跟云母或者鲜花一起飘下来，但是我一旦离开部队，就会忘记这些，永远不再提起。因为我忘记不了那天，所以一直强迫自己忘记。换了你，你会忘记吗？你会不会强迫自己忘记？但是你敢忘记吗？不敢。矛盾就是这个意思。

　　这件事情我想了很久很久，到底说还是不说？因为确实是一件不能回忆的事情。想起他们我的心里就不是滋味，我就觉得难受，难受得能一个人坐在屋子里面一天。但是我想起了他们，我又不能不写，不写的话我还是什么男人？虽然我现在已经承认自己不是个男人了，但他们是男人，是真正的男人。我必须写他们，我不想掩饰我心中的撕心裂肺，他们的名字不能在世间传颂，但是他们的英魂应该得到尊重，得到永远的尊重。

　　是的，我们应该尊重他们。他们是中国陆军特种兵的英魂，他们是中国士兵的英魂，或者说——军魂。军魂，就是这些平凡、憨厚的生命铸就的，而不是什么将帅或者伟人。他们永远和我们的国旗在一起，永远默默无闻。但是他们的笑容，他们的眼睛，在我们的心里依旧栩栩如生。因为在这个地方，他们不曾消失过。

　　如果你在洗澡，你会一下子扶着墙再也站不住，捂着自己的心口，然后抬起头哇哇地哭，温水和热水就一起混合着，流进这个城市的下水道。而这个城市，不会因为这些泪水有任何改变。

　　他们是普通的小兵，黝黑的脸，瘦削的脸，憨厚的脸，笑起来就是一嘴白牙。这样的脸，你在街上看到，不会想到尊重他们。因为他们是普通的农村兵，他们要是好不容易进城一趟，会跟过年一样高兴；他们会在军卡的后厢好奇地伸着脖子往外看；或者他们会小心翼翼地跟你问路，然后还小心翼翼地对你说谢谢，你要是懒得搭理或者干脆给一个白眼，他们也不会说什么；他们会拿着傻瓜相机，恨不得在城市的任何角落留影，然后可能会求着你给他们几个照一张合影，你就笑："火车站有什么可以合影的啊？"但你还是答应了，就那么一照他们就开心得不行，握着你的手说："谢谢，谢谢同志！"或者他们不敢用自己黝黑粗糙的手去握你的白净细嫩的手，只是连着说谢谢，口音还土得掉渣。你就走了，还笑这些土包子没见过世面。

　　你们会注意他们吗？你们会关心他们吗？你们会尊重他们吗？你们会吗？我真的不知道。军队是干什么的？国家暴力机器，战争的工具。没有战争怎么办呢？演习，为战争而制造一场模拟的战争。世界各国的军队都在干这个事。

那是我第一次参加军区规模的三军联合演习。军区常委全部到场，观礼台上将星云集，老将们拿着望远镜认真地看着自己的麾下模拟一场逼真的战争。演习的细节不用说了，因为你们在电视上看过太多，比我还熟悉到底是怎么一回子事情。

我熟悉的就是我们弟兄的任务。伞降敌后，进行特战任务。敌后是一个小岛，在距离观礼台不远的一个海中小岛上。我们这回是直升机伞降。特种兵跳伞的科目很多，我要说也没什么大意思，都知道那几套把式，你们可以自己看科普教材。我们在米-171直升机上，向目标挺进。除了伞包，就是全副武装——当然是空包弹。到了规定空域，我们就跳，还是狗头高中队带队。行前我们还约定好，完了后就组织我们弟兄和海军陆战旅两栖侦察分队的弟兄踢球。我们两支部队都是互相不鸟的，演习各个单位都看得紧，不能互锤，所以就组织沙滩足球，我们想看看到底是绿迷彩牛还是蓝迷彩牛。我们都估计最后一定是"战斗式足球"，虽不至于互锤，但小动作是少不了的。

部队的弟兄就是这个鸟样，那种争强好胜的心态是一样的。马上要跳的伞都没太当回事儿，因为预演彩排好多次了，程序已经熟悉得不行，大家都在合计怎么跟蓝迷彩踢球。我们就说笑着，生子就在我的左边抱着狙击枪，迷彩脸上的白牙格外夺目——特种部队战士的一个标志就是一嘴绝对好的牙口，牙好胃口好，身体倍儿棒，吃嘛嘛香，这是绝对有道理的。我现在的牙就是典型的烟酒牙了，跟不锻炼有绝对大的关系——他是我们球队的绝对后卫，沉稳老练，跟他的年龄不符合。我呢？还用问吗？前锋啊！我们的球队跟各自的战斗位置是相符合的。

然后就开始跳了。我是第二个，就在尖兵后头。没有什么麻烦就是跳呗。我们差不多离地面40多米的时候，一阵飓风吹来，吹散了我们弟兄的队形。然后先跳的自然就吹得近，后跳的呢？自然远了。我们落地的地方距离原来的预定目标偏了很多，所以赶紧奔向那个位置。但是后面的呢？三顶鲜花被飓风吹向大海，遥远的大海。我回头看见都惊了："高中队！"狗头高中队一看也惊了。我们不是准备水上跳伞的啊，都是传统的翼伞啊！这要落进大海里面还得了。但是首长们都在看着我们啊！我们已经误了位置，还不赶紧找补回来？！狗头高中队就命令我们："继续前进！海军的保障会来的！"我们就继续完成任务。我当时还想，生子这小子不知道捞上来是个什么德性呢，还边跑边忍住笑。你们知道什么叫军令如山倒吗？

海军的保障终于把生子他们三个找到了。不过，是在演习结束以后。天色黄昏，三个我们的弟兄在沙滩上，他们的列队整齐，但不是笔直地站着，而是笔直地躺着。他们的眼睛闭着，一双双炯炯有神的眼睛闭着。

我们的列队还有很多官兵列队都光着头，手里拿着头盔、钢盔或者帽子。绿迷彩、蓝迷彩、绿军装、蓝军装的很多弟兄都站在那里。我们弟兄扑到他们身上哭着。我的鼻涕眼泪一块儿流，抱着这个叫，抱着那个喊："睁开眼睛看看我，我是小庄……"

我仰天高喊："★★★——"但是我也不知道是在骂谁。我突然起身一脚踢在狗头高中队胸上，这是我第一次主动袭击他。他没有阻拦我，虽然我知道他做得到。他当然没有倒，就是后退几步。

"★★★！"我大骂着扑向狗头高中队，连骂带打还带咬，"为什么不让我去救他们！我★★★！"

狗头高中队一声不吭。我大骂着锤他，他一声不吭。然后我就被很多手拉开抱死。我挣扎着大骂狗头高中队："是你害死他们的！我要你的命！"很多有力的手把我抱死，他们的眼泪落在我的身上、脸上、手上，如同雨水打在我的身上、脸上、手上。

我的弟兄就在我的身后不到1公里的水面上挣扎，他们的身子被伞覆盖，被伞绳缠绕，被沉重的枪支装备拉着往下坠啊！他们自己怎么可能挣脱呢？！海军那帮狗日的为什么不救呢？！

我骂狗头高中队，骂演习，骂海军，骂所有我想到的一切。因为，演习就是战争，不是游戏。因为，演习没有结束，保障就不能出动。还因为什么？军令如山倒。因为，演习就是真正的战争，所以要按照实战标准来要求。所以，不能救。

数千官兵就那么看着三朵鲜花在水面，他们一定知道下面的弟兄在挣扎。他们都想去救，谁不想去，谁就不是人生的，但是谁都不能去。因为，演习没有结束。

数千官兵就那么眼睁睁地看着三朵鲜花渐渐沉没。

数千官兵就那么眼睁睁地看着三个弟兄渐渐沉没。

数千官兵永远忘记不了那一刻。

大队长在那个沙滩的高处看着空无一人的海面，从黄昏站到天黑，从天黑站到第二天早上。

狗头高中队守在医院的太平间里三个兄弟的身边，从黄昏守到天黑，从天黑守到第二天早上。

我们在野战帐篷里看着三个兄弟的空床，从黄昏看到天黑，从天黑看到第二天早上。

然后三个新的名字刻在了荣誉墙上，三张新的面孔守护着那面国旗。还有什么？再也没有了。

再有，就是无数夜晚他们的亲人和战友的泪水。你知道我最害怕回忆什么吗？就是三个白发苍苍的母亲抱着自己身上掉出来的肉烧成的灰尘的骨灰盒时留下的泪水。

故事就是这样。三个年轻的士兵离开了这个没人关注他们的世界。他们连爱情都没有触碰过，就这样结束了，跟灰尘一样消失得无影无踪，好像没有来过一样，没有人知道。

他们为了什么？是的，为了军队，为了国家。还为了什么呢？你们说，为了什么呢？为了世界上的每一个生活在和平中的人。很不可思议，是吗？

军队是什么？武装力量是什么？除了战争工具，就是相互制衡的工具。因为你也有，所以我也不敢打；

因为你厉害，所以我也不敢随便锤你，于是就和平了。很难理解吗？我不觉得。军队的存在，就是小兵们要付出代价，不光是青春，还可能是生命。

世界上，每年都会有小兵消失，无声地消失。你们不会注意他们。而他们，也是为了你们,这些生活在和平环境坐在电脑前,喜欢战争甚至叫嚣战争,恨不得天天有国家打仗(只要不是自己国家就行)、有杀戮新闻的人们。

让我为这些牺牲在和平环境的全世界的小兵唱一曲挽歌。不论哪个国家或者地区,小兵的身份和政治无关——那不会是你们考虑的事情,也是你们考虑不了的。你们的名字只有一个——小兵。你们是真正的英雄,无论你们是哪个国家或者地区的。

我在期待武器和军队消失的那一天。

这是写到现在为止,最难最难的一节。

11. 列兵的蓝调(1)

那么我们赶紧离开死亡的阴影,我们去谈谈爱情?虽然爱情到最后总会令人心碎,但是毕竟,过程是值得我们回味的吧。连这个可怜的要求都做不到,我就真的上山当狼了,狼还有爱情呢!我小庄凭什么不能有爱情呢?虽然最终还是会心碎,但毕竟我是有过的。对于爱情,我还能够奢求什么呢?天长地久?你觉得可能吗?

演习结束以后的事情我就不再交代了,因为涉及很多更高级别的事情,我们狗头大队怎么处理的也就不交代了,因为是我们的家务事。把这个事情摆出来不是想让大家觉得我们狗头大队草菅战士的性命,那你觉得这个兵你还当吗?你想走打个报告就得了,干吗跟这儿耗着等危险的降临呢?很多事情真的是太偶然了,这就像生子他们三个的命,没别的解释。在一个危险性很高的职业待久了,就会知道什么是命。

说实话,狗头大队的很多牺牲我是真的不想再回忆的,因为确实很危险。仅仅就跳伞而言,何大队都骨折过,你们想想别人呢?我可以告诉你们我们何大队的一个规矩:跳伞,必须是大队常委第一个跳,无论什么伞型,除了确实因为年龄问题搞不了的夜间或者水上跳伞,哪个不是这些四十多岁的中年军官第一个啊?冬季寒地驻训、夏季沙漠驻训,还有野外生存、海岛生存,凡是你们能够想象出来的一切生存、一切受罪的科目,哪一次我们狗头大队的常委不是跟我们在一起受罪呢?你们总不能要求他们跟我们一起极限越野吧?那就过分了。

但是,我对大队常委印象最深的还不是这些劳什子。一次冬季,我们在东北山区徒步进行长途奔袭综合演练,雪有膝盖那么深。我们被冰河拦住了道路,多冷还用我说吗?我们都在想怎么过河的时候,何大队和政委已经下去了!你说我们能不下去吗?

在特种大队,你不是个爷们儿,不是个汉子,不是个兄长,不是个让我们佩服得不行的高素质军官,连个小队长都当不了,何况大队长和政委?所以,我们不会退出,有危险也不会。过马路还有危险呢,何况是特种大队?当时我们真的就这么想的。我们的生命属于谁——祖国。如果祖国需要,我们什么都可以付出。

如果一个部队的部队长跳伞还会骨折的话，你就可以想象我们狗头大队曾经有过多少骨折的了——这不是牺牲吗？难道一定死人才是牺牲吗？如果一个部队的部队长还要跟小伙子们一起在寒地徒步千里奔袭的话，你就可以想象我们狗头大队的小伙子要穿插多少次了——在那种狗日的地方搞训练不是牺牲吗？我们常常就在雪里面刨个窝就睡觉，而你们还在暖气房睡鸭绒被，这不是牺牲吗？一定要我们兄弟冻死一个才是牺牲吗？

特种部队的训练和演习，危险性不是你可以想象的。直升机滑降或者垂降都出过事情。说实话狗头大队为了这个牺牲过战士，我没有见过，但是过去有过。最简单的，如果三角铁扣在那时候坏了，人的右手是握着那个东西的，铁扣从攀登绳上脱落，从离地面10多米的空中掉下来是什么后果？就是死人。这只是特种部队最基本最基本的科目，这也是最严重最严重的牺牲。

我们尽量避免，但是不能避免，那就是你的命，没有什么解释的。谁让你从事特战这个行当呢？后倒是最基础的科目了吧？有一个弟兄后脑壳子倒在了一个小石头上，当时就挂了。这不是牺牲吗？难道我们狗头大队就不练后倒了吗？还有一个被棍子打成脚踝骨粉碎性骨折的哥们儿的，这辈子怎么办？这不是牺牲吗？我们不是照样练空手对器械吗？你说我们就不练了吗？

我们二十多岁的小伙子，跟山里一窝就一年，连个年轻女孩都看不见，不是牺牲吗？那些军官和他们的家属也是这样，不是牺牲吗？难道我们大队干脆解散了都回家吗？

我真的不愿意说这些，因为确实有很多悲剧。但是，我还是不愿意说咱们军队怎么不好。因为大队长都跳伞，凭什么说我们不好？我们怎么不好了？你们说的那种上层的我不懂，也不是我考虑的事情，如果这些整不明白我们就不练兵了吗？说实话，不是都是在逐步改进吗？再说，我们行家都知道是不可避免的，是命。还有什么可以说的呢？

至于说救援，你们知道海面上多少炸点吗？你们知道舰炮要打多久吗？所以我告诉你们，就是命，就是我们小兵的命，骂谁也没有用处。

12. 列兵的蓝调（2）

其实生子他们三个的牺牲，在我心里造成的震动甚至没有陈排的残疾大。因为那个时候我已经走出了单纯的兄弟之间的感情，如果照我以前的性格，我估计真的会把狗头大队的训练场给一把火烧了，无非是劳教而已，还能把我怎么样？我的三个兄弟，吃饭在一起，睡觉一个宿舍，踢球一个组合，训练一个小队，甚至锤人也是一伙的。一帮兄弟中的三个，就那么消失了，我难道不该恨这个狗头大队？不该恨这个陆军？

但是，我真的没有恨。我跟狗头高中队之间严格来说还属于宿怨，不是新仇。我知道他没有错，怎么没有错我就不解释了。为什么我不恨？因为我知道我是军人，我知道我的生子兄弟他们三个也是军人。那么所以是什么呢？就是我们的一切，都是属于祖国的，包括生命。我知道我们的前辈，无论是在战场上，还是在训练场上，牺牲的原因只有一个——军人的信仰。那时候我已经是一个彻底的军人，我谁都没有恨。

我们还是在训练，还是在吃饭，还是在踢球，都不敢提起什么。我们对新补进来的三个弟兄也很热情，二中队的特勤分队在任何情况下都是 24 小时待命的第一突击梯队，绝对不能缺编，还得是最好的。补进来的也都是我们其余分队最好的士官，但是我总是觉得隔着点什么。

不过我们都没有表达出来。我只是在晚上会偷偷地哭，因为生子以前和我睡对头。那时候老是讨厌他打鼾，甚至还捏过他的鼻子，他也不生气，就那么嘿嘿乐，醒了就醒了，从来不生我的气。生子打鼾特别有特点，跟开摩托一样，还有加油门的感觉，我们都叫他"国产铃木越野"，你们可以想象声音多大了吧。不过这孙子也邪性，潜伏训练的时候睡觉归睡觉，但就是不打鼾，只有在宿舍睡觉的时候才打鼾。你们说我说他什么好？

原来放着生子的背囊和头盔的位置先是空出来，随后又补充上新的背囊和头盔，又有一个士官跟我睡对头，他也打鼾，但是没有生子那么响。可是我还是睡不着，这个时候我就会想起生子的鼾声……

演习结束已经是秋天了，我们回来休整完了，准备千里山地综合演练，就是在一个很大的山脉穿插千里，进行各种综合特战科目，不是演习，是演练，也是正常训练。但是也有假想敌，还不是一支部队，沿途的野战部队赶上谁就是谁，本来这帮家伙就对我们很有点看法，这回逮着机会是要狠锤的。搜索分队把狗养肥了、把枪擦亮了、空包弹装好了，就等着我们渗透过去自己找锤呢。至于他们自己的仓库、基地、桥梁什么的都看得好好的，因为就那么几个值得祸害的坡地儿，我们肯定要进去，他们能不看好吗？每年都是这样，所以他们每年的反渗透功夫也在提高。

有时候部队的战斗力就是因为互相不鸟，上级再给你互锤的机会，你就提高了，比什么检查、练兵、比武都管用。我们自然也做了很多这种准备，包括相应的敌情侦察，甚至发动家属跟对方部队家属的老乡关系，反正什么鸟法子都使出来了。

作为特勤分队，我们的任务肯定最艰巨。出发前，我请假去省城看小影。我想她，我真的想她。我想好好在她的怀里哭一场，但是我不会告诉她生子的事情，因为她会担心我。

我搭参谋长去军区开会的车到了省城，他把我放在最大的百货门口。我给小影买了礼物，然后搭公车到了军区总院门口。我才发现，真的是秋天了。梧桐的叶子红了，有的开始片片飘落。我上一次来省城，是半年前吧？但是我的感觉真的变了。城市没有什么大变化，我的心态变了。

我在军区总院门口规规矩矩地从小门进去。进去之后，我回头看了一眼哨兵。他是个上等兵，跟我笑笑，我也笑笑，其实没有什么，就是想看看，也不知道看什么。进去后我一个人慢慢地走着，挎包里装着给小影的礼物。我去妇产科找她，才知道她上夜班，那个值班的护士对着我看了半天，就笑了。我才想起那天我见过她，她跟小影一个宿舍的。我没好意思跟她说话，她就让我去宿舍找小影，她还在睡觉。

我走进无人的走廊，听着自己的脚步声。那天我也是在这个走廊，也听见了自己的脚步声。两次都是胶鞋，都是列兵军衔，但是这个小兵不一样了。

上一次是离开，而这一次，是归来。

13. 列兵的蓝调（3）

你对初恋印象最深的回忆是什么呢？我不知道你的是什么，我的就是小影开门的时候惺忪的睡眼。我为什么老是说小影不愧就是小影，就是因为她不会跟别的女孩一样。

"你来了。"她没有抱着我哭，没有抱着我咬，没有抱着我说"想死我了"。好像我不是去参加了一次重大的演习，而是跟中学时候一样周末到她家做作业，敲了她的家门她还没睡醒。她穿着一件睡衣，就那么淡淡的一句。

然后是小影特有的芬芳。她用两只洁白的手臂抱住我的脖子，像还没有睡醒的猫一样把头放在了我的肩膀上，然后又闭上眼睛了。最过分的是居然还有细微的鼾声。她的头发一丝一丝地贴着我的下巴，痒痒的，香香的。

"让我再睡会儿……"她就真的在我肩膀上睡了。我穿着军装傻傻地站在女兵宿舍楼的楼道里面，小影穿着睡衣趴在我的肩膀上打盹儿。

哎呀，天底下有这样的女孩我们谁能放过呢？真的，我告诉你们什么样子的女孩最值得珍惜？不是假惺惺地想你还说出来，而是不拿你当外人跟亲人一样的那种。我就见过一个女孩这样，就是小影。

我满肚子的眼泪和苦水都不知道跑哪儿去了，光知道傻站着。小影睡得蛮香的，还往一边倒，我急忙抱住她。你们想想在军区总院的女兵宿舍楼道里面这是个什么情景！我马上意识到，这下子我跟小影的爱情不仅在狗头大队属于神事之一，就在这个见怪不怪的军区总院也能数上前十名了。其实不是我神，我是假神，还是小影神。

小影滑滑地往下坠，我急忙把她抱得更紧。这时候斜对面厕所有冲水的声音，一个穿着睡衣的女兵打着哈欠从里面出来，一见我和小影那个样子，没打完的哈欠马上咽回去了。我估计真够她难受的。我就嘿嘿乐，我还能怎么办？

她咯咯地笑了，要拍小影，我赶紧说："让她睡会儿吧，她在家就喜欢睡懒觉。"

小影嘟着嘴，皱皱眉，闭着眼睛不满意地说："嘘——"我就不敢说话了。

那个女兵捂着嘴乐，然后指一指我，小声地明知故问："你是？"

我还是嘿嘿乐。

"把她扶进来。"那个女兵就在前面给我掀开帘子，"没人，就我们俩昨天上夜班。"

我就那么抱着小影慢慢往里面挪——你知道什么感觉吗？我感觉比搬原木还艰难，因为原木你随便造啊，这行吗？这是谁？小影啊！你敢随便造吗？天大的力气有鸟用啊？

我进了女兵宿舍当即吓了一大跳，差点没晕过去！我知道以后拿什么形容乱七八糟的感觉了——就是"军区总院的女兵宿舍"！

那个女兵指着一个下铺："那是小影的床。"

我慢慢把沉睡的小影挪过去，刚刚把她放到床上，盖上薄被子，就闻见了一股熟悉而浓郁的清香。我一看，在床头的一个小的手工制的筐子里，一个黑色的小泥猴子抱着一束风干的野兰花，旁边的小卡片上写着："小影和小庄。"

我的鼻头一酸，泪水吧嗒吧嗒地落在小影脸上。我赶紧擦，但是一触碰她细嫩的脸，马上我就闪开。我的手真的太糙了，我怕弄疼她。

但是已经晚了，小影天生就是个皮肤白皙细嫩的女孩。她皱皱眉："小菲是不是你啊？我睡觉呢！"

小菲——那个女兵正在梳头就笑："是我啊！"

小影又要睡觉，但是那滴泪水慢慢地滑到了她的嘴唇里，她皱眉。我那时候是真的后悔，这可怎么得了，小影上了一晚上夜班，刚刚睡一会儿怎么就醒了，早知道我来干吗啊？！

小影的嘴唇抿了两下，在睡梦中疑惑地问："小庄？"

我不敢说话。

小影还是没睁眼："小庄？我不是做梦吗？"

小菲扑哧就乐了，但她马上捂住嘴。

小影又抿嘴，一下子睁开眼睛，吓了我一大跳。我往后一躲，咣地撞到上铺的床架子上，但是我不觉得疼，因为真的锤惯了。

小影将全身的力气集中在自己的喉咙中大叫，我估计军区总院这回所有的心脏病人都会复发：

"小庄——"

她一下子扑上来抱住我，狠狠地咬我的肩膀，哇哇大哭：

"小庄——真的是你，小庄！"

我说："是我是我。"

小影什么都不说了，就是哭着咬我。

我就忍着。

我知道咬我多疼就是她心里想我多疼，其实，就是把我咬死我也愿意。再说人民解放军陆军特种兵死都不怕，心爱的女孩咬咬有什么了不起的！

小影的牙劲不是一般大啊！我咬牙坚持着，甚至倒吸冷气："嗯——"

小菲哈哈大笑，拿起自己的军装和其他的衣服："我去别的宿舍换衣服了，你们慢慢聊吧。"她出去了，把门轻轻带上。

小影还在哭着咬我，我估计当时我的脸都憋红了。

小影突然松开嘴，看我喘着气："疼吗？"

我摇头："不疼！"

"我心里疼——"

小影哇地又哭出声来，她一把抱住我："小庄！你知道不知道我多担心你！我知道你们那里演习出事了！我就害怕是你！我就天天盼着你！我还以为是梦！你知道不知道我多担心你啊！"

我抱着她："我不是好好的吗？"

小影呜呜哭着，可怜巴巴的样子跟猫咪一样乖巧。女孩有时候就是这样，但是小影比较极端一点儿，因为，她就是她，不会是别人。

我的泪水也吧嗒吧嗒地下来了："我也想你。"

"真的？"她的声音柔和了。

我说："真的。"

她抬头看我，可怜巴巴的脸上还带泪："刚才我在门口真的以为是做梦。"

我笑了，伸手想去抹她的泪，但是右手在空中又停止了。我知道自己的手太糙了，她会疼的。

小影一把抓住我的手按在自己脸上，我急忙抽手但是抽不开。她坚持把我的手按在她的脸上，泪眼花花地看着我。

我在她的眼睛里，看到了自己的18岁。

14. 列兵的蓝调（4）

被一堆女孩会审估计你们都有过这种经历，但是被一群女兵会审的经历我不知道你们有多少人有过。反正我当时想的是永远不要再有，哪怕再让我回去被狗头高中队暴锤一顿，也比被女兵会审强。回头我想想，还真是无法无天了！一群女兵围着一个堂堂的中国陆军特种兵叽叽喳喳、嘻嘻笑笑。但是换了你你有什么办法？我那点狂暴的想法都是事后想起来的，当时紧张极了。我只能流着汗，傻乐傻乐，问啥子说啥子。

看来小菲是她们的头儿，连军衔都是上等兵，其他的就是一堆小列兵。但是由于性别优势加上是小影的战友和姐妹，所以地位绝对比我高。这个道理我还是明白的，我又不是傻子。

小影穿着睡衣笑着，坐在床上看我被审。她后来告诉我群众早就有这个要求了，人民军队讲党的领导，小菲是唯一的党员，讲少数服从多数，连小影都同意那就是全票了，所以我不得不挨审。就是看在小影想我、担心我，而这帮女兵陪她哭的分儿上我也得挨审啊！

"这都是你写的？"小菲把一摞子我给小影的信从自己枕头下面抽出来。

"啊，我写的。"我承认。

我正纳闷儿呢，结果另一个女兵也抽出来几封："这也是吧。"我还没反应过来，又一个女兵拿了几封："我这儿还有呢！"

我就傻乐。小影扑哧乐了，看来这是她们商量好的计策。

小菲就打量我："看不出来啊！"我就笑。

小菲："说，你拿这手骗了多少女孩啊？我们小影是第几个？"

我嘿嘿乐："第一个，第一个。"

小菲："哎哟呵！还跟我们这儿装嫩呢！小影早就告诉我们了！"

我没办法："写情书的第一个，绝对第一个。"

"这还差不多！"小菲就叹气，"所以我说我们小影可怜呢！就这么两下子就被你糊弄了？早该让我们先过过眼！不该这么便宜你！"

小影乐了："好了好了！你看把他紧张的！他就山里一个土包子，差不多就行了！"

"小影！"另一个女兵就说话了，"这还没嫁出去呢，就先替这小子说话了？唉，真是女大不中留啊！"

"成成！我不说话了成了吗？"小影抱住枕头，"我不替他说话！咱们是一个阵营的！"

"拉倒吧！谁跟你一个阵营啊！"小菲说，"你早就划拉到山沟媳妇那个阵营了！我们这是替你惋惜啊！你说我们小影找个什么样子的不好非得跟了你！"

我点点头。

"呦！"小菲逮着话茬子了，"这就后悔了！小影看见了？这就要把你再推回来了啊？"

"没有没有！"我赶紧说。

女兵们就都乐了。

"好了好了！"小菲就把情书都塞到小影怀里，"我们也就是组织看看得了，大主意还得你自己拿！这山里来的小黑猴子也没什么可以问的！你自己留着吧，我们可不跟你抢！"

小影笑着打她："你倒是想呢！"

小菲笑着："走！同志们！咱们得给人家小两口一个洞房的时间吧？"

"说什么呢你！"小影就锤她。

小菲挡着："等会儿，跟你说句正经话！"

"说！"

小菲就凑到小影耳朵边嘀咕几句。

"讨厌！"小影脸一红——她的皮肤又白又嫩，所以脸红就特别明显。

小菲哈哈笑着招呼女孩们出去了。门关上了，我局促不安。

"坐吧，傻什么呢？"小影抱着枕头对我说。

我就坐在椅子上："你们屋女孩……你们屋女孩都挺厉害的啊！"

"她们就那样儿！"小影扑哧乐了，"我们都闹惯了。"

我就笑。

"干吗坐那么远啊？过来！"她往里挪挪，拍拍身边的床。

我就过去，乖的程度可以和警通中队的大狼狗有一拼。

"把帽子摘了，我看看你的光头！"我就摘了。

小影的眼睛就呆了，我不知道她呆什么。她的手轻轻地在我的头上抚摩，停留在一处伤疤上。

"新的？"她问。

我点头。

"这个呢？"她又停留在一处伤疤上。

"也是。"

她把我抱过来，我的头就靠在她的怀里，我闭上眼睛，感受着她的芬芳。

"你又吃了多少苦啊……"

她的眼泪随着这一声长叹，吧嗒吧嗒落在我的脸上。

我嘿嘿一乐："我习惯了，不苦。"

她抚摩着我的脸，我感到安详。

"以后，不许你再受伤。"她抚摩着我的脸，认真地说，"听见没有？"

我苦笑，这是我可以决定的吗？

"你个黑猴子哟……"她把脸贴在我的脸上，我哭了，我们的泪水流在了一起。

我回家了。我知道这里就是我的家，我永远安全的家。我们没有谈演习，也没有谈死亡。因为我知道，这种重大的事故军内不会不通报的，她肯定知道很多详情，也许比我还清楚。我说过，在军区总院，这些对于女兵来说无密可保的，尤其是狗头高中队的老婆还住在她的地头准备临产。但是，此事对于军外绝对是严格保密的，就算在军队内部，我估计也许只有副军以上级别的干部才会通报，各个特种大队除外，因为跟他们的关系实在是太密切了。这个事故在军内的特战圈子是广为传唱的，但是至今都没有对外公布过。

但是我知道她知道，还知道得很清楚，所以她会这么心疼我。我知道，只有她会心疼我。我微微睁开眼，看见她红扑扑的脸。她笑，眼睛里面还有泪花。

"黑猴子小庄！"她捏了一下我的鼻子。

我也笑了："你真好看，跟画出来的一样。"

"呦！看这兵当的你，都成什么了？"她摸着我的额头，"真没办法把解放军战士小庄跟以前那个小庄相提并论了，饿吗？我这儿有饼干。"

我摇头。我真的不饿，在她的怀里，什么苦都没有了，这是我最幸福的一刻。

"你想要我吗？"

我一怔，再看她，一副很认真的样子，脸红扑扑的。

"想吗？"她再问。

说实话吗？想！不想我是人吗？！

我不说话。

"你等等，我去拿样东西。"她轻轻推开我。

我看她到小菲的枕头下面摸什么——我当然知道是什么。

"小影！"我沙哑地喊她。

小影回头笑："怎么？着急了？"

"给我一个梦，好吗？"我说。

她纳闷儿地看我。

"我在山里，在天上，在水里，无论多苦，我都能挺过来，就是因为——我有这个梦。"我声音沙哑地说，小影转过身看我。

"真的，我不敢破坏它。"我说，"破坏了，我就挺不住了。"

小影看我，泪花开始闪动。

"有梦比没有好。"我的声音更沙哑了。

不用我告诉她我有多苦，看我的伤疤她就已经知道了。小影闭上眼睛，泪水滑下来。我什么苦都不能对她说，因为我们的纪律就是，训练的一切都是保密的，演习就更加是保密的。只要跟特种部队有关系的，都是带密级的。我们的纪律严格到了只要出基地的范围就不准戴臂章，抓住就会处分。所以没有人了解我们，也没有人知道我们吃着什么样的苦。我甚至对小影都不能说，小影自己也明白。

她无声地哭了一会儿，低下头睁开眼："黑猴子，那你想要什么？"

"我想要你抱着我。"我沙哑地说。

小影慢慢走过来，把我抱在自己温暖的怀里。

我什么都不需要了。只要她抱着我，让我静静地哭一会儿。

15. 列兵的蓝调（5）

不知道过了多久，也许很久，但是我总是觉得时间太短太短。门外传来了轻轻的敲门声，小菲在外面："可以进来吗？"

"进来！"小影说。

我要起来，她还是抱紧我："怕什么？"

我不好意思地笑。

她就刮我的脸："特种兵还害羞啊？"

小菲就进来了："呦！我来的不是时候啊！"

"说，什么事儿？"小影问。

"主任找你。"小菲说，"你转外科的报告批下来了。"

"那我去去就回来。"小影拍拍我的脸，"你要乖乖等我。"

我笑着点点头。

小菲捂住嘴："那我走了！"

"你陪他说会儿话吧，我估计他一个人待着都害怕。"小影笑着去拿军装。

我赶紧悄悄把脸转过去，我听见小影在利索地换衣服。我的余光看见小菲惊讶地看看我，又看看小影，小影还锤了她一下。

小菲不可思议地点头："我现在真信了，世界上还真有童话故事啊！"

"说什么呢你！"小影胡乱地用湿毛巾擦把脸，梳了几下头，把军装的扣子系好，转脸看我："小菲陪你聊会儿，我一会儿就回来啊！"

我点头，笑道："我等你就是。"

小影就笑："小菲，他要不乖你就替我揍他！"

"呦！"小菲夸张地说，"我哪儿打得过他啊？人家可是特种兵啊！"

"狗屁！跟我这儿，他就是黑猴子！"小影笑着说，"他敢还手我就回来收拾他！我走了！"

她转身出去了，小菲跟我在屋里。这是我参军以后第一次和除了小影以外的女孩单独在一起。你们觉得用局促不安就能形容得了吗？

"喝水！"小菲大大方方地拿出一罐可乐给我。

我接过来，喝了一小口。

小菲就看我："那些小酸诗真的是你写的啊？"

我点头："对啊。"

小菲仔细打量我："真的看不出来啊！野战军现在真出人物了！"

"我算个什么人物啊？"我笑，这是真心话。

小菲拉把椅子坐过来："哎，跟我说说你们山里有什么好玩的？"

"也就是山山水水吧，别的都没什么了。"我说。

"我们能去玩吗？"她问。

我被可乐噎了一下。

"这城里都没什么好玩的了！"小菲说，"怎么样？我跟我们主任说说，派辆大轿子车，把我们女孩拉几十个过去玩玩？也去看看你们特种部队到底什么样！另外，再打打枪，你们那枪我就在电视上见过，没打过！你跟你们领导说说？"

我头就大了，我算个屁啊？跟谁说？直接领导狗头高中队？还是大队长？那不是越级报告吗？我鸟归鸟，但是这事儿涉及军人的原则，我做不出来。再说大队长未必同意啊！

"不至于吧？"小菲说，"我们军区总医院又不是外人！二炮的山沟都邀请我们去，你们特种大队就那么保密啊？"

"我不知道跟谁说。"我苦笑，"我跟谁说啊？"

"唉——真是高看你了！一点儿活动能力都没有啊！"小菲叹气，"你们大队长姓什么？"

"姓何。"我说。

"成！这事儿我自己办了！"她点点头。

这么牛啊？我仔细看她。

她不再说这个了："小影说你是大学生？"

我点头，说了自己学校的名字。

"怎么想起来当兵的？献身国防啊？"

我老老实实说为了小影。

她叹气："真幸福啊！"

我也不知道谁幸福，就笑。

"你的诗——"她看着我，"写得真够酸的！"

我又被噎了一口，还没来得及说话，小影进来了，满脸笑："黑猴子！你们聊得还挺投机的啊！"

"得了！我的任务完成了！"小菲起身，"走了！大学生特种兵！"

她笑笑就走了，我看了一眼她的背影。

"呦！"小影看我，"依依不舍啊？"

"没有没有！"我赶紧说，"你说什么呢？"

"切！"她拍拍我的光头，"你也得有这个胆子啊！我可告诉你，你招惹谁都行，千万别招惹小菲啊！你可招惹不起她！"

"我，我是那人吗？"我急了。

"别跟我这儿装活力28成吗？"小影笑，"你那点出息不都花在女孩们身上了吗？"还在"们"上加了个重音。

"那不是过去嘛！我现在……"

"成！你现在是军人！是特种兵！"小影坐在我腿上，抱着我的脖子，"真是个黑猴子了！原来怎么没看出来你还是个特种兵的材料？"

"我自己也没看出来。"我老实地说。

"跟这儿待多久？"她问我。

这一问我想起来了："晚饭前我就得回去，我们又要走了。"

"去哪儿？"

"去……"我停住了。

小影笑："不问了！问你也没用！我去问我的兵！"

我知道指的是狗头高中队的老婆，就笑，反正不是我说的就行。

我拿出我的挎包，把包得好好的礼物拿出来："这是给你买的。"

"什么啊？"

小影笑："你个山沟里的黑猴子还有什么审美啊？什么东西？"

"你打开看看。"

"不看！"她还是抱着我，看着我，"我看你就够了！"

我有点儿失落，但是还是不说，我已经变得在女孩面前沉默了。

她见我不求她，就嘟嘴了。

我还是明白了，毕竟是有经历的，再傻也是有点过去的："你看看？"

"就不看！"

"你看看，我求你！"

"不看不看不看！"

"好，看看。"

"不！"

她嘟着嘴，跟孩子一样。

我笑了："你不看我给别人了？"

"随便！"她清脆地说。

"小菲住哪床？"

"那个啊！"她一指。

我就扶她下来。

"干吗啊？"

"我给小菲。"我起身。

"有病啊你！"她急了。

我看她眼睛里面有泪，马上就坐下。

"开玩笑啊！怎么了？咱们以前不是老开玩笑吗？"我说。

小影："现在一样吗？现在见你一面容易吗？你知道我多害怕吗？你又是天上，又是地下，又是水里的，我就怕……"

她捂住自己的嘴，哭出声了。

我赶紧把她抱过来："我不是好好的吗？"

她点头，松开手，"呸呸呸"了几声，接着又像孩子一样笑了。

我喜欢爱哭又爱笑的女孩，就是因为小影。我觉得女孩的脸就应该善变，这样才有乐趣。

"我看看！"她拿过来，撕开外面的礼品纸包装，里面躺着一条白色的连衣裙。

她哈哈大笑。

"怎么了？不喜欢？"我赶紧问。

"不是不是，"她笑着说，"你送的我都喜欢。不过你也不看什么季节了，给我买裙子？"

我不好意思地笑了，我哪儿有什么季节的观念？部队就那几套军装。

"我看看样式怎么样。"她打开裙子的包装，一看商标吓一跳："淑女屋？"

我点头："我觉得就你穿上好看。"

"你你……你知道这多少钱吗？"她张大嘴。

我当然知道，这是我将近十个月的津贴，一分没花，就是为了给小影买礼物。

小影又哭了，她抱着我："黑猴子小庄，你干吗啊？"

我说："怎么了？不就是一条裙子吗？"

"以后不要给我买礼物了，好吗？"她说。

我不说话，心里想该买还得买，说了有屁用啊？

"我现在就换上！"她起身打开裙子，"穿上给你看看！"

她脱军装，我赶紧闭上眼。

一会儿，我听见她说："好了！"

我睁开眼。如果说世界上真的有仙女下凡的话，就是那天。

穿着白色裙子的仙女，还能有谁呢？

"发什么傻啊？"小影敲敲我的光头。

"跟画出来一样好看！"我感叹。

"你怎么就这句了？没有别的了？信上不是挺能说的吗？"她苦笑，"看这个兵把你当的！"

我笑，我心里美。因为，仙女是我的小影。

16. 列兵的蓝调（6）

很多年以后，我在安静的时候，总是会被一种情绪莫名地打断。如果我在码字，就会愣在那儿老半天，不知道自己在干什么；如果我在钓鱼，就会一坐一下午，直到我看见死鱼叼着我的饵翻了白肚，才拿起小马扎走向自己那辆切诺基。

然后呢？

然后我会哭，我会坐在电脑前或者趴在方向盘上静静地哭一会儿。其实感触最明显的往往不是我，是我经历过的那些女孩们。她们都知道在我面前千万不要穿白色的裙子。否则，我会毫不留情地翻脸。我从来就是这个狗脾气，平时懒洋洋的，好像对什么都漠不关心，但是见不得两样东西，而且都和女孩有关：一个是女孩穿迷彩色的 T 恤或者牛仔裤；一个就是女孩穿白裙子。那条美丽的白裙子永远留在了我的记忆中，成为深深的青春隐痛。

小影穿着那条白裙子跟我在军区总院大院里面晃悠，还一个劲要拉我的手。我一见干部就松开，搞得小影很不高兴，但是我还是不敢，其实也不是不敢，是不好意思。

那时候已经是秋天了，虽不至于到深秋，但秋风冷飕飕，秋意凉绵绵，小影穿着那条白裙子还配了一双小白短靴子，露出白皙的胳膊和小腿。

我握着她的手的时候知道她其实很冷，但是她还是笑着在落叶如飞的花园里面走，不管别人怎么看她。我知道，她的世界里面只有我。只要是我给她的，她都喜欢，哪怕是秋天给她一条白色的裙子。我知道，就算是冬天她也会穿上的。爱情是什么？就这么简单。

她知道我要面对危险，但是她不知道我是怎么样在千钧一发中命若琴弦。这些我不会告诉她，除了保密，最重要的是不想让她担心。看着她穿着白色的裙子在红色的落叶中旋转自己，我的眼角发湿。女兵就一定要喜欢迷彩服吗？她们为什么不能喜欢漂亮衣服呢？小影飞来飞去，一会儿抱着我的脖子晃悠，一会儿自己爬上假山，就像我们在中学的时候逛公园一样。

但我知道，我还是要走。因为我不再是那个小男孩了，我是军人，是中国陆军特种兵。我要开拔了，明天。

我的声音沙哑："小影。"

她从假山上跳下来笑着："什么？"

我伸出手把她抱过来："我想抱抱你。"这是我第一次主动抱她。

她抬头看我："黑猴子，你怎么了？"她伸手抚去我脸上的一滴泪水。

"没什么，我该走了。"我轻轻地说。

她的失落、难过、伤心我永远忘记不了。她埋头在我怀里，猫咪一样紧紧地贴着我。

"答应我……"她抽泣着说，"不许再受伤了。"

我不知道说什么。

"你受一次伤，我的心就疼一下。"她看着我说。

我点头："我会小心的。"

她仔细看着我，突然一把捧住我的脸，紧紧地吻着我的唇，紧紧的。

我们的唇吻在了一起，就像长在了一起。

两个小列兵，一个男孩一个女孩，一个十八一个十九，一个绿军装一个白裙子，在落叶飘飞的下午，在众目睽睽的军区总院花园里紧紧地吻在一起。

我们闭着眼睛，嘴唇在一起，泪水也在一起。我们的世界只有我们自己，不管旁边有什么人。

很多年以后，我给一个歌手朋友讲了我的这段感情故事。他连夜写了一首歌，还同一个女孩合唱过。我想还是把它抄在下面，虽然没有跟他打招呼，但他应该不会介意。

《承诺》

（男）总以为天地间我不是那么优秀

但是那瞬间的铸就

人民才是唯一的理由

我又看到你眼中的泪花，我将面对多少千钧一发

只想对你说句安慰的话

还是我说你放心吧

（女）从那天见到你穿上神气的制服

就知道你已经向国旗和人民

庄严地敬了礼

（合）向国旗敬礼，向人民敬礼

向家里说一句

请放心吧

我只想说在盛名之下

请放心吧

是我们唯一的承诺

……

很多年以后，听到这个小样的时候，我哭了。

17. 秋意浓，我的梦中有一片红叶（1）

每到秋天，总会有红叶飘落。但是你不知道明年秋天，会不会有同一片红叶落在同一个地方。在哲学上，这是不可能的，在现实中就更不可能了，但在我的梦里就有可能。

每年秋天，漫天红叶飘落的时候，我的梦中总有同一片落叶，落在我的脸上，覆盖着我的眼睛。于是我看见了鲜艳的世界，不是血，是一颗纯洁的心，还有我火红的青春。

实际上第二天我们并没有马上开拔。你们不了解我们狗头大队的何大队，他要是不给你玩个鸟事就绝对不是何大队。譬如说开拔，他也得玩出花样来，非得整成战备警报折腾一次。一般部队都要提前几天准备，他倒好，不告诉我们具体时间，还不让我们准备，发现偷偷准备的就处分。大家脑子里面都有根筋骨，踢球的时候也长个耳朵，生怕战备警报响。这玩意儿一响就是要开拔了，管你在干什么！然后弟兄们跟电影里面一样从各个角落像几百只迷彩野兔子一样奔向各自的兵楼，武装直升机滞空盘旋警戒，完全是战争气氛，就差拿三维在后面当作点炸点了！楼道里面那个忙活，换迷彩服、背背囊、取枪……但确实是忙而不乱。随即就是直升机中队出动，车辆出库，人员在指定区域登机、登车集合，然后按照预定梯次出发了，常常是第一突击梯队（也就是我们二中队特勤分队这帮弟兄）飞出去半小时后，后卫梯队（主要是警通中队和他们的狗爷们，也有炊爷们）刚刚出发。更过分的是，下了飞机以后在山里跑路，就给我们指示不同的，甚至是相反的集合地域或者突击出发地域，来回折腾我们弟兄！

于是我们上厕所的时候都提心吊胆，真怕战备警报，这个玩意儿一响是要掐秒表计算时间的。第二天我们就提心吊胆地训练，午休的时候也不敢睡死。第三天是休息日，但是我们还在提心吊胆，拿着簸箕、笤帚扫指挥楼前面的卫生区，结果没有想到的意外发生了。我估计大家都不知道这属于几级战斗警报。

一个挂着军区机关牌照的郦山绿色大轿子车进来了。我开始还以为是哪个机关组织代表团打靶，就没有在意。但是一看车窗户，弟兄们全都惊了！一车女兵！我们都傻眼了，不知道该哭还是笑。

同志们啊！狗头大队还从来没有来过这么多年轻漂亮的女兵啊！女兵们跟绿色麻雀一样从窗户伸出头叽叽喳喳。我们就跟迷彩鹌鹑一样戳在地上傻不拉几。大队长和政委都去迎接了，谱子还真大。

"黑猴子！黑猴子！"你们都知道这是谁喊的，但是当时我真的没有想到。

我还在发傻张着嘴，一个女孩就跳到我面前一拍我："干吗呢？看花眼了？"

她语有嗔色，我再傻也知道是谁了。

弟兄们就嘿嘿乐，知道是我对象来了。

小影笑道："我们不是见过吗？"

"就见过照片。"马达嘿嘿乐，"那天忘了你长啥样了，弟兄们光激动了。"

小影咯咯地乐了。

弟兄们就嘿嘿乐，表情声音整齐划一，显示出绝对良好的军人素质。

我把小影拉到一边："你怎么来了？"

"我们总院女兵今天组织来你们这儿打靶。"小影说，"我没给你打电话就是想让你高兴高兴！"

我一看带队的才是个中校就傻了，那我们大队长跟政委迎接啥啊？这是个什么中校啊！我再看不是那么回事，大队长和政委对那个中校不是十分热情，只是同志见面，但对小菲却很热情。一个上等女兵一口一个何叔叔，亲得不行，何大队还陪着她说笑话，这个我们哪见过啊！

"看见了？"小影笑，"早告诉你别招惹她，你还惦记！"

我傻看着小影："这是个什么人物啊？"

"咱们军区副司令的外孙女！"

我一吐舌头，我的妈呀，上将的外孙女！我这才明白过来为啥那天她说她自己办这事了。这打靶又不是什么了不起的事情，外孙女跟外祖父还不是一个电话的事儿。就我们何大队跟副司令的关系，即使不是上级也要安排的，何况他奶奶的上将交代打个靶子？！

几十个女兵站在我们指挥楼前左顾右盼，叽叽喳喳，指手画脚。

几十个男兵傻站在她们两侧，拿着笤帚簸箕，看花了眼。

我跟小影站在中间，像两支足球队赛前的队长见面。

小菲跟大队长和政委说了一声就晃悠着军帽走过来："嘿！大学生特种兵！说你活动能力不行你还不相信？怎么样？我办成了吧？"

"你厉害你厉害！"我由衷感叹。

小影拉着我的手，我赶紧松开，不松开不得了，这是狗头大队，是特种部队，不是她们总院那个地方。

小菲就乐："呵呵！跟这儿真老实啊！跟我们宿舍呢？"

我身后的弟兄们就嘿嘿乐。

小菲也乐了，她走过去随意一说："同志们辛苦了！"

"为人民服务，为人民服务！"弟兄们不知道说啥好了，也不敢立正。大队长他们都在那儿嘿嘿乐。

小菲扑哧就笑了："一会儿你们带我们打靶去！"

"是是！"弟兄们黝黑的脸都笑烂了。

"我们上午还得扫卫生区呢！"我提醒小菲。

小菲眨巴眨巴眼："切！瞧我的！"

她转身跑向正在进楼的大队长和政委，叫住了她的何叔叔，对我们的大队长说了些什么，还指指我跟小影。何大队就笑着挥挥手，一个参谋跑过去了。我提心吊胆地看着，小菲继续和我们的大队长、政委说话，还笑得前仰后合。我们大队长也前仰后合，政委更是前仰后合——从来没见过这个板着脸的政工干部这样前仰后合，以后也没有见到。不是说官场就怎么样了，换了谁也这样。军区副司令是个爷们儿，是个值得尊敬的上级，外孙女来打两枪算什么鸟事？陪着说几句话算什么鸟事？谁要再评论官场我就觉得没啥意思了，这不是官场，是最起码的礼貌。

不一会儿我就看见一中队的一帮弟兄集合跑步过来了，他们手里拿着笤帚簸箕，眼睛恨恨地盯着我们。他们还穿着短袖衫、短裤，还有胶鞋，全身汗湿湿的，看来是刚刚从足球场被叫过来的。那种恨意一看就明白——你们带女兵打靶就算了，卫生区还得爷爷替你们扫，什么好事都让你们摊上了！部队就是这种鸟地方，说什么就是什么，没有道理可以讲，要不还叫部队吗？我们就被换了，小影她们单位的女兵笑成一团，我们弟兄都嘿嘿乐。

今天狗头高中队在大队指挥所战备值班，所以不能带我们去。一个小中尉参谋带我们去，大队长专门指定我们二中队特勤分队担任保障。我们赶紧回去换衣服，弟兄们把最新、最干净的迷彩服都找出来，靴子擦得锃亮。有的弟兄来不及拿出擦鞋的东西，居然拽下自己的枕巾往靴子上擦。马达尤其过分，头上都是几根极短的毛，居然还敢打蜡，味道不是一般香。

我们换了衣服，取了枪，领了子弹，参谋就带着我们跑步过去开车。弟兄们都美得不行，番号喊得绝对好。我一抬头，看见所有兵楼上的窗户都是脑袋，好像我们中了头彩。当时我就想起了《大富翁》游戏里面的沙隆巴斯的至理名言："羡慕吧？"我们开着突击车、全副武装在前面带路，一车女兵的大轿子车跟在后面。弟兄们绝对精神抖擞，从来没见过这帮家伙这么整齐地坐过突击车，个个都有种特种精英的感觉。

我回头看着大轿子车，我看见小影坐在车窗前巴巴地看着我。小菲在她旁边，有时候也看我。俩人叽叽喳喳。小影说话的时候也一直看我，我也那么看着她。

你们知道什么是幸福吗？我觉得这就是了。

18. 秋意浓，我的梦中有一片红叶（2）

打靶没有什么好说的，弟兄们都不用打小组战斗射击，几个特种战术射击动作一摆，枪声一响，女兵就捂耳朵然后尖声惊叫——那分贝绝对比什么炮都要高，因为不是震耳膜，而是直刺耳膜。弟兄们的表现欲望极强，紧接着前滚翻手枪出枪速射、转身快拔手枪速射，浑身的解数全部使用出来，然后女兵尖叫连连、掌声不断。弟兄们还想表演，然后意识到子弹不能再造了，再造又得回去领，参谋长又是叽叽歪歪（你要管弹药也是这个德性，不是心疼，你打部队子弹是绝对管够的，过期就赶紧报废再领新的，而是枪支弹药的管理规定严格，生怕出事。任何野战部队都一样，领个子弹麻烦得要死），于是就不打了，组织女兵打。

女兵打枪堪称一景，何情何景你就自己想吧，简直是综艺大观。

我当然是辅导小影。小影枪打得不怎么样，声音绝对是一流高手，旁边的小菲也是一绝，俩姐妹有一拼。我就在"叮咚"的枪声中承受着双倍尖叫，但是我还是美得不行，因为我在辅导小影。

然后子弹造光了，小菲说要爬山。你们说参谋有胆子不答应吗？枪都打了，爬爬山算个鸟？

弟兄们以前上山是飞跑，这回上山是小心翼翼地护着女兵，趁机也能拉一下手——回去有几个人没有洗手我就不知道了，反正我洗了。不过我估计没洗的占九成以上，正所谓特种兵也是人嘛，大家想想就可以理解了。

我和小影不知不觉就走在最后面了。参谋也没搭理我，估计是小菲打了招呼，她还专门跟我说几点在什么地方集合，我连连答应。我对小菲的感激不是一点半点，我原以为见小影也得一个多月回来以后了，这回又见着了，还一起爬山，多浪漫啊！

我拉小影的手走在后面，故意走难走的山路，故意走进小树林。我们就抱在一起了，没有眼泪，没有说话，没有注视，就是吻。然后我们松开，都大喘一口气。

"呦！跟这儿呢！"小菲眨巴眨巴眼从树林深处走出来，手里还拿着一片红色的落叶。

小影就锤她："死妮子，偷看多久了？"

小菲就闪："有什么好看的呀？你们俩还能干点什么啊？还指望我看？"

俩人闹着，我就嘿嘿乐。

小影说："哎！我该怎么谢你！"

小菲就笑："咱们谁跟谁？你谢我干吗啊？得他谢我！"

小影想想："就是！黑猴子，你怎么谢我姐姐？"

我想不出来。

"看这个兵当的，哪儿像你跟我说的那个花花公子大学生啊？"小菲就笑，"连句好话都不会说！"

我就嘿嘿乐，不是装的，是真不会说了，那根神经早死了——我退伍一年以后才慢慢恢复过来。

小影没脾气了："唉——没办法，这个黑猴子都傻了！"

小菲正在那儿乐，小影突然说："哎！你带手纸了吗？"

小菲掏出来："干吗啊？"

"小令感啊！"

小影一把抢过来还对我说："不许跟着我啊！偷看女生上厕所是流氓！"

我就笑，她小时候也这么说。

小影跑了，然后就剩下我和小菲。我嘿嘿一笑，小菲也笑了，但是好像有点儿不自然。突然她黯然神伤，我不知道她怎么了。小菲抹掉眼角滑出的泪，勉强笑道："眯眼了！"

我就笑："这林子里面风都大！"

小菲稳稳神："我跟你说句话。"

我听着。

小菲："你抬起头，闭上眼睛。"

我就照做，听命令听习惯了。然后我感觉到什么东西放在我的脸上，我睁开眼，阳光下我看见了一片鲜艳的红色。

我听见小菲的声音："其实，我真的很忌妒小影，她命好！"

我还没反应过来，已经感觉到自己脖子上被什么湿乎乎的沾了一下，麻酥酥的。傻子也知道是女孩的嘴唇啊！我当时立刻蒙了，赶紧摘下红色的落叶。

小菲已经大笑着跑了："回头你就写首诗，大学生特种兵！你就写献给小菲，一个不知道为什么来到这个世界上的女孩……"那种大笑渐渐变成抽泣，声音还是很大。

我愣愣地看着她的背影，消失在树林深处。过了一会儿，小影出现了："哎！小菲呢？"

我说："走了。"

小影没说什么，笑道："走！咱们到那边玩去！"

她拉着我跑了，没有问小菲跟我说什么，也没有问小菲玩的红叶为什么在我的手上。我本来想告诉她，但真的没有找到机会。小影很开心，我也不忍心告诉她。我当时就想，自己心里有数就行了呗，何必挑拨人家俩姐妹的关系呢？再说小菲也没说喜欢我啊，谁没有激动的时候呢？我一个小黑猴子有什么值得喜欢的呢？

很多年后，我再次梦见了那片红叶，然后每年秋天都会梦见。那片美丽的红色落叶飞啊飞，到这儿到那儿，最后到了我的脸上。这就是那片红叶的梦。

我第一次梦醒来的时候，才明白过来。其实，小影不仅看见了，而且她是故意找个借口躲开的，为了给小菲一个宣泄情感的机会。

你们说，是吗？女兵的感情，你们能理解吗？

绿色军装下面，都是年轻的心。

19. 金秋的突袭（1）

大概在凌晨三点钟的时候，凌厉的战备警报在山沟子里面拉响了。我当时正在做梦，想美事，吃炸酱面，结果一下子就从床上弹起来，完全是下意识的，眼睛都还没睁开。

马达在临门的下铺一拉灯绳，没有反应，屋里还是一片漆黑。大家破口大骂，这也是下意识的，因为我们知道肯定有人专门把电给掐了。然后就是一片忙碌，穿衣服、穿靴子、拿背囊、戴头盔，跑出一片漆黑的楼道。更过分的是，枪库居然也是一片漆黑。文书对枪库熟悉得要命，进去里面一喊哪个单位过来，然后"哗"的一片步枪扔出来。接着我们就一人赶紧分几把长短枪，边跑边配上，快枪套插好，短枪背上，长枪上了飞机再换。大院里已经是人忙狗吠，简直就是"九一八"那一夜的感觉，除了没有炮弹乱飞、子弹交叉。警通中队的纠察和狗爷在路两边虎视眈眈，警通中队干部在按照预备方案指示各个单位的站位（方案也会来回换）。弟兄们就那么扶着自己的头盔猛跑，枪都没背好，绝对是稀里哗啦，这真是实话。在微弱的几盏指示灯下，我们跑向各自的集合位置，整理着装、武器，领取压满的备份弹匣（当然是空包弹。如果战争来了，就是真子弹了）。然后直升机中队的运输直升机"轰轰"地飞过来，接着我们就按照各自的位置上飞机了。

到了飞机上才喘了一口气，弟兄们摘下头盔，借着微弱的灯光整理武器、装具、背囊，往脸上抹迷彩油。狗头高中队就对着电台开始"汪汪汪"，我们才知道去哪儿。弟兄们整理好了就随遇而安，互相补补妆——这个妆是有严格化法的，不是呼啦两下子就可以的。

直升机编队按照命令飞往规定的地域，我们按照命令在飞机上面等。狗头高中队就开始布置我们的任务，比如几点到什么狗日的地方，然后潜伏等待命令或者干一些别的事情。其实特种部队不是挡坦克的，而是往敌后插的刀子。坦克对坦克是兵团作战，不是特种部队的任务。我们跑这么快可不是去顶第一波攻击的，那就是鸡蛋跟石头碰了。

我们就是干点全世界特种部队都该干的事情，化作匕首捅进敌方心脏最柔弱的部分，然后撤退，不跟你狗日的纠缠。不过撤不撤得出来就不是我们弟兄说了算了，当然我们都希望能撤出来，所以我老跟开我们特勤队飞机的哥们儿开玩笑说："要是打仗的时候把我们弟兄送到地方，我就先用一个40火给你揍下来，因为知道你也不来接我。"他就嘿嘿乐。要是飞机不来接，我们只有跑路，没别的办法。我们没有电影上那么牛，还去抢敌人的直升飞机。那种陆航基地可是军事要地，怎么进去啊？进去了怎么摆脱？人家没有防空导弹吗？还不一下子就给你锤下来？躲还躲不及呢，去当肉包子啊？特种部队作战原则的第一条是——隐蔽，悄无声息如同空气般进出，尽量不能惊动敌人。

所以，我现在一看电影里面兰波在几百个人里面跟老虎似的逮谁咬谁就想笑。顺便我再多说一句，后来洋人特种兵哥们儿告诉我M60绝对不是那个使法，立姿射击只有抵肩射击和抵腰射击两种，都必须双手。要是兰波那个样子打，子弹都飞天上去了。所以我们尽量不跟敌人接火，主要是渗透，万万不得已的情况下也绝对不能纠缠，一纠缠敌人的增援马上就到。一旦被包围，基本上弟兄们就可以拉光荣弹了。这只是军事普不是小说内容啊，只是我看得不过眼而已。

话说回来，我们那次的第一个任务就是到达一个潜伏地域。我在地图上一看，我靠！四周都是他奶奶的兄弟部队的驻军，步兵团、装甲团都有，就差陆航了。按照指示，我们潜伏在这中间的一个山头上待命。这里是好潜伏的吗？都等着我们呢！再说按照地图，四周不是王庄就是李乡的老百姓上山砍柴放羊，发现我们这帮鬼鬼祟祟的人怎么办？回去一说还有什么秘密可以保啊？而且我们也不敢扣自己老百姓啊！又不是真正的战争行动啊！说实话，对于各国特种部队，敌后的百姓都是大难题，本身兵力就是可丁可卯的，抽一个战斗员就是失去一个战斗员；杀？你敢啊？这个问题绝对老大难，点到为止。但是没什么可以说的，命令就是命令。这是演练，也是战争，我们必须去。直升机当然不敢飞那么近了，还有几十公里就该把弟兄们垂降下去了。

然后我们就沿着公路附近的山头展开战斗队形跑路。天刚蒙蒙亮，我能听见附近的鸡叫，还看见远处村庄的灯光逐次亮起，百姓们起床了，公路上拖拉机、汽车、摩托开始走了。当然我们也看见了检查哨，他们都是兄弟部队的，全副武装，来谁查谁。部队演练和演习就是军事行动，军事行动没有道理可以讲，管你是谁先查再说。说句实话，军队的威严现在不受到尊重，只有在军事行动的时候才有点威严了。

天亮了，我们不敢那么跑了，狗头高中队要我们先埋伏起来再说。他要动他的狗头研究一下地图，看看下面怎么跑路。我们就在山头上看兄弟部队的检查哨查车。

你知道我见到81枪时是什么感觉吗？真他妈漂亮得不得了啊！刚摸到95枪的时候特别新鲜，觉得好看得不行，但是天天见、天天摸就没有什么新鲜的了啊！现在突然冷不丁见到81枪，那个好看啊就别提了，我就手里痒痒，想缴获一支玩玩。

兄弟部队的检查哨戴着80钢盔，拿着81枪，穿着陆军制式迷彩和胶鞋，看了都觉得眼热——好亲切啊！这个兵一当怎么跟过了两辈子一样啊！后来我知道，大部分弟兄刚和兄弟部队对锤的时候都是这个感觉。马达也看得入神，盯着81枪眼睛直冒光。

我就对马达说："怎么样？整一把玩玩？"

"你龟儿子疯了！"马达用眼色点点高中队，我就不吭气了。

天色大亮。狗头高中队跟那儿寻思了半天，才决定先休息晚上跑路。我就想你怎么那么笨啊！这才明白啊！还打过仗呢！然后我们就布好环形防御阵地，轮流站岗。

我还惦记着81枪。你们不知道那是什么感觉吧？

那是我这辈子第一次打的枪啊！

20. 金秋的突袭（2）

山区的秋天你们都想不出来有多么美，我回到城市以后再也没有见过这么美的秋天了。真的是金秋啊！金黄金黄的玉米张着嘴、暴着牙在小风中耷拉着红色的胡子，好像一群高瘦高瘦的老伯伯，黄元帅苹果晃悠着身子、吊着辫子炫耀着满脸的麻子，好像一群洗衣归来的老大妈。我们弟兄潜伏在除了荒草屁也没有的山头，眼巴巴地望着下面的观察哨，傻乎乎地听着知了叫，简直就是不可思议地消耗生命。你们现在知道特种作战是怎么一回事儿了吧？大部分时间我们就是在跑路、潜伏和观察，真到打的时候也就那么忽悠两下子，然后赶紧跑路，敌进我退，敌退我进，敌驻我扰，敌疲我打。

检查哨买了一筐苹果，一边吃一边跟那儿晃悠，我们弟兄就咽咽口水。在敌后水壶的水是不能随便喝的，要在关键时候用，渴就渴着，不行就抿一小口，苹果就更吃不上了，那是敌军防守部队的专利。若是我们现在满身迷彩跑到苹果园子问老乡买十斤苹果，当即就会被这帮盼星星盼月亮，盼着我们来挨锤的兄弟部队先以大狼狗后以群拳暴锤。特种部队没有那么牛，你们真以为我们是出山的大灰狼逮谁咬谁啊？特种部队在敌后主要就是转圈子忽悠敌人，插敌人的空子，干完了赶紧闪，不然绝对是死无葬身之地。现在看着几百米外满山的苹果，可我们就是吃不着。所以，我老说特种部队就是鼠辈的感觉，偷偷摸摸不过瘾。

我从小吃苹果是一绝，一个小屁孩吃十个大黄元帅都没问题，我妈老说我是苹果肚子。现在苹果就在咫尺之遥，可我吃不着，连知了都哭丧着叫啊叫。哎呀，我咽着唾沫，就是想吃苹果。

我看看沉睡中的狗头高中队，这个狗日的逮哪儿就睡，再看看周围似睡非睡的马达他们。我就惦记溜下去先偷几个苹果再顺一把81枪。苹果好偷不是特难，过去也不是大问题，中间都是灌木。但是81枪要搞到就比较难了，因为被那四个检查哨挎在身上。我琢磨着办法，然后该我值班放哨了。

我就在外围值班，一会儿看看苹果，一会儿看看81枪。不管了先偷苹果再说。我回头看看弟兄们，差不多都睡着了，只有马达还睁着眼睛望着苹果发呆。我就给他个手势，意思是我去捞几个苹果。开始他不同意，最后还是点头，但是要我小心。

我就悄悄地以低姿匍匐滑下小山洼，马达支起95式班用轻机枪。其实这枪也没啥子大用处啊，都是空包弹，只能听响，打没打着谁也不知道。有的部队原先用过激光模拟器，但是那个玩意儿特种部队训练不能用，假想敌往树林里面乱扫准会冒烟的。

我像一条迷彩色的小蛇一样悄无声息地滑过灌木，逼近苹果园。到了跟前，我发现有铁丝网。这个不算什么，老百姓的铁丝网当然比不过我们炊爷的专业。我拿出特战匕首剪断铁丝网，然后又继续滑进去。里面没有老百姓，不过我身上带着钱，不能白吃。我们是解放军，不是白军。

我拿出探雷针，找了一根枯树枝绑上，准确地一扎一个、一扎一个，一口气扎了二十多个。我赶紧把它们塞进随身军用袋子里，转身要出去。这时候我看见了81枪，不是一支，是架在一起的三支。我的眼睛又亮了。

然后我看见苹果园里面也有监视哨，但没有公路上那么严格，一共四人，有三人在树荫底下睡觉，剩下的一个拿着望远镜在看，好像是公路上有一个骑自行车的红衣女青年。这也不是说兄弟部队训练不好、军纪不严格，但是训练就是训练，不是作战，干部若不在几个兵能盯多久？大家都苦惯了，休息休息也是正常的。

这时候我的脑子开始转动了。枪是偷还是不偷？

21. 金秋的突袭（3）

很多年以后，弟兄们只要有机会凑在一起喝酒，我因为偷兄弟部队某团机步营的一支装了 30 发空包弹的 81 式自动步枪而被撵得满山乱跑的鸟事都会被再次拎出来下酒。这个事情在当时各个部队都被当作调戏我们狗头大队的臭事之一，而且越传越邪乎，最后传成了我们狗头大队的一个老士官被四个机步营的新兵蛋子举着棍子打了一路。大家对于自己觉得过瘾的事情总是会添油加醋，谣言就是这么产生的。

事实是什么呢？

事实是我一念之差，违反了敌后作战的低调原则，居然敢去偷那三支架在一起的 81 式自动步枪还不止拿一支！因为我知道马达也想要，肯定有弟兄也想要！虽然我知道偷兄弟部队的枪，他们哥几个回去不好交差，严肃处理是跑不了的，但是我就是想玩，再说都是解放军，都是一家人，咱们何必说两家话？玩又玩不坏，过完瘾就还回去，大不了回头有机会合成演练总结的时候（我们每通过一个部队的防区都会总结一次，我觉得实际上是故意把我们的渗透方式曝光，好让下面的部队做准备，同时也逼得我们采用新的方法），我给他们打两枪罢了，有什么了不起，又不是偷主战坦克或者步兵战车，那么紧张干什么？

我就仔细观察那个唯一没有睡着的兄弟部队士官的动静，看来那个女青年是遇到熟人了，好像在跟什么人说话，估计他还得看一会儿。我背起装满苹果的军用袋子小心翼翼地接近那三支乌黑的 81 自动步枪，一直到了跟前还是没有动静，我就向前一步伸手了！轰隆一声，三支枪到手了，但是我的左脚进了陷阱！

我这才知道这是个圈套，跟炊爷一样这帮兄弟部队的弟兄也被练出来了，看来每年都有偷他们 81 枪玩的狗头兵。我不敢说他们断定我小庄现在要偷枪，但是我敢说他们睡觉的时候这样做是防患于未然。我至今估计他们当时不太可能知道我们已经到了附近，否则，他们没有道理不报告上级，找一帮搜索队加上大狼狗来收拾我们啊。看来真的是互锤锤出来的习惯了。

然后那三个睡着的上等兵都跳起来了，醒着的士官也不看地方女青年了，抄起自己的 81 就拉栓，然后是一句极端标准的话：

"举起手来！解放军优待俘虏！"

我管你什么优待不优待，要是真打仗的俘虏，你们会优待我们狗头兵？你们优待个屁啊！就算缴枪也要先捆起来带下山展览一下，丢丢我们狗头大队的人，再给我们收容队送去，让我挨狗头高中队的收拾。这个后果的严重性就不是格斗课上的示范那么简单了，谁知道那个鸟人能想出什么法子收拾我？我还无处告状！

当然不能举手，举手还了得！小庄我堂堂的陆军特种兵战士能举手投降？我左手还拧着装满苹果的袋子，右手已经以极快的速度从腿部快枪套中拔出了92式手枪，同时拇指打开击锤，"铛铛铛"一连串速射！

我们的距离大概两米，这样的距离要是实弹的话别说他们四个，就是六个我也在极短时间内撂翻了。但问题是空包弹——有的朋友说安全范围是30米，这个我记不清了，但是我记得在手枪空包弹两米左右冲着人打是没事的，只是脸上会被火药渣子崩一下而已，我为什么记得这么清楚？因为巷战训练（也就是反恐怖训练）都是近距离作战，以短小的手枪和微声冲为主，一般不用95，主要就是怕空包弹伤人。7.62的微冲子弹（实际上就是手枪空包弹）和9毫米的手枪空包弹在近距离没有什么杀伤力，除非真跟电影上一样抵着你的脑门太阳穴开枪。我就被马达在两米左右往我脸上崩过一回手枪空包弹的火药渣子，感觉就是冲了一下。我还是提醒诸位尤其是拍电影的不要这么做啊，演员和战士的忍受能力是不能比的——机步营的战士们就是捂着脸后退几步，我背起苹果袋子扛上一支81转身就跑！

按照演习规则他们已经被我击毙。但是你们想也想得出来，这种情况下演习规则算个鸟啊！四个机步营的哥们儿一人拿棍子，剩下的拿81那就追啊！三支81嗒嗒嗒地喷出烈焰——提醒各位，空包弹有烈焰但是实弹是没有的，我不知道这个经验现在还准不准，但是记忆是这么告诉我的。

这时候我当然没有中弹的反应，谁傻啊？所以我就一个劲儿地猛跑，当然不能往回跑，那是暴露自己分队的目标啊！特种兵的常识告诉我不能这么做，何况回去不仅是狗头高中队就是何大队也要收拾我啊！马达当然也没有机枪掩护我，一是没有用处了，反而会把群狼都招来；二是他也不敢，也怕狗头高中队收拾。

所以我说特种兵是"精锐炮灰"啊，这个看法就是在偷了兄弟部队的81枪之后被追得满山乱跑时形成的。

我没命地跑啊！后面的没命地追啊！我听见枪声"嗒嗒嗒"，然后是远处的狗叫！我操！搜索队来了！这些狗日的各个部队侦察营连的精英虽然没有参加比武，但是不一定就差多少，而且他们总是有种心理，就是一定要收拾我们，不然心里不爽。这下子我可是真的被包围了，就为了一支81枪，还有黄元帅苹果！

我知道狗头高中队早就起来了，枪声就是他的闹钟，但他是继续潜伏还是赶紧跑路我就不知道了。我只知道自己不能过去，得猛跑引开追兵，给他们时间。这是特种兵作战的基本原则，不这么做还能怎样？如果我命好跑掉了，那也只能在山里晃悠，一直到综合演练的所有科目全部结束后才能现身，到时候虽然还是会挨收拾但是会轻一点儿。但要是被俘，这个就麻烦了，我在狗头大队就很难抬头了——凡是东方国家都不喜欢俘虏，连座山雕都说："三爷我最恨被共军俘虏过的了！"何况我们还是共军。

所以我绝对不能被俘！我小庄是条好汉怎么能当俘虏呢？当时我虽然在飞跑，但是脑子里面都想好了，要是万一被俘就脱逃，还要弄掉敌军（也就是兄弟部队）一个指挥所，做个孤胆英雄！这种东西我们练了几百遍，花样翻新得不行，我不相信他们的看守比我们狗头大队警通中队专门搭建的一个模拟战俘营还严格——警通中队有一帮老鸟就是干这个的，但他们野战部队有正经科目，不太可能专门抽一帮人干这个吧。

路线一正确，思想一坚定，脚下就有根！首先我要摆脱这四个机步营的追兵！怎么摆脱？我开枪没用，他们又不会跟电影上一样，"啊"一声倒地装死。飞刀我也不敢扔，那是兄弟部队的战士，是我们的弟兄，你扔一个试试？跑山路我绝对比他们强，但是地形我没有他们熟悉啊！他们也是要越野的，所以一时半会儿我也甩不开。听着狗叫声越来越近，我想这下是真的麻烦了，再说我还带着两杆步枪和一袋黄元帅苹果……

苹果？我有主意了！于是我一边跑，一边把81枪挎在肩上拿下袋子，然后拿出一个苹果转身一扔，像飞刀那样一甩腕子！那个苹果就砸在一个上等兵的腿上。他叫了一声然后赶紧卧倒，心想狗头大队又研究开发出什么新式的秘密武器专门对付他们，然后就看那个被砸烂的黄元帅苹果跟烂茄子一样躺在地上。他就明白过来了，起身哇哇地叫着，要追我。

这回我有时间瞄准了，一下一个，一下一个，全砸向这些机步营的弟兄的脸！然后我看见那四个弟兄捂着脸在地上打滚，还发出一声声惨叫。这个不至于砸出事情，但是也够他们疼半天的了，我估计也有流鼻血的。但是我管不了那么多了，掉头就跑，后面的狗叫也越来越近。

我已经听见杂乱的脚步声、喊叫声、狗叫声，还有空包弹乱打的"嗒嗒嗒"。我们都知道空包弹用处不大，但是当兵的就是当兵的，该打也得打。演练的问题后来怎么解决的我就不知道了。很多情况下也没有办法说谁犯规，因为谁都不认账啊。

我喘着气，背着两杆枪，快步如飞地往山上跑。我知道上了山后，我的优势就比较明显了，一般的侦察部队在这种原始森林里面还是比较不好过的，而我们就是林子里面的野狼。

我的目标只有一个，穿过这个偌大的苹果园进山。

22．金秋的突袭（4）

我在部队的时候，为什么被狗头大队这样一个群鸟聚居的鸟地方公认为小鸟人，其实是和后面发生的一系列事情有关，倒是和我当初拒绝加入特种部队的关系不大，因为那件事情引起的轰动很快就过去了，我毕竟还是加入了，我要是最后也没有加入狗头大队，那就是值得传说的一个浑蛋了，我估计我小庄无论干点什么只要狗头大队的兵听到我的名字都想要锤我，要是逮着机会了必锤无疑，就算不是刺刀见红，至少也是满地找牙，一个月住一次医院的这种。照我后来对狗头大队的理解，更有可能的是，跟我一个城市的退伍狗头兵知道了我的下落，以隐身侠的身份突然出现，先打断我的左腿让我住院，出了门就是右腿，反正我的大半时间都要耗在两条腿轮流被打上，然后还得花数不清的医药费。而且警察还找不到什么把柄，在他们面前警察真的是无能为力。

其实战士的培养，尤其是特种部队战士的培养真不是一件简单的事情，除了把他锤成特战利器，你还要教育他中华民族的传统美德是以和为贵，不能退伍以后动不动就拿在部队学的这一套处理社会事务，不能以战争手段对待和平世界。但是特战精神就是要对敌坚决，甚至是不惜一切代价达到最终目的。特战训练就是天天对锤，再合计着杀人或者把人弄残废。你说到底哪个管用？这就得看退伍之后战士的控制力了，我算好的，这个我敢说大话，但是也犯过暴力错误。我曾经有一个女友，因为和别的男孩黏糊被我感觉到了。这是一种感觉说不出来为什么，换了你你也有感觉，我就办了一件根本就不该做的事情——按照道理说，人家要是不喜欢你就算了。可是我当时刚刚退伍不久，脑子里面那根筋骨还没有转过来啊，我还觉得自己就是个鸟人狗头兵呢！我是个男人我不能受这个污辱啊！我太想知道这个事情的底细了，脑子里面本能的反应就是对一个柔弱的女孩采取了对敌手段——迫使其呼吸能力受到控制，但是不至于伤及骨肉，只是难受得不行，连快死了的感觉都有。这种手段就是受过严格训练的特种兵战士都难以忍受，何况她一个弱女子！最后她当然说了啊，怎么可能不说呢？不过结果是根本没有那回事儿，我后来也证实了（你们应该相信我的侦察能力）。但是最后她根本不敢跟我在一起了，你要是女孩你也一样不敢，你敢跟一个有暴力倾向的男友在一起吗？而且这种暴力是多年锻造后养成的天性——我在部队三年学的就是这个啊！你们能怪我什么？说我虐待，但是谁教会我的？我的暴力倾向哪里来的？

任何军队都教战士这个，军队是什么？就是战争工具。战士就是杀人的，什么好听的口号都是假的，实质就是杀戮。不光是我们狗头大队，世界上凡是个军队、凡是个特种部队干的都是这点鸟事！所以谁也别跟我矫情中国陆军就怎么样了，因为不关中国陆军鸟事，也不关中国什么鸟事。世界上只要有战争存在就有军队，只要有军队就是杀人的，实质就是白刀子进去红刀子出来，一定是上来就是弄死你！不然还要军队干什么？军队要飞机、坦克、导弹、大炮干什么，直接生产小汽车多好啊？

我把自己谈女友这点臭事说出来就是想告诉你们，无论我怎么解释、怎么道歉都没有用处——换谁谁还敢啊！所以我们就分了，然后我开始反思我怎么会对一个小女孩下手？我说过后来交的女友就是小影这个类型的，就是长得很像王心凌那种的小女生，我怎么下得了手？其实没什么解释，就是惯性！长期磨砺对敌本领就成本能了，脱下军装还是有惯性，这种惯性的长短因人而异。我后来读书，上大学，写小说，写剧本，写文艺理论教材，研究心理学，绝对算是退伍战士里面比较有文化的了，也知道什么是人性，我已经在极力克制自己的惯性了！但是一旦有诱因，它还是会爆发出来——我为什么现在成了这个德性？你们就是指着我的鼻子骂我小庄，我一句话都不说，你们以为我怕你们吗？说实话还真是怕，我就是怕你们出事，我一出手不是死就是残废啊——我磨砺性子把自己强迫变成一个不鸟的小庄，就是为了成为一个正常人，在和平的世界里面正常生活！

你们都喜欢看战争电影，喜欢看电视里面的杀戮，还总觉得不过瘾。你们还喜欢穿迷彩，喜欢开迷彩越野小吉普，喜欢搞点业余得要命的战争游戏，把兰波拿枪杀人的画报贴在自己的墙上。我告诉你们，那是因为你们总是在隔岸观火！你们自己来当个特种兵试试？真上过战场，你们就会心理变异！你就会知道什么叫战争对人性的摧残！

我听说过这样一件事情（我先注明是听说，你当纪实看就没法子写了），一个战场上下来的英雄，回家发现老婆跟汉子偷情——其实人就是人，离开久了再加上一些外因，不出问题可能吗？——上来就是两条人命。为什么？杀人杀习惯了，惯性还没有结束，最后枪毙了。这不是悲剧吗？他要不是军人，不是战场上下来的，会这么做吗？如果没有前两个身份，可能性就小得多。

苗连告诉我，战场上下来的部队不敢直接回去，要在山里一个专门的地方先关上半年，天天拔军姿、踢正步、叠豆腐块，别的什么都不干。这就是为了把部队的杀气磨灭掉，即便这样，还老出事呢！只要有过惨烈的长期短兵战斗的军人，都是战争后遗症的患者！军官要好得多，因为他们文化高啊！他们的分辨能力强，知道控制自己啊！但是战士呢？全世界的战士的平均文化都不会高，他们能那么快就反应过来吗？当然不能，这就是军人的悲剧。说白了军队就是琢磨怎么杀人的，尤其是短兵相接的特种部队和侦察兵。在我们狗头大队刚刚组建的时候，大队常委专门开会讨论过到底教不教战士一招制敌，一开就是好几天！为什么啊？都怕战士退伍到地方后出事啊！但是最后还是得教，因为特种部队就要有特种部队的战斗力！万一有了战争怎么办？于是我们就得学，就得练。然后不断有悲剧发生，有的和一招制敌是有直接关系的，弟兄们上来就死手，能不出事吗？当然，有的和别的有关系，但是最终的原因就是——军人得学杀人的本事，得把自己磨砺成杀人的利器！

于是，不仅和平和战争是矛盾了，脱下军装、习惯杀人技巧的军人和和平的社会也是矛盾了，全世界都一样。我后来再看《第一滴血》第一集的时候感触深得不得了啊！这个电影不是虚构的，绝对是从生活中来的，但是为了票房主题被好莱坞老板"强奸"了，变成了大家觉得过瘾的枪战片。兰波的悲剧色彩被人为淡化了。但是，这种悲剧，在全世界都有可能发生。只要战争存在，只要军队存在，就一定有这种悲剧。

其实写到这里我真的想奉劝大家一句——不是不要去招惹退伍军人，而是对他们好点。真的，其实他们的要求不高，你们给他们一个笑脸、一句安慰的话那么难吗？不要欺负他们，因为他们是做出了牺牲的！无论有没有战争，他们是军人，他们爱好和平的人性会被杀人的技巧扭曲——狗头高中队不算啊！他狗日的天生就喜欢锤人！——但是我真的希望你们看完我的小说去想想，军人牺牲的到底是什么？

是青春？

是爱情？

是家庭？

是亲情？

其实都不是，那些只是表面上的。那么到底是什么？——人性。

凡是个军队就是准备杀人的，口号、信仰下面的实质就是这个！所以军人就要学习杀人，这就是对人性的扭曲。而且这种扭曲是绝对不可避免的，因为，世界上只要有战争，有利益和主权的纷争，就一定有军队。

对军人好一点儿不是很难的，他们都很朴实，他们为了你们扭曲自己，把自己磨砺成杀人的利器。只要你们对他们好那么一点点，他们就会记在心里，就会更快地融入这个社会。

我要说句不恰当的比喻，遇到一匹刚刚出山的大灰狼，你就一定要用感情去拔掉他的牙，用感动去阉割他的鸟气，让他的好战精神彻底阳痿！不然就一定是隐患，你一招惹他就会出事。这是跑不了的，只是每人的忍耐和控制程度不一样罢了。

所以，看在他们为了你们把自己的人性扭曲了几年，回来还有惯性的分上，对他们好一点儿，就那么一点点，其实对于朴实的军人就足够了。

军人值得大家尊重，他们是天底下最朴实的群体。

23. 金秋的突袭（5）

很多话点到为止，我还是接着说故事。

上山的道路崎岖多变，下山的道路也不是一马平川。由于地球是有吸引力的，所以下山就比上山难。

后面的搜索队也不是吹的，都是各个部队侦察分队的骨干，跑起来"嗖嗖嗖"的，绝对比四个机步营的战士强得多。虽然他们的距离远但是很快就逼进我，下山的时候狗爷比人好使得多，几乎是跳跃式狂下。很快我就听见狗爷的声声呼唤，似乎近在耳边，我知道这样跟它们跑是跑不过的。

我钻出原始森林边的低矮人工林林带，本来我的计划是赶紧进山，但是一出来我就傻眼了——沼泽。而且不是我最开始面对的临时性的小沼泽，绝对是不折不扣的一片永久性的大沼泽。沼泽里充斥着黑色的泥滩子、绿色的芦苇子，再加上嗡嗡叫的黑白色的大蚊子。是个人都知道前面是死亡，后面是狗爷，也就是被俘。

去你奶奶的！我小庄死就死，活就活，我就是不当你们狗日的俘虏！我牙一咬、心一横就进去了！沼泽里不是处处陷阱，主要是多年积郁的稀泥。我也不知道一开始为什么没有陷下去，我想有一个原因就是当时比现在轻得多，也灵活得多。总之我必须前进，不前进就是俘虏，而当俘虏是我不能接受的耻辱！不然怎么回去见人啊？小庄当了俘虏？那还鸟个蛋子啊？

我就在沼泽里面迈步，一下脚就齐膝盖，但是我还是前进！狗爷们都聚积在沼泽堆上狂叫唤，但是我不回头！解放军战士特种兵精英死也不能回头！就是死也要坚决前进，不当俘虏！我就在心里重复着这一句简单的话，咬着牙前进，很快到了一个接近沼泽中央的草窝子，我急忙上去趴在里面，不敢让那些狗日的搜索队看见，狗看见了不算，狗没有发言权。人要看见就麻烦了，按照演练规则我就是阵亡，但是我还不想这么快阵亡，第一次演练刚刚开始就阵亡算什么话！

我趴在像芦苇子一样潮湿而坚硬的大草里面深呼着气。狗爷们的叫唤就在不远的地方。然后叫唤停止了，是人喝停的。接着我听见的不再是狗声鼎沸，而是人声鼎沸。

　　"人呢？"

　　"不知道啊？"

　　"妈的怎么一下子就没有影了？追得好好的——住嘴！叫什么叫？别叫了！"

　　我轻轻用81枪的枪口拨开草丛给眼睛一条缝隙。我看见几十个搜索队的人在沼泽边上四处张望，他们的脸色很彷徨，不知道我去哪儿了。抓迷藏游戏的感觉一下子就回忆起来了，我的害怕消失了，只剩下游戏的快感。

　　我就笑了，逐个瞄准搜索队员，拿着没有开保险的81枪扣动扳机，嘴里轻轻说着："嗒嗒嗒！嗒嗒嗒！"

　　一个士官突然把目光转向沼泽。我被吓了一大跳，心里想：坏了坏了，发现我了！但是他没有喊叫，只是一直疑惑地看着我的方向，然后又看看别的方向。最后，他才自言自语地问道："是不是进沼泽了？"

　　另外一个士官大大咧咧地说："不会不会！是人就知道这儿不能进去，进去就是死啊！他脑子里面有包啊？"

　　"万一呢？"那个士官嘀咕。

　　一个少尉觉得有道理："喊话试试！"

　　于是他们都喊话："出来吧！我们看见你了！"

　　我强忍住笑，没什么新意，老一套你们喊几句算个鸟？

　　喊了半天没有动静，一个士官就说："回了回了，敢情是狗追错了。谁知道他们大队又发明了什么新式武器专门对付狗的？"

　　其他人都觉得有道理，但是那个少尉还是心里不安。他毕竟是干部，知道战士的性命大于天，而且他若带队追出事情来，这个麻烦还是很大的，演练哪有那么简单啊，一堆后遗症就他奶奶的全来了。少尉高喊："哎——你要是在里面就听我的，赶紧出来！我是排长，这一回就不撕掉你的胸条（按照演练规则，被俘或者阵亡要撕掉胸条，他们拿这个去报赏，可以休假、可以有进城的机会，我就进收容队），我们就当没看见你！赶紧出来吧！这是演练，犯不上玩这个命！"

　　我还是不为所动，奶奶的你说不撕就不撕啊？！再说了，老子是堂堂的特种兵战士，能求着你让我活命？说不出去就不出去，人民战士说话算数。我就趴在那儿不吭气。少尉喊了半天也没有动静。狗在哈哈地吐着舌头，焦躁不安地坐在地上对我所在的草丛虎视眈眈，我就更不敢动了。

　　那个少尉确实不错，直到今天我也很感动。他把自己的嗓子都喊哑了，喊的声音很大，目光中的担心与焦灼真的很像陈排。我当时心里一热，有股出去的冲动，但还是没有动。最后搜索队自然全都走了，不过那个少尉是最后走的，不仅如此，他还回头看了一眼，久久地扫视着整个沼泽。

我的话到了嗓子眼，最后又一次咽了下去。少尉最后转身走了，我这才出了一口气。这时候我开始检查自己身上的装备。背囊自然是没有的，我们休息的时候用来做环线防御阵地的掩体，也就是说生活物资是没有了。那我有什么呢？水壶一个，95自动步和81自动步各一把、空包弹若干发，特战匕首一把、手枪一把、空包弹若干发，指北针一个，该地区简易地图一张（自然又是手绘的），还有四个发烟手榴弹，一个红色，三个黄色。红色是万不得已的时候在林子里面求救用的，黄色是演练用的，一旦黄烟起来，就表示你把这个目标收拾了。然后除了这一百多斤刚刚出头的肉身子，我身上就什么都没有了。

我缓了一阵子就决定出发了。往哪儿走？我也不知道，于是就看地图和指北针。我知道自己现在的位置在3号公路附近，如果穿过这个沼泽的话就能进山，然后是7号公路桥；另外一条路线就是回头，继续走公路边缘，但是这样危险很大，因为搜索队肯定在附近到处找我。不过这条路线是我们狗头大队每次都要收拾的目标之一，狗头高中队是肯定不会放过的。我就决定去那儿等他们，就算注定被收拾也要等。不然我干吗去啊？我毕竟是个战士，难道不回部队真的进山当狼啊？

于是我就收好地图和指北针，背上两支枪，撅了一根坚硬的、长长的草稞子探路。当时我只有一个念头，就是怎么着也不能被这帮家伙抓住，绝对不能！我有军人的信仰！我还有陆军特种兵的誓言！我拿着草稞子，深一脚浅一脚地走进沼泽。红军老前辈敢两次过那么大的草地，我一个小兵走这一片小沼泽算什么啊？我在部队天天接受的就是这种教育，苦不苦？想想长征两万五；累不累？想想红军老前辈！这种意识绝对根深蒂固了。这些话我从来没有说过，但是在写这段的时候，这种词语就哗啦啦地往外冒，根本刹不住。当过兵的人都是这个德性。

我往沼泽更深处走去，陷得浅点儿，我马上就能拔出来；陷得深点儿，我就倒向一边，借助身体的重力把自己的腿拔出来。后来我确实太累了，而且越陷越深，于是就趴着往前爬。不用我再解释物理道理了吧？就是一个压强和面积之间的关系问题，而且我确实需要趴着歇歇。我就那么背着两只枪，气喘吁吁地前进，虽然很累，但眼睛里面有光，那是不肯磨灭的斗志之光。

我现在回忆起来仿佛都可以看见，我的面前有一个又瘦又小的小列兵在那里爬。他浑身泥泞，完全没有个人样儿，但还是坚持爬，绝对不肯放弃！因为，他知道自己是一个士兵，而且是一个中国士兵。

士兵，是不能放弃的，无论面对什么，哪怕是死亡。

24. 金秋的突袭（6）

后怕是个什么意思，我现在是真的知道了。我躺在沙发将近一个钟头的原因有两点：

第一，屁股被磨破的地方又开始疼了，根据我的经验是在长茧子；第二，胆战心惊，绝对是怕得不行，你现在再让我去过一遍那个沼泽，我就会一拳先把你锤趴下再说。

那是人过的吗？是个动物都不敢过，连狗爷的智慧都知道不能往里面走，只能在边上穷嚷嚷啊！可是，我18岁的时候就是那么过了。他奶奶的那是什么精神啊！除了累还是累，最后完全不是力量在支撑我往前面爬，而是精神。只要还有半口气就要前进，不能就这么死了！我要再说我想起小影你们可能觉得很重复也不爱听，但是我告诉你们，要是没有小影，我今天就不会坐在这里跟你们胡诌当年我那点破事！

后来我跟一个著名的战地记者交流这种狗屁心得，他倒不至于过沼泽，但是在中东他开车一个人过了那片到处都是地雷、各种炮弹和航空炸弹不时出没的沙漠。我问他当时在想什么？记者的责任？使命？义务？还是成名？像今天这样到处都知道他的名字？他老老实实地告诉我："狗屁。"他心里就是想的一个女孩，他没有告诉我是谁，我也没有问，毕竟是前辈，这种事情也是不能问的，何况我知道他到最后肯定没有得手，问了不好，就他那个年纪惦记的女孩难保已经不仅是人妻还是孩子他妈了。

这个心得我和他是一样的，在逆境中你就会想一个女孩。而这个女孩一定是你没有得手的。这种得手不是说感情，我要说明白了好像对不起我的女性读者，我想我不说你们也明白什么意思。得手了你还有什么惦记的？所以，得不到的女孩永远是最好的，你会老惦记着。我18岁的时候其实就明白这个道理，只是不会这么总结而已。

在我的特战生涯里面，到最后就是小影在支撑我，没有什么别的。难道特种兵就不是人了吗？就是死也要惦记军人的使命责任义务？狗屁。所有的战士，在最艰难的时候，绝对在心里念叨的是对自己很重要的亲人，当然更多的就是女孩。这个说出来我也不怕我妈妈伤心，这是事实不是什么别的。孩子大了惦记姑娘很正常，我要18岁在顶不住的时候还惦记我妈妈就不正常了。这个话题留给心理学家分析，我只说我的故事。

我当时就是这么惦记着小影，惦记着她的白裙子在漫天红叶中旋转，还惦记着她最后的一吻以及我们流在一起的泪水。我知道她在等着我，苦苦地等着我，所以我不能停下，让自己陷进去。我告诉你们一个体会：如果进了沼泽，千万不要停留，一停下来就往下陷，你只能不断前进！有关这个的物理道理我就不解释了，但是我在初中学过的物理知识是真的起了作用的。

于是我就一下一下地低姿匍匐，半个身子和下巴都陷在泥里，像蛤蟆一样爬啊爬。后来实在累得不行了，我就交替着用两只手拖着自己的身子前进。那时候我很轻，才一百多斤，加上胳膊的力量大（我们每天的体能都是5个100，里面有一百个引体向上，再加上攀岩、攀登等科目的训练，胳膊的力量和我的年龄是不成正比的），所以还能坚持一会儿。到后来胳膊也没劲儿了，我就用两条腿往前蹭，当然胳膊也勉强前进着，不构成阻力。

我在沼泽爬行，半个身子、半张脸都在泥里，脖子老是抬着，感觉都快抽筋了，但还是不敢放低。开始我的嘴还在外面，渐渐地嘴也露不出来了，只剩下鼻子。鼻子呼出的粗气在沼泽的泥里喷出小小的旋涡。接着鼻子也陷进去几次，但我赶紧起来。这和力量无关，完全是下意识的精神作用，我就是不能死，就是不能倒下！

我看见小影穿着我送她的白色裙子在沼泽上面跑啊、跳啊，像梦一样飞扬。她在沼泽上面跳来跳去，白色的鞋子上面一点儿泥巴都没有，就好像在草坪上面跳一样："黑猴子小庄，你就是追不上我！"

我一下子就有力气了，于是继续爬。力气是有限度的，但是精神是无限度的。我说的不是什么唯心的思想，我个人的体会就是这样。爱情，是世界上最不稳定的感情，但也是一个男孩子最坚强的精神力量。我坚持着，为了爱情坚持着。我看见了光。

那个时候天已经全黑了，我至今记不起自己在沼泽中爬了多久。眼前的大山和丛林越来越近，从翠绿变成深绿，从深绿变成墨绿，最后变成漆黑的一片。人对色彩的记忆远远大于时间和空间，这个时候我看见了漆黑的前面有一点儿光。虽然只是那么一点儿，但确实是光，是烛光。

就算在400米的距离内，侦察兵的眼睛也能看清敌我的区别，所以我看见了烛光。虽然我不知道有多远，但有烛光就一定有人家。人家的概念是什么？就是生命可以继续延伸。我看见了生命，我可以补充粮食和水，可以好好休息一下。

我至今回忆起纯朴的山民对子弟兵的热情依然眼角发湿，他们恨不得把什么好吃的都给你，哪怕把自己的母鸡宰了！他们从来没有歧视过军人，我们行军经过村寨的时候，山民都拿着热水和熟食站在两边，把鸡蛋什么的往我们兜里塞，跟电影里面一样。

所以我知道自己这下子就能挺过去了，我还有机会活着！我不用被泥吞灭，最后也变成泥。我向着那一点点的烛光爬去，向着希望爬去。

写完这一小节，我休息了片刻，然后找出那个省份的军用地图。我想找出那片沼泽，计算一下我到底爬了多远。但是我一看就惊了，那个省份的这种湿地实在太多了。我在上面找到的明显不是我爬过去的那片，因为那个距离不是人类可以完成的啊！这时候我的心里一阵悲哀，原来自己觉得不得了的事情，其实算个球子啊！连指导军队行军的专业地图都舍不得标一下，可见我穿过的那片沼泽只是一个很小的泥潭子而已。

人和大自然比起来，永远是渺小的。

25. 金秋的突袭（7）

我一直爬啊爬啊，终于感觉到自己的身体逐渐接触到坚硬的地面，求生的本能指引我的身体一点点往前蹭。我记得自己的眼睛睁得大大的，呼吸也是急促的。除了四肢在机械地爬行，我基本上处于一种半睡眠状态。幻觉不断在眼前出现，好像上千只五颜六色的蝴蝶在眼前飞啊飞啊，人在极度疲劳和缺氧的状态下就是这个德性。很多年后我读了一本关于攀登珠峰的报告文学，那里面一个记者的描写是我非常认同的。虽然我不是爬上了珠峰，但这种超负荷的疲劳也会产生同样的幻觉，至于为什么缺氧呢？我想是血液的循环问题。心脏对血液的需求量过大，供血不足，自然就会缺氧了。

为什么我还没有昏迷呢？就是求生的本能，这个时候不可能再想什么别的劳什子了。在特种部队的教材扉页上赫然印着的不是什么口号，而是一句大白话——只有活着，才能战斗。我当时不理解，但事后回想起来，这句大白话凝聚了特种部队多年的经验和教训。这种教训，往往就是生命的教训。

我在沼泽边缘爬，我的眼睛在五颜六色的蝴蝶的包围下睁得很大，因为有一种颜色是我不能不注意的，其实我就是向着这种颜色前进的。那就是火的颜色，不是红色，而是烛火的黄色。我像虫子一样蠕动着，积蓄了全身的力气，就为了那么一小下。可是我喊不出来，只有短促的呼吸声和两支步枪偶尔相互撞击时金属部件发出的响声。

清醒过来以后我看了看那段距离，大概只有50米，但是我爬了多久呢？我至今也没有答案。我用尽全身的最后一点儿力气，举起自己的右手，"啪"的一声拍在门上，然后我就昏迷了。

天色已经亮了，我迷迷糊糊中听见大公鸡的叫声。当时我以为自己在农村的奶奶家。我爷爷退休以后不在干休所养老，而是回老家住，所以我小时候经常回去，然后奶奶拿热水给我擦脸，睡不着的时候，奶奶就会抱着我、抚摩着我，我一会儿就睡着了。

"奶奶？"我低声叫着，慢慢地睁开眼睛。然后我看见了一张苍老、慈祥的脸，满头的白发，还有沟壑密布的眼窝里面的泪水。

"奶奶……"我一下子叫出了声音。

"娃子，你这是咋了？"声音一出来，我就彻底醒了，因为我知道这不是我的奶奶，声音不对，口音也不对。但是，声音里面的感觉是一样的。我的鼻头开始发酸，我想我奶奶了。然后我感觉浑身像散架了一样酸痛。

老奶奶本来就有眼泪，听我一说就哭出了声音："娃子啊，你这是被警察追还是被坏人追啊？"

我说："我是当兵的。"

老奶奶说："我要是你奶奶，就不让你当这个兵！"

我的眼泪就哗啦啦地下来了。在当兵的问题上，我爷爷和我爸爸有不同的意见，爷爷极力反对我去当兵，当时我还不知道为什么，现在明白过来什么叫"隔辈亲"。我爷爷怕我吃苦，我爸爸想让我吃苦。两人都没有错，但是爷爷和奶奶就是看不得我吃半点儿苦。我记得很清楚，小时候家里穷，80年代老干部家也不富裕啊，何况我爷爷退休的时候只是县团级干部。我奶奶就拿着馒头一点点嚼碎了喂我，我小庄就是这么长大的……

我哭了一会儿，老奶奶也陪我哭了一会儿，突然我一下子惊醒了！

我的枪呢？我的两支步枪、一支手枪，还有一把匕首呢？我一激灵要坐起来，刚刚动一下，腹肌就生疼，然后又一下子跌在床上了。

"起来干啥子啊？"老奶奶赶紧按着我。

这时候我才发现自己已经光光的了，但是我顾不上不好意思，下意识地说："我的枪呢？"

老奶奶拍了拍我身边，我听见了金属的声音："这儿呢！就放在你跟前呢！"

我偏头一看，两支步枪、一支手枪、弹匣、备用弹匣等一个都不少，匕首也好好地插在套子里面。我这才松了一口气，枪安全就好，自己不用被劳教了。在部队丢枪是一件不得了的事情，其严重性仅次于泄密。凯芙拉头盔也在，好在它没有丢，丢一个要两千多块钱呢！若是从我的津贴里面扣，要扣到猴年马月啊！

然后我听见门响，一个人走进来，是个黝黑的壮年男子。他看上去属于沉默寡言的那种，我知道这是他儿子。老奶奶没有儿媳妇也是我意料之中的，女人这种资源跟别的物资流动相似，会向更繁华的地方流去。老奶奶喂我喝着水，我乖得要命，他儿子就去做饭了。

老奶奶陪我说话，她的口音不是特别好懂，但我还是认真地听。我的普通话她是听得懂的，在她面前我除了秘密没有说，其他什么都说了，包括我们这次的演练。

老奶奶琢磨了半天，说了一句极其经典的话："我懂了！你们在耍！你们就是新四军游击队，他们就是小日本！"我赶紧点头，山民的智慧绝对高啊。这位老奶奶对特种部队的认识非常正确，特种部队就是游击队，没那么多神奇的可以讲。

接着我们吃了午饭，居然有红烧羊肉汤。羊肉那个嫩啊，我知道老奶奶让儿子把卖钱的山羊羔子杀了。其实我真的没有犯规，发动群众掩护自己也是特种部队作战原则之一，老美在越南也想这么干，只是没成。这点想法还是从毛主席他老人家的书里学的。

我昏昏沉沉地睡了一会儿，下午3点左右就能起来活动了。要不怎么说特种部队的战士特别能吃苦、特别能战斗呢，缓过来只是一个时间问题，而特战队员缓过来的时间是大大缩短的。这就是大运动量和艰苦训练造就的结果。

我穿了一身他儿子的衣裳，我的衣服和靴子都被老奶奶晾在外面，还没有全干。我走出去，老奶奶正把半湿的迷彩服和迷彩大汗巾翻过来。我说我该走了，不能再停留了，因为我要赶在狗头高中队带队到7号公路桥之前在那儿等他们。我要穿越大山，穿越原始丛林地带，时间是宝贵的。

老奶奶有点儿惊讶，她问我怎么走。我就说用腿呗，我又没有受伤。老奶奶坚决不依，说什么也不让我这么进山，我再怎么解释自己能顶得住也不行。但我是一定要走的，不然会被收拾得更厉害。最后老奶奶没有办法，答应让我走。她问我去哪儿，我跟她还有什么可以保密的啊，我就说自己要去公路桥那边，然后她说要送我一程。怎么送？她这个小脚怎么可能进林子呢？我坚决拒绝，她又不干了。

然后她就喊儿子，我不知道她喊儿子干什么，但我知道我要走。别说她儿子，就是全村的小伙子来了，我也能走，这点儿自信我还是有的。她把儿子叫过来，说："去！把铁头家的拖拉机给我借来，就说我要进城看病！"她儿子就去了。

不一会儿拖拉机就过来了。我这才明白过来，老奶奶要儿子开拖拉机送我过去！拖拉机是不能进山的啊，绝对要走公路。我就惊了，可能吗？一路上都是他奶奶的兄弟部队的检查哨啊！要是被发现了，我当即就会被绳子捆上。就算我黝黑又消瘦，可是再怎么装也不会是农民啊！——如果你见过特种部队的战士，就知道两眼冒光是什么意思了——但我一听老奶奶的主意就明白了。

要不怎么说中国人民军队能够打赢内战呢。人民要是站在哪边，哪边准赢！人民大众的智慧绝对胜过那帮拿着比例尺看地图的双方将帅！这就叫"人民战争"。

我把两支步枪拆装了，放在两个化肥编制袋子里，然后上面再放上几个真的化肥袋子，军装头盔和手枪、匕首、靴子全都在下面的另外一个袋子里面。然后我盖好被子，头上还搭着一块毛巾，躺在车上，老奶奶把我抱在她的腿上。

然后她儿子就出发了，我们走过泥泞的小山路，上了公路。我闭着眼睛，这样谁也不会看出来我两眼冒光。而我的黝黑消瘦和山里的小伙子没有什么区别。那边山里的很多小伙子剃我这种类似于光头的短发，我估计检查哨没有胆量上车来掀开我的被子，仔细检查我穿着山民服装下面的肌肉和累累伤疤。

拖拉机在公路上面行驶着，速度不快，但是"拖拖拖"的声音很大。当时是下午4点左右，光天化日。

我闭着眼睛，记忆里面全是拖拉机的柴油味道。

26. 金秋的突袭（8）

尊重生活的原生态，其实就是艺术创作的一个至高境界，因为生活本身太有戏剧性了。这种戏剧冲突，如果没有发生在我的身上，我一百年也编不出来。我现在想想都觉得好笑，狗日的高中队，你也有今天！

拖拉机带着我，一路上畅通无阻，比什么车都好使。哪个检查哨胆敢阻拦老奶奶送孙子去城里看病？他不想活了？检查哨看到老奶奶的眼睛一瞪，仿佛要把他吃了的架势，赶紧挥手放行，连看都不敢仔细看。倒是有好心的干部带队的检查哨，恳切提出派自己的吉普车送老奶奶一家去城里看病。态度之恳切让我面红耳赤。

什么叫子弟兵？你们真的有危难的时候，只要有军人在场，我就不相信他不会救你。很多人一旦成为英雄就大肆宣传，最后搞得你们都反感。其实在我看来，他只是做了自己应该做的事情而已。子弟兵就是老百姓的儿女，别管娘对儿女怎么样，儿女对娘有二心吗？

老奶奶根本不愿意搭理他，指着他的鼻子说："你给我让开！"

检查哨赶紧让开。军人没什么可以说的，尤其是面对这样的老奶奶。

我微睁着眼睛躺在老奶奶怀里，看着周围。我能看见一路上巡逻的兄弟部队的搜索队、检查哨，还有来来回回的军车。军队在演练的时候标准是很高的，尤其是牵扯到两支互相不鸟现在却有机会互锤的部队的时候。双方都是眼睛冒光、摩拳擦掌。你们在城里的电视上是看不见这个画面的，完全就是战争的气氛。穿着迷彩服、戴着钢盔的战士们脸色严肃；

戴着耳机的电台兵呼叫着老虎和山鹰；军车一辆跟一辆都上着伪装网；全副武装的战士从军车上陆续跳下来或者跳上去，于是狗爷也跳上来或者跳下去；军官们都在路边对着地图指指戳戳，商议作战大计；警卫员把手按在手枪上，虽然里面是空包弹但是其神态依然严肃；停着的军车旁边站着双手持枪的哨兵，枪口向天，眼睛乱看。

然后我就看见一队光头的兵被反绑着穿成串子在路边走，旁边还有一个班的战士押着。我一看就知道我们大队的狗头兵被逮着了。这个很正常，兄弟部队也不是吹的。特种部队是渗透，野战部队是反渗透，都是吃各自的饭，谁比谁牛其实真的不一定。

我开始没在意，但是后来就傻眼了，因为我看见了熟悉的脸：马达班长，我的弟兄们……最后我看见了那张狗日的脸！我不说你们也知道是谁，当然是狗头高中队。他们都看见了我，我傻眼的同时他们也傻眼了。拖拉机开得不快，我就一个一个地看见他们的脸。

迷彩油还没下去的脸上伤痕累累，显然有过激烈的抵抗，但是明显敌不过人多啊！狗头高中队的脸上五颜六色，虽然他是少林俗家弟子，但是这是演练，他也不傻，不能下死手，何况解放军能人多了，兄弟部队不见得就没有武林高手。更关键的是人家人多啊，还有狗爷呢！狗爷咬你胳膊你敢弄死它啊？

我的眼睛一下子全睁开了，看着他们。他们也看我。但是谁都没有说话。由于违反敌后作战原则，我成了我们特勤队唯一没有被俘的狗头兵。狗头高中队这个打仗打出来的一等功战斗英雄，这个一向不正眼看人的狗日的居然把自己的队伍带进了包围圈！我看着他们在路边被反绑，离我越来越远。

其实事后我才知道狗头高中队为什么被俘虏。原来他在山里实在没法子走了，这事情跟我没关系，我做了自己应该做的，已经把追兵引得很远了，要怪就怪这个狗日的。他实在找不到路接近7号公路桥，就花钱租了一辆农民运玉米秆子的卡车，全队弟兄藏在玉米秆子底下，就这么一路闯关。这也是个好主意，你们以为这是真的战争啊？哨兵上来就拿刺刀扎玉米秆子？谁敢啊？军地关系还怎么处？一路就那么过去了，但是狗头高中队犯了一个错误。

卡车在一个检查哨前刚刚停住，他居然打了个喷嚏。我不知道他怎么想的，居然来了一个大大的喷嚏，声音还很响。然后可想而知，检查哨吹哨子，机枪对准卡车，当时搜索队正好就在附近，当即就把弟兄们包围了。

开车的农民老哥吓傻了，哪儿见过这么大场面啊，当即跪下举手投降。但是谁顾得上他啊？狗头高中队和我们的弟兄从玉米秆子里面一跃而起，然后双方的空包弹响成一大片！若是真正的战争，双方肯定死伤惨重，我们特勤队绝对全挂了，搜索队和检查哨基本上也没什么活路了。

但这不是战争啊，空包弹是打不死人的！这时候谁他妈的认账啊！于是大家就开始互锤。狗头大队再厉害也挡不住人多啊！何况一招制敌也不敢用啊！部队战士互锤都是有准头的，知道是自家人，拿下就完了。不然特种部队不就老死人了吗？我们互锤也不少啊！

然后枪托乱飞，拳脚交加——狗头大队被拿下了。

全体被俘，退出演练，除了我。而且，我是因为违反敌后作战原则去摘苹果、偷枪而离散的。

27. 金秋的突袭（9）

我们的拖拉机离开狗头高中队没多远就到了7号公路桥。这里的戒备果然很严，连高射机枪都给搬了出来，那个阵势不像是一场演练，活像是诺曼底登陆前夜的纵深防空降阵地。本来我准备来个孤胆英雄把这个桥给祸害了，在拖拉机上我真的想了一路，怎么趁夜黑风高悄悄潜入，怎么躲开哨兵和探照灯摸到桥下面去，怎么把发烟手榴弹安到桥梁的关键部位去，然后怎么跟大桥"同归于尽"（傻子都知道，安完了你一个人绝对是逃不出来的），这样我们狗头大队的面子可以挽回一点儿。虽然你们抓了我们一个特勤队，但我还是把桥给祸害了。

但是我们的拖拉机从桥上那么一走，我的心就凉了，我知道自己是在胡扯。别说潜入，800米外就得被狙击手的交叉火力锁死。看来祸害这个狗日的大桥不是第一次啊，兄弟部队把这个桥看管得好啊！我敢说一只苍蝇想飞进来也不是那么容易的，到处都是拿着85狙的狙击手和拿着81班用轻机枪的机枪手。一时之间我也没有看出来交叉火力是怎么分布的，确实是极其复杂精密。当时我还真没有想出什么太好的法子，只能眼睁睁地看着桥离我越来越远。不过后来我们还是把这个桥给祸害了，法子就不告诉你们了，属于我们狗头大队的隐私。

离开桥不久，拖拉机就拐下公路，然后到了一个僻静的山窝子。就在那里，我跟老奶奶和她的儿子分手了。老奶奶握着我的手，一边抹眼泪，一边说："孩子啊，你们解放军耍完了记得去看看奶奶，别让奶奶想你……"我握着她的手点点头。

但是最后我也没有去，我能不能去是我说了算吗？什么叫军身不自由？军队的纪律就是这样，就算撕心裂肺，我也不能去。部队的战斗力其实就是这么形成的。打仗的时候，如果干部有脑瓜子，那么他不会说别的什么空话，只会这样讲："你们想想你们驻训时候的那些老乡！"然后弟兄们绝对嗷嗷叫了，他奶奶的谁敢侵略我们的祖国、祸害我们的老乡，老子就拿命跟他们换。

野战军的战士就是这么淳朴，拿命换命，你们听着好像觉得不人道，其实我觉得这就是士兵该做的，怕死还当什么兵啊？尤其是陆军士兵，中国士兵的战斗力其实很大程度上是建立在这种淳朴上的。只有淳朴的士兵，才是敢死的士兵，才是真正的士兵。

又扯远了，回来继续。

我告别了老奶奶，背着自己的东西上山了。走了很高很高的时候，我再回头看，发现拖拉机还没有走。老奶奶还在车上站着，她的儿子扶着她，好让她看得更远一点儿。她向我挥手，白发在风中飘散。我嗓子里面噎嚅着，泪水哗啦啦地流下来。我挥着手，不敢喊，不然就会招来搜索队。

然后我毅然决然地转身，上山了。我毕竟是一个士兵啊，我有我自己的任务要完成啊！我咬着牙一点点往山上走，每一步都跟铁一样沉甸甸的，因为我知道，老奶奶在看着我。这是感情，你们说，它能不沉吗？感情就是这些平凡的瞬间，就发生在这些平凡的人身上。

我知道每一步都带着我的老奶奶的目光。每走一步，我的心就会哆嗦一下，因为我离她越来越远。终于走到了她绝对不会看到的地方，我才把东西放下。哭了一会儿之后，我开始装枪、上弹匣、换上我的迷彩服和靴子。

小庄重新成为一个士兵，一个中国陆军特种兵。什么叫深入敌后？老子现在就是深入敌后！什么叫孤胆英雄？老子现在就是孤胆英雄！我一边对着小镜子给自己的脸化妆，一边恶狠狠地想。我非得给这帮狗日的兄弟部队一个好看，让他们别太得意忘形！让他们也知道我们狗头大队不是吃素的！抓住狗头高中队不是本事，因为他狗日的就欠收拾！有本事你们来抓我小庄！我连沼泽都敢过还有什么不敢的！我要让你们知道什么叫特战精英，什么叫狗头精神！

妆化完了，誓言也发完了，这时候我却茫然了。我锤哪儿啊？我一个人能把哪儿锤下来啊？特种兵若是真的在敌后孤身一人，就离死不远了。一个人的力量绝对是有限的，要成为孤胆英雄必须有两个条件：第一，命好；第二，还是命好。

现在怎么办啊？锤7号公路桥那是送死啊！我拿出装在塑料袋里面的手绘地图，研究该地区的军事部署和环境。实际上我知道，任何攻击都是送死，在实战中就算我锤成了，也死定了。但我不能就这么隐身啊，那我们狗头大队的脸往哪儿摆啊！

部队的战士最讲荣誉感，尤其是我们狗头大队这样的特种部队，本来在各个部队中鸟得不行，这下子报销了一个满编制的特勤队，这个面子要争不回来可就糗大了，绝对在军内名扬四海啊！我小庄跟狗头高中队再怎么水火不容，但是我毕竟是狗头大队的兵啊！狗头大队没有面子，我鸟有个屁用啊！所以，我要进行必死的突袭！而且，必须一击就是要害！一击就给兄弟部队彻底弄瘫痪，那样我们就赢了。

在战争中，就算我们狗头大队全部报销，把对方的要害给弄瘫痪了，我们也算赢了。军内其实都明白，特种部队就是"精锐炮灰"，一上来就是敌后，最好弄死敌人，至于自己能不能回来，说实话真的不一定啊！其实我们弟兄心里都明白，特种部队就是敢死队，命肯定是送出去了，谁让自己要干这个鸟行当呢？

我在地图上找。我已经知道要打哪儿了。要把一支部队彻底弄瘫痪，锤哪儿呢？指挥中枢啊！我在地图上找到了兄弟部队指挥部的位置，那是一个山谷。附近有一个小小的简易野战直升机场和医院（其实就是收容队，收容我们大队被俘虏的狗头兵）。但我是不打医院的，因为我知道那里戒备森严，我去不仅没什么结果，还会跟傻子一样。哨兵绝对会跟我说一句："来了啊，兄弟！来来来，自己进去吧。"

我就打指挥部。指挥部戒备再严，也是有漏洞的。而且，他们未必想到我会一个人来锤。

只要我把发烟手榴弹扔进指挥部，我就赢了，我们狗头大队就赢了。我的主意打定了，我站起来，背着一把81，拿着一把95，哗啦啦地打开保险。兔崽子！你爷爷小庄来了！其实我知道，若是实战，我就是送死。但是这个死我能不送吗？我咬着牙，向着目标区挺进。

枝蔓抽打着我年轻的脸和身躯，但是我感觉不到疼。露水浸湿了我的迷彩服，浸湿了我的身躯，但是我感觉不到冷。我的心中有一团火焰在燃烧—— 一击必杀！一锤必死！老子就是中国陆军特种兵！就是来送死的！你他奶奶的想怎么样？这团火焰燃烧了我的整个心灵。我可以看见自己的眼睛，那里面只有火在烧。一个18岁的中国陆军士兵孤独地在林间穿行，为了一次在战争中必死的突袭。

事实就是这样，我不说，你们永远也不会知道。

28. 金秋的突袭（10）

这次必死的突袭成为全军特战圈子传唱的鸟事是我万万没有想到的，实际上在战争中出现这样的人不是什么稀罕的事情，但是这是和平年代嘛，故事的背景、人物、情节进行了换位，再加上万分之一的巧合，结果自然也就是不一样的。换句话讲，这次突袭以后，我小庄就是想不出名都不行了。随着我的突袭被无限制地夸大，后来演习的时候各个兄弟特种大队的主官都要来看看："谁是小庄啊？哦，你就是啊！没事没事，我就看看！好了，忙去吧！"

我一转身，俩大队长就开始打哈哈："你这个鸟兵不错啊！我跟你换一个！"

何大队说："不换不换，你拿俩我都不换！"然后那个大队长就说："我给你一个中队长！"何大队说："你自己的中队长你自己留着，我的兵一个也不给你……"出了帐篷我还一身汗，成为公众人物真不是一件很享受的事情。我去军区总院的时候，一堆不认识的女兵、女干部也会过来看看，我和小影连私人空间也没有。我心里想：你们看个蛋子啊！不过表面上我还是满脸堆笑，小影也没脾气。其实还要感谢小菲，好多时候，要不是她站在门外横眉冷对，连接吻我们都要到公园里面了！

说了这么多，你们一定觉得我在故意吊你们的胃口。真的不是，那就是事实。

我在林间穿行，脚步轻盈，落地无声，只能听见自己的喘息声。好几次搜索队从我身边不到两米的地方拉网经过，但是没有发现我。一个原因是我命好；另一个原因是，人不可能每次都是那么全神贯注的，搜索队搜索的时间久了，在敌情不严重的情况下打马虎眼的事情不是没有，这毕竟不是真打仗。

我端着95，背着81，满身迷彩、满脸迷彩。迷彩是我身上的颜色，也恨不得是我心里的颜色。我恨不得干脆就是迷彩的内脏，和林子连为一体。我当时真的是紧张啊，狗头大队的荣辱就在我这一击上了。攥着步枪的手心湿了又干，干了又湿，汗珠从额头、鼻尖滑落，脖子上也有汗珠，流到衣服、领子里面。但是我顾不上了，我的心里只有一个念头——打他个狗日的！

我接近指挥中枢的时候天色擦黑。我静悄悄地低姿匍匐上了山梁，俯视整个山谷。炊烟升起，人声鼎沸，狗声自然也是鼎沸的，你们在电影上见过的越战美军基地也是这个样子，所以我就不再赘述了。层层警戒，漫天天线，看得见的警戒哨和看不见的警戒哨到处都是，到底怎么渗透进去呢？只有一个机会，就是天黑。只有一个缺口，就是贯穿基地的那条小河。于是我有计划了，就是趁着天黑从小河潜水进去接近指挥部的大帐篷，扔进一颗发烟手榴弹，然后等着被锤。

你知道看着底下的兄弟部队开饭是什么感觉吗？就是流口水啊！我咽着口水等待天黑，其实我都想好了，他们狗日的锤完后肯定要给我吃的，而且还得给我好吃的，毕竟好汉谁都佩服。其实最佩服你的就是你的对手，这个真理现在也没有过时。

然后我听见"隆隆"的马达声越来越近，我知道是陆航的直升机。我拿起95步枪的白光瞄准镜装上——我没有带望远镜，白光瞄准镜的倍数虽然不高，但还能看清楚——我看见一架迷彩米-8像一只大蜻蜓似的降落在远处的机场上。附近戒备森严，一群穿迷彩服的官员下了飞机。当时我就乐了！狗日的兄弟部队的头头来了！这回我可给你们好看了！我靠！谱子真大啊！还有一个一步三摇的女兵！解放军什么时候也有女秘书了？然后他们进了大帐篷，再也没有出来。

要是实战我真的不用下去。手头要有40火，我一颗下去这个一等功我想不要都不成，但问题是我没有40火啊！有也屁用不顶啊！我打也打不了啊，顶多冒个烟，我说我打中了人家也说没有啊，因为人家人多，我一张嘴说了也不算啊！这种对抗性很强的演练涉及部队的荣誉感，所以谁也不会让步。部队这种鸟事多了，这种事情谁也不会谦让。

没辙了，我还是得下去冒险，继续等吧！那个女兵在小河边洗手洗脸，她没进帐篷就在附近晃悠。我也不知道她到底是干啥的，我也没想出来野战军什么作战职务是女干部干的。她那个样子看上去也不像作战干部啊，谁的谱子这么大啊！

他们出来了一次，吃了一点儿东西，说了一会儿话。我正在担心，坏了！这下子他们要上飞机走了咋办啊？这个大便宜不就没了吗？但是，说说笑笑之后他们又回去了。

天黑得很快，帐篷里面的灯早就亮。从打开的窗户里面我看见一片人头，还有烟雾升腾。野战军的领导大多都抽烟，因为烦心的事情多啊！我又等了一小会儿，天彻底黑了，于是我就下去了。我依然低姿匍匐着接近小河。我早算好了他们的规律，知道他们多久换一次哨，视线怎么交叉——后来我玩《盟军敢死队》觉得简单得要命啊！这还用算吗？就那么几个鸟德国鬼子啊！演练中的解放军指挥所的人比这儿多得多啊！

我抓紧那不到一分钟的空差就下河了。河水不深，刚好没过我的头顶，我叼跟芦苇管子潜水。水底当然有铁丝隔网，这个我早就想到了。我一看差点没喷出来。借着上面的探照灯光，我看见一大堆鱼类，还有蛤蟆、老鳖都在网子那边跟我大眼瞪小眼。水是向我这边流的，所以它们被挡在那边。事后我得出的结论就是，军转民真的没那么难，军用水下隔网可以当作淡水河的渔网，那个质量比一般的渔网好得多！

傻子都知道上面绝对有铁皮罐子，甚至会有防步兵雷达，那个是不能切的，所以我深吸一口气潜到最下面，拿出多功能特战匕首开始切割。我在那儿割啊割，动作极小，割得当然也极慢，割一会儿就上去叼着芦苇管子换口气。终于割开了一个小口子，鱼、蛤蟆、老鳖一起往外挤，真是热闹啊！我还得伸手去维持一下交通秩序。它们也不知道感谢我，自己走自己的路。

等它们走了，我再下去继续割。割开一个我可以进去的口子之后，我发现上面没探照灯就上来小心翼翼地换了口气，但还是不敢全出来，只是冒出了鼻子。然后我才观察四周，一个中尉在远处晚点名，一群士兵在唱《说句心里话》，一个哨兵在打哈欠，狗爷摇着尾巴刚刚过去，大帐篷还是亮着灯。

揣摩着差不多了，我找了一片芦苇悄悄上去了。到处都是人啊，怎么接近呢？我藏在芦苇里面看啊看啊，离我大概30米的地方，我看到炊事班在河边刷锅。于是我拔出一颗发烟手榴弹握在手中。投弹不求远求准，这是我们反复强调的原则！去你奶奶的！手榴弹出手了，在空中旋转着，划了一道漂亮的弧线！咣！手榴弹落在两个炊事兵刚刚洗好、准备往回搬的大锅里面。

"啥玩意儿啊？谁跟老子捣乱啊？"一个兵用东北话骂着。

"砰！"军人的反应不是吹的，几个炊事兵赶紧卧倒。

黄烟起来了，炊事兵开始喊："敌人进来了！敌人进来了！"一群人就都过去了，脚步嘈杂。

我右手握住95枪，左手拿着另一枚手榴弹冲向大帐篷！我的100米成绩是11秒刚刚出头，所以我的冲刺绝对快！我的表情绝对是狰狞的！警戒在大帐篷的兵们赶紧把枪端起来，但是已经晚了！手榴弹已经出手！记忆里面，我好像看到慢动作。一个浑身湿透的士兵狰狞着18岁的脸，右手端着95步枪，身上背着一支81枪，左手甩出一颗底火滋滋冒烟的手榴弹！手榴弹在空中旋转着，带着这个18岁的士兵的希望和决心！

这是我必须命中的一击！如果不命中，我的突袭就没有任何意义了，换句话说就是白死了！我看见手榴弹极慢极慢地旋转着，滑过那些戴着钢盔的士兵的头顶。士兵们张大嘴抬头看着，但是他们谁也不是守门员，谁也不可能跳起来扑住那颗冒烟的手榴弹！他们只是眼睁睁地看着手榴弹慢慢地飞过。

同时我手中的枪也响了！活着干死算了！虽然是演练，但是我的心里就是这个念头！我扣动扳机打出一连串连发！当然没有人在弹雨中抽搐，但是他们的反应很惊讶。他们也举枪了！手榴弹已经在里面冒烟了！我大叫着"老子赢了，兔崽子你们输了"！我打完一个弹匣的同时，左手在背上一抄81枪接着打，锤高兴了再说！反正我知道一会儿就会被他们按住暴锤，那还不如先过瘾！

帐篷里面的黄烟在黑夜中格外醒目。我高兴得不行，老子小庄就给你们看看什么是狗头大队的狗头兵！小庄告诉你们什么是特战精英！81枪刚刚响了两声，对面的枪就响了！

几个灵活的、刚刚从帐篷窗户伸出来的手中拿着77！我的本能反应就是侧倒滚翻，虽然我知道那是空包弹，但这就是战斗小组射击养成的本能。

我在滚翻的同时觉得胳膊上被什么咬了一下。我没有在意，以为被地面的石头磕着了，于是继续滚。但是再滚就不得了了，我的肩膀又被咬了一下！然后我感觉有液体在流，我就滚不动了！他们手枪里面是实弹！他们怎么会是实弹呢？！我还没有反应过来，手枪依然在打，我的另外一个胳膊也被咬了一下，枪也就掉地了。

我刚刚抬起头，一颗子弹擦过凯芙拉防弹头盔的边，我听见子弹滑过耳朵的锐利声音。我张开嘴但是喊不出来，我的额头被擦伤了，血流了下来。我的眼前一片红色。你们怎么用实弹！我的嗓子嗫嚅着，但是一句话也说不出来。

然后我听见一声女孩的尖叫："住手——！"一个女兵向我跑来。我还看见一群穿着迷彩的青年军官向我跑来，手里还拿着77手枪，如临大敌，神色严肃。女兵把我抱起来，尖叫着："住手！"青年军官们把我围住，枪口对着我。我睁着眼睛，流着鲜血，我不知道怎么会是实弹。他们演习怎么能用实弹呢！

"把枪给我放下！"我听见一个苍老而愤怒的声音，像我爷爷一样的声音，心急火燎的声音。我模糊看见一个白发老头子被人簇拥着走过来。他穿着迷彩服，肩膀上暗绿色的肩章上面有三个大星星，没有杠杠。我知道他是上将，但是我的意识已经模糊，我看不清楚他的脸……然后我感觉到女孩的泪水流在我的脸上。她抱着我，叫我的名字："小庄！小庄！"我看不清她的脸，我用尽全身的力气说了一句：

"小影，他们用的是实弹……"然后我就什么都不知道了。

第四章
裂变

1. 告诉我永远到底有多远（1）

对于世界来讲，你是一个士兵；但是对于你的亲人和情人来讲，你就是整个世界。

——阿拉曼战役阵亡战士纪念碑碑文

很多年后我最喜欢的一首歌就是小柯写的《永远到底有多远》，一听就掉泪，但还是想听——人就是这个德性。听这个歌我想起的画面不是 MV 上的街道，那是我的青春记忆里面没有的，我想起来的是军区总医院的一片白色。

小影也是白色的蝴蝶，围在我的身边飘来飘去。大家都理解她，知道我是她什么人，所以也没人说她，都很照顾她的情绪和心情。我一个小列兵居然住单间！其实原本是三人房间，但是住院部没有安排其他人住进来。那时候小影已经是外科的护士了，照顾我天经地义。

于是我们就总在一起，睁开眼就在一起，除了睡觉，虽然我知道小影恨不得睡觉都陪着我。但是我是军人，她也是，影响还是要注意的。那一段养伤的时光是我最快乐的时光。十七天，整整十七天，我和小影在一起。

我们幸福地在一起，虽然没有说永远，但是我们都知道，一定是永远。我隐约注意到，还有一双女孩的眼睛默默地看着我，总是那么一下，然后就闪躲了。我没有说什么，小影也没有说什么，她更没有说什么。

我有意识的时候是在直升机上面。知觉慢慢恢复，受伤的肩膀和胳膊真的是生疼生疼的，然后我感觉到柔软和芬芳，我知道这是女孩的怀抱。她抱着我的头和上半身，怕直升机的颠簸弄疼我。她用自己的胸口抱着我，怕我摇动的时候疼。我还能感觉到她的泪水不时滴在我的脸上，她的手指不时滑过我的脸颊，她的嘴唇不时亲吻我的额头，于是我感觉到柔软和安详。

"小影……"我轻轻地呼唤着。

她不说话，只是把我抱得更紧，泪水也越来越多。

我下意识地笑了："这是我的党费……"

本来我想开个玩笑，但是她"哇"的一声哭了。

我一下子睁开了眼。这哭声不是小影。我还没有反应过来。

"我是小菲……"她抽泣着说，然后我就醒了。

我看见小菲哭得红肿的眼睛。哎呀，这叫什么事情啊！我怎么能躺在小菲的怀里呢？我赶紧挣扎，但是根本没有力气，因为我受伤了。

她抚摩着我黝黑瘦削的脸，固执地看着我："别动！"

她的眼神跟小影不一样，是一种另类的鸟。我不敢动了，再鸟的男人在女人面前都是假鸟。然后她就不说话了，就那么抱着我哭。我不知道该说什么。换了你你知道该说什么？她居然还轻轻亲了我一下，但我还是不敢动。我是个18岁的中国陆军士兵啊！我真的是傻了！我们就这么飞啊飞啊，飞向省城。

我为什么会受伤？要我说真的就是命了。

事关军队的事情我就不能详细多说了，只能告诉你们关于怎么对付类似于我们狗头大队这种特种部队渗透的战法研究。军区副司令跟那个兄弟部队的军长政委参谋长下一线检查，听取汇报。我就在这个时候打进去了。军区副司令的警卫参谋们能够不带装有实弹的手枪吗！听到枪声警卫参谋的职业本能就是，有人要刺杀首长啊！

说实话我还真是刺杀，只是用的是空包弹和发烟手榴弹罢了。但是警卫参谋们在那种情况下能怎么办呢？开枪啊！保卫首长啊！我至今也觉得他们没有错，挨枪是我的命，谁让我那时候动手！警卫参谋要是没有开枪我倒觉得该换人了，太不称职了。

小菲为什么来呢？军区副司令也是人啊，他也喜欢外孙女啊。另外他有心脏病，总院专家叮嘱他只要外出必须带护士，而他外孙女正好是总院胸外的护士。你们说他不带外孙女带谁啊，于公于私都没有错！好不容易有个机会跟外孙女在一起玩玩乐乐，你们说这叫公费旅游吗？我觉得不叫，这只是一点点人间的乐趣而已。关于我们的军区副司令，我还是有故事讲的。他也是个鸟人，别看是解放军上将，但也鸟得不行。我不说就不爽，但是现在不是时候。

现在还是说小菲。我小庄就看着小菲哭，一句话都没说。小菲的眼睛里面有泪花，我知道那种眼泪不光是因为我是战友，是姐妹的男友。但是我什么都不敢说，也不敢躲。她亲我的时候我不敢躲；她抱紧我的时候，我就傻乎乎地贴在她的胸口。

在部队，这些事情是万万不敢说的，一说就要被弟兄们暴锤！——哥们儿都在山里当和尚，你有一个还不够，居然还敢霸占俩女兵，还都是漂亮的女兵！

但是你们说，这能怨我吗？我说啊，这都是人的命。

直升机嗡嗡嗡地准备降落，天色也快亮了。在楼顶降落后，一个小兵去开舱门。这时候小菲才慢慢放开我。我看着她什么都没有说。她轻轻地在我的唇上吻了一下。

那时候舱门刚刚拉开，她从我脸上起来的时候，我听见下面在尖叫：

"黑猴子！"

然后是一阵大哭，我又被抱住了。当然这次是小影，不是小菲。我被一个女兵在飞机上抱了一路，然后飞机一降落，我又被另外一个女兵抱住。两个女兵都在哭，都因为一个叫小庄的列兵。你们说这叫什么事情啊！

我被小影抱着、被小兵们抬着下了飞机。我看见停在楼顶的直升机和站在飞机前的小菲越来越远。小菲的脸上还有泪水，我当时不知道是为什么，后来，我想起了一个词——怅然若失。

小影看见了吗？我现在想想，她肯定看见了！不看见是不可能的啊！她一直眼巴巴地看着直升机降落啊！舱门没开她就想往上扑啊！开舱门的瞬间，小菲的嘴还在我的唇上啊！但是小影没有说什么，我就更没说什么了！

感情这个东西，真的是很微妙啊！

2. 告诉我永远到底有多远（2）

音乐是什么？

是一种打动你心的旋律。

如何打动你心？

你的回忆中的某些敏感的神经，被旋律的情绪拨动。

那时候你也许会哭，也许不会哭。但是你会傻傻地坐在那儿，很多画面就浮现出来。

我不是个兴趣高雅的人，虽然我号称是艺术学院毕业的，但是我还是喜欢流行歌曲。这一点我不伪装，交响乐我也听，但是不会有那么多被打动的时候。

我总是会为了一首流行音乐流泪，或者不流泪。譬如刚才，我在听《永远到底有多远》。我说我没有哭，你们可能不相信。但是我真的没有哭，因为我知道我一哭起来就抑制不住，我就没有办法往下写。但是我必须写，因为我必须把这些真实存在过的小兵们的故事讲完。他们的故事，我不讲，还有谁会知道？或者说，还有谁会去关注他们？是坐在宾馆里面编故事的人吗？不可能，他们关注的不是小兵，是别的什么。

我不敢说我是小兵的代言人，但我起码代表了我们那一群小兵。对于小兵的爱恨情仇、生生死死，我都要如实地、不加任何掩饰地写下来，给他们一个属于他们自己的世界。我要让人们知道，小兵们到底是怎么回事。因为，我就是那么过来的。他们是我的兄弟，我的姐妹，我的爱人，我青春的全部世界。我们曾经在一起，无怨无悔地在一起。我闭上眼睛都能看见他们年轻的笑脸，所以我的眼睛再疼，我的心口再顶不住，我也要写下去。我要告诉人们，我们的小兵是怎么过来的。我没有什么使命感，我不追求语言的华丽，不追求结构的完美，我只追求我们朴实而绚烂的青春在我的笔下重新再来一次。这样，我也就不枉为文者这个狗屁称号了。这样，我们就好像从来没有分开过一样。

由于实弹的介入，我的必死突袭被加上了传奇的色彩，甚至有的兄弟大队传说我们狗头大队发明了一种新的闪躲战术，可以躲避第一波的子弹。其实哪儿有那么神啊？一是我确实命好，加上身体灵活、反应快；第二，就是天黑看不清楚，再加上帐篷里面的黄色烟雾很浓，警卫参谋们基本上是盲人摸象。而在混乱的情况下击中目标（尤其是视线被黑夜和别的什么因素限制的时候）是很难的事情，那种所谓的中南海保镖只是电影里面的——就是先给你打怕了赶紧掩护首长撤，下一步往往不是他们贴身警卫的事情了——所以，我只是被手枪的弹雨擦着了一点儿边而已，加上小菲喊得快，跑得快，一把就把我抱住了。警卫都是反应很快的高手，一见这个，哪敢朝小菲开枪啊？我这条小命就算保住了。

我住进军区总院以后是外科主任师级专家亲自给我开刀取子弹。按理说这点小伤不算什么，都没伤着骨头。但是这是军区副司令亲自打电话交代的，一定要全力以赴，治不好就要收拾人，所以总院不敢怠慢，进手术室伺候我这个小兵的全是专家。手术当然顺利，就算是军医大学的高年级学生做这种取子弹的小手术也是易如反掌啊，何况是真正的军医专家了！

虽然小影已经是外科的护士，但是这种场合绝对不能让她进来。她想进来也不行，一帮女兵在小菲的带领下把她按在手术室门口。她哭着喊道："不行不行，小庄小时候在地上摔一跤都疼得哇哇哭，我要进去看看。"小菲一把把她按在椅子上，然后大家就警告她："小庄在手术，他要是听见了心脏一激动怎么办？正在麻醉呢！"小影就不喊了，只是哭。

我在昏昏沉沉中听见小影喊我，但是我无力张嘴。后来我被推出来的时候麻醉还没有完全结束，我就被小影抱住了。我看见她在哭，她的姐妹们的脸上都有泪水。

但是我没有看见小菲，我当时没有看见，但是我现在回忆的时候看见了。是回忆出现了偏差吗？好像不是，我说过人在回忆的时候会看见自己，不信你回忆一下试试？我不知道这个科学原理具体是怎样，但是我想心理学家一定是有解释的。

我看见小菲孤零零地站在手术室的门口。她抹了一下自己残留的泪水，苦笑一下，然后默默地走了。她还能怎么样呢？这个世界不是属于她的。你们说，她还能怎么样呢？

我进了病房。安置好了之后，女兵们都出去了，只有小影陪着我。她给我削水果，细细地切成块，然后一点点喂我。她还给我倒奶，在勺子里面一点点吹温了然后喂我。我就那么傻傻地看着她，不敢笑，一笑伤口就疼啊！中过枪的人都知道，开始的时候真的不疼，但是越来越疼，打了麻药也真他妈的疼啊！因为弹头进了身体以后不是直着出来的，是旋转着出来的！也就是说入口不大就一个小眼，但是出来的伤口就不一定了！

小影一直陪着我，我睡了她就看着我。我们的手紧紧地握在一起，她的温暖传递给我，她的温柔传递给我。我在梦中都美得不行！什么叫幸福？那时候真他妈的幸福啊！

我在回忆里面还是可以看见小菲，就是在我睡觉的时候——也是真他妈的怪了啊！难道我小庄现在编故事能力强了所以就自己想出来一些画面？可我确实看见了啊，这是怎么回事呢？我的回忆里面明明看见了啊！

我不知道怎么表达，只能忠实于现在的回忆。我看见小菲悄悄地从病房前面不经意地经过，偷偷地看了一眼，然后就走了，我不知道她有没有哭。她喜欢我，这我是知道的，但是我真的不知道她为什么喜欢我？她是谁啊？军区副司令的外孙女！多少小白脸军官巴不得的老婆啊！我是谁啊？一个小列兵而已，而且我还比她小三岁啊！她是为了什么呢？我当时真的不知道，而且我也没有费那个脑子。我那时候单纯得要命，心里只有小影，所以真的没有多想。多想有个屁用啊！我也不敢啊！我怎么可能对不起小影呢？

住到第三天的时候，我可以坐起来了。这时候何大队来了，人没到声音先进来了："妈拉个巴子的这点小伤就住院啊！"然后那张大黑脸就进来了。

小影正在给我喂奶，我想站起来，结果奶泼了一身。

"坐那儿！你们该干啥就干啥！"何大队一瞪眼我就赶紧坐好，我是真的服他。

小影不愧是小影，也就她敢继续给我喂奶！一个小列兵就那么坐在床上，被自己的女朋友喂奶。而上校部队长不仅没有生气，还笑眯眯地看着。完了后他还点头。他点个什么头啊！

"都他奶奶的要来！大队常委都要来！我就说，妈拉个巴子的都不能来！小庄这点破伤在前线算个蛋子啊！我代表就行了！"何大队就说，"我来还是要批评你！违反敌后作战原则！没吃过苹果啊？81枪没打过啊？怎么稀罕那个玩意儿呢？有什么好吃的、好要的？所以，我宣布给你一个处分！"

我含着奶点头："是，我知道错了。"

小影不说话，把奶杯子往桌子上一放，眼泪吧嗒吧嗒地流：

"人都这样了，你们还惦记着处分他！"

"小影！"我赶紧说她。

小影不说话，转脸去抹眼泪。

何大队哈哈笑了，他对着小影的背影认真地说："姑娘！你给我记住了！你这么做就对了！他就是你的男人，你就是他的女人！他好也罢，歹也罢，你就得跟着他、护着他！别人说他，你就要敢甩脸子！别人夸他，你要敢骂他，让他头脑清醒！我最见不得的就是见了首长满脸是笑，恨不得把自己男人说得狗屁不是的家属！那不是女人，不是老婆，是想帮助他升官的！你跟那些女的一样了，我何某人要瞧不起你了！那你就配不上一个男人的女人了！你就变了味道了！"

这话我当时就听蒙了，小影也蒙了。我18，她20不到，你们说听得懂吗？但是何大队没有开玩笑的意思，态度很认真。很多年后，在接触了很多事情之后，我才明白何大队的意思。什么叫真正的女人呢？何大队的话，绝对是句句应该用"子曰"的形式记录下来供后人警醒的。小影没有听懂，但是起码知道我们大队长不是对她发脾气。再不懂也知道话里有夸她的意思啊，她又不傻。她就赶紧站起来，擦擦眼泪转过身，歉意地说："首长……我态度不好……"

何大队就笑了："小丫头片子我跟你计较啊？你问问你男人他那时候叫我狗日的大队长我生气没有？"

我就不好意思了："何大队，我……"

小影也不好意思，何大队一口一个"你男人"，换了哪个20不到的女孩好意思啊？

何大队还在回味："还是带你这个小杂种在山里耍好玩啊！现在我叫你去，你还敢那么跟我耍吗？"

我摇头，是真的不敢了。何大队就不说什么了。

小影搬过来一把椅子："首长，坐。"

何大队坐下了："行，还是知书达理啊！"

小影就不好意思了，善意的小讽刺她还是听得出来的："首长，瞧您说的。"

何大队说："我来，还有一件事情。你的三等功批下来了。"

我一听就傻了，先处分后给功？

"本来大队常委想给你申请二等功，但是我说不行！这点破事就二等功，以后真打仗了怎么办？我们怎么给战士评功？带兵要严！不能这么小就翘尾巴！"他说。

我点点头："我那个三等功就不要了吧？"

说实话我是真心的，因为三等功在我眼里没什么大意义。我也不用拿这个功找工作啊，我学还没上完呢！当兵只是一个过程而已，至于以后我真的没有想那么多。

"你端掉一个战区司令部，收拾了五个将军，三等功还是要给的！"

我就笑了，连我们军区副司令在内一共五个将军啊！这种鸟事不是谁都可以干得出的啊！把自己的军区副司令和他的战区指挥班子给端掉了啊！我小庄在狗头大队绝对是鸟一把了！我敢说多少年也没有人比我鸟！看他狗头高中队见了我怎么说！

"还有一件事情，我个人希望你考虑一下。"何大队看着我说。

我认真地听着。

"想参军吗？"他看着我，极其认真地说。

我一怔："我现在不就是军人吗？"

"我不是说这个。"何大队说，"我是说你大学毕业以后，想参军吗？"

我还是没有明白，那是什么意思啊？我不是当过兵了吗？

"回来，当带兵的干部。"何大队的态度很认真。

我这回明白了。原来是在这个狗头大队当干部啊？也就是说我大学毕业以后还要在山里一猫就是起码十年！我一下子就蒙了，不会吧？

"好了，你考虑考虑吧。"何大队就说，"不用现在回答我。"

我只有点头，我是真没有这个想法啊！天地良心！我小庄当兵就是误会，当侦察兵就是大误会，当特种兵是天大的误会，还要当特战军官？那不是误会到家了吗？这个世界还有天理吗？

我脑子乱成一团。小影给何大队倒水，何大队就跟她说话，问哪儿人啊、多大了什么的这种老一套的淡话。小影笑着跟他说话，她是个吃软不吃硬的人，谁对她好她就对谁好。何大队夸她，她就对何大队礼貌。话听不明白但是意思是明白的，就是夸她是个好女人呗！那时候的女孩就喜欢听这个，跟现在的不一样啊！

我的脑子就在合计这些事情：特战军官？那不跟狗头高中队混为一谈了吗？以后菜鸟们不就叫我狗头小庄了吗？我还没明白过来，小菲就像风一样进来了："何叔叔！您来了啊！"

何大队笑了："还说找你耍呢，你就先来了！丫头，什么时候再带你那帮女兵进山耍去！这回我让他们带你们去好看的地方，划船耍，上回去的不算，就是破山！你不知道啊，你们得来，得常来！这是提高士气的一个办法啊！"

小菲说："何叔叔，瞧您说的！我们哪儿有那么厉害啊！"

何大队哈哈乐："我告诉你啊！你给我们战士下命令比我好使！我下他们不敢不听，你下他们不愿意不听，就是喜欢听！哈哈，这跟你们年轻人在一起就没德行了啊！不说了，小庄你给我听着啊，我跟她们说的不准回去乱传达啊！还有啊，影响不好啊！你明白？"

我还蒙着："啊？是！"

何大队跟小菲和小影打着哈哈，我在那儿考虑何大队的话。我能不考虑吗？他是何大队啊，是我们的上帝、我们的灵魂！但是，我能不犹豫吗？当兵是我的错误，我只是喜欢和我的弟兄们在一起而已啊！真的做职业军人？我是学导演的啊！我只能用心乱如麻来形容啊！我，小庄，大城市的大学生，学艺术的，学导演的，到特种部队当特战军官？

我还没合计过来呢，何大队就告辞了。我坚持要起来送，小影扶我到门口。何大队挥挥手说"别送了"，我看见他穿着陆军军官制服的宽广背影渐渐地下楼了。真爷们儿下楼的时候也山响啊！他的脚步声一步步敲在我的心里！我该怎么办？这是我第一次认真思考我的命运、我的选择、我的未来。

我还在想着，小影说："小菲，我得去洗个澡了！好几天没洗澡了，就陪这个黑猴子了！你替我看着他！省得他到处乱跑，勾搭别的女孩！"

小菲哈哈笑："我看得住他啊？他现在可是全军闻名的特战精英啊！"

"狗屁！"小影敲我的脑门，"就你还精英呢？"

我就嘿嘿乐，我愿意让小影呲叨我，有时候人就这么贱。我当时18岁，也没有想那么多，但是我知道女孩三天没有洗澡是很难受的事情。我想小影真的去洗澡了，也就没往别的地方想。

但是跟小菲单独在一起我不自在。我看了小菲一眼，她的笑容凝结在脸上，慢慢地消失了。

我没敢说话，小菲扶着我："走！进去吧！"

我赶紧说："我自己能走，腿没伤着。"

我就自己进去了，坐在床上，局促不安。我怎么跟小菲说话呢？

小菲大大方方地站在我的面前，双手插在白大褂里，笑道："你怕什么啊？"

"我怕？我不怕啊？"我说。

"那你流汗干什么？"她说。

"哦，屋里热。"

小菲笑了："你别瞎想，你不了解我。我是性情中人（我当时第一次接触这个词），想哪儿是哪儿。我就是看你可怜，我没有弟弟，你当我弟弟吧。"

我点头，这时候是真的鸟不起来了。

"弟弟？"小菲奇怪地笑，"姐姐委托你一件事情。"

我依然点头，说什么我都得答应啊，我惹不起她啊！

"好好对小影。"小菲说，"她是为了你才转的外科。"

为了我？我一蒙。

"你们特种大队是24小时待命的快速反应部队，随时可能投入战斗。"小菲认真地说，"虽然没有战争，但是一旦有战争，你们就跑不了。小影怕万一你真的上去了，她在后面干着急。她说你为了她参军，不能让你一个人上去，她会后悔一辈子的。"

我就蒙了。其实，军外的人都觉得战争很远，但是军队忙活的就是这个事情啊！我们也知道没有战争，但天天都准备打仗啊！所以，战争的阴影其实在野战军还是比较浓的——你是野战军，就是打仗的，这就是你该干的事情，所以你就要考虑战争——时间一长，精神就容易一直绷着这根弦。

"她说，如果你上去了，她就第一批上去做战地护士。"小菲看着我说，"如果你受伤了，她就照顾你；如果你残疾了，她就陪着你一辈子；如果你牺牲了，她就自杀。"

我一下子怔住了，抬头看小菲。

小菲点头："她是认真的。"

我的泪水就下来了。小影，我的小影……漂亮的、柔弱的、任性的小影，一个20岁不到的女孩，就因为她的男友是个军人，她也是个军人，所以，她就要承受一旦战争来临的阴影，而且，她准备了死亡的最坏打算。这些她从来没有对我说过。

我默默地流泪。小菲把手放在我的头上："弟弟！好好对她！"

她也是忍着眼泪，转身无声地走了。我一个人坐在那里，很久很久。

小影洗完澡后，进来了："小菲呢？"

她看见我在流泪："怎么了？"

我一把抱住她，哇哇哭了。

小影着急地说："怎么了？你怎么了？黑猴子！"

我抬起头大喊："我爱你——"声音很响，我相信全总院没有听不到的。

记忆中我听到回声，一声声"我爱你"在走廊里面回响，也在我的心里回响。小影呆在这个回声中，她的眼泪慢慢地流下来，她紧紧地抱住我，带着笑："傻样！"然后，泪水吧嗒吧嗒地落在我的脸上。我也紧紧地把她抱在我的怀里，紧紧地把她抱在我的心里。

小影的泪水吧嗒吧嗒地落在我的光头上。

我爱你。

我后来从来没有对任何女孩说过。

这三个字，不是那么容易说出口的。

3. 告诉我永远到底有多远（3）

我昏昏沉沉地睡了一夜，因为我的心口在疼，我只能停止，再写下去我真的就撑不住了。而我的故事还没有写完，也就是我该做的事情还没有做完，我还不到倒下的时候，我不能让我们的青春故事没有结尾。那样，将是我终生的遗憾。我只能停止，让自己睡一会儿。强迫自己入睡是什么滋味，你只有体会过才知道。我还是睡着了，真的是心力交瘁。

我在昏昏沉沉中听到了我们的军号：铁打的营盘、流水的兵。不变的军号每天都在呼唤着一代又一代年轻的士兵。

我在昏昏沉沉中看见了我们的军旗，还有军旗下面的迷彩方阵、头盔下面一张张黝黑消瘦的脸、朴实的脸、年轻而神圣的脸。

我在昏昏沉沉中魂游天外，我在我们狗头大队的山沟上空俯视我的青春岁月。我曾经在直升机上，无数次俯视这里，无论是白天，还是黑夜，但是我从来没有像现在这样觉得它那么美好。番号依然震天，杀气依然升腾。

我在昏昏沉沉中随风而去，随梦而来。我像一个影子一样穿梭在无数绿色的营盘，从男兵和女兵的方阵中掠过，我伸出手却抓不住他们中的任何一个人，我这才知道自己是透明的。男兵还是那么黝黑彪悍，女兵还是那么白皙美丽，他们都还年轻，于是男兵和女兵的故事不断上演。

爱情，和条例无关——更何况连干部都知道，条例是约束不了男孩女孩的爱恋的。

在短暂的青春岁月，在那些与外界几乎完全隔离的世界，小兵的爱情和他们的军装一样，那是一片纯洁而朴实的绿；小兵的爱情和他们的迷彩一样，那是一片变幻而绚烂的绿。

……

从梦中醒来，我又哭了。我知道这是很没出息的事情，一个从火里、泥里滚过来的糙老爷们儿，怎么现在这么喜欢哭呢？不行，我还有事情没有做完，完了再哭也不迟。于是我重新打开电脑，继续我们的故事，继续那些湮没在尘世间的小人物的故事。

何大队走了以后，我有了心事。如果说我小庄以前没心没肺，由着自己的性子来的话，何大队把我当军官的问题一摆出来，我就知道事情的严肃性了，因为很明显，这不是由着我的性子来的事情，这是一辈子的事情。

当兵就那么两年啊，我又不签士官，过去了就过去了，该干吗干吗去。但是真的成为职业特战军官了呢？我倒不是怕死，只是当时我的脑子还没有那根筋。按照我对中国军队的理解，从军做军官可不是一件简单的事情。我大学本科四年（我不知道我这种情况大学期间算不算军龄，军校是算的。但我上的是地方大学，和军校八竿子打不着啊，谁知道上面怎么处理），算上我前面的两年军龄，就是六年军龄。我毕业回到狗头大队是正排，少尉军衔。三年一调的话，我到正连中尉要六年，到少校正营呢？十二年啊！十二年对我意味着什么呢？我的妈妈啊！我至少要熬十二年才能到狗头高中队那个级别啊！军队这种鸟地方是典型的官僚管理体制、金字塔结构，尤其是野战军正式带兵的干部，一个空缺下面多少人打破头啊！（文职技术干部不用这个，他们没有实权到时候就走技术级，该升就升）起码是1比4的比例啊！我小庄有这个耐心拉得下这个脸，挨个跑首长家吗？和平年代的军队就是这样啊！军队的升迁是太麻烦的事情！像我们何大队那样的有几个啊！而且他还是一等功战斗英雄，这么多年不也是一个正团上校吗？

就算我一切顺利升了正营少校，从正营到副团是一个大坎儿啊！你们以为给自己的肩膀上加一个校官的豆那么容易啊！到这一步的比例就是1比6啊！从六个正营军官才能挑出来一个副团啊！这个比例是多低啊！去年狗头大队几个中队长争副参谋长职务的事我还记忆犹新呢！不过这也没什么奇怪的，权力机构都这样，外军也一样。难道我小庄要在三十多岁的时候去蹚这汪浑水啊？

还有，你到了副团可以稍微安生一下，一般到正团不是什么太大问题——就算不能在狗头大队当大队长政委，相关部队单位也有位置，部队升迁不光靠本事，还要有位置啊！没有正团位置你升个球啊？——不过副团一般都能成为正团，这也不是什么难事。到处有位置，而且还有那么多仓库呢！当个主任什么的过渡一下没有多难。

但是下一步呢？

只有两条路。第一，转业。但是正团转业在地方算个球啊！地方单位哪儿要你啊？特种大队转业稍微好点，公安、安全这些相关单位还喜欢要，但是你要是去了县团级别，那要怎么安置你啊？人家一个市级局的局长也不过是县团级啊！你一去就当局长政委？扯淡的事情啊！能混个处级就不错了，而且还不一定愿意给你啊！人家也有自己人啊！你来了能愿意要吗？再说要是你真的到下面当了办事的，你能心理平衡吗？你那么多年就白熬了啊？你在部队混的资历算什么啊？不就是废纸吗？

第二，升迁副师，再加个豆豆。

这是容易的吗？这又是一大坎儿啊！我就不用说多少人抢了，你们想都想得到啊！副师级就算是中高级军官了，换了你，你能不打破头往里面钻吗？我小庄真的要变成这样的人吗？

就算我小庄走狗头运，上面还有正师大校呢！这就更难了！像野战军的师长这种带兵的干部，是要一号首长亲自签字批准的——这不是什么秘密，很多年前的一个书摊上到处都可以买到的关于80年代的华北大演习的报告文学就说过这个，特此注明——我小庄，一个混进人民解放军的艺术院校毕业生会当师长？首长看了不也得好好合计合计吗？这小子是这块料吗？

再往上是副军，就是少将。这我就不用想了，那就不能算纯粹的军界了，是和政界挂钩的。全世界的军队都一样，将军就是将军，说话办事是有分量的。当然，不是你想当就能当的！要花多少心思你们自己想去吧！

……

这就是我 18 岁的时候考虑的事情。这种考虑来自我爷爷，一个老八路的政治浮沉，我不得不考虑。而且，狗头大队还是独立大队。我已经说过特战军官是没有什么特别好的仕途的，专业性太强、编制太小、面太窄了。人不能只考虑表面的光彩、青春和火暴吧，我还有未来，还有老婆孩子吧？特战大队长当野战军高科技步兵师的师长？玩传奇游戏啊！他就会那几套把式，说句不恰当的比喻，天生就是当贼的材料，你非得让他去拦路抢劫啊，是个上级都不会这么考虑！

而且，走仕途多累啊！这是我小庄能做得到的事情吗？你们真的以为当个青年军官跟电视剧里面一样简单啊，只用跟什么老的战略指导思想做斗争，全心全意把部队战斗力搞上去，然后军区级别的司令一重视就能一路绿灯？那也太简单了！你们太小看全世界军队的官僚管理体制了吧！任何斗争都是曲折的，过程是复杂的，能是一加一等于二那么简单吗？你有本事就能升迁啊？什么叫宦海沉浮？我还是一个 18 岁列兵的时候就知道这个道理，怎么现在那么多大人就想不明白呢？

当个职业军人，真的那么简单吗？

部队在改革，撤编了怎么办？那时候哪会管你什么优秀不优秀啊！百万大裁军的时候，难道里面没有优秀的青年军官是有抱负、要当将军的材料？国家军队大计，那时候顾得了那么多吗？你一个小庄，说给你裁掉就给你裁掉啊！你在部队晃悠了那么几年，回地方都要 30 岁了，难道还要重新开始啊？

这不是什么弊端，全世界的军队都是这个鸟样。老美也一样，你们以为鲍威尔能当五星上将那么容易啊？他不是多少残酷的竞争中的幸运儿吗？做个将军有那么容易吗？做梦吧！才华、斗志、关系、眼色、坚忍不拔的决心，还有很多我说不出来的东西，你一样都不能少，而且还未必是你啊，还要有机遇啊！

我小庄有个屁啊？除了鸟我还有什么啊？仕途是我可以鸟的地方吗？我鸟得起来吗？而我的梦想，是当作家、当导演、当艺术家啊！这个反差也太大了吧？我 18 岁的小脑袋里面天天转悠的就是这些。换了你，你受得了吗？真是头疼啊，现在都头疼得要命，更何况 18 岁的时候。

唉！我小庄 18 岁的时候多不容易啊！我翻来覆去地想，想不明白这些事情。若我不答应，对不起何大队的信任和期望；若我答应，我这辈子怎么办？小影是考虑不了那么多的，说实话是个女孩就考虑不了那么多。她天天陪着我，逗我开心。至于我为什么不高兴，她也不知道啊！她还以为是自己惹我生气了呢，所以就对我更好了，但我还是不高兴啊！

我在这种快乐的幸福和未来命运的折磨中煎熬着。有时候我会笑，但也是无奈的那种。小影这时候就眼巴巴地看着我，不知道怎么办。我只是出神，不知道看着哪儿。小菲有时候来看我，也看见我在出神。她就把小影拉出去，说让我自己安静安静。虽然小影不知道原因，但是小菲的话她还是听的。小影有时候会哭，小菲就安慰她。但是安慰的话我没有听清楚，我真的在考虑自己的命运啊！18岁的小庄，我容易吗？

现在回忆起来，小菲是知道我为什么发愁的。她是在什么环境长大的啊？！但是我当时是不知道啊！军官制服是那么好穿的吗？我小庄这个兵当的啊！要是我的农村兵战友，他们不知道多高兴呢！提干还不高兴？他们提干就是干部转业啊，就有工作了！在城市里面有家了啊！他们没什么可以挑剔的，他们本来的目标也确实没有那么高。

我呢？我满足于在城市里面随便找个干部职务吗？我是那种人吗？但是何大队就是认定我是特战军官的材料。我觉得这就是个误会，但是他认定了。要是打仗的话，当年的小庄不是吹的，绝对是个带兵的好材料；但是在和平年代，小庄不是那个材料啊！何大队是从战场上下来的，他不会考虑那么多，一切都从部队实际战斗力出发啊！说实话，他真的没有那根脑筋啊！他要有官场的脑筋，他那个资力能当正团那么久吗？

痛苦至极啊！我真的很烦，军官不是每个人都可以做的，尤其是我这种心比天高的人。我在痛苦中寻找答案，自然是没有答案的。18岁的小列兵，有个屁答案啊！我就不信你比我18岁的时候成熟，这些问题就算摆在现在那些已经成熟的军官面前都是难题，他们可能都吓一跳，我操！一个小列兵想他妈的这么多？是人吗？但是我真的想了那么多，这是事实。

我不断地想起我爷爷，一个政治命运多舛的老革命。他最喜欢跟我念叨的就是官场的险恶，也不管我听不听得懂，反正就是喜欢抱着我讲。我现在知道他是在倾诉。他最惨的就是彻底被打回老家务农多年。所以我的一家都是农村户口。就算政策落实了，我爷爷的心也死了，我大爷，我姑姑也都无所谓了，那么多年过来了，给孩子一个城市户口以后上学找工作容易就得了，自己还折腾什么啊？种地就种地呗！只有我爸爸参军提干，有了城市户口，我小庄才成为城市孩子。唉，我该他妈的怎么办啊？

小菲不断地找小影说话，时间越来越长，小影的眼泪越来越少。她的脸上有了一个20岁女孩通常没有的成熟，和她的个性不相符的成熟。她变得懂事了，不再缠着我让我笑了。她变得沉默了，不再缠着我让我讲故事了。但是她的眼睛里面的东西没有变。

终于有一天晚上，我对小影说："我跟你商量一件事情。"

正在给我洗脚的小影笑了："什么？这么严肃啊，不像你啊。"

我认真地说："何大队上次跟我说……"

小影淡淡地一笑："那你就别跟我商量了。"

我一怔。

小影叹口气："你们男人（天地良心！她第一次用这个词啊！）的事，我不能瞎出主意。你自己拿主意吧。"

我还没有缓过劲儿来。

"你自己觉得想做，就去做；觉得不想做，就不做。"小影给我的脚打着肥皂，"反正，你自己觉得值得，觉得开心就成——臭脚放进去！"说完，"哗"的一声，她就把我按进去了。

我还是不明白她话里的意思。

小影抬头看我："无论你是什么，你都是我的黑猴子小庄。这就够了。"

她又低头给我洗脚，洗得很仔细。

我傻傻地看她，张嘴又失语。外面的军号响起，是熄灯号——是个部队单位就会有军号，军区总院也不例外。虽然我每天都听，但是今天的感觉不一样，真的不一样。因为，军号在我的心脏里面回荡。我睁开眼睛，是穿着军装的小影；闭上眼睛，是我山沟里面的狗头大队；我再睁开眼睛，还是小影，她在给我擦脚。

她笑着看我，拍拍我的脚："黑猴子给我上去！"

她起身去倒水，我拉住她。她回头看我："干吗啊？"

她的脸上真的有变化了。是的，是成熟了。我其实想问，如果我真的听了何大队的话，你愿意跟我在山沟里面做家属，让自己的青春在山沟里面一点点枯萎，远离繁华和时尚吗？这其实是任何一个年轻都市女孩，尤其是漂亮女孩做不出来的事情。最后我没有问。

我只是说："没事儿，看看你。"

她笑了："松手！有什么好看的？让我倒水去！不然泼你身上了啊！"

她回来的时候，给我盖上被子，小心地掖好被角，关上台灯。我乖乖地看着她的影子在忙活。她做完这一切，低下头轻轻在我唇上吻了一下："睡吧，晚上不要蹬被子！明天我给你送午饭。"我看着她悄悄地离去，轻轻地带上门。

我听着她的脚步小心地离去，她穿着护士鞋，但是在寂静的走廊，我还是能够听见她猫咪一样的脚步声。然后我再次听到第二遍熄灯号，我还是没有打定主意。

但是，我在梦中，梦到了我的狗头大队，梦到了我的黝黑憨厚的弟兄们，梦到了我的军旗，梦到了军旗下面一张张年轻而庄严的脸。他们无声，我也无言。我不知道，这个梦说明什么。真的，至今都不知道。我还梦见了小影。我们的迷彩方阵正步经过观礼台，番号震天。小影穿着军装，戴着列兵军衔，神色圣洁，敬着军礼。一个中国陆军的女列兵在检阅中国最彪悍、最精锐的陆军战士的方阵。我们向右看、向前踢正步，每分钟75步，每步75公分。我们向前看、向前踢正步，每分钟75步，每步75公分。我们持枪，我们喊番号，我们的声音嘶哑犹如狼嚎但是震天动地。这一切，都是为了一个漂亮的女列兵，都是为了我们的爱情，都是为了把自己的青春爱恋无怨无悔地留给我们大山里面的中国女兵。

我们不该接受她的检阅吗？

你们说呢？

4. 告诉我永远到底有多远（4）

很多年以来，我最不想路过的地方就是军医院，尤其是陆军的军医院。我害怕见到那些穿着白大褂的女兵和女干部。如果是冬天，她们的白大褂下面总是有绿军装的衬托，里面还有各色的毛衣装点着她们青春的脖颈，短发的白皙脸庞上是那种你看了就想笑的鸟气，鸟气地走来走去，行色匆匆好像总是在忙着什么军国大事，其实也许只是去药房取药。但是你一点儿脾气都没有。

我在军区总院住院的岁月里，对军医院的女兵和女干部就是这种认识。没办法，第一印象是很难改变的。问题是现在我搬家以后，从大院出去没有100米就是一个总部的军医院。这是很令我头疼的事情，简直是上帝在故意捉弄我，不过好在我已经变得冷漠，还是抵挡得住的。所以有时候我外出路过这个总部医院的时候，也就那么过去了。

鸟气的小女兵们来来去去，在我的心里没有留下任何影子，什么都没有。谁也不知道在那辆匆匆路过的切诺基里面，有一颗曾经热烈的心。我就那么过去，那么回来。匆匆忙忙，来来往往，不在医院门口停留，也没有去试图结识里面的任何一个护士或者年轻的女大夫。这当然不符合我的个性，如果是地方医院，我不会这么消停的。你们骂也罢，轻谴也罢，我就是这个德性，我不相信你们没有想过去勾搭不同的漂亮女孩。我只是个毫不掩饰自己男性劣根的性情中人罢了，我也不需要伪装，伪装对于一个自由职业者有什么意义呢？

我一直没有往那个军医院多看一眼。因为，我知道她们都在鸟气地来来去去，和我记忆中那年深秋转初冬的青春岁月一样。女兵的鸟气，是天然的鸟，是一种在阳刚庇护下的阴柔。她们的鸟，是绝对的鸟，是一种男性军人们无限制容忍的鸟。因为，她们是女兵。在一个性别有极大悬殊差异、相对封闭的群体，女兵的鸟其实真的是男兵们惯出来的。但是，男兵们就是喜欢惯着她们。女兵，就应该鸟气冲天，谁都不放在眼里，这才是女兵。所以，我知道天下的总部医院护士都是一样的鸟。我就不去看了，一眼都不看。因为，我害怕见到她们那种青春朝气的鸟。

军区总院绝对是个鸟气冲天的地方，是女兵和女干部的天堂。我在住院的时候，因为小影的缘故，所以没人对我鸟，当然还有一部分原因是当时的我成了传说中的"特战精英"，但是我觉得这个成分不多。来看病或者公干的野战军官兵对女兵们的鸟报以永远的憨笑和宽容。见一次女兵，她的长相、打扮、音容笑貌就会在来看病的小男兵所在的野战军的营房久久流传，当然，最多的还是那句评语：鸟啊！真他妈的鸟啊！说完，弟兄们还咂嘴，显然意犹未尽。这种鸟事我也干过，但是问题是我跟前的女兵们都不跟我鸟，客气温柔得不行，我就只能编她们鸟的故事，好在我还真的有编故事的小底子。实话是真的不敢说，我要说了，我的弟兄们准会说："操！你小庄是在军区总院住的吗？怎么都不鸟呢？地方医院吧？"女兵在野战军心里，不鸟就不叫女兵了，弟兄们都愿意听关于女兵的鸟事，都愿意想象女兵们的鸟样子，都愿意被鸟气的女兵们多看一眼，那种鸟气的眼神在你身上一瞟，弟兄们就激动得不行……

野战军，这就是野战军，我魂牵梦绕的野战军。野战军的弟兄们就是这个德性。因为，性别的悬殊真的是太大了。青春期的小伙子在山里一窝就是一年，甚至几年啊！想一想，女兵同志们不鸟都不像话，这得让野战军的弟兄们多失望啊！呵呵，很多往事一回忆起来，小感触多得要命啊！你们说，这个兵当的！还是接着说我在军区总院的事吧。

那些鸟气冲天的女兵们见了我都是客客气气的，半点儿也不跟我鸟，她们都是这样："小庄今天好点吗？小庄感觉怎么样了？"或者是："小影去洗澡了，我来陪你说说话，小影怕你一个人待着难受。"再就是："小庄，这是我老家寄来的肉酱，我给你和小影拿点过来，你们也尝尝。"说完后她们就对我调皮一笑。真的是一点儿都不鸟啊！我都不习惯了。小影倒是没有什么感觉，我是她的男友啊！这是姐妹们应该做的，况且我还受了伤。

其实顺便说一下，在战争年代的野战医院，女兵们是绝对不会鸟的，她们的鸟气都被年轻的男兵们的鲜血和硝烟融化得无影无踪。除了泪水，就是汗水，有的时候，这些年轻的小女兵还要付出鲜血乃至生命……她们为了那些不认识的年轻战友弟兄们的伤痛和牺牲流下了无数的眼泪。在一个特定的情境中，你就会知道什么是女兵的实质了，无数动人的传说就在战地和战后归来的野战军弟兄们中间久久地流传。所以，在和平年代，她们鸟气一把也是没什么的，也是应该理解的，更是应该支持的。毕竟都是10多岁或者20出头的年轻女孩啊，一旦战争或者灾难来临，她们就要顶上去，死亡的阴影也会伴随这些年轻而美丽的生命——你们说，她们在和平年代鸟气一把不应该吗？战争本来就应该是男人的事情啊！

兵，这个词语是没有性别定义的，但是她们首先是女孩啊！所以，军人们对她们的宽容和理解是你们想象不到的。该鸟，不鸟不行，就得鸟！很多官兵不一定从女孩的角度去理解女兵，但是在潜意识里面他们是这么认识的。所以，女兵们不鸟都不行啊！

呵呵，还是说我的小故事吧，只是我回忆的时候总是千头万绪。这是没有办法的事情，军营的回忆总是这样，不是线形而单纯的岁月流逝，而是面形又复杂的情感交替。

小影始终陪着我，我也没有说何大队跟我商量的事情。我的伤基本上好了的时候，狗头大队派车来接我回去。头天夜里，我和小影就那么坐在床上。我抱着她，一句话都没有说。她也没有说，也没有哭。

那个时候我们还是孩子，但是我们都是士兵。我们不需要多说什么。还需要说什么呢？有什么语言可以表达我们心中的百感交集？从一个不懂事的男孩到一个合格的士兵，从一个不懂事的女孩到一个合格的士兵，这种过程用什么语言可以表达呢？短短不到一年的时间，发生在一起长大的男孩女孩身上和心灵的变化真的难以表达。

我们一直偎依着。后来小影睡着了，像猫咪一样睡得很香，一直到军号声撕破天边的彩霞。军号声在我的胸中燃起的是青春的热血。我知道它在呼唤我。我当时没有什么更深的认识，我只是个18岁的孩子啊！但是我知道，它在呼唤我归来。我的狗头大队在呼唤我的归来。小影睁开眼睛看着我。然后，我拿起收拾好的东西下楼。小影没有送我下楼，她还留在房间里面。我不知道她有没有哭，我只知道，在我穿着士兵军装出门的一瞬间，我的心变得坚定，我的脸上是一种和年纪不相符的神圣。

小菲在大厅和别人说话，见我下来很奇怪："这么早就走啊，小影呢？"

我笑笑："在楼上。"

小菲点点头："我送你吧？"

"不用了，我的伤好得差不多了。"

小菲看了我很久，然后轻轻地说："注意点儿，你不是一个人了。你有小影，还有……姐姐。"

我的心头一热，但是什么都没有说，只是点点头。

我转身出去，我不知道小菲有没有看我。

我转身出去，我不去看她，也不去看身后的军区总院。整整十七天，我的青春爱情、我的纯洁友情都在这个不起眼的军区总院。我穿过来来往往鸟气的小女兵们，走向副参谋长的车。

他对我笑笑："小庄，走吧，你对象呢？"

我淡淡一笑："走吧，她有事儿。"

于是我就上车了，副参谋长坐在前面给我讲最近部队的训练和安排，还有对狗头高中队的处理意见，但是我什么都没有听进去。

在车拐弯的时候，我从后视镜看到一个白色的身影在后面的街上跑。她的护士帽跑掉了，在风中像一只白色的蝴蝶，飞得很远很高。她的白大褂跑散了，穿在里面的绿军装露出来。我看不见她脸上的泪水，但是我知道自己在流泪。我看不见她脸上的表情，但是我知道自己在心痛。

"停车！"我突然高喊。

司机吓了一跳，不知道出了什么事情，赶紧踩一脚刹车。212指挥车一下子刹住了（我们的突击车是不进城的），副参谋长也吓了一跳，不知道我小子怎么了，又干了什么鸟事。

我一把打开车门冲了下去。我以百米冲刺的速度冲向我的小影。她向我跑来，向我冲来，她的嘴张开却无声。我们在马路上一把抱住，抱得很紧。如果现在一定要我说怎么拍摄，那就是斯坦尼康加上升降车，全部是运动镜头，全部是行云流水。因为，那就是我们的心情。

"黑猴子！"她抓住我狠狠地说，"你要是再受伤我饶不了你！"

我不知道说什么，我还能说什么！

"你不能那么玩命，你不是你自己的！"小影高喊，"你是我的！你是我的！黑猴子小庄，你听见没有？"

我点头，她扑在我怀里狠狠地咬我。

小菲骑着自行车过来，不知道那车是她跟谁借的，因为它不是坤车，而是男车，女兵不骑那个。她过来轻轻抱着小影，也没有说什么，小影就在她的怀里哭。

小菲看着我："走吧，你要是走不远，她还得追你。"

副参谋长和司机都在下面看着，一句话也不说。我转身走向他们，我不能不走向他们。我是一个士兵啊，我难道能跟我的小影回去吗？我只能上车离去。车上的人一句话都不说，副参谋长也是从战场上下来的，这个道理他明白。他递给我一支烟——干部给兵烟，我就见过这么一次——他把打火机扔给我，我点着了，但没有抽。我把烟放在窗口，看着烟尘一点点被风吹散。我没有再回头看。我知道，这一看，我就真的走不了了。

很多年后，因为写这个小说的缘故，我再次提到了军区总院，提到那些鸟气的小女兵。我闭上眼睛，就会想起军区总院。我走出家门，就看见一个真正的军医院，那些小女兵还是鸟气地来来往往。只是，没有人知道她们的故事，没有人知道她们的青春是怎样在这些绿色的岁月里流动。永远没有人彻底知道，这些小女兵的心里是个怎样的世界。

我不知道永远有多远。但我知道，永远在我们青春的誓言里面，总觉得并不那么遥远，好像很容易就可以抵达。

5. 兵歌（1）

在我刚刚买车的日子里，我时常会开车到郊外的山区去兜风，谁都不带，就是一个人。我会开车在盘山公路上走很远，然后下车远望，好像这里的山和我记忆里面的山没有什么太大的区别，都有雾色、梯田、放羊的老汉和郁郁葱葱的山脉，当然还有路上不时经过的拖拉机，上面有时候坐着一个老太太，有时候是一个小媳妇，有时候又是一群小娃娃。我会站在一些相似的山路上，一站就是很久，不是回忆，是出神。

自由职业者的好处就是没有人催你上下班，干完了手里的活，你想干什么干什么。自由自在，有时候真的无所事事，无聊的时候就会开车到处乱转。

我第一次在这里出神，还是和那个长得像小影的女孩在一起。那是她刚刚考完期末考试的夏天，我带她出来散心。我们一路听着约翰·列侬的摇滚乐，一路眉来眼去。我对于刚刚认识的女孩子都是这个德性。那时候她去过我家，知道我当过兵，仅此而已，她对军队没有什么兴趣。

我开车上山，路过一辆又一辆卡车。一列车队停在半路上，自然不用说，是军车队，可能是出来驻训或者参加某次演习的野战军部队在半路上打尖。散布在四周、戴着钢盔、穿着迷彩服的哨兵端着81枪，炊事班的大锅冒着热气，还有几个炊爷在趾高气扬地招呼添柴，于是几个小列兵跑得屁颠屁颠的，干部们在树荫底下抽烟说话，战士们好奇地看着我的车经过（这是因为车上有一个漂亮女孩）。

他们不是特种部队，这个我是知道的。但是他们黝黑消瘦的脸和憨厚好奇的表情是我熟悉的。他们的车牌编号，也是我当年的军区的编号。虽然后来代号编码换了很多次，但是原理和大致的顺序是一样的。我开车到了最前面，然后停住了。

"怎么了？"女孩问我。

我摇头，只是回头又看了一眼。

"碰见熟人了？"她也回头，"你在军队的同志？"她说"同志"这个词语的时候总有种很奇怪的感觉。

我又摇头。

"那怎么了？"

我笑笑，没说什么，下车了。我摘下墨镜，看着熟悉而陌生的车队，看着那些穿着迷彩服、戴着钢盔或者光着头的战士们来来去去，看着他们脸上好奇的表情，看着炊爷们的大勺在大锅里面搅动。我靠！我鼻头一酸。我再一转脸看见小影——我当时就一激灵。

"怎么了你？"小影问我。

我才回过神来，这不是小影，我总是能看花眼睛。

"没事，走吧。"

我正准备上车，一个小兵戴着钢盔、背着81枪跑步过来，还敬礼给我："同志！我们营长问你有事吗？"我摇头。小兵黝黑消瘦的脸上满是警惕："那你干吗要盯着我们看？"

我笑笑，指了指树荫下面的干部们："你就告诉他们，我当过兵。我的部队番号是……部队。去吧。"

小兵疑惑地看着我，他的鸟样子和当年的我一样。

我笑着看他过去跟干部汇报。干部们先看看我，然后都笑了，眼神里是亲切和意外。这个我不意外，我们狗头大队的鸟名气全军都是知道的，只要是我们军区的部队干部，好像还没有不知道我们的部队番号的。一个年轻的少校（显然是他们的营长）热情地招手，要我过去侃山，我就笑着看着他，摆摆手。他向我做了一个潇洒的美式军礼（现在野战军的干部也看盗版碟了），我还了一个美式军礼。然后，我就戴上墨镜上车了。我开车默默地离开军车的车队。女孩没有问我什么，我也没有说什么。车里的音乐还在继续，还是约翰·列侬。但我忘记是什么歌了，好像是个软摇滚。

兵车的队伍在我身后越来越远，越来越远，终于看不见了。这时候天上开始洒雨，雨刷哗哗地摆动。我们谁都不说话。她知道我心里有什么情绪在流动。其实，我心里只有一句话，一句莫名其妙的感慨，它就是：真的不是一路了。兵车行是个什么概念？大兵团的调动是个什么概念？只有见过才真正知道。

数百辆披着伪装网的军车在盘山公路上蜿蜒前行，犹如一条绿色的毛茸茸的大蛇。开着摩托的通讯员带着一股股尾烟来来回回，纠察占据交通要道挥动着红绿小旗。装甲车、侦察车、突击车、步兵战车、主战坦克、维修坦克、指挥车、卡车、吉普车组成了军车的长蛇，空中运输直升机、武装直升机、侦察直升机编队掠过，犹如迷彩色蜻蜓的方阵。一句话，现场是金戈铁马的成语注解。

我在直升机上面俯视整个车队，我们都很激动。当你看到这么多铁家伙的时候，是个士兵就会激动，因为你知道自己属于这么庞大的一个武装团体，你不再觉得自己渺小。

我们低空掠过，我们跟地面的野战军弟兄挥舞步枪和头盔，我们嗷嗷怪叫。他们也挥舞着步枪和钢盔，嗷嗷怪叫。干部也不管，他们也沉浸在军队难得的自豪中。

我们喊道："演习见！锤你们狗日的！"

他们也喊："演习见！锤你们狗日的！"

弟兄们都嗷嗷乱叫，铁血沸腾。青春年华里的热血儿郎就是这样。

演习，难得的山地万人规模以上的陆空军对抗性大演习。我从军的三年中，就经历了那么一次。国家穷，军队就穷。难得的大规模演习，我们都很珍惜。

那时候已经是冬天，但是在我们那个省份其实没有什么太大的变化。亚热带丛林山地就是这样，省城在平原的反应多一点儿，山地还是一片绿色。我们在直升机上，开飞机的是个老鸟，每次都要俯冲一下正在地面休息的兄弟部队，搞得做饭的炊爷们举着菜勺子高叫狂骂我们狗头大队不是东西。我们在飞机上哈哈大笑，感到一股青春恶作剧的快乐。

我们向演习地域前进。这时候我已经领了三等功的军功章，回大队休养了半个月以后，身体很快就好了，接着又恢复训练了一个月就可以参加正常军事演习了。狗头高中队挨了个处分，但是他也不能说什么，因为是他的错。他也没难为我，毕竟我给狗头大队争脸了。

何大队跟我谈的问题，我还没有回答他，但是我心里已经有答案了。不用说你们也知道答案是什么。我喜欢这个狗日的狗头大队，我喜欢野战军。因为，在这里我活得充实，我有我的信仰，我有我的兄弟。我还有小影，无论我怎么样她都会支持我、理解我。我不想回到城市了，这是真的。以前那么晃晃悠悠，活得好像很轻松，但是真的很累。在这里虽然苦，但是我真的很快乐。

做军官就做军官，我也不是个当官的材料，把青春留给我热爱的狗头大队不是什么了不起的事情。我转业了就回去跟老爸做生意，这个我在电话里面跟他商量过，他当然支持，觉得这比我上完大学搞艺术好。老人都是这个心理，他们都觉得艺术不是正路，当官是正路，当军官更是正路中的正路。我呢？没那么多想法。我只是舍不得离开我的狗头大队，舍不得我的兄弟们。我现在已经是上等兵，明年我就要退伍了。而我，还没有当够这个兵。我愿意毕业以后再来一次，真的。

我们跟着大队常委的狗头001号直升机编队飞行，心情的舒畅不是一点半点。马达这时候已经是班长，原来的班长和副班长都退伍了。我当了副班长，狗头高中队没有反对，这是我没有想到的事情。那个时候我越来越不鸟他了，但是命令还是听的。我已经学会了军队的生存原则：你鸟要鸟得是个地方，不是地方的鸟没有人支持你，鸟对了地方你就是地位低也可以很鸟。我现在虽然不鸟，但是难得鸟一把的时候，还是遵循狗头大队的鸟的原则。

我们向演习地域开进。地面是兵车行。

我真的很喜欢这个场面，我在电影上都没有见过。

那时候我们兄弟激动极了，深深为自己是中国陆军的一员而自豪。

我们的陆军，我们深爱的陆军。

我们各个兵种的弟兄在一起开进，像一条绿色的威武的长蛇。

那个时候，我最喜欢的有两个。一个是我的小影。再一个，就是我的中国陆军。

6. 兵歌（2）

我们在群山之间的山谷扎营，迷彩色的营盘和群山连为一体。直升机频繁地起降着，运来我们弟兄的装备给养，配属的高炮部队严密防守着山谷的上空。对于进入 90 年代的中国陆军来说，演习的难度和对抗性越来越强，往往导演部的命令还没有下，演习的序幕其实就已经拉开了。所以我们不得不防兄弟特种大队的奇袭，实际上这种事情的始作俑者还是我们狗头大队，还是得怨那个狗日的狗头高中队。

那还是几年前的一次演习，本来他的任务是侦察监控兄弟部队的坦克团的开进和驻扎情况。这个任务不难完成，当时的中国陆军参加演习的部队还习惯于导演部一声令下才开始按照演习预备方案互锤，甚至有时候结果都是事先设计好的。这都是被报告文学小说和电视剧公布了无数次的往事了，说说也不算犯规。当时的中国陆军确实就是这样，没有办法，多年没有大规模的战争，很难绷起这根筋。

狗头高中队带人化装成车站的民工，跟那儿混事扛大包。兄弟部队坦克团的平板车刚刚进站，还没有开始卸车，黄色烟雾就在坦克运输板车的四面八方升起来了。不用说，是狗头高中队带人干的。这一下子，按照演习的规则，一个坦克团还没有卸车就报销了。兄弟部队的军长不乐意了："这还没有说开始呢！"官司一直打到导演部，最后还是我们副司令拍板："一进入演习区域，就是战争开始！"得！兄弟部队吃了个哑巴亏，没什么可以说的了。

从此,我军区的演习部队在进入演习区域之前,就卸下炮衣空包弹上膛。最后越演越烈，甚至在离开营房之前就开始部署反侦察手段，派空车走别的路线，大部队秘密开进。甚至有的秘密行动连导演部也不清楚实况。

搞成现在这个样子就是因为狗头高中队扔了十几颗发烟手榴弹。总之演习开始以前，情报侦察和特种部队渗透就进行得如火如荼了，双方瞅谁都像对方的情报搜集人员——也确实有不少人混在地方百姓里面来回寻摸，有时候邪乎玩起来还动过医院的女兵化装成侦察，绝对是防不胜防。

一中队化整为零在我们来之前就出去了，或者空降或者机降或者跑路，到蓝军敌后进行侦察，破坏袭扰，给空军弟兄和地对地导弹部队指示地面重要目标。

我们到作战前进基地的时候，最后一个分队刚刚从帐篷出来，一身迷彩，背着武器和伞包就上直升机。

我们互相打招呼："锤他们狗日的！"

他们一笑，都是一嘴白牙："锤他们狗日的！"演习的时候，这都成了口令了。

然后他们的直升机离去，消失在黄昏的天边。夜间空降渗透，什么任务呢？我在心里寻思，但是没有问。因为不该知道的，最好不要知道。

我们弟兄也跃跃欲试，但是我们是特勤队，是红军司令部特战指挥部直属的战略特种部队——你想出去就出去啊——战略是什么意思呢？就是不是战术侦察或者打击，是战略侦察或者打击。首长是要在全局考虑上给你任务的，想锤啊，等着吧。

不过我们心里也高兴，要我们锤绝对狠狠锤。要不怎么能叫狼牙上的牙尖子呢？晚上参谋长给我们特勤队介绍敌情，讲解对手的主要情况：蓝军，一个机械化步兵师加上一个陆航大队，配属相应的后勤保障部队和空军强击轰炸部队。接着就说这回军区为了给我们狗头大队一点儿颜色，让我们别太猖狂了，专门从兄弟军区借了一支特种大队，跟我们打特战对特战。

我们底下开始叫嚣："谁啊？谁啊？锤他个狗日的！"

参谋长就笑，干部看见战士这种斗志昂扬的德性都想笑。

然后投影上出现了一个猫头，我们就笑："猫头对狗头！倒是天生对手，都打了几千年了！"这会儿才知道它是兄弟军区的王牌，也是号称全军数一数二的特战精英——黑虎大队。

弟兄们就笑："原来是黑虎，还以为是猫头！"

参谋长也笑，他也不敢说什么，俩大队长都是一等功臣，都是战斗英雄，都是特种部队的开创者，在前线还是一个锅子吃饭的战友，一起出生入死的弟兄，都是他的老前辈、老上级，他能说什么？而且两人还都喜欢自己设计特种部队的标志，结果一个像狗头，一个像猫头，这就是缘分啊，还能说什么？

我们特勤队的任务就是搞掉猫头，深入敌后去抓猫头大队的大队常委，抓几个算几个，即便一个也抓不住但也得弄掉几个（就是撕了他的胸条证明阵亡），说白了就是出奇制胜，出其不意先给他个颜色看看，搞掉蓝军的特种部队指挥系统，当然更重要的是给一向在全军鸟气得不行的猫头大队的大队长一点儿颜色看看，省得全军特种部队部队长一起开会的时候上级总是拿猫头大队跟狗头大队一起说事儿。这回就让他们看看谁是王牌，谁是第一。

我们嗷嗷地叫："抓住猫头！抓住猫头！"

然后何大队进来了，我们起立。

何大队就说："妈拉个巴子能不能完成任务？"

"能！"十几个人回答道，声音却跟山吼似的，部队的战士就这样。

"把他妈拉个巴子给我抓回来！"何大队说，"黑虎的雷大队要活的不要死的！其余的要死的不要活的！"

"是！"还是一阵山吼。

"高中队！"

"到！"狗头高中队还是那个德性，一个立正显得自己好像很酷。

"今天晚上8点出发！"何大队指着他鼻子说，"你小子要是完成不了任务，妈拉个巴子的我就收拾你！"

"是！"狗头高中队迟疑了一下，显然上次被俘是记在账上的。

我心里打着鼓，这事儿提一次狗头高中队记一次，看来这事儿不算完还得跟狗头高中队矫情，否则他一定会变着法子锤我。

但是我来不及多想，何大队又说话了："你们是什么？"

"狼牙！"

"你们的名字谁给的？"

"敌人！"

"敌人为什么叫你们狼牙？"

"因为我们准！因为我们狠！因为我们不怕死！因为我们敢去死！"

这是我们狗头大队的誓言。

"精神面貌还可以啊！"何大队看着我们，"别光说漂亮话！给我把雷大队带回来再说漂亮话！记住了？"

"是！"我们的喊声依然跟山吼一样。

"我们一定把猫头大队的雷大队给您带回来！"不知道为什么，我突然来了一句，估计是孩子看见投影上的猫头就想笑的缘故吧。

我喊完后意识到自己失语了。何大队想了想，严肃的脸笑烂了："好！猫头这个名字好！把雷大队抓回来我就给他个名字叫猫头大队！我们还叫狼牙！好！妈拉个巴子的我怎么就没有想到叫他猫头大队呢？"

我们忍住笑，不敢告诉何大队其实我们把自己叫狗头大队。

然后我们就去准备，吃了一点儿东西，不敢吃多，因为还要跑路，半饱最好。接着我们回帐篷检查武器装备，备份弹药，准备干粮水囊，再对着小镜子化妆，那时候我们的妆都化得极好，每人的妆还略有不同。这不是上级要求，是我们自己追求不同的风格，战士也有自己的个性，也希望体现自己的个性，我们没有别的地方可以体现，就只有在脸上的迷彩上体现了。马达班长喜欢在脸上来道粗点的黑条贯穿脸部一直到脖子圆领衫的位置，我老说他跟画了条蚯蚓在脖子上一样。我喜欢斜斜的两道黑条，这样比较醒目，也比较酷。

仔细检查好之后，我们就列队跟着狗头高中队上直升机了。一路上见到的弟兄都喊："锤他狗日的！"我们就喊："抓住猫头！"大家就跟着喊："抓住猫头！抓住猫头！"喊的态度极其认真，简直跟喊"为人民服务"一个鸟样子。

后来我觉得这是一种革命的浪漫主义的黑色幽默。我们给战争带来一种生气，这种生气就来自我们弟兄的兵味的幽默。

当时我们不知道什么是幽默，就是觉得好玩，就是觉得狗头对猫头，绝对是好戏。但是狗头明显要比猫头厉害，这是多少年的真理了。

我们上直升机以后，底下的弟兄们都喊："抓住猫头！锤他狗日的猫头！"

我们也喊："抓住猫头！锤他狗日的猫头！"

然后我们就起飞了，我们十几个狗头兵就踏上擒拿猫头大队的雷大队的征程。

暗夜里，我们攥紧步枪在低空飞翔，掠过原始丛林。

前方，就是战场。

7. 兵歌（3）

直升机在山谷里面超低空穿行，当然是为了躲避蓝军的雷达。为了造成蓝军监控部门的错觉，我们走的不完全是"之"字形路线，有时候甚至来回走，还在不同的地方进行悬停。在敌人未侦察明白来势何为之前，把人赶紧放下去就跑啊！给特种部队开飞机的也是真的不容易啊！要是在实战，深入敌后是个什么道理我不说大家也明白。

我们当时已经习惯这种颠簸的快速飞行和快速急停了。刚开始的时候绝对是上吐下泻啊，部队就狠狠练你，管你难受不难受、适应不适应，练练就适应了。所以我们后来也就适应了，再后来还嫌开飞机的小子开得不过瘾，跟坐小汽车一样没劲儿。

在飞机上我们借着微弱的灯光传阅猫头大队的常委们的照片，自然都是那种穿常服的大头照。我们都知道别人不重要，撕掉胸条就算完，撕不掉也不是什么大事情，但是那个猫头雷大队是一定要带回来的。照片的背面用荧光粉写着姓名、职务、年龄等乱七八糟的。但是谁都没有看背面，只是仔细再仔细地看照片抓特征，生怕到时候抓错。

我们在帐篷里面已经听了参谋长的简报，特种兵的文化程度再不高脑子是要一定够数的。准备一次特战行动是一个复杂的精密的过程，不像电影上那么简单，我们当年的每个队员都要在非常短的时间内背熟渗透路线和两条备用路线，撤退路线和两条备用路线，这就是六条路线；作战方案和两套备用作战方案，就是三套方案。可以想象弟兄们的脑子是多么好使的了。特种作战是一种精致的高级作战，是融合了情报搜集、战区指挥等的作战模式，当然没有电影上那么简单，全世界特种部队的密级都居高不下就是这个道理，凡是和情报作战沾边并且涉及战区级别指挥体系运作模式的都是必须要慎重的敏感话题——就此打住。

我拿过来照片就看雷大队。一看就知道他是个鸟人，跟我们何大队基本上属于一个德性的鸟人，但是实质上略有不同。他没有何大队黑，也没有何大队壮，还戴着个金丝边眼镜，哎呀，看上去不像特种大队的大队长，像是军校里面的教研组老师，但是我知道这不是个善茬子。看他眼镜下面的眼睛就知道，那种被光学镜片过滤过的杀气犹存，寒光刺骨。我相信凡是能在特种部队当上军事主官的都不是一般人，而且能跟我们狗头大队在全军有那么一拼的也不会是一般的部队，绝对也是鸟气冲天、很有折腾劲头的部队。叫猫头归叫猫头，那是战略上藐视敌人（我心里估计人家也叫我们狗头，都是小兵这点儿心思我们还是能猜得出来的）；喊完口号不管用，还得去干，那就得在战术上重视敌人。

我们要先到哪儿再到哪儿呢？说实话我们弟兄没有一个人知道，只是看过红军情报军官帮我们制作的猫头大队的三维立体纸版模型。至于具体在什么位置，他们没有告诉我们，我们也没有问；怎么进去也没有详细说，只说到时候有人带我们进去。我们都是军人，这点儿道理是明白的。不过那时候我就在嘀咕：难道军内演习中何大队也在蓝军内部安了内线？这个念头也就那么一闪而过了，不该我操心的就别瞎操心，小兵就是让干什么就干什么的，还有什么可以问的？

我们就飞啊飞，狗头高中队絮絮叨叨地讲着猫头雷大队的一些往事，我这才知道原来狗头高中队不仅认识他而且对他很熟悉。

边境特工战的时候雷大队还是我们军区的，也是侦察大队的，居然还是我们何大队的副手。狗头高中队和我们苗连都是他们的手下，包括我们政委还有几个主要的军官都是他们的老部下，互相都熟悉得不得了。让我差点想从飞机上跳下去直接摔死的事情是，雷大队这种特种部队的部队长居然不是军校毕业的，这也罢了，他怎么可以是学音乐的呢？而且还居然是名牌音乐学院学指挥的，我不知道交响乐的指挥跟特战的指挥之间有什么必然联系（我那时候不怎么听交响乐，到了部队就更加不听了）。

雷大队是"文革"时候的工农兵大学生，但不是选票选上去的，是靠真本事，然后被看中了点名要他，他跟大队（农民大队）书记的关系不错，是个有心眼、会来事的知青，于是就上了音乐学院（当时还叫五七艺大）。这么一算我跟他称得上校友，因为"文革"的时候我们大学也在五七艺大编制里面，"文革"结束后我们才分家的，当然分家也是一个妈，都是文化部直属的院校。

我当时就感叹部队真是什么人都敢要啊！一个学指挥的居然投笔从戎还成为了特种大队的大队长，他毕业干点什么不好到侦察部队蹚这汪浑水？毕业后他到了部队的一个文工团，然后南边和小鬼子开始互锤的时候他去体验生活，一体验就去了侦察连，这家伙可不得了啊！狗头高中队说那时候自己还在少林寺跟和尚师父互锤呢，雷大队就上前线了。然后跟他关系不错的一个老班长被小鬼子祸害了，尸首都没有带回来，这下子未来的指挥家雷先生是真的怒了。他拿起56枪要上前线啊！左拦右拦当然不让他去啊，那还得了！结果一个分队刚出发，雷先生就跟上了！谁能注意到队伍里面多了一个人啊？！过了火线，侦察连长发现细皮嫩肉的雷先生来了！还能让他回去吗？当然不能啊！怎么回去啊！带着他跑路是唯一的选择啊！结果小雷的军事素质还真的不弱，农村苦出来的知青一般都不会差太多，尤其是小雷这种立志要好好表现离开农村的同志，自然要给自己加码。所以他第一次出击的时候虽然没有接受太正规的军事训练但是确实也没有掉队。真锤的时候他就更不得了啊！小雷端着56浑不吝就杀进去了！绝对是英雄虎胆，绝对是报仇心切啊！

侦察连长喊都喊不住啊！没法改变作战方案就一起进去吧，管他三七二十一呢！能看小雷在里面送死啊？等进去后发现小雷杀红了眼，一口气杀了十一个，站在尸体中间眼睛冒火、枪管冒烟，然后就哇哇大哭："老班长我给你报仇了！"小雷果然是音乐学院毕业的啊，这时候哭个屁啊！连长赶紧带他走，任务是完成了，抢一个密码本而已不是什么大任务，人全给锤死了找个本子还不容易？然后小雷一路跑一路杀，逮谁杀谁，连长都有点儿怕了：这是怎么了？一向笑呵呵、温文尔雅的小雷同志怎么了？回去以后小雷在老班长的墓前（墓里没有尸首，只有衣服和鞋子）跪了一夜啊，他没有哭也没有说什么，就那么跪着。这真是个重兄弟情谊的真汉子啊！

然后他就申请到作战部队。不批准就不说话，又在老班长墓前跪了一夜。首长都惊了，搞文艺的也有这样的？他就这么一跪一夜，一跪一夜。当然不是那么容易能让一个大学毕业的文艺兵到作战部队的，这个情况一直反映到战区最高指挥部。首长发话了："批准！是军人就要杀敌！这样的军人你不批准你们是吃什么饭的？"

于是音乐学院指挥系毕业的小雷就放下指挥棒，拿起冲锋枪，脱下燕尾服，穿上迷彩服，从舞台上彻底消失了，从此他的身影就出现在丛林里，出现在黑夜里，出现在血火里。

跟何大队不同，他的侦察技能不是在学院学习的，是在战场上实践出来的。

跟何大队不同，他不说脏话，不骂部下，没事也不喜欢骑摩托带战士跑路，他喜欢听交响乐。

跟何大队不同，他在前线待的时间比较长，因为刚刚开始打的时候他就在前线。后来野战军轮战他被送到军校学习，至于学的什么专业我就不知道了，反正硕士毕业后分配到了我们军区司令部当参谋坐机关。

跟何大队相同，组建侦察大队的时候他也是被抽调的骨干之一，当时他是何大队的副手——副中队长。前线住在一个帐篷吃饭，一个锅子侃山，一个团伙锤人（干部就不互锤了吗？野战军的干部脾气都大得很啊），也是一对搭档。何大队结婚的时候他还是现场的伴奏，他找了个破二胡居然拉了个不错的《婚礼进行曲》。

但是两个人是有本质的不同的。

要我现在回忆，那就是：一个是火，一个是冰。

火是热情，是感染，是鼓舞。

冰是冷漠，是冻结，是威胁。

在野战军里面这两种干部绝对是典型环境的典型人物，战争结束各回各家，然后组建军区级别的特种大队。何大队和雷大队在总部都是榜上有名，但是一山不容二虎的道理谁都明白，领导也明白得很。好弟兄、好战友不一定能在一起共事啊，个性不同、方式不同就比较容易产生副作用。要不我怎么老说，在部队干什么的就是干什么的呢？干部部门的就是干部部门的，想得绝对周全。但是两个都是大队长的材料，最后的处理就是一个在原来军区，一个去兄弟军区，这样就皆大欢喜了。兄弟军区也早就仰慕雷大队的英名了，要我说，就是他太狠了！怎么狠你们就自己想去吧，学音乐的做了铁血战将是种什么思维模式你们想不出来吗？

部队的个性就是主官的个性，何大队的狗头大队是什么个性你们都知道了。

雷大队的猫头大队呢？

你们也能想得出来。

缜密、低调、狠毒。

真的跟冰一样。

何大队有什么话都敢说，雷大队有什么话都不说，不是他不敢，是他不愿意说。什么事情他都藏在自己心里，所以他的兵确实怕他，当然也服他，但不像我们服何大队那样，像看上帝、看父亲一样。雷大队在猫头大队的说一不二不是喊出来，就那么一眼过去，底下便不再有什么声音，该干吗赶紧干吗。

他这样的大队长带出来的兵，你们说会怎么样？

难怪总部首长一开会就说："老何、老雷，你们俩是我手底下的宝啊！"他们都不说什么，还打哈哈。我听说他只跟我们何大队打哈哈。但是心里能服气吗？一山不容二虎啊！这不是内斗，是军人们之间的那种天然的竞争——都要证明自己是最好的。

何大队说在面上，雷大队呢？这我就不知道了。

我当时小啊，只知道自己鸟。我看狗头高中队紧张地研究地图什么的就想乐——不就是抓捕吗？至于吗？——我现在回想起来，狗头高中队的紧张是有道理的，因为就算他不了解雷大队，但是雷大队的个性他不是不知道。天底下有那么便宜的事情？何大队当然不会跟我们多说什么，我们是士兵啊，年龄小、阅历少，也确实听不懂啊！但是狗头高中队是军官，是带队的，何大队肯定是叮嘱再叮嘱的。

我现在想想，当时是挺值得紧张的，这种对手一百年也不一定遇上一次。

我们在一个山谷上空悬停，然后从四根大绳上垂降下去。下地后集结，展开队形。像水银一样悄无声息地钻进密集的丛林深处。

我只记得，单兵夜视仪里面绿色的粗糙的画面在晃动。我们的目标，就是猫头大队的雷大队。我当时还不知道这样一个绝对厉害的神人。

野战军，永远藏龙卧虎。

8. 兵歌（4）

其实在敌后活动真的不是很惬意的事情，因为不知道哪里会安排监视哨或者布下地雷阵。尤其在现代战争中这种情况更不好办，山地丛林要是我安排不了那么多独立的监视哨就给你空投各种各样的警报器，各种德性的都有，你一过那边就呜呜叫；不能工兵人力布雷就给你飞机满天撒，反正我不会去的地方是个空当就给你先撒上再说，在这种亚热带山地丛林，落叶是层层叠叠的，撒上地雷尤其是各种小型的地雷你还真不容易看出来，地雷都是暗绿色或者迷彩色，根本就不用埋下去。科学技术再一发达，地雷越来越小型化——小到什么程度呢？我不是工程兵退伍的没有发言权，但是我看过一份兵器杂志上的资料，上面提到最小的地雷好像只有叶子那么大、那么薄，踩上去就会损失一只脚，也不炸死你。这就是损失你的战斗力，炸死了你可以不管，伤了一只脚你怎么办？你当然要带着走了，这就起码需要一个战斗员帮助你。于是两个战斗员就出去了，只是因为一小片薄薄的地雷。

也就是说，我们在蓝军后方的丛林山地活动的危险性还是很高的。虽然不会有真地雷，但是给你冒烟一下子也是不得了的事情，快速反应的专门反渗透的部队马上就能到，然后搜山。那时候跑不跑得出去真的不是别的，就是命啊！所以我们前进的速度不会很快，当然也不会很慢，一切都看情况而定。但是接头时间和接头地点是死的，这个没什么说的。

特战是太缜密的事情，一个环节就能把你拖死。备用方案是有，但你要是好好的，干吗还用备用方案啊？就是这个道理，谁都想实现第一方案。

尖兵是个老士官，虽然是我班里的兵，但是我是不敢怠慢他的。尖兵是什么？就是特战分队的眼睛和第一个送死的兵啊！军事素质绝对过硬，头脑也绝对灵活。老士官已经是孩子他爸了，但是体能跟我们这些未婚的士兵绝对有一拼。他的速度不快，但是他探过的路我们都敢走，干什么的就是干什么的，提高警惕是一方面，但也要相信自己的队友，不是吗？

我走在第二个，也就是第二个可能送死的。演习还是和实战不能比的，因为林子里不会有那么多的狙击手在候着你送死，虽然可能有埋伏但是致命的伤害一般不会有，除非是你自己点背。我听说一个大队的兵在直升机上抱着弹匣压满空包弹的步枪，枪口就在太阳穴下面，保险忘记关上了，结果一个颠簸枪就响了，人马上挂了。所以后来我们反复强调安全，反复检查自己的武器就是这个道理。武装部队的任何活动都是和危险挂钩的，百分之百的安全真的很难做到。

还有更邪乎的（我也是听说的），当时的步坦协同战术里面有个步兵班搭乘主战坦克冲锋的战术，这个你们在电视上都见过我就不详细说了。有个班除了班长和副班长全是新兵，不适应坦克的颠簸老是掉下来，老59坦克炮塔边上有两个专门给步兵抓的铁杠子你们在图片上都能看见，他们这帮新兵不跟班长打招呼自己用背包绳绑上了——这样子是掉不下来了，自己还觉得挺聪明——演习的时候，主战坦克冲锋，前面障碍重重啊！坦克爬坡是有度数的啊，不是什么都能上去啊！一下子一个多少度（度数我是真的忘记了，当时只是听说就没仔细记）的陡坡，坦克大哥真的是没法上去，当时就翻了！班长、副班长是没有系着的啊，当然就跳下去了。那些新兵弟兄呢？那些把自己用背包绳绑在主战坦克上的新兵弟兄呢？你们想想看啊！净重38吨的铁家伙跟翻了盖的迷彩大王八一样打滚是个什么结果？真的是惨不忍睹啊！当时给我讲这件事的是一个从装甲师侦察营过来的老士官，一提他就哭啊！事故自然是要找责任的，我说这个不是说陆军管理不善，干部和班长们绝对反复强调过不能这么干，但是一转脸新兵就给自己绑上你看得见啊？那么多的坦克啊！出事了自然是一堆子后果，肯定要一查到底，但是这些小兵是活不过来了，而且不是一个啊，是好几个啊！都在坦克下面成了……

这种事故和别的无关，武装部队肯定是有风险的，所以请大家不要想歪了——只是告诉大家野战军的小兵是多么不容易。若在这里讨论什么乱七八糟的就没有意义了，因为确实不完全是我们陆军的责任，不遵守作战条例其实说不好听点还是小兵们自己的命。预演的时候一次也没有翻过，怎么就那次翻了？归根结底还是不听干部和班长的话，但是如果没有陆军的话小兵们也会死，是人就会死，不过我想不会这么死的。世界上的武装部队，都会因为事故而发生牺牲，所以说中国陆军怎么怎么样是没有意义的事情。我并没有引导大家往那里想啊，何必搞得我什么都不敢写呢？这件事情在报告文学上早就披露了，要我找我也找得出来，不该说的我当然不说，这个道理我是明白的。我现在摆出来不是重复说明信息，只是阐述武装部队的危险性而已。和平年代的军队就没有人员伤亡了吗？怎么可能呢？大街上车祸每天都死人呢！

我们在林间穿行的过程我不知道怎么描写，因为我从来没有写过。大家可以自己去想象，无非是小心翼翼地搜索前进而已。军人都是一个德性的，只是没有大片上那么猛而已。我们都是人，不是超人，命是第一位的。

走了一个多小时就到了预定的接头位置了。我当时的疑惑马上就有了答案，解放军内部演习不至于安插内线，但是必要的侦察是少不了的。当时我们小兵差点喷出来，因为我们看见我们的副参谋长，也就是到医院接我的那个穿得跟包工头小老板一样，还拿了一个假的鳄鱼包，戴着中分的假发，套子还上着油，月光下闪闪发亮。最过分的是，他还粘了个小胡子，搞得跟日本小太君一样，旁边还跟了一个穿得很妖艳的女的，狗头大队真的是不惜血本啊！连我们公认的唯一的队花，医护所里面唯一的女干部——当然也是30岁左右了，只是相对年轻漂亮而已——都给用上了。她戴着大波浪假发，那时候时兴这个啊！穿的也是我们在山沟里面没见过的，没穿迷彩（我们大队极少人穿常服，因为随时都可能战备，一下子再换就会比较麻烦了），穿着露肩的那种衣服。大家当时不知道什么叫性感，眼珠子差点跳出来！俩人在一辆小轿车那儿站着，一片欢声笑语。他们不至于搂搂抱抱，毕竟是野战军的干部不是职业特务，但是那种打情骂俏的感觉是少不了的。我们都惊了，哪儿见过这个啊？

狗头高中队就学了几声狗叫。他学这种东西绝对在行得不得了，什么动物叫都能给你来那么两下子，还真的像。他俩就开车过来了，然后暗处有车灯亮，一辆大面包也跟过来了。两辆车都是地方牌照，也是绝对的地方车，我至今不知道他们怎么搞到的。

开面包车的是那个广东士官，连他都被派出来了！我们弟兄就知道要重视了，不重视不行啊！广东士官还是穿着一身假名牌，他本来就是南方人，一张嘴又是鸟语（我们私下里都学过他，他知道也不生气），不仔细看还真的不一定发现他小子是军人（不光是特种兵两眼冒光，受过训练的保镖也这个德性）。

狗头高中队一挥手我们就赶紧上车。女干部就自己在前面开那辆小车带路。我们上了面包车，副参谋长也上来了，他开始给我们交代情况。我们都在车里趴着，身上盖着毡布，上面还有一堆礼品。我们不敢抬头，就那么看着他说。

两辆车拐出山路，上了大路。我在底下趴着可以看见兄弟部队的军车的灯光一下下地滑过去，有时候也能听见直升机和喷气式飞机滑过天空的声音，战争气氛绝对是有了。一旦有检查哨，女干部就上去应付，检查我们的车时，我们早就把自己盖好了。

广东士官一支应就是鸟语，于是副参谋长就说话，这孙子还真的给名片！说是到城里给局里的主任送礼，快过年了要走个礼数。然后手电晃晃地过去了，牵涉到军地关系谁也不敢上车查啊！

部队演习归演习，老百姓还是要过日子的啊！于是兄弟部队就放行，我们在底下憋着气走。当时我躲在礼品和毡布底下憋气的时候就一直在想：回头有机会我真的当了导演，我一定要告诉大家什么是真正的特战。

特战就是跟贼一样，偷偷摸摸。

这是我18岁的时候对特战的直观认识，现在也没有改变。

9. 兵歌（5）

实际上我和很多军事发烧友最大的不同就是对特种部队的认识不是看书得来的。看书是我退伍以后的事情，当过了自然就要对相关的东西看上那么一眼，仅此而已。这个小说写着写着，我就不得不把自己那点儿亲身经历拿出来说事了。这自然对很多写书的人有些伤害，但是这也是没有办法的事情。亲身经历就是亲身经历，我也不能瞎编不是吗？

我确实没有做过电影上、书本上那么牛的事情。我就是跟迷彩小老鼠一样这里藏藏，那里藏藏，偷了东西就赶紧跑，害怕得不行。这就是我的特战生涯。

唯一牛的地方就是跟兄弟部队一起接受首长检阅，由于不同的服装和武器，因此我们会受到特别的关注：那种眼光里面有羡慕，有忌妒，当然最多的是想锤我们那个鸟样子。但是他们一般是不敢的，毕竟我们都是侦察兵比武上来的，一对几的徒手他们是见识过的。

我记忆中的特种作战就是这个样子，再没有别的了。也许，是我们狗头大队不配称为"特战精英"吧。

我们的车一大一小经过层层检查，天快亮的时候就到了我们的前进基地。车停稳后，我们的毡布被副参谋长一把揭开，我的睡眼还没有醒，然后就跟弟兄们一起下车了。这时候我们才算呼吸了几口新鲜的空气，但是立刻就被带进屋子了。

我这时候才注意到我们这个前进基地竟然是个工地，只是没有人了，显然是有人盖了一半没钱了就撤了，留下一个壳子。

狗头大队在演习以前秘密勘察了这一带，最后选中这儿作为插在蓝军纵深的特战小组前进基地——绝对是不到万一的时候不用的。狗头大队再花点银子把这里收拾一下，地方关系是怎么打点的我就不知道了，但是门口站着穿着保安服装的门卫，看上去真的不是我们的兵。不知道他们从哪儿弄来的，部队再穷这种东西是不能省掉的。

我们这帮特战装束的小伙子跟走错了门一样晃悠进原来民工住的红砖砌的简易房子。窗帘自然是拉着的，日光灯打开了。我们就那么傻乎乎地站在屋里。我每次看副参谋长的小胡子就想乐，但是不敢乐。

副参谋长自己先乐了："你小子盯着我看啥啊？"

东北人一开口就像小品。我就乐了，弟兄们也乐了。就狗头高中队没乐，这孙子其实想耍但是就是不乐。所以我说他那张脸就是个德性，是绝对有理有据的。

然后我们就开战情简报。这个会开得我终生难忘，贴着日本小太君胡子的副参谋长油光水滑，一本正经地给我们介绍搜集到的有关猫头大队的情报。他指挥俩兵掀开一个通铺的床板，一个精致的手工沙盘就出来了，锯末做的，上面还有小蓝旗和比例尺，还用精致的仿宋字写着重点目标区的兵力部署和部队番号。我估计当过参谋或者进修过参谋业务的都对仿宋字和制作沙盘有深刻印象，我记忆里面凡是野战部队的参谋对这个东西都有那么一套，仿宋字也是专门练过的。写得那个好啊！我不知道现在是不是因为电脑的普及就没有参谋那么练了，其实我真的挺喜欢看那个的，绝对是一种享受。

副参谋长就介绍哪儿是哪儿，我们怎么进去，几套方案，怎么接应等乱七八糟的。我们就听，没有笔记只能用脑子。特种兵在敌后活动记笔记还得了？如果不被俘牺牲了怎么办？笔记就把大家全给卖了！所以特种兵的脑子不是一般的好啊，那么复杂的情报真的只需要一遍就差不多了。如果不清楚就赶紧问，最多两遍就可以记得住。

猫头大队的基地也在一个山谷。我们要趁着夜色潜入，抓捕雷大队和他的大队常委，也就是蓝军的特战指挥班子。

我们认真地听，脑子在记也在活动，仔细分析研究自己的任务。其中的每个环节，都是很关键的。进不进得去？进去怎么抓捕？怎么出来？这是三个大环节，里面还有很多小环节，哪个都不能出错。特战的精密超过一般人的想象，不是进去拿杆 AK 或者 M60 就横扫的。那就是送死啊！最好是不交火，一枪不开，做不到再说其他的。最高境界就是一枪不开，一刀不砍，犹如水银一样进入，然后像水银一样撤出。

隐秘，是特战行动的至高追求。

简报会开得差不多了，外面隐约响起车队的声音，然后是急促的敲门声响。

我们紧张起来，都抓紧了自己的武器——绝对是下意识的，室内战斗队形已经摆开了。

每个门窗都在弟兄们的火力控制范围内。如果是战争，是实弹，真的有敌人，就是血肉横飞。但是这不是战争，没有实弹，当然也没有敌人来。

来者是那个女干部："1 号目标来了！"她的语态严肃，跟她的装束绝对成反比。

弟兄们还没有反应过来，副参谋长和狗头高中队就都变了脸色。

副参谋长一指沙盘："都给我进去！"

我们就鱼跃进去，趴在底下，锯末的尘土飞了一片。

鼻子里面全是尘土，但是谁都不敢打喷嚏。然后床板就盖上了。接着我就听见一声清脆的耳光：

"妈的！你个王八蛋！又背着我勾引别的女人！"

我还没反应过来，就听见副参谋长的东北话："你干啥啊？有毛病啊！敢打老子啊！"

然后就是厮打和男女的争吵。

我是真的傻了，底下黑乎乎的，我看不见别人，但是我估计别人也都傻眼了。

然后门就开了，争吵还在继续。

我从床下的缝隙看见了几双军靴。一双是擦得发亮的大牛皮靴子，其他的都是几双跟我们一样的高腰迷彩伞兵靴。外面还有更多，不过那就一点儿也看不清了。

猫头！我一下子一激灵。

我知道是猫头大队的猫头兵来了。

是不是冲我们来的？风声走漏了？

我立刻抓紧了自己的武器。

我看见我们那个女干部一下子对大牛皮靴子跪下了，抱着他的腿一把鼻涕一把泪："解放军同志，你们来得正好啊！你们给我评评这个理啊！他骗了我还不算还骗别的女人！你们说说他是不是人啊！"

我真的惊了——演得真好啊！

然后副参谋长把她拉起来："你别跟这儿丢人现眼的了！赶紧起来！"

然后又是吵又是打的。

我至今回忆起来都惊讶于野战军干部的智慧和表演才华—— 一个带兵的，一个医生，怎么就演得这么好呢？

那几个猫头兵都没有动，只是那双大牛皮靴子——显然是个官儿，随便地走了几步，也没有说什么。

俩人还是吵得热火朝天的。

大牛皮靴子转身走了，出门了。

猫头兵们的靴子都跟上了。

"雷大队！我们下面去哪儿？"我听见一个兵问。

这就是雷大队！猫头的大队长！

我一激动就想冲出去先抓住这个狗日的再说！但是一只手把我按住了。我一偏脸是狗日的狗头高中队。这孙子也不说话，就那么按住我。抓得我真疼啊！我也不敢喊，就忍着。然后我听见熟悉的突击车特种摩托一溜烟开走了。

俩人还是吵了很久，后来渐渐安静了，床板掀开了，我们就露了出来。

副参谋长和那个女干部互相揪打得乱七八糟，但是我们谁都不笑，真的顾不上笑。

我们要抓捕的猫头雷大队和我们擦肩而过。

这倒不是我们谁都可以想到的，我相信就是副参谋长也没有想到。至于狗头高中队，他有那个智商吗？

很多年前的一个早晨，解放军陆军的一个特种大队的上校大队长，突然闯入了一个工地。

他进了一个藏着要抓捕的十几个特种大队特战队员的房间，看见了两个正在厮打的狗男女。他就那么看着，什么都没有说。

十几支自动武器都打开了保险。如果是战争，这些精巧设计的杀人利器会在一瞬间射出无数弹头撕破薄薄的床板，把一个个死亡之吻送入他的身躯。当然，前提是他发现床铺下面的秘密。

咫尺之遥的两个世界。

他发现的结果就是同归于尽。

无论是战争还是演习，结果都是一样。

我们肯定是跑不了的，但是他也一样。

他的胸条将不得不撕掉，退出演习。

他发现了吗？

我现在肯定他发现了。

打过仗的老兵，老特战油子，专业素质极好的业余音乐家，你们说他有可能看不出纰漏吗？就算副参谋长没有在他的手下干过（副参谋长不是侦察大队出来的，雷大队不认识），但是以从事艺术的人对人情世故的认识程度，你们说他怎么可能看不出来？

这就是高手。同归于尽，是傻子的选择。

高手，毫无疑问会选择单面的胜利。

10. 兵歌（6）

其实往下继续写这个故事是一件很痛苦的事情，有些经历我是真的不想再回忆。虽然在特种部队的岁月里面是有很多带有黑色幽默的小乐趣，但是有些当时不得不为的事情是真的不愿意再提。前特战队员也是人啊，不是神仙！我相信如果换了你，你也不愿意再次回忆，倒也不是因为伤心，是恶心。

我记得我曾经说过狗日的狗头高中队曾经让我们滚过比猪圈更恶心的地方，这件事就发生在猫头大队的雷大队离开以后。这个基地明显不能再待了，原因很简单：大家都知道雷大队这样的人是不会随便跟搜索队来回乱窜的，他来肯定是有比较确凿的情报——起码是五成以上的把握，这个工地就是我们狗头大队的秘密前进基地。他敢进来就是拿准了我们不会现在动手，因为出其不意是绝对的兵家智慧，深入险地的后果往往要更安全。谁都想全胜，不想两败俱伤，我们也不例外。

雷大队这个专业素质极好的业余音乐家就是拿准了这一点。

他就是想进来看看，看看而已。

他是想看看他的老上级何大队到底有什么幺蛾子。换了别人的兵他就不冒这个险，就因为是何大队的兵，他就一定要来看看。

两个老弟兄一旦成为这种竞争的对手，无论关系怎么好都是不会互相留情面的，但是演习一结束，该一起叙旧还是会叙旧，该一起抹眼泪说那些牺牲的弟兄还是会一起肝肠寸断，甚至演习结束以后雷大队见了何大队当即就是一个立定敬礼："何中队！"而何大队也就是点点头，然后一拳打过去："妈拉个巴子你小子又瘦了啊！回头我跟你嫂子说给你做点红烧肘子补补！"

　　然后俩四十多岁的汉子就大笑，猫头大队的兵都惊了。他们后来告诉我，从来没有见过雷大队这个冷面战将如此大笑，更没有见过他说着说着就哇哇大哭了！

　　什么叫军人？

　　这就叫军人。

　　什么叫爷们儿？

　　这就叫爷们儿。

　　军人，是不会把战场或者演习的恩怨带到自己的弟兄情谊里面的。

　　我听苗连讲过一个故事。我们军区侦察大队的一个老志愿兵（就是何大队那个警卫员），为了掩护大家把敌人引开了，然后就是孤身对敌数百人。这一通杀啊！最后发展到肉搏，发展到用牙咬，最后的最后当然就是光荣弹。当他牺牲以后，敌人特工部队给他悄悄举行了隆重的纪念仪式。越军前线特工部队的最高指挥官（好像是上校）亲自出席他的仪式，并提笔挥毫："东南亚第一勇士！"（好多越军军官都是从我们国内军校毕业的，有的喜欢中华文化，也确实有文化底蕴）然后，这位越军特工指挥官就通过极其秘密的渠道提出护送我们战士的棺木到我们的阵地办交接，但条件是把我们战士的被炸得不成样子的钢盔留下当作纪念。

　　为了战士的遗骸得到妥善安置，我方答应了。

　　一个黑夜，双方接壤的某个阵地进入紧急备战状态。

　　此前，双方的炮兵都进行了密集射击，但是不是互锤，是覆盖于双方阵地中间的无数地雷将其引爆。

　　子弹上膛，炮弹上栓。

　　钢盔和盔式帽下的年轻战士的脸都是警惕十足。

　　然后双方的军官进入阵地。

　　双方通过电台联络。语言是相通的，双方都有说对方语言说得好得不行的鸟人。

　　然后，一队没有戴盔式帽、没有携带武器的穿土黄色军装的越军特工抬棺入场。

　　接着，一队没有戴钢盔、没有携带武器的穿迷彩服的我军侦察兵空手入场。

　　两个民族最彪悍、最勇敢的战士就这样见面了。

　　接着是双方阵地的将士拉开枪栓的声音。只要对方一个小动作，双方交接的将士马上就会血肉横飞。

　　两支敌对的军队代表在双方阵地中间相遇了。

　　越军的带队代表是那个上校。

我军的带队代表是何大队，当时的少校中队长。

在军校的时候，两人是上下铺的同学。当时越军来我们军校上学的不是地方高中毕业生（他们也没有什么像样的高中啊），都是军队里面打出来的军官，所以他们俩虽然年龄资历不同但是就是同队同班的同学。当然他们是最后一批了，因为接着没多久柬埔寨就出事了，就再也没有来自越军的留学生。

然后他们互相敬礼，握手没有我不知道——给我讲的苗连当时在战壕里面，狗头高中队在他身边，夜色很浓只看见人影子（当时单兵夜视仪没有那么多啊）；当年的雷大队在掩蔽部里面一手拿着望远镜一手拿电台的话筒，心里紧张得不行，他是看见了，但是谁敢问他啊？顺便说一下我们的狙击教官也在现场，当然是拿着狙击枪对着那个越军军官，他肯定也看见了。

交接完烈士的棺材后就是再敬礼，双方一句话都没有说，然后转身离去了。

没有语言，就是一个军礼。

如果换了你，你上下铺一起四年的兄弟在这种场合相遇，你会怎么想？

但是军人就是军人，战争就是战争。

他们默默地离开阵地的中央，默默地回到各自的阵地，默默地走到剑拔弩张的两军前沿后面，从此再也没有见面。

一别天涯两茫茫。谁知道他们那个时候心里在想什么呢？

此事当然不会公开报道，至今也没有披露，因为那场战争已经不能再提及了，被人为地遗忘了。但是这个故事的真伪我是怎么证实的呢？我们大队的狗头兵都见到过荣誉室里面的狂草条幅：

东南亚第一勇士

从狂草的字体可以想见书写者当时的心潮澎湃。我后来看了关于书法的东西，知道它是好东西，这两把刷子就算在国内的书法界也是不弱的。当然，落款是被掩盖住的。但是传说就在我们狗头大队成为永远的传说。

所以，战争是战争，但是军人是军人。军人的命运与政治无关，就是这个道理。国家利益高于一切，但是军人也是人，也有自己的感情。虽然国家一声令下，他们相互杀戮不会手软，就算是弟兄也不会手软，但是他们的内心世界你们知道的有几个呢？

最佩服你、把你永远记在心坎子里面的，不是那些仰慕你的英雄事迹的还未懂人事的青少年。他们很快就会遗忘你，把你忘记在成长的过程中间不再提及。而永远记住你的就是你的敌人。

我都可以想象多少年来，那个越军指挥官的桌子上面都会放着那个炸烂的钢盔，上面可能还有残存的迷彩布，黑色的泥土和硝烟，甚至还可能会有烈士的鲜血；我都可以想象多少年来，无数静谧的夜晚，这个指挥官是如何对着这顶钢盔在心里无声地感慨往事，也许这个硬汉会泪流满面。

为什么我们用"狼牙"这个称号呢？

其实这个称号就是那个越军特工上校给的。

扯了这么多，其实就是想说明，连敌对的军人都可以惺惺相惜，那么身为老战友、老弟兄的何大队和雷大队，互相的仰慕和多年的情感交融是多么可以理解的事情了。

所以我常常说，只有真正军人的心境是最纯净的，不会把恩怨带到各自的情感交融中。

社会人，你们做得到吗？

所以我说，只有真正的军人，才配得上"老爷们儿"这个称号。

又扯远了，但是我的心情真的很激动。还是说我小庄当年吧，激动的情绪真的很难回转过来，我先歇息一会儿，然后再写我当年的那点破事好吗？

11. 兵歌（7）

歇了一小会儿，接着说我当年的那点破事。

其实我真的不愿意再往下回忆，因为确实是不堪回首的回忆。

譬如我现在每天都洗澡，闲得蛋疼的时候洗很多次也没什么说的，交点煤气和水费而已;衣服呢？自然也都是全自动洗衣机洗的，晒干了还带着洗衣粉和阳光的味道，绝对干净、绝对干燥。这就是我现在的生活，也是你们大多数人现在的生活。

除了确实懒得要命的哥们儿，我想咱们过的都是这样的生活。但是很多年前，我还真的不是这么过的。

猫头雷大队走了以后，我们就准备转移。

怎么转移呢？列队肩枪喊着番号跟傻子一样走出去吗？这样猫头大队就会直接把我们按倒然后开锤。所以我们当然是秘密转移啊！

然后副参谋长把我们卧倒时弄得稀巴烂的沙盘搬开，我们就看见了一块厚木板，搬开后一看，我靠！是一个地洞，一个绝对专业的地洞。

我一看就知道这是专业工程兵这种孙子挖的，地洞的边沿修理得很整齐，跟我们休息日被集合在一起修理树的浅坑子边沿的感觉一样，这绝对是所谓的军人水准。

真不知道为了一次演习中国陆军怎么花了这么大的血本啊！这不是一两个工程兵可以完成的啊！起码是一个工程兵班啊！还得连轴转好几天啊！怎么进来的？土怎么运出去的？怎么掩饰开工的声音？

可以想象满脸红土、满身红泥的工程兵弟兄们是怎么小心翼翼、吭哧吭哧在那儿挖啊挖啊，而且过一会儿就得换人——地洞没有挖通的时候，下面的空气不会流通，绝对会缺氧啊！

当兵是真他奶奶的不容易啊！我当时就这么感叹，现在更是。军令一下你就得开干啊。真的是不跟你讲价钱的，多苦啊！底下不仅缺氧，挖的过程还特别热啊！那里有亚热带的地气和潮气啊！那土的水分是极大的，下去就知道厉害了。

我们赶紧下去，然后副参谋长就在上面盖好木板子收拾自己的事情。他绝对要恢复得一点儿都看不出来。然后我们开着手电在里面走，基本上弟兄们都是匍匐前进。

空气还是流通的，原来工程兵弟兄真的是为我们这帮狗头兵考虑啊！他们还弄了几个通风口，修得那个整齐、那个好啊！我至今都觉得不可思议——你们现在知道军队是个什么鸟地方了吧？演习在老百姓眼里好像没什么概念，但是对于军队就是头等大事啊！没有战争的年代，战斗力怎么提高啊？就是靠演习，高标准的演习啊！

顺便说一下，我记忆中的演习分两种。一种是表演性质的，专门给首长看的，彩排预演过很多次的那种，属于表演（首长哪儿有时间把整个战争过程从头看到尾啊？他们又不负责战术指挥，只是看个意思就得了，新的战法是怎么回事知道就完了），那个是很轻松的；另外一种就是这个德性的，全面战争性质的，什么鸟法子都给你使用出来，就是为了战争的最后胜利，这个是见真功夫的。

我们在前面走，后面的后卫开始倒退着跟着，还布着地雷，就是那种一踩就冒烟的模拟地雷，这孙子埋得不是一般好，真的完全看不出来。后面就被地雷封死了，没有退路了。一般特战小组在敌后就是这样，在敌后不会走回头路的，绝对是一往无前，这不是勇敢，是本能。我现在到什么地方去，去的时候和回来的时候都不是一条路，不是害怕埋伏，是习惯了。

我们就在里面爬，我一边爬一边在心里对陆军充满了由衷的敬意。这个看上去土拉巴机的鸟陆军是真他妈的看不出来啊！

这些，陆军当然是不会对老百姓说的，没有那个必要啊。我现在说也是时隔多年以后了，真的是干什么的就是干什么的。老前辈的地道战也搬出来了，特种部队其实还真应该说是中国陆军第一家啊！几十年前的陆军老前辈游击队干的不就是那么点破事吗？我现在也不明白大家为什么都觉得别人牛呢？我们的游击队是世界上所有特种部队的鼻祖的鼻祖，这个是反驳不了的啊！老美的特战培养一个重要组成部分就靠两本中国军事理论书籍——《孙子兵法》和《论游击战》。我们真的不用妄自菲薄，中国陆军特种部队真的没有那么傻，自己老祖宗的东西肯定会学的。

我们爬出来的地方是在河边草丛里面一个假的下水道盖子。那里早就有人在接应了。特种作战其实就是这样，在敌后没有接应是很难办的事情，就跟以前的游击队一个道理，如果没有接应就得自己探路。电影上就是吹牛，兰波没有接应也一样是个肌肉架子。

我再次感叹中国陆军的牛，因为接应的是一辆大卡车，而且是运猪崽的大卡车。然后弟兄们就上去了，把自己藏在密集的猪崽的头和屁股底下，就那么趴着一动也不敢动！

我到现在都不知道该找哪个狗日的参谋问这个计划是谁定的。你可以想象是个什么场面了吧！我们十几个一身武艺的特种兵战士，隐身在几十只肥硕的猪崽肚皮底下。卡车的箱底板上都是猪崽大哥们儿的粪便和黏液。

猪崽大哥们儿哼哼哈哈，不乐意地乱拱我们弟兄。我踹一脚，他们还不乐意啊！几位大哥张着嘴一阵狂拱啊！当时我真吓坏了，以为猪崽大哥也吃肉啊！

换了你你不害怕？几位猪崽大哥对你张开嘴狂拱！还是黑色的猪崽大哥！

卡车一直走啊走啊，一路上我们弟兄就和猪崽大哥们儿零距离接触啊！猪崽大哥们儿一边不满意地哼哈，一边开始拉啊！而且就在我们弟兄的头顶啊！

我们十几个特种兵战士就那么抱着自己的枪趴着，猪崽大哥们儿在我们的头顶，或者用肚皮蹭着我们，或者把脑袋对着我们，或者干脆用屁股对着我们。

不堪回首的回忆啊！

我的特战岁月啊！

一点儿都不牛的特战岁月啊！

我的老天爷啊！

我们就那么跟猪崽大哥们儿混在一起啊！

我们的迷彩服很快就看不出花色了，颜色已经和猪崽大哥们儿的排泄物混为一体了啊！

那是什么感觉啊？

真的是特别能吃苦、特别能战斗的同志们啊！

小兵们真的是听话啊！换了你，你跟猪崽大哥们儿在一起混，你愿意吗？你在满是猪崽大哥排泄物的车厢底上趴着，你愿意吗？而且黑色的猪崽大哥们儿还盯着你啊！我现在好像又看见它们了！我的老天爷啊！真是恶心啊！

我们就这样通过了一道道检查哨，前往第二个基地。

很多年前，18岁的时候，我是中国陆军特种兵战士，上等兵军衔，三等功勋章获得者，所谓的全军闻名的小"特战精英"。

我和我的弟兄们，还有几十只肥硕的黑色猪崽大哥们儿在一起混着。

浑身的味道，还用说吗？看着猪崽大哥们儿的脸，它们乱拱的感觉还用再说吗？你们现在知道什么是特种兵了吗？

我现在回忆起自己的特战青春真是欲哭无泪啊！我要赶紧去洗个澡，让自己清醒一下，不然我会发疯了。

我的老天爷啊！

12. 兵歌（8）

我现在真的开始后悔写这个劳什子小说了，洗完澡也没有个蛋子用，鼻翼呼吸还是那种味道。不能说臭，是一种比较另类的味道，从鼻子到五脏六腑全是那种味道。只要呼吸一下，马上就给你来一下全身心的置换。简直是不堪回首，没有法子继续想啊！18岁的我就是饱受这刺激。我当时宁愿上前线也不愿意跟猪崽大哥们儿混啊，这是心里话。

但是你是小兵就得服从命令——也许是我不够坚决，不够特种兵的资格？但是我相信没有谁愿意跟黑色短鬃毛猪崽大哥们儿一起混吧？是人就喜欢干净吧？我又不是变态啊！

我们这帮弟兄们，就那么一声不吭地趴在猪崽大哥们儿的肚子底下，呼吸着这种味道。马达就在我身边，他也是一声不吭。狗头高中队当然也在，但是我说过了这狗日的不能跟我们相提并论啊！他天生就是个孙子，就喜欢这个！这孙子是真的没有什么反应的！我为什么老是说这孙子不是个东西呢？就算在这个时候他的脸上还是没有反应！当然我相信他也不喜欢，但是他是真的没有任何厌恶的感觉！哎呀，当时我就断定这孙子和我们长的不是一个脑袋。回忆啊！我该怎么回忆啊？

我们就这样和猪崽大哥一起来到二号前进基地，还真他奶奶的是个肉联厂！我下车的时候真的是对中国陆军佩服得五体投地啊！肉联厂居然也能在演习的时候被发动起来！迎接我们的是个40多岁的老板，他一挥手，我们就跟他进去了。

后来我知道他也是我们的前辈，但不是狗头大队的，是前线的侦察大队下来的老兵。何大队跟他说借借地方，你们说他能不答应吗？

我们进了一个黯淡无光的仓库。然后就是战前分析会议，这个没什么可以说的，就是对着地图讲解突击战术。这回不是手绘地图了，是一大摞子卫星侦察的图片和极其专业的军用地图。

我们还吃了干粮，你们猜我们是怎么吃的？被逼着吃啊！不吃怎么有力气呢？然后我们就开始休息，等天黑啊！怎么休息呢？脱光了洗澡，再换个睡衣吗？开玩笑！演习就是战争啊！

什么叫枕戈待旦？我们就那么穿着这种味道的衣服在那儿休息，弟兄们都睡不着，只有狗头高中队真的睡着了——这孙子该休息的时候绝对能休息。

我跟马达靠在一起出神。马达也睡不着，但是他是从农村出来的，喂猪的活计真的干过，所以不是那么难受，不一会儿他就迷糊了。

我只能一个人出神。味道真的是难受极了，我只能幻想小影身上的芬芳。我还能怎么办呢？

我告诉你们我当时真的是鼻头发酸啊！我干吗要来吃这个苦啊？累就累了，锤就锤了，枪子儿挨就挨了，但是我为什么要吃这个恶心的苦呢？我的青春啊！我的青春应该在大学里面跟漂亮女孩在一起混啊！我的青春应该在校园的草坪上弹吉他、唱校园民谣啊！

进入狗头大队后我第一次产生了一点点动摇，只是一点点而已，很快就消失了。因为，那时候我毕竟是个士兵了。我还是副班长了，虽然副班长不算个鸟，但毕竟要对自己的弟兄负责。他们都比我大啊，选我当副班长是为什么啊？你们以为在特种部队当个副班长那么简单吗？我是最小的兵啊！他们可都是士官！为什么啊？因为服气我小庄鸟啊！知道我不怕死啊！知道我有头脑、关键的时候冷静啊！知道跟着我不会死啊！所以，很快这种想法就消失了。

我记忆中看到弟兄们在黯淡的仓库中渐渐酣然睡去。站岗的弟兄两个小时一班，在仓库的风扇边上往外张望。我就那么看着，没有睡觉。我们弟兄就在那个味道中睡觉。这是和平年代啊！我们为什么吃这个苦呢？这要是真的战争，我们绝对不吝这个，哪怕是粪池子我也敢下去啊，毕竟命重要啊！但是这是和平年代啊！我们所做的一切只不过是为了一场演习而已啊！用得着吗？中国陆军，真他妈的狠啊！我当时的感叹就是这个。

我18岁，你要求我的理性分析有多高呢？我相信换了你，你一秒种都忍受不了，是个人就忍受不了啊！这不是罪啊！是折磨啊！穿着被猪崽大哥的粪便和排泄物浸透的衣服睡觉啊！不是折磨是什么呢？

这些小兵，他们曾经牺牲的，仅仅是汗水和鲜血吗？在这样一个歌舞升平的和平年代，这些平凡的小兵吃的这个苦有谁知道呢？

不是我乱发感慨，这是心里话啊！我那时候刚刚18岁，我在城市长大，就算是在农村长大的也不会没事跟猪崽大哥那么混啊。那时候我觉得自己这辈子都没有吃过那么大的苦啊！我不怕累，不怕锤，不怕挨枪子儿，但是我真的受不了这个味道啊！

渐渐地，我也慢慢睡去了。我确实困了，还是睡了，睡了都是那个味道啊！那个时候自己真的那么贱吗？还真是，就因为自己是个小兵。

记忆里面好像是天黑以后（我没有站岗，班长和副班长都不用站岗，因为要保证战斗骨干的休息和睡眠），我们就起来了，然后准备出发。那时已经是深夜了，我们悄悄来到空无一人的工厂篮球场。

然后我们领了动力伞。（本来我还想这个东西能不能说，但是后来看了几个电视剧都说了，所以我也可以说了）动力伞就是带螺旋桨发动机的翼伞，这个东西背在身上你飞起来跟《红警》里面的飞行兵一样，看着很酷，但其实很难操纵。现在也没有几个俱乐部敢玩这个，一玩就真的会出事。我上次还看到一个国内的报道，一个俱乐部还真出事了。我刚刚学的时候就出过一次比较可怕的事故，说出来都后怕啊。当时我飞上天下不来了，而且是在1500米左右的高空下不来。为什么啊？有气流啊，那时候就是刮风了啊！底下的弟兄们都急坏了！但是他们也没有办法，只能干看着。我那时候刚刚学，经验也不足，不知道怎么摆脱气流的旋涡啊！不过我那时候胆子比现在大，真的是不知道害怕啊！然后一个经验丰富的老士官上天了，干吗啊？引导我下来啊！我就跟着他飞啊，然后就下来了。现在我都不敢想，一想是真的害怕啊！进了气流的旋涡是多么可怕的事情啊！你们没玩过是真的不知道那个东西的厉害！《空军一号》开头里老美特种兵玩动力伞跟超人似的，哪有那么容易啊？顺便再普及一下，有些国内的报道真是能吹，说我们有的特种兵可以把动力伞的发动机关了，然后飞30公里准确降落在目标。真的是扯淡啊！动力伞不是滑翔机啊！它是加了发动机的降落伞啊！你把发动机关上就是一个伞，马上就会下去，你以为特种兵长了翅膀能自己飞吗？！发动机一关就是要降落了，能滑多远呢？而且还背着个铁家伙发动机呢！我们弟兄又不是超人！我们又不像孙悟空有筋斗云啊！

扯远了，只是我不得不普及一下，有些媒体确实不知道怎么吹我们弟兄，吹得让内行笑死。

那伞是从一个厢式卡车拿出来的，我们挂上后就相继起飞，编队飞行。

我们的目标是猫头大队的林中基地。

我前面是尖兵，我身后是马达。

我们弟兄在空中编队飞行，夜色中只能听见发动机低沉的嗡嗡声。

隐蔽隐蔽再隐蔽，就为了最后的一击。

然后呢？回得来吗？看命了，真的就是看命了。

我们踏上了奇袭猫头大队基地的飞行路程。

如果你一定要知道我们弟兄是什么德性，就应该去玩玩《红警》游戏，飞行兵的德性就是我们那时候的德性，只是多了伞而已。

夜色中，我们一字纵队飞向猫头大队的基地。

18 岁的我心里想："抓住那个狗日的猫头！"

好像只有这样，才对得起自己吃过的那种没法启齿的苦。

13. 兵歌（9）

记忆中我的脸上又开始出现阵阵掠过的朔风，群山就在我的脚下，苍穹在我的头顶。那些难耐的味道已经被朔风吹散，我们在夜色中犹如黑色大雁一样一字飞翔，我们的目标就是猫头大队的基地。

如果你也在我们的行列，你就会知道什么是特战精英的心理了。

只有在这个时候，我才能找到真正的特战精英的自豪和冲动。

只有在这个时候，我们弟兄才像电影上的英雄一样浑身斗志、聚精会神，当然，两眼绝对是冒光的。

猫头啊猫头，我们来了。

猫头啊猫头，我们找你找得好辛苦啊。等待猫头的日子总是那么难熬。

实际上特战不是那么简单的，一个最基本的原理就是大家都不是傻子，特种部队就那么几套把式，连你们都知道得差不多，何况真正干这行的行家？更不要说都是一个系统的陆军特种部队里的俩兄弟！实际上真的没有什么秘密可以保的，因为都太了解了，自己总结出来的战法研究肯定是要在本系统内通报学习的。这个是很麻烦的事情，所以一旦自己兄弟互锤都很头疼，出奇制胜这个特战的最基本的法则就是很不容易做到的事情了。

利用动力伞的一个好处是快捷迅速，一般的雷达是肯定发现不了的，加上动力伞本来飞得就不高，只要月色不是很明显，给你在天上来个剪影，你不是那么容易暴露的。

但问题是我们狗头大队有，难道猫头大队就没有吗？教材都是一套的啊！器材就更不用说了，都是一个型号的啊！但是怎么用、什么时候用就值得互相揣摩一下子了。

我们现在用的绝对是险招。在战争中要是你被发现不用高炮或者高射机枪，对方只用普通步枪就能把你收拾得差不多了。所以隐蔽是第一要务，要隐蔽地出发，隐蔽地接近，然后隐蔽地降落。因为这是出击，动力伞这个玩意儿就可以不要了，换个路子撤退。若是侦察还是要的，因为还得飞回来啊！当然要是被发现了一定就回不来了。这个玩意儿能飞多快呢？老美有个电影叫《沙漠风暴》，极端老的片子，讲的是海豹突击队的故事，里面就有俩哥们儿用动力伞进行敌后侦察的场面，他们被锤得够呛。傻子都知道这个玩意儿不敢白天用啊！谁没长眼睛啊！天上飞俩人看不见吗？AK立马就把他们锤了。当然这也许是为了拍出来好看，因为晚上真的很难发现动力伞的存在。

我们隐蔽地飞，着陆地点就在距离猫头大队10公里的一个山谷空地。当然还是有接应的，一中队的一个分队早早就把这一带布上警戒圈子了。

我们下来后就上车。我一看吓了一大跳，怎么是猫头的车呢？仔细一看原来是假的。我们自己的车早就过来了，藏在某个地方了，然后重新涂装，换了新的车牌（车牌是不是真的我就不知道了，但是确实不是我们军区的，是猫头的序列）。

广东士官就来了，他亲自开车，副参谋长坐边上冒充带车干部。俩人都换了猫头的臂章（我们和猫头的迷彩服都是一样的）和蓝军的标识。后来我知道如果在战争中，这是违反日内瓦公约的。但是我现在也没有搞明白，如果要这样，那我们特种部队还怎么打仗啊？我有时候真的不明白这些公约是谁定的，战争本身就是兵不厌诈啊！我估计是被民族主义游击队打怕了吧，我就不点名了，否则又是政治讨论了，就此打住！

我们放下车篷子，身上盖着一大堆蔬菜，然后出发了。一路就那么冒充猫头炊爷过检查哨，确实是畅通无阻。毕竟大家都是解放军，一个演习而已，搞到蓝军货真价实的通行证很难吗？我不觉得啊。

接近猫头大队基地的时候弟兄们开始紧张了。这个就不是开玩笑了。我们都攥紧了步枪，其实这是没有意义的，要是被发现了就是全歼。毕竟猫头大队也是特种部队啊！不是那么容易就能让我们十几个人跑出来的啊。

按照计划，为了掩护我们的突袭抓捕，红军机械化步兵和装甲部队已经进行了逼真的大规模佯攻吸引敌人注意。据说他们准备付出两个坦克营的代价，就为了我们这次的抓捕，这也是特战的原则——全方位地配合协调。一般的侦察大队是绝对做不到的，特战行动是很复杂的，抓个舌头根本就不算啊。

按照计划，接应的直升机有三架。一架运输，两架武装，它们已经超低空飞到了附近。

按照计划，我们从进去到出来只有10分钟时间。

到时候直升机就来接人，武装火力掩护，运输就下来2分钟——走得了你就走，走不了你就留下。

这就是特种部队，谁让你自己愿意来呢？

按照计划，紧接着空军强击部队和二炮地对地部队就会立体强击和轰炸，为了掩护我们能走的弟兄撤退。

如果我们没有被抓住呢？能走还是要走。如果我们被缠住了呢？那么就走不了了，无非是被猫头锤一顿而已。如果在真的战争里，那就是全部战死。这就是特战的残酷性。

真正的特种部队，是不能怕死和牺牲的。

极小的代价，换取极大的胜利。

我们十几个弟兄就是极小的代价啊，就算我们没有抓捕成功，但是这么一搅乱也够蓝军一呛啊！随后他们就不得不抽调大批兵力对付我们的渗透，尤其是猫头大队要抽调大批有生力量进行反渗透，因为对付敌人的特种部队，最好的武器就是自己的特种部队。这就减缓了我们红军正面战场反渗透的压力啊！

所以，我们弟兄不管成不成，都是一定要去的。

所以，我一直坚持特种兵就是"精锐炮灰"，说的就是这个道理。

战争就是要牺牲的，十几个人真的不算什么蛋子事情。所谓的零伤亡概率真的要看打什么地方了，那不是天方夜谈吗？那索马里为什么还挂那么多小兵呢？

我们在猫头大队基地的门口停住了。自然是例行检查，接着放行了。我心里一直打鼓。然后我们就出来了，在车后面的篷布集结准备。

我是第一突击手，自然要看外面，我从缝隙里看到外面的纠察和狼狗。周围人很少，估计派出去的多一点儿吧。

我们的车没有开向炊事班，而是在路口拐弯，加速冲向指挥部的帐篷群！

我听见咔咔的压断铁丝网的声音，然后是哨子声。

车径直冲到大帐篷前面，然后我们弟兄就下去了！

跳下去的次序都是反复演练过的老科目了，谁先下、谁后下、怎么掩护、谁扔发烟手榴弹是经过严格训练的——我们一直就练这个啊。

然后空包弹响成一片，发烟手榴弹乱飞！

两个小组掩护着我，我带着一个小组冲向大帐篷！

按照情报，现在蓝军特战指挥部正在开例行的简报会。

门口自然有警卫，但是我们的95先响，所以他们就只能看着我们冲过来。

我冲到跟前，弟兄们包围大帐篷，动作迅速。马达端着机枪在我身后，我就一下子冲进大帐篷！其余的弟兄跟在后面。

进去后我就蒙了。哪儿有他妈的指挥官啊？灯亮着，狗屁都没有啊！就十几个假人！完了，我知道中计了。我还没反应过来就听见外面直升机响。赶紧闪啊！

我大喊一声："上当了，快撤啊！"

然后弟兄们就撒丫子啊！

三个小组交替掩护着撒丫子啊！

说实话这个基地都他奶奶的是假的！因为根本没有什么兵啊！就那么几个纠察，看来猫头雷大队这个狗日的早就准备好了！我心里顾不上骂，只是一个劲儿地跑向接应地点！

三架直升机在空中滞空盘旋，一架运输，两架武装。

我们展开了警戒线，直升机就下来了，但是没有降落，而是把我们弟兄围起来了。

啪啪啪！三盏机腹底下的大灯全亮了，把我们照得都睁不开眼睛了。

狗日的你疯了！我刚刚想骂，但是话到嘴边又咽下，张着嘴没有什么说的了。

三架直升机的型号与花色和我们的是一样的，不一样的就是机身上不是狗头，是猫头。

我们都傻了。我再看狗头高中队，这个孙子还是那个德性，看不出什么表情。

我拿起步枪就要打！空包弹也要打！不管用也要打啊！不打怎么行？我小庄就是战死也不能被俘啊！

狗头高中队一把按下我的枪，空包弹就都打在下面了。我看着他，眼睛冒火。

四面八方都有亮着灯的突击车，还有地下走的猫头兵们，比我们多好几倍啊！

狗头高中队一把把自己的步枪扔在地下："放弃。"

他个狗日的少校都放弃了，别人能不放弃吗？我听见弟兄们的枪哗啦啦地丢在地上。

我还攥着枪，我就是想打！不管用我也想打啊！但是枪身被狗头高中队按住了。我的眼泪都要出来了，我冲着狗头高中队大喊："我不投降！"

"这是命令！"狗头高中队高声呵斥我。

我恨不得当即给他一拳！死就死了！干吗投降啊？

马达也劝我："算了，演习不是真打啊，都这样了。"

我含着眼泪一跺脚，冲着狗头高中队高喊："老子不干了！"

咣！我把步枪恶狠狠地摔在地上。

我的眼泪流下来了。狗头高中队还是面无表情地看着我，我不知道他为什么不生气。也许在这个时候他没法子锤我。

我空着双手，脑子全都空了。我木然地站着，任凭猫头兵们解下我的武器装备再戴上手铐。直升机旋转的螺旋桨吹起的飓风吹散了我脸上的泪。

"哭啥啊？"一个猫头兵笑眯眯地拍拍我，"又不是真的，都是自己人啊，你是第一次演习吗？"

我恶狠狠地看他，但是已经无可奈何。因为，我的首长都投降了，我的步枪也放下了，我现在还有什么脸面跟别人叫嚣呢？换句话说，我还鸟个屁啊！

其实在演习中相互俘虏不是什么丢人的事情，如果是实战，我们都知道绝大多数会宁死不降、战死沙场，但是演习就是演习，没那个必要。但是我那个时候不知道这些，我第一次参加实兵对抗性演习啊！老鸟们都参加过，所以不觉得有什么太丢人的。但是我当时真的难受啊！我怎么能投降呢？我小庄怎么能投降呢？

那个猫头班长笑眯眯地给我松了松手铐："不紧吧？没事，一会儿到地方了就给你松下来！"

我们被带上了运输直升机，我一看，副参谋长和广东士官也被带过来了。全部被俘，无一幸存。

后来我知道，接应的直升机根本没有通过封锁线，被锤下来了。蓝军早就严阵以待了。

这就是一个圈套。猫头大队的基地是假的，就等着我们来。

牛吗？做这么大的一个假基地，就为了一次演习，就为了等我们这不到二十个人。

我含着眼泪坐在直升机上慢慢上天了。

我被俘了。

这是我的特战生涯中第一次被俘，也是唯一一次放下武器。耻辱的感觉占据我当时的心底。我怎么会被俘呢？我小庄怎么能放下武器呢？

但是，这是我不得不承认的事情。因为，事实是不能更改的。要不怎么还叫事实呢？

14. 兵歌（10）

我在 18 岁的时候第一次知道了什么叫足智多谋、诡异狡诈和兵家大智慧，这个认识来自抓捕猫头雷大队的失败行动。以前光觉得自己鸟，自己勇敢，自己跑路快，自己打枪准，自己不怕死，自己敢去死，但当我戴着黑色手铐坐在直升机上的时候我才知道，原来这些说到底都是小兵的那点本事。

战将是个什么概念？玩智谋的，这是好听的——说白了，就是玩阴谋的。

猫头雷大队，一个毕业于音乐学院指挥系的特战指挥官。他给我的特战生涯上了最重要的一课。

我在直升机上的时候开始明白过来，其实猫头雷大队早就对我们狗头特勤队的一举一动了如指掌。我们的任何转移包括老鼠一样钻地道，包括和猪崽大哥一起混，也包括在肉联厂仓库里面和那种我一生不愿意再回忆的味道一起共眠，当然也包括我们在天上飞和把自己藏在蔬菜下面蒙混过关，他都看得一清二楚，可他就是不动手。

他为什么不动手？因为不爽。他一定要自己爽了才动手，不然那么大的基地不是白设了吗？就等着我们这帮小兵钻老鼠夹子呢，不进夹子干吗要动手呢？老特战油子的心理状态就是这样，不爽怎么动手？那不如直接把运我们来的直升机锤下来得了。所以等我们到了，他的老鼠夹子才给我们来了一下子，让我们彻底失败。是的，什么失败比得上彻底失败呢？

我在心底真是感叹啊！为什么小兵就是小兵，战将就是战将呢？区别就在于这里。小兵左右不了自己的命运，战将在大的概念上当然也左右不了自己的命运，但是他左右我们这帮小兵的命运还真是易如反掌啊！我们就给他左右了，老老实实进了他的老鼠夹子。

直升机在空中滞空，开始缓慢地降落。我从舷窗看向外面，那里也是一个军事野战基地，有一种野战医院的感觉。除了没有女兵和女干部，这里还真的就是一个野战医院。猫头的老巢，就在这里了。

我们被带下飞机，然后在下面列队。在探照灯的照射下，我看到周围人影嘈杂。我还看到一个很瘦的军官站在一辆突击车上。由于灯光的照射，我看不清他的脸和军衔，但是我知道他就是猫头雷大队无疑。在一支这样的特种部队能站成那个鸟样子的，只有他们的部队长。

我眯缝着眼适应强光，但还是看不清他。但是我知道他在看我们每一个人。那种感觉，就像一只老猫满意地看着自己抓来的群鼠。然后他利索地跳下车，向我们走来。

渐渐地，我看见他的身影由逆光变成顺光，由黑色变成彩色。他戴着黑色贝雷帽，穿着野战迷彩服和黑色大牛皮靴子，除了胳膊上那个猫头臂章，其他的和我们狗头大队的一模一样。全军的陆军特种部队都是这个德性。

我还看见什么？

他的笑容，不是微笑，也不是嘲笑，就是那种淡淡的笑容。

似笑非笑，这就是老猫。

光学镜片下他的眼睛也似笑非笑。

他挥挥手，猫头兵们给我们打开手铐。他看着我们。

手铐打开后，狗头高中队上去就是一个立定敬礼："雷大队！"

然后老猫就还礼，动作确实潇洒，显示他的心情不是一般的爽啊！

我开始还想心里骂狗头高中队：你敬礼干蛋子啊？求饶啊！后来一琢磨，雷大队是他的老上级，他怎么能不敬礼呢？但是我想我不认识雷大队，我就不敬礼了。现在想想，我真是高看自己了，老猫那样的人物会跟我这个小兵说什么呢？他会跟我互敬军礼吗？开玩笑！我是什么身份，他又是什么身份？他又不是何大队，还会高看我一眼，在他的眼里我们都是小兵，都是他的老猫嘴里的小老鼠啊！

老猫看看我们，对狗头高中队说："你们来得还是挺准时的，不愧是何大队的兵啊！"

我心里就想：你骂谁呢？有本事你找人跟我对锤，锤死我我也不害怕，你这叫什么本事啊？设了个套子等我们弟兄来钻，狗头高中队还他妈的真的往里钻！反正我就是不服气。

老猫看出来了，看不出来他是老猫吗？老猫就看我，我也看他。老猫就笑我，也不知道这个孙子笑屁啊！我不服气地看他。

老猫问道："你的姓名？军衔？"

我不说话，大家都看我。

老猫也有点儿意外："我在问你话呢。"

我说："我什么都不会说的！"

大家都惊了。老猫没惊，他要惊了还是老猫吗？

他还是笑了："小庄是吧？"

我不吭气了，是又怎么样？老子就是什么都不说！

老猫没再问我什么，只是看看我。

他知道我的名字我不意外，关于实弹误伤的事情，全军特种部队内部是通报过的，以防类似事件再次发生。

说实话那个滋味不好受，他的目光不像何大队那么火热，看一眼让人暖乎乎的，而是跟蛇一样冷冰冰的，是那种冷到骨子里面的寒意。

但是我还是不后退，锤不怕，枪子儿也不怕，你看两眼算个球啊！再说我是何大队的兵，又不是你的兵，再说现在演习还没有结束，你就是敌人，我凭什么给你敬礼？我胸口是红条，你胸口是蓝条；我是红军战士，你是蓝军指挥官，我们誓不两立，红军战士怎么能跟你退缩呢？就算被俘了，老子也是硬汉，老子也是何大队的兵，老子就是鸟气冲天！有本事你把老子毙了！当然我知道他不敢这样，就算不是演习，我跟他真是敌人，他也不敢，毕竟还有日内瓦公约呢！

而且我知道他真不敢让人锤我。我的武器已经放下，我的武装已经被解除，按照演习规则我就是被俘，他敢虐待战俘吗？这个事情海牙国际法庭管不着，这是中国军队内部事务又不是战争，但是导演部管得着！他敢动我一个手指头，我就去狠狠告他！

我18岁的时候不傻吧，我就那么站在我的弟兄们中间，就那么看着老猫。老猫没有怎么看我，其实他也真的没有盯我。他就扫了我一眼，我紧张得不行。

其实现在想想他真的没有把我当个人物，是我自己把自己当人物了。他真的没有仔细看我，就扫了一眼而已。反倒是我的小脑瓜动了那么多神经，真是自己高看自己了——人家一个大队长犯得上看你这个小小上等兵吗？

老猫扫了我们弟兄一眼，然后挥挥手："带走吧，让他们洗洗，换衣服，再开饭。"

然后老猫就走了，我们弟兄就被带走了。

手铐也没有上，但是警卫是有的，开了保险的95就对着我们弟兄——这种措施是有先例的，演习被俘的特种大队战士以前就有反败为胜、在敌人心窝子捣乱的，那也算赢。

我们在一个班的猫头兵的押解下去了防化沐浴车那边。

其实说实话猫头兵对我们不错，都是笑眯眯的，很多人还跟我们的老鸟认识，因为以前在全军特种部队骨干集训的时候都是一个帐篷、一个锅子的兄弟。

但是我不认识啊！我也不愿意搭理他们。

弟兄们笑哈哈地洗澡，把一身臭洗掉。旁边放着准备好了的新衣服，连崭新的"八一大衩"和袜子都有。

猫头的炊爷们在那边喊："猪肉炖粉条子中不？口重还是口轻啊？"他们真的没有把我们当外人，都是自己人啊，犯得着吗？

但是我就是不洗澡，不换衣服，只是站在防化沐浴车外面。

猫头班长就问我："怎么了？怎么不洗澡啊？你不吃饭了？"

我不吭声。

狗头高中队看我一眼："他不洗算了。"

妈的孙子！我恶狠狠地想，何大队对你这个孙子那么好！培养你，造就你，栽培你，没有何大队你这个孙子还能上军校？还能当中队干部？你算个鸟啊！早就劳教了！你居然还带头洗猫头的澡，穿猫头的衣服，吃猫头的饭！你还是不是我们狗头大队的中队长了？你整个就是一个王连举啊！

马达光着膀子过来拉我："干啥子啊，你个龟儿子？尽整鸟事，走走洗澡去！"

我一甩他："不洗！"

马达就问我："你干啥子啊？"

我不理会他，马达也算一个，亏我把他当兄弟！要是打仗还不知道怎么样呢！

马达哭笑不得："你个龟儿子是不是跟别人的脑壳长得不一样啊？这是演习，不是战争！走！赶紧洗澡，赶紧换衣服，吃饭去！快快！"

我一甩他："我就不洗！我就不洗猫头的澡，不穿猫头的衣服，不吃猫头的饭！我就喜欢穿脏的，因为这是我们狗头大队的！"

我这一喊不得了了，大家都安静了。

我抹鼻子，爱谁谁！老子喊都喊了，要锤就锤！说你们猫头就是猫头！

几个猫头的班长看看我，再互相看看臂章，再看看我的已经脏了的臂章，想笑不敢笑。

"小子看不出来你还蛮有种的啊！"

一个猫头班长拍着我的光头，然后我就把他甩开了。

"好了好了！"一个猫头的中尉笑着说，"他要不洗就先不洗吧，这小子把演习当真了，一会儿就习惯了。"然后就没有人管我了。

我看见狗头高中队这个孙子居然一边洗一边笑！

我操！你笑个蛋子啊！叛徒！我心里骂着，但是不敢骂出来。

不一会儿就开饭了，大家开始吃饭。我就是不吃，自己在远处坐着。

猫头炊爷举着大勺招呼我："哎——那个兵过来吃饭！"

我不搭理他。

猫头炊爷就喊："过来过来！好吃极了！我们黑虎大队的厨子不比你们狼牙的差！"

我还是不搭理他。

其实，我想过去。我确实饿了，而且那饭菜确实香得要命。还有那个猫头炊爷，那个老士官，跟我们的炊爷班长一样的年龄，看我跟看孩子似的。我是真的想过去，但我就是不过去，再饿、再感动也不过去。

吃完饭后，猫头兵们就跟我们狗头兵坐下侃山，毕竟大家是熟识，都是全军的骨干，不是外人。狗头高中队就跟几个猫头干部侃山，他们也认识，曾在一起集训过。

我一个人坐着，也没人再喊我，他们知道我不会过去。

然后马达过来了。在这个范围内，我们是可以自由活动的，只要不出警戒圈子就行。

我还是不理马达。

"龟儿子你想气死我啊！"马达气得话都说不利索了，"你这是整啥子呢？"

我不说话。

245

"又不是真打仗，干啥子啊？"

"那要真打呢？"我冲着他喊，"给个猪肉炖粉条你就投降了？"

马达哭笑不得："我的老天爷啊！你这脑瓜子怎么还真的长得跟别人不一样啊！"

我依然不说话，马达挪到我边上，我就一闪。

马达从怀里拿出来一个馒头，还夹着好多肉："给你留的。"

真他妈香啊！但是我还是不搭理他。

马达没办法了："你说说你啊！就算是真的战争，被抓住了该吃也得吃吧！不吃你会饿死！忘了怎么学的了？保存实力准备脱逃！不能光顾自己鸟啊！饿死了你算个球啊！"

我不说话，马达接着说："你不吃有啥子实力脱逃啊？演习不还没有结束吗？"

我想想确实有道理，就一把抢过馒头大口地吃，都快噎着了。

"你等等啊！我给你拿碗蛋汤来啊！"马达忍俊不禁，掉头跑过去拿蛋汤。

我就那么坐着使劲儿往下咽，马达拿过来的蛋汤我全喝了。我想，我要保存实力，我要脱逃！所以我恶狠狠地吃啊喝啊！马达看着我苦笑，不知道说什么好。

然后我们被带进大帐篷休息。我还穿着又脏又湿的迷彩服，肚子已经饱了，还在打嗝儿。狗头高中队走在前面。

我们进去了。狗头高中队进去的第一个反应就跟过电一样僵住了，我们被俘的时候他都没有这样震惊过。说实话我从来没有见过这个一向装酷的孙子这样震惊，因为他是个孙子，所以装酷是他的本性。但当时他确实不装酷了，而是傻眼了。我开始还纳闷儿，但是紧接着我也傻眼了。我们都傻眼了。

狗头高中队的语音都哆嗦了："你……你怎么……你怎么也在这儿呢？"那语音中的震惊、愤怒、无奈是显而易见的。

我脑子也是一蒙啊！我也想问："你怎么也在这儿啊？这是怎么回事啊？"

狗头高中队这种喜欢装酷的孙子在什么情况下会震惊呢？什么事情让这个孙子都不得不震惊呢？就是在他看见面前这个人的时候。

换了谁，谁都会震惊，何况狗头高中队这个孙子！

15. 兵歌（11）

其实真的不是故意卖关子，是我自己也需要从那种震惊当中摆脱一下才能继续往下写我当年的故事。因为真实发生过的这种戏剧性很强的事情，尤其是在你自己身上的，你总是会再次进入那个规定情景自己给自己来那么一下子。

真的是太惊讶了。

因为我确实好久也没有缓过神来。

事情怎么会这样呢？

是啊，我现在都想问，虽然已经有了答案。

但是当时，我是真的没有想到。

希区柯克是我很喜欢的悬念大师，但是我常常想，如果是他老人家也未必能够构造出这样的悬念来。

因为，兵家的悬念，是大悬念。

你的想象永远也达不到。

否则，还要战将干什么？都是战将了。

狗头高中队的震惊是有传染性的，我们这帮弟兄都被传染了。

不知道该怎么表达，因为你们可能无法理解。

我看到的，是昨天晚饭前还在给我们进行战情简报和任务部署的狗头大队的绝对骨干军官。

我们的狗头参谋长，陆军中校。

如果你曾经在部队待过，你该知道野战部队的参谋长是个什么角色了。

除了军事主官，他就是部队军事的灵魂人物了。

而且军事主官往往只是拿大主意，真正在策划运筹帷幄的就是参谋长。所以为什么刘亚楼是我钦佩的一代名将？因为我在部队待过，还是一支直属于高层的特种部队，我就对战区级别的指挥体系多少有些了解，我知道战区参谋长是个什么作用（特种部队永远都是和战区级别的指挥系统在一起的）。换句话说，没有刘亚楼，就没有林彪那么短的时间能成为东北王。也就是说，我们的狗头大队参谋长在我们狗头大队，也是个绝对关键的军事上的人物，其地位仅次于我们的何大队，其余的副大队都是各自管一摊子啊，而参谋长是对军事有着全盘了解的，也是拟订作战计划的关键人物，决定权是不在他，但他起到的作用是不容忽视的啊。他怎么会在呢？

我的爷爷啊！难道我们的狗头大队被老猫连窝端了？这是我脑子里面闪过的第一个念头。但是随即一看不是。为什么不是？因为参谋长也是一身野战装束，脸上的迷彩油还没有下去。他怎么也来打仗了？我脑子还是没有回过神来，什么任务要动用参谋长带队啊？他是什么地位啊！狗头高中队就是个带队打仗的，而他不是啊！他是参谋长啊！参谋长是什么？是何大队的神经中枢啊！但是他就站在我们面前。

我再看，他的身后是十几个我们狗头大队的兵——不是兵，都是军官，都是干部。我一看绝对惊了啊！

清一色的中尉和少尉啊！

军官突击队啊！

在任何野战部队，如果一定要抽调最精干的人员的话，往往还真的不是老士官。最精锐的就是这些年轻的连排级基层干部，他们的军事素质就不用说了，头脑的机敏、军人的果敢斗志等也是绝对第一流的。我们狗头大队也不例外，真正的核心不是老士官们，他们早晚会退伍的。真正的核心力量是一代代的年轻军官们。

我们何大队曾经说过这样一句话，我相信不是空穴来风："只要我的这帮青年军官在，三个月我就把一个步兵团带成特种大队！"由此可见，这帮青年军官在何大队心目中是个什么位置了，也确实是这样，这帮军校毕业没有几年的青年军官也真的不是善茬子。他们受过系统的军事高级教育啊！很多战法都是他们研究的啊！都是他们传授的啊！他们都是我们狗头大队的精华中的精华啊！都是副分队长以上的干部啊！他们怎么在这儿啊？他们怎么到这儿来了？什么任务值得动用他们这批何大队眼中的精华中的精华啊？

军官突击队啊！这是个什么概念啊！这是我们狗头大队的血本家底啊！怎么把他们集中起来组成了突击队了呢？什么任务啊？我们的日子不过了？他们一抽调是多少个分队的主官啊！

我是真的震惊了。

狗头高中队看着参谋长张大了嘴，半天说不出话来。

参谋长看着狗头高中队，确实是很愧疚的。

我们十几个狗头兵看着十几个狗头官，也说不出话来。

狗头高中队怒了，他真的怒了。

他一把揪住参谋长——我从来没见过狗头高中队这个孙子这么愤怒，就是锤我他也是一向装酷的——"你看看！你看看我的这些弟兄们！你看看他们！你看看他们是怎么被俘的？我把自己往虎嘴里面送啊，你们是干什么吃的啊？啊？！"

参谋长居然也没有生气，我说过他也是个鸟人。

但是他真的没有生气，还低下了头。

我们的青年军官都低下了头。

我们弟兄还是没有明白——也许你们明白了，但是我们都是士兵啊，军官就是上级，我们是绝对服从上级的啊！我们怎么可能怀疑上级呢？

狗头高中队眼睛都冒火了，他一把把参谋长推开："全他奶奶的完了啊！我们就白牺牲了啊！白被俘了啊！"

我慢慢地回过味道来。

我不知道弟兄们回过味道来没有，但是我是明白了。

我的寒意从后脖颈子就出来了啊！

我们是饵子啊！我们这十几个弟兄是饵子啊！就是故意往猫嘴里面送的小老鼠啊！让老猫光注意我们这些小老鼠，然后派别人来抓猫头啊！那个基地是假的，大队常委早就知道；我们被老猫盯着，他们也早就知道，他们是故意把我们往猫嘴里面送啊！

然后趁机派出精华中的精华，参谋长这个战斗英雄亲自带队的军官敢死队孤注一掷啊！来干吗？趁机抓猫头啊！猫头的真实基地他们早就一清二楚啊！

要是我们是饵子，用得着费那么大劲吗？当然用得着啊！因为老猫会轻易上当吗？你不付出点代价他会上当？你不把自己狼牙的牙尖子送他嘴里他会上当？舍不得孩子套不着老猫啊！这一点何大队是心知肚明啊！

于是就是两套方案，一真一假同时进行。

我们是假的，军官突击队是真的。

但是，假的当然是失败，真的也被老猫给看出来了。

全部都被俘了。

寒意真的是从我后脖颈子出来了啊。

我的爷爷啊！这是演习，我们还不至于怎么回事啊！要是战争呢？我们这十几个弟兄带上狗头高中队——他不算，他就是欠收拾——我们不就是来送死吗？我们就是来送死的命啊！

何大队——我脑子里面一激灵，那个像我们父亲一样的何大队！那个满嘴妈个巴子的老爷们儿！那个我们愿意为他去战死沙场的真汉子！——他在把自己的兵往死里面送啊！我的爷爷啊！可能吗？可能吗？可能吗？

我真的蒙了，现在也蒙了。

我的天，何大队……

我想起了和我去打兔子的大黑脸，想起了在我们授枪入队仪式上的大队长，想起骑着摩托带我们跑路的父亲一样开心的老爷们儿……

他会把自己的兵往老猫嘴里面送？

我不相信啊！我真的不相信啊！

但是眼前的一切告诉我，这都是真的。

而且，我们也确实死了白死，因为军官突击队——参谋长带队的精华突击队，都在这儿了，老猫不愧是老猫啊！全看出来了！

我们狗头大队真的是血本无归啊！

我现在明白为什么被俘的时候狗头高中队那么冷静一点儿都不发火了。

因为他早就知道这是应该的。

我们这些小兵呢？在我们浑然不知的情况下，我们这些小兵真的成了铁血战将手中的棋子，就那么被推上去了。然后对面的战将就不客气地吃掉这些小棋子，但是另外一手也被这个对手破获了。

这就是血本无归，这也是我们小兵的命运。小兵，就是最小的棋子。你再说自己精锐也罢，再说自己怎么也罢，你就是一个小兵。这个本质是改变不了的。

我站在那儿张着嘴，我的后脖颈子在发凉啊！

真的在发凉啊！

我不敢相信啊，但是确实是真的。

真的，我们被当成饵子丢出去了。

就是被那个父亲一样骑着摩托带我们跑路的大队长。

我的何大队，我的灵魂，我的上帝。

我从来没有怀疑过的一个人。

我像热爱父亲一样热爱的一个人。

你们知道，什么是战将和常人的区别了吗？

也许，你们真的还不知道，只是在纠缠一些所谓的人性、所谓的应该不应该。

我告诉你，天底下的战将都是一样的，都是一个德性。真的，不要相信什么宣传。和政治无关，因为战争就是战争，战将就是战将，小兵，也就是小兵。

小兵，就是战将棋盘上的小卒子。

18 岁的时候，我第一次知道，小兵的本质是什么。

这还不是战争，只是一次演习而已。

16. 兵歌（12）

我曾经是一个小兵。不用给我什么"特战精英"的狗屁称号，那一文不值。那根本改变不了我小兵的实质。

很多年后我在写这段过去的时候，心里还是会疼得要命。因为确实觉得自己的心口在滴血，这是很难受很难受的事情。因为，作为被自己最信任的人送上不归路的一群牺牲品中的一个，我不知道该怎么表达自己现在的心情。

你们相信是我的真实经历也好，觉得我是在编一个蹩脚的小说也好，我小庄的心情就是这样。因为，我曾经是一个小兵。而小兵的意思，就是一个无足轻重的棋子，地位类似于中国象棋中的"兵"或者"卒"，可以随时牺牲。但是，下过中国象棋的人都知道，千万的千万，记住一点：不要让对方的小兵过河。

是的，小兵绝对不能过河。你会死得很难看的，一定会的。因为他是小兵，所以你会忽视他的存在；而忽视的后果，就是把你的老窝捣掉。再牛的战将，也会死无葬身之地。中国象棋的道理，同样适用于战争。

真的记不清过了多久，我的脑子才从震惊和恐惧中渐渐缓过来。这个时候我才发现帐篷里面已经没有声音，月光从窗户洒进来，我看见大家都睡去了，沉默地睡去了。还能怎么样呢？

我们都知道，在这场狗头对猫头的特战角逐中，我们输了。

真正的血本无归，我知道狗头大队的损失是巨大的——最好的分队干部都在这儿了，你还能派出什么人带队呢？老士官吗？是可以，但是那干吗还要分队干部的编制呢？就是因为军官毕竟是军官啊！我们输了，我不得不指出在这场角逐中，我们的何大队犯了个战略错误，就是兵家大忌——"孤注一掷"，也就是不留后手。这和他当时的个性有关系，40 多岁的军事主官，全军瞩目的特战老油子，自然希望能够独占鳌头啊！意气用事，真正的意气用事——这是我现在总结的，当时我是没有这个头脑的。

其实那回演习以后，何大队沉默了一段时间对自己进行总结。是个人就会犯错误，何大队也不例外。他的错误就是太想赢了，连着出手就是两招狠棋，一明一暗，一正一奇，确实是很难防范的。但是他还是忘记了，音乐学院指挥系毕业的猫头雷大队的战争指挥思维不是在军校养成的，是在交响乐的舞台上养成的——交响乐就有主调，有负调（名词我不是很懂），交响乐的"交响"两个字是绝对有含义的。猫头雷大队的思维不是战将的思维，是指挥家的思维，所以他看出来了。艺术和战争之间的关系，其实真的是很微妙的。猫头雷大队就是个真正的老猫，他仔细地看着鼠辈的来来回回，就是不动手，以不变应万变，绝对符合《孙子兵法》中的信条"不动如山"（谁再跟我说它是小日本的，我就骂人了啊，自己老祖宗的都不认识不丢人啊？还好意思说自己是军友？）。

高手对局，先出险招的，就是输家。于是何大队就输了。

是人就会输，我们的灵魂何大队也不例外。

自古就没有不败战将啊！

在这一点上，猫头雷大队绝对比何大队高出一筹。从军事技能和战术指挥上来说，客观地讲他不是何大队的对手，他毕竟是半路出家；但是从战略分析和冷静判断上来讲，何大队不是他这个专业素质的音乐家的对手。

我现在的反思就是这样的。艺术和战争，其实就是双生兄弟啊！而真正在这两个领域都有造诣的，就是猫头雷大队了。

他不得不赢啊，没有天理他不赢啊。因为他不出险招啊，他在等何大队出手，后发制人啊！所以他赢了啊！他现在就是敞开自己的基地大门，能抓捕他的分队还有几个有主官啊？所以接下来就是他收拾何大队了，谁让你先出手的呢？这就是结果啊！

但是当时我在想什么呢？

我一直在回忆，但是什么也想不起来。

我好像就那么穿着自己又脏又湿的迷彩服坐在床上出神。

我不知道在想什么。也许，什么都没有想？好像也不是，回忆中我看到自己眼中的火焰。我不由得心里一个哆嗦，那是我吗？18岁的我？那眼睛中的火焰是多么可怕，多么愤怒，多么伤心欲绝！那会是我吗？一个18岁的孩子？一个18岁的小兵？一个还没有完全长大的我？

是的，那就是我，不会是别人。那个德性不会是别人，我想不承认都没有用处了。

我只能承认，那是我。

我在恨，恨谁？——何大队。

我不能再恨别人了，因为当时的我不会有现在的头脑和分析能力。我总得恨什么人啊，不然我这个情绪怎么发泄啊，我那时候不会去恨战争恨军队，我只能去恨一个实际存在的人。

那个人就只能是我们的战神，我们的上帝，我们的父亲——何大队。

我恨他，恨得不行。因为他出卖了我们对他的信任，或者说，是我对他的信任。

我要报仇。我一定要报仇！

我知道怎么报仇，因为我了解何大队。

我们都了解他。

我的眼中的火焰在燃烧。

我的冰冷的躯体在发热。

我的骨骼在咔咔作响。

写到这里我自己都打了个寒战，这怎么会是 18 岁的我呢？怎么可能呢？那时候我还是个孩子啊，怎么会呢？

但是事实就是事实，你不承认都不行。

事实就是我要跟我们的何大队报仇。

我主意已定。

马达睁开眼睛："你个龟儿子怎么还不睡觉啊？"

我的目光转向他，他吓了一跳："怎么了你？"

我摇头，我知道我吓着他了："没事。"

"怎么了？"马达披上外衣过来坐在我的行军床上，"你小子又想啥子呢？"

"咱俩是不是兄弟？"我认真地问他。

马达就摸我的脑袋："你没发烧吧？"

我拨开他的手："没有。"

"当然是啊！"马达纳闷儿地看我，"龟儿子你发神经啊？"

"是兄弟你就帮助我！"我看着他说。

"说。"马达问，"啥子？"

"我要脱逃。"我看着他说。

马达看看四周，低声地说："都有这个主意，明天咱们跟干部商量一下。"

"不，"我说，"我一个人逃。"

马达看我："你疯了啊？一个人你逃得出去吗？"

"是兄弟你就帮我。"我认真地说。

马达看着我："成，你说吧，你怎么逃法？说不服我你就老实睡觉，明天咱们跟干部商量。"

我就对着他的耳边说了自己的法子。

马达边听边笑："你个龟儿子还真有一套啊！这法子也就你想得出来，太他妈的鸟了！"

我们就准备。

半小时后，小庄的脱逃行动开始。

我捂着肚子嗷嗷乱叫，马达从床上爬起来："龟儿子你怎么了？参谋长！高中队！你们快来看啊！"

然后大家都起来了，参谋长就摸我的头："没发烧啊？"

我的脸上绝对是汗如雨下。

我的叫声绝对是嗷嗷可怜。

我的表演绝对是真听真看真感受。

大家都急了，不能不急啊，我是大队最小的兵啊！

参谋长就问："他割过阑尾没有啊？"

马达就说："他这么小肯定没有啊！"

参谋长就着急了："是阑尾炎吧？"

狗头高中队也急了，我没想到这个孙子这么着急。

他冲到帐篷边喊道："哨兵！哨兵！"

哨兵就赶紧跑步过来敬礼："首长？"

"我们一个兵病了！快送你们医务室！"

狗头高中队一指我。哨兵就进来一个，拿手电照我。

"照他妈的什么照！"马达就吼叫，"没看见我兄弟什么样子吗？赶紧送医务室！"

哨兵在犹豫，他是不敢做这个主。

参谋长就急了："我告诉你啊！他是我的兵，出事了你负责！"

哨兵就赶紧立正："首长！我去找我们中队长！"

"赶紧去！"狗头高中队就喊——我还真的不知道这个孙子还有点儿人味道，但是我对他的观点始终就没有改变过。孙子就是孙子，谁让他一直锤我来着！也难说他是不是表演是吧？

我又嗷嗷叫了一会儿，猫头警通中队长来了。

我们参谋长就说话了："你看看我们这个兵的情况！赶紧送医务室啊！"

猫头警通中队长就敬礼："是！赶紧送医务室！"

俩猫头兵就来抬我。

狗头高中队就穿衣服："我跟着去吧！他身边得有我们的干部吧。"

猫头警通中队长赶紧拦着他："老高你就算了，我又不是不认识你！你那两下子我还真不一定弄得住你！换个人！"

参谋长就说："我去。"

猫头警通中队长也为难。

我们狗头参谋长的大名也不是吹的啊！

"让我们班长去！"我艰难地说，然后又是嗷嗷叫。

"好好我去！"马达班长就穿衣服。

"好，那你去。"参谋长就说，"万一是阑尾炎赶紧报告我！"

"是！"马达就点头穿鞋子。

"放心吧。"猫头警通中队长就说，"如果是阑尾炎，我们就给他送医院。"

"要送就送军区总院。"我们一个弟兄冒出来一句，我们弟兄就哄笑。

"都什么时候了？还他妈的开玩笑！"参谋长就吼。

弟兄们都不笑了。

马达就背我："走！不要紧吧？"

我含糊点头，还是嗷嗷叫，豆大的汗珠哗啦啦下来。

我们就出去了，俩猫头兵一个前面打手电，一个后面押着我。

医务室自然也是帐篷，是个男干部。

我就被放倒在床上检查。

医生刚刚俯下身子要检查，我一个锁喉就给他按住了。

俩猫头兵马上就拿枪要拉栓，马达咣咣就是两个重拳啊！这孙子的拳狠着呢！俩猫头兵都捂着脸，眼睛都花了。平时马达戴着散打手套，我戴着护具都觉得跟庐山升龙霸似的，何况现在俩猫头兵什么都不戴！

医生是不会武的，我控制他跟控制小鸡似的。

马达一个胳膊一个，夹住俩兵脖子。俩兵谁都喊不出来，想动手马达就使劲儿，他们就喘不上气来。我上来就是两脚踢在他们脸上，这两脚是绝对狠的，因为我心里恨啊！我还穿着军靴，你想想他们俩的滋味！

我拿出他们身上的手铐给他们铐住，还用胶带粘住嘴。真是一家人啊，手铐和胶带都和我们一个型号的啊！因为没有多余的手铐，我就直接用胶带把医生的嘴粘住。

一人一把95枪一把92枪披挂好了。

马达就拿一个猫头兵身上的手榴弹。

我已经拿了四个了，但是我一伸手："都给我！"

马达就一愣："干啥子啊？"

"都给我！"我眼睛都冒火了。

"好好给你！"马达就都给我。

我就有了八颗发烟手榴弹。

我们小心地出去了。

黑夜，探照灯在晃。

发电机嗡嗡响着。

隐隐约约，我听见什么音乐在响。

马达在前面，一看我往相反方向走："你干啥子啊？车场在那边！"

我不搭理他："你自己走吧！"

马达急了，但是不敢喊："你去干啥子啊？那边是猫头的大队部！你找死啊？"

"哗啦"一声我拉开95枪的保险，继续大步跑去。

一个猫头哨兵看见我了，就喊："口令？"

马达没法子了，一下子跳出来嗒嗒嗒就一梭子空包弹："去你奶奶的！"

猫头哨兵纳闷儿地看他，这才醒悟过来赶紧吹哨。

马达向一边跑去，边跑边打枪："龟儿子来抓我啊！"

我知道他在引开猫头兵们。

但是我没有时间感激他，因为我还有事情没有做完。

我冲向猫头大队部！

我的心中都是恨意！

一个猫头兵冲上来拦我，我起脚就是一个凌空边踢，他被踢中脖子在空中一个后滚翻重重摔在地上！

第二个猫头兵上来锤我，我低头闪过他的拳，然后重重的一枪托砸在他的肚子上，只听见一声惨叫！

我继续冲向大队部。

我听见身后人声嘈杂，我知道他们在追我但是我不回头！

我知道老猫在什么地方，因为我听见音乐响！我知道是交响乐！

我知道野战军听这个玩意儿的干部不多，所以我敢肯定老猫就在那儿！

我冲进大帐篷。

帐篷角落有一个老的唱片机，磁头沙沙响着，音乐完了但是没有人去换唱片。

一个瘦子背对着我，穿着迷彩服，头发微微秃顶。

我知道他就是老猫！

"看来我还真小看你小庄了。"

老猫头不回头地说。

外面的猫头兵跑向这里还在叫喊。

我拿出一个发烟手榴弹拉了弦往地上一扔，"砰"的一声黄烟起来了。

我又拿出来一个发烟手榴弹拉了弦往地上一扔，"砰"的一声黄烟又起来。

我一口气扔了八个发烟手榴弹。

帐篷里面什么都看不见，除了黄色烟雾。

我知道很呛，但是老猫没有咳嗽，我也不能咳嗽！

我们就那么在里面待着。

然后很多手把我拖出帐篷，按倒在地下就开锤。

我就不吭气任他们锤！

奶奶的！我看你老猫怎么收拾我！

我看见那双锃亮的大牛皮靴子出来了，站在我的面前。

我被猫头兵按倒在地上，所以我只能看见靴子！

"停手吧。"

我听见老猫淡淡地说。

猫头兵们都一愣。

"这个是你的了。"

我抬头，看见一个东西慢慢飘下来。其实当时的速度不慢，但是我回忆的时候总是能看见慢动作。没有办法，我回忆的时候就是这个德性！

胸条。

一个蓝色的胸条慢慢飘下来，落在我的眼前。

我被猫头兵们拉起来。

我流着鼻血看见了老猫的脸，还是那么似笑非笑。

我就那么看着他。

老猫淡淡地看着我，撕掉我的胸条："这个是我的。"

这没什么说的，我们同归于尽，我的胸条本来就应该撕掉。

"致电导演部和蓝军战区司令部，我退出演习。"老猫对身后的一个猫头干部说。

干部一怔，但是还是立正："是！"

老猫看看我的军衔："上等兵，我几十年的军旅生涯，从来没有中过一枪一弹。我第一次被意外袭击，就是被你！"

他慢慢抬起右手。

我以为他要锤我，所以就梗着脖子。

但是他的右手给我敬了一个军礼。

一个标准的军礼。

我傻了。

猫头兵们放开我，我还不知道该不该还礼呢。老猫已经转身走了。

夜色中，我看到他孤独的瘦瘦的背影。

夜色中，我好像听到交响乐的旋律。

夜色中，老猫的背影渐渐消失了。我还在那里站着。

我阵亡了。老猫也是。

一个上等兵。

一个上校。

你们觉得值得吗？

两个人的地位如此悬殊。

但是，你说哪个更贵重？哪个更卑贱？

你们说得出来吗？

关于老猫，我后来只见过他一面，就是演习结束以后他去和何大队叙旧。

据我所知，半年后，老猫死于一次意外的车祸。

事情就是很巧，那天他的司机结婚，临时换了个新手。

老猫的三菱吉普车和一辆运煤的大卡车接吻。

于是，老猫死了。

其实，客观来说，老猫是个非常难得的特战指挥官，甚至可以说是个天才，他其实真的比何大队要高一筹的，也许是因为具有艺术思维的缘故。如果他不死，我想应该是会比何大队现在的地位高的，他也更年轻，学历也更高。

但是生活就是这样。最优秀的天才就这么离开这个世界了。这就是所谓的"天妒英才"。

你们不愿意相信，我也没有办法，因为事实总是不那么容易被人相信的。

17. 兵歌（13）

我停止写作几个小时的原因，是想让自己彻底清醒一下，能够理智地看待我的特战生涯中的这段伤心往事。当年的小庄不怕死，别说是演习，就是真的战争，只要一声令下，小庄就敢赴汤蹈火。士兵的鸟其实就是这个概念。

但是我不知道那件事情我到底该怎么看待，我现在是知道了，但是当时是真的不知道。我在那种难言的懵懂中得出的结论就是——何大队出卖我们弟兄。

是的，他出卖了我们弟兄。

换句话讲，这还只是演习，他就出卖了我们弟兄。如果是战争呢？那我们弟兄就是死了也不知道啊！

我相信如果是真的战争，我们没有人会投降（狗头高中队也不会，虽然他是个孙子但是他还是个军人），一定会抱着自己的步枪绝望地高喊"日你奶奶的"，绝望地射击，在弹雨中抽搐我们自己年轻的身躯，到死还坚守着自己是一个士兵的信念、一个士兵的誓言。我们就会这么在一起，为了一个假目标、假基地、假任务死去，到了天国我们也不知道到底是怎么死的……

而我们，是被故意出卖的。

出卖，在弟兄的情谊中，是个多么可怕的字眼！

我长到 18 岁，第一次被出卖。

我一直是个重兄弟情谊的人，从小就是。

我留在狗头大队，不光是我知道我是个军人了，我的一切属于我的祖国和我的信仰。还有一个重要的原因，就是因为我的兄弟们在这儿。这里面当然不包括狗头高中队，有马达，还有……我们后来一直不敢提及的生子他们，还有炊爷、狗班的狗子等许多许多弟兄，还有一个，甚至是占据了最重要地位的，就是大黑脸军工老大哥——我们的何大队。

我敬佩他、信任他、热爱他，就像对我的父亲一样，我可以为了他的命令去死，毫不犹豫。

我们敬佩他、信任他、热爱他，就像对我们的父亲，我们可以为了他的命令去死，毫不犹豫。

但是，我被他出卖了。

我们十几个弟兄都被他出卖了。

出卖——这是个多么严重的罪行！

在我心里，这比什么罪行都严重。

但是，这是真的。

我想不相信都不行。

18岁的时候，我心中的火焰就是这么在燃烧。我的呼吸变得急促，我的血液变得沸腾，我的眼睛变得血红。

我的父亲……出卖我。

18岁的我，就是在承受着这种内心的折磨。

直升机在空中滞空，开始降落。演习并没有结束，但是在特战中我们其实已经以微弱优势赢了——群猫无首是个什么概念？老猫都退出演习了小猫还能怎么蹦跶？军事主官就是军事主官，你临阵换将？谁能指挥得动这帮特种兵？换个外行？还是换个原来的副大队？——都没戏，谁的部队谁自己知道，换将后战斗力是大打折扣的，不是不能打了，是很难打了——一支鸟气冲天的特种部队，部队长就是鸟气的灵魂，这对士气也是一个严重的打击。

狗头还是赢了，虽然付出了很大的代价。但是狗头何大队还在，基本上所有的老士官和部分青年军官都还在。而且士气上就占了一筹。

所以，其实无论演习结果如何，狗头在特战这一亩三分地的地位是不可动摇了。

失去了指挥的交响乐团会是个什么德性？你乐手的素质再高有个屁用啊，再给你换一个对原来的全部谱子和乐手特点都还不熟悉的指挥，那还能听吗？

战争，也是一样。

临阵换将是兵家大忌就是这个道理。

所以，小猫们注定蹦跶不出什么结果了。

狗头赢了。但是不是我赢了。我与狗头无关。

我坐在直升机上就是这么想的。

我在演习中阵亡，按照演习规则，我可以退出演习，回到原来的部队休整。

我就坐上了导演部的直升机，回狗头基地。

但是，那里不再是我的家。当阵阵朔风吹着我的脸，我就是这么想的。

他不再是我的父亲。

我的父亲不会这么……出卖我。

一路上我可以看到群山、丛林、河流……当然，还有中国陆军、那些野战基地、交错的火线、主战坦克兵团、机械化步兵部队。

但是，不再是我的陆军。

不再是了。

我靠在直升机的舷窗旁，闭上眼睛。

我知道，胸中的火焰在燃烧。

我不再是中国陆军，我不属于这个陆军。

万念俱灰是个什么味道？不要说你们有多成熟，我18岁的时候就尝试过了。

直升机缓慢地下降，下降在狗头大队的林间基地。

"到了！"陆航的哥们儿招呼我。

我睁开眼睛，笑笑，眼泪就掉下来，我拿起自己的背囊武器和头盔跳下去。

螺旋桨扇起的飓风吹散了我脸上的泪水。

警通中队的弟兄们上来拥抱我，把我举起来扔得很高，他们欢呼着、跳跃着，有一种发自内心深处的高兴：

"锤他狗日的猫头！锤他狗日的猫头！"

连原装德国狗爷也在狂吠，好像也在庆祝这个狗头大队难得的节日。

来往的干部们都笑着看着。

远处还在做饭的炊爷们也对还在空中的我举起手中的大勺，也在喊：

"锤他狗日的猫头！锤他狗日的猫头！"

我知道在他们心里我是英雄，但是我的脸上没有笑容。

警通中队的弟兄闹够了，才把我放下来。

警通中队的中队长就过来笑着说："辛苦了啊！大队常委都在等你！"

我不说话，掂起自己的背囊头盔武器径直走向大队部。

回忆中我看到四周的干部和弟兄都诧异地看我。

炊爷也诧异地看我。

连德国原装狗爷们也诧异地看我。

我不说话，只是阴沉着自己的脸走向大队部的大帐篷。

帐篷前站岗的哨兵就立正，还敬礼。

但是我没有还礼，就那么进去了。

回忆中我看到他们诧异的脸。

但是我什么都不顾了，就那么进去。

我看见大队常委们都坐在会议桌边。

我看见了他。

他的背后是一面军旗。

他也看着我。

我的背后是帐篷外嘈杂的基地。

我喘着粗气，不说话，就是那么死死地看着他。

他也看着我，大黑脸上毫无表情。

大队常委们——我当时没有看见，我是在回忆里面看到的——都在看我，也看他，但是都不说话，不知道说什么，连政委也不知道说什么。他们也确实不知道我怎么了，更不知道我心里在想什么。

他就那么淡淡的一句："你们都出去吧。"

大队常委都一怔。

"出去。"他淡淡地说，"我和他单独待一会儿。"

政委先带头起来，出去了。

几个常委就都出去了。

帐篷卷着的门都放下了，但是我知道不隔音。

只剩下我和他两个人。

他还是那么看着我，没有什么表情。

我就那么看着他，脸上的肌肉在抽搐。

他什么都不说。

我也什么都不说。

就那么互相看着，一直看着。

我的呼吸越来越急促，我的火焰越烧越烈。

我拿起背囊、头盔、武器，高高举起然后恶狠狠地摔在地上，恶狠狠地摘下自己的臂章摔在地上，还恶狠狠地踩了一脚，最后再恶狠狠地脱下自己的迷彩服上衣、迷彩短袖衫摔在地上！

我恶狠狠地用尽全身的力气高喊：

"去你的狗头大队！我不干了！"

喊完我就哭了，泪水哗啦啦地流，不是哭自己，是哭小兵的命运。我现在回忆起来，其实我对战争、对军人，尤其是对小兵的认识就是那个时候开始逐渐形成的。

他还是那么看着我，但是脸上的肌肉抽搐了一下。我就那么流着眼泪，光着膀子，露着一身黝黑消瘦的精肉，上面还有点儿伤疤，恶狠狠地看着他。

很多年前，我就这么对一个陆军上校怒吼。不是因为他是上校，我是上等兵，是因为我曾经把他当兄弟、当大哥。或者说，是当成自己的父亲。是的，"曾经"，这个词语很重要。因为在那一瞬间，我对他所有的感情都被他的出卖葬送了。

我说过，我是个重感情的人。但是很多年前，我第一次被自己信赖的人出卖，就是他干的。而他，对于我那么重要。

你们说，18岁的时候，我容易吗？呵呵，爱信不信，但是我就是这么一步步过来的。

是的，这是一个小兵的故事。

我没有强迫你们相信，但是也希望你们不要污辱我的青春。因为那个时候，我真的很纯。

18. 兵歌（14）

有多少人真正做过小兵?

我不知道。

有多少人真正在军队的氛围待过?

我也不知道。

没有当过小兵，没有在军队这个牢不可破的金字塔最底层晃悠过的人，是不会理解我当年的感受的。小兵，在战将的战争棋盘上，是一个棋子；在你们看的报纸杂志上，是一个枯燥的数字或者是陌生的脸孔，不会引起你们的任何同情，或者你们还觉得杀得不过瘾；在这个人人都喜欢刺激新奇的世界，小兵就不足为奇了。

是的，战争中当然有牺牲，这都是可以理解的。

小兵自己都理解，也什么都不会说。

但是牺牲的，不是一个军装下面没有生命的躯壳。

而是人，活生生的人。

他们不是你们的亲戚朋友，不是你们的情人爱人，不是你们的哥哥弟弟，但是不证明他们没有这些。

我手头有一个很早的公益广告录像，画面都很糙了。它是一个电视台的朋友给我的，还是从最早的大 4/3 带子上转下来的，年代久远，搞得很有历史感，好像是刚刚从百年前的拷贝上扒下来的一样，发黄，发糙。

我不知道是哪个电视台拍的，但是我估计它算是中国最早的一批公益广告了。

画面上是一个小兵的脸，他戴着钢盔，看起来不过十七八岁，懵懂无知地看着镜头发呆，不知道这个家伙在干些什么。他在一辆军车的后车厢，从篷布中探出头，可以看见他身后背着的 56 冲锋枪的枪托。显然是当时的南方战线。

音乐我都听不清了，我也不需要音乐。

字幕是：当他们还是孩子的时候，就在为我们的共和国牺牲。我们不要忘记他们……

时至今日，我不知道还有多少人没有忘记他们?

不是在 BBS 上张贴当年的战争火爆杀戮照片，而是真的用你们作为一个人的心灵去感知这些年轻的生命。他们为了什么赴汤蹈火在所不辞? 他们的年轻的脸现在还有人记得多少? 他们的笑容现在还怎么样活在亲人的心中? 他们的亲戚朋友情人爱人是怎么度过一个个没有他们的日子? 这些你们想过吗?

拍拍自己的心窝子，你们想过他们也是人吗?

我不能看这个广告，但是刚才又拿出来看了。

我不能不看这个广告，因为我知道，他们也是小兵，和我们当年一样。

呵呵，这好像是政治教育？其实是扯淡的事情，那跟我没有球子关系，我不关心那些。

我只是想说，如果换了被出卖的是18岁的你，而你把他当成父亲、当成上帝一样看待，你现在还会不知道当年的小庄为了什么万念俱灰吗？——出卖，就是出卖。

不论是战争，还是演习，还是和平年代，出卖的性质是一样的。

有人说当年的小庄不是一个好军人，连一个好士兵都做不了。但是将心比心地想一下，如果你是我，你也18岁，你会比我成熟吗？

在特种部队的培养养成中，始终在贯彻的就是一句话——人的因素是第一位的。为什么？特种部队不是战略导弹部队，不是装甲部队，更不是空军海军部队，在那里科技是第一战斗力，装备先进就是战争胜利的保障。但是在特种部队，不是这样的。人，人的因素是第一位的。战士的素质是第一位的。因为，特战是人打出来的，不是科技打出来的。

你还是要深入敌后，你还是要直捣虎穴——虽然我说过孤胆英雄不是很可能出现，你一旦落单最大的可能就是孤魂野鬼——但是，特种兵战士的精英精神、好战精神，甚至是某种程度上的逆反精神，就是最强悍的战斗力。

面对逆境，你不逆反，你能成吗？

为什么说特种部队鸟呢？其实就是个性。

必须有个性，特种部队必须是个性十足的部队。在铁的纪律的约束和艰苦的训练磨砺下，要极强地压抑战士的个性，甚至让他们觉得要爆炸，这样，一旦战争来临，一旦需要爆炸这种个性，那就是战士的核裂变了。

这就是特种部队。

这就是特种兵战士。

没有极强的个性，是不可能成为特种兵战士的。

好了，我缓了一会儿了，继续当我当年当小兵的时候那点陈年往事。其实回忆起来真的是乱七八糟的，不过好在我小庄就是这么过来的，不用编故事。

其实，我当年废了那么大的劲儿脱逃然后冒着被锤的危险去"刺杀"老猫，其实就是等着骂这一句：

"去你的狗头大队！我不干了！"

我就是为了这一句，很简单的目的，没别的。

这就是我的报复——我不干了！

你让我大学毕业以后回来做军官？——我不干了！

而且我现在就走！我远远离开你这个狗头大队！我回我的步兵团侦察连去找我的苗连。他不是战将只是个连长，就是死他也会跟我在一起！不像你，把我们推出去，你还在指挥所的大帐篷里面对着地图和沙盘指手画脚。

我们为什么死的？

或者说，如果是战争，我们弟兄为什么死的？

诸位不要跟我扯什么别的好吗？你们希望小庄这个普通的18岁中国陆军上等兵是什么完美的士兵吗？是雷锋同志吗？问题是他不是啊！何必对一个18岁的孩子提那么高层次的要求呢？他还是个孩子啊！你18岁的时候比他成熟吗？他的眼中只有感情啊！只有这帮弟兄啊！

这就是真实的小庄啊，我要虚构一个完美的小庄你喜欢看吗？你们喜欢看不就是因为小庄是活生生的人吗？是人就没有完美的啊——高大全的形象你们爱看吗？

所以，不要简单地说当年的我是不是个合格的士兵，我相信你们18岁的时候哲学思维、理性认识不会比我强吧？你们喜欢看高大全吗？我真的不明白了，难道说小庄当年就要念叨着"我要为国家牺牲！因为我是军人！"你们就喜欢看了吗？你们只会冷笑，说："看，多假。"

但是真实的你们又会说："看，他不是一个合格的士兵。"

人啊，我有时候真的搞不懂你们啊！

所以，我先告诉你们，18岁的小庄不是你们心中的合格的士兵。他是一个有缺陷的士兵。因为，他最看重感情，也有强烈的个性。我至今也不认为他是什么英雄、什么完美的士兵，更不是你们希望的那种所谓的中国士兵的化身。所以，不要拿你们自己的想法来看小庄好吗？

因为，小庄就是小庄，他不会是别人。他当年就是这样的一个感情用事的士兵。因为他是活人，是人就有感情——你们18岁的时候就那么冷血吗？

这是议论，也不针对谁，因为我早就说过了这只是我自己白话当年那点破事。我现在脑子很乱，我去休息一下。

因为，回忆这些是痛苦的，我不是超人。

19. 兵歌（15）

我不得不把自己的心重新放到那个时空，回忆那个画面——这么多年来我从来就没有再提及过，因为有些事情总是你不想再提及的。

但是现在，我不能不提及这些。

不是为了我小庄，是为了小兵。

是的，为了小兵。

我想告诉人们，小兵是怎么过来的。

时间过去多久？

我真的不记得了。

我哭累了，变成抽泣。

但是我的眼睛没有放松，我还在看着他。

他也在看着我，还是没有表情。

如果一定要我拍这个画面，我的想法就是轨道车缓慢地移动，叠化成两张脸——一张没有表情的大黑脸，一张哭得稀里哗啦的小黑脸。

不需要音乐，因为没有人可以做出来这个音乐。

我们就那么看着，久久地看着。

他说话了："你要走的话，我不留你。"

我没有说话，我的去意已决。我知道我的走对他意味着什么，我不是傻子，我虽然小但是简单的人情世故是懂得的。

他慢慢地把抱在胸前的手放下来，撑在桌子上，面无表情地看着我。

我还是那么恶狠狠地看着他的大黑脸。

那么陌生，那么冷静——那么冷血。

我第一次看到了另一个他，我不知道哪个是真实的他。

但是我一定要离开他，远远离开，我不想再见到他。

他看着我，还是没有表情："我给你讲一个故事……"

"我不听！"我断然地打断他——我从来没有那么打断过他，这是第一次，也是唯一的一次。

"世界上第一次载员坦克空降，发生在苏联。"他不搭理我，自己就那么缓缓地、低沉地说，"苏联空降部队的司令员，一个上将亲自坐镇指挥。人们都很紧张，因为是历史上的第一次，坦克那个铁玩意儿下来不是闹着玩的。人在里面能不能受得了，很难说。那个上将就那么冷静地看着，看着，运输机过来了，坦克出来了，伞包打开了，就那么往下降，往下降。落到地面的时候人们欢呼，因为这是空降部队历史性的突破。一个年轻的空降兵中尉，坦克中唯一的成员脸色苍白地钻出来，在人们的簇拥下跑步到上将面前，敬了一个军礼。你知道他说什么？"

我不知道，我也不说话。

"他说：'报告上将同志，报告我尊敬的父亲！我回来了！'"

他缓缓地说。

我一怔。

"第一个做试验的，是这位将军的儿子。"他慢慢地说，然后戴上自己的黑色贝雷帽。

我还在看着他。

"这就是军人。"他慢慢地说，"为了最高的军人荣誉，为了最高的军人义务——敢于牺牲，就是军人的天职。"

我默默地听着，看着他。

"我不强迫你留下。"他缓缓地说，"这只是一次演习，如果是战争，我也会这样做的——你怪我、恨我甚至是想报复我，我都理解。我也没有什么可以解释的，你自己选择——留下，我欢迎你；离开，我尊重你。"

他慢慢地走出去了。

我默默地站在大帐篷里面。

我光着膀子，什么都没有说。

我那么站着，什么都没有做。

天色渐渐黑了。

我还站在那里，一动不动。

外面，警通中队的弟兄在饭前高歌，狼嚎一样。

"说句心里话，我也想家，家中的老妈妈，已是满头白发；说句心里话，我也有爱，常思念那个梦中的她，梦中的她。来来来来来来——既然来当兵，就知责任大……"

一阵风从窗户吹进来，吹在我的光膀子上。

我打了个冷战。

阴暗的光线下，我隐隐约约看见了那面军旗。

我还记得第一次在军旗前发誓的时候眼中的泪水。

我还记得第一次在军旗指引下正步通过检阅台嘶哑的口号声。

我还记得我的陈排倒在10000米武装越野场上拉枪栓逼我走的嘶吼。

我还记得什么？

还记得苗连的一只掉进脸盆的假眼。

还有穿着军装的小影……

还有呢？生子他们……

我现在已经回忆不起来自己当时在想些什么。

我的整个思维过程，很乱，真的。

我什么都记得很乱。

天色全黑的时候，我又看见了他。

他站在基地旁边的小山上，看着远处的公路桥和群山出神。

桥上一会儿过去一辆车的灯光，一会儿过去一辆车的灯光。

群山都是黑色的，风中丛林枝叶瑟瑟。

我慢慢地走向他的身后。

我就站在他的旁边。

他也不看我一眼，好像什么事情都没有发生一样，指着群山和公路桥："看！妈拉个巴子的跟老山那个地方一模一样！"

我看着群山和公路桥，什么都没有说。他却一直在说，在说老山，在说往事，话从来没有这么多过。虽然他在控制自己，但是我还是能够发现他的声音中隐约的颤抖。我站在他的身边，戴着我的黑色贝雷帽，穿着我的迷彩服，戴着我的臂章，一直就那么听他说。

很多年以前，一个18岁的陆军上等兵和一个40多岁的陆军上校就那么肩并肩地站在一个小山上。上校在说自己的往事。上等兵默默地听着。

后来这个上等兵对那个上校说："你哭了。"

上校就是不承认，一直说："没有没有。"

上等兵就再也没有问过，因为，已经不重要了。

20. 兵歌（16）

直升机在丛林上空掠过，我坐在舱门边上，朔风再次吹拂我的脸。

我没有什么语言。

弟兄们都没有什么语言。

大家都在直升机里面坐着，有的弟兄睡着了。狗头高中队也睡着了，他个狗日的逮着哪儿睡到哪儿。

我摘下头盔和风镜，立即就睁不开眼睛了。

我闭着眼睛，让迎面的风麻木我的脸。

过了好一会儿，因为喘不过气来我才把自己的头缩回来。

马达递给我一支烟，我拿过来点着了，抽了一口，深深地吸进去。

在我的脚下，还是兵车行，只不过是撤回原来的驻地，没有来的时候那么多了。

我抽着烟，默默地看下面的兵车队伍，却不知道在想什么。

我们的编队还是以狗头001机为中心，我们在回程的路上。

我看着群山、丛林、河流……熟悉而又陌生，我觉得连自己都陌生了。我好像换了一个人一样，对什么都没有那么激动了。

这不太像我啊！

我觉得压抑，把烟扔下去，在机舱里跪起来抓着舱门，对着外面的群山、丛林、公路、兵车……

我的侧面是吹来的朔风，我睁不开眼睛。

我撕破自己的喉咙高喊：

"啊——"

机舱里的弟兄都被吓醒了，下意识地抓起手中的步枪；狗头高中队的反应最激烈，眼睛还没有睁开步枪的保险已经拉开了——虽然连空包弹都没有，但是职业反应就是职业反应，你有什么办法？

我还在高喊：

"啊——"

声音一出机舱就被螺旋桨的噪音吃掉了。

但是我还在高喊，脸都憋红了，直到用尽肺里的最后一点儿氧气。

我大口喘着气。

里面的弟兄都惊讶地看着我。

马达拍拍我："龟儿子，你疯了？"

我没有说话，只是在喘气。

狗头高中队只是淡淡地笑了一下，显得自己很酷——我说过装酷是这孙子的本性，我也没有搭理他——他就又合上眼睛了。

弟兄们纷纷寻找刚才自己最舒服的姿势，嘴里骂着我"神经病"，又都睡去了。

马达没有睡，他在我边上担心地看着我，把嘴里刚刚点着的烟给我。

我坐回来，把他的烟叼在嘴里，又深深地吸了一口，淡淡地笑了。

急速吹散的烟雾中，我的笑容很奇怪。

马达打了个寒战。

"怎么了？不认识了？"我很纳闷儿。

马达看看我，又看看狗头高中队，不说话。

我纳闷儿地看他："怎么了啊？拿我当外人啊？"

马达摇头，用不知道是难过还是高兴的语气说道："你越来越像他了。"

谁？！我一激灵。

我顺着他的目光看去，看见了狗头高中队。

我出了一脑门冷汗。

马达叹口气，离开我去睡觉了。

我还那么傻傻地坐着。

马达闭上眼之前，看了我一眼，眼光很复杂。

我又笑了，我怎么会像他呢？他狗头高中队就是个孙子啊！马达闭上眼睡觉了。直升机在丛林上空飞行。

我在回忆中看见自己奇怪的笑容，现在正在写作的我打了一个冷战。是的，我18岁时候的笑容和狗头高中队那个孙子简直是一模一样。

很多年以后，我喜欢一个人在山里开车转悠，找到个地方就下来，张望四周。我也不知道在寻找或者等待什么。我的脑子在很多年的奔忙中变得很迟钝。直到有一天，我才醒悟过来。原来，我每一次来的都是一个地方，就是上一次我碰见兵车队伍的地方。

我在寻找的，是他们。还是，我在等待的，是他们？

我也不知道。

21. 风中想念着的你，是我全部的美丽

很多年后，小庄坐在自己的电脑前，看着一堆的留言不知道该说什么好。呵呵，为什么要求小庄是你们心目中的楷模式的军人呢？是你们期待中的特战精英呢？他真的不是这块材料啊！而且现在的小庄离开军队也很久很久了，军队的事情和他没有什么关系，军人的誓言和梦想也都是八百年前的事情了。

小庄一边看，一边就在淡淡地笑。

什么叫"隔岸观火"，现在是真的知道了。

他休息了一会儿，点着一根烟。

还是继续自己的故事吧，呵呵。

当年的小庄就是小庄，不会是你们任何人。因为，小庄就是小庄。这就是唯一的理由。

那次演习是我生命中一个重要转折点的开始。其实和猫头大队的作战还真不是何大队跟雷大队的个人恩怨或者说叫叫板，否则你们也太小看两个大队长了。雷大队的猫头大队先给红军一点儿颜色还是比较狠的颜色，红军战区指挥部不得不先给他收拾了，不然就有更厉害的颜色。特战虽然规模不大，代价不高，但是起到的作用是战略性的。我也就不讲猫头是怎么给红军颜色看的，一个是说了你们也不懂，再一个就是军队的隐私不能乱说。所以何大队就是把家本豁出来也要拿下老猫。特战，都是必然性中偶然因素在起作用——不扯那次演习了。

我回到狗头大队后，继续训练，继续踢球，继续和弟兄们一起侃山。但是他们看我的眼光渐渐变了，因为连我自己都觉得自己变了。我变得不爱笑了，即便笑也是跟狗头高中队那个孙子的德性有点儿像。我不再会为了马达的一点儿臭事笑得前仰后合，不再会为了谁滑降的时候挂在攀登绳上下不来了笑得一蹦三丈高，也不会为了我们踢球输给哪个中队就气得想跟人互锤。更关键的是，作为副班长，我在带队训练的时候的态度越来越严厉了，搞得我们班里的老士官都不知道我怎么了，但是看我的眼神和语调，他们都不敢不听。

我变得冷漠，变得低沉，变得冷静——或者说，变得冷血。

是的，冷血。

那种转变是我一生忘记不了的，因为记忆太深刻了。

我经常会沉默，突然沉默。在大家一起洗澡、一起侃山、一起打牌的时候变得沉默。我就那么一下子不说话了，也不知道自己在想些什么。我的脸色在记忆中变得阴郁，是的，阴郁——我知道自己不再是以前那个爱哭爱笑的小庄了，我也不再对什么抱有激情。我只是习惯性地在做自己该做的一切。

装酷不再只是狗头高中队那个孙子的本性。以前我老在弟兄们中间学他装酷，学得特别像，但是现在我那个德性就没有人笑了，因为大家都看出来我不是装的——我也和那个

孙子一样了。

什么笑话都不能让我再开心，什么臭事都不能引起我的笑容，什么样的伤心都不会再让我激动得抱着自己的弟兄哇哇大哭，他们也不会拍着我的肩膀问我："小庄小庄，你个龟儿子怎么了？到底怎么了？"

他们知道，我不再需要这些了。

他们和我变得疏远，不是人为的，是自然的。

我18岁的那年冬天，发生着这些变化。

我自己也不知道为什么，就是变了。

一个沉默的阴郁着自己年轻的脸的上等兵在大院里面来来去去，一切都是那么熟悉，一切却又是那么陌生。

我也不觉得难受，没什么特殊感觉了。

我知道何大队做的没有错，那个时候我已经知道换了我是他，我也会那么做。

我就那么来来回回，什么事情也不能让我多看一眼。

变了。真的变了。

只有在暗夜里，我打着手电在被窝里面给小影写信的时候，我才能感觉到自己的心里有温暖在流动着，一点点渗透着我的心。只有这个时候，我才知道自己还是小庄不是别人。

但是小影，你在哪儿啊？你为什么不来看我啊？

快速反应部队逢年过节的时候是绝不可能给你假让你进城的。道理不说你们都知道，但是我知道小影的军区总院不会这样啊，她们都有周末啊，是可以随便活动的啊！

小影，你为什么不来呢？

你知道小庄在想你吗？

第二天的军号一响，我的这些柔弱的念头又全部打消了，我再次变成一个阴郁的小庄。

是的，是我，双重人格的18岁。

我就是那么过来的。

刚刚当副班长的时候我自己都吓一跳，我靠！当官了！虽然副班长不是什么官还是兵，但是在狗头大队这样的鸟部队也是不得了啊！开始是真的不适应，喊个队还不好意思跟老鸟们嘿嘿乐啊，他们也瞅着我乐啊！但是现在我是真的不乐了，就那么阴郁着脸喊队。马达是班长但是他现在也不怎么带队都给我，因为他不想带队，看见我的眼神就让给我，我也不知道谦虚，就那么带队、喊队、喊操，给狗头高中队报告、敬礼、再敬礼、转身稍息，然后归队。

一天天就这么过去了，小影也没有来信，我还是天天写啊。

然后天亮的时候，一个阴郁的小庄继续自己该做的事情。

但是我真的想念小影啊，我不知道为什么这么想她，我真想在她的怀里痛快地大哭一场啊！

小影啊小影，你在哪儿啊？

谁能告诉我啊？

你怎么连个信都不给我来呢？你知道不知道我多么需要你啊？

但是她就是没有音信。

打电话，人不在，也没有人告诉我她干什么去了，小菲也不在。

她们屋里的女兵，还真的都不在。

我就这么一天天地过。不知道自己在干什么，只是做自己该做的事情。然后跟那个孙子一样装酷地笑一下，就什么都没有了。

一片苍白，我现在回忆起来那段时间是一片苍白，什么颜色都没有。

和军队无关，因为我是小庄，我很敏感，所以我有这样的感觉。

我也从来没说自己是个出色的军人。我不知道为什么那么多人要求我是个最好的军人，但是我真的不是，我就是小庄而已。所以你们不要对我要求那么高，我就是一个小庄，一个不争气的军人，现在还退伍了，以写小说为生。

转眼到了大年初二，我终于接到了电话。

我跑步到中队部拿起军线。

我听到那面是小影的声音："喂！黑猴子！"

我的眼泪"唰"的下来了，那半个月以来我都没有哭过，但当时我哭了。

"黑猴子，你怎么了？"

小影听出来了，她怎么可能听不出来呢？虽然我很压抑自己的哭声，但是她是小影啊！小影怎么会听不出来啊！

"没事……"我擦擦眼泪，"就是想你。"

小影在那面咯咯地乐了。

"你干吗去了？怎么连信也不给我写一个？"

我问她，但是没有责怪的意思，我怎么可能责怪小影呢？

小影就笑："你猜不出来！"

我笑了："说吧，你干吗去了？你们屋的女孩怎么都没有人影了？"

"你打开电视，看7点的新闻。"

看新闻干吗啊？我就纳闷儿了。

"去看啊！"

我看看我的潜水表，已经是7点03分了，我就说来不及了，我还得去中队俱乐部呢！那帮家伙都在看欧洲杯，我要换台绝对是当即被按倒暴锤。

小影就不高兴了："电视上有我！"

我就一激灵："怎么会有你呢？"

"去看就知道了！"

我就纳闷儿了。

中队文书一直在边上，好像是在看报纸，这个时候他站起来了："真的假的？电视上有小影啊？"

小影在那面说话了："谁偷听呢？"

我就笑说是我们文书。

小影说："你看就看，不看就算了啊！"

我还没反应过来，文书就跑出去了。

我听见楼道里面文书在喊："换台换台！新闻里面有小影！"

然后我听见楼道尽头的中队俱乐部那个热闹啊，一片小马扎响啊！

我还拿着电话发愣呢，就听见那边一分队长跟那儿喊啊："小庄呢？叫小庄过来没有呢？别赶不上了！"

可是我舍不得放下电话啊！

我还没说话呢，那边马达就喊了："搬过去搬过去！给这龟儿子搬过去啊！"然后那个热闹啊！

狗头高中队不在，他去大队战备值班室值班了，大家都是换了个德性，恨不得把房子给拆了再说。当然房子是不敢拆的，就是说说而已，显示我们弟兄的心情愉悦。楼道里一片靴子乱跑声，还喊道："小心点，小心点，日子还过呢！"我就知道是后勤股副股长那孙子，这孙子是个铁杆球迷，就喜欢跟我们中队一起看球，看得极爽。因为我们中队球迷多，一有球他就过来，干部的德性就没有了，只是球迷。

小影在那面就笑："你们干吗呢？"

"搬，搬电视呢！"我都被这帮孙子整得话都说不利索了。

小影乐翻了："你们搬电视干吗啊？"

我还没有解释呢，电视已经搬到中队部门口了，一帮兵哗啦啦就进来了，地上床上坐了一大片啊！文书就搬张桌子过来，把我们中队那台破牡丹搁在桌子上，赶紧插电调台啊！

然后就看见新闻了，是一帮老头、老太太开会呢。

这有啥看的啊？我就蒙了，兄弟们也蒙了，嚷嚷着："没有小影啊！"

小影就在那面说："都老实等着！"

我就老实等着，弟兄们也老实等着。老头子、老太太开会，过年了开开茶话会，像这种淡新闻多得要命。

接着就不是开会了，是一个大山里面的帐篷群。

弟兄们就嚷嚷："谁啊？哪个部队啊？"

然后觉得不对劲啊，怎么都是女兵啊？

我仔细看。没看见小影，就看见一帮女兵在演练战场救护演练越野，甚至还穿着迷彩服军靴进行演练射击。我从来没有见女兵穿成这个样子，这是干吗啊？那时候还没有什么女子特警队呢，弟兄们都惊了，咱们部队有女子特战队啊！然后我就觉得不对劲儿了，怎么戴的贝雷帽和我们不一样啊？蓝色的不说，还有个金黄的帽徽啊，这是什么部队啊？

我一下子就醒了，我知道是什么了！

然后弟兄们还在嚷嚷："小影呢？小影呢？"

后勤股副股长就喊："别吵！"

他也明白了，干部就是干部，这个时候不是球迷了。

弟兄们就都不吵了。野战部队的干部就是干部，就算一起看球也是干部。

然后我就看见一帮女兵在帐篷里面整理自己的东西。

我靠！我心里面一凉啊！我是真的一凉啊！

我看见小影了。

小影就在那面叫："小庄小庄，你看见我了吗？我在最左边，我们班的女孩都在电视上，你赶紧找我！赶紧找我！"

我拿着电话当时就蒙了啊，张着嘴不知道说什么。

我听见播音员在说："……我军第一支参加联合国维持和平的医疗队在结束了紧张的培训后即将踏上征程，远赴东南亚某国去执行光荣的使命，这是我军第一次派出医疗队参加联合国的维持和平行动……"

弟兄们都惊了，都张着嘴。

我就更不用说了，拿着电话不知道说什么，只是张着嘴！

"你看见我了吗？"小影还在那面笑啊，"还有小菲呢！我们屋里的女孩都在了！"

"看，看见了！"我张着嘴还没有缓过神来。

"明天我就走了！"

"真的去啊？"我问。

"那还有假的？"小影咯咯地笑！

我就心里疼啊，你笑个屁啊，你知道我在担心你吗？

话到嘴边却说出不来啊！

"以前都是你在第一线，这回是我了！呵呵，我是自愿报名的！"小影在那面说，"没事，别担心啊！凡是派医疗队的地方都是局势得到控制的！我得给你普及一下子啊！"

我还是张着嘴，我不知道说什么啊！

小影还在笑："怎么了？吓一跳吧？"

不会吧？小影去战区？不是演习的战区啊，是真正的战区啊！就算是控制了局势也是战区啊！我是特种兵，这点常识是有的啊！被控制的地区适合打特战，明枪易躲暗箭难防啊！我的思维就是这个样子！

弟兄们都惊了，嚷嚷着："不会吧！真派女兵上去啊！男的都死光了？"

你们不知道野战军的弟兄是怎么心疼女兵的。

弟兄们都惊了，大家都觉得奇怪，也觉得不可思议。

小影就在那边说："好了，不跟你多说了！我要去开会！明天上午我就走了！其实，我是想告诉你，我不比你差！哈哈！啵儿一个！"

然后她就挂了，我拿着电话一直到盲音。

新闻完了，大家也沉默了。

马达半天才说出来一句话："小影她们真的去了？"

一个弟兄就说："新闻都播了，你说能不去吗？"

大家就看我。

我谁都没有看，盯着电视出神。

我不知道自己当时在想什么。

呵呵，很多年过去了，我可以平静地写这段往事了。

呵呵，很多年过去了，我可以坦然地写这段往事了。

小影去了前线，我还在山里。

这就是我的小影，她就是这个性格。

要我现在说，她就是想和我看齐。因为她知道，我也许真的要在狗头大队从军了。

呵呵，不是为了什么高尚的、维持世界和平、振我军威、扬我国威的理想。

小影不是那种女孩，她没有那么崇高的理想。

她就是小影，就是因为爱我。

这就是当年的事实。

两个真实的小兵的故事。

但是，故事还没有结束——因为一切，才刚刚开始。

22. 脏手（1）

刚刚接了一个很长的电话。

电话响的时候我刚刚买烟回来，还没有开门。等我开了门，电话已经不响了。来电显示一串子 0，我吓一跳，这是什么号码啊？

后来电话又响了，我就拿起来。没人说话，只有呼吸。我"喂"了好几声，没有人搭理我，我就挂了。

但是电话又响了，我拿起来就怒了，因为我这段时间尤其是今天的心情极端不爽："他妈的谁啊？"

其实我现在一般不这么鸟，但是心情不爽尤其是隔离自己这么久了，所以我就有点儿过分了。

我听见了抽泣。

我就傻了，谁啊？

那是女孩的抽泣。

谁啊？我脑子里面转过很多张脸。

最后定在两张脸上，然后两张脸重合了。

我知道是谁了。

我也就不说话了。

快两年了，她第一次给我打电话，我们一直没有联系过。

我坐着不知道说什么，最后说了一句："你怎么知道我电话的？"

这还真的是个问题，因为中间我搬家很多回，电话换了好几个，手机也换。

"问了好多人。"她淡淡地说。

那种熟悉而陌生的声音使得我一下子傻了。

过了半天，我才回过神来："怎么想起来给我打电话的？"

"我看了你的小说……"开头几个字还清楚，后面的就泣不成声了，哭得不行了。

很多回忆就出来了。

但是真的和小影无关，我想起来的就是那只迷彩色的蝴蝶在我眼前飞舞，我伸手去抓，我拼命去追，但是什么都是空的。

我的脑子也空了，不知道说什么。

我就那么坐着。

"求你了，别跟他们生气了……"她抽泣着说，"我一直在看，从第 20 节开始跟着看，我知道是你。后来你公布了自己我也没有惊讶，因为我知道一定是你……"

我不知道说什么好，网络是个好东西还是个坏东西呢？

"你好好休息，别生那么大气好吗？"她抽泣着恳求我，"我知道你心里不好受……我本来不想打扰你，怕影响你写东西，但是今天我坐不住了，我必须跟你说话……你这么是在耗自己，你知道吗？"

我深呼吸一下，红肿的左眼又开始疼了。

我知道是眼泪，有盐分所以会疼。

"赶紧休息吧，不要这么跟人赌气了！"她说，"我知道我不该打扰你，但是我要告诉你——我终于知道你是怎么过来的了，我理解你……"

我闭上眼睛，让眼泪一直流啊流啊。

我还能说什么呢？

"按你自己的想法写完吧。"她说，"我们很多朋友都在看——只是他们不知道，我就是那只迷彩色的蝴蝶。"她笑了。

我不知道大不列颠现在是几点，但是我知道一定是黑夜，因为我这里是白天，而她在地球的另一边。这个道理我是知道的。

"中国士兵——小庄！"她像孩子一样笑了，"现在你的名字在好多留学生嘴里呢！你知道你干了什么吗？无论当没当过兵的，无论喜欢不喜欢军队的，都喜欢这个小庄你啊！我都有点儿吃醋了。呵呵，赶紧休息吧！小庄不是你一个人的事情啊！"

我睁开眼睛左眼绝对是花的，右眼是清楚的。

我们说了很久，还说了什么我就记不清楚了。

我的心情好多了，踏实多了。

对于那些我原来不想写或者说怕引起争论的故事，那些真实发生在我身上的故事，我也一样要写了。

因为，这已经和我的荣辱没有关系。我个人在这些故事面前算个蛋子啊！何况这个故事和政治还真的没有关系，是整个东方民族的问题，是几千年的民族心理的问题，或者说是民族应该铲除的劣根！

这是一个过去的小兵的故事。

小兵，是的，一个过去的小兵，被人遗忘的过去的小兵。

永不为人知的一个过去的小兵。

死在我枪下的一个过去的小兵。

其实，还应该说是我的前辈。我亲手杀了他。

大年初五的凌晨三点，我记得很清楚，因为那天我是值班的班长，在楼道坐着给小影写信。我们特勤队的警报响了，是战斗警报，我们的警报是分级别的，特勤队出动和大队全体出动是不一样的警报——这个警报是特勤队的警报。

我顾不上别的了，把信往兜里一塞就吹哨子。

当时我没有那么紧张，因为我一直以为是狗头高中队跟我们过不去，不让我们好好睡觉，估计又是跟炊爷的三轮较劲儿，或者去家属院偷谁的自行车什么的，这种鸟事真的是屡见不鲜啊！

可是我一抬眼，这不是啊！文书都出来了，拿着钥匙哗啦啦开枪库啊！还对着对讲机说："二中队特勤队请求开枪库！"文书是江西人，一张嘴就是江西普通话，我至今也学不像。

特种部队枪械管理是非常严格的，虽然你天天要跟枪打交道，但是枪支的管理不是闹着玩的，文书有钥匙，但是如果大队那边不知道，警报器马上就会响啊！

干吗取枪啊？我有点儿发蒙。

那边文书已经开了枪库大喊："特勤过来取枪！"

这边我们弟兄已经穿好衣服，拿着头盔、背囊等出来了。

马达把我的头盔和背囊扔给我，我就跟着大家去取枪。

这回枪库没有停电——我很意外啊！哪次夜间战备不停电啊！

但是当时顾不上这么多啊！我赶紧抄起自己的步枪，手枪、匕首披挂好就往外跑啊！

全大队都没有动静，只有我们特勤队在战备。

我确实奇怪啊，这回是干吗啊？单练我们啊！批准非训练时间开一次枪库有那么容易吗？绝对是麻烦得要死啊！——但是我顾不上那么多，赶紧跟着跑啊！

我们十几个弟兄哗啦啦全副武装，除了没有子弹。我们跑到楼下的兵楼前集合，我就喊队，大家赶紧向右看齐报数。

狗头高中队早就在下面了，这孙子也是全副武装。

我就报告应到多少、实到多少，请高中队指示。

狗头高中队这孙子还是那个表情，就那么一挥手："放背囊！"

我们都一怔，但还是放背囊，不知道他是什么意思。

"小值日！"狗头高中队喊。

"到——"那个在兵楼里面坐着的兵赶紧跑步过来。

"一会儿你负责把他们的背囊拿回去！"

"是！"

我就更蒙了，背囊不带战备干什么啊？

"一号区，登机！"

我们就跑步过去，只拿着武器，背着一个水壶，干粮什么的都没有带。我心里还合计着呢：这是什么战备啊？这么莫名其妙啊，野战部队出动不带背囊干吗啊？真的练我们风餐露宿啊，就是野外生存也带着背囊啊，为什么只带武器？

我还没合计出来呢，就已经到大操场了。

我们特勤队的直升机就在那儿等着呢，螺旋桨在转动着。

然后就发弹匣，弹匣一到我手里，我就惊了！我靠！实弹啊！

绝对的实弹，不是空包弹。

我们都惊了，但是什么也不敢问，只是往自己的装具里面装弹匣。

然后我把一个步枪弹匣上到步枪上，一个手枪弹匣上到手枪上，不敢开保险。

狗头高中队就看表，然后一辆突击车就过来了。我们一看更惊了！

何大队啊！他也全身披挂啊！除了没有步枪、挎了个手枪以外，别的什么都不缺，还真的戴个头盔——他脸比较大，所以戴上去比我们威武得多。我们戴上去都跟小麻雀似的。

何大队跳下来，径直走过来。

我看见他没有戴军衔和臂章，胸条也没有。

狗头高中队就敬礼："大队长同志！二中队特勤队应到多少人，实到多少人，集合完毕请指示！"

何大队就还礼，也不说什么，就一挥手："出发！"

我们就上飞机出发，何大队也上来了。

直升机起飞了，何大队也在，我们都不习惯。

我们拿出迷彩油要画，何大队就摆手："不用了。"我们就收好。

"撤掉你们的臂章、胸条、军衔。"何大队淡淡地说。

我们都蒙了，干吗啊？

狗头高中队在撤，我们就撤，收好了放在兜里。

直升机径直向远方飞去。

何大队严肃的脸不知道在看哪儿。

我们正襟危坐，一动不敢动——第一次和何大队一个直升机你想想什么滋味？

何大队叹口气，我们也不知道他在叹什么气。

他缓缓地说："今天的事情，就死在你们脑子里——谁泄露出去，按照泄密处理！"

我们就更紧张了。

什么事情啊？何大队亲自带队，还撤掉我们的臂章、胸条、军衔，这是干吗啊？

我第一个反应还真的是战争行动，这个不骗你，美国大片你看多了也是这个反应。我还以为边界那面出事了，或者是派我们去什么国家或者地区秘密干什么事情。

于是我就紧张得不得了啊！

上战场啊！

但是接着我就知道不是了，因为直升机在往城里飞啊。

我蒙了，这是干吗啊？

何大队看着城市，什么都没有说，就是那么看着。

微弱的光线下，我看见他的脸色复杂，或者说，确实是痛心。

我们都不知道发生了什么事情，我们是士兵，只知道服从命令。何况，是何大队跟我们一起去。

很久很久，何大队才缓缓说："我们这次的任务，是清理门户。"

23. 脏手（2）

该怎么讲这个故事？我真的是犹豫了半天，虽然不写不行，但是还是犹豫——肯定说什么的都有。但是我还是要写，不能不写啊！我不能让这件事情真的跟我进了地狱啊（我知道我没有上天堂的命），那样我就不是内疚的问题了——毕竟，那一枪是我开的。

他是死在我手上的。

事情过去这么多年了，按照有关原则，密级早就可以撤销了。何况这件事情还真的没有什么密级，只是不对外公布而已。何大队所说的按照泄密处理也是针对狗头大队的范围说的，我现在说也确实不犯规。

但是我是真的不想给自己招惹一身是非，所以我会犹豫啊。我只希望大家好好地反思一下关于一些民族心理的问题。

真的，我的个人荣辱其实都是扯淡的事情了，因为这种小事真的不算是个什么蛋子事情，不至于牢狱之灾，何况还是写在小说里面不能成为什么证据。否则那些写惊险小说的人就都别写了，干脆都改言情，绝对保险。

所谓的个人荣辱，就是一定会引发大量的争论，说什么的都有。但是要我说，它还真的和政治无关，是整个东方民族的问题，我说的是整个。唉，争论就争论吧，如果我小庄豁出去自己的荣辱被人骂个狗血喷头——其实在前面的段落你们应该十分了解我的写作风格了，绝对是小心翼翼，但是这个段落怎么写都是一堆事情——只要这种劣根能够引起大家的一点点反思，我算个蛋子啊！

这么多年过去了，压在心头的难道是虚幻吗？

呵呵，你可以相信，可以不相信——我说过了，这是小说。

直升机在省城上空飞翔，降落在一个工厂的停车场。我至今不知道那是什么工厂，我进城本来就少得可怜，何况一进去就在军区总院扎着不出来。我透过舷窗看见外面到处都是警车，围着工厂的办公楼。

何大队下去了，我们在上面等着。

然后我就看见何大队在和几个警察说什么——顺便说一下，警衔我至今认不全，就是觉得麻烦看不明白——然后他一挥手，狗头高中队就下去。

他们还在说什么。

我们弟兄就在上面等。

我当时心里已经差不多知道了：地方公安遇到硬茬子了，收拾不了找我们。

我们那帮学生——特警队也在现场，但是我看见他们已经有人挂花了，正在包扎。

没有什么枪声，但是救护车在来来往往。

我就知道刚才有一场恶战啊！

看上去真的是有不少警察挂花——有没有牺牲的我至今也不知道，这种情况不会跟我们小兵通报。

何大队一挥手，我们就下去迅速列队。

何大队很严肃地看着我们："目标—— 一个疑犯，持有79微冲一支，77手枪一把，弹药不确定，并在身上绑缚TNT炸药块，电子触发雷管。劫持人质七名，就在那个三楼！——有没有信心？"

"有！"

我们齐声吼啊——绝对是有信心啊！一个人算个蛋子啊！我还以为有多少呢！

何大队还是担心地看着我们，不下命令。

他又转身看大楼。

我不知道他在犹豫什么！这种简单的小科目练了几百遍都不止了啊！就是野外驻训的时候，逮着附近部队的兵楼办公楼机场什么的也是抽个时间狠造啊！有时候扮演"恐怖分子"，有时候又是反恐怖部队——"恐怖分子"这个词是开玩笑啊！意思就是渗透破坏啊，别给想歪了啊！

为了提高0.5秒，我们可以练十遍或者二十遍，绝对是快准狠啊！但是何大队却在犹豫。他就那么看着大楼。狗头高中队不敢说话，他个孙子敢说什么啊？他握着自己的手枪把，在想什么——我当时就想喷，哎呀，这孙子也会思考啊？

何大队看了半天，就说："还是我跟他谈谈吧。"

一个警官就说："算了吧，我们跟他谈了的，他都开枪了。"

"我去跟他谈，好吗？"何大队客气地说，毕竟这是人家的地头啊。

几个警官想想，但是不敢下决定。

"我去和他谈——给我一次机会。"何大队缓缓地说，谁都能听出来他话里的沉重和心痛，"他毕竟是我的兵。"

我当时脑子就蒙了！我操！不会是我们狗头大队的哪个小子胡闹吧！这他妈的可玩大发了啊！但是转念一想又不是啊，我们大队就那么屁大点院子，看得死死的，谁也出不去啊？就算真是有这种操蛋的，我们也马上就能追捕啊！特勤队怎么可能不知道呢？

我还没有反应过来，但是我看见狗头高中队把头低下了。我知道，这孙子是真的难受了——这是我第一次见这孙子难受啊！

警官们看看何大队，再看看狗头高中队，想了想，还是同意了。

何大队拿着高音话筒往前走，一个警官要给他防弹衣。

何大队怒了，真的怒了，一把推开："我要那个玩意儿干啥！他是我的兵！你让他向我开枪试？他敢？！"

我明白了——可能是退伍的老兵。

这种事情，不是没有，确实也有，比较令人痛心。后来我退伍后接触了一些国外的资料，知道全球特种部队都出过这种倒霉事情，一般警察是真的对付不了的，只有找特种部队自己解决——我们的行话，就叫"清理门户"。

我相信所有的特种部队在处理这种类似于"清理门户"的事情的时候，都比较难受，但是不得不为——你是军人，就要执行命令，况且，你的弟兄真的犯罪了，国法难容啊！

但是这个兵绝对不是一般的退伍兵。因为那犯不上何大队亲自来啊！这个智商我还是有的。

何大队往前走，狗头高中队一挥手，我们就急忙跟上，前后左右成了人墙，打开保险，枪口对着大楼——我们准备用自己的身体抵挡任何可能射向何大队的子弹。

"给我滚！"

何大队第一次踹了我一脚——我从来没有见过他打小兵，这是唯一一次，也是第一次，而且踹的还是我。

我们不让开——我们必须用生命捍卫何大队，他是我们的军神。

"高中队！"何大队喊。

"到！"狗头高中队立正。

"你让他们给我让开！我自己过去！"何大队吼。

狗头高中队在犹豫。

"这是我的命令！"何大队怒了，"我就不相信他会开枪打我？！"

狗头高中队不敢怠慢了，命令我们让开。但是他使个眼色，我和我的两个突击手就悄悄过去了。何大队的注意力在前面，他也许感觉到了，但是顾不上我们。

他一直在看着那幢黑压压的大楼。

我们都知道目标在三楼但是不知道是哪个窗户，我们的目光就在那里寻摸，步枪抵在肩上，但是枪口是向下的，不敢刺激对方啊！

我们三个戴上自己的单兵夜视仪展开散兵线，慢慢地跟在何大队后面——我离何大队最近，只有半米，只要有风吹草动，我就一下子扑到前面去！

我会用我的生命捍卫他！

我那时候已经理解他，而且我知道我自己也会这么做的。

何大队走到空地上。

他站住了，看着大楼。

我们都很紧张，握紧步枪。虽然我们都是步枪速射的高手，但是没有目标打个屁啊！夜视仪里面绿乎乎的一片啊！

我当时已经意识到对方也绝对是高手——狗头大队的老兵不是高手吗？

我们真的发现不了他，何大队就拿起高音喇叭："妈拉个巴子你小子玩什么呢？赶紧给我出来！"

里面没有动静。

"要玩就先跟我玩！"何大队喊，"你想怎么玩啊？你知道不知道你自己在干啥啊？你在找死知道吗？"

里面有声音了，是个男人："何中队，是你吗？"

何中队？！我一激灵啊！不得了啊！这不仅是老兵，而且是我们的前辈啊！打过仗的老侦察兵啊！素质绝对不是吹的啊！是真开枪打人的主儿啊！而我们呢，就打过靶子啊！

"不是我是谁啊？"何大队就说，"你大半夜的整什么整啊？把我也给整来了！你说我怎么办啊？赶紧下来，什么话下来说！"

"何中队，"那个男人的声音干涩，"你走吧……我没有回头路了，我杀人了，还不是一个。"

何大队就惊了："你……你怎么能……你小子干什么啊？"

"是真的。"那个男人的声音变得坚硬，"我不会出来的，除非警方答应我的条件，给我提供直升机出境……"

"你以为看电影啊？"何大队怒了，"你没当过兵吗？可能吗？能答应你的条件？你自己寻思可能吗？！他答应你，他是干什么吃的啊？你这是自找死路啊，你啊！你让我说你什么好啊？"

他是真的痛心了。

"何中队，我不怪你，不是你的责任。"那个男人说，"你左右不了，我知道。怪就怪我自己，没有自杀，还活着回来了。"

何大队痛心疾首："你怎么那么浑蛋啊！你知道不知道你还年轻啊！那点破事算什么啊！你怎么就不自己想想呢？"

"我根本就没有出路！"那个男人说，"他们都拿那种眼光看我！挖苦我！还欺负我！

何中队，你不知道这几年我怎么过的！我受够了！这个狗日的厂长还欺负我老婆……我能不杀他吗？我算个什么男人啊？"

何大队急得团团转："怎么搞成这个样子啊？不是说对你的政治前途没有影响吗？咱们不是有政策吗？啊？！他们怎么能这样啊？"

"政策是政策，但是他们根本就不那么看我！"那个男人都哭了，"你知道他们怎么骂我的，何中队？——胆小鬼、怕死鬼、王连举、叛徒……"

那个男人哇哇大哭啊！一个男人，一个年近中年的男人哇哇大哭，撕心裂肺——你知道我是多么震惊吗？我当时 18 岁，我不知道到底是怎么了？这个前辈是怎么了啊？

"你不是！"何大队的眼泪也要下来了，"你是我最好的兵！你是我最坚强的战士！你是我最过命的弟兄！你下来，我给你做证！我看哪个敢欺负你？！我把这个厂子给他拆了！"

"晚了！"那个男人哭着喊，"我杀了人，连欺负我老婆的那个厂长，还有跟他一块儿去的，四个，我还打死了警察——我没有活路了！"

何大队急了，真的急了："为什么这样对我的战士？为什么？党纪国法他违反了哪条了？他有什么对不起你们这帮狗日的？他为了你们烈血！为了你们受罪！你们凭什么这么对我的战士？凭什么？"

他破口大骂，但是不知道在骂谁。

我也不知道，现在也不知道。

但是我当时就知道，这是无济于事的。

何大队的对讲机响了："何大队长，疑犯劝出来了吗？上面的时限还有 15 分钟。"

"等着！"何大队对着对讲机喊，随即一把将对讲机摔在地上，还踩了一脚。

他抬起头，看着黑压压的大楼，语重心长地说："……你出来吧，不能一错再错了。"

"我没有活路了，何中队，你就给我一条活路吧。"

何大队叹了口气，指着我们三个："你看看他们三个，你再看看后面的十几个——都是你的小兄弟，加上我，加上你的哥哥老高，就这么些人了。你先开枪把我们都打死吧，打吧。"

那个男人喊："何中队！你说的什么话？"

"你不要忘记了，"何大队的眼泪在眼里含着，"我还是军人——他们这些小兄弟也是，既然我们来，就是有命令的——军令如山倒啊！你说我该怎么办？是下命令让这帮你的小兄弟，还有你的哥哥老高进去和你对着杀？还是……你说呢？我不能对你下死手啊！你是我的战士、我的兄弟啊！你是为了我们这帮老哥们儿吃的苦啊！那么些年，你在那个里面受的罪，不是为了我们这帮老哥们儿吗？我只有选择让你先开枪打死我，还有你的哥哥老高，还有你的这帮小兄弟，然后你爱怎么办怎么办——但是我不能离开，不能不管——我是军人啊！你的哥哥老高也是，他就在后面。还有这帮小兄弟也是啊！我们怎么可能不服从命令呢？"

那个男人泣不成声："何中队……"

何大队摘下自己的头盔，随便一丢："这个玩意儿号称防弹，到底咋样我也不知道。

你开枪吧，朝我这儿打……"

他指着自己的额头。

我们都惊了。

何大队就那么光着头站着，惨淡的灯光下他真的泪如雨下啊！

沉默。

还是沉默。

一支79微冲丢下来了。

"何中队——"那个男人高喊，"我宁愿打死一百个警察，我也不能向我的兄弟开枪！"

这句话，我记了一辈子。

深深地，刻在我的心里。

然后，何大队就闭上眼睛。

眼泪在他的大黑脸上就那么流——我们是真的，从来没有见他哭过。

然后，那个男人就出来了，站在楼门口，站在灯光下。

我看见了他的脸，一张惨白的脸。

他慢慢解下自己身上的炸药，丢在一边，空着手，就那么站着，看着何大队。

何大队睁开眼睛，看着他。

他惨淡地笑了："何中队，我又见到你了，真好，以为这辈子见不着了……"

何大队喉结蠕动着，什么都没说。

警察们扑上来按倒他，搜身，戴上铐子。

他看着何大队，还是惨淡地笑着。

警察们围着他，准备带走。

"小庄。"

我听见何大队压低的声音，颤抖的声音。

我看着何大队。

"射杀目标。"

我一惊——不会吧？不是投降了吗？

"执行命令！"何大队的语气严厉。

我不能再犹豫了——战士就是这样，不能问那么多。

我端起自己的步枪，瞄准那个男人。

但是我的右手食指在颤抖——为什么？为什么射杀他？如果他在反抗，当年的小庄绝对是毫不犹豫啊！但是他没有啊！他投降了啊！

"射杀目标！"何大队的语气极端坚定。

我无法犹豫，我无法抗命，我无法拒绝，我只能射杀。我是战士，我只能服从上级的命令，何况我也不会怀疑我的上级，我信任他。那件事情之后，我更加信任，因为我知道战士就是要牺牲的，这是天职。

我瞄准目标头部，屏住呼吸，虎口均匀加力，食指扣动扳机。

我听到枪声。

虽然我天天听到 95 枪的枪声，但是这一次真的不一样。

因为，子弹真的去射击一个人，不是靶子。

随即，我从夜视仪看到那个男人一下子栽倒了。

警察们紧张起来，纷纷拔枪，但是马上就知道那一枪是我开的。

我的枪管还在冒烟。

何大队跟什么都没有发生一样："走！带回！"

我们就集合，警察谁也没有拦，他们怎么敢拦呢？

我们跑步去我们的狗头直升机。

路上，我们跑过那个男人的尸体。

我看见他的脑浆迸裂，红白分明。

我感到恶心了。

是我杀的人啊！

我们上了飞机，警察不敢拦，何大队也不跟警察说一句话。

起飞后，我开始吐。

何大队和狗头高中队什么都没有说，就是默默地看着脚下的城市。

这件事情一直记在我的心里，我对谁也没有说。

要我现在分析，何大队的心理就是：与其让他接着受辱，不如给他一个痛快的结束。
他毕竟曾经是个战士，他的结局无非是一枪而已，不如直接点儿，何必让他再接着受辱呢？"

其实他的命运，真的和政治无关，政治没有为难他。

是人。

社会中的人。

一个民族的极端恶劣的劣根心理。

这个故事，其实真的没有完。

因为，他死之前的故事，我是很久以后才知道的。

你们有兴趣听吗？

一个过去的小兵的故事。

24. 脏手（3）

我刚刚又打了半天电话，打给谁不说你们也知道。

我不知道应该感谢网络还是感谢什么，但是我在这个网络世界写这个劳什子小说，她居然还一直默默地看着，还抹眼泪后悔当初不理解我。说实话我的眼睛也一直在疼，因为也在流眼泪，我也控制不了自己的眼泪。

其实我这才知道，我真的那么需要她。

只要她在看，她在关心，小庄的故事就不会结束。

我们打了一小时越洋电话。

我不知道几个钱，但是钱现在对于我没有什么意义了。

她没有跟我提我开枪杀人的事情，虽然我知道她看见了，但是没有提——有心眼的女孩都不会那么傻，她更没有问我为什么这么多年我都没有告诉她。

呵呵，这个不是什么秘密，但是我连小影都没有告诉。

因为我不想让别人知道，我杀过人。

虽然那时候我是士兵，但是我还是杀过人——而且还是我的前辈。

小庄这么多年就是这么过来的，一直压着这件事情没有告诉任何人。不想告诉也不想说，只是现在不得不说。我不能让这个前辈，过去的小兵就这么消失掉——我倒不是纪念他，他也不是什么伟大的战士。客观来讲，他是一个十恶不赦的罪犯。

我开枪，其实是给了他一个解脱而已。但是，这个人毕竟是我杀的。我怎么可能没有感觉呢？

我不知道有多少人看过萨特的剧本《脏手》。我看到这个剧本是在大学二年级的时候，那时候我已经从军队回来一年多了。当时要排一个戏剧片段，一个同学迷萨特迷得不行，我对萨特比较一般，我喜欢尤金·奥尼尔和彼得·谢佛。我一向对事事儿的讲哲学的比较反感，喜欢讲故事的，所以根本不看萨特。

我那时候在大学里面已经适应了这种慵懒闲散的生活，不是刚刚来的时候那种鸟样子了。我说过，环境的力量是无穷的。所谓的一次当兵，一辈子都是军人是绝对不可能的，不相信的话就去问问你身边退伍和转业超过一年以上的人，那种社会的暴锤是你们抵挡不住的。因为那个不是身体的暴锤，是对心灵的暴锤。

很多话很难说清楚，要是讲述这些故事，我干脆再写一个小说。我还是说《脏手》。

他一定要我演雨果（好像叫这个名字，我记得不是很清楚了，现在脑子很乱很乱，不是大作家雨果而是剧本里面的一个角色），因为觉得我的气质很像雨果。我也不知道哪里像，但是不喜欢归不喜欢，表演课程的作业还是要完成的啊！就跟在部队的道理是一样的，没有什么道理可以说。

我就拿过来剧本，只看了一半我就已经不行了，真的不行了。

没有眼泪，只有胆寒。

《脏手》讲的是一个清理门户的故事，只不过发生在"二战"的法共游击队。

雨果就是那个被处死的人。

他被处死了，被自己的战友。

我要演的就是雨果。

我拿着剧本，我都能清楚地感觉自己的手在发抖。

我一下子把剧本扣在桌上。

真的太可怕了……

最后打点（我们学校的行话，就是考试）的时候，我真的在被杀的那个瞬间在台上晕倒了。

醒来的时候已经是黑夜，我躺在医院的床上看着漫天的星星。

脏手。

我的手也是脏的吗？我不知道。

没有泪水，只有颤抖。因为，我会恐惧，我会一直觉得自己的手是脏的。那双眼睛在看着我，就那么看着我。

这也是为什么我喜欢萨特的存在主义哲学，但是始终没有勇气读他的剧本的原因。《死无葬身之地》，这个名字就让我感到恐惧。后来我还是偷偷看了，恐惧就没有那么强了。我有过当兵的历史，还是跟游击队一样在敌后游击作战的特战队员，但我还是会感觉到恐惧。

这真的是一个很难回答的问题。要不干脆拉光荣弹，或者是把手枪的最后一颗子弹留给自己，但要是来不及呢？

我们会怎么样呢？

这个问题真的无法回答，你们可以说豪言壮语，但是你们不到那个份儿上，就不会知道。什么样子的训练，都比不上实战。设身处地地想，在你们离开特种部队那样的一个激情单纯的环境，你们在社会上被暴锤以后，作为士兵，你们的价值是什么呢？是自杀吗，还是活着？自杀就是英雄吗？生存就是耻辱吗？人的价值是什么呢？

我真的没有答案。

这也是个不宜展开的话题。因为，东西方民族在看待战俘问题上的思想是有着根深蒂固的区别的。注意，我说的是民族不是政治！是看待不是处理！谁也别给我理解歪了啊！否则我就骂人！我没有说什么政治的话题啊！谁也别理解歪了！

我只能说，如果是我，我被俘的话，我就自杀。

不是为了什么别的，就是为了我还在战斗的兄弟们。

光荣弹、手枪的最后一颗子弹、匕首、咬舌头……我都干得出来，因为我不能出卖我的兄弟。

在我刚刚接受这种训练的时候，我就是这个主意。

现在也是，如果战争爆发的话。

这就是小兵的命，该着了就是你，该不着就不是你。

所以，别跟我扯什么英雄。

那么清理门户呢？

清理门户以后的手是什么呢？——脏手。

我的手是脏的吗？

好像是，又好像不是。

谁能回答我呢？

所以我几次想把电脑砸了，不敢写这个段落，但是我又不能不写——为了那双一直看着我的绝望的哀怨的眼睛，我真正开枪打死的第一个人。

他的故事我是很久以后才陆续听说的，这个陆续的意思就是不是一个人在一个时间说的。这都是传说了，甚至有不同的版本。这种事情，在狗头大队内部有那么多侦察大队下来的干部，你们觉得能保密吗？谁不认识谁啊？

我到现在也不知道他叫什么名字，只能叫他——"他"。

他，当年是一个热血青年，就是我们军区所在的省会城市高中毕业，市体校的。

当时南边刚刚开始互锤没几年，局势还是紧张，他毕业没考大学就报名参军了。他有一个女友，当时叫对象，上了大学。但是两个人感情还是很好，女友经常到部队看他。

他的身体素质好，侦察连当然是对他敞开大门的。

然后组建军区侦察大队，他就报名，但是他所在的部队没有名额。当然是血书一封封地写啊，就是要上前线啊！战士想上前线，你们觉得哪个首长认为是坏事？当然没多久就批准了啊，他就分到了何大队的中队。

他头脑灵活，军事过硬，文化素质也高，何中队很喜欢他。他和狗头高中队是好兄弟，这个是我没有想到的，当时是真的没有看出来啊！然后他就一直打仗，还立了个二等功，绝对是战斗英雄的材料，临危不惧，杀敌不留情面——绝对是真爷们儿。

然后就是深入敌后的一次任务，这个事情比较巧了——我觉得演义的成分多一点，我也不知道，就先写在下面吧。据说有作家用过，但是我觉得我再写写也无妨，老前辈作家不会介意我再胡喷点东西吧？

夜，绝对是伸手不见五指。

亚热带丛林的低气压笼罩着整个世界。

一小队穿着迷彩服的军人在林间穿行，知名和不知名的枝蔓抽打着他们年轻的躯体。他们的身上挂满了冲锋枪、手枪、匕首、手雷（当时我们侦察兵是用手雷的，专门为山地丛林研制的）、电台、指北针等你们都知道的劳什子，他们的眼神是果敢的，他们的喘息是粗重的，他们的脚步却是轻盈的。

但是事情就是比较倒霉——什么叫点背呢？

先是40火手把自己的火箭弹给丢了——我一直纳闷儿怎么丢的呢？但是丢了就丢了，能有什么办法呢？偶然因素就是偶然因素啊，这种神事真的是没有解释的。

然后就是迷路——一帮最优秀的侦察兵迷路了。

神了，一队人都对着地图和指北针发蒙啊！

没办法，带队的何中队就说："妈拉个巴子，走！"——只能走啊，还能在山里待着等天亮搜索队来吗？

他们就摸索着走——其实事后证明还真的没有走错，当时那种气氛对大家的影响比较大，这个很重要。

咣！金属撞击的声音。

大家都安静了，都不动了。

夜太黑，什么都看不清楚——那个时候没有单兵夜视仪配备啊。

但是，他走在第一个，是尖兵，他知道怎么回事。

撞击，就是撞击。

不是撞击了什么东西，是撞击了一个人。

人的躯体。

两个人面对面地站着，都可以感觉对方的呼吸，但是谁都不敢动——你什么都看不清啊怎么动啊？

大家都安静了，都知道出麻烦了，但是什么都看不清楚所以谁都不敢动。

突然之间一道白光啊！不知道附近哪里的火箭炮部队发射了！

第一道白光就全看清楚了。

蒙着迷彩布的高低错落的钢盔，钢盔下面年轻的画着厚厚的黑色油彩的犹如原始部落战神的脸，黑白分明的眼睛，他们中间摇曳的无线电天线……

土黄色的盔式帽，帽檐下同样年轻的黄色的脸，黑白分明的眼睛……

大概只有 0.5 秒的停顿。

从他的喉咙里面迸发出来一声极其原始、极其野蛮、极其粗暴的声音：

"杀——"

然后就是小巧灵活锋利的侦察兵匕首划出一道白光。

第二道火箭炮的白光起来的时候，对面那个年轻生命的脖子已经喷出鲜血，在白光下面是那么红……

对面的年轻士兵也迸发出自己民族的原始嘶吼。

紧接着，就是小巧灵活锋利的侦察兵匕首和粗犷锋利的苏联制造的突击匕首在空中飞舞，道道白光中血光四溅啊！

两个民族最优秀最勇敢最彪悍的战士用最野蛮的方式杀在了一起！

没有时间拔枪，绝对没有时间——因为真的太近了！

在火箭炮阵地的射击的道道白光中，双方就这样嘶吼着，杀着！

绝对的血腥、绝对的野蛮、绝对的残酷，就算是在老美，也绝对属于限制级别的画面。

但是，这是真实的。

很多很多年前，两个亚洲民族最优秀最勇敢最彪悍的战士，就这样巧合地相遇了。谁也不知道对方要走这条路而且是现在走，然后就这样用最原始的方式杀在了一起！

你们可以听见杀声的嘶吼。

你们可以看见血光的飞溅。

你们当然还可以听见从不同民族的战士中间发出的惨叫——毫不犹豫就是杀啊！怎么可能犹豫呢？

这就是战争啊！

这就是敌后作战啊！

这就是遭遇战啊！

血染红了每一个人，也染红了他们的心。

很多年后，当我们的参谋长给我讲述当年的血战的时候，老泪怆然而下，我听得惊心动魄啊！换了你们在现场会怎么样？你们会那么嘶吼着最原始的"杀"去用最原始的方式和另一个民族最优秀最彪悍最勇敢的战士斯杀吗？你们以为战争就是在电脑前面说几句牢骚话、风凉话吗？是杀！就是一个字啊！杀！没有别的！小兵们都是这么过来的啊！他们都是两个最不怕死的亚洲民族的最不怕死的战士啊！

这一通血杀哟！

没有赢家，都是血杀，血人，血战。

都是伤亡惨重啊！

他杀红了眼睛，不断地嘶吼着杀！不断地在杀！

战争，就是杀！

过瘾吗？

小兵们就是这么杀过来的！——你们敢来试试吗？

真的没有赢家。

他被一个人抱住了，另一个人上来就给他一刀啊！

没有捅中要害，但是在肚子上。

他一梗脖子用钢盔撞击对方的脸！然后用自己的侦察匕首刺到抱住他的那个人胳膊上，那个人惨叫一声松开了。

他的肠子一下子从被粗犷的突击匕首割开的伤口流出来了——他一把捂住，右手还是拿着侦察匕首杀啊！

大家都在杀啊！全都在杀啊！

死的就一声惨叫或者没有，没死的就杀！

人越来越少，真的是越来越少。战争就是这样啊！

何中队大喊撤！毕竟是在人家的地头，这么杀很麻烦，不是怕死，要是被包围了是个什么结果？

于是他右手举着匕首，左手捂着肠子，边杀边撤啊！但是，他流出来的肠子被枝蔓挂住了，他没注意还挥着刀后退一步。

"啊——"

你们知道有多疼吗？我们的小兵有多疼吗？

他晕过去了。

再醒来，你们就知道他在哪里了。

他的故事没有完，我先休息一下。

因为，真的太血腥了。

我的眼睛里面都是红色。

喜欢吗？

他妈的过瘾吗？

这就是我们的小兵！

他们就是这么杀出来的！

你们有什么资格瞧不起这些小兵！

你们记住了，战争就是一个字——杀！

25. 脏手（4）

真的是太血腥了。

虽然我们当年的训练也有白刃战的练习，但是毕竟是拿橡皮匕首啊！我知道这个故事以后再看那些和何大队一起下来的一个中队的老前辈，你们知道是什么感觉吗？他们或者是笑着跟你说："小庄你个小子看我干啥啊？"或者是像我们狙击教官那样就那么看你一眼，不笑也不怒；或者就是狗头高中队，根本就不搭理我，看他还是装酷，这个孙子的本性就是如此，没有什么办法；或者就是跟我们何大队一样大黑脸喜怒无常，全都挂在脸上——你们谁能看出来他们曾经经历过怎么样的一场血战？

真的是血战啊！

我的寒意是从后脖颈子一直传递到全身的。

太他妈的血腥了！

当年我们的老前辈就真的是这么杀出来的啊！

真的是看不出来啊！

你们如果知道身边有很多从那场血战幸存的人，你们会怎么看待他们？

我 18 岁的时候就是这么敬畏地看着他们的。

甚至看狗头高中队的眼神都是带着敬畏的。

我的妈妈啊！

怎么杀出来的啊？

怎么活下来的啊？

但是他们真的不跟我们说这个，除了参谋长。他喜欢照相，没事也喜欢划拉几句诗什么的（他还真出过一本诗集，但是没有火，好像是叫《迷彩兵俑》还是什么的，我也记不清了，因为他也没好意思给我看）。他和我聊以前的事情比较多，他给我讲的时候就老泪纵横啊，说："小庄你个狗日的一定要记在心里，这场过去的战争已经被人遗忘了，你等到能写的一天你一定要写下来，我是不敢写啊！一写就心口疼啊！只能讲给你听啊！你给我记住了一定要写下来！一定要告诉人们我们当年是怎么杀出来的！告诉人们他当年是怎么杀出来，这样对他不公平啊！绝对是杀出一条血路啊！你知道有多少弟兄没有回来，就那么被活活捅死或者砍死了吗？你没有见过，你是不知道那个阵势啊！"然后参谋长就是哭，就唱《送战友》。

我的妈妈啊！我哪儿见过这个阵势啊！我也哭啊！我也唱啊！其实我心里也难受啊！因为经过这场血战幸存下来的其中一个勇士死在我的枪口下啊！

那时候我刚刚18岁啊！

我怎么能不哭，怎么能不唱，怎么能不为了我的前辈痛心疾首啊！

相比很多前辈，何大队、参谋长、狙击教官，包括狗头高中队他们真的都是幸运的。

这就是命啊！该着你死了你就得死，该着你活下来你就活下来啊！

但是他的命呢？

他没有死在那场血战。

死在我的枪口下面。

我现在也在哭，我算个鸟儿啊，我怎么能对这样一个硬汉，这样一个勇士，这样一个侦察兵老前辈开枪啊？

但是我还是哭，我就是再不算个鸟儿，我也必须对这样一个硬汉，这样一个勇士，这样一个侦察兵老前辈开枪！我必须开枪赶紧结束他在这个狗日的世界上的生命——我不能让他再次受辱。

虽然他已经不是战士，是个罪人，但是他毕竟是这么杀出来的啊！

他血战无数、伤痕累累进了战俘营备受折磨，难道要他再上一次我们自己的法庭，然后插个白牌子游街然后被押到刑场跪下来——让他跪下来啊！这是个血战幸存的勇士啊，虽然他犯了但是他毕竟曾经是勇士啊——绝对不能啊！从哪个角度我觉得都不能！我觉悟不高，我觉得他犯了死罪无非是一死而已，还不如自己的小弟兄给他一个痛快，何必再折腾他呢？

无论任何理由，都不能啊！

我不后悔开了那一枪。

至今不后悔。

我只是难受。

真的，难受啊！

你们知道"难受"这个词的含义吗？

搜索队发现了他，然后就把他送进医院，治好了就关进战俘营，开始审问他。他还特别配合，提供很多东西，然后战俘营的我们的哥们儿就不乐意了啊——当时确实有很多战俘的，这个是真的，哪场战争没有战俘呢？都有很多来不及自杀的啊！他们身在战俘营但是绝对心向祖国，我至今也没有听说一个孬种，这个我敢说狠话！都是我们朴实的干部战士啊！——然后就收拾他，就臭揍他！他也不还手，就那么让人揍也不说什么，几乎天天都被按倒在床上开锤啊！这是对敌，不是训练，更不是军营弟兄们一句话不高兴而互锤啊！真打啊！他就是不还手，什么都不说。

然后敌人的特工队就按照他提供的情报去袭击我们军区的侦察大队。敌人要不就进了地雷阵，要不就是伏击圈子，损失惨重，绝对是有去无回。回来敌人就收拾他，他什么都不说了。

先被战友弟兄锤，又被敌人锤。这是个怎么样坚强的战士啊！

你们不该尊敬他吗？！

这一下子他在战俘营弟兄们中间的威望就上去了，都知道他不仅不是孬种还是绝对有头脑、有决心、不怕死的好样的！战俘营弟兄们都服他，渐渐地，他就成了除了干部以外的首脑人物了。

于是他就组织越狱回国。

那一通黑夜的赤手空拳夺器械啊！好多侦察兵前辈都是杀红了眼啊——其实，步兵还真的不一定被俘，最多的就是侦察兵，还有就是被特工队伏击的在路上的干部——真的就杀出去了啊！

几百人就那么跑啊！

往北方跑啊！

往祖国跑啊！

一路上杀啊！打啊！死啊！伤啊！

但是没有一个退缩的。

到了边界线，搜索队上来了。他就掩护弟兄们走，还有十几个弟兄跟他留下。然后搜索队就插进来了，封锁了边界线。我们那边的兄弟部队真的是干着急啊！怎么办啊？炮兵不敢打，步兵不敢越界线（这是要有命令的，你们以为想杀过去就杀过去啊？）于是他们就被包围了，最后子弹打光了，十几个弟兄就肉搏啊！但是再次被俘了。

你们不能怪他们不坚决、不自杀——身体真的是太虚弱了，很快就被制服了。

他又进去了，自然又是被连轴暴锤。

他从来没有屈服过，没有提供过一次情报。

硬汉啊！当代就没有这样的硬汉了吗？他离我们很远吗？

不远啊！但是你们谁知道这个硬汉、这个战士的故事呢？

大概半年以后交换战俘，他就回来了。

其实并没有难为这些人——不是"文革"的时候了，国际战争有战俘都是知道的，当然也不会把他们当英雄——我说过东方国家都对被俘过的没有什么感觉，这是自然的事情，和政治无关，是民族心理的问题。

接着他退伍了，被安置在那个厂子工作。

他的女友一直在等他，然后他们就结婚了。

但是他是真的受歧视啊！军队还真的没有难为他啊，他不是干部是战士，到年限就退伍，这没什么好说的啊，歧视他的就是厂子里面的人，因为他的档案里面有"被俘"这两个字。

就这两个字，一个硬汉、一个勇士、一个战士的英名就葬送了——军队还是没有错啊，档案不是该写什么就写什么吗？所以不要说那么多其他的。

他只是在这个厂子，在这个城市备受歧视。他的亲戚朋友都歧视他，甚至他的父母都觉得有这个儿子不光彩。他连父母家都不敢回，怕看见母亲的泪水和父亲的叹息——那个年代啊！你们能理解吗？

他只有爱情，只有他的女人。

他就那么孤独地在歧视中生活。

她从来没有歧视他，依然爱他，无论他是英雄还是曾经的战俘。

要我说就这么过也不错，我就对那些劳什子看得很淡。真的，你爱做我的哥们儿就做，不爱我也不求着你，你爱正眼看我就正眼看我，不看我我也不搭理你——我就是这个狗脾气，当时的我觉得有爱情就够了。

多幸福啊！还结婚了！

我觉得换了我，我也乐意。

但是什么叫天底下没有那么好的事情？

他们在一个厂子工作，一个是工人，一个是技术员。

厂长这个狗日的一直对她垂涎三尺啊！——这种狗日的王八蛋到处都有，我说了也不犯规——厂长就献殷勤啊，就是想得手啊！各种诱惑都使出来了，但是她就是爱他，这你能怎么办？

那还不好办！

一道命令就给他发到山里的一个分厂。

然后他和她就牛郎织女了。

她还是不搭理这个狗日的王八蛋厂长。

厂长就恼羞成怒了，来硬的了——要不怎么说是王八蛋呢——还来了四个，都是厂长的亲信。因为上一次来硬的，她曾经咬过厂长的耳朵，虽然没咬下来，但是绝对给这个王八蛋一点儿颜色看看了。厂长觉得极端不爽，一个叛徒的老婆还这么牛，这怎么能爽呢？

噩梦真的发生了。

她就真的自杀了。

她是他全部的世界啊！

你们说，换了你们，你们会怎么办呢？

你们说呢？

告？开玩笑那要等到猴年马月啊！你等得及吗？何况这个厂子的厂长还真的是个有级

别的干部！告厂长是那么容易的吗？

而他是什么身份啊？一个被俘虏过的士兵！

于是他就要报仇，以一个战士的手段报仇。

对于这种侦察大队的打过血仗的老兵来说，这不是很自然的事情吗？他的思维就是这样啊。你们能对他有什么要求呢？他就是血里面杀出来的啊！虽然很久不见血，但是这种事情你们能指望他去找有关部门慢慢解决？

他就偷枪偷炸药。和特工队搜索队相比，公安和厂矿的防范不是跟摆设一样吗？所以他很容易就到手了。

然后就出事了……

然后，就是我那一枪。

这就是这个过去的小兵的故事。

这样一个硬汉，不值得你们尊重吗？

卢梭有句名言：人变坏是环境逼的。事实就是这样。当然，如果没有那个王八蛋厂长，当然不会搞成这样一个结局。

他是经过怎么样一场血战的勇士啊！有多少人知道他的肠子流出来还在喊杀啊，还在杀啊！

谁知道呢？

他的生命就这么消失了，好像从来没有来过一样，不为人知。

民族，整个民族都有责任。

反思吧！真的，你们都敬佩我们的"东南亚第一勇士"，因为他自杀了。那是来得及自杀。

但是他呢？来不及自杀呢？他就不是勇士了吗？

为什么要强求他必须自杀呢？换句话说，家乡还有一个姑娘在等着他，为什么要他自杀呢？他就是不肯自杀我也觉得没有错啊，有什么错啊？

反思吧，你们只会说风凉话，只会说："看，他是被俘过的，是叛徒，是王连举。"

但是你们知道事实吗？如果是叛徒，是王连举，军队能放过他吗？叛徒是死罪啊！军队能不处理吗？

歧视，就是因为这个民族的畸形心理，强求一种畸形的纯洁。

说个你们容易懂的例子，我在大学时候有个法国哥们儿跟我不错，他是留学生，研究谢晋的电影。其中有一部叫《舞台姐妹》的，我不知道多少人看过，里面的姐姐嫁给了一个恶霸，妹妹就问："你为什么嫁给这样一个人？"姐姐一闭眼，眼泪就流下来："我已经是他的人了。"这个法国哥们儿就不理解了，他是个对中国很有研究的人，中国话说得好得不行。他就问我："小庄，我不懂啊。"我问怎么不懂了，他说："什么叫'我已经是他的人了'？"我解释说，就是发生了性关系。他瞪大眼睛："这就是他的人了？这叫什么事儿啊？还一定要嫁给他？"

我当时还想喷呢，想你小子毕竟是洋人，不懂中国文化。但是随即我就明白了，当时就是一身冷汗啊！我真的明白了，根子不在别的，在这个民族引以为豪的民族文化的所谓某些传统里面的狗屁东西，还真的流传下来了。

我真的明白了。"我已经是他的人了"就是说我一旦和他发生了性关系就是不洁的女人了，我不嫁给他就要被社会歧视。但是那个法国哥们儿说的绝对正确，这叫什么事儿啊？有什么大不了啊！

现在这种情况好起来了，想不好都不行。社会进化很快，婚前性行为不是什么大不了的事情。我告诉你们，这就是社会进步——因为这真的不叫什么事儿。

同样地，他曾经是战俘，不是你们歧视的理由。

因为，这叫什么事儿啊？

被俘过就不是自己的退伍兵了吗？

你们干吗追求那种畸形的纯洁呢？就因为他没有拉光荣弹？就因为他没有把手枪最后一颗子弹留给自己？就因为他被俘了还活着回来了？所以你们就这么对待他、歧视他吗？

公平吗？

为什么呢？为什么什么事情你们都追求一个畸形的纯洁呢？

女人有了婚前性关系就要自杀，就不能被你们好好看待，就不值得你们珍惜吗？士兵曾经被俘过就要自杀，就不能被你们好好看待，就不值得你们尊敬吗？

公平吗？

你们觉得，这个不是民族的劣根吗？

不应该反思吗？不应该正视吗？不应该坦然接受吗？

我只是觉得，你们应该好好地反思一下怎么对待"纯洁"这个概念。

呵呵，要是有一个读者反思一下，我小庄也就不枉写这个"脏手"了。或者说，我就算死也安心了。

26. 飘着我的思念的你的梦（1）

杀人对我的冲击其实不是那么大。当时年轻啊，又在那么个铁血的环境里面，我知道特种部队在和平年代也要执行这种非战争的行动——见血是很正常的事情，尤其对于特勤队来说，是随时都有可能的。这种撤掉军衔、臂章、胸条去帮助地方公安收拾残局的事情真的干了不止一次，我也不想说我还杀过什么人，我只告诉你们我是第一突击手，也就是突击小组的组长，还是副班长战斗骨干。喜欢怎么理解你们就怎么理解了，我觉得这都不重要了。我说过这个小说不是猎奇，所以那些无关紧要的内容我就不写了，因为电影上你们都可以看到，仅此而已。

大年初七的时候我被狗头高中队叫到了大队部。何大队等大队常委都在屋里，还有两个校官。大校是我认识的，他军区某部的部长，主管我们狗头大队，经常来我们大队，演习也在一起。上校我就不认识了，他也是黑黑的，但是没有何大队黑，一看就是野战部队的，但是杀气没有那么浓，不客气地说就是乡土气息更浓烈。这一点我想军人朋友不会介意，事实就是事实，我对农村出身的干部战士都是非常有感情的。

我就敬礼喊报告，然后进去了我再敬礼：

"何大队好！某部长好！……首长好！"

那个上校点点头，什么都没说。我也不知道他是何许人也。

何大队就说："这就是小庄。"

上校再点点头，没别的话。

接着某部长就问我最近忙什么，我就回答过年战备什么都没干，还有什么给家里打电话之类的谈话。特种部队由于和高层司令机关接触比较多，所以跟军区主管部门的主官都比较熟悉，优秀的干部和战士都是记在小本子上的，实际上这一级别的首长往往都很和蔼，不像大队里面的干部，我想也是"隔辈亲"的道理，在机关坐久了见着小兵就高兴。我要再次注明，这是特种部队和普通部队的最大不同之一。一般的部队战士别说见军区部门的首长了，他们的团长未必有这个脸面，但是特种部队就是不一样，什么叫军区首长掌握的战略利器？大区级别的首长们逢年过节要看看驻军单位，第一站就是狗头大队，因为是直接掌握的啊，24小时待命的啊！说打就打，说干就干啊！他们能不来表示慰问、表示关心吗？所以我当兵这三年还真是对将军没有什么太畏惧的感觉，只是尊敬，因为是上级、是长辈。军区副司令那个60岁的老上将一个月来这儿恨不得三次打靶玩，再忙一个月也得一次，你说我能怕将军吗？关于军区副司令的上将问题，这个故事发生在军队高级将领年轻化以前。他的资格级别很老了，那时候相关条例还没改呢——某些小朋友别拿点三脚猫就跟我说事儿啊，我也不敢随便给老爷子去颗星星啊，以后不解释了，你们也别叫唤了啊，看就好好看。

说实话，什么叫特种部队？特殊的使命，特殊的训练，特殊的人才，再有一点儿极其重要，就是特殊的地位！地位这个词你们懂吗？凭什么我们吃的比步兵好三倍还不止？据我所知当年的步兵一天伙食在8块到9块之间，特种兵呢？你们可以想想了，当年你们就是一家三口人在家吃饭，吃得再好一个月吃得了600吗？吃不了吧？很多人的工资都没有那么高的啊。而当年特种兵战士一个人一个月的伙食就是600！当然不仅仅是伙食费的小东西了，其他的你们就可以想象了。特种部队的"特"，还是有很深的含义的。以前光谦虚怕别的部队的老兵和干部不乐意，现在的小庄不是当年的小庄了，我发现谦虚不是件什么好事情，我就不能再谦虚了。特种部队的"特"，是各种因素综合起来的"特"，是骨子里面的"特"，不光是说说的。

那个上校就问何大队："还能不能抽个干部给我？"

何大队就说："小庄不错，可以当干部使。"

那个上校就说："还是给我个干部吧。"

何大队就打哈哈："我们过年战备年后就是某次演习，抽不出人了，高中队都不愿意给你，你点名要我没法子——说实话小庄我都不舍得给你。"

我知道有什么任务要抽调我们的人了。

我打量这个上校，实在看不出他是军队什么强力机构的负责人——"强力"的含义我不用解释了吧，这种事情我干过不止一次，也就不说了，当然是不方便说——我就合计这是干什么啊？还这么大谱子！你爱要就要，不要拉倒！

于是我就敬礼："某部长！何大队！政委！高中队！首长！我回去了！班里还有事情。"然后我就转身了。

"回来！"何大队说话了。

我转身立正："是！"

何大队："一点儿礼貌都不讲！你小子现在不得了啊！"

我站直了身子："是！"

"是个屁啊是！"何大队就说，"回头我再收拾你！先回去吧！"

我就敬了一圈子礼，转身要走。

"小庄。"

我就转身："是！"

我一看是那个上校叫我。

"首长，有事吗？"

我绝对是不卑不亢，真的是你爱要不要！

"看来你还真是有点儿本事啊！"上校笑了，"敢在某部长和你们大队常委跟前这么鸟，一般的本事是没有这个胆量的。"

"首长过奖！"我说，"我没本事，是首长们爱护！"

上校笑了："好啊！你就是说你们何大队带兵不严了，啊？"

你笑个屁啊！我心里暗想，但是嘴上不说，还那么站着。

"这个小子我要了！"

上校站起身，戴帽子，跟何大队握手。

你要我？我还不去呢！我心里想。

"下午就让老高过去吧，还有这小子！"上校就一指我。

何大队打哈哈："让你笑话了啊！这小子就是个蒙古牛！素质没的说，就是不懂事！妈拉个巴子的，出去！先给我跑个10000米！然后再回来向我报告！我再换个法子收拾你！"

"是！"我敬礼，转身就要走，想起什么就回头："报告！"

"讲！"何大队一板脸。

"现在过年战备，特勤队都是一级战备，年后就是演习！我离不开！"我说。

何大队倒吸一口冷气："不得了啊你！你个小兵敢在这儿跟我讲条件？"

我知道他生气了，但是罚我我不怕，只要不去就行——我这么一说，傻子都知道我不想去。

何大队指着我的鼻子："去！原木！自己给我搬到楼前面来！我还收拾不了你了？！"

"是！"我敬礼——苦算个屁啊！心里不痛快才是真不痛快！

上校就笑了，他当然不是傻子："好了！不去就算了，我也不能勉强啊！老何，你还是给我选个干部吧！这回去某国维和关系重大啊！安全是第一位的啊，别看你只能派俩人给我，但是就等着你们起作用了！"

我脑子一激灵！

维和？去某国？

小影！小影啊！小影也在某国啊！

我就傻眼了，我干了点什么破事啊！

现在想起来，何大队挑我去最重要的目的绝对不是因为他知道小影也在某国维和部队，是要刻意让我见见真正的战区，磨炼一下我，说真话还是培养我。虽然我写这个的时候很惭愧，但是我现在知道他当时为什么这么做，当然还有一个原因自然是小影。

我真的蒙了——这怎么办啊？把人家得罪到死了啊！

我傻站在那儿。

"妈拉个巴子，你还站着干什么？"何大队说，"我一看你就来气！赶紧自己玩原木去！"

我不走。

何大队这回是真的怒了，"反了你啊？！"

我真的是太过分了，太不给他脸了。他说着说着，就要骂人了。

于是我就敬礼，非常标准地敬礼。

我就恳求，非常认真地恳求。

"首长！我去！"

几个校级军官都傻了，不知道我这个小兵在玩什么。

上校一笑："回头再说吧，你先走吧。"

得！我知道他来脾气了，不想要我了。完了完了！我心里就凉了。这下子怎么办啊？

"滚！赶紧滚！"何大队轰我。

狗头高中队赶紧推我出去："去！赶紧去搬原木去！"

我被推出去了，门关上了。

我站在门口，真的是欲哭无泪啊！

小影啊！我和你真的是失之交臂啊！

27. 飘着我的思念的你的梦（2）

　　我不知道中国电信和大不列颠电信到底挣了多少银子，但是，我知道什么比银子重要。在电话的另一端，是我的迷彩蝴蝶。

　　渐渐地，我的心平静了。

　　我不能不平静，因为她在抚慰我年轻的剧烈跳动的心。

　　我不得不平静，因为她在心疼我年轻的易于感伤的心。

　　渐渐地，我的心平静了。

　　我开始写字，我知道，她会一直看下去。

　　我还知道，她会生气，因为我没有休息。

　　但是，我已经顾不上这些了。

　　因为我知道，我欠了谁的，我应该还给谁。

　　于是我就开始继续自己的小说，继续自己的青春，继续自己的回忆，哪怕像白天鹅歌尽而亡。因为，我的生命再一次不属于我。

　　它属于那些黝黑的消瘦的朴实的憨厚的脸。

　　它属于那些白皙的漂亮的调皮的可爱的脸。

　　它属于我的姐妹弟兄，属于我们的青春岁月，属于我们的迷彩色的往昔。

　　我不得不写，不能不写，因为我的生命属于我应该纪念或者怀念的那些平凡的生命。

　　在我的抽屉里面放着一把刀，一把迷彩色帆布鞘的刀，一把黑色刀刃开口锋利的粗壮的匕首，上面有一个白色的类似PUMA的产品标志和英语的白色商标"西班牙制造"等小字。这些都是可以一擦就掉的，但是我当年没有舍得擦掉，那是个难得的纪念。后来就更没有擦掉，因为我不想再看见。

　　黑色的刀身沉甸甸犹如我的特战青春。

　　白色的刀口冷冰冰犹如我的往昔心痛。

　　这把刀凝聚了一段重要的往事。

　　其实我还是漏掉了自己的一点往事没有写，就是我第一次出国参加特种兵训练营的事情。在那里我接触了许多洋人特种兵哥们儿，当然有一个从陌生甚至敌视到熟悉到称兄道弟到过命交情的过程。虽然我们是兄弟，是过命的兄弟，但是心里都知道自己是军人，兄弟归兄弟，如果发生战争我们就是敌人，先杀再说别的，顶多杀了你给你保存好尸体和遗物（对于特种部队这个可能性很少），逢到中国的清明节或者国外的复活节去纪念一下你，再黯然伤怀很多很多年。仅此而已。

　　后来他们很多人还和我再次接触过，当然也是在国外那种特定的环境。我们也是兄弟，不同国家军队的军人也可以是兄弟。虽然都知道战争如果爆发我们就会第一批上战场，都是快速反应部队的尖刀部队中的尖子，这个道理谁都明白。我们会厮杀，因为我们是军人，但是不耽误我们在没有战争的时候做兄弟。当然侃山的时候我们心里明白要有个限度，都是军人，都有纪律，互相也不勉强，能进这种训练营的就是真正的军人，不是职业特务，所以都不会多问。但是因为我们都有故乡，都有亲人，都有情人或者都有爱人，都是年轻人，都是爽直的军人，也都是鸟得不行的特种兵，所以我们不会为了那种蛋子事情互相较劲儿，只是兄弟之间的友谊和交情。我们都得到这把刀，所以我会一直留着。因为，这也是我的兄弟的回忆，值得一生纪念的回忆。

那些白色的、黑色的、黄色的、哈哈乐着的脸。

那些和我一起训练、一起吃饭、一起喝酒（当然是偷喝的，还是从军官食堂偷的，也是一次我们自己的特战渗透行动，我们的行话叫"湿活儿"，呵呵，什么意思你们自己理解吧，还有"干活儿"这个词，就是见血）、一起打牌、一起骂娘、一起和那帮狗日的训练军官士官叫板的幽默诙谐的脸。

那些第一个学会的汉字就是"鸟"、第一个学会的词组就是"鸟人"、第一个学会的短句就是"鸟得不行"的脸。

那些第一次跟我见面就装酷，最后都哭得跟孙子一样真诚的脸。

那些在帐篷里面合着黑人哥们儿在铁皮罐头盒子上制作的打击乐摇摆自己身躯的欢乐的脸。

……

一幕一幕随着这把刀从鞘子中抽出而再次浮现眼前。

我永远不会忘记他们，我的洋人特种兵哥们儿。

我们在分手的时候真的以为这辈子都见不到了，都哭得不行，就怕以后命不好真的在战场上再见面——当然见面也是杀，这没有什么可以说的。

后来，他们中的一些脸我又再次见面了。

呵呵，我其实特别想写这段故事，因为我真的很怀念那段岁月。但是我真的太累了，我没有精力再把事情铺开了。回头我写完这些，休养一段后再补上来吧。我想他们不会介意，他们肯定会说："小庄你这个鸟人这个德性不写也成，写了还糟蹋我们。"呵呵，他们有限的中国兵话还是我教他们的，说得乱七八糟，但他们就是喜欢说，我有什么办法？

回头我是一定会好好糟蹋他们，把他们那点臭事全都写下来让他们干着急，气死他们。就看在他们跟我一起偷啤酒的分儿上、拆那个狗日的铁格窗户拆了一手血的分儿上，我会放过他们这帮洋人特种兵？洋人就没有鸟人了吗？他们就是鸟人！

但现在不行，因为我累了。我还是继续讲完这个故事吧，虽然有些间断的地方，但是我想大家会理解小庄的，小庄太累太累了。这也是客观地防止盗版了，呵呵。凡是没有这段我和我的洋人特种兵哥们儿的青春岁月的，都是盗版无疑，你们就不用买了。

我从大队部出来以后就毛了，真的毛了，不知道怎么办好——这叫什么破事儿啊？自己那点鸟气还真给自己找来麻烦了！得，人家不愿意要了怎么办？小影还不知道，她要是知道该怎么恨我啊？谁恨我都成，我小庄就是这个鸟性格，但是我就是不能让小影心里不痛快！

我就一边搬原木，一边想啊想啊，也没有想出个好法子来。

但是我的心里是真着急啊！

你们不知道我当时的后悔啊！

怎么办啊？怎么跟人家解释？怎么跟人家道歉？怎么跟人家做工作啊？

你们以为在部队混个上校是吹的？老兵油子能没有自己的脾气吗？不爆发是涵养，是修行，不是谁都跟何大队似的啊，他这样的干部少啊！我一个小上等兵跟人家扯淡，人家看不出来吗？他的心里绝对不是没有数啊！人都不愿意给自己添堵啊。

原木搬到办公楼前面快一个小时了。

我远远就看见一分队长跑步进去，我知道何大队又叫他了。

这个孙子是职业军官，他要放过这个机会那就真的是太阳从西边出来了。而且我知道这个孙子的素质，真的不是吹的啊！军区的好几项纪录都是他的啊，还是个神人！他在狗头大队当干部，还在某学院是在职研究生，你们觉得他是不是神人？信不信由你们，但是这种神人不敢说多，确实是有的。还有个绝对牛的大神人！他就是我们原来的作训参谋，现在的特战研究室主任，他是某学院本科毕业的，个性极其鸟，不是一般的鸟，来了我们狗头大队就跟某些老前辈闹得比较不痛快——部队就是铁板一块了吗？就没有内斗了吗？当然不是啊！他当然鸟不过我们的老前辈们了，没办法此处不留爷自有留爷处，一气之下这孙子就考上合成指挥的研究生了。不过他又被发回来了，狗头大队选拔培养一个特战军官有那么容易吗？总部是有考虑的啊！当然他还是待不下去——这种事情何大队、政委他们是一点儿办法都没有的，做工作反而会加剧矛盾，这点常识谁都有——怎么办？哥们儿接着读啊！他就去上博士了，毕业后他本来在某个军校，但是何大队、政委他们三顾茅庐啊！硬给挖回来了。这时候老前辈们该转业的转业，该调离的调离，就剩他自己了。他回来也就没有什么可以鸟的了，对手都没有了鸟个蛋子啊！一个鸟人，一个优秀的、有个性的军官就这么被何大队绕圈子降服了。有些事情不能着急要慢慢来啊，都跟步兵团班长、排长似的你鸟就给直接拍死，他还有今天吗？或者说没有他狗头大队能有今天吗？没有他我们能在特战队员和军官的培养上形成自己的科学体系吗？没有他我们能开特战队员心理辅导这门现在你们都觉得比较先进的课程吗？什么叫尊重人才、爱护人才、利用人才？就是要审时度势、因势利导，要小心翼翼，既保护他的个性也要善于打擦边球，为了达到战略目的善于战术的忍让和退步。只要达到目的就不惜一切手段——做事做人多个脑筋没有坏处，真的。

还是说我在那儿吭哧吭哧搬原木吧。

我搬啊搬啊，眼神就在楼门口溜达啊。

结果一分队长那小子真的出来了，还跟那帮校官一起。我心里一凉啊，完了完了！我知道这小子绝对是被看中了。然后他们就敬礼握手，再上车——车要走了啊！

我把原木一丢，拔腿就跑！

我管他三七二十一，谁爱说我什么就说什么！我小庄当时就是拔腿就跑啊！

何大队就看我，他喊："你跑个屁啊？"

我不管，还是跑！车在部队院里都是限速的，所以他们开得很慢，而我跑得很快，当然就追上了，当然就拦住了啊！

我就那么往路中间一站，然后就不动了。

某部长先下来了："小庄？你干什么啊？"

我不说话。

何大队他们过来了。

狗头高中队上来就要锤我。

某部长就说："让他把话说了啊，他肯定是有话啊！"

那个上校也下来了，他也有点儿惊了。

我看着他，不说话。

我是真的不知道该怎么说。

他也看我，但看不出什么表情。

"某部长叫你说你就说！"何大队就说，"赶紧说！完了给我把那个原木给我玩方了再说别的！"

某部长也不是简单人物，主管特种部队的人能是一般人吗？所以何大队跟他也是兄弟。

某部长就说："小庄，到底怎么回事？"

我先立正，敬礼——向着那个上校："首长！是我不懂事，我要求参加您的任务！您要怪我、埋怨我，就收拾我，我眉头都不皱一下！怎么收拾我都成，但是让我去吧！我不怕苦！我敢吃苦！我不怕死！我敢去死！"

绝对是请战的誓言，绝对掷地有声啊！

上校看着我："你敢吃苦、敢去死就行了吗？你知道这是什么任务吗？这是关系到国家尊严和军队尊严的国际大事！都是外交场合！外交场合无小事！你这么意气用事，闯了祸谁给你擦屁股？"

"报告首长！"我恳切地说，"我去过外国！我跟外军接触过，我不会意气用事！我不会给祖国和军队丢脸！请您相信我！"

上校有点儿意外。

某部长说："他是去过，去年的时候，某国特种兵训练营邀请我们派学员参加集训，总部把任务下到我们军区，最后派他去的。表现还不错，拿了几个不错的名次，训练营的教官对他的评价也不低。"

上校看看何大队，笑道："看来还真是个人物啊，老何在他身上花的心思不小！"

何大队打哈哈："他是狗屎一摊，扶不起来的玩意儿——赶紧滚蛋，给我搬原木去！"

我就是不走，上校仔细看我："多大了？"

"18。"

上校再问："为什么开始不想跟我走？"

"我觉得你看不上我。"

"呵呵，"上校又笑，"小伙子脾气还真的不小啊。后来为什么又想去了？"

我没有说话，不好意思说。

上校看着我笑："说——别跟我说那种为国争光的扯淡话，我知道你不是这种人！"

我看何大队。

何大队一瞪眼："你看我干啥玩意儿啊！还不赶紧说！"

我还是不好意思说。

何大队就急了："说啊！有什么说什么！"

我看着何大队，又看上校："我说了。"

"说。"上校看着我。

"我对象在那儿。"

上校的笑容渐渐凝固了。

"她是军区总院外科的护士，叫小影，自愿报名去的。"

上校仔细地看我："她多大了？"

"二十……还差两个月。"

上校看着我，又看看何大队："你知道？"

何大队点头："知道……我不是照顾他这个啊，你要明白啊！"

"我没有说这个，我知道你老何不是这种人。"上校就笑，"你敢给我推荐上等兵，就证明他不是善茬子——我不要他，也是因为确实不善。"

"首长！"我恳切地说，"我改！我一定听您的话！您指到哪儿我打到哪儿！"

上校就笑："这回老实了啊，不那么鸟了啊！"

我不好意思说话，也确实不知道说什么了。

"下午去我那儿报到吧。"他说，"别的到时候再说了。"

何大队就笑："还是换人吧，那个干部也不错。他小子这个德性我还真怕给你惹麻烦啊！"

"不。"上校看我，"我就要他。手底下有这样的兵，我就不敢怠慢，有压力工作才能一刻也不放松。敢抗命的兵不是好兵，但是敢为了对象上战场的，就是好兵，因为他敢为了对象死，我就要他！"

这个道理你们明白吗？需要解释吗？

当年的我是真的不知道，就那么傻站着。

某部长就笑："还不谢谢你的程大队长？"

我还傻着，赶紧敬礼："谢谢程大队！"我还不知道他是大队长呢！

"我姓程，是这次赴某维和的工程兵大队长。"上校说。

改工兵了？但是当时我没有那个观念，觉得特种兵战士就是牛啊，他是炊爷大队长我也照去不误！

他和某部长上车了，车走了我还傻站着。

何大队就看我："你啊，你个蒙古牛啊！你什么时候能长大啊？"

我嬉皮笑脸地说："何大队……"

"笑个屁啊笑！"何大队一瞪眼，"去！玩原木去！给我玩到中午开饭以前！吃完饭就给我滚蛋！你回来我再接着收拾你！"

"是——"我极其标准、极其认真地敬礼。

狗头高中队这孙子还是那么装酷地笑一笑。

但是我当时顾不得了，我心里美啊！乖乖啊！见着小影了啊！就是让我给狗头高中队伺候起居、洗漱、打洗脚水，我也愿意啊！因为我见着小影了啊！

乖乖啊！当时是真的美得不得了啊！

这也太美了吧——我至今不知道怎么形容。

我只记得自己喊着号子搬原木。

我来回搬着，汗水湿透了衣服。但是我的脸上是美得不行的笑容。

来往的干部和兵们都看我，觉得我是不是脑子有毛病啊？自个儿玩原木有那么好玩吗？

但是我还是美，真美啊！

我见着小影了啊！

我的乖乖啊！

小影啊！马上就见着了啊！

我18岁的时候，就因为要见到自己心爱的女孩，可以自己一个人去玩一上午的原木，可以准备奔赴随时可能出现生命危险的战场。

什么争光之类的口号和我无关，我当时18岁的觉悟没有那么高，现在就更没有那么高了。

什么是18岁？

这就是我的18岁。一个小兵的18岁。爱情胜于一切的18岁。

你18岁的时候，不是这样吗？

我呀我也想，

把我的芬芳，

留在大地上，

让后来的人们，

让他们知道，

我曾经来过这里。

——小影维和期间写在日记本上的一首小诗

这个日记本小庄很多年都不敢打开。

28. 18 岁，爱的远征（1）

终于到了这段故事了。

我知道早晚会有这个时候，所以心里不是很难受。其实，我本来可以晚点讲我和小影的故事，因为细心的读者会发现我省略了整整一年——我说过我在军队服役三年，但是现在只有两年的时间——被省略掉的一年其实也很重要：一件就是我去国外受训，还有一件就是抗洪抢险（你们可能觉得怎么这么俗的话题也算大事啊，呵呵，还是发生了很多故事的，你们不在小兵的角度，是不会知道到底怎么回事的）。但是我没有精力写了，因为我真的很累很累，主要是心累。我不断地想起小影，也梦见她，这么多年我已经逐渐麻木自己了，但是现在随着写作的深入，随着回忆的全面展开，麻木就可以解决问题了吗？于是，我决定赶快开始这段故事，尽快结束——当然不是草草了事，我不会那么做，只是希望自己能够尽快把这个心头的石头搬下来，继续我自己的生活。

所以，我省略了我当兵的第二年，直接进入了第三年，其实题目应该是《19岁，爱的远征》。

我还是在不断地打电话，获得信心和勇气。

她让我睡觉，说了很多很多次。我确实想睡，但是躺在床上几个小时根本就睡不着。这种事情压在心里面，怎么可能睡得着呢？换了你们，你们睡得着吗？

我辗转反侧，还是打开了电脑。

我在照片上看见18岁时候（其实应该是19岁，为了叙述的方便，我改成18岁）的德性，这是我们出国以前。

小庄，没有想到你当年还能挺成这么个鸟样子。我在你的脸上看见了什么？憧憬？激动？神圣？还是什么别的？

呵呵，其实你什么都没有，你有那么伟大吗？你不是中国士兵的楷模，你就是你，一个平凡的小兵。我在你脸上，看到的是思念和爱情的幸福。因为你要见到她了，见到你牵肠挂肚的小影。你能不幸福吗？

关于这次维和，说实话我写起来是有难度的。原因很简单，我们当年出国以前签署了两个合同，我不知道现在维和部队还签不签这个，当年我是签署了。一份是人身安全合同，我们用中国话形象地叫它"生死状"，就是你的身后事情怎么处理，联合国给你多少抚恤金——这个没有什么的，我估计现在也得签吧？

第二个合同确实比较要命，就是保密合同。

事情只要有"保密"两个字就会让我猛醒一下子。当过兵的人都是这个德性，无论他现在在干什么，保密意识绝对是极强的，否则后果真的是不堪设想。

原来的内容我记不清楚了，当时也没有仔细看，但是大致意思我是知道的——就是你一旦成为 UN 维和部队成员，进入维和区域，你所知道的一切无论是你自己干的，还是你看见的，或者你听说的，都在保密的范围之内。

我忘记泄密怎么处理了，好像也是没什么辙的，因为联合国也没什么实权。如果我还是军人就麻烦点，联合国就敢跟有关部门抗议还是怎么着，不过上面是肯定要处理的。问题是我现在不是军人，而且联合国 UN 部队那点破事天天报纸上、电视上、网络上到处都有，我只要把握住一个度数也就不算犯规吧。

说点小兵的故事，犯什么规啊？我还真不知道。

那天中午我就拿着自己的背囊跟狗头高中队到工程兵大队报到了。

说是大队，其实我的印象中应该是个加强营的编制吧。记得不是很清楚了，没有正团级别单位那么多人。一进去当然第一眼看到的就是白车、蓝色贝雷帽，这个比较扎眼。然后就看见工程兵弟兄们在训练，工程兵的那点把式我至今不懂，因为我也不是挑来做工兵的啊。

关于维和我是有点儿话说的，维和不是战争行动，所以一般打仗的野战部队不会去维和的，都是后勤保障部队比较多。整个工程兵大队，真正是特种兵这种作战单位出身的，就我和狗头高中队俩人。有的朋友可能会问，为什么不抽调整建制的特种部队分队呢？呵呵，那就是外行话了，维和不是打仗，你派特种部队去干什么？此是其一；其二，有个谁主谁副的问题，你们特种部队来这么多人，好，你维和吧，你修桥开路吧，我们歇着了——这是个很正常的心理，不是争功，是部队的荣誉感问题。

事实上联合国这个精明到家的官僚机构绝对不是吹的，凡是派出维和观察员和维和部队的地区，其实真的是相对安全以后。打得热火朝天的时候他是万万不敢请求国家派观察员和部队去维的。另外几个国家的军队一竿子插进你的战场，强制你停止战斗，你干吗？绝对是锤啊！这不乱了吗？联合国维和部队也被卷进来了，你还有什么公平可言啊。这就是技巧了，你那儿差不多了他再派观察员和维和部队去，一方面是显示联合国的存在，另一方面就是干点修桥铺路、治病救人的善后工作。

当然，军事观察员在维和行动中间的作用是巨大的、不容忽视的。他们都是军官，而且不携带任何武器，唯一的保护伞就是自己的中立地位，所以也要冒更多的风险。但是经过训练的军事观察员可以凭借自己的经验和谈判技巧，在交战双方间进行斡旋，从而增加冲突双方的信任，进而将冲突消于无形（不过这种作用是维和部队的普通士兵难以达到的，我小庄当年就绝对做不到，现在更做不到）。在条件合适的情况下，一个维和行动甚至只需要一批有经验的观察员就足以完成任务。如果能够由观察员单独完成维和任务，联合国就不会再派出维和部队。这种单纯由军事观察员完成的联合国维和行动其实不在少数。

我们到了大队部。狗头高中队就是大队的警通连长了，我是警卫班的一班长，其余的弟兄都是原来工兵部队抽调的警卫战士。我们开始学习文件，学习精神，学习原则，学习政策。其实规矩真的是多得不可胜数，绝对枯燥得要死，绝对难背得要死。

总部的首长和军区的领导都是来过的，讲话什么的你们也想得出来，我也就不写了吧。其实准备过程就是这样，枯燥、紧张、简单、乏味。

我和狗头高中队的任务，说白了就是安全顾问之类的角色，就是负责营区的安全设施、安全检查等。实际上工程兵大队都是高职低带的，狗头高中队虽然是少校但是做个连长还真的不委屈他，呵呵，其余的你们就自己想吧，想得对不对就不关我鸟事了。

我还是很激动，因为日历每撕下一天，我就距离小影近一天。

我天天都在这种幸福来临的激动和等待重逢的煎熬中度过——我知道她不会知道我来，但是我知道她见了我会高兴成什么样子。

我知道，她在天天想我，因为我也在天天想她。

相爱就是这样的，不用什么电话，甚至不用写信。

你想着她（他），她（他）就会知道。

29. 18 岁，爱的远征（2）

关于维和部队的劳什子，其实别的我也不懂得，后来我还恨不得全忘记——当年我不过是一个小兵，我能知道的也就是自己这个层面该知道的。

我们当时参加的 UN 部队的简称是 UNPF（好像汉语翻译成"联合国预防部队"，英语的全称我忘记了，或者说不愿意再记起来），UN 可能还有其他不同种类名称的部队，这我就不是很了解了——我说过了，我不是军迷，只是做自己分内的事情而已。

我先大致介绍一下我们派去国家的简况吧。

呵呵，肯定很枯燥，不过我还是希望你们仔细一点儿看，很多故事的线索其实真的就在这里面，我想了半天也想不起来有什么法子可以给你们糅合到故事里面去。

枯燥吗？我也真的没有办法，当年我们小兵就是这么背过来的，你们的文化程度比很多士兵要高得多，应该更容易理解。

当然，这是架空过的虚实结合的架子了。也就是说，它不是能在地图上或者史料上找到的，至于为什么还用我告诉你们吗？

听好了，当年我就是这么背的。

东南亚某国，面积约某千平方公里，人口 200 万，为不同教派和民族混居的岛国。十五年前，要求独立的某族与政府军爆发内战。分裂武装"某族独立军"控制了全国四分之一的土地。两个月前，双方在联合国斡旋下签订临时停火协议，双方目前还在联合国斡旋下继续政治谈判，根据情况判断，有望达成全面和解协议。

联合国大会同意设立联合国预防部队（UNPF）赴该国，监督临时停火协议的执行情况和分发人道主义救援物资。（请注意：本次行动的任务是监督停火和分发人道主义救援物资，双方达成和解协议以后即可撤离或由联合国民事机构取代，因此不需要同时设立民事机构。）

联合国预防部队（UNPF），作为一种临时安排，目的是监控某国交战区的停火，在该国首都的港口和机场为联合国人员、设备和用品提供保护和安全，并从那里将人道主义救援物资护送到该国的两个分发中心（首都附近和"某族独立军"控制区各一个）。

UNPF 军事人员总数为两千不到吧，包括部队千把人枪、军事观察员百余。除了军事观察员以外，联预部队的军事部分主要包含三个机械化步兵营：一个北欧混合营、一个印度营、一支澳大利亚陆军特遣队，中国派遣一个工程兵大队和一个野战医疗队提供支援，其他国家派遣少数参谋人员和后勤支援人员，大概百人的样子吧。联预部队由两百左右的国际和当地文职工作人员提供支援。国际文职和军事人员来自五十个不同国家。

其次，UNPF 部队的作战条令和奖章授予（维和不是你们想象的那么简单）：

作战条令，像历史一样长的维和行动的作战条令，是厚厚的一大本，它在维和行动中的地位至高无上。那是多少代维和军人用智慧、汗水甚至鲜血和生命换来的经验教训。

UNPF 作战条令，我这个层次的士兵可以知道的，我现在还记得住的，大概就这么几条了：

1. UNPF 人员禁止单独进入维和区。

2. UNPF 人员离开营区进入维和区必须穿防弹背心，携带防弹头盔、信号弹和无线电通信工具。

3. UNPF 人员离开营区进入维和区，无论是徒步还是乘车，都必须按 UNPF 电台通联程序建立电台通联，接受总部作战处或各营作战处调度。

4. UNPF 各营人员离开营区进入维和区，必须随身携带武器。

5. UNPF 的武器使用原则：必须在本人或 UN 人员遇到直接生命危险时，才能使用随身武器进行自卫；使用阵地内机枪必须得到所在营营长批准。使用车载机枪、迫击炮、反坦克火器，必须得到 UNPF 司令批准。行使自卫权的程度到足以制止对方进行进一步侵害为止，不得过度；如果针对 UN 人员的侵害行动停止，UN 人员的自卫权随之自动中止。

这也就是说，当年我小庄如果留在工程兵大队的营区或进入任何一个 UN 阵地，都可以按自己的意愿随意走动。一旦离开营门，就必须是两个人以上，携带自卫武器。而且必须穿统一配发的蓝色防弹背心（防弹能力 II 级），携带有蓝色帽罩的防弹头盔（只在遭到直接射击的时候才需要戴）和上面提到的那些零碎。

不仅 UNPF 的武器使用规定非常严格，即使情况紧急，UNPF 下放了自卫权限（而且只限轻武器），参加 UNPF 部队的各国军人还要受本国维和条令的约束。有的国家对还击的规定是对方先开枪，有的规定是对方先向自己开枪，而有的国家的规定在我看来确实苛刻，譬如芬兰的规定是必须对方首先开枪而且造成了本方人员伤亡。

真正的联合国维和部队就是这个德性，绝对是不敢主动上手的，常常是挨打了还不敢放手还击。所以维和部队这种鸟地方应该是没有什么重型装备的，就是有几杆子破枪、几个鸟人而已。几辆破轻装甲步兵战车也不敢随便用。

"蓝盔"不是那么容易戴的，一忍再忍是绝对的原则。

我前一段在网上随便晃悠，居然见到有人叫嚣要派重装甲部队参与维和，不能让咱们的士兵白挨打——我告诉你，只要你参加联合国维和行动，就是打了你白打，你一点儿脾气都不会有的，当时你没有还击，没有打中袭击你的人，那件事就真的算了。

UN 部队，就是这个德性。

动武力，你们以为那么容易啊？动轻机枪就要 UN 部队的营长批准，动重机枪就要 UN 总部的司令长官批准！呵呵，科索沃和索马里哪里是维和啊，那就是开锤啊！

维和的含义是什么？你们自己琢磨去吧。戴个蓝色贝雷帽真的像你们想象的那么威风吗？说不好听点，真的是白挨打的料。

事实就是这样，全世界所有参加维和行动的部队遵守的都是这个原则。我也是去了才知道——哦，原来真的是打了白打啊！

这和我在特种部队学的那一套子先发制人、上来就弄死对方是真的不一样。

所以，不要抱怨维和出现的任何牺牲，因为，他们真的是为了世界和平牺牲的，他们的国家没有责任，这就是联合国成员国的义务，维和部队的成员都要先签署那个"生死状"就是这个道理。

所以，全世界参加维和行动的观察员和小兵就是这么不容易。

我还告诉你们，这还只是我这个小兵要背会的。

观察员老哥和军官老哥呢？

你们自己想去吧，该有多复杂就有多厚了。

维和，真的是看上去那么风光吗？

每次我在电视新闻里面看到"蓝盔"士兵，总会想起自己背过的这些东西，总会想起发生在自己身上的故事。

30. 18 岁，爱的远征（3）

我是跟着先遣队出发的，原因自然很简单，警卫工作需要现场确定堪察安全问题并进行相应的研究和部署。实际上号称是"警通连"，其实真的是个空架子，狗头高中队的正式头衔是"安全官"，但是我们自己觉得不习惯，习惯的叫法还是"警通连长"。他这个连长管多少兵呢？加上我这个一班长，一共就六个。呵呵，空前小的连级编制吧？其实也就我这一个一班，没别的了。我还要负责训练这些来自工程兵部队警通分队的哥们儿。他们当然都是不错的、能吃苦的弟兄，刚刚接触 95 枪的时候是真的费了点劲儿的，单单是瞄准的习惯问题就纠正了好几天——两种不同时代的步枪，还是比较不一样的，这个我们当年刚刚接触的时候也出现过。

我们搭乘包租的波音客机从某机场起飞（实际上当时中间是有中转站的，因为某国没有能够起降波音大型客机的机场）前往某国。工程兵大队要在随后才会抵达，因为有大批的工程设备，它们主要通过海运，有点儿军事常识的人都知道，这会是个复杂的过程，不会那么快。我当时带着自己的背囊和武器就走了，也不知道别人带了点什么。现在的脑子真的是不行了，很多事情都想不起来了。

我大概记得自己当时是这个德性：戴着一顶蓝色贝雷帽，金属 UN 帽徽，白色搪瓷底，线条是银色的，这个记得不能不清楚，因为这顶帽子现在就在我的手上。还有一种是刺绣帽徽——用金线绣在白底上的，比较少见，我记得只有一些欧洲国家使用。

我没有记错的话，这顶蓝色贝雷帽应该是新西兰产的吧？我记得刚刚发下来的时候硬得要命，后来给我们上课的一个前观察员老哥告诉我们在脸盆里面泡泡就得了。这还确实管用，蓝色贝雷帽不那么褶皱明显了，戴上去是那么回事了。我和狗头高中队是戴过贝雷帽的，那些工兵弟兄都是第一次，所以当时都挺新鲜的，于是那些经典的农民兵弟兄戴法再次出现。呵呵，这个是没有办法的事情，干部就得挨个纠正他们。

还有一顶蓝色的棒球帽，是在炎热的环境下面戴的，上面是布质的联合国帽徽。

我还系着一条蓝色领巾，穿着 87 式制式丛林迷彩。没办法，这种行动下，我们狗头大队自己的迷彩服是当然穿不得的。因为夹克样式的关系，刚刚开始我还真的不习惯了。说实话我至今也不知道是谁设计了这么个样式，干什么都不方便，是不是设计的人根本就不知道训练和作战是怎么回事？

唉，不说那个了。

然后是中国陆军上等兵军衔。

左臂是红色的国旗臂章，盾形的——我记得当时一共发了两个，我刚刚只找到一个。观察员的臂章好像比我们多，应该是发了五个。

右臂是蓝色的联合国臂章——当时是和套袖一起发的，就缀在上面。我记得出去以后看到咱们的一些观察员没有这个套袖，所以臂章是他们自己缝上去的。

一个蒙着蓝色盔罩的防弹头盔（不是我们狗头大队用的那种样式的头盔，我也不知道是哪儿产的了）——有的外军是直接给漆蓝色了，也有咱们的观察员的头盔是直接漆蓝色的。呵呵，好像都不是很统一的，只是你们在图片上和电视上远远看过去都是一片蓝色而已。

一件蓝色的防弹背心，忘记哪儿产的了，这个东西我恨不得一辈子都记不起来才好。

95 步枪的单兵携行具和 92 手枪的腿部快枪套以及配套武器弹药（当然在飞机上是不准枪弹合一的，干部看得极严），95 刺刀一把挂在腰上（特战比首不许带）。

然后就是一双黑色的战斗靴。在我看来它确实是看上去很美的东西了，因为沉重，不是实战需要的，礼仪门面作用大于实际意义。其实很多工程兵弟兄在干活的时候就是穿胶鞋的，军队传统就是传统，你有什么办法？我后来在非正式场合也穿自己穿软了的迷彩伞兵战斗靴——我的身份有蛋子秘密可保的！

还有什么呢？

还有我的一颗 18 岁的剧烈跳动的心。

我的爱人，就在远方。

那种激动远远超过了第一次要上有危险的战区的紧张。

我是已经见过血的了，很多事情并不是那么害怕——18 岁的手上，有几条人命，我还是真的坦然无事——呵呵，这就是当时的小庄。

你们说他是个好兵吗？

我当时对很多事情都已经淡漠了。

我已经学会用一个职业军人的眼睛去看待这个世界。

冷静，或者说冷漠。

铁血，或者说冷血。

但对小影，一直就没有任何变化。

她就那么在我的心坎里面，一直是那样，从来没有改变过什么，一点儿都没有。

我想见她，好想见她。

客机在空中就那么飞啊飞啊，我的心在胸口就那么跳啊跳啊。

无论我是特种兵还是蓝盔士兵这两种鸟身份，无论我在狗头大队还是在蓝盔部队这两个鸟地方，无论我是热情青春还是淡漠成熟（我不知道叫不叫成熟），小影，都是我不变的思念。

回忆里面，我看到自己 18 岁的脸。

蓝色贝雷帽下面，是一张黝黑的消瘦的刚毅的没有表情的脸。我和以前的小庄是真的不一样了。

真的是毫无表情。

真的是毫无表情吗？

我仔细看，看这个 18 岁的中国士兵的眼睛。

火焰，我看见了火焰。

我看见了火焰在燃烧着他的眼睛。

不是怒火，是幸福的火焰，它在燃烧着他年轻的伤痕累累的心。

燃烧着的，是 18 岁的爱情。

是的，是爱情。

对于一个 18 岁的年轻士兵，你们还想要求他什么呢？

为了爱情参军的小男孩，和为了爱情去一个跟他本来不相关的异国战场的中国士兵，这中间有什么必然联系吗？恐怕只有爱情。

他心中最珍贵的、唯一没有变化的就是 18 岁的爱情。

他为了爱情，走进这个铁血的世界，在这个最爷们儿的世界成为一个优秀的士兵。

他为了爱情，走向异国的战场，随时准备为了本来和他不相关的事情洒下自己的热血，或者留下自己的生命。

爱情，不值得你们这样吗？

写完上面的我又找了半天那个奖章，还是没有找到。

它去哪儿了呢？天知道。

谁让我这么多年这么混乱呢？

我的电话响了，呵呵，我不说你们都知道是谁打来的。

好了，先写到这儿，我去接电话了。

31. 关于爱情，我们曾经想过很多

本来想讲述自己下飞机以后的故事，我知道大家也想听，无论是希望我早日和小影重逢的，还是希望我讲述自己在某国维和部队那个鸟地方的见闻的，都在期待着我戴着蓝色贝雷帽走下舷梯踏上异国土地的一刹那，还有紧接着发生的故事。

我听了《青春》这首歌，很多往事就这么浮现，但是已经不再单单是我的迷彩岁月或者蓝盔岁月了，还有我远在大不列颠的迷彩蝴蝶。

爱情是不是一定没有结果呢？

那么我们为什么相爱呢？

我们好像都不知道。

我随着自己的思绪，闭上眼睛魂游天外，我又看见了你。

那个时候你刚刚大三，在音乐学院进行期末汇报。

我不是个高雅音乐的爱好者，或者说，我不是任何音乐爱好者。我去你们学院看汇报，完全是因为听说音乐学院的漂亮美眉多，又有气质。我一直对"气质女孩"比较敏感。我的一个兄弟，现在在一个总部机关混事的哥们儿，立志就是找一个搞音乐的老婆。我就被他拽去了，你应该还记得他，军人就是军人，换了便装也是军人。

我就看见了你。

你在和一个同学开心地打闹着，从礼堂大门跑进来。

我就一下子傻了。

我的那个兄弟也傻了。

为什么我一直都没有告诉你，到你走了我都没有告诉你。

因为你长得太像一个人了。

一刹那，我好像又见到了小影。我的心，麻木的、变得淡漠、变得冰冷的心，一下子跳到了嗓子眼。

"哎——"

我喊你——好像当年我在军区总院的大厅喊和你长得一样的那个女孩一样。

你好奇地回过头，发现不认识，就很鸟地白了一眼，掉头就走了，走向更衣室。

我和我的兄弟都傻在原地。

"不，不会吧？"他傻傻地说，就算是当了中尉，他也是这个德性。

我眨巴着眼睛，意识到自己不是在做梦。

我站在那儿，头晕目眩。

天底下会有这样的事情吗？

如果你的头发短短的，穿着军装和嘎巴嘎巴的小皮鞋，那就是小影了。

但是你是长发，穿着白色的T恤、蓝色的七分牛仔裤和白色的旅游鞋。

于是我知道，那不是小影，真的有那么一个和她长得一样的人。

那就是你。

我再看见你，你在台上。你穿着白色的晚礼服，弹着钢琴。

我不懂音乐，虽然后来你给我灌输了许多知识，但是我除了码字什么都学不会。所以我至今都不知道你弹的什么，虽然你跟我说了很多遍，但是实话实说我还是忘记了——你知道我就是这个德性。

你的琴我听不懂，但是你的琴声真的是行云流水、天马行空，带着我魂游天外。

你的表情绝对是悠然自得——用我当兵时候的话说，就是鸟得不行。

我在人群中渐渐地站了起来。

我的弟兄急忙拽我，后面的人也都不满意了。

我还是站着，就那么看着你。

你看见了，只看了一眼就不看了。后来你说你弹错了几个音符，但是我没有听出来，我不知道别人听出来没有。反正我知道除了你们专业的，大部分是来混事的，我跟他们不一样，我比较真诚，直接就是来看美眉的。

我还是被我的兄弟按在椅子上了。

你弹完了，拎着自己的裙角谢幕。

掌声如雷。

"好——"

我扯着嗓子大吼一声，那一声绝对山响啊！我是用了全身的力气啊！我的嗓子是喊番号喊出来的啊！虽然多年不这么喊，底子还在啊！

你被吓住了，彻底地被吓住了，因为你看见了我脸上的泪水。

我站在人群中非常显眼。

我一个劲地鼓掌，喊着一个字——好，我的肺活量是有底子的。

一直到我喊完，我才知道周围早就安静了。

你就在台上那么傻傻地看着我，脸都白了。

我就在台下那么傻傻地看着你，满脸泪水。

沉默。

全场的沉默。

保安过来："先生，请你跟我们来一下。"

我没有理会他。

保安就拽我，我下意识地挥拳，但是没有打过去，我已经多年不打人了，手就停在了半空。

保安吓了一跳："先生，你不要乱来！"

我看见你就站在三角钢琴边上看着我，脸色苍白。

你看见我站在人群中就那么看着你，满脸泪水。

人群开始议论我没有素质。

几个保安都过来了。

我的弟兄急忙出来解围，拿出自己的军官证："他跟我一块儿的，最近情绪不太好，是打过仗的老兵。"

"打仗？"一个保安鼻子里面挤出一声，"我也当过兵，跟哪儿打仗啊？"

我这一拳就真的出去了！

我知道我在你心里的第一个印象，就是野蛮。其实我还真的不是这种人，真的，后来你了解我了，就看着我，想不出来我这个人怎么会在大庭广众打人，还一个打四个。

确实是一个打四个。

中国陆军退役特种兵的素质暴露无遗。

我在四个保安中间施展各种拳脚，没有用一招制敌，这点理智我还是有的，全是散手：直拳、摆拳、勾拳、侧踢、后踢、边踢、凌空踢。我一个打四个，跟打沙袋一样。

人们看着我跟看武打片一样，傻眼了。

我大声吼着："杀杀杀！"

我在记忆里面看到自己的眼睛都变成血红色，就是一个字，下意识的一个字：杀！

四个保安算个屁啊，很快就倒了，不敢说血流满面，但是绝对是满地找牙。

我还要上手，被我的弟兄抱住了："快撤啊！"

他就拽我。

我还看着你。

我看见你在台上，站在黑色三角钢琴边。

你看见我在台下，站在四个保安身边。

"撤啊！"

我的弟兄赶紧拽我，抱着我往后退。

我一直就那么看着你，被他抱着往后走。

门口有很多保安，我记得好像有七八个吧，但是没有一个敢拦我们的。我们就那么走了。

我记得我被抱着拖出大厅的时候，你还在看着我，傻傻地看着我。

我给你的第一个印象，就是"杀"，对吗？

呵呵，真的吗？真的像你说的那样吗？一直到现在才知道为什么当初我就喊着一个字——杀——出手把四个保安打得满地找牙，犹如凶神恶煞吗？

我的迷彩蝴蝶，是这样吗？

我的黑色战斗靴踏在异国的机场的时候，天色已经黄昏。热风一阵阵地吹来了。蒸笼是什么感觉，我一下子就体会到了，但是还是军容严整——我再操蛋也知道这是外交场合！

我再一次看到外军的军官和士兵，但是都戴着和我一样颜色的贝雷帽或者钢盔。

我们军容齐整，我们接受迎接，我们聆听洋首长讲话。

我的英语程度不是很差而且我也出国受训过，但是我告诉你们，我当时一个字都没有听进去。就是翻译说了，我也一个字没有听进去，因为我满脑子都是小影。

是的，我的小影！

你在哪儿啊？

我离你这么近你还不知道我来，我也看不见你啊！

我就那么抱着步枪，背着背囊，傻傻地站着，听着洋首长讲话，但是满脑子是我的小影。

你们能指望一个 18 岁的士兵想什么呢？

然后我们就上车去驻地，一出机场，狗头高中队就下令枪弹合一，打开保险，我们就照做。

机场的戒备绝对森严，外军维和部队在沙袋和铁丝网后面向我们敬礼。一路上老百姓好奇地看着我们。

战争的痕迹依然存在，虽然没有枪声炮声，但是我看见了弹坑和残垣断壁，还有街上少了一条腿的人或者少了两条腿的人，或者是少了一条胳膊的人。甚至有一条少了一条腿的土狗夹着尾巴从我们车前不紧不慢地溜达过去。

战区，这就是战区了。战争的气氛是一下子出来的。

压抑，不是因为炎热，是因为满目的战争痕迹。

我紧握打开保险的步枪，眼睛在前面 60 度的范围来回寻摸，我训练过的其他弟兄眼神都有固定的角度，范围也是有交叉的，确保没有死角。但是我们都知道就算看见有人向我们举枪甚至是举起 40 火，也不能开枪射击，因为我们是维和部队，是蓝盔士兵，一忍再忍、保持中立是我们的原则，是联合国宪章的规定。除非是真的向我们开枪或者干脆一个 40 火过来我们才能还击——如果还有命的话——如果那孙子打了就跑，我们还不能追击，打了就打了，打死了就打死了，谁让我们当时没有在合适的时候一枪把他撂倒呢？

你们现在知道联合国维和部队是个什么鸟地方了吧！

一忍再忍、保持绝对的中立不算，还要准备拿命证明我们是来维和的，不是来干涉他们内政的，不是来跟他们对锤的。哪怕是枪抵在我的脑门上，我都不能射击，除非他开火那就不知道是不是臭弹了，但是概率是极小的，所以估计还击也轮不到我了——那得靠我的弟兄——当然动动拳脚制服对方是可以的，但是不能一招制敌，就算对方缴械还是得有话好好说。

你们现在知道当个蓝盔士兵是个什么鸟心理了吧！

牺牲是为了证实自己是中立的例子很多很多，我亲眼见到的也不少，以后再讲。我就先讲我们到驻地。说是驻地其实就是给我们划了个范围，这里以后就是中国工程兵大队驻地了——我们习惯叫"大队"，外军的规矩是叫"营"，所以在正式行文的时候就是"中国工兵营"。

我们是路过中国医疗队的。我远远地看见了中国女兵，心里一下子狂喜起来。但是我没有喊，因为我知道自己的职责，我首先是一个在战区的士兵，才能说是一个有对象的士兵。我们的驻地也在一个区域，我们距离不远，周围都是丛林。这一带就是联合国 UNPF 的一个营区的范围，总部也在附近。

下车后我们警卫班展开警戒线，但是随后发现是多余的，因为我们看见洋人蓝盔弟兄都是自由自在，甚至在余晖下面在自己的营区里面穿着游泳裤晒太阳浴，我才明白，战区跟电影里面不是一样的啊（小庄对维和部队这种鸟地方最深刻的第一印象）。

然后我们就扎营了，过程我就不讲了，都是工兵弟兄的事情了。

我的任务就是注意附近的动静，因为天快黑了，不得不小心。虽然这种小心可能是多余的，但是我们都是第一次参加维和，所以小心是自然的。我以后也没有参加过，参加过多次的、给我们上课的观察员老哥私下里面还说过，维和的任务其实危险程度有时候是天壤之别，某些时候真的是像孙子似的在枪林弹雨中开车猛冲火线，有的时候就是在海滨城市的街道上一边维和观察战争痕迹，一边维和观察异国养眼的美眉——有时候甚至后者是主要的，巡逻检查嘛，看看美眉也是正常的。

但是真的是不好说，因为战区就是战区，什么时候飞个 40 火过来就是大麻烦了。这玩意儿我们习惯叫 40 火，其实国外前苏制的就是 RPG，就是你们在《黑鹰坠落》里面看到的锤老美直升机和悍马车的那个家伙，一般的战区别的东西不普及，这个东西是真的满世界都有，价廉物美，不至于人手一个，但还是不少。闹不好是要死人的。确实因为这个东西死了不少维和部队的观察员和士兵，死得很惨，我出国前在照片上见过，出国后亲眼见过，绝对是惨不忍睹、血淋淋的。

所以就要小心再小心。其实要真的遭到袭击，你只能认命，打得了就赶紧还手干掉他；打不了你就认命赶紧找地方躲。

这种经历对于我来讲是一生难忘的，甚至当时觉得是受委屈的。我是特种兵战士，先发制人、一招制敌是我的本能，我在这里就不行，就是准备白挨打——因为要保持中立。

这就是维和这种鸟任务给我的最直观的印象。真正符合联合国宪章的维和任务就是这样。所以，死了人就是死了人，不要想报复这茬事情，你就是白死了，也没什么说的。

但是我的心思还不全在安全上，或者说我全心在安全观察上，但是我的灵魂不在这里。我在想我的小影，她还不知道我来。

你们以为我一下飞机就可以过去找她啊？开玩笑啊，我是士兵啊，是蓝盔士兵，是来执行任务，来维和的，不是来找小影的啊。怎么可能呢？

其实我距离她的营区的距离，我当时心算，只有 0.5 公里。

0.5 公里啊！

这算个蛋子啊！我 1 分钟多点儿就可以跑过去啊！我就可以见到我的小影啊！

但是我当然不能——哪个国家的军队都不能。我是士兵，就这么简单。

我只有看着那个方向，看着那面蓝色的联合国旗和红色的国旗。

我的心里，想着我的小影。

我的手里，拿着我的步枪。

18 岁的时候，我去见我的小影，就是这么难。

咫尺天涯是什么道理，我是真的当时就明白了。

我站在夜色笼罩的营区，看着中国医疗队的方向。

我的小影，你知道我来了吗？

我能感觉到你离我很近。

你能感觉到我吗？

32. 在我没有意识到的青春

又哭了？你怎么现在变得这么爱哭呢？和我在一起的时候不是这样的啊——是因为悲剧的色彩越来越浓吗？

你知道，慢慢地，我要把自己的回忆全部展开，你要看到一个心碎的故事吗？呵呵，你不是真聪明，你是太傻了，丫头。其实你还看不出来吗？这本来就是一个悲剧啊！

我在开始写的时候就知道了啊，因为是我自己的事情啊，所以我从来没有告诉过你。

我现在在这里写我们俩的事情，不是把你当成小影的代替品。

真的，我希望全世界都知道，你是唯一的。你就是你，不是谁的代替品。

我以前对你不公平，是我的错。

还有，我希望全世界都知道，我小庄的生活还要继续。不管我和你最后是一个什么样的结局，我都要重新开始我的生活。我不能再背负这些沉重的十字架，很多年来我就这么活下来的，在我慵懒的外表后面隐藏着这些破碎的回忆残片。

所以不哭好吗？也别介意我把我和你的故事说出来，虽然你嘴上不说什么，但是我知道你心里不一定开心。但是我不得不说，我不得不用我和你的故事来冲淡自己心头的痛楚。因为在电话和电脑的那段，我知道你能感觉到我，我也知道在这个世界上还有你在心疼我。这就足够给我讲完这个故事的勇气了。

不要害怕心碎，在这个狗日的世界上，我们曾经心碎过多少次呢？你说呢？还数得过来吗？所以，这些往事讲出来，就是一种解脱。我希望你能理解我，我知道你会理解我的。

不哭，好吗？

小庄的女孩都是鸟得不行的女孩，不能那么轻易就哭的——呵呵，我先抽自己俩嘴巴。

还记得我们第二次见面吗？

我后来根本不敢进你们音乐学院的大门，清醒过来以后我知道自己惹了点小麻烦，虽然警察的哥们儿我也有，但是麻烦总是麻烦。

但是你，我怎么可能忘记呢？

我是自由职业者，忙完了手里的那点淡活——不是说我智商多高，确实是简单得要命——就闲得发毛，我就会开车在你们学校门口停下来，不敢下车，就那么看着大门。

我在等你出来。

等啊等啊，你还真的出来了。

夏天，你们学校汇报考试都完了。我知道你是回家。我就开车跟着你。

还记得你穿着什么吗？我记得很清楚，很清楚。

白色的 ONLY 短袖 T 恤，军绿色的 ESPRIT 的七分裤——为什么那天你要穿这条裤子呢？我马上就不行了——最过分的是，你还戴着一顶蓝色的棒球帽。

我开车跟着你。

你的黑色的 NIKE 背包上的史努比拉锁小饰物就那么一跳一跳的。

我的心也一跳一跳的。

不知道为什么，我就一直追随着你。

我还记得你那天梳了个马尾巴，高高的，从蓝色棒球帽的后面空子里面伸出来耷拉下来，随着你轻盈的脚步一跳一跳的。

我的眼睛也一跳一跳的。

我就那么跟着你。

你没有打车，也没有去公车站，你后来告诉我那天心情很好，想自己溜达溜达——你就喜欢没事溜达溜达。

渐渐地，行人不多了。

我鼓足勇气——我真的是鼓足勇气，你现在知道我当时的心情了吗？——鼓足勇气开车过去，停在你的侧面。

你根本就不看我——你后来告诉我，这种事情你见得多了，早就有了免疫力，爱看就看，反正你不搭理他就是。

我又缓缓地跟上，把窗户摇下来。

"哎……"

你后来笑我，说我的声音在颤抖，那时候在礼堂千人面前喊"杀"的那种气魄去哪儿了？我就只能笑笑——瞬间的回光返照并不能证明我还是当年的小庄啊。

你还是不搭理我，你说你根本就没有听出来——再说切诺基是什么破车啊？居然也敢在大街上追美眉？宝马你都见得多了去了！

呵呵，可是我只有切诺基啊——现在那车就停在我的小院门口，你拴在车内后视镜上的小史努比现在还在呢。我要说实话你不要伤心，不是我怀念你，是我太懒了。你了解我的。

你还是走你自己的，如果是小皮鞋，我相信也是嘎巴嘎巴的。

我没法子，把车开到前面停下来，下车挡在你前进的道路上。

"哎，我……"

你后来说我的声音还是在颤抖，我不记得了。我想女孩的感觉应该敏感一点儿吧，我的感觉真的早就麻木了。

你这时候抬头看见我，我记得你是惊讶的。

我小心地说："我捎你一段好吗？"

我看见了蓝色棒球帽下你的脸，你真的和她很像。

现在我可以告诉你，我的心在滴血，在那个瞬间。

你惊讶地看着我，慢慢地瞪大你的眼睛。

你惊讶地看着我，慢慢地张大你的小嘴。

你知道你那个时候多么像她吗？

我就那么看着你，多么希望你扑上来咬我啊。但是理智告诉我，你不会的，你不是她，你只是和她很像。

你就那么惊讶地看着我，惊讶地张大嘴——呵呵，还记得你干了什么吗？

你尖叫，是的，你尖叫——用你们女孩特有的声音尖叫。

"啊——"绝对可以撕破所有人的耳膜。

然后呢？呵呵，你还记得你干了什么吗？

你喊："抓流氓啊——"

是的，这就是你对我说的第一句话。

还记得吗？

你对我喊，对全世界喊："抓流氓啊——"

这就是你啊，不承认都不行，呵呵。

实际上我在某国待了将近一个月也没有见到小影。她们有她们的任务，我们有我们的任务。我们的第一个任务就是修通这个小国从首都到海港城市的那条破坏于战火中的公路。它不仅是弹痕累累没有个路样子，最关键的问题就是地雷——这个是全世界现代战争过去以后最大的祸害，搞得你很没有脾气。

我当然不会被派去修路，我也不会工程兵哥们儿的那点把式啊。我跟他们比排雷的技术也是太小儿科的本事了吧，我不是特种部队专业的爆破手，排个把还行，那么大的雷区我有这个本事吗？

我每天的任务就是白天开工的时候担任警戒，随时准备排除安全隐患，晚上收工以后检查营区的安全措施和排除安全隐患。"隐患"这个词是有含义的，多重含义——附近可能隐藏的狙击手，可能出现的游击队、小股骚扰武装等。

我还见到了我在国外受训时候的几个哥们儿，这个留在以后慢慢讲。他们这些鸟人在维和部队这种鸟地方还是鸟得一塌糊涂，主要是他们的顶头上司不是狗头高中队这种孙子，不喜欢装酷，喜欢和他们一起鸟。

看上去我是全大队最轻松的兵。我不干活啊，但是我的任务是很麻烦的，整个神经都绷起来了。每天早晚都抱着一杆开了保险的 95 步枪在那里晃晃悠悠，眼睛真的是不敢随便眨巴一下。

因为我知道，最平静的时候往往正在酝酿着暴风骤雨。

我不是新兵了，这个道理我是知道的——何况，我现在回忆起来，何大队是真的拿我当军官培养的。

0.5 公里什么概念？我当年的速度只要 1 分钟多点儿啊！因为是平路不是特种障碍啊！但是当年的 0.5 公里在我的心里，比到地球另外一端还要遥远。

我那时候已经适应了维和部队这种鸟地方的生活，精神不是那么紧张了，但警惕是必要的，作为特种兵战士和警卫班长的责任是一刻不敢放松的。

越危险的地方越安全，越安全的地方越危险。

我当时不怎么看辩证法，只是实践和老前辈的经验告诉我的。

我每天就那么晃悠来晃悠去，跟着狗头高中队。

慢慢地，神经紧张的弦子也可以稍微平静下来。

但是我的心，从来就没有平静——小影啊！你在哪儿啊？

我那时候已经知道她的安全是有保障的，因为对维和地区的理解是渐渐形成的，战火其实真的已经平息了，双方是签署了协议的，不是轻易就可以撕掉，毕竟牵涉到国际信誉问题啊。政治家考虑的事情能跟我一样吗？所以我不是很担心她的安全，而且中国维和部队在传统的第三世界国家的民众心中也是比较高的，是老前辈留的底子，是很管用的。就算是骚扰和袭击，也应该不会跟中国维和部队较劲儿吧，何况她们还是医疗队呢——政治家不考虑这些吗？

程大队他们是和医疗队有接触的，但是也不会带我去啊！我去算蛋子啊！而且他们这些大队干部都这么忙，不到一个月脸都瘦了好几圈了，我好意思说吗？他是知道我对象在医疗队的，但是他现在哪儿顾得上啊？这个狗日的地方的雨说不好听的，就跟狗撒尿一样，说撒就敢撒几天，工程兵就得停工——进度啊！工程的进度啊！80 公里的公路在国内不算蛋子，但是在这里不行啊！施工查雷排雷啊！再赶上雨天，他能不急吗？他这个层次的干部和我考虑的不一样啊，我来是为了见对象，他呢？他是要立军令状，要给中国军队争脸的啊！哪还顾得上一个小兵的对象问题呢？

我就只有那么忍着，不过我知道总会见面的——部队联欢这种东西，中国军队是少不了的啊！到哪儿也是这一套的，总会见面的！

我就那么忍着，忍着，心里难受得要命。

真的是咫尺天涯啊！

小影是不知道我来的，我想如果她知道的话，依照她的个性，就算没有机会也要创造机会来找我的！我坚信这一点！但是我就不行啊！我好歹是个警卫班长啊，你们说我能那么做吗？不说别的，那是不给狗头大队的何大队长争脸啊！这个事情我是做不出来的。

我就只能每天戴着蓝头盔，套着蓝色防弹背心，挂着95枪这么晃悠啊。

那天我正在晃悠，一个警卫班的兵对我说："班长，你看！"虽然他们都是士官，我是上等兵，但是他们还是服我的。

我看见一辆白色的车晃悠过来，车上面黑色字是UN，红色是十字。

我一下子看出来，那是中国维和部队的医疗队！

我的眼睛就瞪大了。我的兵都知道我对象在医疗队，所以他们的眼睛也瞪大了。

但是车拐弯了——我当时就想他奶奶的怎么拐弯了呢？

但是我绝对不能上去喊——我能吗？我有任务啊！

我就那么眼巴巴地看着车走远。

结果那个兵又说："班长，你看！"

"看个屁啊！"我不耐烦地说，我那时候已经是个合格的班长了，所以班长的脾气也有了，"不看，该干吗干吗去！"

那个兵不敢说话了，跟着我继续晃悠。

结果我听见车的声音，我也没有回头——该谁的事情就是谁的事情，干我蛋子事情啊！

那边是部署了警卫的，是别人的事情，加上心里确实很烦，所以干脆不看！爱谁来谁来，和我没有蛋子关系！只要不是开锤就跟我没关系。我那时候已经适应了维和地区的相对平静，所以不像刚刚来的时候那么紧张了，这段时间UNPF部队的司令，那个澳洲的老白毛少将（这么叫不是不尊重，是我们兵们的小玩笑，而且我也确实记不得他的名字了，就先这么叫吧，他老人家也不懂中文，估计也不看这个小说）和他的那帮管事的这个官那个官（什么"首席情报官"、"首席作战官"，这种名字我也叫不惯，我当兵也对这个没有蛋子兴趣）有时候会来看看进度什么的，既是视察也是督促，这种事情和我没有蛋子关系，我也用不着过去，他们自己都有卫兵什么的。

兵不敢说话跟着我晃悠，但是还是想跟我说话，我看得出来，但是我没有心情搭理他——和白色救护车失之交臂是我当时最烦的事情，就算没有小影，总有她们的女兵吧，捎个口信总是可以的吧！

总之我就是烦，不爱搭理他，心情不爽就是这样。

兵急得不知道怎么办，憋了半天。

我见他一直回头就跟他火了："看他妈的什么看啊！没见过车啊，这个鸟地方有什么好车值得你看啊！"

这也是实话，这个鸟地方车还是有的，但是好车绝对没有，都破得要命，政府机关的车好一点儿，但是好车绝对不多。我们国内改革开放了，什么好车没有啊，到这种鸟地方看车你什么意思啊？没见过车吗？我当时的潜台词就是这个，其实也是想发火。

"班长！"那个兵今天真的是勇气十足啊，我当时就佩服他，也不怕我锤他，"你不看会后悔的！"

什么乱七八糟的，我的火就上来了！

上来就要锤他一拳再说，野战军的班长都这个德性，他们原来的班长也是，所以训训都习惯了，熟悉了。毕竟都是自己班里的弟兄，也没有什么不好意思的。

我拳都举起来了，听见那面的笑声。

我就僵在那里。

欢笑，尖笑，大笑，鸟得不行的笑。

"同志们辛苦了！"

敢这么说的不会是别人，你们猜也猜得出来，在这种鸟地方敢当着我们大队干部的面这么放肆的只有一种人——中国女兵。

鸟就是鸟，到了哪儿中国女兵都是最鸟！

你们可以想象什么是鸟气冲天、鸟的天堂、鸟的世界、鸟的天下了！

我急速回头。

车，白色的救护车，中国维和部队的救护车。

兵，戴着蓝色棒球帽的兵，中国维和部队的女兵——还是女兵们！

我的眼睛就瞪大了。

她们下了车，欢笑着，是路过来蹭水喝两口。

我的妈妈啊！

小影呢，小影呢，小影呢？小影呢？！

我的眼睛真的花了，一下子看不过来了。哪个是哪个啊？

七八个女兵跟我们的炊爷在那边蹭水喝，我知道不是水，是绿豆汤，洋人维和哥们儿也爱蹭我们的绿豆汤。军队再穷，绿豆汤还是请得起的，所以每回都多做一点儿，供应各国路过蹭绿豆汤的国际友人，我告诉你们那帮跟我们一起维和的各国洋人哥们儿蹭绿豆汤算好的了！他们这帮鸟人真敢拐个大弯子就为了喝这个玩意儿。绿豆汤好喝啊，解暑啊，没喝过啊，一喝就上瘾啊！这就罢了，说个真实的笑话给你们听：我们那个工程兵大队最先修好的你知道是什么吗？厨房和食堂！人刚刚来还没有扎营呢，一帮维和的洋人老鸟们就开始跟我们这儿套磁，干吗啊？想吃中国菜啊！以前维和的时候赶上有中国维和部队就来蹭吃喝吗啊！都有经验了，知道中国人好脸面，不会不让他们吃喝。结果大队常委赶紧下令全速先修厨房和食堂，于是就修好了。然后他们就真的来蹭啊！一到开饭点就来人啊！还不是一个国家的，有时候这个官那个官的也来，有一回老白毛司令来蹭饭的时候整个总部的各个首席长官都齐全了，首席长官都不好意思了，但是司令都来了啊，司令也爱吃中国菜啊，所以就没有什么不好意思了。那天中午 UNPF 总部就搬家到中国工程兵大队食堂了，济济一堂啊，大家就为了蹭吃中国菜啊——绝对管够啊！还得拿手啊！出国的厨子也是精兵强将啊——呵呵，告诉你们，我在 UNPF 联预部队对这帮洋人最大的感触就是真的不拿我们当外人，该吃就吃，该喝就喝，换了我们可能还不好意思呢。这不是贬义，是东西方传统的差异，人家就是天生自来熟啊！咱们是拉不下脸啊。不过后来我是拉下来了，我在芬兰炊爷那儿也蹭过，虽然他们的菜没有什么特色但是是正经的西餐啊，我在国内哪儿吃过这个啊！吃得还挺美的，吃完了炊爷还带我进行带有芬兰特色的饭后活动，我也是第一次经历，说出来笑死你们，我回头专门说吧——关于我当年参加的 UNPF 部队的鸟事多了去了！也让你们了解了解我当年的那些乐趣——洋人就没有鸟人了吗？也是鸟得不得了啊！

又扯远了，还是说那辆救护车啊！

我就看着那帮女兵，找啊找啊，真的傻眼了，不知道过去，也不知道喊。

我是真的傻眼了啊！

一片蓝色的棒球帽啊！一片迷彩服啊！

我怎么认得出来啊？

我那个兵就喊了："哎——我们班长在这儿呢！"

女兵们看看，又不搭理了——谁知道你们班长谁啊？那种鸟样子和在国内是一样的。

那个兵急得都要跳起来了："哎——我们班长在这儿呢！"

女兵们根本就不搭理他，也不看了，继续喝自己的，还继续笑自己的。

我就张着嘴，傻站着，不知道喊，也不知道过去。

但是我看见她了。

我真的看见了！

我的小影啊！

她慢慢抬起头，把碗从嘴边拿开看向我这里。

她慢慢放下碗，脚步慢慢地往前走。

她有些莫名其妙，但是确实仔细地在看。

我们离了几十米远，部队战士远看基本上一个德性，所以她看不出来我——就是看出来了，也不敢相信啊！她怎么想到我小庄会来呢？

她慢慢地往前走。

我张着嘴睁大眼。

我看清楚了。

是小影！没错是小影！

她黑了，瘦了——我的鼻头一酸，小影啊你吃苦了。

但是我说不出来，我已经失声了。

因为，太激动了啊。

她慢慢地走。

她慢慢地走向我。

她慢慢地走向张着嘴傻站着的我。

突然，中间没有过渡——她开始急跑啊！

没有语言、没有喊叫，什么都没有——就是急跑！

我还傻站着。

她不管那么多，径直从正在施工的工程兵弟兄中间深一脚浅一脚跑过来，她跑过的地方的弟兄们都不干活了，惊讶地看她跑——干部也在啊，但是干部也在看啊！

她戴着蓝色棒球帽跑啊跑啊！

近了近了更近了。

我看见她的脸，她的脸上全部都是泪水——小影这种女孩说哭马上就哭，说笑马上就笑，这才是女孩，这才是真正的女孩！

她张大嘴，但也是失声。

我反应过来了，第一个反应就是赶紧关保险啊！这是士兵的本能反应，枪走火的教训太多太多了。

保险刚刚关上，枪还没有放下，她就扑上来了！

她不管不顾，一下子扑上来，就说了一句话：

"黑猴子我恨你！"

她扑到我怀里了，隔着武器抱着我，我知道隔着步枪，她会疼的，但是她不管不顾，抱得很紧很紧，紧得我根本抽不出枪来啊！

我就傻站着，她就死死抱着我，然后在我脖子上开咬啊！

"嗯——"

我还是忍着，但是脸绝对憋红了。

她咬啊，就是咬啊！

我忍啊，就是忍啊！

她喘不过来气了才松开，我的脖子上绝对是牙的印子，其实回去一看真的是出血了，但是不严重——她还是心疼我啊，怎么舍得死咬呢？但是不咬不行，不咬不爽！绝对该咬！我来了这么多天了，不去找她，怎么不该咬呢？一定该咬！不能不咬！

但是她不咬了。

她开始打我，打我的防弹背心，还踢我。她穿着战斗靴啊，一脚踢在小腿上还是蛮疼的——但是我还是忍着。

她大喊："你坐跟斗云过来的啊？死黑猴子！"

然后她又抱住我，这回乖了，呜呜地哭了。

工程兵弟兄们都明白了，傻子都明白了，大家就嘿嘿乐，和我们狗头大队的战士一个德性。

干部也乐了，干部也没有想到啊——天底下有这么巧的事情吗？

我这才抽出步枪，甩在身侧，但是我不敢或者说不好意思死死抱住她，这么多人呢！我只是轻轻地扶着她的肩膀，不知道说什么——我的兵们都在边上乐，你们说能说什么啊？

女兵们也炸窝了。

小菲第一个叫了出来——我也看不清楚她啊，她也戴着帽子啊，但声音是绝对知道的：

"一二三——"

"浪漫！"

女兵们一起喊啊，绝对开心得不得了啊！

"一二三——"

"浪漫！"

"一二三——"

"浪漫！"

连着喊了三声啊！女兵就是女兵，这个词也能喊啊！

然后她们就叫啊，就扔帽子啊！

蓝色棒球帽满天飞啊！

一个女兵还敢扔碗啊——我们的炊爷紧张得不得了啊！看着碗飞啊！结果落在松软的红土里面，他赶紧就捡啊！赶紧擦擦把碗都放好，这些家伙是炊爷的命根子啊！

我就那么扶着小影，然后慢慢地轻轻地抱住她。

她呜呜地哭着，委屈地哭着。

我才看见她的脸，真的是黑了瘦了。

吃苦了啊！

我轻轻地摸她的脸，她一把张开嘴开始咬我的手。

很疼，但是我没有叫。

我知道，她的心里更疼。因为她的脸上，一直在流眼泪。

她呜呜地、委屈地哭着，还眨巴着眼睛，眼巴巴地看着我，怕我一下子没有了。

很多年前，在异国的战区，在工程兵弟兄的施工现场，小庄和小影相遇了。

一群男兵嘿嘿乐，露出一嘴白牙。

一群女兵高喊着"浪漫"，在空中扔帽子还敢扔碗。

中国士兵就是中国士兵，就算是戴了蓝色贝雷帽也是这样。

你们觉得，浪漫吗？

呵呵，反正我觉得挺浪漫的。

33. "歪瑞古德——鸟！"

呵呵，你笑了。

你说什么？

你说我这个糙人当年还能整这个景儿啊？

其实不是我能整景儿，这就是命。

真的，真正的浪漫不是整景儿整出来的，是上帝他老人家安排的——中国话讲就是命啊。

而且我也没有那个整景儿的能耐啊，你还不了解我啊。你第一次给我做饭就是晚饭，还整了一根蜡烛插在你下午专门买的典雅的烛台上——还记得吗？那个烛台现在还在我的地下室，你一气之下就给丢进地下室了，再不肯用它。

还记得吗？

我回来一看，我靠！怎么黑乎乎的，停电了吗？再一听不是啊，CD还放着歌呢。至于什么音乐我还是忘记了，你曾经对我说过那是你自己弹的，在专业的录音棚录的，那个老板一直对你贼心不死，但是你们这些现在的漂亮美眉善于吃糖衣就是不挨炮弹，所以你就用最好的录音棚、最好的录音师录了，录完就走，那个老板有个蛋子脾气啊！又不是黑社会老大，他敢怎么样啊！你跟我说的时候还怕我不高兴，其实我是那种假惺惺的人吗？你应该了解我啊，我自己是什么德性啊，我有什么理由要求你的过去呢？我又有什么理由要求你的将来呢？这跟我有关系吗？

你别伤心，事实就是事实，只是我看得比较明白，也承受得住这些而已。天长地久的话我说过太多次了，哪一次做到了？当然不全部是我的责任，但是我也不知道到底是谁的责任。谁都没有责任，有蛋子责任啊！这就是生活啊！这就是现实啊！不这样怎么显出爱情的美好、幻想的美丽呢？所以我根本就没有把它当回事儿，其实我知道，你对我说的时候是希望我生气的，哪怕只是生那么一点儿气，你就会高兴得屁颠屁颠的——因为你知道我在乎你啊！在乎你的过去就是在乎你的将来啊！

但是，不怕你伤心，我真的没有在乎。

在我们还没有开始的时候，我就知道没有结果。

什么叫结果呢？

混混就得了，你还想要什么呢？

呵呵，事实不是证明了吗？

你在大不列颠，我在中华大地，中间千山万水不算，还远隔重洋——这不是事实吗？

虽然现在我们又联系上了，还在电话里面酸得不行，但是如果我不写这个小说呢？或者说我写了不在网络上发呢？我这种小人物的小说还指望翻译成英文版吗？还指望在大不列颠发行吗？再说你只看古典名著、欧洲名著，还看莎士比亚的英文原版，我的小说就算有卖的，你在书店会多看一眼吗？封面上"小庄"的名字不仅小还是英文的译音，你会注意吗？这种血腥味道的题目依照你的个性你会注意吗？肯定就这么错过了啊！

所以说，没有这个网络小说，我们的既成事实是不会改变的。就算现在你也在看，但是我写完后，你也看完了，我们的结果会有什么改变吗？我不怕你伤心，现在让你伤心总比完了让你伤心好，那时候的伤心是大伤心，何必呢？你不知道我们之间有什么障碍吗？

爱情，22世纪的爱情我不知道会怎么样，但是21世纪初期的爱情，就是这个德性。

呵呵，所以你笑笑哭哭就得了。

我们之间可能还是没有结果的。你说你要回国，马上回国，还是算了吧，真的。你知道我是个喜欢安静生活的人，不想身边再那么多的风风雨雨。漂亮美眉的风风雨雨会少吗？还记得那时候我们身边的风风雨雨吗？那时候你不是真心爱我吗？最后的结果呢？最后的结果你能够改变吗？

呵呵，爱情之所以美丽，就是因为有一天终会消失。

悲剧的力量，就是把美丽毁灭给人看。

爱情，就是不会改变的悲剧。

尤其是在你和我之间，在你和我这两种截然不同的出身地位、命运走向的人之间，爱情，就只能是爱情，不会是别的。我不是说婚姻是爱情的坟墓，这种蛋子话别人说得太多了，我不会这么说的，也不这么看。你要是现在要嫁给我，你回国我马上娶你——只要你敢嫁我！

但是，你知道是不可能的。

我们之间的障碍还不够多吗？

你能突破哪一个呢？反正我突破不了任何一个。

所以，爱情就是爱情了，就是悲剧了。

你哭啊笑啊，最后的结果还是这个。

呵呵，别伤心。我不断地提醒你没有结果，就是故意让你伤心，我敢在全世界面前让你伤心，其实是对你负责——你还敢高兴地告诉别人你是迷彩蝴蝶吗？不敢了吧？

这就是我的目的。

残忍吗？我不觉得。

因为，我不想再进入那种麻烦之中。

我说了，今天的小庄不是昨天的小庄。

还说那次烛光晚餐吧，我还没有说完呢。

我进了自己那个黑乎乎的小破屋子就蒙了，干吗啊？你就笑，我还看见你化妆了，是浓妆淡抹总相宜的感觉——底板好就是底板好，这是没有办法的事情；不像我当兵的时候苗连的老婆，怎么化妆还是那么个样子，我都不忍心多看一眼，多受一次刺激，但也不敢说什么。现在写小说我也不敢形容，也不是怕苗连看了这个小说生气，因为他们早就离婚了。

你就是天生丽质啊，我有蛋子办法啊！也不是说你有多漂亮，你就是清秀、气质好——其实，小影也是这一点吸引我的——气质，还真的就是天生的，和后天的培养有关系，但是关系不大。你和小影不仅长得像，气质还一样，这都是命运安排的。

你不仅化妆了，还穿了一件黑色的裙子，就是拖地上可以当拖把的那种。我知道那是你的演出服，我闲得蛋子疼的时候老是喜欢和你开这个玩笑，一开你就哭，一开你就哭。其实我现在告诉你，我就是故意让你哭，因为你一哭就跟她一模一样了，我就喜欢哄你——

其实是在哄她。

现在告诉你，我也不怕你生气，我说过我对你不公平。

其实每次哄你的时候，表面上我嬉皮笑脸，心里却是一直在滴血，真的，不骗你。你现在能够理解我了，我就告诉你，当时我怎么对你说呢？这不是纪律规定的事情，只是我不敢提，真的是不敢提啊！

你化妆了，盘了头，穿上了晚礼服，就那么看着我，笑盈盈的目光在烛光下面如水如画。

桌子上面的西餐是你做的——你后来告诉我你专门去跟一个同学学了一下午，学了这么两手。你在家从来不做饭，绝对是甩手大小姐，连袜子都不洗，但是你在我这儿真的什么都干，连马桶堵了也是你收拾的，而我就顾着码字，顾不上那些——你也从来不说什么，我当时还真的以为这个天下还有在家接受居家女人教育的未婚女孩呢！其实现在知道那是绝对没有的，谁的女儿是谁的宝啊！谁舍得啊？想想你也真的挺不容易的，为了爱情什么活都肯干，我后来对你还没有什么好脸色，一点儿也不像追你的时候那个孙子似的德性，你心里肯定是不平衡的，但是你不会说什么——爱都爱上了有什么好说的啊！

你还插了一束粉色的花，散发着淡淡的香气。我至今也不知道它是什么花，我对这些是没有研究的。我追女孩从来不送花，这个你是了解我的，一般我送实用型的东西，譬如袜子，譬如睡衣之类的，但是从来不送没有用处又折腾银子的。花也就算了吧，你还整了瓶洋酒，当然我至今不知道那酒叫什么名字。你后来告诉我多少银子一盎司，吓了我一大跳，差点把车开到树上去。你是从你老子的酒柜里面偷的，装在自己的背包里面带来的，一路上走得屁颠屁颠的，心里想：可给小庄这个土包子开开洋荤了，省得老是没事的时候喝两口三十年陈酿的汾酒就觉得是天下无双了，强中自有强中手，让你尝尝真正的贵族喝什么。

问题是我对洋酒那个玩意儿一点儿都不感冒啊！我又不是没有喝过啊！在 UNPF 联预维和部队那个鸟地方芬兰炊爷、澳洲炊爷、挪威炊爷、新西兰炊爷、法兰西炊爷等，很多国家军队的炊爷们哪个没有见过我小庄啊？哪个没在厨房偷偷把军官甚至是老白毛司令的酒给我倒那么一小杯给我尝尝？我开始还新鲜，一喝就后悔，嘴上还不敢说什么，因为不好意思说，后来还是得喝，因为盛情难却啊！这帮洋炊爷不拿我当外人啊，给你喝你不喝，不是不给人家脸吗？我就得硬着头皮喝，喝完就忍着，还竖大拇指："歪瑞古德——鸟！"炊爷们就哈哈笑啊，高兴得屁颠屁颠的，于是鸟这个词就在 UNPF 部队的炊爷中间开始普及起来，后来他们见了中国军人就打招呼："哈罗！鸟！"搞得我们的中国观察员老哥们儿和大队的干部们都大眼瞪小眼，还寻思他们不会在中国军队服役过吧？炊爷们高兴啊，因为觉得把自己国家的好东西给这个小黑蛋子了啊，增进国际军人友谊啊，加强和中国小兵的感情啊，当然也是回报这帮炊爷在不开饭的时间集体去我们中国工程兵大队蹭饭的那种心里说不出来的不好意思。我们大队的炊爷给这帮洋炊爷开伙，这是一般的情谊吗？咱们觉得国际友人一定要招待，不然显得中国军队小气，大队常委专门给炊爷们交代，只要不是睡觉了任何时候要有两个二级以上炊爷待命，给这帮来蹭饭的国际友人做饭。他们再自来熟也知道非工作时间让人下厨不好意思啊，都知道将心比心啊，想请我们大队炊爷吃饭又不好意思说，正好赶上我来了，还不赶紧给好酒上来。

我不知道老白毛司令在澳洲、在西方算不算贵族，但是我知道他那个酒估计也不便宜吧。所以洋酒我是真的喝过不少，还是因为盛情难却的缘故，不然我真的不喝啊！我对那玩意儿不感冒，我就是这个德性的，再好再贵的东西我要是不感冒就不往心里去，所以到底喝了什么玩意儿我到现在也记不起来。我想不会比老子的酒便宜多少吧，问题是我真的不喜欢啊，你知道我的德性，不喜欢就是不喜欢，我也不掩饰。我就是喜欢喝点汾酒不上头，你能让我硬着头皮喝那个洋酒吗？我享受不起啊！

所以我就对你偷你老子的洋酒不感冒，我又不是在 UNPF 部队那种事事都是外交场合的鸟地方啊，我在自己家里有什么好掩饰的呢？我就直接说整什么景儿呢？闲得慌啊！

我发誓我是笑着说的，我还不至于那么不懂事，把你的好心不当回事儿啊？

但是你还是在乎了。

我话一出口就知道坏了。

你误会了——我就是再不喜欢整景儿，这点常识还是有的啊！

你的泪珠子真的就跟断线的金豆子一样哗啦啦下来了。

我傻眼了，这不是我故意逗你哭。我现在可以告诉你实话，凡是我故意逗你哭的时候，其实把逗你笑的法子都想好了。开玩笑，我是中国陆军退役特种兵，还当过班长，是战斗骨干，出国维和过，见多识广，三套以上的备用方案都想好了，所以不怕你哭。

但是你突然哭，我就傻眼了。

我当时就意识到你是花了大心血的。

那么长的头发，盘个头那么容易吗？那么惬意吗？凡是陪女孩去过美容院的哥们儿不会不清楚吧？女孩们就更清楚了啊！

我知道你是花了大心血的。

但是我的一句不经意的淡话把你的好心情给破坏了。

你哭了。

然后你把那瓶洋酒拿起来，高高地举起——你才不管多少银子呢！这就是你的性格，这一点你和小影真的是一样的，她要不高兴真的敢把 UNPF 部队总部那两架破直升机给拆了，就算老白毛司令在，她也绝对做得出来——然后洋酒狠狠地摔在地上。

啪！

碎了。

玻璃碴子飞溅但是不高，酒花飞溅却是很高。地球有吸引力的缘故这个谁都知道。

酒花溅了我一脸。

你转身跑进卧室了，然后就开始哭。

我傻傻地站在那儿，酒花溅了我一脸。

洋酒的酒花。

熟悉而陌生的味道。

绝对的洋酒，绝对的异国风情。

洋酒的味道。

"歪瑞古德——鸟！"

我挺着脖子把那口酒咽下去，竖起大拇指。

芬兰炊爷就跟那儿乐啊，酒糟鼻头都乐红了。

小影在边上忍住笑——她知道我在忍着，她是了解我的。

我把杯子放在案板上，抹抹嘴。

芬兰炊爷还要给我倒，我赶紧拦住——说实话，英语这个东西我现在忘记得差不多了，因为后来就没有怎么用过，所以我还是用汉字码吧，没文化就是没文化，我也不伪装什么。

"好酒！真正的好酒！"

"庄，那就再来点！"

芬兰炊爷的英语比我好一点儿，但也是半吊子，听着也是比较别扭的。

还来啊！我就怕了，还是按着杯子：

"好酒不能多喝！多喝了味道就淡了！"

芬兰炊爷想想，哦，也是啊。中国文化就是有自己的特色，值得回味，就不勉强了，他也希望好酒的味道能够多在中国士兵小庄心里留久一点儿。他是个老维和油子，挺喜欢和中国观察员和部队接触的。因为觉得我们都懂礼貌，不像某某国（国名我就不点了啊，自己去想，想得对不对不关我的鸟事啊）军队等级森严得要命，不拿炊爷当回事儿。芬兰军队的官兵是一家人，只要是在自己的营区就都是一家人——我还忘了说了，那个在自己营区晒太阳浴的就是芬兰的维和哥们儿。

那天是休息日，我们维和部队其实是有休息日的，虽然一个月只有六天，但是总比没有强吧。按照规定，中国维和部队就算在休息日也很难走出自己的营区的，出去也得干部带着，为什么啊？怕我们胡闹啊！国外这个花花世界什么没有啊，UNPF部队总部在这个小镇驻扎没有几天，哗啦啦繁荣了一条街啊——什么街你也自己去想，想得对不对同样不关我的鸟事——干部确实怕，中国野战军的基层战士都是在山沟里面苦惯了的，出国了到了花花世界还拿维和的洋补助（各国军队的补助是统一标准的，都是联合国出的银子，你想想这一个标准可就不少了，尤其对于中国军队来说），万一被腐蚀让外军笑话就不好了。其实这个在西方军队算个蛋啊，但是中国人民解放军就是中国人民解放军，出国了也是中国人民解放军，军纪严明，三大纪律、八项注意一样好使。而且说实在的，比国内还严，生怕造成国际影响，影响中国军队形象。这个心理不难理解，中国军队就是这样的。

但是我和小影还真的是个例外。我现在回想起来，小非是绝对起了作用的，就算出国了在老白毛司令指挥下，医疗队和工程兵大队总还是我们军区出来的吧？不回国了？不在军区混了？怎么可能呢？所以国内的一些习惯还是管用的，不用别的，小非要是回国了，闲着没事的时候跟外公念叨一句："姥爷！你不知道，医疗队的谁谁谁或者工程兵大队的谁谁谁绝对死心眼！俩小兵好不容易在国外还是战区见着了，也不稍微通融一下子！"得了，就这一句就够了。下回医疗队的谁谁谁或者工程兵大队的谁谁谁一到军区汇报工作，一报自己的名字，军区副司令这个涵养很深的老爷子仔细看一眼就够了，这个干部的心就得打鼓了，绝对心虚啊！被军区副司令知道名字可不一定是好事啊！他解放军上将犯得上记得一个大校或者上校的名字吗？再一回想在国外的时候小菲跟自己说过什么，自己坚持了一把原则，那就彻底明白了，想死的心绝对是有的！混军界其实也是混仕途的，尤其到了高级军官这个步步艰难的时候，这点后果还是可以想到的。于是我们俩小兵休息日可以在 UNPF 总部营区安全范围内活动，只要不出警戒圈就行，不用干部带着，只要按时归队各回各家就行。

本来那天我是想带小影到总部宪兵班找印度三哥玩的——他和我在国外特种兵训练营一起受训过，当时我就叫他"三哥"，他让我解释这个中国话的意思，我当然不敢说本意了，就说在我心里中国是"大哥"最大，因为是我的祖国，"二哥"次之，就是我们中国陆军，"三哥"排行老三，我尊敬他就叫他"三哥"——他是个印度陆军特种部队的老军士长，当时就美得屁颠屁颠的，就说歪瑞古德，以后我就叫"三哥"了。后来这个汉语的外号在训练营的洋人特种兵哥们儿里面还流传开了，大家都叫他"三哥"，洋人特种兵哥们儿说中国话说得五颜六色的。这个称号他还带回了国内，他规定兵们私下一律叫他"三哥"，后来老白毛司令也学会了，居然也叫他"三哥"。这就是我在国际特种兵训练营干的鸟事之一，好玩吗？

但是我真的挺喜欢三哥的，他本来的名字我还真的忘记了，印度名字其实很难记的。人是真的不错，他在 UNPF 部队是真的干了几件我觉得很鸟的事情的，回头专门讲吧，我确实挺佩服他这个人的。我其实一下飞机见到的第一个熟人就是三哥，他是宪兵班长啊，就在机场值勤啊！当然我们没有打招呼，就互相看了看，他冲我不明显地笑了笑。我不知道他也在 UNPF 部队啊，当时我就知道我的身份还有蛋子秘密可以保的啊！三哥都在了，是个人就能知道我是中国陆军特种兵啊，还是出国受训过的尖子。不过这个很正常，我在这个鸟地方还遇到了不少当时一起受训的哥们儿，都是冒充机步部队什么的来的。哪个国家都不傻啊，都怕出事啊，都得派点真正能在关键时候顶一下子的兵啊。

后来工作忙，加上休息日不能出去，就见不着三哥了。他也不好意思来蹭饭，他是宪兵班长，他来了一桌子吃饭，以后还怎么管啊？影响形象啊！那时候我还没有见到小影，干部也不会准我出去的，而且当时刚刚来，紧张的弦子没有松下来，休息日还是要检查安全措施，所以也真的顾不上。接着见到小影了，而且说实话，UNPF 总部营区是相当安全的，就能出来了。

一出来我就去找小影，她也找我。我们俩就对着乐，远远地对着乐，走啊走啊，就走近了。但是我们不敢接吻、不敢拥抱，连拉手都不敢。毕竟是在维和部队官兵面前啊，中国军人要考虑国际影响的。

我说："你来了。"

她说："你来了。"

我们只是对着乐啊，淡得没有味道的话也美得屁颠屁颠的。

路上搭着一辆白色步兵装甲车路过的芬兰哥们儿就冲着我们俩笑。他们都看得出来我们俩是啥关系啊！

他们搭乘的是一辆白色的步兵装甲车，芬兰造的 SISU 轮式装甲运兵车，车上配备苏式 12.7 毫米高射机枪一挺。我们总部下辖有一个北欧混合营，有一个芬兰连，一个挪威连，营部以及直属队分别来自芬兰、丹麦、瑞典、挪威等。他们就是芬兰连的哥们儿，是总部机动预备队的，这属于作战单位，但是最重的装备就是这几辆破装甲车了。我记忆中这些芬兰哥们儿基本是金发碧眼，身材高大，穿着灰中带绿的短袖短裤军装，显得很有一种另类的鸟气。这些芬兰哥们儿平时总板着脸，就算一颗炮弹在眼前落下来，那张脸也不会带上任何表情。机动预备队里没有勤务的芬兰兵总是在营地里晃晃荡荡，显得特别懒散。可是紧急出动的警报一响，那些懒懒散散的芬兰哥们儿立马就跟安了弹簧似的，一条条灰影噌噌地飞进装甲车。规定半小时赶到的地点，芬兰排的装甲车不到二十分钟就到。这些人从前都服过一年到两年兵役，枪玩得特别溜，都不是善茬儿，真想跟他们交手，得先掂掇自己的分量。不过这些芬兰哥们儿的传统就是维和，每家每户从老爹老妈甚至爷爷奶奶就开始维和，政策观念特强，忍功极好，绝对不会招灾惹事。

看样子他们是刚刚从机动反应训练回来，所以比较放松。他们是维和老油子了，所以不把维和当多严肃的事情，这也是文化差异的问题。他们就冲我们乐，还吹口哨。

这回小影不鸟了，对方是国际友人啊，换了谁谁好意思啊？她的脸红了。

一个坐在装甲车顶上的芬兰哥们儿就发话了，我也听不懂——我后来知道他是军士长。我开始还以为他冲我们喊呢，后来发现这些芬兰哥们儿哗啦啦都下车了，拿着自己的武器在边上列队唱着歌。

我们正纳闷儿呢，干吗放着车不坐走路啊？然后那个芬兰军士长做了一个很潇洒的动作。我跟你们说句实话，这些真正的西方人的动作是骨子里面的，学是学不像的，我后来退伍以后回到大城市，见到那种假模假式的动作就会起鸡皮疙瘩！

这个动作就是"请"，因为装甲车后面的门开了。

我们都不好意思了。我的脸发烧了，小影恨不得拿自己的棒球帽把整个脸盖起来！这是国际友人啊！他们也知道中国人脸皮薄啊，所以他们就自己走路回去了，车子留给我们。

芬兰哥们儿想干吗啊？

我们傻站着，不好意思地傻站着。

芬兰军士长那个老油条来了一句外语："雷迪，泼雷丝。"

小影低着头，一只脚跟在地上吭哧吭哧蹭着啊。

芬兰军士长这个老油条就嘿嘿笑，笑我们脸皮太薄了吧？

我为什么老说小影就是小影呢？就是她鸟啊！这一笑她不乐意了，中国女兵那么鸟，能让洋哥们儿笑话？

她就哗啦啦地拽着我上去了，我戴着头盔、背着步枪就被她拽进去了。吭！铁门就被关上了。

光线微弱，车开始轰隆轰隆开啊，我们也不知道开去哪儿，去哪儿也不重要了。因为，在这辆芬兰哥们儿的装甲车里面，在这个没有生命的战争武器里面，只有我和我的小影。

那时候外面的人谁能知道，在这辆看上去冷冰冰的白色 UN 装甲运兵车里面，有两个普通的中国小兵呢？

这就是我们的世界，无论这个铁壳子带我们去哪儿，都不重要。我们相爱，这里就是我们爱的世界，这个最重要。微弱的光线下我们的呼吸急促，我们哗地抱在了一起，分不清楚谁先抱住谁，谁先伸的手。那个不重要了，重要的是我们拥抱了，还接吻了。

冷冰冰的装甲运兵车载着两个相爱的小兵。冷冰冰的金属和工程塑料制品相互撞击着，发出冷冰冰的声音。但是我们的唇在一起，我们的舌头在一起。柴油的味道我都忘记了，我就记得小影身上、脸上、唇间的芬芳，还有她的温暖的鼻息。我们久久地没有分开，忘记了这是国外，忘记了这是战区，也暂时忘记了我们小兵的身份。

装甲车轰隆一声停住了，我们才清醒过来。我们抱在一起，但是马上清醒过来了，这是在芬兰哥们儿的装甲车里面啊。

小影把自己的头埋在我的怀里："都怪你……"

我就纳闷儿了，怎么怪我了？

"谁让你来的……"

哦！原来我不该来啊，我明白了。

她看我不笑："怎么了？"

"我是不是来错了？"我认真地问，"耽误你工作了？"

"什么啊？"小影在我脸上轻轻打了一下，"胡话！"

"那你怎么说我不该来啊？"我问。

"你是真傻假傻啊？"小影气得哭笑不得。

于是我就明白了，原来女孩都喜欢说反话啊。其实我早就知道，问题是这兵当久了，脑筋就容易僵化，但是这回记住了，一直到现在都管用。

我就嘿嘿乐了，小影叹气："唉——我怎么找了个傻子啊？"

我还没说话呢，就听见轻轻的敲车门。我们赶紧分开。外面用英语问可以开门吗，我说当然可以。

门就开了，那个芬兰军士长探头在门口笑："车要入库了。"

我这才明白过来，哦！到芬兰连营地了！

这下子是有国际影响了，我的妈妈啊！

但是紧张归紧张，还是得下车啊！能赖在人家芬兰哥们儿的装甲车里面不走吗？我们俩就硬着头皮下车。到了芬兰连，芬兰哥们儿都跟我们打招呼。其实休息的时候，要是有机会的话串营玩真的不是什么事情，各国维和部队都是把对方看成自己人的。

我记得当时背过的规定如下：UNPF 总部营区由宪兵排管理，进入营门时要向哨兵出示 UNPF 证件（一张蓝色身份卡片，简称"蓝卡"，上面有本人照片、姓名、军衔、国籍和序列号码）。哨兵验过证件后会主动敬礼放行，来客不论是徒步还是乘车都必须还礼。

进入 UNPF 各营营区就没有这么麻烦。除检查哨有哨兵执勤外，其他营地通常与交通要道有一段距离，大门一般上锁，没有哨兵执勤（营区里都有观察哨，远远就能看见来人和车辆）。到门口一按喇叭，对方见到是 UN 车辆就会来人开门。经过观察哨或进入营门，对方也会主动敬礼，来客也必须还礼。

也就是说 UNPF 对自己人是敞开大门的。虽然军队都有隐私，但是大家住在一个大的营区，有蛋子秘密保啊！大家都是国际友人，为了一个崇高的为全世界人民服务的目的不惜千山万水远渡重洋到这个鸟地方来维和，犯得着自己跟自己斗吗？其实真的是这样，就算发生矛盾，也只是因为民族文化的不同、习惯的不同而发生的，没有本质上的冲突。

芬兰连的哥们儿在内部没那么多鸟等级观念，绝对是官兵一家。太阳底下一堆哥们儿在晒热带的日光浴！一帮哥们儿在打网球。不怕你们笑话，我是第一次看见打网球，居然还是亲眼看见芬兰哥们儿打。我后来也没有学会，没有那根筋骨啊！但是小影学得快，打得也好，芬兰哥们儿都喜欢跟她打。

其实我们还是违反了规定，我们是在芬兰老哥的装甲车里面混进来的，没有经过门岗检查。但是他们都知道是怎么回事——那帮芬兰鸟人回来能放过这个乐子吗？而且是他们的军士长请我们来的啊，再说这帮芬兰哥们儿经常出来维和，见得多了，俩中国小兵有什么可以看的啊？倒是有行家上来跟我探讨一下 95 枪和 92 枪，我就来劲儿了——我拿手啊！我就卸下弹匣给他们讲这个。

小影在边上笑眯眯地看着——真正懂事的女孩是喜欢看自己的男人专心忙活的，何况这还是他拿手的。

他们玩着没有子弹的枪，说："歪瑞古德！"我没有给北方工业做广告的意思，但那确实是好枪，芬兰哥们儿喜欢得不行！他们也喜欢 92，觉得是好东西。我也玩他们的枪，步枪是瓦尔梅特 M76，轻机是瓦尔梅特 M78，手枪是比利时勃朗宁。

玩了一会儿，芬兰炊爷就来了。他知道中国兵来了那个高兴啊！他是去蹭过饭的，我还见过他一回。当时我负责检查啊，就在门口查哨，对他挺客气的。第一回的时候这个芬兰炊爷还不好意思呢！我直接就带他去食堂，交给我们的炊爷了。他知道我叫"小庄"，看见了就乐，喊道："庄！跟我走！"

天底下军队的炊爷在部队基层战士中的地位不是吹的，他要拉我走，谁都没有什么说的，再舍不得 95 枪和 92 枪（我和小影的枪是不能离身的），也得让我跟炊爷走。

我们被他拉到了厨房，然后就是洋酒招待。我开始还挺新鲜的，拿起来就喝啊！那个味道一下子就咽在嗓子里面了。我靠！什么味道啊！但我还是忍着，脸都憋绿了！小影抿嘴乐，她知道我是在忍着。

芬兰炊爷笑眯眯地看着我说："这是我们连长的珍藏！怎么样，庄？"

我把酒杯往案板上一放，竖起大拇指："歪瑞古德——鸟！"

小影一下子就喷了。

该回去了，我们才和芬兰炊爷、军士长，还有那些步兵哥们儿依依不舍地告别。芬兰炊爷是所有 UNPF 炊爷里面第一个学会"鸟"这个词的。这个 UNPF 联预部队的芬兰连，后来我和小影就经常去了。

当然还有很多值得回忆的故事，包括芬兰炊爷带我进行的饭后活动，还有一条值得回忆的芬兰狗爷。我留着慢慢回味吧，一下子也说不完，太多了。

青春时代，我的蓝盔青春时代。

我的最美好的爱情时代。

歪瑞古德——鸟！

34. 风筝

我知道现在全世界，你对我最好。

本来我的心已经在风尘中麻木，不是因为成熟，是害怕被伤害，害怕被自己伤害，也害怕被别人伤害。

我自私，对吗？

一天没有你的消息（你的 QQ 不在线，电话也没有人接，好像从这个世界消失了一样），我的心就开始疼，疼得不行。

后来才知道你去考试了，考了一天。呵呵，重点不是你干吗去了，是我的心为什么会这么疼。我知道，我完了。这回是真的完了。从我 18 岁以后，我再没有这样的感觉——想一个女孩想得不行，甚至有游过太平洋的冲动。

我没有钱，我知道机票很贵，我也不攒钱，你了解我这个德性的，我只能游过去。我知道现在的身体不如以前了，但是我还是想游过去。等我写完这个小说，我就对自己的青春往事做一个交代。我就游过去，游过大洋，游到那个叫作大不列颠的岛屿。我知道在那里没有人找我码字了，我就去洗盘子，去当苦力，或者去修车（我在部队是玩车的高手呢！你不知道吧？），干什么都行。

真的，我累了，好累好累。如果不写这个小说，我不会这样的，我的迷彩蝴蝶。我已经把自己包裹起来了，但是因为写这个小说，我把自己的外壳一点一点地撕开，把自己最隐秘的地方揭露给整个世界。大家有理解，有同情，有鄙夷，也有伤害……

我只是写一个小说而已，到处都是伤害，我感到伤心。我伤害任何人了吗？还是污辱了任何人呢？为什么这样对待我呢？为什么这样对待一个小说呢？我已经外强中干，曾经伤痕累累的心上，不仅旧的伤疤被撕开了，新的伤口也出现了。

我真的渐渐挺不住了，我第一次感觉到自己在这个世俗的社会是不该撕掉自己的伪装的。真诚的代价，就是被伤害，没有别的。但是，你来了。

为什么你会来？

为什么你现在会来？

我想还是那条真理——这就是命。

我知道你一直在默默地关心我，关心过去的我，你想知道你曾经爱过的人是一个什么样子的人；关心现在的我，你知道我轻易不发火的，我发火越来越频繁就是因为我越来越脆弱，于是你就出现了。

你不能不出现，因为你知道我需要关心。

你不得不出现，因为你知道我需要安抚。

而你是我的读者中最了解我的。虽然你不知道我的那些往事，但是你还是了解我的现在的，毕竟我们相爱过——我现在才发现我当时其实是爱你的，不是爱另外一个女孩的影子。

于是，爱情再次降临在你我的身上和心坎里面。在上一节我狠心地伤害你，我知道你哭了。现在我告诉你，我会游过去找你。我没有钱买机票，我就游过去，死也死在游向你的途中。过去的小庄随着记忆的延伸铺开，又活回去了。我决定了，等我写完这个小说，我们就安安静静地好好过日子。

我累了，我知道你会对我好。

我倦了，我知道你会心疼我。

这就够了。

还记得你喊完"抓流氓啊"以后发生了什么吗？

你张大你的小嘴，就那么喊："抓流氓啊——"

我一下子傻了，赶紧摆手："不是，我不是那个意思……"

然后我发现很多人在看我，好在当时没有巡警。我还要解释，但是你掉头就跑。

"哎——哎！"我也不敢追，就那么喊你。

附近的人开始哄笑，我尴尬地站在那里。说实话，在马路上追女孩，我是第一次也是唯一的一次，对你真的是前无古人，后无来者了。但是，你还是转身跑了。

我知道我留给你的第一印象太深刻了，以至于你根本就不敢和我说话。我站在那儿，傻傻地看你跑远。

我懊恼地对着自己的车胎踹了一脚："操！"

然后我也不知道哪里来的勇气，居然追过去了！我追着你的蓝色棒球帽，追着你的窈窕身姿。女孩子能跑多快呢？你有可能跑过我吗？虽然我已经退伍，很久不运动了，但是底子就是底子，百米冲刺不会差那么多啊！

你在前面呼哧呼哧跑啊。

我在后面呼哧呼哧追啊。

后来你问我当时在想什么，我说其实我就是想追上你而已。

其实我没有跟你说实话，我想追上的是我过去的一个梦。我本来心都死了，但是你居然出现了，这不是命是什么呢？你说是谁安排的呢？

我不能再失去——不是不能再失去你，因为当时我根本就不认识你——我不能再失去我的梦，如果见不到你，我就会真的忘记了，但是现在我不能忘记，不仅不能忘记，而且往事全部出来了。

我的青春，我的爱情，我的梦，我的小影啊！我怎么可能再失去你呢？谁让你那天戴着一顶蓝色的棒球帽呢？在追你的时候，我真的是活回去了，就跟18岁的时候一样，不管不顾，只要自己喜欢，先干了再说。

我追上你了，街上的人都在看，但是我顾不上了。我一把拉住你，你被我拽住了，我抓着你的胳膊。你转头，马尾巴甩过我的脸，我闻到了一股陌生而熟悉的芬芳。

我不是说我能闻香识女人，这是扯淡的事情，但是我知道不同的女孩身上有不同的香味。在这个工业化和电脑化的时代，男女之间的感情或者说性情都成了方便盒饭了，虽然能勉强吃饱，但没有什么味道，也没有什么营养价值。过去就过去了，没有什么可以回味的。于是我闻到过不同女孩的香气，我要说句实话，可能对那些女孩有点儿不公平。我不留她们在家里过夜的一个重要原因，就是因为我极端不适应她们身上的香气。男人就是这样，在需要的时候是不管不顾的，但是满足了呢？我就受不了那些不同的香气了，真的是太浓烈了，于是就让她们走人，没有什么说的。

但是你的香气不一样。说不一样其实也一样，和谁一样？

和她一样。

真的，你不要生气。

天底下真的有这么巧的事情，我当时就感觉不行了。你的长发甩过我的脸，你的芬芳渗入我的心。当你转过头的时候，那张我梦中已经变得模糊的脸一下子清晰地出现在我的眼前。

你们实在长得太像了。当你回过头的时候，我看不见你脸上的恐惧，你的脸上只有惊奇，因为你看到我的眼中饱含热泪。你惊奇地看着我。

我的右手抓着你的胳膊，你的温暖传递给我，你的细腻传递给我，你的柔弱传递给我。我用左手在自己的脸上抹了一下，然后苦涩地笑笑："对不起。"

我不敢再看你，我真的后悔来找你。我松开你，慢慢地松开你——和摄影机高速拍下来的一条慢动作一样。

在这个城市的夏天，我慢慢地松开了我以为已经遗忘的梦，然后迅速地转身。我不得不迅速，因为我听到自己的心里嘎吱嘎吱响——其实应该是感觉，但是我真的听见了，是我包裹在自己心外的那层硬硬的厚厚的壳子在裂变。

我其实不该来找你，真的。

我后悔了，何必呢？

我走向自己的车，让自己在一瞬间冷却下来——这是我在退伍以后练出来的本事，或者说，已经是我的本能了。

我冷却了自己，也冷却了自己的梦。你在后面默默地看着我。

你后来告诉我，不知道我怎么了，刚才还那么狂野地在大街上追你，非追到不可，但是抓住了却又松开了。你感到好奇，你感到莫名其妙——其实要我说，是你感到不爽。

你当然不爽，这厮怎么轻易就放手了？多没面子啊！这么多人看见了，回学校怎么说啊？不行，绝对不行！

呵呵，你们现在这帮漂亮美眉就是这个心理，不想让人得手，也不能在他面前失去吸引力，这样你们才觉得爽，觉得自己有魅力。

呵呵，那年你还不到 20 岁。

和她……那年一样大，那是个好胜的年纪，你那个鸟性格真的和她一样。

我慢慢地走，走出这个不该回去的梦。

我慢慢地走，走在这个城市黄昏的街。

我慢慢地走，走向属于我现在的世界。

"喂！"我听见你在喊。

我站住了，但是没有回头。

"你可以请我喝杯咖啡吗？"

你就是这么说的，不是吗？

我当然知道，你是不想让自己失去那种吸引力——尤其是一个在大庭广众下为你高喊"好"，为你流泪，为你打人的人。

我笑笑，在号称"八大染缸"之一的艺术院校混出来的我，怎么可能不了解你们这种漂亮美眉的心理呢？那就得看看是鱼儿厉害，还是钩儿厉害。我的原则一直就是愿者上钩，我看看你能折腾到哪儿去？

我转向你，但是我一下子又回去了。

"拐角有个酒吧，环境还挺不错的。"你小心地说。你说你还拿不准我到底是什么人，那个酒吧离你们学校近，实在不行还能跑。但是，你可以肯定，我不是乱来的人，因为我放手了。更关键的是，在你转头的瞬间，你看到了我的眼泪。

"你，你怎么了？"你小心地问。

我怎么了？你说我怎么了？

在黄昏的余晖下，我看见了一个戴着蓝色棒球帽的女孩，她睁着眼睛，就那么看着我。那双梦里的眼睛就那么仔细地看着我。

你说呢？你说我怎么了，戴蓝色棒球帽的女孩？

……

风筝在天上飞啊飞。

小影在底下叫啊叫。

"再高点！再高点！"

小非在她旁边笑，也喊再高点，但是声音绝对是自己控制的，绝对没有小影高。她是多么细心你们可以想出来了吧？细心善良的女孩就是这样的，她在忍着什么？她在开心下面隐藏着什么？

风筝是小影做的，是一个小小的普通的三角风筝，但是上面画了一个拿着金箍棒的黑猴子。我知道画的是我，我就嘿嘿乐。我拉着线拐子就那么一拽一拽的。热带的风很厉害，所以风筝就更高了。

从边上经过的芬兰哥们儿坐在那辆路过的白色装甲车上哈哈笑着，向我们举枪，跟我们吹口哨。总部机动预备队就是这样，他们是作战单位，机动训练是比较多的。那个军士长拍拍车前面的驾驶室，喊了句什么，车就停了，他们就在路边看。

三哥坐在草地上笑出声音了，他的黑脸都笑烂了。他是被我和小影、小非拽来的，我们就在一起玩。那时候我们已经找到三哥了，他也想来找我，就是不好意思来，怕误会自己是来蹭饭的。其实我和小影倒是去三哥那里蹭过正宗的咖喱牛肉，后来再没有吃过那么好吃的咖喱牛肉了。什么东西真的还是正宗的好。

三哥是干过一些鸟事的。UNPF部队刚刚到这个鸟地方的时候，真的有找碴的。一帮游击队要缴三哥他们巡逻队的枪。AK47虎视眈眈，三哥的部下都是荷枪实弹，双方剑拔弩张。

三哥对翻译说："你告诉他们，他们在和谁说话。"

翻译就翻了，游击队的头头问："谁啊？"

三哥说："你们在和三哥说话。"（我告诉你们，他还真的就是这么说的）

翻译傻了一下，他也不知道什么是"三哥"啊，但还是翻了。

游击队不知道什么是汉语译音的"三哥"啊，就纳闷儿了。

三哥冷冰冰地说："我在国际特种兵训练营集训的时候，一个国家的最优秀的特种兵战士告诉我，在他的心里，他的祖国是大哥，他的军队是二哥，而我就是三哥。"当然，这个大哥二哥三哥，他都是用外语解释的。

游击队愣了一下，再看三哥冷面无情，身如黑塔，半截挽起来的迷彩服袖子露出黑乎乎的胳膊，而且上面全是黑毛。所以，游击队犹豫了。

三哥很鸟地说："我是三哥，我是不会给你我的枪的，除非你把我的脸先割下来。"

游击队就更犹豫了。

然后总部军官来了，还带着芬兰连那个班的增援哥们儿——当然不是为了打，谁都不敢乱锤，其实就是威慑。虽然SISU装甲车不算什么重装备，但是在这个鸟地方绝对是尖端武器了。芬兰哥们儿哗啦啦下来，虽然枪口没有对着游击队，但是那种阵势已经出来了。

游击队软蛋了，不光是增援部队到了的缘故，三哥那种劲儿也不是吹的。于是他们就客客气气地撤退了，从此我们UNPF部队总部营区真的是天下太平。"三哥"的威名在这个鸟地方就真的叫开了。

虽然我不想涉及太多的政治内容，但是这个鸟地方是比较麻烦的，不光是政治目的的冲突和分歧，众多的民族之间，甚至是种族之间都有不同程度的冲突和分歧。也就是说，武装组织多如牛毛啊！最大的反政府武装和政府军签署了协议，但是反政府武装那么多啊，并没有严格的统一战线啊，所以隐患还真的是有的。

三哥其实是一个值得大写特写的鸟人，我不会放过他的。不过现在还是说我们的风筝吧。

风筝在天上飞，我慢跑着放，小影戴着蓝色棒球帽在我身边追我——她就喜欢戴这个帽子，当时在国内我还没怎么见过女孩戴这个帽子。而且，她戴上确实好看得不行。

小菲在边上咯咯笑，三哥坐地上嘿嘿乐，芬兰哥们儿坐在装甲车顶子上看，还吹口哨。

你们知道战士最快乐的时光是什么吗？

就是战区短暂的和平瞬间。

惬意，真的是很惬意。

小影做的风筝就那么在异国的战区上空飞翔，在不同国家的军人眼中飞翔，也在我的心里飞翔。

它就那么一直留在我的心里。

35. 我脸上蒙着雨水就像蒙着幸福

其实早就应该告诉你的，只是我不敢说。不是怕你伤心，是怕我自己受不了，受不了那种一点点把自己心底深藏的伤疤揭开时的痛楚。

多年以来，我都没有勇气揭开这些。我也不知道怎么了，是我太坚强了，还是我太脆弱了？反正我就是不敢说，连想也不敢想。

我知道你现在还在睡觉，因为昨天考了一天的试。我想起来看过一部电影，不能说一部，大概只有不到四分之一，叫《你那边几点》。实话实说，我没看下去。我不是不尊重前辈高人的意思，我没有那种耐心和修为去看，我喜欢看紧张的、刺激的、煽情的、热闹的，或者是纯情的、青春的、舒缓的、自然的、流畅的。那部电影不属于这里面任何一种，所以就没有看下去。

我的艺术造诣其实是俗不可耐，如果不是为了考试和生存，我甚至不会去看那几本劳什子文艺理论，真的没有那个兴趣和爱好。呵呵，还记得我闲着没事的时候喜欢浏览黄色网站吗？你曾经说过，我的电脑有三个功能：1. 看黄色网站；2. 打大富翁游戏；3. 码字。

你也许觉得奇怪，这厮怎么这么喜欢看黄色网站呢？但是你依恋我的其实就是这一点，因为我从来不掩饰自己，我不跟你假惺惺的，更不跟你装什么文化、气质、追求、理想等玩意儿，为什么我要在女孩面前装呢？为什么我还要对你解释其实是为了写一个关于鞭挞黄色网站的杂文呢？我是那种人吗？

虽然此小庄非彼小庄，但是有一点儿是无法改变的——就是性情中人。这就叫江山易改，本性难移。这就是我，到死也是这样。

我知道你为什么会喜欢上我。

我也知道你为什么会最后爱上我。

就是因为我从来不会掩饰自己，哪怕是一点点，我都没有。

自由职业者有什么需要掩饰的呢？

但是我的青春，我一直没有告诉过任何人，包括你。

呵呵，现在不仅是你，全世界都知道小庄的青春是怎么过来的。

但是小庄的未来呢？

我想只有他自己知道，或许你也知道。

如果下次打电话，我就会问你："你那边几点？"

写完小说我就会看完那部电影，因为我知道能给一部电影起这个名字的，一定是高人。

因为我现在很想知道，你那边几点？

我还想知道，今天你穿什么衣服，你要做什么，你的一切我都想知道——丫头，我想我是爱上你了。好在我还有这个机会，我还没有彻底失去你。等我写完这个小说，我就去找你。好吗？

呵呵，现在这个小说越写越像是给你的情书了。其实不完全是这样，我要先沉浸在幸福中（这个幸福是你给我的），才能回到过去的回忆中（这个过去是命运安排的）。

所以，我想你会理解我的。好好睡觉，好好学习，天天向上，等我去找你。

我上午打电话给机场特警队的那个弟兄，他会去帮我跑护照，跑旅游签证，跑所有的一切，如果我的银子不够，我的战友们会给我凑，实在不行，我也会跟老爷子伸手，虽然没有面子，但是机票钱而已，他不会不给我的。

好好睡吧，把眼角的泪珠擦干。我就在你的梦中对你讲我过去的故事，一点点进入你的梦中。

还记得我们去喝咖啡吗？

那个酒吧叫什么名字来着？你不会怪我吧？我们第一次约会的地方我都忘记了。你记这种事情一向记得很准确，我总会忘记这些，你就会难过。有时候你会哭，有时候你不会——你这样的女孩就是这个鸟性格，真的和她一样。

但是我对你不好，我知道。

我是不敢对你好，你明白吗？我一对你好，心口就开始疼。我和你在一起的时候，你跟一只小白兔一样小心翼翼，生怕我会突然不高兴，会突然黯然神伤，会突然不搭理人。你现在知道了吗？我真的不敢对你好，我承认，我对你真的太不公平了。

我记得那个酒吧是一个洋名字，那个时候还不到夜里，还没有什么人。灯光也不明亮，暗暗的，酒吧放着蓝调音乐，我和你坐在角落里面。

我不敢看你，却又偷偷看你。

你摘下了棒球帽，把跑乱的辫子打开，一下子黑中带点红色的长发就那么飘了下来，和黑色的梦幻一样，带点红色的诱惑——那种陌生而熟悉的芬芳再次进入我的呼吸，进入我的心灵。

我更不敢看你了，我闭上自己的眼睛，然后再睁开，就看见了你——还是她。

我知道是你，慢慢地平静下来。

"想喝点什么？"

这回不用你提醒我了，记忆中我的声音是颤抖的，我记得很清楚。

你看着我，怎么也没法把两个形象重合起来，怎么这么腼腆呢？是的，是腼腆，还有什么别的呢？其实我在女孩面前是从来不会腼腆的，真的。那天在你面前的感受，不是"腼腆"能够形容的。

紧张，是紧张。我能不紧张吗？

你懵懂地看着我，你不知道我怎么了。

我现在告诉你我怎么了，我不知道是谁安排的造化。我的青春，我所有的青春往事，就那么活生生地坐在我的面前。

你就那么静静地坐在壁灯幽暗的暖色调光线下，坐在烛台跳动的火焰前面。

你现在知道我看见了什么吗？

我看见了我的新兵的火车，我的鸟步兵团的新兵连，我的侦察连，我的狗头大队，还有什么？还有热带丛林阵阵令我窒息的热风，蓝色头盔下面渗着油光光的汗水的脸，当然，还有……我的爱情。

"橙汁。"你说，你也腼腆——或者说紧张了。

我要的好像是某种啤酒，这些都不重要了。重要的是我点着一支烟，就那么闷闷地喝着啤酒，看着你。

你说从我的眼里看出一种另类的感觉，和别的男人不一样，不是围着你转说个没完，我只是愣愣地看着你，你的心被我看毛了——这斯色到如此地步吗？

你开始后悔约我，你真的怕什么色情狂之类的，你绝对不是对手。

我不知道你当时在想什么，我什么都没有想。

我就那么默默地看着你。

你看见了我眼中若隐若现的泪水，稍瞬即逝。

忧郁……你后来说，我让你心怦然一动的就是这个词，你见过的男人多了，但是你从来没有见过像我这么忧郁的。你知道我心中有很多话要说。

但是我没有说，你一定想知道，你断定我是个有故事的男人。

但是我怎么说呢？我说你和一个女孩长得很像？那也太老套了吧，你不会相信的，我敢说你会拿起自己的包包起身就走，你绝对不会去当什么代替品的。

我当然不会那么说，我淡淡地看着你，默默地抽烟。

烟雾缭绕间，我看到了我的青春。

你真的和她很像，你知道吗，丫头？

其实，我不该在全世界面前公开你的小名。呵呵，只是我总不能公开你的真名吧？那就叫你丫头好了。你不介意吧？我知道你生气了，所以一直没有看我后面的小说——包括我对你表的那点小忠心，你了解我的，我敢说就绝对能做到。

我们就那么在酒吧坐着。你终于开口了，你不能不开口——干坐着有什么乐趣呢？

"你想追我啊？"你嘴里咬着吸管，吸着橙汁，含糊不清地说。

我能怎么办，我只有点头："对，追你。"

"我告诉你不可能。"你终于找到话了，你一直在等待说这句话的快感。

"为什么？"我问。

"我还没谈过恋爱呢！"你很鸟气地说——潜台词是我谈过了你才有这个资格，本小姐如花似玉、青春年华、冰清玉洁，要谈第一次也得找个帅哥啊，怎么能跟你这黑厮呢？

我笑了："我也没谈过。"

我要告诉你，当时我说的绝对是真心话，因为我不是对你说的，是对……她说的。

"切！"你不屑地笑了，"就你啊？在大街上追过多少女孩了？有上钩的吗？"

我笑，你还真是第一个。

"看你这么傻气，做个朋友还成。别想歪了啊！不是那种朋友，是普通朋友！"你说。

"我想歪了吗？"我要说实话，和我比，你真的差太远了。

你笑了，烛光下的你真的是明眸如水。

你后来告诉我，你只是想知道这黑厮到底是什么来路！你们现在这帮女孩就是这个样子，好奇和冒险心理极强。

"说说你吧，你干吗的？"你问。

我想了半天，怎么说啊？

"导演。"我真的是实话实说啊，你后来是知道的。

你看我半天，哈哈笑了："导演啊，不会吧？导演在大街上追女孩啊？不会是想找我拍戏吧？"

我笑："不是。"

"你身边漂亮女孩应该多了去了啊？"你笑，"干吗死皮赖脸在大街上追我啊？"

依照我的个性，"死皮赖脸"这个词当时就会让我翻脸，但是对你我不会，其实不是对你，我就是喜欢被呲叨，被……你这张脸呲叨。

我抽口烟："你知道烟的重量吗？"

你笑："我让小二拿个天平来！"

我来了一句："不是指的这个实际的重量，是这个的重量。"我轻轻吹了一口气，吹散我眼前飘散的烟雾。

你瞪大眼睛看着我，不知道我是什么意思。

"天平是需要的——把这支烟——"我从烟盒拿出一支完整的烟，"放在天平上，称出它的重量，然后点着了，烟灰都弹在里面。抽完了，把烟头再放上去。你再称一次，做个简单的减法，用第一次称的重量减去第二次的重量，就是'烟'的重量。"

你傻傻地看着我。

我知道这个老套路奏效了，你也是那种涉世不深的艺术学院的小女生，还没遇到过我这样的老油子。你长得像她有什么意义呢？当年她不是也被我的情书情诗迷得五迷三道吗？

还真的不能说我当年在中国陆军特种大队学的那点把式在地方上一点儿用处也没有，譬如我追女孩拿的就是特种部队的战术打击思想——攻其软肋，一击致命！

人都有软肋，你们这种漂亮女孩尤其是学艺术的软肋在哪儿呢——喜欢有深度的男人。金钱什么的对你们都没有什么吸引力了，艺术院校的女孩还缺有钱人追吗？你们都腻歪了，就喜欢来点有深度的换换口味。我有个哥们儿退伍以后当了地质队员，按说是个很苦的行当，也成年在野外奔波，但还真的被一个学舞蹈的女孩子追得很苦，绝对是苦不堪言——要我说就是你们吃山珍海味腻歪了，非得划拉点野菜尝尝味道——当然他们的爱情故事和我没有蛋子关系啊，只是打个比方而已。

你就那么愣愣地看着我，思想还没有从我说的云山雾绕的话里面绕出来。

我淡淡地说："你得出来的结果，就是生命的重量。"

够了！绝对够了！绝对打到你的软肋了！再多就失去效果了！这种艺术学院的女孩绝对的忌讳就是死缠烂打！因为你们对那个都有免疫力了！我就给你的软肋来一下，晚上你自己回味去吧！

我按灭自己的烟："老板，结账！"

你傻了，怎么不说了？

后来你说，靠！生命的重量！这黑厮还真的挺能整的啊！

我结完账："用我送你回家吗？——不用的话不勉强。"

我就起身了，你不能不起身。

关于这段"生命的重量"的段子还真的不是我整的，我哪整得出来啊？你后来到我家看了王颖前辈的《烟》的DVD，恨不得拿你的小拳头把我锤死——其实我没好意思告诉你，以前我的段子更俗，就是跟女孩讲："你知不知道天上有一种鸟生下来就没有脚……"那时候还没有多少人看王家卫，《花样年华》还没有进来呢。那是我大学低年级的时候整的景儿，后来换过很多段子，最后我发现最厉害的段子就是王颖前辈的《烟》里面关于"生命的重量"的段子。

出去后，我问你："好了，用我送你吗？"

你先下意识地点头。我知道你还没有明白"生命的重量"是什么意思呢！这么深奥的段子不是什么时候都能听到的啊。

但是你随后还是摇头，我知道你还是担心，我就不说什么了。这还是陆军特种大队留给我的老把式——不要一味正面突破，要善于迂回包抄，找到敌人的弱点。《孙子兵法》

告诉我们，善用兵者要"不动如山"，对方先动一动就有弱点了。

呵呵，你怎么可能敌得过前陆军特种大队优秀骨干的战术指导呢？你只有默默地走向街边准备打车。

这个时候下雨了，小雨细细绵绵。你在雨中默默地戴上蓝色棒球帽。

靠！我又不行了。

你伸手，一辆夏利过来停住了。我看着你上车，但是你又出来了半个身子。你戴着蓝色棒球帽在小雨中看着我：

"喂！你叫什么名字？"

"小庄。"我说。

"明天——明天上午有时间吗？我想去买几件衣服，搭个便车。"你说。

我点点头。

你不知道我一下子又怎么了？怎么这黑厮又不行了？又来劲儿了？怎么又是含泪不能久视自己，自己真的有那么大魅力吗？你对自己感到怀疑了，知道自己青春漂亮，但是不至于让这黑厮含泪啊！

在雨中，我们静静地看着对方。雨水蒙在我的脸上，我的泪水就势流下来了。不过你也看不出来了，你就走了。

看着蓝色棒球帽消失，我狠狠地拍了自己的车前盖子一下，警报器呜呜响。

"啊——"我仰天高叫，犹如狼嚎。

行人好奇地看我。

"看个蛋子啊！都他妈的给我滚蛋！"我绝对是怒吼！

雨水越来越大，这个城市的雨季总是这样姗姗来迟。一到下雨的日子，我就变得局促不安。

我脸上蒙着雨水，闭上眼睛泪水唰唰地流下来。雨水掩盖了我的眼泪，雨声占据了我的耳朵……

雨啊，狗日的雨终于下起来了啊！

不能不停工了。

全工程兵大队都歇了，程大队他们这些干部急得要命啊！这个鸟地方没有天文站，也没有天气侦测部门，UNPF部队总部也没辙啊。

我穿着雨衣到处检查安全措施。其实无论在国内还是在国外受训的时候，反复被强调的重点就是要注意天气的变化带来的隐含的危机。恶劣的天气不适宜大兵团尤其是装甲兵团和高技术部队的作战，但绝对适宜小股武装譬如特战分队和游击队的活动。恶劣的天气掩盖了他们的行踪，也给追剿带来很大的困难，这个时候更不能放松警戒。

检查完了后，我登上高塔拿高倍望远镜对四周进行观察。狗头高中队是有别的任务的，除了负责警戒工程兵大队以外，他作为少校级别的特战军官还要巡视工兵营在任务区内的施工点。这些施工点是很散的，距离都比较远，我就不详细说了，因为涉及UNPF部队的

344

详细任务。虽然战火已经平息，UNPF总部范围是天下太平，但是不代表这个鸟地方就没有冲突了啊，确实还是有被骚扰的，只是不多。

关于战术名词我还是要普及一下，总部营区和维和任务区是两个不同的概念，总部营区是相对安全的，但是维和任务区是绝对不安全的——也不是天天有炮火，但是存在的安全隐患比较多。尤其是这个鸟地方的四分之一在反政府武装手里，四分之三在政府军手里，双方的火线是时常会有点事情的，危险的概率是很高的。

远远地，我看见芬兰连的SISU白色装甲车往我们这儿开过来。大雨中白色的车身泥泞不堪，那帮芬兰老哥也就不在车顶子上面坐着了，都在车里窝着呢。

SISU（西苏）的意思是"坚强"、"有力"。SISU其实不光产装甲车，也产卡车。关于SISU这个词的鸟段子还是挺有意思，我也是听观察员老哥说的，他跟我也是兄弟。虽然他是校官，我是兵，但是他没那么多野战军干部的规矩，机关干部和野战军的干部虽然都是军官，但还是有区别的。

他在维和前线双方交界的哨上的时候，观察团曾经给他们配过一辆GMC防弹车，让他们在去危险地区时用。哨上还有一辆巡逻车，一辆换哨车。那辆GMC是曾经在某地给联合国VIP用的专车，5吨多重，防弹性能挺好，据说还有一定的防雷能力。大家一开始还觉得挺新鲜，但是他们开了两次就觉出来这车其实对观察员不实用。在这个鸟地方山村的小巷子里，这辆5吨重的车根本转不开，而且窗户是厚实的防弹玻璃，摇不下来，就算外边打炮也听不见，那还观察个鸟啊！不撞到交火区里就不错了。最要命的是车门很重，本来打开就不容易，这又是辆旧车，靠驾驶座的车门把手已经坏了，从里面打不开。每次驾驶员要下车都是副驾驶座上的电台操作员跑下来从外边给他开门。

不过这车从外表看起来挺吓人。大家一看见这车就想起芬兰哥们儿的SISU装甲车，于是给这车起了个名叫SUSI，用大字打出来贴在风挡玻璃上。这个名把SISU的两个音节掉了个个儿，又和欧洲的女人名"苏西"相近，能表达大家对这车又爱又恨的感情。后来他们开这车去芬兰连要，芬兰哥们儿看到车窗上的大字SUSI就乐。芬兰哥们儿说，SUSI在芬兰语里是"狼"的意思，另外还有一个引申含义，就是"没用的东西"。大家一听，原来歪打正着，于是隔三岔五开着SUSI去芬兰连招摇过市，看芬兰哥们儿乐，他们也跟着乐。

不过SUSI对他们确实没什么大用，所以他们后来还是把SUSI送走了，换了一辆三吨的防弹巡逻车。不过大家基本不开，那车就那么一直在哨上搁着。他们附近一个哨也有一辆和SUSI同型号的车。不过有一天中午哨上落了十几颗炮弹（某族独立军来了一批新兵，打偏了），哨上的三台车包括SUSI的那个兄弟在内，全被炸趴窝了。好在那些观察员弟兄到底是军人出身，赶紧进了防炮洞，没有人员伤亡。

这种鸟段子真的多了去了，但我还是尽量走故事线。我知道大家喜欢听这种鸟段子，我就穿插着讲点吧，当个乐子调剂一下。

我看到那辆SISU装甲车在我们这儿晃悠，我就乐了，准是跑我们这儿来蹭饭了。当时差不多该到饭点儿了，我就拿电台呼叫下面开门——这个权限我是真的有的，因为UN车辆进入UN任何国家部队的营区都是免检的，自家兄弟哪儿那么多淡事啊。来这种鸟地方进行维和本身就是受罪的事情，蹭顿吃的还不是正常的？

车晃悠着泥身子过来了，我就从铁梯子上滑下去准备迎接芬兰哥们儿。我把雨衣的套头帽子掀下来，看着他们的白色破车进来，他们下来后就跟我们弟兄打招呼，真的不拿我们当外人。

其实芬兰连还真的有一个和我一起受训的哥们儿，他也是这个班的，只不过那天不在总部，他去维和任务区晃悠去了，回来就来找我，要看我对象。小影的名字和照片在我们受训那批训练营是绝对的熟脸，这帮洋哥们儿都喜欢得不行，他当然要见了。于是这鸟人开着哈雷突突突地来（我估计是在当地黑市买的），连车都没有下又突突突地出去了。

哎呀，我叫他什么名字好呢？我不是不知道他的名字，但说出来不合适。他脑门有点秃顶，我那会儿就叫他亮子——我在训练营起过的外号多了，"老白毛"司令的外号也是我起的，嘿嘿。

亮子又突突突地去中国医疗队了，一进去就找小影，把干部们吓一跳：这芬兰哥们儿干吗啊？都怕引起外事上的纠纷，那是要遣送回国的，回去小影挨批评不算，他们这帮干部也得吃点挂累。但是干部们又不能不叫小影出来啊，于是都很紧张地看着亮子。亮子这厮身高190厘米，虽然人高马大，但是这厮怕蛇。特种兵就什么都不怕了吗？我们在受训的时候就跟他开这个玩笑，拿蛇吓唬他，他每次都吓得不行。每次野外生存或者丛林奔袭的时候，亮子就喜欢跟着我后面，我是不怕那个玩意儿的，他却紧张得要命，还一直嘀咕："小庄，你看看有蛇没有？"我心里就乐——你老哥白长了那么大的个子啊！

说到亮子，还要再说一个人，就是我们受训时候的一个新西兰哥们儿了，叫他Kiwi吧。kiwi原是鸟名，是新西兰的国鸟"几维"，引申出来的意思是果名（猕猴桃）。新西兰人的自称也是kiwi。为什么叫他Kiwi呢？也是有段子的。其实南太平洋的人讲英语时的口音都比较怪，调子软软的，新西兰人的口音就更怪了，你们自己去听听就知道了。我们受训的时候有个欧洲的哥们儿问Kiwi平时讲什么语言。这倒不是有意难为他或者调侃他，那个欧洲哥们儿确实不知道，再说Kiwi那种口音确实也让人觉得他的母语不是英语。Kiwi也不在乎："我讲的不是英语，是kiwi语。"说实话我还不好翻译成汉语呢，生生翻过来就是："我讲的不是'鹰语'，是'鸟语'。"

Kiwi干过点神事。野外生存我们扎营的时候，都是拿出背囊里面的单兵帐篷，结果这个哥们儿没有了。军官就问："你的帐篷呢？"Kiwi嘿嘿乐，不好意思地说："扔了。"军官就怒了："怎么扔了？那是装备啊！你背囊里面是什么？"我们都看着Kiwi，不知道这个鸟人玩什么鸟花样，当然亮子也看着。Kiwi就打开背囊，靠！拿出来一条大蟒蛇！好家伙还是活的呢！我是不怕蛇的，但是也吓了一跳，再看亮子，他的脸已经白了，接着就晕过去了。嘿嘿，这就是亮子的不为人知的鸟事，我要不说真的对不起他这个鸟人。

亮子见了小影，他是会说中国话的，他大学的时候选修过汉语，能诌那么两句。他还喜欢看吴宇森前辈的江湖片录像带，所以江湖黑话也是一套一套的。小影还傻着呢，不知道这个洋哥们儿找她干吗？亮子拿大拇指指着自己的鼻子，用半生不熟的江湖黑话说："弟妹！我是亮子，小庄的哥哥！这是弟兄们的场子！谁敢跟你找麻烦就找亮子哥！青山不改绿水长流，好了哥哥走了！就来看看弟妹，没别的意思！不错不错，就是一个字——鸟！"然后他又突突突地甩着一股黑烟走了，把小影给撂傻了，干部们也傻了，后来一打听才知道是小庄这小厮的国际友人。但是我还是挨批评了，小影也挨了——这像话吗？俩小兵谈谈恋爱可以，但是别动不动就跟国际友人扯上啊！外事无小事啊！

我跟军士长、亮子等哥们儿在那儿扯淡，紧接着SISU装甲车下来俩人，我当时就傻眼了。先是小菲跟我乐呢，我还没有反应过来，她就闪一边去了，还做出隆重推出的手势。然后我就看见，蓝色棒球帽下面是小影红扑扑的脸。这帮芬兰哥们儿还真的挺能整的啊！我就知道是他们半路路过中国维和医疗队的时候遇见她们在雨里面走，就把她俩捎来了。

芬兰连的哥们儿嘻嘻哈哈直接奔食堂了。我们工程兵大队的弟兄都在集合唱歌，唱的还是国内的老套子——《过得硬的连队过得硬的兵》。芬兰军士长一个口令，芬兰哥们儿也集合了，他们严肃地站在我们队伍边上，也开始唱歌，但不知道唱的是什么，唱完后就呼啦啦地进去吃饭了。当然是芬兰哥们儿先进去，他们是不会客气的。

我就跟小影和小菲站在那辆SISU跟前乐啊。雨水就那么哗啦啦地落在我的脸上，我们仨就对着乐。小菲说饿了，就进食堂了。我看看四周，除了几个兵就是我的警卫班弟兄，于是我给高塔上的兵打了一个手语，他俩就给我一个手语——他们都是我训练出来的。至于手语的意思你们自己去想啊，我当时身上带着对讲机呢。

我和小影就进了装甲车。门一关上，就是我们俩的世界了。她扑到我的怀里，我们就开始拥抱、接吻。身上的武器碰撞在一起，我们就把武器拿到身侧或者摘下来放到一边，但是头盔什么的不敢摘下来，万一对讲机里我的弟兄哇哇叫，我就得马上出去，但小影还得在里面躲着，她是万万不能出去的，不然遇到干部又是一堆事情——遣送回国是肯定的。

当然小菲也知道，主意都是她想出来的——小影是没有这个脑瓜子的。我现在也不知道小菲喜欢我这个小黑蛋子什么，但是她就是这么一直默默地关心着小影，帮助着小影。其实这对她来说是一种严重的伤害，但是她从来不说——当年的小庄是没有这个头脑的。

那辆白色的SISU芬兰装甲车就是我和小影的爱的小窝。这个小窝是芬兰哥们儿提供的，但他们对谁都没有说过，我想他们是知道中国军队的纪律和政策的。在那个时代，在那个异国的战区，在那个热带丛林的雨季，两个中国小兵在一辆白色的铁皮装甲车里面相爱着。

幸福吗？

你睡醒了吗？

我不知道。

你一直就没有来。

我知道，我是真的伤了你的心了。呵呵，但是我不会给你打电话。我知道你的同学还是会看见的，她们会传说我对你的倾诉、对你的思念。

你不是铁石心肠的，我了解你。我不是欺负你软弱，也不是拿某种压力压着你，我不是那种人，我只是想给你全部的自由。

我过去对不起你，你当然有拒绝我的自由。

我想，你慢慢会理解我为什么说那些狠话的。

还记得那天下雨，你走了以后吗？

我一直在雨中站着，站在那个酒吧的门口，站在你离去的地方。我的脸上是雨水和泪水。

幸福吗？还是痛苦呢？

我也不知道。

我只知道，在第二天，在我们约好的时间和地点，我会去等你。

36.搭一辆车去远方（1）

还是没有你的消息。

丫头，你好像从这个世界上彻底消失了一样，而我的心路历程还没有结束。

我知道这一次是真的伤害你了，我知道这一次真的可能再次失去你了。

伤害可以有第一次，但是不要有第二次，可我犯了这个错误。陆军特种大队告诉过我，无论如何不要走回头路，走回头路的危险就是中埋伏，我违背了这个最基本的原则，我知道中了埋伏，不是你的埋伏，是命运的埋伏——我爱上你了。

我知道祸从口出、语多必失，但是我还是一犯再犯这个最弱智的毛病。我真的是狗脾气啊，想到什么说什么，然后就把你伤害了。我也不能给你打电话，我知道你现在难受，要是我给你打，你就更难受，还不如让你慢慢地忘记我。

但是你的故事和我过去的故事才刚刚开始，我不能停下。虽然我们的故事很快就会被人遗忘，但是我知道还会有人年轻，还会有人长大，还会有人为之静下心来好好想想，也许会掉下几滴青春的泪水。这就足够了。所以，我还是要把它们讲完。

我小庄就不应该来到这个世界上。无论是作为军人，还是作为男人，我都是不合格的——我自己心里十分清楚，也没有想伪装什么。所以，我还是要写完，再苦也得写完。在你们曾经为我付出的感情面前，我小庄算是一个什么东西呢？

在我的心没有彻底死掉以前，在我还有一点儿血性的 27 岁，我要尽量把这些写下来。虽然我知道，这已经不仅仅是在电脑上码字，而是将自己心里面流出来的血写在自己的年轻岁月的尾巴上，但是我还是要写下来。这是我应该的，是我欠你们的。

我的迷彩蝴蝶，我的丫头——请允许我再这么叫你。

还记得第二天吗？我去约好的地方等你。

你当然没有按时来——按时来矜持何在？尊严何在？也太给这个黑厮面子了吧！不能，就是不能按时去！

我当然知道你是怎么想的。我是做了长期抗战的打算的。反正我也闲着没事，自由职业者有时候真的闲得发毛，譬如我刚刚开始写这个小说的时候，其实就是随便码字玩。闲得发毛，就是我现在最重要，也是最真实的生活状态。

一般我的车里面都会有一条以上的烟放着，都会有足够的饮料和干粮——其实是面包和饼干。我是个随遇而安的人，经常早上开车出去，不知道什么时候才回来。反正我也不上班，给我银子的老板们找我也就是一个电话的事情，我随便找个地方停车，打开笔记本电脑码完该码的字，再找个网吧发过去就得了，接着钱就到了我的银行账户上面，我不多问，也不多看。我花的不多，生活要求也不高，够吃够用够泡美眉够买盗版碟就行，我还需要什么呢？

我在我们约好的地方——后海桥边等你。一群老头老太太或者唱京戏，或者下棋，或者钓"黑"鱼。夏天的小情侣们来来去去，脸上都是湿漉漉的，跟北海里面的小野鸭似的。还有一男一女在吵架甚至还动手，女的挨打了还在喊："为什么？为什么你要这样对我？我做错了什么？"男的就抽她，还踢她，旁边来来往往的人都跟没看见一样，都市里面的人就是这个德性。我也没什么感觉，就在车里坐着等你。其实我也不是等你，只是耗费时光而已。

你还是没有来，我就眯着眼睛休息——我们的行话叫"半睡眠状态"，脑子是真的停顿了，不过还是保持着必要的警觉——这是无法改变的习惯，我眯缝着眼却把对面视线范围内的一切尽收眼底。很多事情是无法解释的，譬如我在 UNPF 部队的时候毛利哥们儿天生胆子大，喜欢在当地到处看，连当地少数民族不让外人看的活动也敢去，说实话还真的是惹了不少的事儿，但是他们总是能化险为夷、全身而退，还屁颠屁颠地跟我说："庄，我们又见新东西了，你去不去看？"我当然不敢去了，找死啊！当地酋长绝对会一声令下："来呀，先把这小厮给我剁了，大卸八块祭了祖宗再说！"可是毛利哥们儿不在乎，还是到处去看，结果屁事也没有就回来了，所以毛利哥们儿在 UNPF 部队的绰号是"天生的战士"——那就是人家民族的天性啊！

我就在那儿"半睡眠"，脑子什么都没想，然后你来了。

娉娉婷婷明眸红唇白衣绿裤长发披肩的你背着蓝色包包来了，一步三摇，一动两晃，一笑倾城。

你手里拿着柳枝跟洒水车似的到处乱甩，你边摇边甩走向我。

我的眼睛一下子就睁开了。隔着玻璃你看不见我眼里一下子冒出来的光，你要看见了绝对会转身就跑。那是狼见到猎物的光。我倒不是说自己是色狼，虽然我色但是我确实不是色狼，而是本能的反应，因为我看到目标人物出现了。这种类似的痕迹会伴随我一生，谁让我在狗头大队混事呢？

但是我没有动，就那么靠在座位上。你走近了我就眯眼装睡。

你甩着柳枝在我车周围晃，还贴在玻璃上面看我，乐不可支，一股捉弄了我的快感。

我还是眯着眼装睡，你拍拍我的玻璃："嗨！"

我懵懂地睁开眼，装作茫然无知："啊？什么什么？"

"嗨！"你再拍拍玻璃，"是我！"

我赶紧摇下玻璃，揉着惺忪的眼睛——我学过表演，在毕业实习的话剧中演过男一号B角，虽然演得一般，但这点伎俩绝对能把女孩骗过去。

你笑了，你相信我了："等多久了？"

你一点儿也没有不好意思，大大咧咧地问。

我嘿嘿一乐："没多久，还准备在这儿过夜呢！"

你笑了："跟我这儿编吧！你那点心思我还不知道啊！"

"真的。"我拿出来战备香烟、战备饮料和战备干粮，"刚刚从超市买的，就为了等你。"天地良心这是假话，但是假的也要说得跟真的一样。

你又笑了，满意地笑了，潜台词是：这黑厮还挺实诚的啊！

什么叫挖掘人物的心理，挖掘人物的潜台词？我的老师告诉我，一句台词下面隐藏的潜台词可能有七层意思，要善于深入人物的心理——我全部都学以致用，你们说我是不是个好学生？

"本来不想来了。"你说，"随便出来转转，没想到你还在这儿。"

前一句我相信是实话，四个小时过去了，肯定是不想来了啊！后一句真假掺半。你希望我还在，但是觉得我不会在，你来了发现我真在，你是很高兴的，这证明你自己的魅力不一般。

我做了足够的心理准备，我知道你长得像小影，但是见到你的时候，心里还是一阵阵发怵。好在你没有戴那个棒球帽，没有穿迷彩T恤，不然我又废了。

"去哪儿买衣服？"我打开车门。

"你真的陪我去吗？"你不客气地一屁股坐上来，一股熟悉而陌生的芬芳渗入我的呼吸，渗入我的心里。我鼻头一酸但还是控制下去了，因为我知道你真的不是小影。

"你会陪女孩买衣服吗？"你大大咧咧地问。

你后来告诉我，你是真的被我感动了，还没有见过谁在大夏天坐在一个地儿等自己四个小时，虽然有空调，但也不惬意啊。其实，我是习惯了，我在狗头大队的时候一潜伏就是一天，没啥感觉了。

我笑笑，不敢看你，然后开车。

"去哪儿啊？"你不知道我要去哪儿。

我笑了："不是买衣服吗？"

"我可告诉你啊！"你很认真地说，"秀水街和雅宝路这种地方我是不会去的！"

你真是小看我了，当年何大队为了跟雷大队较劲儿，连自己的心头肉都敢扔出去喂老猫。你说我学到了什么？舍不得孩子套不着老猫，舍不得银子套不着美眉，这都是一个战略指导思想，难道我还怕这个？再说我是一个自由职业者，我要银子有个蛋子用啊，不就图个开心自在吗？

说实话，你想要什么我就给什么，真的。因为，你长得和她一样，她什么要求都没有跟我提过。我让你高兴，其实在我的心里，就是让她高兴。

我知道你不会看，所以我现在也不怕你生气。

你拿出我的 CD："什么破歌儿啊？"

其实我也忘记了，歌很老了，好像是赵传刚刚出道时的歌吧。

你把自己的随身听拿出来，把自己的 CD 放进去。音乐响起，开始是潇洒、流畅的吉他 solo，然后是一个男人年轻而略带沙哑的声音，确实很好听。

我不知道你会喜欢这个音乐，我还以为你会喜欢那种小女生的歌曲，或者是和你专业有关系的古典乐。这个音乐一下子打进了我的心里，我当时就不行了，真的，我是在控制自己，我现在不骗你。

"谁的？"我问，我知道自己的声音很虚。

"许巍的。不会吧？你真老土啊！许巍你都不知道吗？"你随着音乐轻轻吟唱，"《故乡》，好听吗？"

我点点头，什么都没有说，我已经被这个音乐打中了。

你轻轻地吟唱，与那个年轻而沙哑的声音交叠在一起：

天边夕阳再次映上我的脸庞，
再次映着我那不安的心，
这是什么地方依然是如此荒凉，
那无尽的旅程如此漫长。
我是永远向着远方独行的浪子，
你是茫茫人海之中我的女人……

那个夏天的下午，你吟唱着这首歌，搭着我的车去买衣服。

我开着车走在这个城市的街上，我的身边是你——一个失去的梦。

在那个瞬间，我的心回到了很多年前。那时候，在通往远方的路上，在芬兰哥们儿的白色 SISU 装甲车里，有一个和你一模一样的女孩。只不过，路不是这种平坦的公路，而是一条陌生的、充满危险的红土路。只不过，她不是大学生，而是一个女兵。

她是一个中国女兵。

37. 搭一辆车去远方（2）

实际上，真正的战争和战区的概念还真不是我下飞机以后的第一印象那样的——我们出了机场以后枪弹合一，紧张兮兮，但 UNPF 部队的总部营区绝对是安全的政府军控制区域。我们工程兵大队和中国维和医疗队的驻地也都在总部营区范围以内，也是绝对安全的，所谓见到的战争都是很久以前的痕迹了。我习惯以后就没有那么紧张了，因为我知道这个地区不会有什么麻烦，政府军也不是泥捏的。那些打了多少年仗的老油子军事素质不是一般的好，我见过这帮狗日的政府军训练，本来是涣散得不行的德性，枪声一起就一下子精神起来了！不敢说他们的整体战斗力多高，但就单兵战术来看或者说就连排规模的战术来看，他们绝对是不弱的，而且是真本事。

军队的实际战斗力不是小说、电视剧、电影吹出来的，是自己锤出来的，这个认识就是我在某国维和的时候形成的。这样的军队能不能打胜这场战争，实话实说，这不关我鸟事，严格说也真的不管 UNPF 部队鸟事。我们的任务就是：大家有话好好说，坐下来好好谈判，要打就在议会打嘴仗，实在不行就拍桌子、扔皮鞋、扔凳子，再上去几个议员乱锤一气，抓头发撕咬随便怎么都成，就是不要搞成各方武装力量到处乱锤——内战真的是残酷啊！

其实国际战争（排除"二战"时期的小日本和德国党卫队，因为他们不配称为军人，是强盗和杀人犯）往往真的不能那么残酷，因为好歹还有个国际道义问题。但是我亲眼目睹的某国内战，绝对是没有人道可言的，什么惨绝人寰的法子都能使得出来啊！要我说，都是一个国家的弟兄，何必那样呢？但是谁肯听我的啊？我也没有那个胆子说啊，我就是一个小兵而已，还是外来的！

国际战乱是媒体的热点话题，大家不难找到种族屠杀和民族屠杀的画面。和你们不同的是，我是亲眼目睹的，那些死去的老人、孩子、妇女、青壮年，那些惨不忍睹的尸体就在我的面前。我第一次见到这种场面，尿裤子的心都有，确实害怕得要命。而这些消失的生命就成为了报告上面的数字，我们真的一点儿办法也没有。

很多时候，冲突和屠杀都是在维和部队来不及赶到的时候发生的，而且很快结束，尤其是在双方火线这种地方，小规模的冲突时有发生，反政府武装真的是多如牛毛啊！有的武装不反政府，而是反民族、反种族，搞得热火朝天，打得如火如荼。其实这种小股武装真的不是什么正规的组织，民间的居多，譬如一个民族村子的牛被另一个民族的部落的人抓着给吃了这种淡事儿，马上就能导致血腥屠杀、灭村灭种的报复，甚至连老人孩子都不放过，接着对方的民族或者种族又产生这种民间的报复和仇杀——真的是绵绵无止境啊！等到维和观察员或者维和部队的作战单位赶到想要制止的时候，往往这种小规模的屠杀已经结束了。赶得上就管，管用不管用都很难说，毕竟维和部队不是国际警察啊，不能开枪制止啊！这是原则问题。而且维和部队拿个步枪还不如人家手里的大刀、镰刀、铁棍子好使呢！

蓝盔部队不像你们想象的那么威风八面。联合国也绝对不会要求各国的维和部队表现什么英勇气概、战士精神，那不是联合国的宗旨，宗旨是制止战乱，但是不能用武力，不能卷入冲突。这个道理其实比较复杂和微妙，你们去看联合国相关的文件和政策就知道，我也就不解释了。

我第一次看到这样的场面是跟着狗头高中队巡视维和任务区的中国工程兵大队工地的时候。我们的吉普车在红土路上颠簸，然后前面的路就被封上了。我一看是 UNPF 部队的印度营，是三哥的老乡，但是我不认识，他们是驻扎在维和任务区的作战单位，由印度陆军某廓尔喀联队抽调的部队组成，下辖两个步兵连和营直属队，人数某百。

关于这支部队我知道的不多，据我当时听说，廓尔喀部队原是英属印度军队中的一支雇佣兵性质的武装。根据英国 19 世纪与尼泊尔王国签订的一份条约，尼泊尔得以维持独立，但需要向英属印度军队提供兵员。廓尔喀部队士兵都是来自尼泊尔的山民，军官则由英国人担任。印度独立时，廓尔喀部队可以选择加入英军或留在印度。一部分廓尔喀联队选择加入英军，剩下的选择加入印军。留在印度军队的廓尔喀联队改由印度人充任军官。尼泊尔王国同意继续向印度军队的廓尔喀部队提供兵源。我记得的也就这么多了。

实际上好像很多军事科普文章和图片都喜欢宣传廓尔喀弯刀，但是我还真的没有见他们佩带或者使用过。我印象当中，在维和区日常执勤的廓尔喀哥们儿一身印军迷彩服，戴蓝色贝雷帽，持有制式武器，没有弯刀什么的。我刚刚查了一些资料，自己得出的结论是，在廓尔喀部队迎外表演的时候还是有这种传统的，但它更多的是作为一种传统保留下来，而不是什么固定的战术。这个营的军纪看来很严，无论执勤还是休息，官兵着装都非常整齐，从来不戴蓝色棒球帽——和三哥是一样的。

由于印度军队受英军传统影响，印度军官的着装和仪表一般都无可挑剔。待人接物既不显得冷淡，也不特别热情。我见过的印度军官都操一口流利的英语，除了南亚口音比较难懂之外，实际的英语水平与英语国家不相上下。印度营有单独的军官食堂，偏远的哨所则是由士兵自己动手做饭，虽然都是咖喱牛肉一类印度口味，不过军官仍是和士兵分开来吃的。军官食堂在 UNPF 部队不算什么新鲜事（除了芬兰营，他们是官兵一同吃饭的），不过印度营是在 UNPF 各国部队中唯一为军官配备勤务兵的国家。

廓尔喀联队的哥们儿属于黄种人，外表看上去与中国人没有什么区别，与印度籍军官的区别倒是很明显。由于廓尔喀联队的士兵服役时间比较长，年龄通常偏大，据说有些士兵已经超过了 30 岁，但是从外表看不出来。廓尔喀兵都出生在尼泊尔的贫穷山区，也是苦大仇深不当兵吃不了饭的那种，非常朴实。他们大多不懂英语，而且生性比较腼腆。当时 UNPF 部队来自欧洲的各营都有洗衣房，或者是送到当地人开的洗衣店去。廓尔喀营的军官有勤务兵洗衣，士兵的衣物则是自己洗。

廓尔喀士兵真的和我们国内的普通战士很像，都是朴实到家的那种士兵，我很想和他们接触，但是维和任务区不像总部营区，没有那么自由，我绝对不敢瞎晃悠啊。所以，一直到后来，我也没有认识一个廓尔喀士兵，但是当时我们被他们拦住了。他们说前面暂时封锁了，要走的话得等一会儿或者绕道，绕道就比较危险了，因为那边没有 UNPF 部队在维和任务区的营区。

我们只能等着，一个印度军官就过来了，举手敬礼，狗头高中队和翻译下车还礼，问发生了什么事情。我当时的英语比现在强得多，就听明白了。刚刚发生了一次小规模的种族屠杀，一个村子被灭了。他们正在收拾现场、统计数字，准备向总部提交完整的报告。狗头高中队想去看看，对方同意了。

狗头高中队挥手让我下车——我现在知道他为什么要我去看了，他是战场上下来的又经过那次血杀什么没有见过？他就是要我见见死亡和血腥是怎么回事。

我让副班长看好弟兄，注意安全，然后就跟着那个印度军官进了封锁线。当时我的腿就软了，我亲眼所见的是血流成河。

屠杀已经过去一段时间了，尸体一一排列在远处，我看得见的地方蒙着白布。当时我是真的不敢多看一眼，起码几十口子是肯定有的。地上红色的血凝固了变成黑色或褐色，硕大的绿头苍蝇飞来飞去，我屏住呼吸，空气中弥漫着一种说不清楚的味道。村子被烧了好多地方，一只小鸡在血河里面扑腾着翅膀，它的脚被血粘住了，它的翅膀上面都是凝固的血，它不知道该怎么办。

现场还没有完全清理完，我看见廓尔喀哥们儿两人一组，往外抬人，他们黄色的、朴实的脸上没有任何表情，好像在抬一根木头。

我看见了晃悠着的骨瘦如柴的老人、幼女、儿童的胳膊，我看见了他们的脸，他们的血，以及他们的生命消失以后的尸体。几个廓尔喀兵在房子里清理尸体，一个兵拿起一个沾着血像是布娃娃的物件，双手递给旁边的另一个兵。那是一个不满周岁的婴儿，头已经没了，身体晃晃荡荡，如果不细看，真的会把那具尸体当成布娃娃。

还有一间被火烧毁的房子，门口有一个黑乎乎的物体。那是一个母亲，她护着怀里的孩子，想从被火烧着的房子里爬出来，结果母子两人都被烧成了焦炭……那个已经无法辨认的母亲的形体，仍然把自己的孩子紧紧搂在怀里……

我不由自主地握紧自己的步枪挂在胸前，甚至还抵肩枪口朝下，完全是在准备速射——我是特种兵战士，这是我的本能反应，但是我该速射哪里啊？哪里是我的目标？哪里是我的敌人？

我是一个维和部队的战士，维护世界和平、制止战乱杀戮是我的责任，是我的义务，但是我该怎么维护和平，怎么制止杀戮？我穿着军装，我手中有枪，我一身武艺，我苦练三年，但是在这个因为战乱而出现这种人间惨剧的现场，我有个蛋子用处！我是一个战士，一个士兵，我要保护弱小，但是我该怎么保护？我眼睁睁目睹着杀戮过后的惨剧，我却无能为力！真的是悲凉啊！

这个如诗如画的热带丛林国家，这块河流贯穿海滨的美丽的红色大地，这些勤劳、善良、朴实的人民，他们为了什么杀戮？为了什么啊？我不知道人类之间的仇恨到底有多深，但是我亲眼目睹了什么是惨绝人寰——老人、妇女、儿童无一幸存，这是为了什么啊？有那么大的仇恨吗？

其实狗头高中队也被震撼了，他的脸上那种装酷的感觉真的没有了。他上过战场，但是那是战争不是屠杀啊！这种场面他也是第一次见，他在我身边走，一直没有说话。我们只能听见自己的呼吸声，我们不得不呼吸，我们需要氧气啊，但是我们呼吸的是氧气吗？是……死气，死亡的味道。

当时，我真的腿软了。以前觉得自己多么鸟，但是真的到了这个地方，我才知道自己算个蛋子啊！来了才真正知道战争、屠杀、杀戮是怎么回事！我的心哆嗦着，一步步在血河里面走。

到了排列尸体的地方，我看见一群人在忙活，都是维和部队的。我一抬头，就看见了小影！小菲也在里面，还有其他国家维和医疗队的女兵。

小影一把鼻涕一把泪地在一个一个记录啊！她的脚下有老人，有妇女，有孩子，有儿童！我的小影哭了！我了解她，她怎么能不哭呢？我就那么看着她，我不知道该怎么办。她抹着眼泪，抬起头时看见了我。

在杀戮后的现场，我们隔着尸体和死亡的味道对视着。她的脸色苍白，泪水还在流着。我的脸色苍白，没有泪水，只有震撼和恐惧。

我看着她，突然想起来一件事情——今天，是她20岁的生日。

很多年前，一个20岁的女孩，一个喜欢花儿、香味、漂亮衣服的女孩，一个柔弱的中国女孩，在杀戮后的现场一把鼻涕一把泪地看着我——一个18岁的中国士兵。

那天，她刚刚满20岁。

38. 搭一辆车去远方（3）

你稍纵即逝，犹如我心间划过的一道小小的流星。但是，你毕竟出现过了。

我知道你柔弱的心再一次受到了伤害，我还知道你又哭了。因为你知道，你不是在隔岸观火。你也成了这个故事的一部分，而且是越来越重要的一部分，甚至不再是一条辅线，而是一条平行线。这在电影里面叫作"平行蒙太奇"。

我写到了亲眼目睹的第一次杀戮，我说过，人第一次的经历会刻骨铭心。我就是这样，无论是爱情，还是战争，都是这样。那种杀戮的回忆令我心力交瘁，血液都快被抽干了，呼吸都要停顿了。但是我不能不重新打开电脑，继续我和你的故事——另外一条主线的故事。

丫头，这样说，是不是对你不公平呢？在全世界面前，把我们的故事说出来？但是我只有这个办法，我唯一能做的，就是继续我的小说，告诉你，我多么想你。这部小说是我给你的礼物，也是我唯一可以送给你的，无论我们的结果如何，我都要把它写完，我要你高兴——这个世界上，漂亮美眉们可以得到名车、别墅，甚至是飞机、游艇，但是，还没有一个漂亮美眉可以得到一部几十万字、由心里面流出来的血凝成的小说。

我最呕心沥血的一部小说，送给你。只要它在你的心里有那么一个地位，你记得曾经有这么一个小人物在电脑前疯狂码了几十万字就是为了你——这就够了。

我知道，你会开心的——因为，你是唯一的一个。

我知道你现在还在看我的小说，但我不知道你是稍纵即逝，还是干脆彻底消失在我的天空，或是让我这颗谈不上多么沧桑的心搭乘你的心去远方。你的心，就是我最终的故乡。我会一直努力，直到你原谅我的那天。

我一错再错，错无可赦。于是，我只能在这里倾诉，倾诉对你的思念吗？不，我已经不再思念你，是依赖你。我不想给你增加什么压力，你知道我不是那种人，我没有资格走进你的花房，那么就让我生命的吟唱为你做一道花房外的绿荫。当你在花房门口张望远方的时候，我能为你遮挡一点儿阳光，这就足够了。

我真的活回去了，就跟18岁的时候一样。那时候我为了一个女孩上战场，现在我为了一个女孩可以横渡大洋。

我要再说一句话，不要笑话我。我现在还在看着你的照片呢，就是在精品店里面照的那张。还记得吗？你抱着一只大大的玩具熊，穿着跟水管二代那种款式一样的背带裤。红白相间的T恤好像麻辣豆腐的颜色组合，你的大眼睛傻乎乎地看着我。

你每次都说我嘴贫，其实现在你知道了吧，我连"老白毛"、"三哥"这种绰号都起得出来，你这些算什么？一句话，你就是一个傻丫头哦！

你不承认自己傻吗？

你真的好傻好傻，傻得让我心疼——我是说，现在。过去我不懂心疼你。

给我一次机会，好吗？

还记得那个夏天的下午你搭我的车去买衣服吗？

夏天的下午，这个城市的街道就像一条没有水但是挤满了鱼的河流。我开车在城里晃悠，你对我感到诧异。因为我对整个城市的各个大商场和各个有品味的女孩服饰专卖店了如指掌。我想你现在不会感动诧异了，记住一个城市的旅游地图并且经过多次的实地堪察和"踩点儿"，对于一个陆军特种大队的老兵来说，算不了什么。

你只要在哪个专柜前面停下，只要你停在那件衣服前超过一分钟，我就敢把它买下来，一直买到你害怕为止。你觉得这黑厮看上去不是那么有钱的啊，不要命了吗？

其实，我何止不是那么有钱，根本就是没钱。那张破牡丹卡，绝对透支了。不管怎样，先买了再说，不买不爽，就算你不敢要，我也要买。但说实话，那天还真的不是为了你，而是为了那个和你长得一样的女孩。

我们在城市里面晃悠着，你看着后座的一大堆购物袋开始愁眉苦脸。

"怎么了？"我一边开车，一边漫不经心地问，"不爽吗？"

"爽你个头啊！"你嘟着嘴，好像对我没有那么多警觉了，对我的态度慢慢缓和，确实是因为看我比较实诚——其实我是半真半假，我的心里在矛盾着，构成矛盾的双方就是我的梦和我的现实。

"怎么了？"我问。

"我回去后怎么跟我妈说啊？"你真的发愁了，一件两件可以说是自己买的，现在买的是一件两件吗？整个夏天你就可以指望今天买的过了。

"这有什么不能说的啊？"我明知故问。

"谁给我买的啊？"你真的是愁得不行。

我乐了："我啊！"

"你是谁啊？"你顶了一句——这就是乐趣！

我喜欢漂亮美眉这样，每次都高兴得不行："我是小庄啊！"

"小庄是谁啊？"你接着顶。

我张嘴，但是笑容凝结在脸上。

你不知道我怎么了，只是看着失神的我。

是啊，小庄是谁啊？

很多年前，在 UNPF 部队的各个国家的鸟兵中间，没有人不知道那个中国陆军士兵——18 岁的小黑蛋子小庄。

而现在呢？小庄是谁啊？

39. 搭一辆车去远方（4）

"小庄是谁啊？"小影拿着野兰花在我的鼻子上晃悠着。

这是在中国医疗队的女兵宿舍。我们不能什么时候都在国际友人那儿谈对象吧，芬兰老哥其实也挺忙的，不是训练就是出勤，并不是什么时候都有时间的。尤其他们属于作战单位，各种鸟事还是有的，虽然不用开枪动炮，但也是有点淡事的。

我们都喜欢那辆白色装甲车，在某国维和的那段时光，那辆白色的冷冰冰的战争武器，那辆上面架着机枪的铁壳子，就是我和小影的爱的小窝。但是芬兰哥们儿毕竟是作战单位，休息日是要出勤。于是我们就只能天各一方——其实只相距 0.5 公里。

这天赶上医疗队要检查安全措施，我就光明正大地来了，我背着步枪，戴着头盔，美得屁颠屁颠的。其实我跟那帮女兵只是在公开场合、任务场合见过那么几面而已。这回我去了她们医疗队真的不得了啊，就像到了鸟岛一样。

"班长，咋不见你对象呢？"一个弟兄问。

我也纳闷儿，怎么没看见小影呢？

其实离那次屠杀已经有一个多月了，我们得了联合国纪念性质的勋章，是老白毛司令亲自来颁发的，当然免不了洋首长们讲话，再顺便检阅一下我们中国军队。军体拳自然是少不了的，展现一下中国军队的气概嘛！虽然国内的人觉得不稀罕，但是老白毛还是挺喜欢的，说："中国功夫啊，不错不错！"

说起老白毛司令，他还是有点鸟事的，这个澳洲少将约60岁，身高180厘米，在国外不算高，圆头圆脸圆鼻子，一对小眯缝眼，一头白毛梳得极其整齐。步兵出身，年轻时参加过越战，对中国最深的印象是在越南时被中国造107火箭炮锤过好几次，他命好没挂，现在就来维护世界和平了。老白毛人挺和气，说话慢声细语，人缘本来挺好的，不过他上任之初下令UNPF军营完全禁酒（包括啤酒），因此极不受北欧人欢迎。禁酒令在北欧营和观察团根本执行不下去，澳大利亚观察员也在哨上偷偷喝酒，要不然没法和北欧的观察员打成一片。老头一开始下部队视察总要到垃圾桶旁边转一转，看看里面有没有酒瓶。所以每到他下来视察，部队里就先闹得鸡飞狗跳，赶在他到达前清空垃圾桶，找地方藏酒和空酒瓶。过了两个月老头只好让步，只要澳大利亚营坚决执行禁酒令就行，其他部队只要不公开给他难看，他就睁一眼闭一眼，不再管了。其实他自己也喝酒，但只是在外交场合、礼仪场合来两下子，不像北欧哥们儿比较馋酒。

老白毛比较喜欢中国文化，一直想学点，但是没时间。他看了军体拳觉得那就是中国功夫也很正常。但是有的哥们儿不乐意了，那是练家子，是学过的，倒不至于是想踢场子——这点素质维和总部的官员还是有的。但是他确实学过中国功夫，在他们国家的部队里面也是一把刷子。

此人名叫什么呢？我想不起来了，那就随便起一个吧，就叫他"哈库拉玛塔塔"吧。他是芬兰人，伞兵出身，看上去身手不错，在总部好像是担任作战处长之类的职务。他是芬兰哥们儿里面比较另类的主儿，在UNPF得罪了不少人。

这哥们儿想切磋一下，他是会功夫的，见了就想来两下子是很正常的事情，这和别的没有什么关系。可是谁上啊？第一人选当然是狗头高中队，养着这孙子不跟人对锤干吗啊？但是他犹豫了，他想想，不能这么跟人对锤，锤国际友人不太好。这孙子出拳出脚都是比较狠的！他也不是那么容易控制自己的主儿啊。我为什么老说他是孙子而不是傻子呢，就是这个道理。

他想想，看了看我："你上吧。"

"我？"我当时脸都绿了。

我倒不是怕，在国外训练营的时候，我跟洋人特种兵哥们儿对锤过。我也不是没有经验，而是人家是校官，我是小兵，怎么锤啊？锤不过也没有什么丢人的啊，我担心的是一不留神真把洋首长给锤了怎么办？中国特种兵一般都是有点武术基础的，不过主要以实用性为主，好看的那种套路是表演和比赛用的，所以一般以散手为主。而有的国家的技术特点大概是这样：基本上不练功法，完全靠发挥人体本身的素质。没有纯粹的拿法，也没有纯粹的招架动作，讲究连消带打。

看他在那儿摆架子，我就发蒙。仔细一看他练的是少林套路，跟正经高手学过。我看向狗头高中队，他装酷地一笑。他知道这也算自己同门师兄弟里面的，可他没告诉我该赢还是该输啊，这怎么整呢？

哈库拉玛塔塔中校摆好姿势等我，我也不会武术啊，于是摆了个散手的姿势。他一愣，觉得我应该会功夫，其实我是真的不会，狗头高中队不教我这个啊！

然后哈库拉玛塔塔中校就开始了，他的拳法确实是练出来的，风声我都可以听得到。我左右闪躲，后退，再左右闪躲，再后退，就是不敢出拳起脚——谁告诉过我该怎么锤啊？赢还是输啊？

一套下来他把我逼到角落，哈库拉玛塔塔老哥一身是汗，我当然也是一身汗，不过我也没挨几下子，只是挡他的拳的时候胳膊比较疼。我看出来了，他毕竟是洋人，腿功不是特别好。哈库拉玛塔塔老哥知道我在闪躲，不敢开锤，就不高兴了，对着翻译嚷嚷。

程大队听老白毛说了几句，然后跟狗头高中队说了几句。狗头高中队就冲我说："锤吧。"

"你说的啊？"我问。

"我说的，锤。"

那还犹豫啥子啊，锤啊！

又一回合我不客气了，上来就是组合腿法，一口气把他逼到场子角落。他这回重视了，跟我开锤。

他最大的弱点就是腿，我知道了就跟他来腿——腿法好的话他就无法近身啊。我也不踹他要害，不踢倒他，但是他也别想在我这儿占便宜！

我踢了几路就被这个老哥抓住弱点了！我在空中刚刚凌空边踢落下，准备紧接着一个转身后踹，这个老哥抓住了这个很短的空当！一拳就给我锤在斜面的背上了——疼啊！

这下子我毛了，哈库拉玛塔塔老哥还美呢——哎呀，终于锤着你这个小黑蛋子了啊！不容易啊！

我疼得倒吸冷气，我当时是个小伙子，毛起来我管你谁呢！我就急眼了，上来就是狠踹、狠踢，嘴里还喊："杀！杀！杀！"

严格来讲，我跟那个哈库拉玛塔塔中校的武术修为差得远了，人家是从小拜师正经学过的，我是半路出家啊！但是我当时的眼里全是杀气，杀声绝对震天！

我高喊着中国陆军特种兵传统的口号——杀！我左踢右踹，边踢侧踹，处处直取要害，反正就是踢他狗日的哈库拉玛塔塔！连着这样几趟下来哈库拉玛塔塔老哥真的招架不住了。我穿着大皮靴子，他被踢了好几脚啊！那滋味能好受吗？

哈库拉玛塔塔老哥左挡右挡，左闪右闪，踢着他也不是太容易的事情。但我还是踢着了，我有一脚是一脚啊！谁让他先锤我来着？后来真给踢倒了一下子。

狗头高中队赶紧喊停——我最后一脚刚刚起来是个正蹬，但还是僵在空中了。

我喘着粗气，红着眼睛，僵在空中，金鸡独立，然后，很慢很慢地放下了脚，规规矩矩地站好了。

哈库拉玛塔塔站起来，竖起大拇指："你那功夫——鸟！"

我们工程兵弟兄都喷了：他什么时候也学会了？

我赶紧立正，敬礼。我估计这老哥被我踢得够呛，他笑着请我晚上去芬兰连耍。我哪儿敢回答啊？我倒不怕他找老乡锤我，因为我差不多都认识。我估计是找我喝酒，其实我在国内真的是滴酒不沾啊！都是出国维和给闹的，但我始终也没有喜欢洋酒。

我看着狗头高中队，他看着程大队——部队是一级听一级的啊。

程大队知道老白毛对酒是有态度的，但是外事无小事，我一个小兵能给脸不要脸吗？所以我就得去啊！当然狗头高中队也去，至少得有个干部跟着啊！一个小兵到处混混还喝酒，这像样吗？

至于喝酒的过程，我还是以后说，接着说我在维和医疗队吧。哎呀，我脑子一乱就喜欢胡扯，以后还是要注意的。

小影呢？我还是没有找到。小菲看我伸脖子找小影的样子就乐："去！先干活去！完了给你变出来！"

然后我就去干活，女兵跟前我鸟个蛋子啊！检查完一切之后，我从高塔上滑下来，还没站稳，一下子就坐地上了！

白衣仙女啊！小影一身白裙，娉娉婷婷地从一群穿迷彩服的女兵中间走出来了！

我眼睛发直，说不出话来了。女兵们哈哈大笑，像虾米一样直不起腰，干部们也在远处乐。营门口路过的挪威哥们儿在卡车上嗷嗷叫，还打着口哨，小影脸红了。

这个狗日的战区的仙女。

我还能用什么词语形容呢？

难得的休息日里，难道还让我的小影在营区里面穿迷彩服吗？不过我真的不知道她把这条白裙子带来了，我更没有想到她在这个战区穿上了。

我就傻乐，心里美啊！

"起来！"小影终于说话了，"丢不丢人啊？"

我嘿嘿一乐。

小影嗔怪道："赶紧给我起来！"

我立刻起来，动作绝对利索，立正兵当久了就是这样。

干部说："行了，都别闹了啊！注意国际影响啊！该干吗干吗去！小庄你们班这几个人中午就在这儿吃饭，我跟你们大队打个电话。"

我赶紧说："是。"

弟兄们也乐——跟女兵一起吃饭！在国内都没有这样的待遇啊！

干部一挥手，大家就散了。小影跑了，我就傻看着。

"死脑筋啊！"小菲都想踹我了，"追啊！"

我才醒悟过来，我就追啊追啊，追到了女兵宿舍。宿舍里一个人都没有，都安排好了——

女兵就是女兵，心细得要命啊！

仙女就那么站在我面前，她伸出手："过来！"

我乖乖地过去。

"带这么多东西你热不热啊？沉不沉？"

我赶紧摘武器、解头盔，然后加上防弹衣信号、弹步话机，就那么站在小影面前。

小影就笑："看什么呢？"

我嘿嘿一乐："看仙女。"

小影一下子就乐翻了："没见过漂亮姑娘吗？"

"你最好看。"——天地良心，当时绝对是真心话！

小影脸上起来两片红云，她更好看了。

她伸出手："过来啊！"

我靠近一些，她慢慢地把唇送上来。我轻轻地吻她，我们一下子就抱住了，她软软地靠在我的怀里。

我看见她的床头还放着那个抱着风干的野兰花的小泥猴子："你还带着它？"

小影说："别臭美啊！这东西不占地儿，我就带来了！想得美啊你！"

我嘿嘿乐，小影从我怀里出来，拿起那束野兰花："玩个游戏！我问你你是谁，你就说你是大老虎！再问你就说是大老鼠！就这么换着问！看你什么时候说错？"

我就被她按倒在她的小床上，小影坐在我的面前，拿着野兰花："开始了啊！"

"嗯。"

"你是谁啊？"小影拿野兰花点我的鼻子。

"我是大老虎。"

"你是谁啊？"

"我是大老鼠。"

后来她问得越来越快，我就出错了。

"罚你一次！"小影亲了我一下。

这么罚啊！那我还对那么多次干吗？我懊恼得不行。

"再来啊！"小影说，"你是谁啊？"

她拿着野兰花点我的鼻子，芬芳一下子就渗入我的呼吸，进入我的心里。

"我是小庄。"我看着她的眼睛说。

小影一愣："错了错了！"

"那你罚我啊！"

小影不罚："你故意的！"

我就乐了："先罚了再说嘛！"

"耍赖皮不算！"小影说，"我再问。"

我这回准备错得晚点儿，演得像点儿。

"小庄是谁啊？"小影拿着野兰花在我的鼻子上晃悠着。

"小庄是黑猴子。"我说。

"黑猴子是谁啊？"小影又问。

"黑猴子是小庄。"我说。

小影不问了，我们就那么看着。小影伸出手臂，我偎依在她的怀里，她轻轻地抚摩着我的脑袋，我闭上眼睛感受着她的温暖、柔弱和安详。

小庄是谁啊？

丫头，你知道这个问题从两个长得一模一样的女孩嘴里问出来时，我是什么感觉吗？

40. 搭一辆车去远方（5）

你真的就这么消失了。

我把自己挂在网上，一直刷新自己的帖子和短消息，一遍一遍地打开我的各个邮箱，看看有没有你给我写的信。但是你没有来，我知道你没有来。我发的短消息你也没有看。

可是，我总觉得你来过了，只是没有用你自己的名字登陆而已。

我想肯定有很多无聊的小人恶意中伤你，你不敢用自己的名字登陆，害怕看到那些中伤你、污辱你的信息。你的心多么善良，多么脆弱。于是，你只能成为一个网络上的匆匆过客，默默地看着我讲述这些往事。

我都能想象出来，什么时候你会会心地一笑，什么时候你会潸然泪下——我了解你，丫头。

不妨换一个名字注册再登陆，不用你说什么话，只要你悄悄跟我联系就可以。

你那个小脑瓜能不能想出这个办法我就不知道了，但是我早就想出来了。我知道你比较傻，比较实诚，不然怎么会爱上我这个黑厮呢？怎么能被我迷得五迷三道呢？

生生死死、爱恨情仇只是一瞬间的事情，都会成为过眼云烟。很多年过去了，丫头，你是知道我的，我跟你提起过中国陆军吗？什么都没有，我跟谁都不敢提这些往事。我的心会疼的，真的。

现在连你也消失了，全世界最疼我的女孩也消失了。我在这个世界上真的是无依无靠。但是我不能不继续写下去——我不能让这个故事开始了没有结果啊！这是现在支撑我的唯一信念，虽然我知道很多无聊的小人在恶意中伤我，虽然我知道有很多外行在那儿指手画脚，但是我知道，这个故事一旦开始，就不能结束。

丫头，不是我发牢骚，你了解我的，我真的是被呲叨急了。不过现在我的心态真的历练出来了，想在我的创作中中伤我也不是那么容易的事情了——因为，这些很快就会被删除。

我需要一个安静的环境专心写作，写完了后，那就爱谁谁了！谁说我好或者谁说我不好，那就不关我蛋子事情！我不管那么多了，我自由了，解脱了！然后我就去找你，因为，你是我现在唯一的故乡。

还记得你的那张碟吗？

后来你回家的时候忘记拿出来了。

那时候天色擦黑，你让我把车停在小区外面，然后机灵地四处看看——其实不用你看，我早就在最短的时间内把四周观察遍了，连电线杆子的个数都能数出来。

你吐吐舌头："我走了！"

音乐还在淡淡地延续着，下车后你快速跑向小区的大门，黑中带红的长发就那么飘散在空中，窈窕多姿的身影就那么蹦跳在远处。

你的身影越来越远，直到我完全看不见。然后你又突然从小区门里面出来挥手道别，调皮地一笑——那时候你还不到 19 岁，真的是个孩子啊！

当时我就不行了，太像了！初中的时候我送小影回家，她总是要偷偷摸摸地溜回家属院。你的笑容和表情跟她真的很像。其实我对女孩染发一直比较反感，但是对你，我没有任何意见，你爱染什么毛就染什么毛，就算是白发魔女我也愿意看，因为你长得像小影。

我忍着眼泪摆摆手，突然想起什么，把 CD 抽出来下车："哎！哎！"

你已经消失了，我愣愣地站在那儿，没法子了，下回再说吧。

我知道还有下回，虽然你没有约我，但是女孩的这点心思我还是明白的。要逗女孩开心的法子很多很多，但最管用、代价最小的就是一张贫嘴。当然不能瞎贫，要会贫，没有味道的淡话是不应该说的——要么一张嘴她就得乐，要么一张嘴她就得哭！谈恋爱是要谈的啊，不会谈怎么行呢？所以谈恋爱的真功夫就是要有一张懂情调的嘴。

上车后，我看见后座上一大堆夏天的女孩衣服，我傻了半天。

其实女孩最腻歪的就是一边跟人家装大款，一边又跟人家斤斤计较。曾经一个女孩告诉我，和我在一起耍的原因很简单——如果我有 1 元钱，绝对是先花了再说，饿肚子也图个高兴。但是有的男人不这样，一个月挣万把块，跟女孩出门还要人家跟她一起挤公车。相比之下，她就喜欢跟我在一块儿混了，因为我自在啊，痛快啊，我要没钱就直说没钱，真的没有什么不能说的。

我看了一会儿，没敢想别的，能想什么呢？好在你也不在跟前。

我开动车子，觉得冷清，就把 CD 插进去，车里响起了《故乡》的音乐。

我在昏黄的街灯下开车，眼泪唰唰地流下来了。一颗漂泊的心就这么在城市里面晃悠着，我的故乡在哪里呢？

你总说我唱歌跟狼嚎一样，但我还是把音乐开得很大，我在自己的车里使劲儿号、使劲儿哭啊！这是我自己的车，我招惹谁了吗？我自己想哭啊，你凭什么不让我在自己的车里面哭啊？我自己想号，你凭什么不让我在自己的车里面号啊？

我不由自主地开车到了郊区的高速公路上，我还在反复号着那首《故乡》。突然我的眼睛睁大了，嘴也张得很大："我操！"

这一声是吼出来的。不会吧？！一辆白色的轮式装甲车真的活生生地停在我的前面。我的眼睛都直了，我以为是幻觉，但是理智告诉我不是！

我急忙靠边，下车后揉揉眼睛再看，结果还是一辆白色的轮式装甲车！我把车门甩上，赶紧往前走几步，但眼前还是一辆白色的轮式装甲车。真是见鬼了啊！怎么会是白色的呢？这种白色在暗夜绝对显眼，中国内地什么时候有了 UN 部队？

我走过去，走近了。几个穿着迷彩服的士兵忙活着，看来他们不知道这车哪儿坏了。我绕着车转，仔细地看着——当然是在自己觉得不会招惹到这些士兵的安全范围内。

我离近了才看见车身上写着"WJ"两个字母。

武警的。我知道了，应该是防暴装甲车。至于型号我就不知道了，我没研究过，但肯定不是 SISU，那车又不先进，国内肯定不会引进装甲车啊！

一个山东兵边修边骂："他奶奶的！这他妈的什么车啊？"

一个中尉在边上抽烟："哎！干吗的？"

"我这……"我说，"我看看，没见过……"

"有什么好看的？走走走，这儿不能随便停车！"中尉朝我挥手。

我点点头，后退着走。我还在看，他们也不管，只是修车。

"奶奶的，修好了！"那个山东兵喊，车子开始轰隆隆发动了。

"走走！"他们就上车了。

我眼睁睁地看着这辆装甲车轰隆隆地开走，不知道过了多久，我的泪水滑落下来。我的嘴唇翕动着，在晚风中轻声吟唱：

你在我的心里永远是故乡，

你曾为我守候这么多年，

在异乡的路上，

每一个寒冷的夜晚，

这思念它如刀，让我伤痛……

41. 搭一辆车去远方（6）

白色的 SISU 装甲车轰隆隆地开过红土路。车上没有坐芬兰哥们儿，在维和任务区他们不敢坐在车顶上招摇过市。但是驾驶室的哥们儿我都认识，大家一起喝过酒、一起吃过中国菜，当然我们也蹭过他们的洋饭，所以相互都很熟悉。

他们跟我们打招呼，隔着防弹玻璃在喊什么，还打着手势："你好啊，哥们儿！"

坐在白色小吉普上的狗头高中队和我们也打招呼："狗日的鸟人，你们好啊！"

我们去维和任务区的各个中国工程兵大队的工地巡视，他们估计是例行的巡逻，具体是什么任务我就不知道了。然后我们就这么擦肩而过了。

结果他们后面的门是开着的，一车芬兰哥们儿要换换空气啊，老是猫在这种柴油装甲车里面是一件非常不惬意的事情。虽然这种做法违反规定，但也是时有发生的。曾经我就看见我的芬兰哥们儿军士长和亮子在门口扒着换气，还有人在抽烟。

我们向他们打招呼："鸟人们，你们好！"

他们就回答："哈罗——鸟！"

然后我们就嘿嘿乐，他们也冲我们乐，还摆着手。但是狗头高中队没乐，我知道他不是装酷，这个孙子是不好意思了。

关于狗头高中队见了驻扎在维和任务区的芬兰哥们儿会不好意思的原因，其实真的是值得说说的。在国内的军队没人觉得他不鸟，但是在国际外交场合他是不敢鸟的——毕竟是少校级别的解放军陆军军官，这点常识还是有的。军官就是军官，就算再鸟到了正经时候也还是军官，他是不敢随便胡来的。我一个小兵都知道外事无小事，何况是解放军少校军官呢？他敢由着性子来吗？所以，我从来就没有见过他那样规矩过，其实这个狗头高中队在军校学习的时候还真不是这个样子。狗头高中队在中国人民解放军某陆军指挥学院某次中培班学习，到处锤人是没有跑的，处处违纪也是没有跑的。但这都不是什么大问题，所以也没有最后给开回去。渐渐地，没人敢招惹他，都知道锤不过他，也知道他是个孙子，何必跟这个孙子一般见识呢？所以大家就不搭理他了，这孙子锤人的机会就没有多少了，这时候他开始喝酒。少林寺有清规戒律，绝对不让他喝酒，他也没喝过。进了部队，这个孙子还没来得及学喝酒紧接着就上了战场，那时候战场纪律也很严，军区侦察大队是二十四小时待命，想喝也不敢喝啊！然后他进了狗头大队，狗头大队当然禁酒，他也没喝过，不知道喝酒是什么感觉。进了军校换了个环境，这孙子可就自由了。毕竟军校的管理不可能比特种部队的管理严格。而且中培班的学员是什么概念？他们基本上都是准备提正营军官的各个野战军的老油子，不像刚刚从地方高中毕业的小菜鸟一样老实！

我还得穿插一点儿小事，我觉得是值得说说的。当时这帮中培班的学员们一下车就开始各忙各的。炮兵部队的老油子来了就是到处登高望远，盘算在附近的山上布置阵地，可以对该地区一举歼之；装甲兵部队的老油子们来了就在军校大院里面到处寻摸汽车或者摩托，坦克、装甲车开惯了，到了军校开开汽车或者摩托算是过瘾；步兵部队来的老油子就围在步兵基本科目训练场看小菜鸟们跑400米长障碍，心里急得不行，绝对是想上去训人！

那么特战或者侦察部队来的老油子们呢？大家都没离开办公区，在那儿的楼区左顾右盼，完了一句话说得当时迎接他们的小菜鸟学员们恨不得直接把自己在地上摔死算了——"哎呀！咱们某某学院的楼都挺好爬啊！"然后特战和侦察部队来的老油子们就开始打哈哈，恨不得爬两栋再说。这就是职业习惯。

锤军校纠察还真的不光是我们特种部队学员的专利，其他野战军的干部学员也锤过不少次，只是没有我们特种部队的学员锤人锤得专业，值得传唱罢了。所以凡是在军校警通连当过纠察的哥们儿都知道一个真理——红牌学员的不算个蛋子，你骂他就跟骂新兵一样，但是黄牌学员你是惹不起的。红牌学员找事了，闹不好就被开除，没大学上了又成地方青年了；黄牌学员呢？大不了不上了，回部队继续带兵，明年再来啊。

接着说狗头高中队喝酒。和这孙子同屋的是一个步兵部队过来的老哥，没事就喜欢喝点，在部队带兵的时候不敢明着喝就暗着来，但也不敢喝多，到了军校不带兵就赶紧多喝点。狗头高中队开始不喝酒，但最后还是喝了。问题是这孙子天生就不是能喝的人啊，一喝就醉，但还是要喝，人要馋酒了就是这个德性。但是这孙子的段子里面最令我诧异的是他不武醉只文醉，醉了就睡也不闹事。

某个礼拜天下午俩老兵油子在屋子里面喝酒，喝的当然是二锅头。野战军的干部不好别的，以二锅头为主。这跟钱的关系不大，就是喜欢爽的感觉。那个步兵老哥没事，狗头高中队真喝高了。晚点名的时候，中培班的学员们得下去集合啊！步兵老哥喝多了，但他天生能喝，帽子一戴、武装带一扎就下去了。再看狗头高中队，只穿着短袖衫、短裤在那儿晃悠呢："来来来，再来——"谁跟他来啊？步兵老哥早就下去了啊！他明白了，要晚点名啊，然后就穿上衣服、戴上帽子、扎好武装带下去了。

一出楼门正在集合点名的各个队列全喷了，狗头高中队感到莫名其妙："怎么了？喷什么啊？"

队长说："上去换衣服！"

狗头高中队想："我不是穿好了吗？"

他再看自己，穿着迷彩裤、常服上衣，戴着作训帽——不合适，就酒气冲天地上去换衣服了。

大家在底下乐。军校干部也没说什么，喝酒是不对，但是他能说什么呢？要是从军校地方高中上来的红牌，这就是大事了，我估计收拾起来不会轻的。但是对于野战军的干部，他能多说什么？

狗头高中队又下来了，这回他穿着常服裤子、迷彩上衣，戴着大檐帽，底下又喷了。军校干部气得没脾气了，当然处分是少不了的。这个消息传到狗头大队，何大队狠狠地收拾了狗头高中队一顿。从此以后，这孙子滴酒不沾。

但是出国维和时，这孙子又开戒了，不仅喝酒了，而且还真的喝醉了——外事无小事，人家请你喝，你不能不喝。

实际上是我跟他一起去的，就是哈库拉玛塔塔中校邀请我们去维和任务区的芬兰连要的那个晚上。总部大院的芬兰哥们儿不敢光明正大地喝，因为要给老白毛面子啊。但是维和任务区就不一样了，他们不是总部预备队芬兰连的，是驻扎在维和任务区北欧营芬兰连的，简单点说，就是来自一个国家的两支作战单位，一个驻扎总部营区统一调度，一个驻扎维和任务区。

我们先是进了芬兰连的连部活动中心。连部中心的房子是个文娱活动室，面积不大，一个小酒吧、一个台球桌就占了二分之一。剩下二分之一摆了一圈沙发。我记得芬兰连连部人不多,平时白天文娱室都空着,到晚上会有两三个没事的兵喝酒侃山。只有到周末晚上,连里其他哨送几个人回来休息,文娱室里的人才会多一些。

我们被哈库拉玛塔塔中校老哥和一帮芬兰哥们儿带到沙发后面的一个小门,刚开始我就纳闷儿了:怎么在这儿喝酒啊?我一看不对,不是那么回事,这里不是喝酒的地方,像是洗澡的更衣室。芬兰老哥们儿开始脱衣服。我一想明白了,哦,芬兰老哥爱干净,喜欢喝酒前洗澡。那就洗吧,我跟狗头高中队也脱了衣服。

我印象当中这破地儿进去是一排长凳,墙上一排挂衣服的钩子,跟平常游泳池的更衣室差不多,不过墙上多一排钉子,挂的是一排三合板锯的垫子。

哈库拉玛塔塔中校脱光了,他从更衣室里面的小冰箱里面拿出来两听啤酒,甩给我和狗头高中队。但是啤酒好像不是免费的,因为哈库拉玛塔塔中校紧接着就在冰箱门上的登记表上写了点什么。

说实话,芬兰老哥当时给我的印象不错,真的。人家自觉,拿了就登记,后来出来了就把钱往吧台上面一放——周围连个后勤兵都没有,全靠大家自觉。要我说不光是军队的纪律问题,最关键的就是民族习惯和传统的问题。

然后我和狗头高中队就拿着啤酒,光着屁股,跟着芬兰老哥们儿往里走。我们一看,还真的是澡堂子啊!里面有几个干净的淋浴隔间,我们准备放下啤酒洗澡。但是刚刚冲了两下子,哈库拉玛塔塔中校就喊我们过去。我一看他们都进了一个全木结构的小屋子,里面红彤彤的,不知道是什么地方。

一进去,我的脑子就嗡了一下——热啊!

热带本来就够热了啊!怎么这帮喜欢安逸舒适的芬兰老哥们儿还整出来这么热的地儿啊?这是拿我黑猴子炼丹啊!我再一看,里面有个炉子,炉子里都是石头。哈库拉玛塔塔中校老哥拿起一个木勺子往上面浇水——哗!——马上那个温度就出来了啊!我靠!更热了啊!

我的汗哗啦啦往下冒啊!他们觉得还不够爽,接着往上面浇水——这是我人生第一次洗桑拿,而且还是芬兰浴。

芬兰哥们儿就是干蒸,一进去就抢着木勺子哗哗地往炉子上浇水,那个洗法能把人蒸死。其他人要是和芬兰哥们儿一起进桑拿,不到十分钟就得出来透气,芬兰哥们儿能坐足半小时,还冲你振振有词:"芬兰人有喝酒喝死的不假,倒还没听说有洗桑拿洗死的。"我真的服了他们了,我当时坚持了十分钟,那已经是极限了,他们这些芬兰老哥真的跟没事一样,谈笑风生啊!

芬兰哥们儿洗桑拿是一家子一起洗,在芬兰连连部是连官带兵一块儿往那个小桑拿房里挤。军装一脱,拿起垫板,大家都一个样,管你是官还是兵,都得排队。进去以后,一边蒸一边喝啤酒一边吹牛。据说在芬兰连谈生意都在桑拿房里谈,不过这么着也好,管你是大老板还是小老板,在桑拿房里一律众生平等。

桑拿是芬兰人的一种生活方式，芬兰人到哪儿就会把桑拿修到哪儿。所以联合国维和部队内部有个笑话——为什么两个同一国籍的观察员不能同时上哨？因为要是两个芬兰观察员老哥凑到一起，他们就会开始在哨上修桑拿。

这话其实有点儿夸大，也不是每个芬兰部队的阵地都有桑拿，只有连部才会修桑拿房。连部那些家伙天天洗，那个军士长跟我说，他在芬兰都没这么天天洗过。他告诉我芬兰大城市的一个居民楼里只有一个公用的桑拿房，门口挂个小黑板，谁要用自己先登记，写清楚日期时间，一户一小时，所以在城市里基本上只能一周洗一次。军士长还跟我说，芬兰洗桑拿最好的地方其实是农村。农村人修房一定会先修桑拿房，而且自家的桑拿房主妇会天天擦洗，里面特别干净，木头板壁都擦得发亮。城市里的桑拿房没有专人照顾，比农村差多了。所以芬兰农村的妇女会在桑拿房里生孩子。

蒸完桑拿，我们就穿好衣服出来坐在沙发上接着喝、接着吹。然后芬兰老哥们儿上了私藏的洋酒——"芬兰迪亚"伏特加。按狗头高中队的说法，伏特加的味道就是粮食白酒兑水。亏他能想出来这个比方，不过说得也差不多。喝到兴浓，大家就不管谁是官谁是兵，全都勾肩搭背开始叫哥们儿了。

芬兰老哥们儿喝酒也得换新花样，酒具是个叫作"库克萨"的芬兰传统的带把木头杯子，上面烙着人的名字。芬兰老哥们儿把烙着我和狗头高中队名字的库克萨作为礼物分别送给我们。据说第一次用库克萨的时候装的是什么酒，以后酒具就永远留着那种香味。杯子只有拳头大，倒满烈性酒，拿个细绳拴在把上往脖子上一挂，今天晚上就得用它喝了，这一晚上只准喝，不准倒。

芬兰老哥告诉我们，库克萨是用芬兰森林里的整块松木节疤挖出来的传统工艺品，经过这头一次的洗礼以后，就会永远在森林里保护它的主人。"库克萨之夜"其实就是芬兰人整客人开心，所以只要这一晚还没散场，拿库克萨的客人就得端着那个木头杯子，不能放下，而且杯子必须始终是满的。别人酒杯里面的酒不光是伏特加，也可能是法国的科涅克，甚至还有可能是啤酒。如果你喝一口，按规矩，旁边的人不管自己手里拿的是什么，立马就给你续满。要么把你喝趴下，要么大家尽兴散伙。

我们喝酒，唱歌，跳舞，从来没有这么痛快过啊！他们唱芬兰军歌，我们唱《过得硬的连队过得硬的兵》《团结就是力量》等国内军歌。狗头高中队还趁着七分醉意，光屁股打醉拳当众现眼，但是芬兰老哥掌声一片。要我说，这孙子的醉拳确实打得好看，打得花哨，但是他从来没有教过我们。看来俗家弟子这个称号还真的不是白来的。

大家都醉了。狗头高中队先倒，少校军官的德性也没有了，接着我也倒了。然后我们就在芬兰连过夜了。

其实关于芬兰连的哥们儿，值得一说的鸟事还真的挺多，不过我的时间不够了，我要赶紧走故事，所以我就说说芬兰狗爷的事吧。芬兰连、挪威连都有狗爷，一是用来检查车辆，二是用来巡逻。我跟芬兰连的狗爷没什么交情，但狗头高中队这个孙子跟狗爷好像有一种天生的亲戚关系。不仅是我们狗头大队的中国陆军狗爷，就连芬兰陆军狗爷和挪威陆军狗爷们见了他也跟亲戚一样。我们工程兵大队的哥们儿私下开玩笑说："这是高中队的海外洋亲戚。"

这事儿也真的邪性了啊！狗爷见了狗头高中队就特别亲，一直往这孙子身上扑啊！狗头高中队也不见外，还亲热地训狗："坐！坐！"

我就纳闷儿了，这孙子怎么用中国话训芬兰狗爷和挪威狗爷啊？但是他的口令和手势一旦发出，芬兰狗爷和挪威狗爷就会坐下来。这事让芬兰连和挪威连训狗的哥们儿都笑得够呛，直伸大拇指啊！

我跟芬兰连的哥们儿亲，狗头高中队跟芬兰连的狗爷亲。关于狗爷的故事还有很多很多，但我要抓紧时间走故事了，还是回到我们跟芬兰连哥们儿擦肩而过的时候。狗头高中队很不自在，他在这帮老哥跟前喝醉过还能自在吗？

我们接着巡视，其实真的是例行公事，因为中国工程兵大队的工地基本上是不会被任何武装力量袭击和骚扰的。这是老前辈的底子，在第三世界国家的民众心中，我国的威望是比较高的。就算有人找事一般也不会拿中国工程兵大队开刀。

我们就看看转转，在去一个工地的路上，电台响了。在任务区里的车辆电台一般都可以同时监听总部作战值班室和本营的频道。我们先听到的是总部作战值班室的英语通报，说某区发生意外冲突，让某区无关车辆尽快避开。我一听不就是我们在的地区吗？我仔细一听，还真的隐约有枪声，但是不明显。

接着我们中国工程兵大队的呼叫就来了，狗头高中队拿起话筒汪汪。我本来没有在意，因为电台联系有时候是真的没有什么事情，只是看我们是否安全而已。

但是我一听就傻了！程大队在呼叫："23车，你们在什么位置？"

"23车在某位置，请讲。"

"中国维和医疗队外勤小分队被双方突然爆发的冲突卷进去了，她们正好在双方交火前沿中间的某村巡诊！你们马上去把她们接出来！"

"是！"狗头高中队答道。

中国维和医疗队外勤小分队？莫非是小影和小菲的那个队？随即我就急了，天底下没有这么巧的事情吧？

我们风驰电掣往某村赶啊！一路上弟兄们都急得要命——是我们的女兵啊！我就更急了！——会不会有我的小影呢？

然后我听见了比较零星的炮声，不是野战加农炮或者榴弹炮，是迫击炮和40火，也就是RPG。此外，还有密集的AK枪声啊！

我们直接冲进不时有迫击炮弹落下的战区。我第一次体会到枪林弹雨的感觉，听见耳朵边上嗖嗖嗖的子弹声音！

我们都低着身子，把头埋在下面，尽量蜷起来。然后我们就冲啊！其实这绝对是违反UNPF条令的，按照规定我们应该赶紧离开，尤其是双方还在交火的时候，我们是不能进去的。但是我们能不进去吗？那里有我们的中国女兵啊！

狗头高中队不断通过电台汪汪汪，呼叫医疗队的分队。后来还真的联系上了，信号弹从某村打出来。我们的白色吉普车直接往某村冲。子弹不时从耳边掠过，甚至打碎了我们的车窗户，但是我们不管三七二十一，跟白兔子一样直接往里冲。

其实双方的交火已经平息很多了，不如开始时激烈。后来我知道观察员老哥们儿及时跟冲突双方的上级取得了联系，采取了一些措施，确实管用了，双方陆续停火，只有零星的枪声了。再加上芬兰连的哥们儿来得快，就起到作用了。

我们冲到某村子里面去了，这时候枪声已经渐渐平息，我们看见了中国维和医疗队的两辆白色吉普车，一辆上面有红十字，一辆是警卫车。

人呢？我们的女兵呢？我们一边喊一边找。

"这儿呢！这儿呢！"

有人在喊，我一看是小菲，她在不远的一个屋子里面伸出脑袋。然后医疗队的警卫班长跟我们挥手。

狗头高中队喊道："藏着！别出来！我先问一下总部停火了没有。"

还问什么啊？我就要冲过去，但是马上又停步了。我毕竟是班长啊！

"小菲！"我喊道，"小影在吗？"

"在呢！在呢！"小影露出头，笑道，"没事！我没事！"

"好好待着！我们来接你们回去！"我喊。

狗头高中队汪汪完了："好了！都停火了！赶紧走！"

我们朝她们挥手："走走走！赶紧上车！"

她们赶紧往这面跑啊，我们俩警卫班就展开警戒线。我站起来招呼她们快点，小影在最后一个，她笑着向我跑过来："瞧你急得！我没事！"

"赶紧的！"我一手持枪，一手挥手。

她稍微放慢了脚步，其实也不慢就是跟我逗："偏不！"

现在是闹的时候吗？我真的急眼了："你他妈的快点儿！"

我第一次向她发火——我现在真的很后悔向她发火。

她吓了一跳，怎么黑猴子跟自己发火了呢？

她一愣，脸都白了。

"你他妈的快点儿！"我几乎要跑过去拽她了。

她不说什么了，赶紧听话往前跑。她知道我不是故意冲她发火的，我是担心她的安全。

她加快速度跑，当时她和我的距离，大概只有 5 米。

她跑向我——是我让她跑的。

我伸出手——我还要负责警戒圈子，不能离开啊！

她就那么跑向我，跑到我的面前。

如果逼得我不得不使用一句老前辈导演的话就是："我跟她最近的距离，只有 0.01公分。"

是的，就这么近。

0.01公分。

她跑向我，她的手和我的手就这么近。

我知道她安全了——能不安全吗？只要进了我的警戒圈子，我就用身体保护她！

嗖——流弹。

你们知道什么叫流弹吗？

小影的手终于碰到了我的手，我一把把她拽进我的怀里。

"快上车！"我喊。

但是我看见她的脸白了，接着我看见她的瞳孔散开了。

是的，一句话都没有说，她就软软地倒在我的怀里了。

我一下子傻了。我把她抱在怀里，她的身上没有伤口啊！如果是中弹，前面应该有伤口啊！再说她还穿着防弹衣啊！但是她真的就那么软软地倒下了。

她慢慢地滑在地上，她的手慢慢松开我的手。当她滑到地上的时候我看见自己抱她的手上全是鲜血。我急忙把枪一丢将小影抱起来。这时候，我才看见她的背部。她穿着防弹衣的背部被打穿了一个洞，血从里面冒出来！

我赶紧解开她的防弹衣，她的前胸是一大片血！

是的，是流弹。

一颗流弹击穿了小影的防弹衣的背部，子弹直接穿过心脏，但是被前面的防弹衣挡住了。于是她的背部有血，前胸有血，防弹衣的前面什么都没有。如果我不催她快点儿，这颗流弹是要打中我的。

在我的回忆里面，我的表情只能是定格表现。我真的不记得自己是什么表情了，一切都静止了。她连一句话都没有跟我说！是我让她跑的啊！是我让她跑的啊！

如果她不跑，如果她的速度再慢一点儿，那就是我死啊！为什么不让我死啊？为什么啊？

"啊——"我大叫，赶紧堵住小影的伤口，堵住她的血，不能再流血了啊！

"医生！医生！"我大喊。

医生和女兵们跑过来了，她们推开我，小菲拉住我。医生赶紧检查，还给小影做人工呼吸。

我傻傻地看着，嘴里念叨着："是我让她跑的，是我让她跑的，是我让她跑的……"

"小庄你别这样！小庄你别这样！"小菲拉着我喊。

"是我让她跑的！"我大叫一声。

医生抬起头，摇了摇。女兵们都掉泪了。

"救啊！你们为什么不救她？"我一把推开小菲，把她推倒了，她大叫一声，但是我顾不上了。

"你们为什么不救她啊？"我冲着医生高喊。

医生是个女干部："小庄，你听我说，小影她……"

"我不听你说！我要你救她！"我扯着脖子喊。

"小庄……"医生的眼泪吧嗒吧嗒地落下来，"你……"

我一把推开她，她也倒了。但是我什么都顾不上了。

我拨开女兵，我看见了我的小影。她的眼睛还睁着，但是已经无神。她的脸庞依旧白皙，但是已经没有红晕。

"啊——"我怒吼一声拿起步枪，"我宰了你们！"

我大叫着冲向面前的原始丛林。我要报仇！我要杀光这帮狗日的政府军或者游击队！然后我被一脚踢倒了！狗头高中队这个孙子飞起一脚踢在我的背上。

"把他的枪给我拿下！"狗头高中队命令。

几个弟兄就按倒我，下了我的枪。

我的双手空了，我站起来揪住狗头高中队："我要报仇！你让他们把枪还给我！把枪还给我！"

"你跟谁报仇？"狗头高中队喊道，"别忘了你是一个维和部队的战士！"

"我跟这帮狗日的报仇！"

我一把拔出自己的手枪，"哗"的一声拉开保险，但是随即就被狗头高中队利落地抢走了。他的速度太快了，我甚至记不住他用了什么招数，我顾不上想别的，我拔出自己的95刺刀转身跑向丛林：

"啊——"

我怒吼，我表情狰狞，我要报仇！但是随即我又被踢倒了。然后弟兄们按倒我再缴了刺刀，我就真的赤手空拳了。

"我要报仇！"

狗头高中队看着我，什么都没说——我恨了他很久，因为他不让我报仇……

"你们放开我！放开我！"我高喊。

"班长班长，你别这样！"我的弟兄们都劝我。

我看见小影被女兵放上担架。不知道哪儿来的大力气，我一下子挣开几个弟兄，扑向我的小影："你们都别碰她！都别碰她！"

我把所有女兵全都推开，我抱起我的小影。

小影还睁着眼，嘴角还带着笑意，好像在说："小庄小庄，你个黑猴子，你看你的小影多听话，你叫我跑我就跑，多给你面子，你以后要好好疼我啊……"

"啊——"我像个疯子一样大喊。我只是在喊，只是在吼，我不知我该说什么。

我颤抖着手，抚摸小影的脸。她的脸上已经没有温度，但是她的眼睛还睁着，她真的就那么看着我啊！我抱紧她，我记不清我是不是流泪了，但是我知道我把她抱得很紧很紧。

我抱紧我的小影，我不知道该问谁。我茫然地望着四周的脸，好像谁都不认识了。

"她没死，她没死！"我嘴里念叨着，"医生，你看她还在跟我说话呢！你们赶紧救她，赶紧救她……"

小菲哭出声了："小庄，你冷静点。"

"她没死！"我站起来大吼，"小影不会死的！小影要和小庄在一起！小影不会死！我没死她就不会死！"

我扯破嗓子喊啊！谁也不敢上来劝我。

一颗信号弹起来了，我看见芬兰哥们儿的白色 SISU 装甲车快速冲过来。他们离得最近，是总部派来接我们的。虽然当时已经停火了，但装甲车占好位置以后，芬兰哥们儿纷纷下车展开警戒线。

看见军士长和亮子，我就笑了："亮子！你看，我找到小影了！"

亮子张大嘴傻眼了。军士长也不知道说什么好。我的芬兰哥们儿都傻眼了。

"你看，我找到小影了！"我高兴地说，"后天休息，你们跟她打网球玩好吗？她喜欢打网球，喜欢跟你们打，不喜欢跟我们打……"

"小影喜欢跟你们打网球，不喜欢跟我打……"我说着说着就变哭腔了。

军士长在自己胸前画个十字，芬兰哥们儿都在自己胸前画十字。他们只能看着，他们还能说什么呢？他们都见惯了死亡，见惯了战士死在沙场，但是他们都跟小影很熟，都喜欢这个中国小女兵或者说这个中国小女孩。

我看见了那辆白色的 SISU 装甲车，我又笑了："小影，小影你看！你看那是什么？是咱们的车啊！是咱们俩最喜欢的 SISU 哥们儿啊！他还等着拉咱们俩呢！"

我把小影的脸用胳膊撑起来："你看！你不是说他好看吗？又威武又帅气又白！比我好看多了！你看看啊！"

亮子带着哭腔低声翻译着。芬兰哥们儿不敢看了，都低头不说话。

我的声音又变哭腔了："小影，你看看啊！是 SISU ！是 SISU ！你最喜欢的 SISU ！"

芬兰哥们儿都受不了了，亮子哭了出来。

我又笑："军士长，我跟小影搭你的车玩好吗？就搭一次，就一次！小影可喜欢 SISU 了！"

亮子低声地翻译，军士长点点头。

我高兴地说："小影！军士长大哥同意了！你又可以坐 SISU 了！就咱们俩！快谢谢大哥！"

亮子不敢翻译了，只是流泪。

我抱着小影跌跌撞撞地走向 SISU 。芬兰哥们儿都让开了。

我走近 SISU 的后门，坐进去抱着小影："小影，你看，是 SISU ，喜欢吗？"

门轻轻地关上了，白色装甲车轰隆隆地开着，小影就那么睁着眼睛看着我。我抱着小影，我的心里真的很高兴，因为小影最喜欢 SISU 了，她一见 SISU 就高兴，一见 SISU 就脸红。我抱着我的小影坐在她最喜欢的 SISU 上啊！我能不高兴吗？

很多年前，小庄和小影搭着一辆车去远方。小庄抱着小影，坐在车里又哭又笑。小影睁着美丽的大眼睛看着他，却一句话都不说。

那车，是一辆白色的芬兰装甲车。它的名字叫——SISU。

如果一定要我给这个画面配音乐的话，只能是《故乡》。

还记得小影在维和期间悄悄写过的那首小诗吗？她写在自己的蓝皮日记本上，一直不好意思拿给小庄看。

我呀我也想，

把我的芬芳，

留在大地上，

让后来的人们，

让他们知道，

我曾经来过这里。

很多年过去了，如果不是为了写这个小说，小庄一生都不会再打开这个日记本。

第五章
融化

1. 那些花儿（1）

> 故人故事故情只落得一场空，
> 回忆之前茫茫如梦醒，
> 忘记之后方知梦中还有梦。

——摘自汪峰音乐《回忆之前忘记之后》

看来世界上只有你最了解我，丫头。你看出来了，你真的看出来了。

电话响的时候，不能说是千钧一发，但我绝对是在边缘晃悠着。我不该说你傻，因为你真的很聪明。

我真的不是逼你和我联络，你知道我不是那种人，拿事情威胁别人的劳什子我绝对做不出来。只是当时我的心已经死了，我知道你不会看我后面的小说。

但是你还是看了。我不经意之间流露出来的内心独白，被你看出来了。不愧是导演系毕业的女孩，你真的开始在字里行间发掘人物的内心世界了。

有一次，你拿着《等待戈多》问我这个，问我那个。我本来想跟你显摆显摆，结果把剧本拿过来一看，我就发毛了。然后我就说了很深奥的一句话："把剧本读烂。"

你真的读"烂"了，你从小背着唐诗三百首长大，记性好使得不行。结果你把《等待戈多》背得滚瓜烂熟，甚至都能倒背如流了，但也没明白是什么意思。你还是在那儿想啊想啊，我看着就想乐！你看不懂《等待戈多》，但你绝对能看懂我的小说。其实，谁都能看懂，只是不会像你一样看得那么仔细。

看来你一直记着"把剧本读烂"。我要是知道你会看，我就不会把自己的内心独白写在上面，我知道我可以瞒过所有人，但是瞒不过你——一方面你了解我，另一方面你确实聪明。

于是你看出来了。电话一响，我就听到你急冲冲的一句话。你说得太快了，我根本没有听清楚，也因为我太意外了，真的没有想到会是你。

于是你又问了第二遍，问得很清楚、很严肃，你也顾不上不好意思："你告诉我！你写的那句'我的时间不够了'是什么意思？"

我知道，我不该把自己的内心独白写出来，本来想创造一个永久的传奇，一个永久的遗憾。当然，我是要以自己的生命为代价的。我已经欠得太多了，我应该还给他们——也还给你。

但我不是想做什么海明威，我没有那么大的野心。我只是想让这个小说、这些故事、这些人物永远流传下去，我只是觉得人们不该忘记他们。如果能那样，我的生命算得了什么呢？

我一旦在这个狗日的世界上结束了自己的生命，人们就会在字里行间去寻找痕迹。他们那个时候才能看出来，才会明白："哦，小庄原来早就打算好了！"

他们也许会被这个写小说的人物的这种举动震撼，于是这个小说里面的真实人物和某些真实的故事就会流传下来——我只能说，也许。就算没有什么震撼我也没什么的，因为，我越来越不能容忍这个狗日的世界上的丑恶和忌妒——对，是忌妒，有些话真的是一般读者说不出来的，这点常识我还是有的。

我准备远行，离开这个地方，到一个安静的地方去。我不知道他们是不是在那里等着我，这些不重要了，真的。

但是，你看出来了。你拿着电话气冲冲地说："我问你话呢！你到底想干什么？你不是想听我说一句话吗？"

我一怔，我想听你说什么呢？

"我告诉你——"你拿着电话喊道，"你不能那么做！你是我的，你是我的！你不是你一个人的！你是我的，小庄你给我听清楚了！"

我还是没有听明白你想说什么。

"我告诉你，你现在就写上去！你要让全世界的人都知道——"你更加大声地喊，"我爱你——"

泪水一点点从我干涸的眼角流出来。电话那端的你开始抽泣，什么话都不说了。

还需要你说什么呢？这个狗日的世界，还需要我的丫头说什么呢？还需要她一个柔弱的小女孩说什么呢？

我拿着电话坐在凌乱狭小的房间，坐在我度过了一个月的痛苦的心路历程的这样一个地方，坐在我准备结束自己27岁的微不足道的生命的这样一个地方。我闭上眼睛，开始流泪。

"你是我的！你是我的！"你哭着大声喊，"我告诉你——你死我就死！我做得出来！"

我当然知道，你做得出来，因为，你爱我。爱，就是唯一的理由。

我打开自己的笔记本电脑,我知道,这个传奇注定会被人遗忘。遗忘就遗忘吧,因为,我不能再欠着活着的丫头什么。

我能够苦撑一个月如此疯狂码字的理由，就是一个字——爱。当然不光是爱情，只有爱情是爱吗？好像不是。

丫头，我记得你的话——我是你的。

我不会那么做的。所以，这个小说还会继续。

丫头，我告诉你："我也爱你。"

酸吗？

呵呵，我说过，我活回去了。

2. 那些花儿（2）

我恍恍惚惚地回到了我们中转的澳大利亚军舰上，我们要转到一个地方换乘包租的波音飞机，具体是哪儿我忘记了，因为我根本就不可能记得别的什么。

我就那么一直站着，没有任何表情。在我的面前，那片热带丛林覆盖的岛国离我越来越远。没有人和我说话，也没有人愿意打扰我。我看着那个岛国的海岸线一点一点离我远去，好像，我们从来没有去过一样。

但是，小影没有了。她不像来的时候那样活蹦乱跳。她躺在我的身边，我也看不见她的脸。我们中间隔着的，是一个尘世和天堂的界线。

我不知道我当时在想着什么，我现在想起来了——我的联合国奖章去哪儿了？

我把那个奖章的盒子拿出来，把它抛向了无边的大海——我一生一世不要再见到这个奖章，永远不要。转瞬间，它就被大海吞噬了，甚至都没有犹豫一下就消失了，犹如小兵的生命。

我站在我的小影身边，我穿着迷彩服、戴着蓝色贝雷帽，但是我的手中没有步枪，身上也没有手枪。这些早就被狗头高中队下令收缴了，他倒不是怕我出去闹事杀人，我也不会那么做。他知道不能让我跟武器沾边儿，因为，我会自杀。每天都有一个弟兄看着我，但不敢和我说话，我当然也不会跟他说话——我有什么可说的呢？我不知道我该说什么。

那天以后我就一直没有离开小影，也没有吃什么东西，只是喝了一点儿稀饭，这还是小菲哭着求我吃的。我不想再让他们为我担心了，我只能这么做。

几天后，我接到命令，护送小影回国，当然我也不用再来了。小菲也在军舰上，她也被指派护送小影回国。其实我现在知道，干部怕我出事，他们都知道和小影关系最好的是小菲，她的话我好歹还听听，依照我的心态，关键时候就算是大队常委级别的干部也不管用。

我的脑子一片混乱，我就那么默默地看着大海，看着那个岛国一点一点消失在我的视野。还有谁知道，我们曾经来过这个地方？还有谁知道，小影倒在这个地方？

我也没有眼泪，早就哭干了。小菲走过来，什么都没说。她把手放在我握着栏杆的手上，她的手是冰凉的，海风很大，但是掌心的温度传到我的手背上。我们什么都没有说，能说什么呢？

过了很久，小菲才说："无论如何，不要这么轻易地去见小影。你还什么都没有做，你不能这么见她，她会伤心的。其实，她一直对我们女兵说，你是个能办大事的男人，只是还没有长大。不要让她失望，好吗？"

我没说话。

"你真的要去见她，我们谁都拦不住你。"小菲说，"只是，你好好想想，该怎么去见小影，她才会高兴。"

我闭上眼睛，海风吹拂着我变得麻木的脸。波音包机机舱的门缓缓打开，我却什么都听不见。我知道有低沉的军乐，但是我真的听不见。

我们几个弟兄抬着小影，她安静地在那个木头盒子里面睡去了。我们缓缓地走下飞机，走在长长的红色地毯上。我知道有军乐队，有仪仗队，有迎接的首长和兄弟姐妹……但是我真的什么都看不见了，我的眼前一片空白——或者说，什么都记不起来了。国旗，军旗，敬礼，军乐，军刀……只剩这些记忆的残片，别的什么都不记得了。

我只记得，我的小影在我的肩上睡着了。我们走得很轻，我们都怕，把她吵醒了。因为我告诉过他们，小影喜欢睡懒觉，而且睡得很轻，她最不喜欢被打扰，一有动静就会醒。我们不能把她吵醒，她在某国维和期间没日没夜的，白皙的皮肤晒黑了，甚至有的地方被晒破了皮，苹果似的脸颊也瘦削下去了。她累了，睡着了，好久没有这样睡一个好觉了。

后面的交接、手续什么的我都记不得了，因为都不是我去办的——谁也不会让我去办，也没有谁让我见小影的父母，都不敢让我见，也不敢让他们见。

我坐在车上，任凭我的弟兄们带着我走。我摘下我的蓝色贝雷帽，我知道，我再也不想看见它了。我闭上眼，靠在车厢上，眼泪默默地滑出我紧闭的双眼。

小影睡着了，我再也不能吵醒她了。

小影只是睡着了，就是这样。

3. 那些花儿（3）

丫头，我准备送你一件礼物。你不许不要。

我知道你很想我把这件礼物送给你。我也知道，如果我在电话里面说送给你，你是绝对不会要的，不是不喜欢，不是不想要，不是瞧不上，是你不敢要。

我了解你，真的——你不敢要。

你曾经跟我要过，那是你唯一一次主动跟我张嘴要小礼物，但是我不但没有答应，还跟你发火了："谁让你乱动我的东西的？"

你委屈地看着我，然后眼泪吧嗒吧嗒地往下掉。你不知道我怎么了，什么稀罕东西就那么金贵？骂人不算还发火！

你从小就没有被父母吼过一句，那些追你的男人更不敢对你吼。只有我，对你吼过那么几次，你还不敢还嘴——其实，女孩爱上谁了，都会这样。

于是你就把它放好了，从此再也不敢提及。

你现在知道是什么了吧？我说过了，你不许不要。因为，这么多人在看着，他们会给我做证——这是我唯一一次威胁你，你不要都不行。

呵呵，原谅我，好吗？希望你收下这个小礼物——就是那把刀，那把你喜欢得不行的刀。

它当然不是我那把纪念性质的特战匕首，你要那个玩意儿有什么用？你知道是什么了吗？

我知道如果你现在看到的话，你会掉眼泪。

是的，是那把芬兰刀。你现在知道为什么当时我跟你发脾气了吧？

当你的电话响起来的时候，我刚刚把芬兰刀找出来，你收藏得很好，还拿了一个精致的蓝色碎花的绸布包好。

你曾经问过我，那把刀的刀鞘上烙着的一行洋文是什么意思？

你不会知道那行芬兰语——UNPFFMRFINCOY——是什么意思。芬兰哥们儿的语言是欧洲最难学的语言之一，我也只会几个小单词而已。

我现在可以告诉你，那行芬兰语的意思是：送给 UNPF 最漂亮的维和女兵——小影。

这把漂亮小巧的芬兰刀，是 UNPF 总部营区机动预备队芬兰连的哥们儿集体送给小影的。他们专门在芬兰定做了一把，然后精心地烙好字，送给了小影。她当时高兴得不行。芬兰刀真的很漂亮，很适合送给女孩。这帮芬兰老哥其实比我能整得多。

那个芬兰军士长告诉我，在欧洲，能与多功能的瑞士军刀相媲美的就是芬兰刀。如果说瑞士军刀以小巧精致、功能齐全、方便实用誉满全球的话，那么芬兰刀则以造型流畅、用材讲究、工艺精湛、富有浓郁的民族风格而驰名世界。

过去，在简陋铁匠铺中锤打出的芬兰刀是当地人生活中必备的工具:狩猎、捕鱼、宿营、防身……芬兰刀随身不离。有身份和地位的男子在腰间的红色佩带上挂一把芬兰刀，更显英俊潇洒、风度翩翩，芬兰刀成为服饰上最醒目的饰物。

他们送给小影的，当然不是拿来狩猎用的原版猎刀。经过这么多年的发展，芬兰刀不仅是工具，更成为一种民族特色的工艺品，它有各种各样的规格和样式。芬兰老哥管芬兰刀叫"普库"——Puukko——如果我没有记错的话。

你看见刀上的冷光了吗？它看上去带着来自北极圈的寒意。在森林里芬兰哥们儿用它来生火。芬兰人宁折不弯，就像这把钢刀，朋友可以感到它的热情如火，而敌人只能感到它的寒意。我多说一句，1939 年，这帮芬兰哥们儿的前辈在那么恶劣的力量对比之下，把老毛子打得满地找牙，可见他们的民族个性真的不是吹的。

他们都喜欢小影。小影是 UNPF 部队当时最有人缘的中国女兵，就算在那个鸟地方，她也绝对鸟得起来。那把刀是他们精心选择，专门送给小影的礼物——桦树皮的柄，刀刃很短。他们知道女孩喜欢什么，当然不能送那种真的用来狩猎的大刀了，他们虽然都是战士，但是知道女孩喜欢的是漂亮小巧的玩具似的工艺品。

我还记得，小影当时高兴得不行，差点跳起来了。你也是女孩，你当然也会喜欢，所以当时你就提出来了。我当然没答应你，还对你吼——你现在理解我了吗？

这把刀在我的心里，就是小影的化身了。我想去找她，但是被你阻止了。

我把这把刀送给你，不是因为它有多名贵，它也确实不值多少银子，更不是把你当成小影的化身，因为，我知道你不是她。小影只有一个，你也只有一个。我把它送给你，是因为你喜欢。

以前不送，是因为我放不下很多东西。现在送给你，是把我的全部痛楚都交给你。我知道你能接受，能包容，能理解。

我的过去很快就要结束了，我要重新开始，因为，我爱上你了。

对于一个把我小庄从生死一线的瞬间拉回来的女孩，对于我爱的女孩，我应该给你我最珍贵的——就是我的爱情。这把刀就是我全部的痛楚和爱情。我把一切，都交给了你。

其实，回国以后，还发生了一些故事。本来我不愿意说的，不过现在，因为有你，我就敢说了。我知道，你会理解的。只要你理解就行。

看下面的故事，不许哭。好吗？

4. 那些花儿（4）

谢谢你的同意，丫头。

我跟你说谢谢，是不是很虚伪？

不，我是真诚的，我必须谢谢你。如果你不同意，这本小说到前面其实已经可以结束了。

我知道，这些写出来对你是不公平的，但你还是同意了。你淡淡地说："如果一个完整的小庄需要一个完整的心路历程才能得到心灵的解脱，那么，丫头还算什么呢？我只有感动，没有别的。"

我拿着电话，鼻头一阵发酸，眼泪再次流下来。

你淡淡地说："小庄是丫头的，丫头也是小庄的——所以，你写吧。"

我不知道说什么才能表达我心中的感觉。我还能说什么呢？

你还是淡淡地说："无论未来的丫头有没有小庄，只要小庄的心里有丫头就好——未来谁能说得清楚？只要小庄知道，丫头爱过他就好。"

我不能再控制自己，终于哭出了声音。我知道我这一生，不能再对不起你，哪怕一点儿，哪怕半点儿都不能。

"由爱故生忧，由爱故生怖。若离与爱者，无忧亦无怖。"丫头，不要以为这是我写的，我很久都不碰格律诗词了，以前看的也差不多忘光了。其实这是一个读者看了我未完成的小说时写的一首诗，被我看到了。呵呵，确实是真理。

德国的法斯宾德前辈拍过一个电影，叫作《爱神比死神更冷酷》。那还是我在大学的电影赏析课上看的。那个时候我看的片子很多，加上自己狂看盗版碟，每年看的电影差不多在千部以上。你是知道我的，闲得发毛的时候我会以看碟打发时间，除了睡觉就是看碟，一天看八部以上，头都看大了、看毛了，很多电影都搅和到一起了。所以，大部分的电影情节我都记不得了。我看的德国电影不多，印象也不深。但是，我却一直记得《爱神比死神更冷酷》这个名字，或者说这个名字印在我的脑子里面了。

我终于摸到法斯宾德前辈的人生感悟了，爱神其实比死神更冷酷、更残忍——我们可以不怕死，但是我们不能不怕爱。我们又不得不死，因为是自然规律；我们也不得不爱，也因为是自然规律。所以，即便爱神比死神更冷酷，我们还是逃不掉其中的任何一个。两个我们都招惹不起，我们都逃避不了。

命——用我当兵的时候总结的话讲，就是命。我们只能认命。

呵呵，是不是有点儿唯心思想了？丫头，你知道我就是这个德性。

还是翻开你自己的小本本，那个粉色封皮的小本本，我知道你会一直带着，因为那是我送给你的为数不多的礼物之一。

翻到你记着"蒙太奇"种类和定义的那一页。我现在跟你说实话啊，当时那些定义其实是我胡诌的，不过虽然跟辞典上不一样，但我敢保证意思是对的。

蒙太奇分为两个大种类：叙事和抒情。

在叙事蒙太奇中，有两种蒙太奇是很相似的，即便是行家也容易搞混——就是"平行蒙太奇"和"交叉蒙太奇"。

呵呵，丫头，如果说我前面的叙事方法采用的是平行蒙太奇的话，后面的就进入了交叉蒙太奇。

因为，两种不同的回忆，两个过去时，产生了交叉。

还记得你第二次到我家吗？

第一次去我家，是去拿我给你买的那堆衣服。你在我的屋子里面转，还说："真乱啊！跟狗窝一样！你真的当过兵吗？我怎么看不出来啊？"

我随便撂在桌子角落的中国陆军狼牙特种大队成立某周年的小纪念碑——就是那个三棱形刺刀状的透明纪念碑，底座上是狼牙标识和金黄色的"中国陆军狼牙特种大队成立某周年纪念"字样的小楷书，是来这个城市出差顺便看我的一个战友送我的。如果你仔细看当然会看清上面的小字，问题是你对军队的一切都不感兴趣，你只是随便看看："什么啊这是？真脏啊！你也不擦擦？"

你赶紧放下它，吹吹手上的灰尘："洗手间在哪儿？我去洗手！"

洗手间传出哗啦啦的水声，我看着那个被灰尘覆盖的纪念碑，傻了半天。很多往事差点闪出来，不过我马上又把它们压制下去了。那个东西我不是不想收起来，而是碰都不敢碰，所以就那么放着，不管它了。

当然，后来的后来，还是你给我收拾了。你拿起那个小纪念碑仔细地擦拭干净，然后摆在我的电脑旁边。你当然看见了狼牙标识和小字，但问题是你真的不注意，就算看见了"特种大队"四个字，你也不往脑子里面去。

我看着熟悉而陌生的你在我的屋子里面收拾着，虽然不熟练但是很利落（后来你熟练了）。你还不时地对正在码字的我抱怨几句："呵呵，当兵的人！瞧你啊，真不知道你这个兵怎么当出来的？我们大学生军训的时候都比你现在强！你这个懒样子还能当兵？"

话里是有点儿怨气，但更多的是柔情的埋怨。我知道，我要真的规规矩矩的话，你来我家就不高兴了，你肯定会想："又有谁来过了？"——呵呵，我说得对吗？傻丫头。

我的鼻头一阵发酸，我的心里一阵发怵。我当时就那么坐在电脑前，但是什么字都码不出来。我的脑子和眼前真的是一片空白。我不断地压制自己，只是你看不出来而已。

第一次去我家没过几天，你打我的电话，说自己在家待得无聊了。

其实我有你的电话，但我就是不给你打。我的心得是，对付你这种艺术学院的漂亮美眉，最忌讳的就是上赶着，因为上赶着的男人太多了，你们根本不稀罕。如果晾着你，你可能开始还觉得无所谓，但随着时间的推移，你会想这个黑厮怎么了？是不是又换目标了？不行，不能这么便宜他！要让他知道本小姐的厉害！要让他吃不着葡萄还得惦记着！

于是你打了我的电话，我开车去接你。我在你家小区门口的一个僻静角落等你，打算长期抗战。结果没有想到的是，你居然早在那儿等着了，戴着水蓝色的小墨镜，手里拿着雪糕。

还记得你穿着什么吗？我估计你早就忘记了，但我记这个一向很准，不是我特别记住的，是陆军特种大队留给我的纪念——肉眼观察能力要达到的就是"过目不忘"，飞机舰船坦克车辆从我的视线中一滑过，它们的型号、迷彩花色，甚至是机尾上的小小编号，我都能下意识地记在自己的脑子里面。

你说，记住女孩穿什么还不容易吗？你们本身在大街上就是扎眼又靓丽的风景线，我能做到不注意吗？我要是一注意的话，难道不就是"过目不忘"吗？

你扎着两个传统的麻花辫，穿着一件中国古典风格的蓝色白碎花无袖上衣，露着两只白皙细嫩的胳膊，腕子上系着一根红绳；下半身是一条七分的浅蓝色牛仔裤，赤着白嫩的小脚（你后来告诉我，夏天你最不喜欢穿袜子），穿着一双浅色的凉鞋。

我从来没有想到，你会这样。怎么说呢？如果非逼我用一个词语的话，就是——古典美。一个青春时尚靓丽的漂亮美眉，一下子那么具有东方少女古典美的神韵。

我真的惊了。我知道你长得像小影，所以是做了充分的准备的。但是我还是被你震了一下，因为你一下子变成"古典美"了，不是说你以前不漂亮，而是因为反差确实有点大。

你后来告诉我，那时穿的衣服是经过反复搭配的，考虑了半天怎么让这个黑厮中招，最后才决定这个搭配，当然我确实中招了。换了谁谁不中招呢？何况我这么没出息的人呢？

你文静地站在树荫下，左手拿雪糕，右手拿一个檀香扇。我能不中招吗？我当时差点把车开到隔离墩上去。然后，我就停在你面前了。我还没打开车门，你就跳到另外一边——注意我用的动词是"跳"——你打开副驾驶的车门，一屁股坐进来，熟悉而陌生的芬芳立刻就进来了，我尽量压制住自己。

紧接着你关上车门，一点儿不见外地把空调拧到最大，连连叫着："热死了！热死了！"

你把自己彻底暴露了，丫头。在那个瞬间我差点喷出来，好在我控制住了。你说你装什么古典大家闺秀或者小家碧玉啊？这一下子就把自己那点小毛丫头的本色暴露了！你把空调开到最大了还不够，你还拿扇子狂扇，还狂吃雪糕。我真的想乐，好在还是忍住了。

初次见面的时候千万不要让女孩恼羞成怒！这是绝对的忌讳！因为她既然专心打扮而且等你了，就证明你在她心里有位置了。这和特战的原则是一样的，要小心翼翼，万万不要刺激对方！你把对方惹毛了，对方马上就能灭掉你！因为你在敌后势单力薄！追美眉是一个道理！因为是你追她，你要是敢笑话她就麻烦了！美眉绝对会恼羞成怒：敢笑话本小姐？没有天理了！那么你在她心里好不容易上升的牛市急转直下变成熊市。

丫头，我现在把自己多年积累的心得全部公布出来了。你现在看着是高兴还是害羞呢？我想这些我都用不上了，就留给小菜鸟们吧！大家都去追漂亮美眉不好吗？不比喜欢军事和战争强吗？

我忍住笑，还装懵懂："你等多久了？"

"美得你啊！"你鸟气冲天地说，"我在家闲着没事，出来买根雪糕吃！"

我就想笑，家里冰箱里难道没有吗？再说家里有空调，大热天的出来，有毛病啊？但我当然没有说，说出来多没意思啊。

"去哪儿玩啊？"我问你。

"没想好！"你干脆地说。

"游乐场？"

"我小孩儿啊？"

我想想："打保龄球？"

"没劲儿，有点儿创意好不好？"你说。

我把车一下子开上大路。

"去哪啊？"你有点儿害怕了，"不说我就下去了啊！"

"那么紧张干什么？"我说。

"到底去哪儿啊？"

"上山，当狼！"

你就喷了："就你啊？野猪差不多，还狼呢！"

我开车带着你出城，上山。你还是喜欢唱歌，合着我的 CD 里面放着的甲克虫乐队的音乐哼唱着。我一路上自然少不了跟你眉来眼去。你心情愉悦，居然肯跟我眉来眼去，看着难得一见的拖拉机、老牛兴奋得不行。

我再告诉大家一个心得，开车出城上山，那种城市里面难得一见的美丽葱绿会给美眉一种莫名的愉悦感——距离一下子就能拉近很多。逗美眉开心真的是不需要花什么银子的，当然，大家非跟那些喜欢银子的美眉较劲儿，我就没办法了。我也拿那种美眉没办法，这是实话。

我开着车，然后经过了一辆军卡，又过了一辆。我的脸色渐渐变了。

细密的雨点飘洒在我的车窗前，雨刷吱吱作响。

我无声，脸色阴郁。

你无声，脸色诡异。

只有小雨的沙沙声，雨刷的吱吱声，还有约翰·列侬的《昨天》——我的英语真的退化得很快，这么简单的单词我也拿不准，只能写汉语了。

我在雨中默默地开车前行，到了一个很高的盘山公路的转弯处，我把车停在路边。当时这条路上一辆车都没有，一个人也没有，很安静。

"干吗啊？"你问。

我不说话，跑到路边，在细密的小雨冲击下，对着远处雾色缭绕的群山撕裂自己的声带："啊——"

我的声音犹如狼嚎，犹如我18岁的时候，演习刚刚结束时在直升机上的狼嚎。我用尽了所有的肺活量，甚至把腰都弯下来了。我跪在被雨水打湿的柏油公路边的红土地上，放声大哭，哭着喊："一——二——三——四……"

声音显得无助、孤单、没有力量——虽然我用尽了全身的力气，但我毕竟是孤单的。然后我再哭，再喊："一——二——三——四……"

我非常懂得控制自己，但我是一个敏感的人。很多诱因都会诱发我的敏感神经，那个野战军的车队就是其中之一。

我不去想往事，我敢保证我当时脑子里面什么都没有，绝对是一片空白。不然这么多年我怎么活下来的呢？但我当时就是想喊，就是想哭，我就是想发泄——只是被你看见了。

你现在知道了我过去的这些事情，你说我不会控制自己还能活吗？

这只是一种发泄而已。你被吓傻了，你不知道我怎么了——这个黑厮疯了吗？

你坐在车上傻傻地看着我。一个黑厮这样撕心裂肺地大哭大喊，谁看了都会触目惊心的。何况你一个不懂人事的小毛丫头？

我对着群山大哭大喊，嗓子喊哑了，心口疼得要命，但脑子里面一片空白。

然后，我感觉到冰凉的小雨中，一只手轻轻地拍着我。

"嗨！"你小心地在我身后喊，"你没事吧？"

我闭上眼睛，眼泪顺着雨水无声地滑落。

"咱们回去吧，我不想玩了。"你还是那么小心翼翼。

我一下子转过来，但还是跪着，把你紧紧地抱在怀里号啕大哭，我也不知道在哭什么，就是想哭。

你当时后退了一步，你确实害怕了。但是你的速度怎么可能比我快呢？

快、准、狠是什么？你现在知道了吧。

我把头埋在你的腰间，号啕大哭，我也不知道为什么会这样。我想我是真的需要一个怀抱痛哭一场，就是这样。

你吓傻了，脸都吓白了，举着双手不敢动。过了半天你才小心地说了一句话："你轻点成吗？你弄疼我了！"我知道我把你抱得太紧了，你不敢说，但是后来真的忍不住了。

我抬起头在小雨中仰面看着你，你真的很像小影，在那一瞬间我看到的真的是小影，我知道这就是我最爱的女孩，她后来离开了我，但我真的记不起来她是怎么离开的。这么多年以来，我已经习惯强迫自己什么都不记得了，只要一去想就会下意识地压制自己。

你傻傻地举着两只手，呆呆地看我："小庄哥哥，咱们回去好吗？"

你知道吗？你说话的声音真的跟她一模一样，你们简直就是一个人。你在电话里面小心地问我能不能把小影的照片传给你，我当时没有说，但现在我可以告诉你，你去照照镜子，把自己的长发甩在脑海，戴上那个蓝色棒球帽，然后你就是小影了。你们其实是老天安排到这个世界上的一个人，只是在不同的时间都让我碰见了。

真的，我不骗你。电话里面不说是因为我不敢说，一个是怕你生气，一个是我的心口会疼，因为我刚刚写完小影睡去的那个段落。

你一说话，我就下意识地站起来，紧紧把你抱在我的怀里。你傻了，但话还没说，你就真的说不出来了。因为，紧接着我吻了你，我的鼻涕眼泪流了你一脸。

你傻傻地睁大眼，你的初吻就这么被我夺去了。你不知道怎么办，但也推不开我——你的力气怎么可能比我大呢？

你开始咬我，但是你觉得我怕疼吗？我松开你是因为我自己也喘不过气了。

啪！

一个响亮的耳光打在我的脸上，但是没有打醒我。

"流氓！你太过分了！"

你挣脱开我，掉头就跑，但又被我一把拉住了，我抱紧你，吻你。说实话，小影的名字当时真的没有在我的脑子中间出现，我只是下意识地吻你。

你死命地推我，踢我，咬我——但是你觉得我会疼吗？

你急哭了，但还是说不出话来，只是呜呜地哭。我还是死命地吻你，我不敢放手，我怕一放手你就消失了。

当我放开你的时候，你真的生气了。

"够了！"你哭喊着，脸上的妆都花了，"你还想怎么样？"

我看着你，马上又要扑过去抱住你。

丫头，你现在知道为什么我在那个时候会那样吧，因为我怕我的梦就这么消失了。小影的名字真的没有在我的脑子里面闪现，我已经学会不闪现了，但是我知道面前就是我最爱的女孩，我失去过她一次，我再也不能失去她了。

"你不就想要流氓吗？"你的全身都被雨水打湿了。

你啪地撕开自己的对襟小褂，露出粉色的吊带衫。你哭着大喊："我打不过你！我也喊不来人！你不就是想要流氓吗？那你跟我装那么多天干什么啊？来啊！我怕你了！我都听你的！我不告你！只求你别杀我！我才19岁！让我活下去！我想我妈妈了……"

雨水打在你的身上，你靓丽的脸扭曲着。你对我的信任一下子被我的疯狂彻底撕破了。

我一下子醒了，我傻了——我干了什么事情？！

我的脑子蒙了，不知道怎么办才好。

"来啊！你还装什么啊？"你哭着大喊，"只求你不要杀我！我不会告你的！只求你不要杀我！不要杀我好不好？"

你委屈地哭着蹲下了，你感到害怕，感到寒冷，感到恐惧。而路上，一辆车、一个人都没有。

我知道自己闯祸了，我傻了半天才想起来去拉你。你吓坏了，先是躲，但是随即就不敢了。你颤抖着身体站起来。你努力在哭泣的脸上挤出非常艰难的笑容："小庄哥哥，我都听你的，只求你不要杀我好吗？我才19岁，我想我妈妈，想我爸爸……我死了他们会伤心的，求求你了，别杀我，我都听你的……"

"上车。"我面无表情地说。

你先走到前面副驾驶的门边，接着你觉得不对，你就可怜巴巴地走到后面的车门边。你挤出一点儿笑："不要杀我啊！"

我真的很内疚。没错，我喜欢漂亮美眉，但是我怎么可以这样做呢？我还能说什么呢？

"上车吧。"我叹了口气。

你冲我笑笑："说好了——丫头都听你的，你不杀我好不好？"

我赶紧把头掉开，不敢看你。你赶紧上到后座，门还给我留着。

我走过去，你看我来了就挤出一丝笑："不杀丫头好吗？丫头都听你的！"

我看不下去了，赶紧把门甩上。我想都没想就走到前面，赶紧开车，不敢回头看你。

"去哪儿啊？"你小心地问，不敢得罪我。

"你家。"

你很意外。

"送你回家。"我说。

你不敢说话，不知道我又怎么了。你小心地压抑着自己的哭声。

我不知道说什么。我还能说什么呢？

5.那些花儿（5）

呵呵，又被你笑话了。丫头，这回你高兴了吧？

"不学无术！"你在电话里面乐不可支，"被逮着了吧？"

我嘿嘿乐。谁说我我都可以不听，但是你说我，我就喜欢听。

"喏！"你笑得喘不过气来，"'由爱故生忧，由爱故生怖。若离于爱者，无忧亦无怖。'这根本不是你的读者写的，是你的读者引用的！它是大唐三藏法师义净译制的《佛说妙色王因缘经》！还跟我臭拽什么'爱神比死神更冷酷'！好了！现眼了吧？"

我笑："是，是！"

"你啊！"你笑得不行了，"不学无术！"

我也知道自己不学无术。我才27岁，我对宗教不感兴趣，我也不是全才啊！何必要求我一定要知道出处呢？

"好了好了！"你笑道，"知道错就好了！继续写你的小说吧！我还等着看呢！注意啊！不许写我的坏话！"——天底下的美眉都是一个心思，就喜欢看自己喜欢的男人出丑。

我心里想，丫头，那还由得了你吗？嘿嘿，你慢慢看吧。

很多年前，我就那么恍恍惚惚地回到了山沟里面的狗头大队。

很多年前，我是一个小兵，一个从战场上下来的小兵。我没有军功，只有一颗变得破碎的心，还有一个悠悠荡荡的灵魂。

我的退伍手续很快就办好了，谁也没有劝我不要退伍，继续留下来，包括何大队，他也没有劝我。

他的大黑脸默默地看着我，没有多说什么。

我也默默地看着他，许久。

"保重。"过了很久，他才轻轻地说——他从来没有这么轻声过。

我鼻头一酸，我真的好想叫他一声"爸爸"，两年了我一直想这么叫他，但到最后我也没有叫出口。

和以前的退伍老兵不一样，我没有和我的武器挥泪告别，走的时候我没见到我的武器，我也不想见。我也没有什么送行仪式，我不想那样。

狗头高中队到最后也没有说一句话——他知道我恨他——其实我后来慢慢长大了，也理解他了。不然他带老婆孩子来看病，我是不会搭理他的。我知道他是军人，而我只是一个小兵，这是没有办法的事情。

而我，也不再是个小兵了。

清点完我的凯芙拉头盔和战备物资，我把所有的军旅往事都装进那个经历风吹雨打的 91 式迷彩大背囊。背囊上面打着几个细密的补丁，然后我背着它走出兵楼。

马达和我们特勤队的弟兄在楼下散乱地站着或者蹲着。我一下去他们都围上来了。但是，我没有说话，他们也没有说话。我还看到兵楼上几乎每个窗户都露出了各个分队弟兄的光头，他们都默默地看着我。

我穿过马达他们，默默地走向办公楼前的停车场。我父亲派了一辆奔驰来接我，那个时候他的生意已经做得很大了，但是他没有来。我没有让他来，我不想让他知道什么，我不想让他心疼我。

来接我的人是我父亲当篮球教练时候的好朋友。他当时是体校的摔跤教练，现在是我父亲的副手，一伙体育界的老油子开了一个公司。只要不是我父亲来，我心里就有数，大队常委会对我父亲说，但是不会对外人说。

我背着我的大背囊，穿着报名参军时候的牛仔裤和李宁的夹克衫，脚下是一双旅游鞋。我孤独地走向那辆黑色的奔驰。我的身后是几百双战友兄弟的眼睛。我就那么在他们的注视下，离开他们。我真的有泪水，但是我强忍着。

"敬礼——"我听出来了，是马达班长。

随即，在我的回忆里面，我看到楼前楼上的战友弟兄整齐地敬礼。我的眼泪一下子就下来了，但是我不敢回头，我流着眼泪走。他们在后面默默地看着我一步步走远。

我的那个叔叔默默地看着我，他也当过兵，是老侦察兵。他知道这种感情，所以，他对我轻轻地说："你要跟他们告别一下。"

这个叔叔是从小看着我长大的，我很听他的话。我就立正，背着一背囊的青春利落地向后转。我看见几百个弟兄在各个角落向我——一个即将离开他们的小兵弟兄敬礼。

我的眼泪还在流，我的视线模糊了，所以我不知道他们有没有哭。我缓缓举起我的右手，久久地敬礼——这是我最后的一个军礼。我和我的弟兄们，没有语言，只有一个军礼。

当我的泪水流淌得差不多的时候，我看见了何大队。他站在训练场的门口，我知道他是赶到门口的。他举手向我——一个离去的小兵敬礼。

我看不清他的大黑脸，一个原因是远，另一个是我的泪水又出来了。我的手还举着，我抽泣着从嘴里缓缓吐出两个字："爸爸……"声音很轻，只有我自己可以听见，却永远留在我的记忆中。

我流着泪和我的青春、我的狗头大队、我的军旅生涯敬礼告别。然后，我缓缓把右手放下，咬牙转身离开。我在他们的注视下卸下我的大背囊，那是我在外形上最后一点儿陆军特种兵的痕迹（我不知道现在有多少野战部队装备大背囊，我们当时只有特种部队才有），我把它放在了车的后备厢。然后，我就上车了，我不敢看他们，但我知道，他们的手都没有放下。

车缓缓地开过我们狗头大队的院子。我看见了所有的一切：训练场、角落的荣誉室、民航飞机壳子、狗班的狗房、车辆维修所、加油站、车库、远处的直升机、中队的大门……它们离我越来越远。

到了大门口，我下车把门条交给警通中队的纠察班长。他什么话都没有说，我上车离开。然后我听见他在后面一声高喊："全体——敬礼！"

唰——我知道，他们是持枪礼。

我一下子哭出声来，真的是哇哇大哭。我知道，我再也不会回来了。

我的狗头大队。

车在盘山公路上走着，奔驰很舒服，但我真的不是很习惯。

那个叔叔问我："现在上高速吗？"

我擦擦眼泪，按下车窗的自动开关——我探过一次家，知道这个东西怎么使，开始是真的不知道——风一下子吹进来了。

我说："去一趟城里，我要去军区总院一趟。"

小菲昨天给我打过电话，她有东西要给我。

我也要和她告别。我知道，我和她永远不会再见面了。

一见她，我就会想起小影。

6. 那些花儿（6）

我真的不知道该如何表达我对你的感激，丫头。为什么你要对我如此宽容？

是的，我知道你爱我。但是，连我这个一向没有掩饰的人都觉得不该写出来的事情，你却坚持要我写。你说你希望让人们看到一个完整的小庄，不要管别人说什么。在这个故事里面你也成为了人物之一，你希望自己也是完整的。

你知道这对你意味着什么吗，丫头？

为什么你一定坚持要我写呢？我不写就不能再见你吗？我不写就不能再和你打电话吗？我不写就不是你心中的小庄，而是个没有用处的精神阳痿的男人？

其实，我到现在才知道，女孩一旦坚强起来，比谁都坚强。

好的，我答应你，我写——不管别人说什么。

这是我和你的故事，即便不被人理解，即便招来非议，我想你的愿望就是给大家展示一个真实的完整的小庄——也给大家展示一个真实的完整的你。

你真的不容易，因为，你爱上的是我这么个人。我对你不好，对不起。

呵呵，不说这种虚伪的话了，还是继续我的小说吧。

天快黑了，车在街道上穿行，车流渐渐多起来了。我不说话，就那么开着车，也没有放音乐。你坐在后面，哭累了，也哭够了。你抱着自己的肩膀无声地抽泣——我在后视镜中无意看到的，然后就不敢看了。

我不知道应该怎么收场，这个局面是我从来没有遇到过的。这叫什么事儿啊？自己怎么能这样做呢？我真的很后悔，但不知道该怎么跟你说，所以干脆就不说了，因为我知道以后也不会再见你了——换了谁，谁还敢见我呢？

我开车拐向你家小区的环线。

"你……你就这么把我送回去啊？"你怯生生地问。

我不敢从后视镜看你："你的意思呢？我跟你回家负荆请罪？你真的想把事情闹大吗？"

我的口气是比较强硬的，说实话，我知道这个在法律上不算什么，你老子老妈也不能奈何我什么，你老子又不是何大队，能把我怎么样啊？我的强硬就是提醒你，不要头脑发热非把事情闹大。就算闹大，这其实对我没有蛋子影响，我是过分了，但是没有犯法啊！这种事情闹出来对你有什么好处？

你不敢说话了，我就继续开车。

快接近你家小区的大门时，你说话了："我不敢这么回去……我这个样子怎么跟我妈妈说啊？"

你又开始抽泣，我心里就开始疼，也很内疚。

我把车停在路边："你说怎么办？"

"你能带我去买几件衣服吗？我身上有钱，我妈妈知道我喜欢买衣服……她不会怀疑的……"你忍住眼泪，"好吗？我求你了，小庄哥哥。"

我心里一激灵——你干吗还求我呢？是我不对啊！

说实话那时候你是真的不鸟了，鸟不起来了。我把车掉头，开往商业区，我知道在哪儿买女孩衣服。

我还是不说话，你也不敢说话。沉默是我和你当时唯一的选择。

我拿着装着全套新衣服的几个购物袋从商场出来，你当时就惊讶了，因为它们都是最贵的，至于式样和颜色你是绝对不会挑剔的，这个自信我还是有的。这些衣服绝对是青春女孩的衣服里面最贵的，甚至连内衣都是。你现在知道我为什么知道你穿什么型号的内衣了吧？我只要看你一眼，就知道得差不多了。

我不知道该怎么弥补我心中的内疚，只能这样。我打开车门把购物袋和你给我的牡丹卡塞给你："没用你的卡，你在后面换吧。"

我把后门关上，在边上抽烟，左顾右盼，也是给你放风——这个狗日的城市真男人不算多，但是无聊的男人是真多，万一有人偷看呢？

你把玻璃摇开一条缝："小庄哥哥……"

我回头，看见你红肿的眼睛，内疚再次浮现出来："什么事？"

我的声音是颤抖的——你真的很像小影，我怎么可能这么对待小影呢？我的内疚不仅仅是因为你，也因为……梦中的女孩。

"我可以去你家洗个澡吗？"你小心地问。

我一怔——不会吧？你疯了？

"我就算换了衣服，我妈妈也能看出来。"你说。

我想想也是，谁的女儿谁的宝，怎么能看不出来呢？但是，你怎么会那么信任我呢？丫头，我粗暴地伤害了你啊！

"求你好吗？我不敢这么回去。"你又怯生生地说。

我的心马上开始绞痛——我他妈的还是人吗？

我什么都不说就上车开车了。你一句话都不说，我也一句话都不说。我说过了，沉默是我们在不能说话的时候最好的选择。

后来你告诉我，你知道我不算是坏人。因为我要得手早就得手了，你不敢反抗，也不敢告，但是我没有，所以你知道，我还不能算是彻底的坏人，你看出来我很内疚。你就是从我给你买的衣服和我没有用你的牡丹卡看出来的。

所以，你敢去我家洗澡，你也确实需要洗个澡再回去，不然就真的麻烦了——你老子老妈肯定把你审得烦得不行。

很多事情，其实孩子是不愿意告诉家长的。不是说孩子错或者家长错，其实都没有错，还是我在部队学的道理好使——一个层次和一个层次考虑的东西不一样，所以很难沟通。

这种事情，怎么跟家长说呢？

我也不说话，就那么开车。

我当时住在西北环线的一个小区。

很快就到了。

小区很安静，我喜欢安静，这里的人也都互相不认识——我喜欢陌生喜欢不认识，我不喜欢谁跟谁都认识，谁都知道谁那点破事的感觉——都说那是中华民族的传统美德远亲不如近邻，但是我觉得是人就要有隐私，干吗搞得全世界都知道呢？

当时也是一楼，我喜欢一楼因为不用爬楼。

够懒吗，我退伍以后变化得很厉害——因为我要和过去彻底告别，我直到现在才总结出来——当时是无意识的，就是在改变自己过去的所有习惯，包括当时留了长发也是这样。

啪！

灯开了，你小心地抱着自己的肩膀走进来。

我把洗手间的开水打开，试试温度，然后调整好了，就从抽屉里面拿出一条新的大浴巾——我喜欢自己没事的时候逛超市，用着用不着先买了再说省得以后再来，一次采购的东西恨不得用一年的——扔在沙发上，然后拿出一盒没有开封的烟：

"你自己在这儿洗吧，我出去在车里等你。洗完了打我手机，我送你回去。"我准备出去。

"我害怕……"你小心地说。

我回头看你可怜巴巴的样子："那怎么办呢？"

我的声音还是颤抖的，我实在见不得女孩这样——尤其是被我整成这样的女孩。

"你在客厅好不好？"

"你不怕我吗？"

"怕。"

"那干吗让我留下？"

随后你说了一句经典到了极点的话："这是你家，你就算出去了，但你想进来怎么都能进得来；你出去和在客厅有什么区别呢？我知道你不是坏人，对吗？"

我没有说话，心里在疼。

"你就在客厅，别进来，好吗？"你可怜巴巴地说，"我求你了，小庄哥哥。我不敢一个人在这儿，我真的会害怕。我求你了！你也别进来，好吗？"

我还能说什么呢？我点头，在客厅坐下了。你拿着浴巾还有新买的衣服进去了，把门插上。

然后我打开电视，记不清放的是什么节目了，反正是淡得没味道的东西。

然后我就听见哗啦啦的水声。我的脑子一片空白，什么都没有想，只是在发呆。

我真的是在克制自己，换了哪个男人只要还有点儿人味现在就不会往歪里面去想，我克制的是往事像竹笋一样想冒尖钻出来的感觉。我脑子里面反复强调的一句话是：不去想，什么都没有发生过。

这么多年了，我就是这样过来的。

丫头，你现在知道我为什么有时候会很反常了吧？这不是你说的艺术家的忧郁，那是扯淡。原因只有一个，你太像小影了，你在我身边，我既快乐又伤感，就是这样。

换完衣服出来后你又变得青春靓丽了。我看了你一眼，我还没有从那种克制往事的情绪里面走出来。

你看着我，小心地问："小庄哥哥，我可以走了吗？"

我起身，你本能地往后退了一步，我没说什么，这很正常。然后我带你出去，把你送回家。

然后呢？

然后我去了酒吧街喝酒，又带回家一个漂亮美眉。当然她不是职业的，你知道我从来不干那种事情。这个世界既然让人心碎，那么总会有心碎的人，无论是糙爷们还是漂亮美眉都会心碎。于是心碎的人碰到一起，你就什么都不要问了吧。

就是这样简单，我其实就该这样活下去——这就是我的命。

你确实不该再给我打电话。要不怎么说，都是命呢？

7. 那些花儿（7）

再见到小菲时，真的恍如隔世。

那个时候正在流行罗大佑。和所有部队大院一样，军区总院中午吃饭的时候也会放音乐，和野战军不一样的是，军区总院放的不是军歌和革命歌曲，主要是流行音乐，关键就看放音乐的小兵喜欢什么了。那年那个小兵喜欢罗大佑，于是在中午，满总院都是罗大佑的歌声。

我记得很清楚，歌名是《你的样子》。我们在这个音乐声中见面了。

她刚刚从食堂出来，和几个女兵拿着饭盒在路上走，然后就看见了我。那几个女兵认识我，小心翼翼地跟我打了个招呼就走了。我和小菲对视着，都不说话，也都说不出来。只有罗大佑在军区总院的上空孤独地唱着：

> 我听到了传来的谁的声音，
> 像那梦里呜咽中的小河。
> 我看到的远去的谁的步伐，
> 遮住告别时哀伤的眼神……
> 不变的你，伫立在茫茫的尘世中，
> 聪明的孩子，提着心爱的灯笼；
> 潇洒的你，将心事化尽尘缘中，
> 孤独的孩子，你是造物的恩宠……

罗大佑用他嘶哑磁性的声音孤独地吟唱着。我不得不指出，我很少佩服什么人，尤其是搞艺术的，但是罗大佑绝对值得我顶礼膜拜。对于他的音乐，我基本上不能说是喜欢了，应该说是基本上不敢听、不能听，一听就要掉泪。我有他的碟，但我就是不听，不然马上我就不行了，根本没法继续写下去。

我当时恨死这个人了，因为我当时就想哭了。但是这是人来人往的军区总院，不光有部队，还有很多地方的人，我当然不能哭，不能给当兵的人丢脸——我当时刚刚脱下军装，脑子里面的军装还没有完全脱掉。

小菲看着我，她的眼圈一点点变红了，眼泪一点点溢满眼睛，然后就掉下来了。

吧嗒。

我赶紧闭上眼睛，把眼泪咽下去。再睁开眼时，小菲已经走到跟前。

"什么时候走？"她问我。

"马上。"

"这么急？"小菲有点儿意外，但随即就明白了，"要不我找个车送你到车站？几点的火车？"

"我爸爸派车来接我。"我说。

小菲点点头："早走，比晚走好。"

我不去想她话里的意思，我努力不去思想。

小菲擦擦眼睛："小……"她随即就不说小影的名字了，"她，她有东西留给你。"

我没说话，我不敢说话，一说话就要哭。

"跟我来吧，我拿给你。"她在前面带路。

我在后面跟着，然后，我看见路上真的有小影：她的黑白遗照、黑色纱布、挽联、各个单位部门送的花圈，还有她的很多姐妹写的挽诗和散文……

我连看都不敢看，在罗大佑沧桑的歌声中，我默默地跟着小菲走到了女兵宿舍的走廊。熟悉的女孩宿舍特有的味道一下子扑面而来，走廊里面还是很乱，我还是能听到自己的脚步声，一点儿都没有变。

我努力不去想往日是如何走入这里的，我努力不去想那时候带着什么样子的期待和憧憬。我不去想，压制自己不去想。

小菲在前面带着我——其实不用她带，虽然我来这里的次数不多，但是在梦里，我几乎次次都来。

但是我现在什么都不敢想。

小菲走到她们宿舍门口，她推开门，然后掀起帘子："进来吧。"

我一下子看见了小影的床——空了。

小影的床，真的空了，什么都没有留下。我一下子就控制不住了，眼泪哗啦啦地流了下来。

屋里还有两个女兵，见我进来都站起来了，但也不敢多说话。

小菲说："你们先出去吧。"

她们就出去了，谁都不敢看我。我无声地站在门口，看着我的小影的床。

小菲把我拉进来，把门关上。

"哭出来就好点了，哭吧。"小菲说着说着也忍不住哭了。

我流着眼泪，慢慢走到小影的床前。她在下铺，她是个爱干净的女孩，每次都把床收拾得很整齐、很温馨；她也是个爱舒服的女孩，每次都把床铺得软绵绵的；她还是个爱香味的女孩，所以她的床上总是香喷喷的。

我把手放在空空的床板上，慢慢跪下，让自己的整个上半身都趴在床上，脸紧紧地贴着带着木渣的粗糙床板，感觉着小影的存在。但是，她好像从来没有来过这里，她去哪儿了呢？

我不敢继续往下想，就那么闭着眼睛，哭了好一会儿。小菲慢慢走过来，坐在我旁边的床板上。

我睁开眼睛，看见了她的手。她轻轻地抚摸着我的脸，擦去我的泪水："这是小影留给你的。"

小菲把一个蓝色封皮的日记本轻轻地放在我的眼前——这种笔记本我们都发了一个。

我起来把日记本打开，熟悉而浓郁的芬芳扑面而来——是的，是那束风干的野兰花，它夹在日记本里面，时间越久，它就越香。它的香味，和小影的香味一样。

打开日记本，就是那首小诗还有我熟悉的细细密密的娟秀笔迹。

我不知道她还会写诗，她从来没有和我说过。至于日记本里面的内容，我至今也没有看过，我赶紧合上了。

小菲拿出那个泥猴子："这个也是小影的，你如果要带走也可以。不过我希望，你把它留给我，好吗？"

我点点头——我更不敢看这个泥猴子了。

我闭上眼，泪水唰唰地流下来。小菲的手在我的眼睛周围擦拭着，她的声音颤抖："你要是难受，就让我抱着你吧。"

我一下子扑在她的怀里哇哇大哭，像个孩子一样。小菲紧紧地抱着我，她也哭出了声。

我知道自己不是男子汉，我的小影消失了，你们凭什么不让我哭呢？凭什么呢？

我真的是心如刀割啊。我知道我再也见不到小影了，她在军区总院的床都空了，你们说我还能到哪儿去找我的小影呢？我眼睁睁地看着我的小影消失了，你们凭什么还要我继续当这个兵呢？你们谁有这个资格说我不是个合格的军人、不是个合格的战士、不是个合格的特种兵呢？

我连我最心爱的女孩都保护不了，我一身武艺有什么用啊？我不是铁血战将，我就是喜欢我的小影！我就是为了她才参军的，我没有那么伟大崇高的理想，我就是为了爱情参军的！但她却消失在我的面前，我无能为力啊！

我扑在小菲的怀里哭着，这是小影消失以后我哭得最痛快的一次。我从来没有告诉别人我有多伤心。我爸爸妈妈至今也不知道这些事情，他们都不认识小影，中学早恋那点事情谁会跟家长说啊？退伍以后我就更不敢提及这些事情了。我用了很久才学会什么叫没心没肺，不然我怎么活下去啊？

我哭了很久很久——你们18岁的时候谁敢说经过我这样的磨难就站出来跟我叫板！

小菲紧紧地抱着我，她轻轻地吻我的光头，泪水不断地滑落到我的光头上："好了，别哭了。"

她吻我的眼睛，吻着我18岁的泪水。

她吻我的鼻子，吻我的脸。嘴里轻轻地说着："好了，别哭了。"

然后，她的唇轻轻地点着我的唇："好了，别哭了……"

然后，她的唇紧紧地贴在我的唇上，她的舌头伸进来。她还在说着："好了，别哭了……"

我依然在哭，我紧紧地抱着她。

我们紧紧地吻在一起。

脸上，还流着眼泪。

心里，还流着鲜血。

8. 终点·起点

我离开特种大队的时候，眼泪一直没有停止过。当车开出大门，我发疯一样开始鬼哭狼嚎，最后的血性就在这鬼哭狼嚎之中暴露无遗。日后，我还哭过几次，但是没有一次如同那次生命中最重要的裂变一样，充满了撕心裂肺的痛楚。

其实，我刚才还哭了一次，因为我的感情生活发生了一点儿危机。我不想多说了，因为那属于我的个人隐私。我只是想说——我小庄虽然走过那么多感情的弯路，但我还是一个真正的男人，我爱她，就会爱到底。或许郁闷是创作的源泉？我也不知道，总之，我打开已经变得陌生的 word 文档，开始讲述自己过去的故事。

和过去一样，这部小说也是我的心路历程，还是一颗子弹的轨迹。

我没有指望它能超越自己的第一部小说，因为我或许很难再达到当时的状态。经过一年的是是非非，我的心伤痕累累，外强中干的我已经经受了太多的折腾。我累了，我希望在自己的创作当中得到真正的放松。

我的青春岁月已经走到了最后的尾巴，我不想自己最后还是一个孤独的游魂。呵呵，似乎扯远了。但是小庄还是小庄，他在这里讲述的是一个男人成长的故事，是发生在小庄身上的真实故事。

我是一个无比热爱我的狗头大队的狗头兵，脱下这身军装和扒了我的皮差不多。但是该发生的早晚会发生，我不得不接受自己不再是一个特种兵的现实。

车在盘山公路上走，我的表情渐渐缓和下来。泪水还在脸上，但是已经不再流淌，因为我已经失声了。我从来没有这样哭过，在这以前的一次，是因为小影……我的爱人就这样离开我了，而我无能为力。

我痛恨自己，也痛恨自己是个军人，如果我不是军人，那么我会去报仇。但问题是，我是军人，我不能违反纪律，于是我就决定不再做军人。我用自我虐待来惩罚自己，犹如我现在一样，在电脑前面码字其实是一种自虐。我让自己的血流干，这样我才会不痛。

我就那么离开了我的狗头大队，离开了我的中国陆军特种部队。我回到了我的家乡，它是一个很小的北方城市，距离北京 400 公里左右。这是我出生的地方，也是我长大的地方，更是我的起点——离开家乡独立成人的起点，也是我这三年士兵生涯的终点。

现在它又是一个起点。因为，三个月后，我就会离开家乡，去上我的大学。这三个月如何打发？我父亲的意思是让我在家休息。

其实我一直没有交代我家的情况。我从小是在一个破碎的家庭长大的，我的父母关系不好，我见惯了那种争吵。在我当兵的岁月，他们终于离婚了。我不愿意过问大人的事情，因为我觉得感情的事情别人都是无能为力的，一旦他们决定分开就不可能在一起了。我回到家乡，见到了我的父亲，他已经是一个公司的老总。我还见到了我的母亲，她一直在家，和我父亲打财产分割官司。我没心情处理这些事情，于是我决定出去游历。三个月，我可以走遍这个大陆的天南海北。

我收拾好自己的91迷彩大背囊，把指北针和那把在国外特种兵训练营受训颁发的特战匕首装进去。我还带了一个手机，是父亲送给我的，当时还很稀罕，是9字头的。其余的就是美能达相机、一个日记本，还有一些日常用品。我带了足够的现金，那时候我们那儿银行卡还不流通，所以就没有银行卡。

现在翻出当时的日记来看，其实内容很简单，只有寥寥几笔。是的，一个人心碎了，就没有什么感觉了。我把小影留下的那个蓝色封皮的日记本收藏起来了，至今也不敢多看。至于那些维和纪念品，我都放入军用挎包里面，当然也不会带在身上。我把自己该带的都放进了背囊，然后就出发了。

站在我们那个城市的车站，我的心确实感到凄凉。往事一幕一幕再次出现：剃了光头的我穿着宽大的冬训服混杂在一群新兵蛋子中间，我看见了小影和那些女兵……我感觉到自己的泪水流出来了，于是我闭上眼睛。再睁开眼睛的时候，一切都是空的。

是的，长夜当哭，我盼一盼，再顾一顾，一场空空，什么都没有。

我含着眼泪，踏上了南行的列车。我要去的地方是云南，我以前一直想去丽江，但是没有去成。这次我一定要去，因为那里距离小影很远。

写到这里我想到我现在爱的女孩曾经跟我说过的一句话："如果你死了，我会去西藏隐居，因为那里距离你和天堂最近。"我听到这句话的时候，久违的眼泪一下子出来了。爱情距离风尘满身的我已经很遥远，但是我就不配拥有爱情了吗？

终点，也是起点。

一年前我在这里开始写小说，一年后我又在这里写小说。

很多年以前，我从故乡的车站出发去参军，后来又从故乡的车站出发去流浪。

终点，起点。

图书在版编目（ＣＩＰ）数据

最后一颗子弹留给我 / 刘猛著 . -- 北京：北京联合出版公司，
2015.3（2024.3 重印）
（狼牙系列）
ISBN 978-7-5502-3854-1

Ⅰ . ①最… Ⅱ . ①刘… Ⅲ . ①长篇小说—中国—当代
Ⅳ . ① I247.5

中国版本图书馆 CIP 数据核字 (2014) 第 254448 号

最后一颗子弹留给我

作　　者：刘　猛
出 品 人：赵红仕
责任编辑：昝亚会　徐秀琴
封面设计：易珂琳

北京联合出版公司出版
（北京市西城区德外大街83号楼9层 100088）
北京新华先锋出版科技有限公司发行
小森印刷霸州有限公司印刷　新华书店经销
字数375千字　787毫米×1092毫米　1/16　25印张
2015年3月第1版　2024年3月第12次印刷
ISBN 978-7-5502-3854-1
定价：59.00元